IVY LEAGH

WHERE *Summer* STAYS

Wir produzieren nachhaltig

- Klimaneutrales Produkt
- Papiere aus nachhaltigen und kontrollierten Quellen
- Hergestellt in Europa

© der Originalausgabe by CARLSEN Verlag GmbH, Hamburg 2023
Völckersstraße 14–20, 22765 Hamburg
Text © Ivy Leagh, 2023
Lektorat: Larissa Bendl, Ann-Kathrin Path
Die Autorin bezieht sich in den Kapitelüberschriften auf Zeilen aus Songs von der Playlist dieses Romans.
Umschlaggestaltung: ZERO Werbeagentur, München
Umschlagabbildung: Collage unter Verwendung von Motiven von Shutterstock.com / © Chinnapong / © Naticka / © Bozhko Ekaterina / © Bokeh Blur Background
Satz: Pinkuin Satz und Datentechnik, Berlin
Herstellung: Gunta Lauck
Litho: Margit Dittes, Hamburg
ISBN 978-3-551-58505-9

MIX
Papier | Fördert gute Waldnutzung
FSC® C083411

To Joe Lycett

VORBEMERKUNG FÜR DIE LESER*INNEN

Liebe*r Leser*in,

dieser Roman enthält potenziell triggernde Inhalte. Aus diesem Grund befindet sich hier eine Triggerwarnung. Am Romanende findest du eine Themenübersicht, die demzufolge Spoiler für den Roman enthält.

Entscheide bitte für dich selbst, ob du diese Warnung liest. Gehe während des Lesens achtsam mit dir um. Falls du während des Lesens auf Probleme stößt und/oder betroffen bist, bleib damit nicht allein. Wende dich an deine Familie, Freunde oder auch professionelle Hilfestellen.

Wir wünschen dir alles Gute und das bestmögliche Erlebnis beim Lesen dieser besonderen Geschichte.

Ivy Leagh und das Carlsen-Team

DEIN ULTIMATIVES FESTIVAL-SET-UP – MAINSTAGE

DAY 1

I Wanna Be Your Slave – Måneskin

Hate Me – Blue October

Madness – Muse

DAY 2

Cut – Plumb

Alles Wegen Dir – Kraftklub

Tissues – Yungblud

DAY 3

Running Up That Hill – Placebo

Blaues Licht – Kraftklub

Bei Dir – Felix Kummer

LoveOnStage Special Guest: Harry Styles

DAY 4

It Ends Tonight – The All-American Rejects

Crooked Ways – Motion City Soundtrack

Pointless – Lewis Capaldi

I Will Follow You Into The Dark – Death Cab for Cutie

Encore Stage: Yungblud & Måneskin

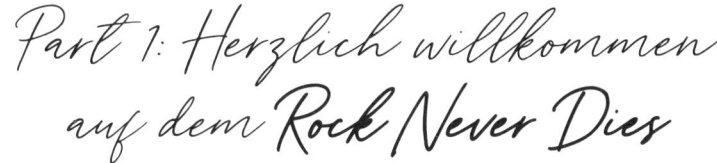

Part 1: Herzlich willkommen auf dem Rock Never Dies

WIE SCHÖN, DASS WIR UNS WIEDERSEHEN!

Wir bitten alle Festivalbesucher, zur ihrer eigenen Sicherheit auf der Event Area auf Behältnisse aller Art zu verzichten. Sämtliche nicht erforderlichen Gegenstände sollten unbedingt auf den Campingplätzen belassen werden. Auf dem Festivalgelände sind neben Kleidung nur Handys, Portemonnaies, dringend benötigte Medikamente, Schlüsselbunde und Bauchtaschen erlaubt. Die sicherheitsrelevanten Abläufe werden gemeinsam mit der Polizei und den Sicherheitsbehörden entwickelt und umgesetzt.

Die Mitnahme von Getränken ist nicht gestattet. Es gibt zahlreiche kostenlose Wasserstellen, siehe hierzu den Wasserstellenplan.

Aktuelle Warnmeldungen erhalten Festivalbesucher über die Festival-App und die Screens an den Musikbühnen. Das *Rock Never Dies* genießt eine geländeweite LTE-Netzabdeckung. Bitte tragt den eigenen KFZ-Schlüssel immer bei euch, um euch, falls nötig, auf direktem Weg zu einem Fahrzeug begeben zu können. Ein Zelt ist kein sicherer Ort bei einem Gewitter! Anderen Besucher'innen signalisieren angeschaltete Warnblinker, dass noch Plätze im Auto frei sind.

Mit dem Code-Satz »Wo geht's nach Panama?« könnt ihr an allen Verkaufsständen, bei den Sicherheitsbehörden, Mitarbeitern und Schutzengeln in Notsituationen diskret um Hilfe bitten.

DAS KAPITEL, IN DEM ICH NEANDERTALER UND GLITZERSCHMETTERLINGE HASSE

Charlie

»Damit ist es amtlich.« Ellas Stirn liegt in Falten, als sie ihr Handy in Richtung ihres Zeltes schleudert, bevor sie sich wieder zähneknirschend meiner Wange widmet. »Toni ist ein Vollidiot.«

Das glaube ich ihr sofort. »Was schreibt er denn?«

»Dass ich übertreibe.« Sie bläst sich den Pony aus der Stirn, während sie den Pinsel in ihrer Linken in den Streuglitzer taucht und mit der anderen Hand meinen Kopf fixiert. »Derzeit stellt sich Toni total quer. Statt auf meine Ängste einzugehen, blockt er alles ab, seit er in Kanada ist. Ich weiß nicht, was er da drüben treibt, aber ihm scheint unsere Beziehung inzwischen so ziemlich scheißegal zu sein.«

»Deshalb bist du sauer auf ihn?«

Jetzt drückt die Pinselspitze wieder gegen meine Wange. »Ich bin sauer, weil Toni nicht mit mir darüber redet.«

Ich nicke und erlaube Ella, meinen Kopf in den Nacken zu legen. »Ich hoffe, er kapiert es bald.«

Ellas bitteres Lachen übertönt den Seufzer, der ihr entweicht. »Deine linke Wange ist jedenfalls so gut wie fertig. Ich dachte, ich hätte nach dem normalen Glitzer gegriffen, aber der ist ganz schön grell für Pastellrosa ... Ist nicht weiter schlimm«, schiebt sie schnell hinterher, als sie meinen Blick auffängt. »Keine Sorge.«

Das sagt sich so leicht. Denn bei der bloßen Vorstellung, noch dreiundneunzig weitere Stunden an diesem chaotischen Ort bleiben zu müssen, schnürt es mir jetzt schon die Kehle zu.

Wieso um alles in der Welt habe ich einem Festival zugestimmt? Ich hasse Glitzer. Ich hasse ohrenbetäubend laute Rockmusik und Hitze und Camping ... Toll. Ich habe gerade einmal drei Stunden des bevorstehenden Vier-Tage-Horrors hinter mich gebracht und hasse jetzt schon alles und jeden um mich herum.

Unauffällig schaue ich zur Blechdosen-Burg, die Leni vorhin entlang meiner Zeltwand gestapelt hat. Irgendwann als Tribut der diesjährigen Hungerspiele zu enden, hätte ich so ziemlich als Letztes in meinem Leben erwartet.

Nur ein paar Tage, erkläre ich meinem Verstand. *Es gehört zu meinem Job. Ich werde es überleben. Ich muss.*

»Wegen Toni ...«, lenke ich meine Gedanken weg von der aufkommenden Panik, doch Ella unterbricht mich noch im selben Atemzug.

»Er kann mich mal!« Sie greift nach meinem Kinn und dreht meinen Kopf ein wenig zu grob zur Seite. »Wenn er zurückkommt, erschlag ich ihn einfach mit meinem Plattenspieler, und das war's dann mit uns.« Sie verdreht die Augen, bevor sie den Oberkörper ein Stück nach hinten lehnt und einen Finger auf die Lippen legt. »Sieht richtig schön aus, aber du darfst auf keinen Fall in den Glitzer reinfassen, bei der Hitze verschmiert er sonst sofort.«

»Geht klar.«

Mit einem Lächeln rückt Ella ihr gemustertes oversized Kleid zurecht, das sie zu schlichten Sandalen und viel zu viel Glitzer im Gesicht trägt. In ihre bronzefarbenen Boxer Braids hat sie bunte Lederstreifen eingeflochten, auf denen mein Blick ruht, bis Ella sich wieder vorbeugt und die feinen Härchen der Pinselspitze mich erneut kitzeln. Ihr ist anzusehen, dass ihr die Sache mit Toni mehr zusetzt, als sie zugeben will. Auch wenn ihre Mundwinkel nach oben zeigen, verrät sie ihr verkniffener Blick.

Ich schlucke, weil sie und Leni mich mit genau demselben Ausdruck angesehen haben, als wir vorhin das Zeltgelände betreten haben. Auch deshalb schlägt mir mein Verstand seit drei Stunden panisch Fluchtpläne vor. Ich ignoriere sie ebenso wie die Tatsache, dass sich bei jedem besorgten Blick meiner Freundinnen etwas in mir zusammenzieht. Denn wenn ich damit beginne, zu sehr darüber nachzudenken, auf was ich mich hier eingelassen habe, fällt mir vielleicht wieder ein, dass mir für derart aufregende Abenteuer eigentlich der Mut fehlt.

Genau genommen, weiß ich an so einem fremden Ort wie diesem überhaupt nichts mit mir anzufangen. Ich habe dem Festival vorgestern nur spontan zugestimmt, weil der Chef des Klassikradios, bei dem ich im Moment ein Praktikum absolviere, glauben soll, dass ich meinem Wunsch, als Radiomoderatorin zu arbeiten, gewachsen bin, und nicht, dass ich absolut keine Ahnung habe, was ich tue. Ich wollte ihm nicht die Wahrheit sagen.

Da er wirklich dringend jemanden gebraucht hat, der an seiner Stelle aufs Rockfestival fährt, hat Jonas zum Glück nicht weiter nachgefragt und mir gestern früh drei Freikarten in die Hand gedrückt. Deshalb konnte ich meine beiden besten Freundinnen, Ella und Leni, mit hierherbringen. Alleine wäre ich definitiv nicht gefahren. Ganz gleich, ob Jonas mir völlig überraschend seine Empfehlung für einen Volontariatsplatz in Aussicht gestellt hat, wenn ich mich auf dem Rockfestival gut schlage.

Wie aufs Stichwort vibriert mein Handy. Ohne mich zu ruckartig zu bewegen, ziehe ich es unter dem Oberschenkel hervor und entsperre den Bildschirm.

JONAS: Es ist 13 Uhr, Charlotte, und das Einzige, was ich bisher in der Story sehe, ist ein halb aufgegessenes Hörnchen. Herrgott, Sie werden doch wissen, wie man sich auf Social Media verhält?!

Mein schlechtes Gewissen lässt mir das Blut in den Kopf schießen. Jonas meint den neu geschaffenen Instagram-Kanal des Klassikradios, den ich in den kommenden Tagen mit ausreichend Content füllen soll. Es geht um ein paar Storys und Beiträge, die dafür sorgen, dass meine Kehle trocken wird, wenn ich nur daran denke, mich dafür durch das unübersichtliche Chaos aus Zelten und Menschen zu schlagen.

Ich war noch nie auf einem Festival. Das Gute an Jonas' Nachricht ist, dass er das noch nicht rausgefunden hat. Und wenn doch, dann scheint diese Tatsache seiner Empfehlung nicht im Weg zu stehen, solange ich ansprechenden Inhalt abliefere, während er auf einer dringlichen Vertriebssitzung festhockt. Mehr Reichweite hat der eingestaubte Sender dringend nötig, denn – Überraschung – kaum jemand hört mehr Radio. Die Zahlen sind die reinste Katastrophe, und Jonas' letzter Rettungsversuch, so habe ich ihn verstanden, ist Social Media. Leider bin ich dort seit einem Jahr nicht mehr aktiv.

»Wenn Leni wieder von den Toiletten zurück ist, könnte sie ein Video davon drehen, wie ich dich schminke.« Ella lächelt und deutet auf den Handybildschirm, auf dem noch immer WhatsApp geöffnet ist. »Das wär doch passender Content, oder?«

»Ich denke schon.« Toiletten sind bloß ein ganz schlechtes Thema. O Gott, enge, stinkende Festivaltoiletten! Die Vorstellung, sich dort eingesperrt eine eklige Infektion zu holen, reicht meinem Hirn aus, um mich augenblicklich mit einem neuen Fluchtplan zu versorgen.

Während sich Ella stumm meiner Wange widmet, schweift mein Blick also über halb fertig aufgebaute Zelte, weiße Campinggarnituren und einzelne Menschengruppen hinweg in die grobe Richtung der Parkplätze. Dort steht Lenis alte Schrottkarre, mit der wir es entgegen ihrer Erwartung heute Morgen von Berlin in die Brandenburger Einöde geschafft haben. Einen Augenblick lang schätze ich die Distanz ein. Ich war früher im Leichtathletik-team, und seit wir das Zeltgelände betreten haben, stehe ich sowieso quasi unter Dauerstrom, weshalb ich es sicher trotz der Hitze irgendwie im Slalomlauf über das Gelände schaffen würde. Leni sperrt den Wagen nie ab, weil niemand so dämlich wäre, das Teil zu klauen. Vielleicht benötigt es ein klein wenig Gewalt, um die Tür aufzubekommen, aber immerhin funktioniert der Gurt auf der Fahrerseite einwandfrei.

Allerdings habe ich keinen Führerschein. Wie teuer es wohl ist, von der Polizei ... Ach, verdammt, was wird das eigentlich? Großveranstaltungen gehören zu meinem Job als angehende Radiomoderatorin dazu. Ich weiß, dass das Rockfestival schon seit Monaten ausverkauft ist. Andere Leute würden sich deshalb vermutlich ein Bein ausreißen, um an meiner Stelle hier sein zu dürfen. Es ist nur ...

Normalerweise plane ich unbekannte Situationen penibel im Voraus, um nicht von all den neuen Eindrücken überwältigt zu werden. Doch was das Festival hier anbetrifft, bin ich kläglich gescheitert. Ich habe es schon befürchtet – absolut nichts an diesem unbekannten Ort ist kontrollierbar. Meine Vorahnung wird mit jeder Minute, in der sich der Zeltplatz mehr und mehr mit Besuchern füllt, realer. Trotz der warmen Temperaturen zittern nun meine verräterischen Finger, und weil ich es nicht unterdrückt kriege, seufze ich leise.

Sofort tätschelt Ella mit der freien Hand meine Schulter. »Geht's dir gut?«

»Alles okay«, lüge ich und schiebe meine Hände zusammen mit dem Handy unauffällig unter meine Beine. »Ich glaub, ich trink mal was.« Dass ich Ella und Leni auf der Fahrt spaßeshalber darum gebeten habe, mich notfalls hier festzuketten, wenn ich meinem inneren Drang nachgebe und weglaufen will, kommt mir mittlerweile albern vor. Besonders Ella würde mich zurück zu

Lenis Auto tragen, wenn mir das hälfe, einer emotionalen Überforderung zu entkommen.

Mit überfürsorglichem Blick wirft mir Ella ihre Wasserflasche in den Schoß. Kaum habe ich danach gegriffen, landet ihre Aufmerksamkeit auf meinen Fingern, die sich um das Plastik verkrampfen.

»Ich weiß, was wir ausgemacht haben«, sagt sie. »Aber wenn es dir zu viel wird, dann gibst du mir Bescheid, ja? Ich finde es wirklich toll, dass du dich auf ein Festival traust, und –«

»Es ist alles gut!« Trotzdem spüre ich mein Herz schneller schlagen, jetzt, da Ella es laut ausgesprochen hat. »Je häufiger du mich daran erinnerst, umso schlimmer wird das Ganze.« Immerhin weiß ich nun wieder, weshalb ich meinen Eltern nichts von meinem Festivalbesuch erzählt habe. Obwohl zumindest mein Vater Verständnis dafür aufbringt, dass ich mich ein Jahr nach dem Abitur endlich trauen und mich beim Radio bewerben musste, hat sich seine, aber ganz besonders die Sorge meiner Mutter nur verstärkt.

Ella seufzt leise. »Ich schweig ab jetzt wie ein Grab, versprochen.« Es ist absurd, aber ich bilde mir ein, dass die Pinselspitze trotzdem besonders vorsichtig über meine Haut gleitet und Ellas Ton betont locker wird, als sie fortfährt. »Du hast noch gar nicht erzählt, wie das Gespräch mit deiner Schwester gestern Abend lief.«

»Alex hat sich nicht gemeldet.« Sofort merke ich, wie sich ein Kloß in meinem Hals bildet, den ich nur mit Mühe herunterschlucken kann. Ich schließe die Augen. Bestimmt erwartet Alex, dass ich sie nach dem eskalierten Gespräch mit meinen Eltern letzte Woche anrufe. Ich kann mir ja selbst nicht erklären, weshalb ich gestern lieber stundenlang auf mein Handy gestarrt und gewartet habe, als einfach Alex' Nummer zu wählen.

Nur weil Ella ein wenig zu laut ausatmet und mich das Geräusch dazu zwingt, die Lider wieder aufzuschlagen, erkenne ich aus dem Augenwinkel die breite Gestalt, die in einem bunten Hemd auf Ella und mich zusprintet. Ehe ich irgendetwas begreife, landet aus dem Nichts ein Schwall Wasser mitten auf meinem weißen Radio-T-Shirt. Für einen winzigen Moment erstarre ich vor Schreck, dann springe ich kreischend auf und sehe gerade noch den schlaksigen Typen mit mitternachtsschwarzen Haaren, der an mir vorbei- und dann ächzend seinem Kumpel hinterherrennt. Letzterer lässt den Henkel eines Wischeimers in seiner linken Hand hin- und herschwingen. Johlend ballt er die andere zur Faust, als der Schlaksige ihn keine fünf Meter von unseren Zelten entfernt einholt und unsanft zu Boden ringt.

»*Was zur Hölle?!*«, brüllt Ella in ihrem strengsten Erzieherinnentonfall.

Das habe ich eben auch gedacht. Mein Blick fällt auf meinen schwarzen Spitzen-BH, der sich unter meinem nassen T-Shirt abzeichnet. Und ... o Gott! Das ist ein Albtraum. Ich weiß nicht, warum ich mich am liebsten sofort umdrehen und wegrennen will. Es ist ja nicht so, dass der Typ mich bedrängt hätte, aber ich hasse es einfach, derart überrumpelt zu werden.

Ich hole tief Luft und sehe, dass der Schwarzhaarige dem anderen gerade wenig liebevoll auf den Hinterkopf schlägt. Kurz darauf rappelt er sich auf, klopft Staub und Dreck von der Stoffhose und seinem schlichten schwarzen Tanktop und reicht dem Eimer-Typen eine Hand.

Während er seinen Kumpel vom Boden hochzieht, trifft sein Blick kurz auf meinen. Alles, was ich aus der Entfernung erkenne, sind ungewöhnlich dichte schwarze ... Wimpern?

Na ja, er wirkt auf mich im Grunde exakt so, wie laut Jonas der Social-Media-Kanal des Radiosenders aussehen soll: entspannt und sorgenlos. Es ist, als hätte mir jemand freundlicherweise ein Lernbeispiel vor die Nase gestellt. Allein die zig Tätowierungen, von denen ein Teil verschwindet, als er die Hände in die Hosentaschen schiebt …

»Sorry, ihr zwei«, ruft er da. »Otis ist unser Problemkind.«

»Schon okay«, stoße ich hervor und presse die Lippen zusammen, weil es plötzlich Otis' herausfordernder Blick ist, der meine Oberweite sucht.

»Die Abkühlung steht dir gut.«

Mein Herz setzt kurz aus, dann stürzt es in meinen Magen. Das hat er gerade nicht gesagt!? Ein Gefühl wandert meine Wirbelsäule hinauf, so ekelhaft, als hätte jemand Fremdes erst mein Essen angeleckt und mich danach gezwungen, es aufzuessen. Überfordert binde ich mir automatisch mein Radio-Shirt unterhalb des durchblitzenden BHs zu einem Knoten und verdecke den nackten Bauch mit einem Arm.

»Widerlicher Neandertaler!« Ella schießt von ihrer Avocado-Luftmatratze hoch und steht jetzt mit dem Pinsel in der einen und dem Puderfässchen in der anderen Hand neben mir. Sie schnappt nach Luft. »Passt mal lieber auf, dass euch beim Feuermachen kein Mammut niedertrampelt.«

Obwohl ich weiß, dass Ella die Schlagfertige von uns dreien ist, und selbst Leni ihr in unangenehmen Situationen das Wort überlässt, hätte mir so was auch einfallen können. Tut es aber immer erst Minuten später. Deshalb starre ich die beiden Typen stumm an, vergrabe mein Gesicht halb in meinen Händen und hoffe, dass der hochgewickelte Stoff wenigstens den BH verdeckt. Ich hätte auf Ella hören und heute Morgen gleich den Bikini anziehen sollen.

»Ist ja gut!« Otis hebt abwehrend die Hände und schiebt sich an seinem Kumpel vorbei. »Anstrengend, die Weiber, oder?«

Der Schwarzhaarige wirft uns einen schnellen Blick zu. »Noch mal Entschuldigung! Otis legt seit seiner Teenagerzeit Frauen trocken und nicht flach.« Seine Hand greift nach dessen Hemdärmel, um ihn zu sich zurückzuziehen. »Wir sind noch dabei, rauszufinden, wo genau wir ihn verloren haben, aber an guten Tagen schafft er es sogar, sich zu entschuldigen.«

»Sag mal, geht's noch?« Kurz wirkt Otis so, als wollte er zurückrudern, doch was er dann anfügt, ist: »Wusste nicht, dass auf Festivals der ganze Me-too-Scheiß auch gilt.«

»Autsch.« Ella schmeißt Pinsel und Glitzer auf die Luftmatratze und verschränkt ihre Arme vor der Brust. »Ich an deiner Stelle wäre froh, dass du Frauen jetzt auch endlich mal in die Augen sehen kannst.«

Einen Augenblick lang fällt Otis anscheinend keine passende Erwiderung ein, weshalb es bis auf die Musik, die seit ein paar Minuten aus einem der Nachbarzelte dringt, still ist.

Ich bilde mir ein, die Band zu kennen. Mein Vater vergöttert Muse, und wenn ich mich nicht täusche, ist es die markante Stimme ihres Frontsängers, die gerade einen regelmäßigen Drumbeat durchbricht.

»Wie auch immer.« Otis wirkt bedient. »Hauen wir ab, Levy!«

Die Drums setzen wieder ein und mein Dad würde genau jetzt mit den Fingern auf dem Küchentisch trommeln und in den Beat fallen.

Levy hingegen zuckt zusammen, irgendwie reflexartig. Im nächsten Moment drückt er Otis seine flache Hand auf den Rücken, um ihn nach vorne zu schieben und sich gleichzeitig festzuhalten. Ich kapiere sein Verhalten nicht, aber es geht mich auch nichts an. Außerdem fängt er sich eine Sekunde später wieder.

»Wenn ich euch beiden irgendetwas als Entschädigung bringen kann, mein Zelt ist in der Nähe des Supermarkts. Meldet euch einfach.« Levys Stimme hat plötzlich einen dunklen, rauen Unterton, der es irgendwie schafft, mich dazu zu kriegen, ihm antworten zu wollen.

»Bring Otis als Wiedergutmachung einfach Manieren bei.«

Levy fasst sich an die Nase. Kurz befürchte ich, mit dem Spruch zu weit gegangen zu sein, dann lacht er. »Ich geb mein Bestes.«

»Das glaub ich dir sogar.« Mit einem Schnauben hebt Ella das Schminkzeug auf. »Du scheinst ja in Ordnung zu sein.«

Zwei Atemzüge dauert es, bis Levy ein leises »Danke« murmelt und Otis endlich von uns wegschiebt. Noch ein paar Sekunden mehr vergehen, die ich den beiden hinterherschaue. Otis schubst seinen Kumpel – vermutlich hat er mehr Unterstützung von ihm erwartet –, und als die beiden außer Sichtweite sind, stoße ich erleichtert die Luft aus.

»So ein Idiot.«

Mein Blick schwenkt zu Ella, die schon wieder irgendwie besorgt aussieht. Meine Güte, das Wasser, Otis' Sprüche, dieser Levy – ich war gerade einfach ein wenig überrumpelt, mehr nicht.

»Äh, Charlie ...«, beginnt sie, und ich will sofort dazwischengehen, aber Ella presst plötzlich panisch die Hände aufs Gesicht. »O Mann ...«, stößt sie hervor, »ich hab doch gesagt, dass du aufpassen musst ... Na ja, sagen wir es so, Otis hätte jetzt einen Grund, dir ins Gesicht und nicht auf die Titten zu starren.«

»Was? Warum?« Irgendetwas ist da in Ellas Unterton, und als ich hektisch auf meine Hände schaue, erkenne ich auch den Grund. Sie sind voller Glitzer. »Mist, ich hab alles verschmiert, oder?«

»Hast du.« Ella beißt sich auf die Lippe, und irgendwie wirkt es, als müsste sie sich zusammenreißen, um nicht laut loszuprusten.

»Leute«, höre ich kurz darauf Lenis Stimme. »Das Powerbank-Angebot war nichts und Ella hätte definitiv ihr DJ-Set mitnehmen sollen. Auf dem Weg hierher hab ich zig Flyer irgendwelcher DJ-Kollektive mit dämlichen Namen in die Hand gedrückt bekommen, aber wenigstens sind die Klos sau–«

Ich kann nicht sehen, wieso Leni stockt, weil Ellas in die Luft gerissene Arme mir die Sicht auf sie versperren. Es dauert ein paar hektische Armwedler, bis Lenis Stimme erneut über den halben Platz schallt.

»O mein Gott, Charlie!« Dass es in meinen Ohren so klingt, als sänge Leni die Worte, macht es nicht wirklich besser, weil: »Ist das ein Glitzerschwanz in deinem Gesicht?!«

DAS KAPITEL, IN DEM ICH ZIEMLICH LIBERAL BIN … FÜR EIN KLASSIKRADIO

Charlie

»Ist das … was?!«

Komm schon, Schicksal, dein Ernst? So viel, wie hier innerhalb weniger Minuten schiefgeht, hoffe ich für Leni und Ella, dass sie genügend Seile zum Festbinden dabeihaben.

»Es sieht nur auf den ersten Blick so aus.« Leni hockt sich entspannt auf die Luftmatratze und schiebt die Schminksachen beiseite, um mir Platz zu machen. »Es ist eher … Kannst du dich noch an das Dickpic erinnern, das ich euch neulich in die Gruppe geschickt hab? Von dem Spanier, der mich nach der letzten Bully-Tour nicht in Ruhe gelassen hat?«

»Nein. Nein. Nein.« Mit der flachen Hand rubble ich über meine Wange, bevor ich es aufgebe und mich zu Leni setze. »Wo ist mein Handy?!«

Ella beugt sich über meine Schulter nach vorn und zieht mein Smartphone unter der Luftmatratze hervor, um es mir zu reichen. »Meinst du den, dem wir die Nummer vom Urologen als Antwort geschickt haben?«

»Genau der!« Leni bricht in Gelächter aus.

»Könnt ihr bitte damit aufhören?! Ich wusste, dass das alles total bescheuert ist! Ich hätte Jonas nie zusagen dürfen, scheiß auf die Freikarten, scheiß auf seine Empfehlung!« Ich muss die Kamera-App nicht öffnen. Das, was sich im verdunkelten Bildschirm spiegelt, reicht. »Scheiß auf den ganzen Scheiß hier! Wie krieg ich das Zeug wieder ab, verdammt?«

Vor lauter Aufregung dreht sich mir der leere Magen um, und weil Leni und Ella nach meinem winzigen Ausbruch kurz still geworden sind, ist das Knurren darin übermäßig laut zu hören. Die beiden giggeln sofort wieder los, und diesmal muss ich mein Prusten genauso mit der Hand ersticken.

»Das ist nicht lustig«, schimpfe ich, kann mein Lachen aber nicht zurückhalten. »Ich hab einen Schwanz im Gesicht und nur ein halbes trockenes Tankstellen-Croissant im Bauch, Himmel noch mal.«

»Essen haben wir genug dabei, und hier steht drauf, dass du den Glitzer mit Seife und Wasser ganz leicht abbekommst.« Ella dreht die neonfarbene Verpackung in ihrer Hand. »Geh einfach kurz zu den Toiletten und wasch dich dort. Wenn du wieder da bist, sorgen wir dafür, dass du nicht mehr auf den ganzen Scheiß hier scheißen musst, okay?«

»Ich weiß nicht«, kommt es plötzlich trocken von Leni. »Wir haben so was Ähnliches mal während einer Tour ein paar Kids ins Gesicht gestreut. Bei denen ging's nur mit Klebestreifen wieder ab. War ein riesiges Drama. Ich bin fast durchgedreht, die Kids haben geschrien wie am Spieß ...«

»Nicht. Hilfreich. Leni!« Ich strecke mich, um an das türkisfarbene Badehandtuch mit Otter-Motiv in meinem Zelt zu kommen. »Erklär mir lieber mal, warum zur Hölle ich gleich in den ersten drei Stunden hier auf den größten Vollidioten des Festivals treffen muss.«

»Keine Ahnung«, sagt Ella. Ihre Augen sprechen Bände. Klasse, Otis ist also nur die Spitze des Eisbergs gewesen. *Ich denke einfach nicht weiter darüber nach ...* und atme tief durch.

»Heißt, ich drücke mir lieber mal selbst die Daumen, dass sich in der Toilettenschüssel nichts bewegt?«

Wieder gackern Leni und Ella los. »Eben waren sie noch sauber«, versichert mir Leni zwischen zwei Lachern. »Aber Ella hat recht: Wenn du zurückkommst, dann schmieden wir einen Survival-Plan! Dein Chef kann nicht von dir erwarten, dass du hier Berge versetzt, wenn du noch nie zuvor auf einem Festival warst.«

Ich beiße mir auf die Lippe. Jonas anzulügen, was meine fehlende Festivalerfahrung und die Angst anbetrifft, das hier alles nach wenigen Stunden überfordert abbrechen zu müssen, war, im Nachhinein betrachtet, vielleicht keine so gute Idee. Denn jetzt stehe ich ziemlich unter Druck.

Ella kennt meine Ängste. »Gib mir mal dein Handy«, fordert sie. Nachdem ich ihr das Gerät in die Hand gedrückt habe, knipst sie ein Foto von der Blechdosenburg vor meinem Zelt. »Dazu schreibst du jetzt einfach was Lustiges.«

»Was denn?«, frage ich unsicher. »›Melde mich als freiwilliger Tribut für die diesjährigen Hungerspiele‹?«

Ella lacht. »Fände ich gut.«

»Ernsthaft?« Ich finde Fotos von Blechdosen total öde.

»Bei Festival-Content geht's um die Atmosphäre, um den Vibe«, erklärt Leni mit einem Augenzwinkern, während Ella als Nächstes ein Bild einer Flasche mit rotoranger Flüssigkeit knipst, die sie aus ihrem Rucksack zieht.

»Und um Musik, Alkohol«, fährt Ella fort. »Ich hab uns Pimm's gemischt.« Sie öffnet die Flasche und nimmt einen Schluck. »Mit Gurke, Zitrone, Himbeeren, Orange und extra viel frischer Minze, exakt nach deinem Rezept, Charlie. Aber vielleicht solltest du vorher was essen.«

Ich greife nach der Flasche, und während ich nicht lange überlege, sondern gleich mehrere Schlucke daraus nehme, knufft mich Leni in die Seite. »Außerdem haben wir die Regel, nichts zu hinterfragen, was das Wort ›kostenlos‹ enthält, schon vergessen?«

Ich reiche die Flasche grummelnd an sie weiter und schließe für einen Moment die Augen. Der Geruch sonnenerhitzter Erde steigt mir in die Nase, und ich konzentriere mich nur noch darauf, ihn tief ein- und wieder auszuatmen. Das hilft ein bisschen, meine angespannten Nerven zu beruhigen.

»Es ist alles nicht so dramatisch, wie es aussieht«, beruhigt mich Ella und verstaut die Flasche wieder in ihrer Tasche. »Und notfalls haben wir genug Alkohol dabei.«

Am liebsten hätte ich jetzt ein paar Momente für mich, aber bei der Lautstärke um mich herum wird das schwierig. Deshalb stemme ich die Hände in das dürre Gras neben der Luftmatratze und drücke meinen Körper nach oben. So ganz ist die Hitze noch nicht wieder aus meinem Gesicht gewichen.

Auch Leni bemerkt das. »Beruhigt es dich, dass ein Glitzerschwanz im Gesicht noch nicht einmal unter die Top Twenty meiner peinlichsten Festivalmomente fällt?«

Meine Mundwinkel zucken. »Definitiv.« Ich werfe mir mein Badetuch über die Schulter und ziehe eine Grimasse, während mich Ella und Leni kichernd in eine Umarmung ziehen.

Das Festival ist wie eine Vier-Meter-Hürde, die ich überspringen muss, wenn ich Jonas' Empfehlung erhalten, ganz besonders aber, wenn ich mir, meinen Eltern und ihm beweisen will, dass ich bereit für mein eigenes Leben bin. Was meine schnelle Überreizung anbetrifft, bin ich erst seit einem Jahr im Training, aber mit viel Anlauf wird es schon klappen. Deshalb fokussiere ich ab sofort einfach das Ziel, setze Scheuklappen auf und sprinte ohne Umwege direkt bis zu meiner Empfehlung durch ... oder fürs Erste zu den Toiletten.

Mein Blick huscht ein letztes Mal in Richtung der Parkplätze, dann trifft er auf Ellas besorgten Ausdruck. Wahrscheinlich kann ich zumindest meiner einzigen Schulfreundin nicht wirklich etwas vormachen, aber irgendwie kriegen wir die nächsten Tage schon durchgezogen.

* * *

Die Grasfläche, die ich kurz darauf überquere, ist total ausgetrocknet, platt getreten und braun. Die Sonne brennt mir aufs Gesicht, und ich kann nicht verhindern, dass mein Blick hilflos zwischen chaotisch aufgebauten Zelten umherirrt. Zelt. Weg. Zelt. Weg. Himmel, wieso sieht hier denn alles gleich aus?

Es ist jetzt schon so drückend heiß, dass ich es mittlerweile richtig bereue, eine enge Jeans angezogen zu haben. Immerhin ist das T-Shirt in Rekordzeit getrocknet. Ich klemme mir das Badetuch zwischen die Beine und binde mir meine Haare zu einem Dutt hoch. Eigentlich haben sie nicht die richtige Länge dafür, aber allein schon weil mir die feinen Strähnen ständig an den Lippen kleben, will ich sie aus dem Gesicht haben. Mit der freien Hand schütze ich mich anschließend so gut es geht vor der Sonne. So übel war Otis' Abkühlung im Nachhinein eigentlich gar nicht, auch wenn ich mir lieber selbst Wasser ins Gesicht geschüttet hätte.

Vor einem bunt lackierten VW-Bus mit Aufstelldach bleibe ich kurz stehen. Davor tanzt ein zierliches Mädchen mit Blumenkette im Haar so entspannt zu sanften Rockbeats, als gäbe es nur sie und ihre Freundin mit hübschem Afro-Look, die beide Hände auf die Hüften des Mädchens gelegt hat und sich mit geschlossenen Augen ganz und gar in ihrem Rhythmus verliert. Die zwei wirken ziemlich vertieft, weshalb ich sie nicht nach einem Foto für die Story frage, sondern für einen Moment der Musik lausche, die aus dem Inneren des Bullys dringt. Leni karrt mit einem ähnlichen Teil Touristen durch Deutschland. Eigentlich möchte sie Musicaldarstellerin werden, aber soweit ich weiß, hat sie bisher keine ihrer Bewerbungen abgeschickt, weil ihre Eltern wollen, dass sie das Familienreiseunternehmen übernimmt.

Ich hole tief Luft, als ein Lächeln meine Mundwinkel überzeugt. Für den Bruchteil einer Sekunde fühle ich womöglich das, was Leni und Ella an Festivals so fasziniert.

Dann vibriert mein Handy erneut. Weil meine enge Jeans aber wegen der Hitze an meiner schweißnassen Haut festklebt, muss ich das Smartphone von unten aus der Tasche pressen. Als ich es endlich zu greifen kriege, stolpere ich im selben Atemzug über eine stramm gespannte Zeltschnur. Ich reiße die Arme zum Schutz nach vorne, taumle und kann mich gerade noch so in der Luft fangen. Nur mein Handy landet lautlos auf dem verdorrten Gras. Alex' Bild auf dem Display erlischt.

»He, da ist aber jemand stürmisch.« Die Stimme, die an mein Ohr dringt, klingt atemlos und heiser. Nach langer Partynacht und zu viel Alkohol.

Ich hebe mein Handy auf, und kaum drehe ich meinen Kopf ein Stück nach links, schaue ich direkt auf eine Sonnenbrille, deren Gläser aus Bierkrügen bestehen. Irritiert richte ich mich auf.

Als ich nicht sofort auf seinen Spruch reagiere, rückt der Typ seinen Strohhut zurecht und dreht sich ein Stück von mir weg, sodass ich seinen roten Nacken erkennen kann. Entschuldigend hebt er die Schultern und startet den ›Wetten, dass..?‹-würdigen Versuch, gleichzeitig eine volle Bierdose in einer Hand zu jonglieren und mit der anderen einen Hering in den staubtrockenen Boden zu pressen. Ich muss mir auf die Unterlippe beißen, um nicht laut loszulachen, weil er dabei ziemlich bescheuert aussieht.

»Ich such eigentlich die Toiletten«, sage ich schnell. Bevor der Typ aufblickt, lege ich zur Sicherheit eine Hand flach auf meine verunstaltete Wange und tue so, als würde ich gemeinsam mit ihm über seine Antwort nachdenken.

»Lauf einfach weiter geradeaus.« Er hebt seinen Arm ein klein wenig zu schwungvoll, und das Bier in seiner Hand schwappt über den Dosenrand direkt neben die nackten Füße seines Kumpels. Der trägt auch eine dieser Bierkrug-Brillen, dazu ein blaues Fußballtrikot sowie rot geblümte kurze Badeshorts, und blickt von einem weißen Plakat hoch, auf das er 10/10 geschrieben hat. Ich glaube, er nimmt mich erst jetzt so richtig wahr, aber ihm ist sowieso etwas anderes wichtiger.

»Alter, Sven, dein Ernst?«, schimpft er. »Das Bier!«

»Was denn? Die junge Dame hier ist in Not …« Strohhut deutet eine Verbeugung an, was hockend total albern aussieht, verschüttet noch mehr von seinem Bier und kassiert augenblicklich einen festen Schlag gegen die Schulter. Keine Sekunde später rollt die Bierdose über das Gras bis kurz vor meine Schuhe. Überall verteilt sich braungoldene Flüssigkeit. Brauereigeruch vermischt sich mit der flirrenden Hitze und mir wird übel.

»Na großartig, du Vollidiot! Hier, nimm dir ein neues.«

Das unkontrollierte Gezappel der beiden macht mich nervös, und ich weiß nicht einmal genau, weshalb. Wahrscheinlich liegt es daran, dass ich nicht einschätzen kann, wie ich mich jetzt verhalten soll. Also suche ich nach dem passenden Moment, mich mit einem leisen Murmeln zu verdrücken, aber jedes Mal, wenn ich dazu ansetzen möchte, sagt einer der beiden Jungs etwas.

Dafür kommt jetzt auch noch ein dritter Typ auf mich zu. Er trägt ein schlichtes dunkelblaues Shirt mit einem Stern auf der rechten Brust, in dessen Mitte der Berliner Bär prangt. Irgendwoher kenne ich das goldene Wappen. Unwillkürlich werfe ich einen Blick auf mein zerknittertes Klassikradio-Shirt, das ich bis eben im Gegensatz zur Jeans eigentlich für eine gute Wahl gehalten habe.

»Wer ist denn euch zugelaufen?« Als der Typ uns erreicht, bleibt er mit verschränkten Armen vor mir stehen. Sein Gesichtsausdruck ist überheblich, und das lässt meine Wange vor Hitze spannen und meine Beine kribbeln. Ein besserer Fluchtmoment wird sich mir nicht mehr bieten, aber ich merke sofort, dass ich zu lange gewartet habe, weil der Fremde jetzt tief Luft holt.

»Ich bin Leon …«, sein Blick fällt auf das Plakat, »… und das hier können wir bei dir in jedem Fall schon mal ausprobieren.«

»Charlie«, antworte ich automatisch, obwohl ich eigentlich keine große Lust habe, mit jemandem Freundschaft zu schließen, der Menschen in Zahlen bewertet.

»Hörst du diesen Klassiksender auf deinem Shirt?« Leon wirkt überrascht.

»Ich arbeite für ihn«, sage ich wahrheitsgemäß – das wird definitiv für Nachfragen sorgen.

»Und was machst du dann auf *diesem* Festival?«

Ich seufze, weil es jetzt eh egal ist. »Fotos für unseren Instagram-Kanal.«

»Wirklich?« Leon sieht neugierig aus, und auch Sven und der andere Typ betrachten mich interessiert.

Ich verziehe den Mund. Ist es wirklich so abwegig, dass ein Klassikradio über ein Rockfestival berichtet? »Wir sind eben ein ziemlich liberaler Sender.«

Ich schaue schnell zu dem bunten Bully und versuche dabei, nicht auf meinen beschleunigten Herzschlag und die Reaktionen der Jungs zu achten. Trotzdem sehe ich aus dem Augenwinkel, wie Leon irritiert eine Braue hebt.

»Dann willst du sicher ein Foto von uns machen.«

Es dauert einen Moment, bis ich begreife, dass diese Nachfrage ziemlich viel Sinn ergibt. »Klar, das wäre ... super.«

Leon grinst. »Du kannst das Bild natürlich auch für deine private Pinnwand nutzen –«

»Alles gut«, unterbreche ich ihn, und während ich mir ein paar lose Strähnen hinters Ohr schiebe, streift mein Blick die anderen zwei. »Ist das für euch okay?«

Sven räuspert sich und zur Sicherheit schenke ich ihm ein breites Lächeln. *Bitte verwickle mich jetzt nicht auch noch in ein langwieriges Gespräch!* »Klar, warum nicht.«

Ich atme erleichtert auf, und während ich ein paar Schritte zurückgehe, fällt mein Blick auf mein Festivalbändchen: Um in einer

Schafherde nicht aufzufallen, sollte man in erster Linie wohl ein Schaf sein. Das schreibe ich mir später irgendwo auf, oder ich nutze es als Bildunterschrift für Lenis Blechdosen-Burg.

Sven und sein Kumpel richten sich ächzend auf und zupfen sich ein paar dünne Grashalme von den nackten Knien. Leon schiebt sich seine schwarze Sonnenbrille vom Kopf auf die Nase und positioniert sich zwischen seinen beiden Freunden. Ich öffne die Kamera-App und nehme das Handy quer.

»Wenn's für eine Story ist, dann halt das Teil lieber hochkant.« Sven lächelt mich aufmunternd an.

»H-hochkant, klar.« Wenn ich so weitermache, kann ich mir gleich auf die Stirn tätowieren lassen, wie wenig Ahnung ich von Festivals habe.

Leon dreht den Kopf zu seinem Kumpel. »Ist wohl doch für ihre Pinnwand.« Und wieder zurück zu mir. »Was ist das da eigentlich in deinem Ge–«

»Alter, frag nicht so viel, wir müssen eure Zelte noch aufbauen, bevor wir uns heute Abend mit den anderen am Supermarkt treffen«, kommt mir Sven mit einem Zwinkern zuvor. »Bist du bereit, liberaler Sender?«

»Bereit.«

Ich drehe das Smartphone, richte es auf die drei Jungs und schieße ein paar Bilder, bevor ich es wieder zurück in die Hosentasche stecke.

»Super!« Die Situation sorgt dafür, dass ich erst mal ordentlich Luft holen muss, bevor ich weiterrede. »Ich lad das Bild gleich in unsere Story.«

Die Jungs feixen und Leon kramt sofort sein Handy aus der Hosentasche. »Ich überprüf das, und wenn du magst, komm gern später beim Supermarkt vorbei. Am ersten Abend hocken wir dort zusammen und … trinken.«

Ganz sicher nicht. Ich nicke Leon höflich zu und sehe, wie sich die anderen beiden um ihn herum positionieren. Alle drei starren auf den Bildschirm, wo sich gerade mit großer Sicherheit die Instagram-Seite des Radiosenders aufbaut.

Follower-Anzahl: sechzehn. Es wären eigentlich siebzehn, aber Marianne aus dem Marketing steht Social Media kritisch gegenüber.

»Das ist ja wirklich ein Scheißklassikradio?!« Svens Brüllen motiviert meine Beine, ein klein wenig schneller zu gehen. »Klassik modern gedacht«, liest er nun die Sender-Bio vor. »Betreut von Charlotte Leyfert.« Auf diesem Zusatz hat Jonas bestanden, damit er die Empfehlung später besser begründen kann.

Ich laufe noch ein bisschen schneller, doch das Lachen der Typen dringt bis zu mir durch, und Leons laute Stimme gleich hinterher. »Ich folg dir trotzdem mal, liberaler Sender«, ruft er. Warum? »Bist definitiv eine Zehn von zehn.«

Die Begründung akzeptiere ich ausnahmsweise, weil, na ja, vielleicht bin ich ja gar kein so mieses Schaf wie angenommen.

Unsicher drehe ich mich zu den dreien um, weil ich für eine winzige Sekunde an die Situation mit Levy vorhin denken muss, in der ich mich einfach getraut habe, das zu sagen, was mir auf der Zunge lag. Vielleicht funktioniert es ja so auf Festivals? Fremder Ort, fremde Regeln.

»Ich dachte eher, weil deine Oma sich freut, wenn sie dich da sieht.«

Sven lacht, und ich beschließe, dass ich zumindest ihn mag. Immerhin hat er mich vor der Glitzerpenis-Frage gerettet, was ich einfach als gutes Omen deute. Um mein Schicksal nicht weiter herauszufordern, sehe ich jetzt trotzdem zu, dass ich weiter in Richtung Toiletten stapfe, bevor die drei meine gespielte Ungezwungenheit noch enttarnen.

Aber als ich nach ein paar Minuten das Gefühl habe, im Kreis zu laufen, hole ich tief Luft und gehe zielstrebig auf eine schattige

Fläche zu. Mein Handy hat während des Gesprächs eben vibriert. Ein kurzer Blick aufs Display genügt, und ich weiß, dass Leni einen Lageplan mit wichtigen Festivalhinweisen in die Gruppe geschickt hat. Im Laufen überfliege ich die zig Hinweise, die der Veranstalter auf einem Bild zusammengefasst hat: flächendeckendes Internet, Autoblinker bei Gewitter anschalten. Was zur Hölle?!

Ich schiebe die Nachricht weg, bevor ich eine schmale Baumreihe erreiche und mich erschöpft an einen der Stämme lehne. Ich bin erst ein paar Stunden hier und fühle mich jetzt schon total ausgelaugt. Vielleicht liegt es an der unbekannten Umgebung. Vielleicht auch nur daran, dass ich noch immer nichts Ordentliches gegessen habe. In meiner Therapie habe ich jedenfalls für überreizende Situationen wie diese eine gedankliche Schrittfolge gelernt, die mir die Angst davor nehmen soll, meiner Überforderung blind ausgeliefert zu sein.

Hätte ich die Kombination aus Atemübungen und Körperbewusstsein schon auf dem Gymnasium beherrscht, hätte ich verhindern können, dass jeder außer Ella dort die übersensible Opfer-Charlie in mir gesehen hat. Deshalb kann ich Ella unmöglich böse sein, wenn sie sich um mich sorgt. Ich selbst schäme mich nicht nur dafür, wie hilflos ich den Anfeindungen meiner Mitschüler ausgesetzt gewesen bin, sondern auch, weil ich mich jahrelang selbst für etwas verurteilt habe, das schlichtweg mein Charakter ist. Manchmal bin ich ihnen fast dankbar für das, was sie mir angetan haben. Sonst wäre ich nach meinem achtzehnten Geburtstag nie zur Therapie gegangen, bei der ich dann wiederum Leni kennengelernt habe. Es kommt, wie es kommt, sagt mein Vater immer.

Ich schließe die Augen und projiziere jeden einzelnen Teil meines Körpers als Bild vor mein inneres Auge. So entspanne ich mich Stück für Stück. Währenddessen erlaube ich den Gedanken und Gefühlen, wie ein Bienenschwarm in mir umherzukreisen.

Vor einem Jahr noch glichen jeder Gedanke und jedes Gefühl einer Wespe, die wild zusticht und immer wiederkommt, weil ein Stich sie nicht tötet. Dank der Therapie sind Reize mittlerweile zu Bienen geworden, die wissen, dass ein einziger Einsatz ihres Stachels tödlich für sie endet. Gleichzeitig habe ich begriffen, dass es Bienen nun einmal braucht, damit ein Ökosystem funktioniert. Deshalb klappt es seit einem Jahr also meistens zwischen den Gedanken, Gefühlen und mir.

Ich lockere die Schultern und scanne mit den Augen die unbekannte Umgebung. Mit schweißnassen Fingern streiche ich mir die Haare aus der Stirn, krame mein Handy hervor und öffne die Instagram-App. Dort lade ich das neue Foto zu dem Croissant in die Story. Sofort weicht ein wenig Anspannung aus meinem Körper. Innerlich gebe ich mir ein High Five und schiebe mein Handy zurück unter mein Handtuch, bevor ich wieder die Augen schließe und mich entspanne. Vielleicht habe ich die kommenden Tage sogar Spaß, wenn ich weiterhin so ein lässiges Schaf bin.

Geräusche ziehen an mir vorbei, ein Chaos aus lauten Stimmen und Musik. Ich atme tief durch und schlucke ganz viel Überforderung herunter. Von irgendwoher mischt sich der immer gleichbleibende Beat eines Elektrosongs in meine Gedanken, und als nach ein paar Minuten auf das letzte *Bum* ein neuer Beat folgt, hilft die Atemübung endlich dabei, meine angespannten Nerven zu beruhigen.

DAS KAPITEL, IN DEM ICH NEUE BLICKWINKEL ZIEMLICH GUT FINDE

Charlie

»Hey, du!«

Ich spüre etwas an meinem Arm und reiße erschrocken die Augen auf. In meinem Kopf hämmert sofort wieder ein wildes Gewirr aus Stimmen, Elektromusik und Gelächter gegen meinen rasenden Puls an. Einen kurzen Moment noch hängt mein Verstand in der Entspannungsübung fest, dann steigt Panik in mir auf und ich stoße ein überfordertes Keuchen aus. Ich versuche, mich aufzurappeln, aber anscheinend bin ich noch nicht wieder ganz bei mir. So verliere ich das Gleichgewicht, kippe mit einem hilflosen Schrei vornüber und reiße im selben Augenblick instinktiv die Hände nach vorn, um meinen Kopf davor zu bewahren, unkontrolliert auf den Boden aufzuschlagen.

»Fuck, alles okay?« Wieder ist da eine fremde Hand an meinem Arm, die ich mit einer ruckartigen Bewegung beiseitestoße, obwohl ein Teil meines Verstandes registriert, dass ich die Stimme kenne, die unsicher hinterherschiebt: »Bist du eingeschlafen?«

Auf einem Festival? Wie dumm wäre das? Meine Verwirrung über seine Frage ist so ziemlich der einzige Grund, dass ich nicht in Panik vor der aufsteigenden Überforderung wegkrieche.

Ächzend reiße ich meinen Oberkörper zurück, was ganz und gar keine gute Idee ist, weil es sich jetzt anfühlt, als würde mein Kopf implodieren. Keuchend schließe ich die Augen. Mit aller Macht scheint mich der unbekannte Ort gerade überrollen zu wollen. Zig Horrorszenarien durchfluten unkontrolliert meinen

Verstand, sodass keine Meditationsübung hilft, dort Ruhe reinzubekommen. Nur mit voller Konzentration schaffe ich es überhaupt, geregelt Sauerstoff in meine Lungen zu transportieren.

Erst als ich am Rascheln seiner Hose höre, dass der Typ neben mir in die Hocke geht, bemerke ich ihn wieder.

»Oder hast du zu viel getrunken? Schaffst du es, mich anzuschauen?«

Ich spüre, dass er näher kommt und augenblicklich wieder zurück auf die Fersen sinkt, als ich mit einem erstickten Laut die Lider aufschlage und vor ihm zurückweiche.

»Okay, vergiss es.«

»Ich bin nicht betrunken, ich hab versucht, mich zu entspannen.« Nur mühsam kommen die Worte aus meinem Mund, und noch anstrengender ist es, meinen Körper dazu zu bringen, sich aufzurichten. Die Hand, die mir sofort wieder entgegengestreckt wird, ignoriere ich und drücke mich mit beiden Händen vom Boden ab.

Ich blinzle. Das Erste, was ich wahrnehme, ist der nackte Oberkörper voller kleiner und großer schwarzer und bunter Tattoos, der meinen anscheinend bis eben noch vor der Sonne abgeschirmt hat. Dann erkenne ich, dass er zu Levy gehört. Er ist nicht so schmächtig, wie es aus der Entfernung vorhin gewirkt hat. Aber es ist Levy – der Typ, der seinen Kumpel wegen mir zurechtgewiesen hat und sich jetzt ebenfalls aufrichtet.

»Ich wollte dich nicht erschrecken, sorry. Du sitzt in der prallen Sonne, und ich hatte Sorge, dass du es nicht mitkriegst, wenn du einen Hitzeschlag bekommst.« Er zieht eine Hand aus der Hosentasche seiner Stoffhose, und damit fällt mein Blick automatisch auf die tiefschwarze Zahlenreihenfolge dort: 1206. Eine indigoblaue Linie geht mittig durch sie hindurch und endet knapp über einem Mal an seinem Daumen. Es ist kreisrund und dunkelrot, keine wirklich auffällige Narbe.

Jetzt hebt Levy den Arm, und ich folge der Bewegung bis hoch zu seinem Gesicht. Er bemerkt meinen Blick und wischt sich fahrig über die Augen, womit er den sorgfältig gezogenen Eyeliner-Strich auf dem Unterlid verschmiert. In seinem linken Nasenflügel steckt ein schlichter Ring, und um den Hals trägt er eine Art Band, das so aussieht wie Lenis Samt-Choker. Wow, das ist … na ja, es lenkt mich auf jeden Fall für einen Moment davon ab, dass ich meinen Atem noch immer nicht ganz unter Kontrolle habe und mir deshalb ein wenig schwummrig wird.

Levy beugt sich nach vorn. Sofort überrumpelt die unerwartete Bewegung meine überreizten Sinne. Ein ersticktes Keuchen entweicht mir.

»Ich heb nur dein Zeug auf, bevor es jemand klauen kann, okay?« Mit einem Lächeln wartet Levy auf meine Zustimmung, und als ich perplex nicke, greift er nach Handy und Handtuch neben mir, um mir beides zu reichen. »Am besten lässt du Wertsachen nicht so offensichtlich rumliegen, wenn du das nächste Mal *entspannst*.«

»Ob du es glauben willst oder nicht: Ich bin nicht eingeschlafen.«

»Selbst wenn …«, erwidert Levy locker und beißt sich auf die Unterlippe. »Ist mir auch schon passiert. Hat mich fünfzig Euro und meine vollgestempelte Tattoo-Bonuskarte gekostet.« Mit einem Grinsen streckt er mir sein anderes Handgelenk entgegen. »Siehst du. Hab ich bis heute deshalb nicht fertig bekommen.« Er dreht es so, dass ich den tätowierten Schriftzug lesen kann, der mitten im Satz endet. *Pflicht oder …*

Wahrheit? Wer lässt sich denn den Namen eines Spiels in verkehrter Reihenfolge tätowieren?

Ich muss lächeln. »Als ob …«

Grinsend fährt sich Levy mit einer Hand über den Nacken, die andere greift nach seiner Wasserflasche, um sie sich unter den

Arm zu klemmen, bevor beide wieder in seinen Hosentaschen verschwinden. »Weshalb musstest du dich denn *entspannen*?«

»Es ist absolut unmöglich, inmitten des Zeltchaos die Toiletten zu finden.«

»Ach so.« Er wirft einen Blick über seine Schulter. »Du meinst die neben dem Supermarktzelt, gleich dort hinten.«

Mein Blick fällt auf das große weiße Zelt mit bunten Lichterketten, das zugegeben eindeutig unter den anderen hervorsticht. Direkt dahinter erkenne ich mit viel Fantasie eine erste Reihe blauer Dixi-Klos.

Ich kann das frustrierte Seufzen nicht zurückhalten. »Gäbe es hier irgendwo ordentliche Hinweisschilder, hätte ich die Dinger auch auf Anhieb gesehen.«

Levy dreht den Kopf wieder um und mustert mich prüfend. »Es gibt ... vergiss es«, beendet er den Satz. Doch allein sein Ausdruck macht eindeutig, dass an den Wegen sehr wohl Schilder angebracht sind. Sein Blick wandert von meinen Sneakers über die enge Jeanshose nach oben, bleibt kurz an meinen zu Fäusten verkrampften Händen hängen und landet schließlich auf meiner bemalten Wange. Der Glitzerschwanz – verdammt.

»Frag nicht!«, platzt es aus mir heraus.

Levy runzelt die Stirn und legt den Kopf schief. »Ist das ein ...?«

»Es ist ein sehr würdevoller Glitzerschmetterling, genau. Den im Übrigen dein Kumpel eiskalt zerstört hat, weshalb ich auch die dämlichen Klos suche. So kann ich das nicht fotografieren.«

Levy trinkt einen Schluck aus seiner Wasserflasche, bevor er sie mir reicht. Mit einem Kopfschütteln lehne ich ab. Auf keinen Fall rühre ich irgendein wildfremdes Getränk an, da kann Levy noch so vertrauenswürdig wirken.

»Ich wollte ›Penis‹ sagen.« Mit einem Grinsen trinkt er aus, und ich glaube, dass er die leere Wasserflasche eigentlich zerdrücken will, doch als er meine zusammengepressten Lippen bemerkt, klemmt er sie zwischen Bauch und Hosenbund ein.

»Aber vielleicht fangen wir noch mal von vorne an.« Levy räuspert sich leise und schiebt die Hände zurück in die Hosentaschen. »Tut mir leid, dass Otis das Kunstwerk auf deiner Wange zerstört hat und deine Follower deswegen eine Stunde länger als üblich auf die sieben einfachsten Festival-Make-up-Looks zum Nachschminken warten müssen.«

Ich werde ganz sicher nicht darauf antworten. Schon allein deshalb nicht, weil Levys Tonfall zum Ende hin ein klein wenig sarkastisch wurde. Aber wie vorhin schon verspüre ich plötzlich den eigenartigen Drang, dagegenhalten zu wollen.

Ich beiße die Zähne zusammen und zucke mit den Schultern.

»Ich bin Levy«, fährt er fort. »Dreiundzwanzig, und jep: Das ist Eyeliner. Wenn du mir also den Namen deines Blogs verrätst, dann kann ich bestimmt noch was dazulernen.«

Okay, das … Ich kann mein Lachen nicht unterdrücken. »Das bezweifle ich ehrlich gesagt.« Mit dem Daumen zeige ich auf das Klassikradio-Logo auf meiner Brust. »Charlie, also eigentlich Charlotte, neunzehn, und anscheinend mit Glitzerschwanz auf der Wange.«

»Keine Influencerin?«

Ich schüttle den Kopf. »Definitiv nicht.«

Levy lässt sich nicht anmerken, wie er das findet. »Dein Glück. Auf Festivals herrscht meistens mieser Empfang.«

»Dieses Jahr haben sie für Influencer zusätzliche Sendemasten in den Boden gerammt«, erkläre ich ihm grinsend. Zumindest stand das so ähnlich auf dem Bild, das Leni in die Gruppe geschickt hat. »Du solltest die Festivalhinweise lesen.«

Levy wirkt genauso irritiert über meine schlagfertige Antwort wie ich. »Hab ich wohl vergessen.«

»Ziemlich fahrlässig, wenn du mich fragst.«

Levy verlagert sein Gewicht auf das andere Bein. »Du hast eben übrigens ›schläft auf Festivals ein‹ vergessen.«

»Ich bin nicht eingeschlafen!«

»Hattest du gesagt, stimmt.«

Levys schiefes Grinsen reizt mich, und plötzlich will ich ihn übertrumpfen. »Weißt du was, ich speichere mir einfach den Standort der Toiletten auf Google Maps ein, damit ich ihn nicht mehr vergesse.« Kaum haben die Worte meinen Mund verlassen, will ich sie einfangen und wieder zurückschieben. Was rede ich denn da? Als ob ...

»Festival-Orte lassen sich nicht auf Google Maps einspeichern.« Levys Lachen verdrängt meine Sorge, ihm mit meiner erbärmlichen Antwort viel zu viel über meine Unerfahrenheit verraten zu haben. »Aber wenn noch mal jemand so blöd nachfragt wie ich eben, behauptest du einfach, dass das auf deiner Wange ein Einflügelschmetterling ist.«

Levy beugt sich leicht zu mir vor, und ich frage mich, wie ein Mensch nach Sommer riechen kann. Nach Limone und Sonnencreme, und ein klein wenig verschwitzt, was mich bei den Temperaturen nicht wirklich überrascht. Dass sich mein Herz bei Levys Geruch zusammenzieht, hingegen schon.

»Einflügel... was?«

Er blinzelt. »Wie die Keinohrhasen-Til-Schweiger-Scheiße?«

»Ach so.« Schräger Vergleich. »Ich gehe ihn einfach abwaschen.«

»Oder das.«

»Falls ich die Toiletten ohne Google Maps finden sollte.«

Levy betrachtet mich, dann klemmt er den Silberring in seinem Nasenflügel zwischen den Fingern ein. »Den hab ich verdient.«

Mir fällt auf, dass Levys Wimpern mit dem Lidstrich ein mitternachtsschwarzes Oval um das Braun darin bilden, weshalb die Iriden selbst im Schatten richtig intensiv wirken. Seltsamerweise mag ich die Kombination.

»Gut«, sagt er. »Ich bin eigentlich auf dem Weg zur ersten Zeltplatzparty ...«

»Was für eine Party?« Ich habe keine Ahnung, warum ich ihn das überhaupt frage. Die Hoffnung, dass er mich einlädt, ihn zu begleiten, ist es jedenfalls nicht. Entweder habe ich Sonne abgekriegt, oder ... ich versuche gerade, ein Gespräch, das ich eigentlich beenden wollte, an einem Ort zu verlängern, den ich um alles in der Welt verlassen will. Unwillkürlich muss ich schon wieder lächeln, denn allein die Vorstellung ist echt absurd.

»Irgendein DJ-Kollektiv legt in einem umgebauten Caravan mitten auf dem Zeltplatz auf, die Leute tanzen dicht gedrängt zu ohrenbetäubender Musik. Es ist zusammengefasst ...« Schon allein in meiner Vorstellung der blanke Horror? Beängstigend? Verrückt? »Ziemlich genial! Irgendwie befreiend. Willst du mitkommen?«

»Auf gar keinen Fall!«

Wieder kann ich nicht herauslesen, ob Levy meinen schockierten Ausruf genauso peinlich findet wie ich. Es ist ein wenig beängstigend, wie gut er darin ist, kaum offensichtliche Reaktionen zu zeigen – als stünde man einem Soldaten der britischen King's Guard gegen. »Das Gute an Festivals ist, dass du nichts tun musst, aber alles machen darfst. Es schadet jedoch nicht, hin und wieder den eigenen Blickwinkel zu wechseln. Mal was Neues auszuprobieren. Sagt man doch so, oder?«

Ich bin mir nicht sicher, ob nur ich die Anspielung in seinen Worten gehört habe. »Klingt jedenfalls ziemlich weise. Vielleicht solltest du ja über eine Karriere als Influencer nachdenken.«

»Gute Idee«, sagt er. »Dass ich da noch nicht selbst drauf gekommen bin.« Jetzt unterdrückt er ein Lachen, da bin ich mir sicher. Ich erkenne es daran, wie Levy mühsam die Zähne zusammenbeißt, während sich die Gesichtsmuskeln trotzdem nach oben bewegen. O Gott, das sieht so dämlich aus, dass ich lospruste. So richtig laut, mit diesem dämlichen Schweinchenquieken zum Ende hin. Oft genug hat mich irgendjemand deswegen aufgezogen, weshalb ich normalerweise mühsam darauf achte, es zu unterdrücken. Aber gerade ... ging das nicht. Und ich bereue es sofort.

Denn Levy spannt sich an. Seine Augen verengen sich plötzlich und die Lippen werden schmal. »Na ja, meine Leute warten auf mich. Falls du dich hier noch mal entspannen magst, bleib am besten im Zelt oder ...« Er lässt den Satz unbeendet und schluckt ein paarmal.

Levys abrupte Distanziertheit verwirrt mich, weil ich seine körperliche Anspannung kenne, viel zu gut kenne, und mir den Grund dafür dennoch nicht erklären kann. Jetzt tut es mir leid, dass ich seine Einladung eben so abrupt abgeschmettert habe.

Ich merke, dass ich schon eine Weile ganz automatisch langsam ein- und wieder ausatme, und weil Levy meine geregelte Atmung jetzt übernimmt, lächle ich. »Dann ... äh, man sieht sich.«

»Du weißt, was man über Festivalseen behauptet?« Ein Zwinkern begleitet seine Handbewegung in Richtung meines Badehandtuchs, das ich mir gerade über die Schulter werfen will.

»Was denn?« Ich glaube, ich will es gar nicht wissen.

»Geh da lieber zu früh rein als zu spät. Ab morgen besteht der See nicht mehr ausschließlich aus Wasser.«

»Igitt.« Ich verziehe angewidert mein Gesicht.

Levy zuckt mit den Schultern und wendet sich zum Gehen. »Viel Spaß noch auf dem Festival.«

Ich habe keine Ahnung, wieso mein Herz mir bis zum Hals schlägt und warum ich erst jetzt wieder die Stimmen um mich herum wahrnehme, die Lautstärke, die Musik und meine körperlichen Reaktionen. Als hätte Levy das alles für ein paar Momente einfach ausgeknipst.

»Danke«, rufe ich ihm hinterher. »Und man –«

Levy dreht sich herum, und diesmal unterbricht er mich sofort, bevor ich mich wiederhole. »Man kann sich auf Festivals nicht so einfach *wiedersehen*.« Er lächelt nicht, aber mir fällt auf, dass sein Gesicht trotzdem wieder weicher wirkt. »Wobei ... Google Maps hab ich noch nicht probiert.«

»Jaja.« Diesmal bin ich diejenige, die energisch an ihm vorbeigeht, aber verdammt, meine Mundwinkel zeigen verdächtig weit nach oben.

»Mach's gut ...« Levys Stimme stockt, und ich glaube, dass er sich unsicher ist, welchen Namen er rufen soll. »Charlie.«

Verdammt, klingt das schön aus seinem Mund.

Eigentlich will ich antworten, dass ich ziemlich froh wäre, wenn Google Maps hier funktionieren würde, damit ich Levy noch mal über den Weg laufen kann, aber das lasse ich lieber. Stattdessen winke ich kurz und steuere die Toiletten an. Erst als ich beim Supermarkt schon ums Eck gelaufen bin, fällt es mir ein. Der Insta-Kanal! Die Empfehlung! Levy! Foto!

Nein, ich kann ihn jetzt nicht noch um ein Foto bitten. Das klingt nach der billigsten Ausrede, um ein eindeutig beendetes Gespräch weiterzuführen.

Vor mir stehen zig Leute, die ich fragen könnte. Aber Fremde anzuquatschen, ist nicht gerade meine Paradedisziplin, und Levy kenne ich ja nun schon ein bisschen. Außerdem hat er doch vorhin irgendetwas von neuen Blickwinkeln gefaselt. Damit könnte ich es begründen, mich jetzt wieder zu ihm umzudrehen ...

Finde ich gerade Argumente, einer Situation hinterher- und nicht vor ihr wegzulaufen?

Das ist ... mehr als ungewöhnlich. Und ein Problem.

Denn die Vorstellung, die nächsten Tage gemeinsam mit Levy auf dem Festival zu verbringen, sorgt dafür, dass es in meinem Magen plötzlich heftig kribbelt.

EVEN BE A CLOWN, JUST TO AMUSE YA

Levy

Tuncer: Dein Vater war eben hier im Späti. Alter, sag ihm, dass er das nicht mehr machen soll. Jedes Mal denk ich, die haben was gegen mich vorliegen.

Er hat es herausgefunden, alles klar. Obwohl ich nichts anderes von meinem Vater erwartet habe, macht mich diese Information noch irrer als Charlie. Wieso treffe ich dieses Mädchen genau heute? Zwei Jahre nach ... Fuck.

Das kann ich gar nicht gebrauchen, denn mein Vater wird ausreichend dafür sorgen, dass ich meine Entscheidung bereue, nach einem Jahr Pause mit Otis und Gloria wieder hierher aufs Rockfestival gefahren zu sein. Spätestens am Montagmorgen lässt er mich bei sich antanzen, um mich auf seine Art an den genauen Wortlaut der Abmachung zu erinnern.

Mit ekelhafter Erleichterung im Magen kontrolliere ich in Gedanken den Inhalt meiner Adidas-Sporttasche, die ich heute Morgen noch schnell zu den anderen Sachen in Otis' Wagen geworfen habe: das Poloshirt – marineblau mit goldenem Emblem – und dazu schwarze Oxford-Schuhe. Die Verkleidung werde ich vorher überstreifen müssen, denn mit Tanktop und Stoffhose brauche ich bei meinem Vater nicht aufzukreuzen. Er würde mich schon rausschmeißen, wenn er nur die Überreste des Eyeliners auf meinem Unterlid entdecken würde. Trotzdem springe ich, wenn der Penner nach mir ruft. Wie abgefuckt ist das eigentlich?

Ich stecke das Handy zurück in meine Hosentasche und hole tief Luft. Aus irgendeinem der Zelte schallt Muse. Ich verurteile die Rockband nicht dafür, dass sie zu den besten Musikern unserer Zeit gehören und deshalb beinahe verpflichtend ununterbrochen über den Zeltplatz eines jeden Rockfestivals dröhnen müssen, aber einige ihrer Scheißsongs sind für meinen abgefuckten Verstand kaum zu ertragen.

Besorgniserregender als die Gedanken an meinen Vater und Muse ist gerade nur Charlie. Keine Ahnung, wieso ihre Haare unbedingt auf Höhe ihrer Schultern enden müssen und warum Charlie sie trotz der knappen Länge zu einem unordentlichen Knoten hochgebunden hat. Was weiß ich, weshalb ihr Gesicht dadurch so wirkt, als würde es nur aus ihren hellen blauen Augen bestehen. Ihre verdammten Augen. Schlimmer noch als ihr Lachen.

Hat mich beides erst herausgefordert, dann überfordert.

Könnte mir vorstellen, dass es Charlie mit dem Festival ähnlich ergeht. Zumindest ließ ihre angespannte Körpersprache darauf schließen. Was macht sie dann hier? In einem Klassikradio-T-Shirt? Ich kenne den Sender, weil ich ihn gelegentlich höre, der Unverfänglichkeit seiner Songauswahl wegen. Otis und seine Schwester machen sich deshalb ständig über mich lustig.

Ich starre auf das Supermarktzelt und fühle mich rastlos, habe aber keine Ahnung, wieso. Eigentlich existiert in meinem Kopf für solche Situationen eine einzige simple Regel, die ich penibel einzuhalten versuche. Wäre mir Charlie in irgendeiner Bar in Berlin über den Weg gelaufen, würde ich mir jetzt einen alkoholfreien Drink bestellen und, während ich ihn leere, zu dem Entschluss kommen, es bei einer Frau zu versuchen, die mich aussucht, und nicht andersherum.

Aber dass Charlie das Festival ausschließlich wegen der Musik und belanglosem Sex besucht, bekomme ich mir definitiv nicht eingeredet. Trotzdem will ich ihr nachlaufen. Für einen Moment habe ich mir eben sogar eingebildet, dass sie unser Gespräch genauso wenig beenden wollte wie ich ... und allein die Tatsache, dass mir solche Dinge an ihr auffallen, löst noch mehr Unruhe in mir aus.

Charlie ist nicht die erste Frau, die irgendeine Scheiß-Erinnerung in mir hochkochen lässt. Das passiert ständig, und normalerweise bin ich verdammt gut darin, das zu verdrängen. Aber an Charlie ist etwas, das ich einfach nicht ignorieren und noch weniger greifen kann, was ein nervöses, fast schon drängendes Gefühl in mir auslöst, sie kennenlernen zu wollen. Verdammt, was ist denn los mit mir?

War es doch keine gute Idee, hierher zurückzukommen?

Fuck. Wenn das schon so anfängt ... miese Voraussetzungen.

Eigentlich sollte ich mich deshalb auf der Stelle verziehen, aber wie Charlie mich angelächelt hat, als mir wegen ihres Lachquiekens kurzzeitig eine Sicherung durchgebrannt ist, krieg ich nicht aus meinem Kopf. Als wüsste sie ziemlich genau, an welchem Abgrund ich in diesem Moment gestanden habe, hat Charlie angefangen, geregelt ein- und auszuatmen. Könnte ich mir aber auch eingebildet haben. Und selbst wenn. Dann hat Charlie eben geatmet, na und? Jeder Mensch atmet, Herrgott noch mal.

Mein Schädel pulsiert. Nur ein paar wenige Gedanken durchdringen das graue Durcheinander darin, die mir allerdings alle klarmachen, wie unnormal interessiert ich an dieser Frau bin.

»Charlie?« *Meine Beine sind eh schon in Richtung der Sanitäranlagen unterwegs, also tue ich meinem Verstand den Gefallen.* »Warte mal!«

Charlie zuckt zusammen, als sie ihren Namen hört, und direkt will ich mich dafür ohrfeigen, sie nicht einfach in Ruhe gelassen zu haben. Nichts an ihrem Verhalten war ein eindeutiges Indiz dafür, ihr folgen zu dürfen. Wie beängstigend gut ich darin bin, mir so einen Mist einzureden. Derweil sollte gerade ich mich mit kör-

perlicher Überforderung und fehlender Beweislage besser aus-
kennen ... Noch könnte ich das hier beenden und gehen.

»Ja?« Charlie hat sich umgedreht und mustert mich jetzt unschlüssig.

Mein Blick gleitet über ihr Gesicht, entlang der runden Kopf-
form bis hin zu den vollen Lippen und dann wieder hoch zu ihren
Augen. Es ist nicht exakt dasselbe Himmelblau, natürlich nicht.
Aber meinem Herzen ist das scheißegal. Eine Tatsache, die mich
direkt wieder aus dem Konzept bringt, weshalb ich den Mund
nicht aufkriege.

»Hab ich was liegen lassen?«, hakt Charlie unsicher nach und
überprüft erst ihre Hosentaschen, dann das Badetuch über ihrer Schulter. Statt ihre Steilvorlage anzunehmen, folge ich lieber
ihren unwillkürlichen Bewegungen. Wenn sie nicht in diesem
Augenblick die Arme vor der Brust verschränken würde, hätte
ich ihr schon wieder unverhohlen draufgestarrt. Nicht, dass ihre
Brüste mich mehr interessieren als ihr Gesicht. Ganz bestimmt
nicht. Sie sind nur unverfänglicher.

Ich drücke die Schultern zurück. »Äh, nein.« Gott, so hilflos
war ich ewig nicht mehr. Habe ich heute schon irgendetwas gegess-
sen? Vielleicht liegt's daran. »Ich wollte mich nur bei dir entschuldigen.«

»Wofür?« Das kommt wie aus der Pistole geschossen, während
sie eine Hand an ihre Wange legt, um erneut den Glitzer zu verdecken. Ja, wofür eigentlich?

»Wegen meiner Reaktion eben ...« Auf ihr Lachen? Scheiße, das
kann ich jetzt nicht einfach sagen, weil ich Charlie dann viel mehr
erzählen müsste, damit sie es begreift.

»Ist nicht schlimm.«

Jetzt komme ich mir richtig bescheuert vor. Da hätte sich mein
Hirn definitiv mehr Mühe geben können.

Charlies Blick bohrt sich zu Recht in meinen. Im Gegensatz zu mir trägt sie kein Augen-Make-up, trotzdem sind ihre Wimpern unfassbar lang und dicht. Das sieht wahnsinnig gut aus. Sie sieht wahnsinnig gut aus. Und anscheinend sorgt sie dafür, dass ich ebenso wahnsinnig werde. Ich bilde mir schon wieder ein, dass sie irgendetwas versteht. Allerdings bin ich nicht sicher, was genau sie eigentlich kapieren soll.

»Aber wenn du es unbedingt wiedergutmachen willst, kannst du mir tatsächlich bei einer kleinen Sache helfen.« Charlie räuspert sich leise und senkt den Blick auf ihre Hände.

Überrascht sehe ich sie an. »Sag mir einfach, was ich für dich tun soll, und ich tu es.« *Ready to serve ya* – steht sogar in meiner Insta-Bio. Mit diesem Gedanken befinden wir uns für den Moment wieder auf sicherem Boden.

Zögernd fasst Charlie sich an die hintere Hosentasche ihrer Jeans und zieht ihr Handy daraus hervor. »A-also«, stammelt sie verlegen. »Ich würde gern ein Foto von dir machen.«

»Von mir?«

Sie antwortet nicht sofort. Ihr Blick ruht auf der geschwungenen Schrift unterhalb meines Schlüsselbeins: *I'm not afraid, I was born for this.* Der Ausdruck in ihren Augen verdunkelt sich derartig, dass ich wünschte, ich hätte mein Tanktop vorhin nicht ausgezogen und achtlos ins Zelt geschmissen. Diese verdammten Augen.

»*Scheiße, Levy ... warte*«, hallt plötzlich ihre Stimme aus einem anderen Leben in meinen Gedanken wider. *Ihr Ton lässt keine Widerrede zu, als sie hastig den blonden Haarknoten auf ihrem Kopf richtet und sich zu mir herumdreht.*

»*Lass ihn!*« *Unter ihrem unsicheren Blick ergreift er ihre Hände, hält sie, beschützt sie.* »*Levy kriegt sich schon wieder ein.*«

»Natürlich von dir«, antwortet Charlie leicht verzögert, und weil ich ihr offensichtlich nicht richtig zuhöre und sie mit leerem Blick anstarre, schiebt sie mit Unsicherheit in der Stimme hinterher: »Alles in Ordnung?«

Ich kann mich nicht einmal darüber ärgern, dass ich gerade jetzt die Kontrolle über meine Gedanken verliere, weil ich auf der Stelle das Festival verlassen möchte. Ich will wegrennen, so wie immer, wenn die Erinnerung mich mitreißt.

»H-hab ich dich überrumpelt?«, hakt sie nach. Ihre Stimme wird dünner. »Also, es ist völlig okay, wenn du keine Zeit für ein Foto hast oder nicht möchtest; es ist auch kein Bild für meine private Pinnwand oder so ...« Charlie beißt sich verunsichert auf die Unterlippe. »Sondern für den Sender hier.« Mit dem Daumen deutet sie hektisch auf das Logo auf ihrer Brust, bevor ihre Hand wieder auf ihrer Wange landet. Zwei Finger biegen ihr Ohr leicht nach vorne, und jetzt sieht es aus, als würde sie ihren Kopf auf ihrer Handfläche abstützen.

Für einen Sekundenbruchteil lenkt mich diese Geste von dem Gefühl ab, zu ersticken. Obwohl es zwei Jahre her ist, dass ich tagtäglich ein ähnlich verkrampftes Verhalten an Menschen registriert habe, bin ich mir jetzt sicher, dass Charlie ebenso weglaufen will. Vor mir, vor diesem Ort.

»War eh eine total blöde Idee ...«, bestätigt sie meine Vermutung, und jetzt ist ihre Stimme so leise, dass sie in der Geräuschkulisse um uns beinahe untergeht.

War es nicht! Die Erinnerung schnürt mir gerade nur die Kehle zu, und gleichzeitig befürchte ich, dass ein hysterisches Lachen in mir hochsteigen wird, wenn ich die Lippen öffne, weshalb ich sie fest zusammenpresse. Denn ich habe das Gefühl, als wäre *sie* unwahrscheinlich nah, zum ersten Mal seit langer Zeit. Zum ersten Mal seit ... dem Ende.

Gefühlsmäßig werde ich gerade um zwei Jahre zurückgeworfen. Verdammt beschissene Jahre, in denen ich ständig an die eine Sache erinnert wurde: *I was born for this.*

»Hallo?«

Charlies Hand klärt mein verschwommenes Blickfeld, und als

nach mehreren keuchenden Atemzügen das Rauschen in meinen Ohren leiser wird, sehe ich sie wieder richtig. Höre sie, rieche sie. Fuck. Es gibt *eine* Scheißregel in meinem Kopf.

»Sorry«, presse ich zwischen zusammengebissenen Zähnen hervor. »Ich glaube, ich –«

»Ist schon okay«, springt sie für meinen überforderten Verstand ein und lächelt mich an. Mit ihren Lippen, mit ihren Augen ...

Eine Regel!

»Nein«, komme ich einem Nervenzusammenbruch zuvor. »Es ist nicht okay. Es tut mir leid. Wirklich. Ich bin manchmal ...«

Ein Idiot. Ihr Ausdruck schreit mir genau das entgegen. Ihre Pupillen zucken hektisch hin und her, werden erst rehaugengroß und verengen sich dann wieder zu schmalen Schlitzen. Selbst so zusammengekniffen blitzen sie in der Sonne auf wie die verdammte Meeresoberfläche. »Schräg?«

Ich lache, und das befreit mich ein klein wenig aus der emotionalen Schraubzwinge, in die ich hineingeraten bin.

»Das nehm ich. Und wegen des Bildes ...«

»Vergiss das Foto.« Charlies Blick huscht kurz zum Festivalsupermarkt, vor dessen Eingang wir gerade stehen. Er hat vor ein paar Minuten geöffnet, weshalb sich um uns herum immer mehr Leute versammeln. »Ich frag einfach jemand anderen.«

Jemanden, der kein Arsch ist. Verstanden. »Geht klar.«

Unwillkürlich fasse ich mir an den Hinterkopf. Bloß mit der Fingerspitze streiche ich vorsichtig über die leicht gewölbte Stelle hinter meinem linken Ohr, nur um meine Hand unter Charlies aufmerksamem Blick schnell zurückzuziehen. Wie hart will ich es heute eigentlich provozieren?

»Bist du sicher, dass du klarkommst?«

»Mach dir keinen Kopf, Charlie.«

Im nächsten Moment hebt und senkt sich ihr Oberkörper wieder in gleichmäßigen Abständen. Ich kenne die Atemübung noch aus der Ausbildung, habe sie vorhin schon an Charlie wiedererkannt und spüre sofort, dass sie mir hilft, meine Nerven zu beruhigen. Es ist verrückt, weil sie nicht wissen kann, dass ich gerade erneut kurz davor gewesen bin, in Panik zu geraten. Wieso um alles in der Welt schafft sie es dennoch, mir zu helfen?

Ich höre, wie Charlie Luft holt, um noch etwas zu sagen, und dabei näher kommt. »Dann ... hab noch eine gute Zeit hier.«

»Danke, du auch.«

Dabei sollte ich es belassen, weil für ein unbeschwertes Festivalerlebnis eh schon viel zu viele Fragen in meinem Kopf umherschwirren. Die banale Antwort auf alle lautet wahrscheinlich, dass dieser Ort hier eine Art Flashback auslöst und ich nicht hätte zurückkehren sollen. Das ist alles.

Für einen langen Moment sehen wir uns nur an. Charlie öffnet den Mund und schließt ihn wieder. Mir ist schon aufgefallen, dass sie keine unbedachten Dinge tut oder sagt. Auch jetzt nicht, als sie sich mit einem leisen »Tschüs« an mir vorbeidrängt und ihre Jeans ganz leicht meinen Oberschenkel streift. Ich weiß sofort, dass die Berührung nicht geplant gewesen ist, weil Charlie mit einem erstickten Laut zusammenzuckt.

»Sorry«, murmelt sie, und das ist verdammt noch mal nicht okay für mich. Charlie muss sich nicht entschuldigen. Ich bin der Idiot. Der es tatsächlich geschafft hat, sie noch mehr zu verunsichern ...

Seit ich sie vorhin überrascht habe, versucht sie praktisch schon, dieser Situation, mir, aus dem Weg zu gehen. Das muss okay für mich sein. Sollte es zumindest, ist es normalerweise auch. Aber die Vorstellung, diese Frau auf dem unübersichtlichen Festival nicht mehr wiederzusehen, kommt mir falsch vor, und deshalb kann ich meine verdammte Klappe nicht halten.

»Hör mal ...«

Ich glaube, dass Charlie den Atem anhält, als sie sich umdreht.

Allerdings verbiete ich mir, ihr noch mal auf die Brust zu schauen. Sie wartet vermutlich ähnlich angespannt wie ich darauf, was ich jetzt noch hinterherschiebe. Das weiß ich selbst nicht, ehrlich gesagt.

Ich muss daran denken, dass sie mir eben schon das zweite Mal geholfen hat und ob ich mich irgendwie dafür revanchieren kann.

»Also arbeitest du fürs Klassikradio? Dann bist du doch Influencerin?«

Sie braucht mehrere Anläufe, um mir zu antworten. Ja, ich finde die Frage jetzt auch recht willkürlich, aber meine Social-Media-Accounts sind das Einzige, was mir auf die Schnelle eingefallen ist.

»Ja und nein.« Charlies Daumen zeigt erneut auf den Aufdruck auf ihrem Shirt. »Mein Chef will jüngere Leute ansprechen, und ich soll auf Social Media für ausgefallenen Festival-Content sorgen. Ich bin Journalistin.«

Ist nah genug dran. Jackpot!

»Wenn ich's gut mache, kriege ich eine Volontariatsempfehlung.« Ihre Fingerspitze fährt kurz über ihre Wange bis zu ihrem Nacken und verteilt noch mehr Glitzer auf ihrer Haut. Mir fällt auf, dass sie im Gegensatz zu mir ihre Fingernägel nicht lackiert hat, und plötzlich frage ich mich, ob sie das bei mir stört.

»Ausgefallener Content?« Demonstrativ klemme ich den Ring in meiner Nase so zwischen die Finger, dass Charlie den schwarzen Nagellack erkennen kann, und grinse. »Steht vor dir. Du solltest deine Chance nutzen!«

Sie schaut mich irritiert an, und weil ich die Unruhe, die sich deshalb in mir aufbaut, nicht gut ertrage, fühle ich mich genötigt, etwas hinterherzuschieben.

»Vielleicht stell ich mich im Supermarkt vor ein Regal mit Dosensuppe ... für den Vibe, verstehst du?«

Scheiße, was wird das? Weshalb beschreibe ich ihr gerade den

Inhalt meines Social-Media-Profils? Ist selbst für meine Verhältnisse erbärmlich – immerhin habe ich noch nicht erwähnt, dass ich auf manchen meiner Bilder halb nackt bin.

Mein Gefasel sorgt auch so schon dafür, dass Charlies Haut unter dem Glitzer rosa wird.

»Was haben denn alle mit dieser dämlichen Dosensuppe?«

Ich versuche, ihren Tonfall zu deuten, doch es will mir nicht gelingen. Klingt irgendwie so, als wäre das heute nicht ihr erstes Dosensuppengespräch.

Irritiert verschränke ich meine Arme im Nacken und lehne den Kopf leicht nach hinten. »Vielleicht weißt du es nicht, aber wenn die Dosensuppenvorräte auf einem Festival erst mal knapp werden, dann ist damit nicht zu spaßen ...«

Charlies Mundwinkel zucken. »Danke, Haymitch. Ich hoffe dann einfach auf großzügige Sponsoren-Spenden, die mir mithilfe von Fallschirmen auf das Festivalgelände geschickt werden.«

Vergleicht sie mich gerade mit dem versoffenen Mentor von Katniss Everdeen aus *Die Tribute von Panem*? Hab ich verdient.

Spätestens jetzt tue ich mir nur noch selbst leid. Ich meine, was habe ich von der Situation hier erwartet? Charlie trägt ein Klassikradio-Shirt auf einem Rockfestival. Dass sie sich auf dem riesigen Platz unwohl fühlt, lese ich noch immer an ihrer verkrampften Körperhaltung ab. Sie passt nicht hierher, das ist mehr als offensichtlich, und ich kriege es einfach nicht gebacken, ihr ein Gefühl von Sicherheit zu geben. Was auch nicht meine Scheißaufgabe ist. Hätte ich gar nicht erst versuchen sollen. Bei einer Frau, die, wie ich schon mehrfach festgestellt habe, völlig entgegen der einzigen Regel funktioniert, die ich kenne.

»Okay, das sehe ich mal als Hinweis darauf, mich zu verziehen«, sage ich deshalb und deute in irgendeine beliebige Richtung. »Meine Freunde werden sauer, wenn ich sie noch länger warten lasse.«

Immerhin kriegt es mein Hirn hin, sie nicht noch mal zu fragen, ob sie mitkommen will. Ihre schockierte Reaktion vorhin hat sich anscheinend eingebrannt.

Doch Charlie grinst. »Mit Schokokeksen hättest du mich, glaub ich, eher überzeugt.«

Verdammt. »Wieso sagst du das nicht gleich, dann lass uns –«

»Ist schon gut«, unterbindet sie mein Vorhaben direkt. »Ich will nicht, dass deine Freunde sauer sind.«

»Okay, okay. Ich bin schon weg.«

Mit den Händen fahre ich durch meine Haare und erkenne, dass Charlie versucht, die Schrift unterhalb meiner rechten Achsel zu entziffern: *Do or do not. There is no try.* Das ist ein Zitat aus *Star Wars*, von Yoda. Vermutlich wird sie das nicht gerade davon überzeugen, dass ich mich erwachsener verhalten kann als der Panem-Mentor. Aus dessen Mund könnte die Übersetzung des Tattoos – *Nicht labern, machen* – nämlich auch stammen.

Ich strecke ihr meine Hand entgegen. »Sollten wir uns noch mal über den Weg laufen, machen wir dein Foto. Deal?«

Ziemlich traurig, dass das nicht die erbärmlichste Abmachung ist, die ich in meinem Leben je getroffen habe.

Charlie zögert, und eigentlich müsste ich die Hand wegziehen, so lange, wie sie draufstarrt, dann legt sie ihre in meine. Ich halte sie sanft und ohne Druck. Sie beobachtet mich ganz genau, als würde sie mir noch nicht einmal das zutrauen. Deshalb bin ich extra vorsichtig, um ihr zu beweisen, dass ich gut darin bin ... O verdammt, dass ich gut darin bin, mit ihr Händchen zu halten?

Das klingt richtig bemitleidenswert, und doch mache ich keine hektische Bewegung, weil sie das auch nicht tut. Ich nehme an, dass sie sich so am sichersten fühlt. Bis ihr Zeigefinger ganz kurz die kreisrunde Stelle an meinem Daumen berührt, wo sich ein bisschen Haut dunkelrot abhebt. Ich keuche leise und Charlie zieht ihre Hand sofort zurück.

»Halt mich für verrückt, aber weil ich anscheinend keinen blassen Schimmer von Festivalregeln habe, lasse ich mich darauf ein. Jedoch nur, wenn du das nächste Mal wirklich Schokokekse dabeihast.«

Ihr Lächeln. Ihre Berührung. Beides trifft mich unerwartet bis in den Magen und dann noch tiefer. Scheiße, ich will das noch mal machen. Ich will noch mal mit Charlie Händchen halten.

»Wenn du mir versprichst, bis dahin ein paar Bilder in Story und Feed zu laden?« Vorhin, als ich aufs Senderprofil geklickt habe, war der Feed leer. Sollte nicht so bleiben, wenn Charlie eine Empfehlung möchte.

»Doppel-Deal«, sagt sie, ohne zu zögern. »Schau nicht so – ich bin mir auch nicht sicher, wie ich es finden soll, dass du so hartnäckig bist.«

»Ich schlage dir ›gut‹ vor.«

Charlie lacht. »Deine Arschtritte sind ziemlich motivierend, das muss ich zugeben.« Ich dachte, ihr Lächeln wäre meine größte Sorge. Aber ich hatte vergessen, wie Charlie lacht. Sie quiekt ein klein wenig, und das ist ein großes Problem.

»Du nimmst deine Tattoos ziemlich ernst, kann das sein?« Ihr Blick haftet wieder auf meinem Arm, der die Stelle unterhalb meiner Achsel verdeckt, wo Yodas Worte stehen.

Ich bin so irritiert, dass ich vergesse, wegen ihres Lachens in Panik zu geraten. »Wie kommst du darauf?«

»*Nicht versuchen, machen* – klingt nach deinem Lebensmotto.«

Wie verdammt schlagfertig kann man sein? Mit dem Zeigefinger tippe ich auf den Schriftzug unter meinem Schlüsselbein. »Schon möglich.« *I was born for this* – mein Leben in fünf Worten zusammengefasst.

»Bist du dir eigentlich sicher, dass man Festivalorte nicht auf Google Maps einspeichern kann?«

»Wieso?«

Es zuckt wieder um ihren Mund. »Nur so.«

Den ganzen Weg bis zum Konzert frage ich mich, ob ich in den letzten zwei Jahren jemals so ein Gespräch geführt habe, das gleichzeitig lustig, schmerzhaft und ... schön gewesen ist. Aber mein Verstand muss sich keine Mühe machen, eine Antwort auf diese Frage zu finden oder Charlie kleinzureden, weil mein verficktes Herz sich gerade nicht bescheißen lässt.

BLOCKING OUT THOUGHTS
SO I DON'T LOSE MY HEAD

Levy

Dröhnende Musik und die Stimmen der Menschen, die dicht aneinandergedrängt tanzen, erfüllen meinen Kopf und den Rest meines Körpers bis in alle Gliedmaßen. Schweißnasse, größtenteils nackte Oberkörper glänzen im Licht mehrerer kreisrunder Billigscheinwerfer, die gemeinsam mit einem provisorischen DJ-Pult in einem umgebauten, voll funktionsfähigen Minivan aufgestellt wurden. In schwindelerregenden Intervallen blitzt rotes und weißes Licht über die wogende Masse und Teile des Campingplatzes. Überall auf dem Boden liegen bunte Werbeflyer der zig Bands und DJs verstreut, die in den kommenden Tagen auf den Zeltplätzen auftreten werden. Auf den ersten Blick erkenne ich keinen der Namen wieder.

Schon seit ein paar Minuten diskutieren neben mir zwei Frauen unangenehm laut darüber, ob sie hierbleiben oder sich für heute zurück ins Zelt verziehen sollen. Unwillkürlich drehe ich mich immer wieder von der aggressiven Lautstärke weg. Ein Reflex, den ich genauso wenig abstellen wie ich das Gezanke ignorieren und mich ausschließlich auf die Musik konzentrieren kann. Jetzt stößt eine der beiden Frauen einen genervten Seufzer aus. Aus reiner Gewohnheit ziehe ich die Schultern ein, dann suche ich so, mit gesenktem Kopf und flachem Atem, die Reihen nach Gloria und Otis ab. Letzterer hat mich dazu überredet, mir nach zwei mittelmäßigen DJ-Sets auch noch das hier anzutun. Bei Otis ist jede Zeltplatz-Party mit einem Ziel verknüpft. Bis eben tanzte er deshalb noch eng umschlungen mit einer jungen Frau, jetzt kann ich ihn nirgendwo mehr ausmachen, weshalb ich davon ausgehe, dass er sein Vorhaben gerade in die Tat umsetzt.

»Mann, Jasmin«, kreischt eine der beiden Frauen neben mir aus dem Nichts. »Wir sind auf einem Scheißfestival, und da geh ich nicht um sieben zurück ins Zelt. Gott, es dämmert noch nicht mal richtig! Geh einfach alleine!« Es folgt ein Stöhnen, richtig abfällig. Definitiv ein Geräusch, bei dem ich nicht verhindern kann, dass es sich brennend um meinen Körper legt.

Tief durchatmen. Mein Puls beschleunigt sich automatisch. Zur Sicherheit verschränke ich die Arme vor der Brust und achte auf einen ordentlichen Stand, was inmitten der tanzenden Masse nicht einfach ist und sicher albern aussieht, aber hilft. Die Haltung wurde uns in der Ausbildung als ein Zeichen von Dominanz beigebracht. Allerdings steht mir gerade niemand Alkoholisiertes oder Gewalttätiges gegenüber – es sind nur zwei junge Frauen, die sich lautstark streiten. Und mein Vater sagt, ein bisschen weibliches Gezicke habe man als Mann auszuhalten.

Endlich ebben ihre Stimmen ab und ich lasse mich zurück in den Beat fallen. Das Konzert des DJ-Kollektivs mit dem abgefucktesten Namen aller Zeiten – *Namen sind was für Grabsteine*, ehrlich jetzt? – ist eine Safe-Zone. In ihren Sets arbeiten sie anscheinend nicht mit Lyrics, und damit können sie auch keine ungewünschten Kurzschlussreaktionen in mir auslösen. Nur aus Angst vor solchen ziehe ich mir hin und wieder das Klassikradio rein, bei dem Char–

Stopp!

Für den Moment gibt es nichts anderes, nichts Wichtigeres, als die Musik und den besonderen Geruch auf Festivals, der mich umströmt: eine kräftige Mischung aus Parfüm, Schweiß und Marihuana, die vom bitteren Alkohol-Aroma durchtränkt wird. Festivals haben es an sich, dass man mitgerissen wird, dass sich Stunden nach Sekunden, dann wieder nach Minuten und am Ende des Tages nach einem nicht enden sollenden Augenblick anfühlen. Seit zwei Jahren ist jeder solcher Momente ein Scheißbonus.

Der Beat um uns herum steigt an wie eine Adrenalinspritze, die man sich direkt ins Herz jagt, drückt immer intensiver, und plötzlich … halten alle inne und der Beat droppt. Im nächsten Moment fliegen Fäuste wild nach oben und die Menge brüllt. Zufrieden reiße ich die Hände mit hoch und boxe mit der Faust unkontrolliert in die Luft. Die Musik hämmert in meinen Ohren und wird gleichzeitig von Gebrüll übertönt.

Mir stellen sich die Nackenhaare auf, weil ich genau deshalb hier bin. Ich fühle mich so frei wie seit Monaten nicht mehr.

Mein Handy vibriert fordernd in einer meiner hinteren Hosentaschen, bevor ich auf der anderen Seite eine Hand spüre, die sich gegen meinen Hintern drückt. Ich hebe kurz den Blick und sehe aus der Entfernung Gloria, die sich anscheinend ein Beispiel an ihrem älteren Bruder Otis nimmt und Körper an Körper mit jemandem tanzt, der mir den Rücken zugewandt hat. Frau oder Typ, darauf legt sie sich nicht fest.

»Hey, du!«

Automatisch drehe ich mich um und sehe, dass eine der beiden Frauen von eben direkt hinter mir steht. Ihre Hand liegt noch immer auf meinem Hintern, und vermutlich sollte mich das in irgendeiner Form stören. Tut es aber nicht.

Sie ist ungefähr in meinem Alter. Zweiundzwanzig, ein Jahr mehr oder weniger vielleicht, und nichts in ihren entspannten Gesichtszügen deutet daraufhin, dass sie vor ein paar Minuten aus der Haut gefahren ist. Ihr weißes Shirt spannt über ihren Brüsten, sie trägt keinen BH darunter, und die bunten Laufshorts an ihren langen Beinen sind so weit nach oben gerutscht, dass ich den Ansatz ihres Hinterns erahnen kann.

»Bist du alleine hier?«

Verflucht, danke! Das ist genau der Schalter, den ich brauche, um meinen verfickten Kopf auszuknipsen.

»Jep«, erwidere ich entspannt. »Du auch?«

Sie lächelt. »Jetzt schon.« Der Druck ihrer Hand auf meinem Hintern befiehlt mir, mich ganz zu ihr umzudrehen.

»Hatte deine Freundin keine Lust mehr?«, frage ich, weil ich sie auf die Schnelle tatsächlich nirgendwo sehen kann.

»Sie will unbedingt ihr Zelt aufbauen, bevor es dunkel wird. Mir reicht's aber, wenn deins schon steht.« Sie lächelt mich auf eine Weise an, die mich beinahe selig stimmt, weil ich mein Zelt sofort heute Morgen mit wenigen Handgriffen professionell hochgezogen habe. Mein Vater hat mich früher häufig mit zum Camping geschleppt. Scheint für ihn so eine Art Männerding gewesen zu sein. Vielleicht auch eine Erziehungsmaßnahme. Wenn ich seitdem eine Sache beherrsche, dann ist es die, ein Zelt in Rekordzeit aufzubauen. Aber wenn ich weiter so einen Scheiß denke, kann ich auch gleich seine verfickte Nachricht lesen, die mit großer Sicherheit auf meinem Display aufblinkt.

»Keine Sorge, tut es.«

»Mein Glück.« Sie legt auch ihre zweite Hand auf meinen Hintern, und den Ausdruck, der anschließend über ihr Gesicht huscht, kenne ich. »Das Set hier ist gleich zu Ende …«

Das lenkt meine Gedanken zurück in altbekannte sichere Bahnen. In meinem Leben brauche ich das. Die Dinge müssen simpel sein. Eine einzige Regel.

Sie lächelt herausfordernd, und ich erlaube ihr, meine Tattoos zu scannen, warte geduldig, bis ihr Blick hochschwenkt. Sie beißt sich kurz auf die Unterlippe, als sie den schwarzen Strich auf meinem Unterlid entdeckt. Perfekt. Gleich ist sie bei den fein gezupften, geschwungenen Augenbrauen angekommen. Ich rücke ein Stück näher an sie heran, damit sie den Silberring in meiner Nase mustern kann. Und wenige Sekunden später registriere ich, dass sie beschlossen hat, wissen zu wollen, was für eine Geschichte hinter alldem steckt. Vielleicht beeindruckt sie auch die Tatsache, dass ich mir meiner Sexualität so sicher bin, dass ich sie nicht auf weiblichen oder männlichen Attribute beschränken muss.

Eins von beidem, nichts dazwischen.

Aber was weiß ich schon? Außer dass es unfassbar heuchlerisch ist, mir anzumaßen, zu wissen, was sie oder irgendeine andere Frau auf dieser Welt denkt.

Sie mustert mich weiterhin interessiert. »Ich bin übrigens Mona.« Ihr Mund nähert sich meinem, und bevor ich irgendetwas tun kann, greift sie grob in meine Haare und zerrt meinen Kopf in den Nacken. Ziemlich genau so, wie ich es mag.

Ihre zweite Hand schiebt sie nach vorne, fährt dominant über meinen Schritt und greift nach meinen Händen. Fordernd zieht sie diese auf ihren Po, der bei ihrer ruckartigen Bewegung nun ganz unter dem Stoff hervorlugt. Weil ich nicht einfach zupacke, presst sie meine Hände auf die nackte Haut, sodass ich ihre feine Gänsehaut spüren kann.

»Wenn du magst, können wir auch sofort gehen.« Mona sieht mich an und beugt ihren Oberkörper nach vorne. Ihre Brustwarzen treten unter dem leichten Stoff deutlich hervor. Sie spürt, dass sie mir gefällt, und die Art, wie sie darauf reagiert, vertreibt jegliche Gedanken aus meinem Kopf. So was habe ich bisher nur auf Festivals erlebt, und vielleicht bin ich auch deshalb nach einem Jahr Pause wieder hier. Kopf aus, Musik und belangloser Sex an. Gut, dass mein Plan doch funktioniert.

»Wie du willst.«

Ich warte ab, bis Mona mir ihre Hand auf den Rücken legt und mich aus der Menge dirigiert. Fuck, geht das schnell. Aber ein Blick auf den hochgerutschten Stoff ihrer Hose reicht, und ich weiß, dass es mir scheißegal ist, wie das hier abläuft. Weil ich darauf stehe, wenn sich Frauen an mir bedienen.

Am Rand der tanzenden Menge schiebt Mona beide Hände unter mein halb geöffnetes weißes Leinenhemd.

Mit der Zungenspitze stößt sie gegen ihre Oberlippe, zwei ihrer warmen Finger streifen mein Brustbein, wo ein Schwarz-Weiß-Porträt der jungen Queen Elizabeth II endet. »Das ist ziemlich heiß.«

Es reizt mich, dass sie meine Reaktion nicht abwartet, sich stattdessen eng gegen mich presst. Festivals machen es einem so einfach. Zumindest, wenn nur Sex funktioniert und es sonst nichts gibt, was noch irgendeine Bedeutung hat.

»Wie weit ist es bis zu deinem Zelt?«

»Ein paar Minuten von hier, gleich neben dem Supermarkt.«

»Dort gibt es Kondome, nehme ich an.« Sie wirft sich ihre langen Haare über die Schultern und streicht die Shorts wieder nach unten. Könnte mir vorstellen, dass sie normalerweise lieber Röcke trägt. Was die Übersetzung ihres Lächelns anbetrifft, brauche ich keine Vorstellungskraft.

»Ich hab genug im Zelt.«

Als Antwort greift mir Mona direkt in den Schritt, und jetzt bin ich mir sicher, dass das hier klargeht. Mona ist im Stillen zu dem Entschluss gekommen, dass sich ein Flirt mit mir in den kommenden vier Tagen lohnen könnte. Ein Flirt, Sex, eine nette Ablenkung von ihrem Studium oder ihrem Job – nicht mehr.

Die Regel ist so einfach, viel zu einfach. Dank Mona kann ich verdrängen, dass ich sie bei Charlie fast vergessen habe.

Wäre ziemlich optimal, wenn Mona ihre direkte Art nicht nur vortäuscht – damit hätten wir beide was davon, könnten es die nächsten Tage ein paarmal wiederholen und im Anschluss ans Festival sein lassen.

Während ich dabei bin, Gefallen an der Vorstellung zu finden, liegt Monas Hand noch immer zwischen meinen Beinen. Ihr Griff wird ein winziges bisschen zu fest, aber weil ihre Zunge im nächsten Moment über meinen Hals fährt, beschwere ich mich nicht. Tue ich auch sonst nie, wenn ich so darüber nachdenke. Was soll's.

Die feuchte Spur von Monas Lippen erreicht gerade mein Kinn, als mir jemand von hinten einen Arm um den Hals schlingt und mir einen rauen, stoppeligen Kuss auf die Wange drückt, bevor er wieder loslässt. Nicht. Sein. Fucking. Ernst.

»Levy, ich hab Ria verloren.« Wie aufs Stichwort ebbt der Beat ab und geht in einen ruhigeren über. »Grade war sie noch da und jetzt ...«

»Alter!« Ich werfe Otis einen eindeutigen Blick zu. »Ich bin beschäftigt.«

Otis zieht meinen Oberkörper von Mona weg, und mein genervtes Stöhnen geht in den Schlagzeugrhythmen eines neuen Songs unter.

»Machen wir das jetzt zu dritt, oder wie?«, fragt Mona, während Otis seinen Kopf einfach wieder auf meine Schulter legt. »Hab ich im Grunde nichts gegen, aber –«

»Hast du meine Schwester gesehen?«, unterbricht er sie, was Mona mit einem Kopfschütteln quittiert. »Sie ist kleiner als du, trägt ein pinkfarbenes Sakko, kurze Shorts, Ohrringe.«

Ich schiebe Otis' Kopf grob beiseite. »Schreib das doch einfach genauso auf ein Papier, häng es als Vermisstenanzeige an jedes Zelt und lass uns in Ruhe.«

Ohne eine Antwort tritt Otis zwischen Mona und mich und legt beide Arme um meine Taille. Über die Schulter hinweg flüstert er ihr eine Entschuldigung zu, woraufhin sie sich geräuschlos verzieht.

»Mach mir doch nur Sorgen um Ria«, nuschelt Otis. »Sie hat gestern noch für irgendwen die Spätschicht übernommen und ...« Er stockt, als hätte er vergessen, was er eben sagen wollte. Genervt warte ich, bis er weiterspricht, aber ich sehe nur, wie sein

Körper kurz darauf leicht in Schräglage gerät, weshalb ich mich schnell bei ihm unterhake. Sofort stützt er sich schwer auf meiner linken Schulter ab. Seit heute Morgen ist Otis betrunken, und seit genau zwei Minuten bereue ich, dass ich es nicht bin.

Mein Handy vibriert erneut. Verdammte Scheiße.

Suchend schweift mein Blick über die Tanzenden, bis ich Gloria unter ihnen erkenne. Ich ziehe Otis zu mir und senke den Kopf leicht, damit er mich in seinem Zustand versteht.

»Ria tanzt da drüben, und wenn du ein netter Bruder bist, dann lässt du sie mit der Frau in ihren Armen allei–«

»Ria!«, brüllt er über die Massen hinweg. »Ria, ich bin hier!« Überraschend geschickt windet er sich aus meinem Griff und schlägt sich durch die Leute hindurch bis hin zu seiner Schwester, um sie hinter sich herzuziehen.

Ich nutze die kleine Diskussion, die Gloria daraufhin inmitten der Tanzenden anzettelt, und checke mein Handy. Obwohl ich den Absender bisher nur erahnen kann, liegt mir schon jetzt bittere Galle auf der Zunge. Scheiß drauf – ist wie ein Pflaster. Besser gleich abziehen. Zig Social-Media-Benachrichtigungen blinken auf dem gesperrten Display auf, unter ihnen eine einzelne SMS.

Ich gebe mir noch zwei Atemzüge Zeit, während ich Otis dabei zusehe, wie er Ria schwankend aus der Menge schleift, dann entsperre ich den Bildschirm.

Unbekannt: Montag, 8:45 Uhr. Pünktlich! Und sieh zu, dass du die Anzeichen der spätpubertären Rebellion in deinem Gesicht und diese Weiberklamotten loswirst, bevor du mein Haus betrittst.

Die SMS meines Vaters landet augenblicklich im Papierkorb, weil der letzte Satz bereits nach einem Mal Lesen in jenem kühlen Befehlston in meinem Kopf widerhallt, mit dem er sonst nur Menschen auf der Straße zurechtweist, die gegen das Gesetz verstoßen. Seine Nummer habe ich nicht eingespeichert, weil es in den letzten zwei Jahren keinen Grund gegeben hat, ihm freiwillig zu schreiben. Den gibt es auch heute nicht.

Denn die Nachrichten meines Vaters lassen mir nicht die Wahl, ob ich Lust darauf habe, zu meinem Elternhaus nach Charlottenburg zu fahren, oder nicht. Mein Magen verkrampft sich alleine bei dem Gedanken daran, ihn am Montag sehen zu müssen, und gleichzeitig überfordert mich die Vorfreude darauf, dass meine Mutter alles in die Wege leiten wird, damit ich irgendwie mit ihm klarkomme.

Ich müsste es ihr leichter machen, indem ich auf meinen Vater höre, meinen Kopf einfach abschalte und nicht mehr an die Ereignisse denke. Für ihn sind der Vorfall, aber vor allem die Zeit davor, trockene Asche, aus der kein einziger Funke mehr in den Himmel stieben darf. Nie mehr wieder. Doch meine Erinnerungen kann mir niemand verbieten. Noch nicht einmal ich selbst.

Fuck. Das war ein Gedanke zu viel.

Ich habe gerade noch Zeit, zu registrieren, dass meine Umgebung irgendwie in Schieflage gerät, im nächsten Moment befinde ich mich auf den Knien. Mehrere Sekunden sehe ich nur die Flammen, die rot und orange in mir auflodern. Dann senke ich hektisch meinen Kopf und tue so, als hätte ich etwas auf dem Boden verloren, damit niemand bemerkt, dass eine einzige verfickte SMS meines Vaters und ein paar aufgewühlte Erinnerungen an diesen Ort hier ausreichen, damit meine eigenen Gedanken auf mich losgehen. Meine Finger zittern vor Wut über diese Situation und meine eigene Hilflosigkeit. Ich presse meine Lippen zusammen, bis es schmerzt, damit mir nicht noch Tränen in die Augen steigen, und fahre mit der freien Hand immer wieder durch meine Haare.

Mein verficktes Leben ist ein Arschloch.

Aber diese glorreiche Erkenntnis verhindert nicht, dass ich mich in ihr verliere.

Fuck, Sophie.

LIKE SOME KIND OF MADNESS
TAKING CONTROL

Levy

Sophie.

Ihr Name ertränkt mich, bis ich alles um mich herum nur noch als dunklen Fleck wahrnehme. In meinem Innersten treffen Flammenwerfer auf ausgetrocknetes Laub. Ich will sie verdrängen. Sie so lange verdrängen, bis es endlich nicht mehr wehtut. Aber das funktioniert so nicht, oder?

»Levy?«

Gloria, Scheiße. Sie habe ich vollkommen vergessen.

Zögernd geht sie neben mir in die Hocke und stützt sich mit den Fingerspitzen auf dem Boden ab. Ich höre, dass sie sich ihren rausgewachsenen Pony aus der Stirn bläst. Einmal. Zweimal. Dann seufzt sie leise und mir wird heiß.

Gloria hat nicht lockergelassen, nachdem sie erfahren hat, was passiert ist. Jetzt beugt sie sich zu mir nach vorne und drückt mir einen flüchtigen Kuss auf die Haare. Ich habe das Gefühl, dass sie ihren Körper irgendwie hinter mich schiebt, um mich von den Leuten abzuschirmen. Plötzlich ist mir nicht mehr heiß, sondern eiskalt. Ich muss das Zittern noch mühsamer unterdrücken. Erst als Gloria, genau wie Charlie heute Mittag, damit anfängt, in gleichmäßigen Abständen zu atmen, traue ich mich, meinen Kopf anzuheben. Die Arme schlinge ich mir zur Sicherheit um den Oberkörper, als ich Otis entdecke. Er lehnt an einem Wasserspender und knetet unschlüssig die Hände. Fuck, so was ist mir in seiner Nähe noch nie passiert.

Gloria legt mir eine Hand auf den Arm, während ich mich frage, was mich jetzt erwartet. Jetzt, da ich mir nach so langer Zeit erlaubt habe, ihren Namen zu denken. Tja, wahrscheinlich ist es nicht weiter tragisch, weil alles genauso bleibt, wie es seitdem eben ist: beschissen.

»Lasst uns mal zurück zu den Zelten gehen. Otis ist völlig fertig.« Ich hasse es, dass sie Otis als Vorwand für meine Schwäche benutzt. Glorias Hand fährt hoch zu meiner Schulter und wieder zurück, aber mein verräterischer Körper will nicht damit aufhören zu beben. »Oder filmst du gerade den Flyer hier für deine Story?«, lenkt sie den Fokus mit einem Nicken auf ein bunt bedrucktes Papier weiter von mir weg. »Die ist heute auffällig leer.«

Ich gebe irgendeinen Laut von mir und Gloria stößt sich seufzend vom Boden ab. Erst jetzt bemerke ich, dass sie die ganze Zeit ihr Handy in der Hand gehalten hat. Falls ich ... durchdrehe und sie Hilfe rufen muss? Das passiert nicht. Nicht mehr.

Sie reicht mir ihre Hand, aber ich mache keine Anstalten aufzustehen, sondern halte den Atem an, weil ich Sorge habe, sonst ein weiteres Geräusch von mir zu geben, das beweist, wie weit ich es habe kommen lassen.

»Gut, dann bleiben wir eben hier sitzen. Ist ja auch schön.« Glorias Ausdruck wird ernst, als sie sich wieder zu mir auf den Boden sinken lässt. »Willst du drüber reden?«

»Tja«, stößt Otis hervor. »Mein Stichwort, mir was zu trinken zu holen.« Er wartet darauf, dass ich nicke, und als ich es nicht tue, gibt er ein Stöhnen von sich. »Alter, was? Ich bin kein Therapeut.«

»Fuck«, sage ich, diesmal laut, weil mir nichts Besseres einfällt. Könnte daran liegen, dass ich mich auch ohne Otis' Kommentare schon wie der letzte Loser fühle. »Wenn ich dir fünf Euro gebe, versprichst du mir wenigstens, nichts mehr zu trinken?«

»Behalt mal dein Geld, Levy. Brauchst du dringender«, sagt

Otis schlicht und holt sein Handy aus der Hosentasche. »Die Frau, mit der ich eben getanzt habe, hat zweimal angerufen. Ich geh sie mal suchen, wir sehen uns später.«

Gloria verzieht kurz das Gesicht, nachdem Otis wieder in der tanzenden Menge verschwunden ist. »Gehört das eigentlich automatisch zusammen?« Sie fummelt an ihren Kreuzohrringen herum. »Ich meine, Alkohol und unzurechnungsfähige Vollidioten?«

»Bei deinem Bruder ganz bestimmt«, raune ich, stoße mich langsam vom Boden ab und reiche Gloria meine Hand. Immerhin hat der kurze Schlagabtausch mit Otis die Panik abgemildert.

»Reden?« Ihr Blick, als ich sie hochziehe, sorgt dafür, dass ich mich noch beschissener fühle. Ich kann es ihr nicht sagen. Ich will es nicht. Weil ich nicht das hilflose Opfer sein will. Die Frage nach der Opferrolle stellt sich nicht. Vielleicht nicht mehr. Aber eigentlich noch nie. Alles, was irgendwann mal passiert ist, ist doch scheißegal, denn: Ein bisschen weibliches Gezicke hat man als Mann auszuhalten.

»Drauf geschissen, Ria.« Ich kaue auf einer Antwort herum, aber mir fällt nichts Besseres ein als: »Wir sind auf einem Festival, und Otis hat recht, ihr seid nicht meine Therapeuten. Außerdem ist Reden das Letzte, was ich will.«

Gloria schnaubt leise. »Levian König«, sagt sie streng. »Hör auf damit!« Und verdammt, das ist der Grund, wieso ich immer noch mit Otis befreundet bin, obwohl er ein Scheißkerl ist. Seine Schwester ist diejenige, die mir seit der Sache mit Sophie nicht mehr von der Seite weicht. Ganz egal, was für ein verkorkster Scheißkerl ich wiederum bin.

Gloria kapiert es nicht, wenn ich meine Ruhe haben will. Vergessen will. Verdrängen. Vögeln. Mir einen runterholen. Alles, was ausdrückt, wie wenig Bock ich habe zu reden.

»Hat dein Vater rausgefunden, dass du hergefahren bist?«, drängt sie weiter. »Oder ... geht es um S-Sophie?« Wir schlucken beide, als sie ihren Namen ausspricht, aber nur Gloria verwischt den Kajal um ihre Augen.

»Es gibt eine Menge Probleme in meinem Leben, aber weder mein Vater noch ... Vergiss es einfach. Bitte.«

»Gut, dann wirst du jetzt mit mir zu meinem Zelt kommen und mir helfen müssen, es aufzubauen. Ich glaube, da ist ein Loch in der Außenhaut, aber ich finde es nicht.«

Die Linien auf ihrer Stirn deuten darauf hin, dass sie etwas ganz anderes sagen will. Ich liebe sie dafür, dass sie es nicht tut. Ich habe Ria nicht verdient. Echt nicht.

»Kein Ding, kümmere ich mich drum.«

»Levy ...« Gloria seufzt. »Irgendwann, ja? Wenn nicht mit mir, dann mit jemand anderem, versprochen? Schweig es nicht tot.«

Immerhin lasse ich mir mein Schweigen gut bezahlen, aber davon weiß Ria nichts.

»Mhm.« Mein Blick fällt auf das *Pflicht*-Tattoo an meinem Handgelenk. *Wahrheit* habe ich absichtlich nicht dazustechen lassen, weil es völlig irre ist, was ich alles tun würde, um meinen Teil der Abmachung zu erfüllen. Deshalb kann ich Gloria nichts versprechen, was unmenschlich schwer einzuhalten ist. Außerdem helfen Gespräche, genauso wie eine Therapie, nur dann, wenn man halbwegs ehrlich sein darf, möchte ich meinen.

Langsam drehe ich mich von Gloria weg. »Lass uns noch kurz beim Supermarkt vorbei.« Meine Stimme klingt heiser. »Ich brauch Schokokekse.«

»Schokokekse?« Gloria schüttelt irritiert den Kopf, als ich nach ihrer Hand greifen und sie mit mir ziehen will. »Ich hab nach der Spätschicht gestern extra noch Donuts für uns gebacken, was ich euch während der Autofahrt ja auch nur ungefähr fünfmal erzählt hab. Die mit Schokoglasur für dich und für Otis mit pinken Streuseln. Was glaubt ihr denn, wieso ich so müde bin? Manchmal frag ich mich echt, warum um alles in der Welt ich mir überhaupt ...«

Sie beendet den Satz nicht, sondern verschränkt die Finger ineinander. »Ich weiß schon, wieso ich lieber Frauen date.«

»Wenn du lieber Frauen mit in dein Zelt nimmst ...« Ich gehe an ihr vorbei in Richtung des Supermarkts und rufe über meine Schulter: »Dann hoffe ich für sie, dass du dich bei ihnen weniger dämlich anstellst, wenn es darum geht, das Loch zu finden.«

Ria schnaubt angriffslustig. »Niemand interessiert sich für deine Meinung, Levian.«

Gott, wie ich es hasse, wenn jemand meinen vollen Namen benutzt. Tut sonst nur mein Vater.

»Nur so ungefähr siebzigtausend Leute, von denen sicher um die hundert hier auf dem Festival sind ...« Mein Lächeln wird wahrscheinlich zur Grimasse, weil ich mir gut vorstellen könnte, dass Mona mich von Social Media wiedererkannt hat. Was soll's, ist ja irgendwie Sinn der Sache. »Kommst du?«

»Ist mir scheißegal, wie viele Follower du hast«, sagt Ria achselzuckend, als sie zu mir aufschließt und nach meiner Hand greift. »Ich bin in der Realität genervt von euch, das ist was völlig anderes.«

»Tut mir leid.«

»Ist ja nicht so, dass ich im Altenheim nicht genug Pflegefälle vorgesetzt kriege.« Sie verzieht den Mund, und ich kapiere nicht, wieso ich die dunklen Schatten unter ihren Augen nicht schon heute Morgen bemerkt habe. Sie unterdrückt ein Gähnen, bevor sie fortfährt. »Wie lange kann ein Mensch eigentlich ohne Schlaf auskommen?«

»Zweiundsiebzig Stunden sind es mindestens.« Das habe ich damals unfreiwillig ausprobiert. Ich konnte nicht schlafen, und irgendwann habe ich Tabletten eingeworfen, um nicht mehr wach sein zu müssen. Wäre deswegen fast draufgegangen, wenn Gloria damals nicht schnell genug geschaltet hätte. Manchmal frage ich mich, ob ich damals wirklich wieder aufgewacht bin – oder ob ich seitdem vielleicht einfach in irgendeiner Zwischenwelt festhänge. »Würde ich dir aber nicht empfehlen.«

»Dachte ich mir. Bin aber kurz davor.« Sie gähnt noch mal. »Die nächsten vier Tage sind die ersten freien am Stück seit Wochen.«

Und ich habe nichts Besseres zu tun, als Ria mit meinem Mist zu belasten. »Du arbeitest zu viel.«

»Nein, es geht schon.« Aber Gloria sieht mich nicht an, während sie das sagt. Konzentriert starrt sie auf ihre Füße. »Ist ja auch nur, bis Papa wieder was gefunden hat.«

Von Otis weiß ich, dass seit dem Tod ihrer Mutter jeder in der Familie neue Rollen zugewiesen bekommen hat.

»Wenn du meinst.«

Ich glaube, Ria ist diejenige, die versucht, das verlorene Familienmitglied zu ersetzen. Otis derjenige, der sich darum kümmert, dass alles am Laufen bleibt, und ihr Vater ...

»Darüber will ich genauso wenig reden wie du über die Sache mit, na ja, du weißt schon.« Unsicher lächelt sie mich an.

»Schätze mal, deshalb sind wir hier, oder? Um den ganzen Scheiß abzustreifen.«

Wahrscheinlich werde ich es heftig bereuen, dass ich das Gespräch Ria zuliebe jetzt auf ein Thema lenke, das mir eigentlich scheißegal sein sollte, aber über das ich wenigstens reden darf. Und auch ein kleines bisschen will.

»Magst du wissen, weshalb meine Story leer ist?«

Ria verzieht den Mund, dann läuft sie eine Weile schweigend neben mir her. Aber mit jedem weiteren Schritt übers Zeltgelände wird ihre Körperhaltung wieder lockerer. Rechts und links strömen Menschen an uns vorbei, meistens in bunter Kleidung und mit Plastikbechern in der Hand. Sie unterhalten sich ausgelassen, tragen hin und wieder kleine Musikboxen auf den Schultern, aus denen Rocksongs schallen. Trotz des bisschen Drucks in meinem Magen fühle ich mich allmählich wieder so, als wäre ich heute

Morgen nicht nur durch einen unscheinbaren Zeltplatzeingang getreten, sondern auch in einer völlig neuen Welt gelandet. Auf eine gewisse Weise ist es befreiend, nur mit einem Zelt und einem Rucksack vier Tage lang an einem Ort zu sein, an dem es alles gibt, außer Scheißprobleme und Sorgen. Muss ich mich nur wieder drauf einlassen.

»Keine Ahnung, wieso du ausnahmsweise mal nicht zig Bilder in deine Story lädst«, sagt Ria, bevor wir einen der breiteren Hauptpfade erreichen, der an unseren Zelten vorbei zum Supermarkt führt. »Schlechter Empfang?«

»Ria.« Ich verdrehe die Augen und kann mein Grinsen nicht unterdrücken. Unter meinen Füßen knirschen die Steinchen des Pfades. »Sie haben dieses Jahr extra Sendemasten für Influencer in den Boden gerammt. Hast du die Festivalhinweise nicht gelesen?«

»Ich kenne niemanden, der die liest.« Gloria weicht einem schwankenden Typen im Einhornkostüm aus, und mir fällt auf, wie laut selbst der Zeltplatz ist.

Satzfetzen, Gejohle, zwischendrin schrille Gitarren. Die Luft ist stickig und drückend; es riecht jetzt schon überall nach Alkohol und Erbrochenem.

Mit Charlie war es irgendwie ... stiller. Außerdem hat sie gut gerochen. Sie stand so dicht vor mir, dass ich nicht nur ihr Waschmittel riechen konnte, sondern auch etwas anderes. Etwas, das mich jetzt, da ich Zeit habe, darüber nachzudenken, irritiert. Ich könnte schwören, dass es Minze gewesen ist, aber irgendwie roch Charlie auch fruchtig. Nach Orange, Zitrone – irgendwie so was. Ich würde auf etwas Alkoholisches tippen, aber vermutlich trinkt Charlie nicht, zumindest nicht vor Mittag.

Das wäre der einzige Punkt, in dem wir uns ähneln.

»Na gut, erzähl schon«, sagt Gloria in meine Gedanken hinein. Um ihre Mundwinkel zuckt es, während sie am Saum ihres schwarzen Nirvana-Croptops herumzupft. »Warum ist deine Story heute nicht voller weiser Instagram-ist-mein-Tagebuch-Ratschläge?«

»Das Klassikradio«, sage ich schnell. »Du weißt schon, das ich gelegentlich höre ...«

»Oft«, korrigiert Gloria mich. Sie sieht seltsam verwirrt aus. Ihr Blick schweift über eine der Hütten, die seit diesem Jahr überall auf dem Festival rumstehen – offensichtlich Camping für Besserverdienende. So ein Schwachsinn. Ein Festival ohne Dreck ist wie Sex ohne Orgasmus.

»Das ich oft höre«, verbessere ich mich. »Die sind auch hier auf dem Festival. Schräg, oder?«

»Was?« Zum Glück spürt Gloria nicht, dass die Haut an meinen Wangen heiß wird und spannt. »Wie passt das denn zusammen?«

»Ach, weißt du was?« *Ich bin fucking froh, dass du auf meine Ablenkung reinfällst.* »Die wirken ziemlich locker.«

»Aha.« Glorias Hände wandern zu den Knöpfen ihres rosafarbenen Herrensakkos, als wir bei unseren Zelten ankommen. Auf der Höhe ihres Bauchnabels knöpft sie es zu. »Was hat das jetzt mit deiner Story zu tun?«

»Ich hab mich mit einer der Mitarbeiterinnen unterhalten – und du wirst überrascht sein, aber Charlie war ohne Gehhilfe auf dem Gelände unterwegs. Sind also doch nicht alle scheintot dort.«

»Wer ist Charlie?«

Das komplette Gegenteil von mir? Rein optisch und überhaupt: blondes Haar, schwarzes Haar. Sie trägt es kürzer als üblich und ich länger als die meisten Männer. Helle, strahlende Augen und im Gegensatz dazu meine braunen, leblosen. Glitzer und Tattoos. Auch über das Aussehen hinaus: keinerlei erkennbare Gemeinsamkeiten. Charlie arbeitet beim Radio und hat mit großer Sicherheit ein ordentliches Zuhause. Ich penne auf einer provisorischen Matratze in Tuncers Späti, hin und wieder bei meiner Mutter und dem Kater im Schrebergarten. Charlie nimmt das Leben ernst, ich nicht. Für Charlie ist Sex nicht nur Verdrängung; ihr ginge es beschissen, wenn ich nach einer Nacht die Reißleine zöge. Oder nach einmal Händchenhalten.

O Mann. Eine verdammte Regel. Bei Mona eben lief's doch auch.

»Die Mitarbeiterin, mit der ich mich unterhalten habe.« Ja, Gloria, ich hab meinen Scheiß-Unterton gerade auch gehört.

Irritiert verschränkt sie die Arme so ruckartig vor der Brust, dass sie dabei einen Typen erwischt. Er tritt einen Schritt zurück und stößt gegen eine Gruppe junger Frauen mit Federboas und Strohhüten. Ganz schön was los hier.

»Die hat dich so sehr abgelenkt, dass du den Ort vergisst, an dem du sonst 24/7 online bist?«, fragt Gloria, ein paar Sekunden nachdem sie sich bei dem Typen entschuldigt hat.

»Wieso denn nicht? – Ablenkung ist mein Spezialgebiet.«

Gloria pustet sich erneut ihren Pony aus dem Gesicht und stemmt genervt die Hände in ihre Seiten. »Jaja, ich weiß.«

Oder auch nicht, weil ich ja nie darüber rede – Pflicht, keine Wahrheit. Meine Tattoos sind mein Lebensmotto, Charlie hat recht.

»Du bist der Superman unter den Tinder-Dates, die beste Ablenkung überhaupt. Nichts Festes, keine Verpflichtungen, und immer nur, wenn sie es auch wirklich will. Eine einzige Regel – bla, bla.« Glorias schilfgrüne Augen fixieren mich viel zu intensiv. »Nicht zu vergessen, das unschlagbare Angebot, am nächsten Morgen nicht neben dir aufwachen zu müssen. Vielleicht schreibst du das alles auf ein Schild und hockst dich direkt hier an den Wegesrand, damit die Passende sich gleich bedienen kann.«

Wie gut kennt Gloria mich eigentlich? Ich habe ihr das alles nie erzählt. Aber wahrscheinlich sind meine Vorlieben irgendwie ... offensichtlich.

»Vergiss es!« Weshalb bleibt das Gespräch jetzt schon wieder auf mir hängen? »Wolltest du mir nicht dein Zelt zeigen?«

Anscheinend nicht mehr, denn Gloria rührt sich nicht.

»Ehrlich, Levy ... du bist der einzige Mensch, der sich sogar davon eingeengt fühlt, ein Mädchen auch nur kennenzulernen. Ich hoffe, du hast sie wenigstens nicht angegraben.« Ihr Blick schwenkt in die Richtung, aus der wir eben gekommen sind. »Sonst wünsche ich dir und meinem dämlichen Bruder echt mal, dass ihr auf der anderen Seite steht.«

Lange genug, Ria, stand ich dort.

Und ... »Das sagt sich so einfach, oder?« Ich zucke selbst zusammen, als meine Stimme in die Höhe steigt und so laut wird, dass ein paar Köpfe zu uns herumfahren. Ich klinge ungewohnt aggressiv. Fast wie mein Vater.

Gloria zieht ungerührt ihr Handy aus der Hosentasche und beschließt, mich zu ignorieren. »Schön.« Ihre Finger tippen wild auf dem Display herum. »Klassik modern gedacht«, liest sie plötzlich vor. »Betreut von Charlotte Leyfert. Oh, in der Story sind wahnsinnig viele Bilder von heißen Typen.«

»Was? Zeig mal!« Scheiße, ich hoffe, Gloria kann bei der Lautstärke um uns herum nicht hören, dass mein Herz heftig losgaloppiert. Sollte mich eigentlich einen feuchten Dreck interessieren, wen Charlie anstelle von mir fotografiert hat, aber meine Hände strecken sich Gloria hilflos entgegen.

Eben hat sie noch auf ihr Handy gestarrt, jetzt zieht sie es hinter ihren Rücken und fängt an zu grinsen. »Charlie also ... hm?«

Verdammt. »Hör auf zu grinsen!«

»Erst, wenn *du* damit aufhörst.«

Kann ich nicht – ist das ein Eingeständnis? Fuck.

Gloria wedelt mit ihrem Telefon vor meiner Nase herum. »Ich wäre bereit, dir die Storys zu zeigen, wenn du mir verrätst, wie Charlie es geschafft hat, deine Hände weg vom Handy zu kriegen.«

»Sie haben das Recht zu schweigen«, zitiere ich aus dem Aussageverweigerungsrecht. Der dazugehörige Paragraf fällt mir auf die Schnelle nicht mehr ein.

»Komm mir nicht *damit*«, wirft Gloria augenrollend ein. »Das höre ich jede Woche fünfmal von Otis.«

»Berufskrankheit.« Ich zucke mit den Schultern und ziehe mein eigenes Handy aus der Hosentasche. »Ich hab eine bessere Idee: Ich schau einfach selbst nach.«

Noch im Laufen baut sich der Feed des Klassiksenders auf. Charlie hat noch immer keine Bilder hochgeladen, und in mir wächst der Wunsch, ihr einen weiteren Arschtritt zu verpassen. Sie meinte doch, dass ihr die helfen ...

Gloria folgt mir, während ich zu meinem Zelt gehe, um anschließend den Reißverschluss zu öffnen. Über ein paar tief hängende Äste der Bäume um unsere Zelte herum hat irgendwer Lichterketten drapiert. Mein Handy noch immer in der Hand, hole ich die elektrische Kühlbox aus dem Inneren, um sie anschließend an den Generator anzuschließen, was Otis vor den Zeltpartys anscheinend vergessen hat. Danach krame ich eine pisswarme Wasserflasche unter den zig Bierdosen hervor, die ich dem Idioten extra aus Tuncers Späti mitgenommen habe, weil es die Sorte bei ihm in Spandau nicht gibt. Geschmacksrichtung: Meersalz-Honig.

»Ich kann übrigens von hier aus sehen, dass du die Heringe falsch in den Boden gehauen hast und die Plane nicht ordentlich gespannt ist«, sage ich über meine Schulter hinweg zu Gloria. »Beim ersten Sturm wird das einreißen, mit oder ohne Loch.«

Ich führe die Flasche an meine Lippen und trinke einen Schluck, bevor ich das Senderprofil wegdrücke. Auf dem Weg hierher hat es begonnen zu dämmern, und die untergehende Sonne sorgt dafür, dass es kühler wird. Deshalb hole ich auch noch die gestreifte Jacke aus dem Zelt, die ich mir aus einem alten Regencape genäht habe, und ziehe sie über das Leinenhemd, das ich ganz aufknöpfe.

Weil ich Gloria gerade ziemlich offensichtlich ignoriere, macht sie sich mit einem genervten Stöhnen daran, die Heringe wieder aus dem Boden zu ziehen. Ich bin froh darüber, dass Gloria wie ich keinen Alkohol anrührt und wir deshalb nur den Meersalz-Honig-Dreck in der Kühlbox haben. Wäre sonst gerade ziemlich verlockend, nach zwei Jahren wieder was zu trinken, bis das, was in meinem Hals feststeckt, endlich nachgibt und weggespült wird. Dass das nicht klappen würde, weiß ich. Gloria war diejenige, die mich damals zugedröhnt mit Alkohol und Drogen gefunden und ins Krankenhaus gebracht hat. Ohne Gloria wäre ich tot. Ich schulde ihr also so ziemlich alles und habe mich nie richtig bei ihr bedankt, weshalb ich jetzt auch auf das trockene Gras neben mir klopfe. Was soll's. Wer nichts hat, hat auch nichts zu verlieren.

»Schauen wir uns jetzt die Story an oder nicht?« Ich warte, bis Gloria wieder neben mir kniet, dann greife ich nach meinem Smartphone, das von meinem Schoß auf den Zeltboden gerutscht ist.

Einen Moment lang starre ich die Reflexion meines fahlen Gesichts an, und ernsthaft, nach dem heutigen Tag weiß ich nicht, wer zurückschaut.

Levy? Der Typ mit den Anzeichen seiner spätpubertären Rebellion im Gesicht und den Weiberklamotten?

Oder Levian? Der Uniform-Levian, der sein Leben lang schon gehorcht?

Nicht der beste Moment für solche Analysen. Mit beiden Händen glätte ich mir die Haare. Sie sind lang, fast schon zu lang. Ich sollte Ria noch darum bitten, sie mir auf Höhe der Ohren abzuschneiden, bevor ich zu meinem Vater fahre. Er wird's mir trotzdem vorhalten, aber ... egal.

Ich entsperre das Handy und mein schwarz lackierter Nagel tippt kurz darauf auf Charlies Story.

Ein halb aufgegessenes Croissant erscheint. Danach eine Gruppe Jungs. Ich will schon weiterklicken, halte jedoch kurz inne.

Der Typ mit der Sonnenbrille kommt mir bekannt vor, aber die schwarz getönten Gläser sind zu groß, um sein Gesicht zu erkennen. Außerdem hat Charlie gegen das Licht fotografiert. Deshalb hake ich es ab und tippe den Bildschirm an, damit sich die nächste Story aufbaut. Ein Zelt. Noch ein Zelt. Das Otter-Handtuch – oh, Charlie. Ich frage mich, wozu um alles in der Welt ein Otter eigentlich ein Surfbrett braucht. Das ist genauso sinnlos wie SpongeBob, der unter Wasser Lagerfeuerlieder singt. Wieder ein Zelt. Noch ein Gruppenbild, vor dem Supermarkt diesmal. Ein Selfie von Charlie, wieder gegens Licht fotografiert. Als Letztes schließlich ein Video von ...

»Das war sie?«, ertönt Glorias Stimme aus dem Nichts, und ich zucke zusammen, weil ich sie völlig vergessen habe. »Geh noch mal zurück.«

Ich komme Glorias Bitte nach. Die Story läuft erneut durch und – nein.

»Die sieht süß aus.«

Ich kann Gloria gar nicht richtig hören und das, was über mein Display flirrt, nicht wahrnehmen. Die Story erlischt, und keine weitere erscheint, sodass ich wieder auf dem leeren Profil des Senders lande. Ich tippe sie nicht noch mal an, denn ich bin mir sicher. Mein Herzschlag ist sich sicher, der Schweiß auf meinen Handflächen auch.

Charlie sagt etwas in diesem Video, das im Rauschen meiner Ohren untergegangen ist. Sie sagt es zu Leon, der sich in völlig überheblicher Manier vor dem Supermarkt positioniert hat.

Mein Blick zuckt nach oben. Ria ist mein Stimmungswechsel natürlich nicht entgangen, sie schaut verwirrt zurück.

»Ich muss da hin«, sage ich und reibe mir über die Stirn, um meine Gedanken zu sortieren. Wie wahrscheinlich ist es, dass Charlie auf Leon trifft? Auf *den* Leon? Meinen ...

»Die letzte Story ist vor einer halben Stunde online gegangen,

Levy.« Gloria streckt mir ihr Handy entgegen. »Schreib ihr einfach, wenn du sie wiedersehen willst. Biete ihr ausnahmsweise eine Kooperation an, oder denk dir sonst was Unverfängliches aus, aber renn ihr nicht hinterher. Das ist ... Stalking.«

»Geht nicht.« Weil ich keinen einzelnen sinnvollen Gedanken mehr zu greifen kriege. »Sorry, Ria. Wir reparieren das Zelt später.«

Es ist Leon, der da in Charlies Video auftaucht, verdammte Scheiße.

Im Slalom sprinte ich durch die Dämmerung, vorbei an Zeltschatten und Menschen rechts und links von mir, bis ich den hell erleuchteten Supermarkt erreiche. Es ist bescheuert, dass ich zu Charlie haste, obwohl ich genau weiß, dass ich die Finger von ihr lassen muss. Ich habe ja noch nicht mal Schokokekse dabei. Doch es gibt genau zehn Finger, die ich noch weniger auf Charlies Körper sehen will als meine eigenen: Leons. Die jenes Mannes, der bis zu meinem Ausstieg mein Streifenpartner bei der Berliner Polizei war.

DAS KAPITEL, IN DEM ICH ANGST HABE UND ES TROTZDEM TUE

Charlie

Ich hatte absolut recht. Nicht zu diesem DJ-Kollektiv mitzukommen, das Ella unbedingt sehen wollte, und stattdessen Bilder in die Story zu laden sowie den ersten Feed-Beitrag vorzubereiten, war eine gute Idee. Das rede ich mir jetzt einfach ein.

Die ersten Zweifel kommen mir, als ein kurzes Vibrieren ein Zeltplatzparty-Video von Leni ankündigt, das ich mir sofort anschaue. Bevor sie und Ella vor einer Stunde aufgebrochen sind, habe ich tatsächlich einen kurzen Moment überlegt mitzukommen, in der Hoffnung, dort womöglich Levy wiederzusehen. Allerdings bildet sich beim bloßen Anblick des Videos direkt eine eiskalte Gänsehaut auf meinen verschwitzten Armen. Allein bei der Vorstellung, meinen winzigen Körper irgendwie durch dicht gedrängte Menschenmassen zu manövrieren, wird mir die Kehle eng. Zur Sicherheit lockere ich den Kragen meines Oberteils und lege das Handy neben mich. Dann rolle ich mich seufzend auf die Seite.

Im Zelt ist es heiß, und das, obwohl die Sonne allmählich untergeht und ich den Zelteingang nach Lenis Vorgaben extra hochgerollt habe. Mit einer Hand greife ich mir unschlüssig in den verschwitzten Nacken und dann doch wieder nach meinem Handy. Ein weiteres Mal tippe ich das Video an, scanne die tanzenden Massen erneut und platziere das Smartphone schließlich so, dass ich nicht mehr rankomme, bevor ich mir das Video auch noch ein drittes Mal reinziehe. Ziemlich sicher hätte mich inmitten der

Menschenmassen eine Panikattacke überrollt, auch wenn eine leise innere Stimme mich daran erinnert, wie sicher ich mich in Levys Nähe gefühlt habe. Ihn konnte ich auf dem Video allerdings nirgends erkennen.

Es ist irgendwie verrückt. Immer wenn das Gespräch kurz gestockt hat und wir uns angesehen haben, und sei es nur, weil wir beide nicht wussten, was wir sagen sollten, hatte ich das Gefühl, dass wir ein Gespräch verlängern, das eigentlich schon nach wenigen Worten hätte zu Ende sein können. Es war, als wäre für ein paar Minuten eine Art Blase um uns herum entstanden, mit der wir beide nicht viel anfangen konnten und in der wir deshalb darauf gewartet haben, dass irgendetwas passiert. Ich bin mir sicher, dass *ich* darauf gewartet habe, dass mich die Panik packt und ich wegrenne. Was hingegen Levy hat zögern lassen, kann ich nur erahnen. Und als hätte ich nicht genug eigene Probleme, denke ich jetzt auch noch an seine.

Ein erneutes Vibrieren reißt mich aus meinen Gedanken.

Leni hat eine Sprachnachricht geschickt. Ich stütze den Kopf auf meinen Ellbogen und spiele sie ab.

»*Charlie?*«, schreit Leni über den dröhnenden Bass hinweg. »*Wir machen uns bald auf den Rückweg! Bei der nächsten Party musst du mitkommen, ja? Es ist der Wahnsinn!*«

Einen kurzen Moment höre ich nur noch den gleichbleibenden Beat im Hintergrund, dann Ellas aufgedrehte Stimme. »*Wir gehen noch schnell beim Supermarkt vorbei und kaufen ein paar Süßigkeiten. Wenn du magst, können wir uns danach vors Zelt hocken und Uno spielen. Alles ganz entspannt, was meinst du? Genügend Videos haben wir auf jeden Fall gemacht ... das reicht bestimmt für heute.*«

Mit verkrampftem Magen schiebe ich die Nachricht weg und starre das Display an. Ich würde Ellas Worte so gerne so begreifen, wie sie gemeint sind, aber das geht nicht. *Wir gehen zum Supermarkt*, weil du damit vielleicht überfordert sein könntest. *Alles ganz entspannt*, damit dein Hirn nicht überreizt. *Wir haben genügend Videos gemacht*, obwohl das deine verdammte Aufgabe ist. Jetzt sind meine Gedanken wieder ausschließlich bei der Empfehlung und Jonas, den ich wegen meiner Ängste belogen habe ...

Deshalb ziehe ich mir meinen extraweiten Hoodie mit weißem Sender-Emblem auf dem Rücken über und krabble aus dem Zelt. Ohne allzu lange darüber nachzudenken, schreibe ich in den Gruppenchat, dass ich den Einkauf beim Supermarkt übernehme, bevor ich mir mit den Fingern durch die Haare kämme und danach fahrig in die grobe Richtung des riesigen Zeltes laufe. Ein bisschen ärgert es mich schon, dass die kleinen Schilder am Wegrand jetzt, da ich von ihrer Existenz weiß, ziemlich gut zu erkennen sind.

Problemlos folge ich so dem breiten Hauptweg, und das, obwohl es mir so vorkommt, als ob sich die Lautstärke um mich herum mit jedem Schritt steigern würde, bis die Mischung aus Musik, zig undefinierbaren Geräuschen und Stimmen in meinem Kopf zu einem steten Hämmern anschwillt, das meine Sinne vibrieren lässt. Aber wenn ich es noch nicht einmal hinkriege, meine Freundinnen davon zu überzeugen, dass ich dem hier gewachsen bin, dann spielt es gar keine Rolle, ob ich passenden Content abliefere. Weil Jonas sowieso früher oder später herausfinden wird, dass mein verängstigter Charakter für eine Radiomoderatorin ungeeignet ist ...

Ein lautes Lachen holt mich aus meinen grübelnden Gedanken.

Ich schaue auf, und mein Blick verharrt auf einer Gruppe, die sich unweit des Supermarkteingangs im Halbkreis auf das trockene Gras gehockt hat. Alle haben einen Plastikbecher vor sich stehen, aber keiner wirkt angetrunken oder unangenehm laut, eher vollkommen präsent, als ob es nichts auf dieser Welt gäbe, was sie hier zur Eile treibt. Sie unterhalten sich einfach, sind nur das, was sie eben sind.

Wenn ich ehrlich bin, ist das dank der purpurfarbenen Dämmerung am Horizont und den Lichterketten in den umstehenden Bäumen wunderschön. Ein bisschen magisch sogar. Am liebsten würde ich die Fremden inmitten des außergewöhnlichen Settings nach einem gemeinsamen Foto fragen ... aber dafür müsste ich sie ansprechen, und ich weiß nicht, wie genau ich das anstellen soll. Einfach hingehen und fragen? Das kommt mir übergriffig vor.

Ich knipse deshalb erst mal aus der Ferne ein Bild für die Senderstory, lade es hoch und wende mich schließlich ab. Meine Angst davor, was alles Unvorhergesehenes passieren *könnte*, sorgt einmal mehr dafür, dass nichts passiert. Manchmal wünschte ich, irgendjemand anderes als mein eigenes Spiegelbild würde mal Nein zu mir sagen. *Nein, du bist nicht mehr Opfer-Charlie. Lass das alles zurück und lass dich einfach fallen. Geh zu den Leuten dort, setz dich dazu ... Fang endlich dein Leben an.*

Ich starre auf meine Füße, die einfach nicht loslaufen wollen, bis meine Atmung sich beruhigt. Wieder bleibt mein Vorhaben nur ein Gedanke. Keiner, den ich umsetzen werde ... Wie sehr ich das hasse.

Ich weiß nicht, wie viel Zeit vergangen ist, als das Vibrieren meines Handys die Geräusche meines abflachenden Atems durchbricht.

Zum zweiten Mal heute schaut mich das Gesicht meiner Schwester an. Diesmal nehme ich das Gespräch ohne Zögern an. »Hi, Alex.«

»Charlie.« Sie klingt, als wäre sie überrascht, meine Stimme zu hören. Erst da begreife ich, dass sie vermutlich mit einem Rückruf gerechnet hat. »Wieso meldest du dich nicht?«

Ich gehe unweit des Supermarkteingangs in die Hocke. »Sorry«, stoße ich hervor, »ich bin auf einem Festival.«

»Du bist *wo*?!«

»Auf einem Festival. Das *Rock Never Dies*, Papa war früher oft hier, glaub ich.«

»Okay, ich hab falsch gefragt.« Ich kann Alex' Kopfschütteln in ihrer Stimme hören. »Warum zur Hölle bist du dort?«

»Wieso denn nicht? Ich betreue den Social-Media-Kanal des Klassikradios.« Ich sehe hin zu der Gruppe, die noch immer entspannt vor dem Supermarkt hockt. »Wenn ich mich ordentlich anstelle, krieg ich eine Empfehlung von Jonas. Ich hab's absichtlich niemandem erzählt, um nicht schon zu kneifen, bevor ich es überhaupt probiert habe.«

»Charlie.« Alex scheint ein Gebäude betreten zu haben, denn der Straßenlärm wird durch Stimmenwirrwarr ausgetauscht. So kann ich Alex' unregelmäßigen Atem besser hören. Es kostet sie hörbar Mühe, mich nicht zu belehren, dann unterbricht sie jemand.

»Guten Tag, wie kann ich Ihnen helfen?«

Alex' Stimme entfernt sich kurz, um dann wieder lauter zu werden. »Entschuldige! Ich bin beim Juwelier, weil ...«

... Alex den Wunsch hat, ihrer Freundin Linn einen Heiratsantrag zu machen, der vergangene Woche wiederum der Auslöser für den Streit mit meinen Eltern gewesen ist.

»Wie auch immer«, beendet Alex ihren Satz und atmet die angestaute Luft geräuschvoll aus.

Am liebsten würde ich einfach so tun, als hätte ich sie bei meinen Eltern nicht im Stich gelassen, und ihr anvertrauen, dass ich gerade ziemlich überfordert bin. Vermutlich hätte Alex sofort passende Ratschläge parat und würde sich notfalls auch ins Auto setzen, um mich von hier abzuholen.

Sie beschützt mich mit allem, was ihr möglich ist. Deshalb will ich jetzt auch nicht jammern.

»Es tut mir leid, Alex«, sage ich aus dem Gedanken heraus. Ich sammle mich einen Moment, konzentriere mich ganz auf die vorbeeilenden Menschengruppen und den gleichbleibenden Takt der Elektromusik aus der Nähe, und dann räuspere ich mich. »Dass ich dich vor Mum hab hängen lassen, meine ich.«

Ich war immer der Meinung, dass meine Mutter ein offener Typ sei. Aber anscheinend zeigt sich intolerantes Verhalten erst dann, wenn es dringend nötig wäre, den eigenen Blickwinkel zu wechseln. Mum und Dad haben uns immer das Gefühl gegeben, dass es vollkommen egal sei, wen wir mit nach Hause bringen. Bis Alex eine Frau zum Abendessen in unser Elternhaus eingeladen hat. Lange hat sich Mum nichts anmerken lassen, doch dann hat Alex verkündet, dass sie Linn einen Heiratsantrag machen will, und Mum hat daraufhin etwas gesagt, das ich nie von ihr erwartet hätte: *Das geht zu weit.*

»Du stehst eben zwischen den Fronten«, sagt Alex schnell, ein bisschen *zu* schnell ... Ich kann sie laut schlucken hören.

»Was aber nicht bedeutet, dass ich es Mum nicht sagen kann, wenn sie übertreibt.« Ich erinnere Alex daran, dass ich unbedingt etwas gegen die Vorwürfe meiner Mutter einwenden wollte. Letztendlich – das habe ich mir zumindest direkt nach dem Gespräch eingeredet – gab es einfach nicht den richtigen Moment, um dazwischenzugehen. »In Wirklichkeit war ich feige.« Ich ziehe eine Grimasse. »Da schwirrten wieder fünf Millionen Fragen in meinem Kopf herum: Dreht Papa mir den Geldhahn zu, wenn ich mich einmische? Finde ich die passenden Worte? Mag Mama mich noch, wenn ich laut werde? Müssten wir nicht Verständnis für ihre Situation aufbringen? Da sie wegen der Therapie doch eh –«

»Charlie, das ist ...« Vor meinem inneren Auge kann ich Alex' beinahe bösen Blick sehen, den sie mir bestimmt gerade zuwirft.

»Bescheuert?«, ergänze ich.

»Nein.« Absätze klappern laut über Linoleumboden. »Das bist eben du ... und du bist okay, so wie du bist. Es tut mir leid, dass ich gestern nicht angerufen und deine Nachrichten ignoriert habe.

Das war genauso wenig richtig, wie vor unseren Eltern zu schweigen.«

Mir wird ganz flau im Magen, als Alex das sagt. Jetzt hat sie doch wieder Mitleid und sich deshalb bei mir entschuldigt. Ist es wirklich okay, wie ich bin? Oder bin ich nicht einfach nur ein riesengroßes Nervenbündel, das jeder in meiner Umgebung mit Samthandschuhen anfasst? Ich presse meine Finger gegen meine Schläfe und verdränge den Gedanken.

»Mir tut es auch leid. Ist wieder alles okay zwischen uns?«

In dem Moment, in dem Alex auf meine Frage hin erleichtert den Atem ausstößt, löst sich ein Pärchen aus der Gruppe. Der Typ senkt den Kopf zu seiner Begleitung, um ihr etwas zuzuflüstern, die sich daraufhin die auffällig roten Strähnen hinters Ohr steckt und mich mustert.

»Wieder alles okay. Mach dir bitte keinen –«

»Ich kann Mums Einstellung nicht ändern«, unterbreche ich sie, weil ich will, dass Alex weiß, wie wichtig sie mir ist, »aber ich verspreche dir, dass du und Linn euch ab heute immer auf mich verlassen könnt.«

»Danke, Charlie.« Eine tiefe Stimme mischt sich unter Alex'. *»Wenn Sie hier mal schauen wollen.«*

»Sorry, ich muss kurz …«

»Sag Linn liebe Grüße.«

»Das mach ich.« Etwas raschelt, als ihr anscheinend die ersten Ringe gezeigt werden. »Und, Charlie? Ich weiß, du willst das nicht hören, aber ich kann dich jederzeit abholen kommen.«

»Mach dir keine Sorgen, ich zieh das schon durch.« Vor Wut darüber, dass ich ihr das ganze Gespräch über nichts vormachen konnte, treten mir Tränen in die Augen, und Alex bemerkt es sofort, denn ihre Stimme ist gedämpft, als sie antwortet.

»Denk an unsere Regel: Auch schon der Versuch zählt.«

Während ich die Lippen aufeinanderpresse, um nicht loszuheulen, fange ich den Blick des Typen auf, der mich einige Sekunden lang nicht loslässt. Garantiert kommt er gleich auf mich zu.

»Versuchen ist schön und gut«, sage ich, »aber klappen tut's erst, wenn man nicht lange versucht, sondern gleich macht.« *There is no try* – sagt anscheinend sogar Yoda.

Alex gibt ein gespieltes Stöhnen von sich. Aus dem Augenwinkel erkenne ich, dass sich der Typ nun tatsächlich in meine Richtung in Bewegung setzt. »Hab dich lieb, Sturkopf.«

»Ich dich auch.« Ohne ein weiteres Wort beende ich das Gespräch und lege das Handy vor mir auf den Boden. Zwei Mitteilungen leuchten auf, aber ich habe keine Zeit, sie anzutippen, denn im selben Moment bleibt der Typ mit verschränkten Armen vor mir stehen.

Er hat die schwarz getönte Sonnenbrille zwar abgesetzt, aber ich bin mir sicher, dass ich ihn vorhin gemeinsam mit den anderen beiden fotografiert habe. Sein Name will mir nicht mehr einfallen, aber er war der mit dem goldenen Emblem auf der Brust seines T-Shirts, das er durch ein schlichtes schwarzes ausgetauscht hat.

Verdammt, jetzt erinnere ich mich wieder an seine Einladung, die vermutlich der Grund dafür ist, dass er zu mir rübergekommen ist.

Kurz darauf räuspert er sich lautstark.

DAS KAPITEL, IN DEM ICH DIE GUTE SEITE HASSE

Charlie

»Hey, superliberaler Sender.«

Mein Blick zuckt nach oben. Ich versuche, freundlich zu gucken, aber allein für die Art, wie er »superliberal« ausgesprochen hat, habe ich wenig Höflichkeit übrig.

»Hi ...?«

»Leon«, hilft er mir auf die Sprünge und stellt sich so dicht vor mich, dass ich den Kopf in den Nacken legen muss, um ihm ins Gesicht und auf das darauf prangende überhebliche Grinsen zu sehen. Ich glaube, dass Leon betrunken ist. Denn er macht sich keinerlei Mühe, wenigstens so zu tun, als wollte er mir nicht zu nahe kommen. Wenn ich seinen Gesichtsausdruck richtig deute, kommt da gleich was richtig Dämliches.

»Hab gedacht, ich frag mal nach, ob du wegen mir hergekommen bist«, teilt er mir mit.

»Ich wollte was im Supermarkt kaufen, bevor ich mit meinen Freundinnen zum Uno-Spielen verabredet bin. Sie warten sicher schon auf mich.« Am liebsten würde ich ihm etwas ganz anderes antworten, aber ich schätze Leon so ein, dass er sich von nichts beeindrucken lässt, am allerwenigsten von der Meinung einer Frau. Deshalb belasse ich es dabei und hoffe, dass er den Wink mit dem Zaunpfahl versteht.

»Uno?«, hakt er nach. »Wie heißen deine Freundinnen? Bibi und Tina?«

»Nicht ganz.« *Vollidiot.* Auch das denke ich nur sehr laut.

»Willst du rüberkommen? Was trinken? Wir haben auch noch anderes Zeug dabei.« Ich folge Leons Zwinkern über seine Schulter hinweg und fange dabei Svens wachsamen Blick auf. Die junge Frau mit den roten Haaren neben ihm stößt ihn gerade mit dem Ellbogen an und streckt Sven irgendetwas entgegen, das vermutlich jenes *andere* Zeug ist, von dem Leon eben gesprochen hat.

Eigenartigerweise bestärkt Svens besorgtes Verhalten nur meine anfänglichen Befürchtungen. Dieser Leon begreift Aufforderungen anscheinend nur als solche, wenn man sie ihm klar und deutlich formuliert. Großartig.

»Wie gesagt, meine Freundinnen warten auf mich«, wiederhole ich deshalb und greife demonstrativ nach meinem Handy, um es mir in die Gesäßtasche zu stecken.

Aber dafür ernte ich nur ein Lachen. »Ein Uno-Spieleabend also?« Leon beugt sich abrupt zu mir herab. So nah, dass ich eine kleine Ader erkenne, die an seiner Schläfe pocht. »Das ist ungefähr genau das, was sich meine Oma auf Instagram anschauen würde.«

Ehe mir etwas Schlagfertiges einfällt, liegt Leons Hand auf meiner Schulter. Bestimmt drehe ich meinen Oberkörper zur Seite, aber meine Vermutung bestätigt sich abermals, als er keinerlei Anstalten macht, meine stumme Geste ernst zu nehmen.

»Wenn du mit rüberkommst, machen die Jungs und ich den Hampelmann für dich und deinen Radiosender. Wir sind gut drauf.« Während er das sagt, lehnt er sich noch weiter runter, sodass sein Oberarm in der Rückwärtsbewegung meine Brüste streift. Ich bin froh, mir den Hoodie übergezogen zu haben, aber Gott, ist das trotzdem widerlich.

»Danke fürs Angebot, aber meine Freundinnen werden sauer, wenn ich mich nicht beeile. Ich bin schon spät dran.« Wenn er es weiter herausfordert, werde ich Leon sagen, dass Leni und Ella mich ganz bestimmt schon suchen. Das ist so ziemlich das letzte Mittel, das mir einfällt – abgesehen davon, einfach loszuschreien.

Aber Leons Grinsen macht deutlich, dass er entweder nicht kapiert, wie dringend ich dieser Situation entfliehen will, oder es geht ihm genau darum. »War nur ein Vorschlag, mach dich locker.«

»Den ich ablehne.«

»Hab ich verstanden.« Er hält mir die Hand hin. »Dann lass mich dir wenigstens hochhelfen.«

Eigentlich will ich Leons Hand nur kurz ergreifen, hauptsächlich, damit ich es schnell hinter mich bringe, doch seine Reflexe sind schneller als meine.

Mit einem Ruck zieht er mich zu sich hoch. Automatisch stemme ich mich mit aller Kraft dagegen, was Leon kein bisschen beeindruckt. Was für ein grauenhafter Typ.

»Ich tu dir nichts«, versichert er mir im selben Moment, in dem er mich so eng an sich heranzieht, dass ich glaube, seinen bitter-herben Atem auf der Zunge schmecken zu können. »Schon allein berufsbedingt steh ich auf der anderen Seite.« Er lässt von mir ab, geht zwei Schritte zurück und verschränkt die Arme vor der Brust. »Der guten Seite.«

»Aha.«

Ich rede mir ein, dass das, was Leon eben gesagt hat, nett gemeint ist. Wenig bedrohlich. Klingt eher wie Batman. Wie dämlich. Doch meinem Körper kann ich nichts vormachen. Er ordnet die Situation in dieselbe Schublade ein wie jene aus der Schulzeit, als meine Mitschüler mich absichtlich so lange bedrängt haben, bis ich anfangen habe zu weinen.

Ich beiße mir auf die Zunge, um zumindest jetzt nicht loszuheulen. Vermutlich würde das Leon nur weiter ermutigen.

Wieder streckt er die Hand aus. »Hat mich gefreut.«

Mich nicht. Deshalb starre ich wortlos so lange auf seine Hand, bis er sie wieder senkt.

»Ich hoffe, man sieht sich noch mal wieder, wenn du mehr Zeit für mich hast ... Charlotte, oder?«, beendet er den Satz nach einer kurzen Pause, in der er nach meinem Namen kramen muss.

»Charlie«, verbessere ich ihn, ein Automatismus, für den ich mich noch im selben Augenblick gedanklich verfluche.

Er grinst, weil er anscheinend doch in der Lage ist, Dinge als Aufforderung zu verstehen – zu seinem Vorteil. Und er grinst immer noch, als ich mein Handy aus der Hosentasche ziehe.

»Meine Freundinnen suchen be–«

»Willst du ein Bild machen?«, unterbricht er mich, und sein dämliches Grinsen wird noch breiter. »Für deine private Pinnwand diesmal?«

Leon ist so dreist. Er sieht kein bisschen verlegen aus, als er das fragt. Er lacht auch nicht. Und sein Verhalten bringt endgültig Erinnerungen zurück.

Mein Schulabschluss ist ein Jahr her, doch hier vor Leon fühle ich mich wie das hilflose Opfer. Sein Nacken ist breiter als mein halber Körper, aber seine körperliche Überlegenheit ist es nicht, die mir das Gefühl gibt, ihm komplett ausgeliefert zu sein. Der Grund, weshalb ich auf Leons abwertendes Verhalten mit Demut reagiere, ist die Art, wie er mein Interesse einfordert. Ich will, dass er einfach geht. Doch er verlangt, dass ich mir ein Gespräch mit ihm antue, das ich eigentlich von der ersten Sekunde an beenden wollte. Als müsste das, was er von sich gibt, für mich irgendwie von Bedeutung sein. Ist es aber nicht. Hätte die Meinung meiner Mitschüler auch in der Schule nie sein sollen. War sie aber. So einfach funktioniert es eben nicht.

»Also? Was ist?« Herausfordernd verschränkt Leon wieder die Arme. »Ein kleines Foto?«

»Hör zu ...« Auffordernd entferne ich mich einen Schritt.

Leon rückt nach. Okay, das wird mir hier gerade zu viel. Ich dachte, ich kriege ihn los, wenn ich Klartext rede. Aber tue ich das nicht schon die ganze Zeit?

»Weißt du was? Stell dich doch einfach vor den Supermarkt, dann bringen wir es hinter uns.«

Man sollte meinen, Leon könnte meine Abneigung endlich mal registrieren. Stattdessen stemmt er die Hände in die Hüften und positioniert sich zufrieden lächelnd neben dem Supermarktzelt, während ich mein Smartphone auf ihn richte und direkt ein Video drehe, falls Leon auf die Idee kommt, noch irgendetwas Unangemessenes hinterherzuschieben.

»Kommst du mit drauf?«

»Leon, du Held!«, dröhnt plötzlich eine unbekannte Stimme aus der Gruppe vor dem Supermarkt zu uns rüber. »Hätte nicht gedacht, dass du sie überredet kriegst.«

Das war eine Wette?

Am liebsten möchte ich in die Knie gehen und den Kopf in meinen Händen vergraben, aber das würde alles nur noch schlimmer machen. Deswegen atme ich einfach weiter ein und aus, weil meine Atmung gerade das Einzige ist, worauf ich mich verlassen kann. Ich will nicht wegen einer Scheißwette vor Leon einknicken.

Deshalb filme ich ihn weiter. Er hat sich kurz zu der Gruppe gedreht und triumphierend die Faust in die Luft gereckt, doch jetzt schaut er wieder mich an.

»Wir haben's«, komme ich ihm schnell zuvor.

»Perfekt.« Er wirkt, als müsste er sich das Lachen verkneifen. »Lad das auch hoch, ja? Ich schau nach.«

Ich komme seiner Bitte direkt nach und entscheide, die Story, zurück beim Zelt, sofort zu löschen. »Schön. Dann hast du jetzt ja, was du wolltest.«

»Nicht ganz.« In seinen Augen beginnt es plötzlich zu glitzern, was der Moment ist, in dem ich beschließe, dass Leon damit nicht durchkommen wird.

»Dein Problem«, fahre ich ihn an. »Du wolltest ein Bild, ich hab sogar ein Video gemacht. Deshalb will ich, dass du jetzt gehst.«

Leons ungerührter Blick haftet auf mir. »Erst versprichst du mir, dass du die Story nicht löschst. Ich will sie mir später noch mal ganz in Ruhe anschauen.«

»Damit du kapierst, wie sehr du nervst?« Meine Antwort klingt weitaus weniger scharf als erwartet. Eher gepresst. Aber die Vorstellung, wem Leon das Video alles zeigen, auf welchen Plattformen der Film landen könnte, lässt meine Kehle sofort enger werden.

Ich schiebe die Gedanken beiseite. Leon soll nicht kapieren, wie sehr er mich mit einem harmlosen Satz verunsichert. Er soll nicht glauben, dass ich hilflos bin. Niemand soll das glauben, weil ich nicht mehr zur Schule gehe und mich dort auf Toiletten verstecke, wo meine Mitschüler alles filmen und ins Internet stellen und ...

Okay, ich kann das alles nicht einfach so wegschieben. Es geht nicht. Und deshalb steigt nun doch Panik in mir auf.

»E-entschuldige mich«, presse ich noch hervor, dann drehe ich mich von Leon weg und suche in der unmittelbaren Umgebung nach etwas, um mich zu verstecken. Verdammt, ich brauche irgendwas. Ich will am liebsten schreien, während ich hinter den Supermarkt stolpere – Hauptsache, weg aus dem Blickfeld von Leon und seinen Freunden.

Unschlüssig umrunde ich das Zelt und bleibe schließlich auf der spärlich beleuchteten Grasfläche unweit jener Baumreihe stehen, bei der mich Levy heute Mittag erschrocken hat. Die Erinnerung daran hilft kein bisschen dabei, jetzt nicht loszuheulen. Allerdings ist es genauso dämlich, völlig hilflos über das Gelände zu stolpern, und so setze ich mich mit dem Rücken zu den Bäumen aufs Gras und presse die Hände fest auf den Boden. Immerhin habe ich die Gruppe, in die sich Leon wieder eingereiht hat, von hier gut im Blick.

Ich will das nicht. Ich bin kein Opfer mehr und ich will mich nicht vor Leon verstecken.

Noch fester drücke ich die Hände aufs Gras, mein Herz überschlägt sich dabei fast. Ich atme durch die Nase ein, zähle stumm die Menschen, die an Leon und seinen feixenden Freunden vorbei in den Supermarkt eilen. Sie alle scheinen wahnsinnig weit weg von diesem dunklen, stilleren Fleck hier. Es kommt mir vor, als schaute ich durch ein Fenster in eine andere Welt. Währenddessen ballen sich meine Hände kurz zu Fäusten – als ich loslasse, treibe ich die Entspannung durch meinen Körper hindurch bis hoch in den Kopf.

Nur mit Mühe schaffe ich es, die Schluchzer zu unterdrücken und meine Gedanken abzulenken, bis ich für eine Sekunde die Augen schließe, während mein Verstand versucht, die Situation zu umreißen. Vielleicht hat Levy ja recht und das alles ist einfach nur eine Frage der Perspektive. Wie weit wäre Leon wirklich gegangen? Übertreibe ich?

»Charlie?«

»Ja?« Ich kämpfe noch immer mit meiner Atmung, als Levys Stimme an mein Ohr dringt.

»Sag mir jetzt nicht, dass ...« Er spricht sanft, behutsam. »Du solltest dir wirklich bessere Schlafplätze suchen.«

DAS KAPITEL, IN DEM ICH EINE VÖLLIG UNPASSENDE SEXFANTASIE HABE

Charlie

»Ich hab nicht geschlafen.« Ich hasse die unzurechnungsfähige Mischung aus Wimmern und Lachen, die gerade aus meinem Mund kommt. »Lass mich in Ruhe. Bitte.«

Ich ziehe meine Beine an, sodass ich mein Kinn auf den Knien ablegen und dabei meine Arme um den Körper schlingen kann. So starre ich weiter zu den Lichtern des Supermarkteingangs, die das stille Nest, in das ich geflüchtet bin, schwach erhellen.

»Okay.« Levy seufzt leise. »Erklärst du mir erst, was du hier hinten machst? Versteckst du dich?«

»Nein, also ... es ist alles okay. Du musst dir keine Sorgen machen.«

O Gott, bitte mach du dir nicht auch noch Sorgen um mich.

Ich drehe mich nicht zu Levy herum, was verdammt schwer ist, weil das Gewicht auf meiner Brust weniger wird, je länger ich hier hocke und er keinerlei Anstalten macht, zu verschwinden.

Trotzdem kann ich gerade für nichts garantieren.

»Kannst du bitte einfach gehen?«, flüstere ich deshalb irgendwann.

»Wenn es okay für dich ist, lieber nicht.«

»Warum?«

Levys Lautstärke passt sich meiner an. »Weil ich ... verdammt. Ich hab einfach das Gefühl, dass ich dich gerade nicht allein lassen ... will.« An Levys Stimme kann ich hören, dass er zum Ende hin lächelt.

»Bei mir ist wirklich alles in Ordnung. Es kommt mir nur so vor, als würden auf diesem Festival ausschließlich Idioten rumlaufen.« Außer Levy. »Tut mir leid, dass ich dich deswegen bestimmt schon wieder von irgendetwas abhalte. Ich komm schon klar.«

»Verstanden, Ma'am.« sagt er locker. »Was dagegen, wenn ich mich trotzdem zu dir setze?«

»Wenn ... was?«

»Du musst mich dabei auch nicht anschauen, also, falls mein Gesicht das Problem sein sollte.«

Ich muss lächeln, ich kann gar nichts dagegen tun. »Du klingst total albern.«

»Stimmt.«

Levy seufzt, und dann hört es sich so an, als würde er sich wirklich zu mir auf den Boden hocken. »Eine Armlänge Abstand, keine Angst.«

Ich mag Levys Stimme, sie beruhigt mich. Aber gleichzeitig kann es doch nicht sein, dass er sich schon wieder Zeit für meine Probleme nimmt. Wir kennen uns gar nicht. Levy macht sich trotzdem Sorgen um mich, das erkenne ich daran, wie weich er jede Silbe beendet. Irgendwie macht es das noch schlimmer. Dass er sich lieber um mich als um seinen Kram kümmert, beweist doch nur, wie hilflos ich an diesem unbekannten Ort wirke. Selbst auf einen Fremden.

»Und?«, fragt Levy in dem Moment. »Bist du den Schwanz losgeworden?«

Wieso klingt er dabei ein wenig angespannt, als würde er gar nicht das Glitzerding auf meiner Wange meinen?

Ehe ich zu lange darüber nachdenken kann, lacht Levy leise. Sein Lachen mag ich genauso. Es passt gut zu seiner Stimme, und ... was um alles in der Welt denke ich denn da?

»Siehst du doch ... oh«, verbessere ich mich. »Du kannst es gerade nicht sehen.«

»Nope, deshalb frag ich.«

Ich lasse mein Lächeln nur halb zu, weil mein Körper noch immer verkrampft ist und Levy das ganz bestimmt wahrnimmt. »Er ist weg.«

Ich kann ein Rascheln hören, dann einen dumpfen Schlag. »Was weg muss, muss weg.«

»Hast du dir eben die Hand auf die Brust geschlagen?«

»Ich schätze, das hab ich getan.«

Ich schüttle irritiert den Kopf, doch Levy kommt mir zuvor. »Um dem Schwanz die letzte Ehre zu erweisen.«

Verdammt, das bringt mich zum Lachen. Ich schlucke, weil allein die Vorstellung, dass Levy in angemessenem Abstand im Schatten der Bäume Rücken an Rücken zu mir sitzt und mich zum Lachen bringt, total irre ist, mir aber ehrlich gesagt gerade hilft.

»Okay, ernsthaft, Charlie ... was kann ich für dich tun?«

»Gib mir einfach die Schokokekse und geh.«

Hinter meinem Rücken wird es unruhig. »Das könnte ein Problem werden ...«

»Warum?«

»Gibt es eine Alternative zu den Keksen?«

»Dosensuppe.« Diesmal könnte ich mich noch so anstrengen, das Lächeln auf meinen Lippen bleibt.

Levy zögert. »Würde es dir vielleicht auch helfen, wenn ich deine Hand halte? Ich würde dich auch umarmen, aber ...«

»Handhalten ist okay«, platzt es aus mir heraus.

»Dafür muss ich aber ein bisschen näher kommen.«

Ich nicke. »Aber wirklich nur die Hand berühren, ja?«

O Mann, nicht die beste Forderung. Aber ich bin ganz durcheinander. Auch weil mir plötzlich wieder einfällt, dass ich mich nicht mit Levy verabredet hatte und er jetzt trotzdem hier ist. Ohne Kekse zwar, aber das geht in Ordnung, schätze ich. Bedeutet das, er hat nach mir gesucht?

»Geht klar.« Levys Stimme ist tiefer geworden, und obwohl es absurd klingt, klopft mir deshalb das Herz heftig gegen die Brust. »Ich lege meine Hand einfach hierhin ...« Er wartet kurz, bis ich meinen Kopf leicht zur Seite drehe, damit die Umrisse seiner Hand sich in meinem Sichtfeld befinden. »Und du machst damit, was du möchtest.«

Was ich möchte? Beinahe wünsche ich mir die düsteren Bilder zurück, die bis eben meinen Verstand blockiert haben, denn was sich da jetzt vor meinem inneren Auge aufbaut, sorgt dafür, dass ich aus einem völlig anderen Grund Atemnot kriege.

Levy rührt sich wirklich nicht mehr, ich kann es nicht fassen. Der Gedanke, dass ich mich nur ein winziges Stück nach hinten lehnen muss, um nach seiner Hand zu greifen, ist einfach verrückt. Aber ich glaube, festgehalten zu werden würde mir gerade wirklich helfen.

»Bringt es was, wenn ich dir sage, dass das hier nicht so verrückt ist, wie du vermutlich glaubst?« Levy lächelt schon wieder, während er mich das fragt, das kann ich genau hören.

»Woher willst du das wissen?«, grummle ich. Er klingt ja fast so, als wäre es irgendwie sein ... Job, Menschen zu beruhigen.

»Es war sozusagen mal mein Job, für andere da zu sein.«

Hat er gerade meine Gedanken gelesen? Und ... wieso sagt Levy das, als fände er es abstoßend? Als wäre es etwas Schlechtes, sich um jemanden zu kümmern.

»Ach so.« Bevor die Panik mich daran hindern kann, stütze ich mich am Boden ab, um mich zögernd mit dem Rücken in Levys Richtung zu bewegen.

»Warte kurz.« Wieder raschelt es. »Ich dreh mich erst um.«

»Was?«, krächze ich. »Hast du mich die ganze Zeit über angeschaut?«

»Nur die letzten dreißig Sekunden. Aber du hattest mir den Rücken zugewandt, und meine Augen haben sich erst jetzt so wirklich an das schummrige Licht hier gewöhnt, weshalb es nicht viel zu gucken gab.«

Und warum hört sich Levy dann genauso gepresst an wie ich? Als wären wir beide zwei Stockwerke runter- und wieder hochgesprintet.

»Okay.« Dieses Gespräch ist jetzt schon so absurd, dass es eigentlich auch egal ist, weshalb ich, so gut es geht, Luft hole und meinen Oberkörper nach hinten lehne, um im selben Augenblick zu merken, dass ich noch zu weit von Levy entfernt bin.

Aber seine Hitze, die spüre ich bis in jede Faser meines Körpers. Und sie sorgt dafür, dass ich mich zu ihm umdrehen, dass ich Levy anschauen will. Ganz egal, ob er mich dabei ertappt oder ich nur seine Umrisse erkenne.

Aber sich neben einem Supermarkt zu verstecken und Panik zu kriegen, während sich der Rest der Anwesenden um mich herum amüsiert, ist mir schon peinlich genug. Deshalb zögere ich.

»Wenn du nicht möchtest, ist das okay«, bietet Levy an.

Ich schlucke. »Ich glaube, ich brauch noch einen Moment.«

»In Ordnung.«

Andererseits hat Levy anscheinend gar kein Problem mit der Situation, und wenn sie mir so unangenehm ist, wie ich mir einrede, weshalb pocht mein Herz dann so schnell, dass ich mich auf nichts anderes mehr konzentrieren kann? Noch nicht einmal auf die Sorgen in meinem Kopf?

Levy ist noch immer vollkommen ruhig. Definitiv ist mir noch nie so etwas Durchgeknalltes passiert. Ganz sicher nicht.

Deshalb drehe ich mich nun doch neugierig um.

Er hat mir wirklich den Rücken zugekehrt. Sein Atem geht gleichmäßig, weshalb ich selbst durch sein dünnes Leinenhemd hindurch beinahe jede Wölbung seiner Muskeln erkennen kann. Mein Blick wandert von seinen nackten Oberarmen runter über die Tätowierungen auf seinem Unterarm, die aussehen wie unzählige winzige Verästelungen. Levy hat jedenfalls nicht gelogen, was seine Hand anbetrifft, denn sie liegt noch immer an derselben Stelle neben einer zusammengeknüllten Jacke, die Handfläche nach oben gerichtet.

Nachdenklich strecke ich meine Hand nach seiner aus, halte aber auf halbem Weg inne, als mir klar wird, dass ich gerade dabei bin, einen beinahe fremden Mann anzufassen.

»Hast du dich umgedreht?«, hakt Levy nach.

Ich zucke zusammen. »Nein.« Mit klopfendem Herzen drehe ich mich wieder zurück.

»Wäre ziemlich unfair.« Das klingt belustigt.

»So bin ich nicht«, sage ich – oder besser, lüge ich –, denn mein Kopf bewegt sich wie von selbst zurück zu Levy.

Im selben Moment dreht auch er seinen Oberkörper leicht ins Profil, aber er guckt mich nicht an. Er hält die Augen fest verschlossen und den Ring in der Nase zwischen Daumen und Zeigefinger seiner freien Hand geklemmt. Mir ist schon aufgefallen, dass er das häufig tut, und ich hoffe, das liegt nicht daran, dass er sich in meiner Nähe unwohl fühlt, denn ich glaube, das würde mich nur noch mehr verunsichern.

Ich seufze lautlos und wende meinen Blick ab. Dann schließe auch ich die Augen. Wie in Zeitlupe rücke ich zu ihm auf.

Mit den Schultern zuerst berühre ich Levys Oberkörper und registriere, dass er sanft bebt. Für einen winzigen Augenblick beschließt mein Verstand, nicht mehr von mir und meinen Ängsten, sondern von der Art kontrolliert zu werden, wie sich Levy anfühlt. Es tut gut, viel zu gut, meinen Rücken fest an seinen zu drücken. Das hätte ich im Leben nicht erwartet.

Mit der Hand taste ich vorsichtig über das raue Gras, und als meine Fingerkuppen gegen etwas Weiches stoßen, stockt mein Atem. Levys Jacke, nehme ich an. Der Stoff fühlt sich eigenartig glatt an, fast wie bei einem Regencape. Soweit ich weiß, ist für die nächsten Tage Sonne gemeldet, wofür braucht Levy dann diese Jacke?

Ist meinem Verstand herzlich egal, denn während ich mich noch dazu überrede, es kurz und schmerzlos zu machen und einfach nach Levys Hand zu greifen, malt mein Hirn sich unverhohlen aus, wie es wäre, wenn jetzt wirklich ein warmer Sommerregen einsetzen würde. Wie der Regen von Levys Mitternachtshaarspitzen herunterperlt und in winzigen Tropfen an seinen schwarzen, dichten Wimpern hängen bleibt. Wie sein Eyeliner dabei in zig Schwarzschattierungen verschmiert.

In meinen Gedanken wischt er sich mit den Fingern darüber, doch der Eyeliner verschmiert, verschmiert dabei immer weiter – und o Gott, mir wird innerlich ganz heiß, weil ich mir gar nicht vorstellen muss, wie sich Levys Körper dabei an meinem anfühlen würde, denn er bewegt sich gerade. Seine Schultern reiben sanft an meinen, und meine Brustwarzen ziehen sich zusammen.

Erschrocken zucke ich nach vorne und verschränke augenblicklich die Arme vor der Brust. Himmel, was tue ich hier? Und vor allem ... was zur Hölle ist denn verkehrt mit meinem Kopf? Verdammt! Ich hatte gerade so etwas wie eine Sexfantasie mit Levy, was an sich schon total seltsam ist, aber es ist noch verrückter, dass mir irgendetwas daran gefallen hat.

»Was ist denn los dahinten?«

Wenn ich Levy sage, dass ich mich vor meiner eigenen Fantasie erschrocken habe, dann wird er ganz bestimmt völlig irritiert sein. Und er wird mich garantiert für verklemmt halten. Dann würde er wahrscheinlich aufstehen und mich seltsam anschauen, weil meine Reaktion so weit von jeglicher Norm abweicht.

Trotzdem entscheide ich mich für die Wahrheit. »Ich hab mich nur erschrocken.«

Sofort höre ich, dass Levy sich räuspert. »Weil ich mich bewegt habe?«

Puh, da liefert er mir doch die perfekte Halbwahrheit. »Äh, ja.«

»Wenn wir uns anschauen, könntest du sehen, was ich mache, und erschreckst dich nicht so schnell.«

Aus dem Augenwinkel registriere ich, dass Levy seine Hand langsam ein Stück zu sich nach vorne nimmt. »Ich richte mich jetzt auf.«

Ich warte kurz, aber Levy scheint unschlüssig, was er tun soll, deshalb nicke ich, und kurz darauf stemmt er sich hoch.

Langsam drehe ich meinen Kopf in seine Richtung. Levys Körper ist vor Anspannung regungslos, während er sich erst seine gestreifte Jacke überstreift und anschließend in den Schneidersitz geht. Zur Sicherheit lenke ich meine Aufmerksamkeit weg von der Tatsache, dass er das Leinenhemd offen trägt, und konzentriere mich lieber auf die Ärmel, die leicht ausgefranst sind, als ob er die Jacke schon zigmal getragen hat. Kurz heftet sich mein Blick dann doch auf Levys Bauch – flach, aber nicht durchtrainiert – und dort auf die Gänsehaut um seinen Bauchnabel. Selbst im schwachen Licht kann ich die feinen Härchen erkennen. Ihm ist jedenfalls nicht heiß.

Levy räuspert sich und mein Blick schnellt nach oben. Hoffentlich hat er nicht bemerkt, dass ich ihm gerade beinahe auf den Schritt gestarrt habe.

Er grinst. Verdammt. Und reicht mir dann wortlos seine Hand.

Als ich danach greife, drückt er ganz sanft zu. Seine Finger umschließen meine und in dieser Position verharrt er. Er reißt nicht an mir, setzt mich nicht unter Druck. Und irgendetwas löst diese Geste in mir aus.

Weil Levy mir heute schon zum zweiten Mal die Hand reicht, um mich aus meinem trüben Gedankensumpf zu ziehen, und dabei keinerlei Erwartungen an mich hat. Weil er keine Probleme damit zu haben scheint, dass ich an diesem mir fremden Ort außerhalb der Spur laufe. Er akzeptiert diese Tatsache einfach, und so ganz weiß mein Herz nicht, was es mit dieser Erkenntnis anfangen soll.

Levys Daumen streichelt behutsam die Kerbe zwischen meinem Zeigefinger und Daumen.

»Darf ich dir helfen?«

Es ist nur eine Frage – mit einer viel weicheren Betonung als die aufdringlichen von Leon –, die dafür sorgt, dass ich nicke und mich von Levy nach oben ziehen lasse.

Er lässt meine Hand nicht los, während sein Blick über mich gleitet. Sein Atem geht ruhig, aber die Ader an seinem Hals schlägt genauso schnell wie mein Herz. Eine ganze Weile stehen wir so da, bis das Pochen unserer Herzen langsamer wird, dann hebt Levy leicht die Schultern an.

»Wir haben noch eine Abmachung.« Er schaut mir in die Augen, während er das sagt, so intensiv, dass es mir beinahe ein wenig unangenehm wird. Mein Herz poltert sofort wieder, was er ganz bestimmt an meiner gepressten Stimme hören kann.

»Die du gebrochen hast.« Ich lache nervös, ziehe mein Handy aus der Hosentasche und lasse die Senderstory durchlaufen. »Siehst du, ich bin meiner Verpflichtung nämlich nachgekommen.«

»Ich weiß.« Aus dem Augenwinkel sehe ich Levy schlucken. Das heißt, er hat sich meine Story wirklich angesehen? Ich kann mich nicht mal darüber wundern, weil er so aussieht, als wäre es eine Straftat, dämliche Kekse zu vergessen.

»Ist doch nicht schlimm«, erlöse ich ihn schnell, als Levy abrupt meine Hand loslässt und seine an seine Seite fallen lässt. Wie gern würde ich ihm jetzt sagen, wie gut es mir getan hat, von ihm gehalten zu werden, aber ich sollte es nicht übertreiben. »Die Abmachung war doch nicht wirklich … ernst gemeint.«

»Ändert nichts daran, dass ich es verkackt habe.« Levy schließt für einen Moment die Augen. »Was stellst du dir als Wiedergutmachung vor?« Seine Kiefer mahlen angestrengt, als hätte er Sorge vor dem, was ich von ihm verlangen könnte.

»Es sind nur Kekse«, erinnere ich ihn erneut. »Und eigentlich ging es bei der Abmachung ja ursprünglich auch um ein Foto. Wenn ich so darüber nachdenke, ist das eh ein total dämlicher Deal, den wir da getroffen haben. Viel zu viele Bedingungen, findest du nicht?«

»Möglich.« Erst ist es nur ein dumpfes Gefühl, dass ich aus Versehen einen wunden Punkt bei Levy getroffen habe, dann sehe ich seine Brauen, die sich gereizt zusammenziehen, und höre ihn flüstern: »Kennst du den Typen mit der Sonnenbrille? Den in deiner Story eben, meine ich.« Levy klemmt angestrengt seine Unterlippe zwischen die Zähne. »Also, seid ihr Freunde oder so was?«

»Leon?«, hake ich nach und spüre Levys Präsenz plötzlich überdeutlich. Sie verdrängt die Frage, weshalb er jetzt urplötzlich auf Leon lenkt. Als ginge unser ganzes Gespräch schon über diesen Idioten. Kennt er Leon? Ist er deshalb hergerannt, nachdem er die Sender-Story gesehen hat?

Ohne ein Wort nickt Levy.

»Nein«, antworte ich. »Er ist ehrlich gesagt einer dieser Trottel, über die ich vorhin gesprochen habe.«

»Es geht mich auch eigentlich nichts an.« Levy sieht mich noch einen Moment schweigend an, als würde er mir das aus irgendeinem Grund nicht sofort glauben, dann fährt er sich mit beiden Händen durch die kinnlangen Haare. »Aber wenn dich jemand bedrängt oder es sonst einen Notfall auf dem Festival gibt, kannst du jederzeit beim Personal nach dem Weg nach Panama fragen.«

»Okay, äh, danke.«

»Kein Ding ... Also, was verlangst du wegen der Kekse von mir?«

»Gar nichts!« Allmählich wird es wirklich absurd. Ist Levy bei seinen Freunden auch so?

»Wenn du unbedingt was tun willst, dann ... äh ...« *Frag ihn ein-*

fach nach dem ausstehenden Foto! Damit würde ich Levy von dem Gefühl erlösen, mir etwas schuldig zu sein.

Ich hole tief Luft und fordere mit einem erstickten Laut: »... umarm mich einfach.«

O mein Gott. Ich will die Worte sofort zurückschieben, und gleichzeitig will ich es absolut nicht. Ist das verrückt. Verrückt. Verrückt. Verrückt.

»Geht klar.« Levy bewegt seine Füße ohne Zögern auf mich zu. Einen Schritt, zwei, dann drei, und jetzt streckt er die Arme nach vorne.

Ich komme mir unbeholfen und total blöd vor, eine Umarmung von Levy einzufordern. So was macht doch kein normaler Mensch. Garantiert wäre mir an keinem anderen Ort der Welt so etwas eingefallen, doch gerade kann ich nicht verhindern – falsch, ich *will* nicht verhindern –, dass Levys Fingerspitzen meine Seite berühren.

»Darf ich?«, versichert er sich. »Ich kann auch meinen Kopf wieder wegdrehen?«

»Musst du nicht.«

»Okay.« Trotzdem guckt er mich nicht an, als er meinen Körper sanft zu sich zieht und meinen Kopf vorsichtig an seine Brust drückt. Levy fühlt sich warm an. Warm und weich, was daran liegt, dass sein Körper im Gegensatz zu meinem nicht völlig verkrampft ist. Er atmet tief ein und aus, sein Herz schlägt gleichmäßig. Es beruhigt mich. Es beruhigt mich auf der Stelle, Levy zu umarmen.

»Du hättest auch einfach nach einem Foto fragen können«, raunt er.

Damit hat er recht. »Das nächste Mal ... vielleicht.«

Ich spüre, wie Levy sich anspannt. Mit angehaltenem Atem warte ich auf seine Antwort, aber er lacht nur leise. Dann will er etwas sagen, aber ...

»Klassikradio? Das sieht aber nicht nach Uno-Spielen aus?«

Das ist Leons raue Stimme, die dafür sorgt, dass Levy mich augenblicklich loslässt.

»Fuck.« Sein Fluch klingt, als würden seine Lungen regelrecht zerquetscht.

Ich überlege einen Augenblick zu lange, wie ich mich verhalten soll, und in derselben Sekunde, als Leon schallend loslacht, schnellt Levys Kopf nach oben.

»Und ...? Nein, Alter. Levy? Bist du das?«

»Leon.« Levys Blick verhakt sich mit Leons. Und das scheint auszureichen, um einen Adrenalinschub durch seinen Körper hindurchschießen zu lassen. Seine Schultern zucken, als ob Leons Frage dort wie ein Blitz einschlüge.

Okay – die beiden kennen sich. Aber ... was passiert hier?

Levy sieht so hilflos aus und so verletzlich. Verzweifelt nestelt er an den Knöpfen seines Hemdes herum, um seinen Oberkörper zu verdecken. Während unseres Gesprächs hatte er auch kein Problem damit, halb nackt zu sein. Jetzt scheint er das zu fühlen, was Nacktheit impliziert: Schutzlosigkeit.

Kaum ist Leon zu uns gestoßen, richtet er das Wort an mich.

»Ist hier alles in Ordnung?«, will er wissen.

»Ja, klar.« Am liebsten würde ich mit *Jetzt nicht mehr* antworten, aber das traue ich mich bei Leons strengem Tonfall nicht.

»Klasse«, erwidert er. »Dann hab ich eine gute Nachricht für dich, Klassikradio. Du musst nicht länger suchen, vor dir steht der beste Schnappschuss für Social Media, den du auf dem Festival finden wirst.«

Das ist doch jetzt nicht Leons Ernst? Merkt er denn nicht, wie abweisend Levys ganzer Körper auf ihn reagiert? Ich bilde mir sogar ein, dass er zittert.

Weil ich nicht sofort antworte, zieht Leon erst Levys regungslosen Körper zu sich ran und danach sein Handy aus der Hosen-

tasche, um das Display mit einem kurzen »Ich mach das schon«
auf sich und Levy zu richten.

Das geht zu weit und ich will das nicht, ist alles, was ich denken
kann.

Noch bevor der Blitz auslöst, stoße ich deshalb einen Fluch aus
und schlage Leon das Handy reflexartig aus der Hand. Donnernd
knallt es gegen das Supermarktzelt, das – nein, nein, nein – genau an der Stelle, wo das Smartphone aufprallt, total robust ist.
Bestimmt eine Metallstange. Mit dem Display voraus landet das
Gerät auf dem Gras neben meinen Füßen. Ach, du Scheiße.

Während Leon perplex zu seinem Handy schaut, schwenkt
mein Blick zurück zu Levy, gerade als dieser ruckartig herumfährt
und wegrennt. Ich will ihm hinterher, doch Leon packt mich aufgebracht am Oberarm.

»Sag mal, geht's noch?« Seine schweißnassen Finger krallen
sich in mein Fleisch. »Das Teil war neu! Dafür schuldest du mir
was.«

Ich kann nicht antworten, weil mein erschrockener Blick noch
immer das Gerät und die Schutzhülle darum hypnotisiert. Es sieht
nicht so aus, als wäre etwas daran kaputt, allerdings kann ich das
Display so nicht erkennen und … Verdammt, Leon hat recht, ich
muss ihm das ersetzen. Aber gerade kann ich weder klar denken
noch mit diesem widerlichen Arsch verhandeln, und deshalb ist
das Einzige, was reagiert, mein Mittelfinger.

Ich strecke ihn Leon demonstrativ entgegen. »Du nervst.«

Heilige Maria Mutter Gottes – ich komme mir vor, als hätte ich
seit ein paar Minuten meinen eigenen Körper verlassen. Alles,
was ich danach wahrnehme, ist das frenetische Piepen in meinen
Ohren und Leons dämliches zweideutiges Grinsen.

Lachend dreht sich Leon weg und wendet sich dann doch über
die Schulter hinweg erneut an mich. »Ich meld mich bei dir, alles
klar?«

Aber nichts ist klar. Denn ich habe keine verdammte Ahnung, was hier gerade passiert ist.

I DO NOT WANT TO BE AFRAID, I DO NOT WANT TO DIE INSIDE JUST TO BREATHE IN

Levy

Ich setze einen Fuß vor den anderen und bin irritiert, dass ich wenigstens das hinbekomme. Mit Schweiß auf den Wangen haste ich am Supermarkteingang vorbei und quetsche mich den Hauptweg entlang immer wieder durch dicht gedrängte Menschengruppen hindurch, die irgendetwas brüllen, das ich nicht verstehe. Es ist der erste Abend auf diesem Festival, und ich habe keine Lust darauf, dass es der letzte meines Lebens wird.

Charlie hat gerade Leons Handy zerschmettert. Wegen mir. Ich hätte das Scheißvideo doch einfach über mich ergehen lassen. Da ist nichts dabei. Wäre nicht das erste Mal, dass ... Fuck, mein Schädel pocht. Wieso reagiert Charlie so ... so beschützend? Fuck. Fuck. Fuck. Mein Herz zieht sich zusammen. Noch mal fuck. Seit wann interessiert sich das Scheißteil für die Fürsorge anderer?

Ich überprüfe nicht, ob Charlie mir folgt, aber nach ein paar Sekunden ist ein Blick zurück auch gar nicht nötig, weil ich ihr Rufen hinter mir höre. Warum zur Hölle muss sie mir folgen? Und, Scheiße, ist dieses Mädchen schnell ...

Vor mir springt ein Typ, gegen den ich beim Laufen fast geprallt wäre, fluchend zur Seite. Ich erhöhe mein Tempo noch mal, spüre meinen Puls und verfluche mich selbst, weil ich seit knapp zwei Jahren nicht mehr täglich meine Füße hinter die Halterung einer Hantelbank im Trainingsraum der Polizeistation geklemmt habe. Dann verlasse ich den gut ausgeleuchteten Hauptweg, übersehe dabei fast zwei weitere Typen, die vor einem Wurfzelt um die Wette trinken, und registriere ein paar Sekunden später, dass ihr Gegröle das einzige Geräusch in meinem Rücken ist. Ich habe Charlie abgehängt.

Während ich mich durch das Dickicht an Zelten, Campern und Menschen schlage, suche ich meinen Verstand nach einem unproblematischen Gedanken ab. Ich finde keinen. Es ist nicht das erste Mal, dass ich mich dafür verurteile, die Sophie-Angelegenheit auf meine Art gelöst zu haben: Erinnerungen auf Befehl hin unangetastet lassen. Schutzmauer drum herumbauen. Mich mit belanglosem Sex von der Tatsache ablenken, dass deren Backsteine aus Pappmaschee sind und bei jeder Erinnerung, jedem Gedankenblitz, jeder Sache, die irgendetwas mit Sophie zu tun hat, in Flammen aufgehen. Hab ich jetzt davon. Eine Regel – vielleicht nicht so wirksam wie gedacht. Verfickte Scheiße. Mal ehrlich, solche Gedanken will doch keiner haben.

Verzweifelt wickle ich Aluband um die nächste Sophie-Sicherung, die mir heute durchgebrannt ist, bevor ich Otis' verwaschene Stimme höre.

»Weil Bier immer geht, Ria.«

Es grenzt manchmal an Masochismus, mit ihm befreundet zu sein. Sein Glück, dass ich es hart brauche.

Ich schaffe es gerade so, nicht über einen Bollerwagen zu stolpern, den jemand bis zum Rand mit Bierdosen gefüllt hat, bevor ich mein Zelt erreiche, hinter dem meine Freunde lautstark diskutieren. Selbst von hier erkenne ich, dass Ria gerade fluchend versucht, Otis eine Bierdose aus der Hand zu schlagen. Ich zucke zusammen, weil mich diese ruckartige Geste an viel zu viel aus meiner Vergangenheit erinnert, und jetzt auch noch an Charlie, die eben Leon das Handy aus der Hand geschlagen hat. Wegen mir. Hab ich eben schon einmal gedacht, aber ich kriege es einfach nicht in meinen Schädel. Und doppelt hält besser.

Ich gehe in die Knie und öffne den Reißverschluss meines Zeltes. Um zur Ablenkung und gegen die trockene Kehle etwas zu trinken, schnappe ich mir zwei Wasserflaschen. Der Innenraum riecht vermodert. Vierundzwanzig Monate hat es gedauert, bis ich das Zelt wieder aus dem Schrebergarten geholt habe. Damals hatte ich keine Zeit, die Zelthäute ordentlich zusammenzufalten, sodass sich Regenwasser in den Rillen sammeln konnte. Mir ist vollkommen klar, dass ich an dieser Stelle aufhören muss, darüber nachzudenken, wann das Zelt das letzte Mal im Einsatz gewesen ist.

Wann. Wo. Was darin passiert ist. Wie das alles endete. In meinem Kopf stolpern Gedanken und Erinnerungen übereinander, während ich den Reißverschluss schließe und mich erschöpft gegen die Plane lehne. In wessen Scheißfantasie passiert das hier alles eigentlich gerade? Es ist der erste Festivalabend – ich treffe erst auf Charlie, danach auf Leon. Mein Gehirn ist völlig überreizt, weil sich der Bastard kein bisschen verändert hat und mich obendrein trotz allem erkannt hat. Er tut so, als hätte er mich hier vor zwei Jahren auf ein Kaffeekränzchen eingeladen und nicht ... Fuck.

Fast schon nachvollziehbar, dass ich Mühe habe, zurück in jene ausgeglichene Stimmung zu finden, mit der ich das Festival heute Morgen betreten habe.

Tja, kann ich wohl vergessen.

»Verdammt, Otis!«, kreischt Ria da, was mir einmal mehr einen flauen Magen beschert. »Dann hör auf zu trinken!«

Ich richte mich auf.

»Herrgott.« Otis muss sich an der Stange eines leeren Nachbarzeltes abstützen. »Morgen trink ich weniger, zufrieden? Du bist nicht meine Mutter.«

»Die im Übrigen auch meine war.« Mit einem verzweifelten Schnauben dreht sich Gloria zu mir. »Gott, Levy, endlich!«

»Wie auch immer.« Otis schwankt bedrohlich. Sofort bin ich

bei ihm, halte ihn fest, als er leise würgt. »Hi, Levy. Hast du Lust auf Beerpong? Ria behauptet, ich sei zu betrunken ...«

»Bist du auch«, bestätige ich Gloria, bevor ich Otis' zitternden Körper zu mir herumdrehe, um seine Pupillen zu überprüfen. Sind total verengt. Hände außerdem verschwitzt. Fahles Gesicht. Er war noch mit Sven und seinen Kollegen unterwegs. Ich bin mir nicht sicher, weil ich den Supermarkteingang eben absichtlich gemieden habe, vor dem sich Leons Truppe am ersten Festivalabend standesgemäß zum Betrinken trifft. Schätze mal, ohne meinen Umweg hätte ich Charlie hinter dem Zelt nicht gefunden.

»Fuck, Otis, was hast du eingeschmissen?«

Er grinst dämlich. »Mach dir nicht in die Hose, Levylein. Alkohol und Sex – mehr nicht. War extra nicht bei Leon und den anderen.« Sein Blick gleitet über meine Schulter hinweg ins Nichts. »Ich nehm kein hartes Zeug, falls die Kollegen filzen. Sind doch jedes Jahr hier.«

Otis senkt sich ruckartig, doch ich bekomme ihn zu fassen, bevor er mit dem Gesicht zuerst aufs Gras aufschlagen kann.

»Du gehst jetzt schlafen, einverstanden?«

Otis fährt sich mit der Zunge über die Lippen. »Nope, muss erst die Sache von vorhin wiedergutmachen.«

»Was genau?«, mischt sich Ria ein.

»Hab Levy die Tour vermasselt.«

»Passt schon.«

Das geht in Rias genervtem Stöhnen unter. »Ich hasse euch. Beide.«

»Wir dich auch, Ria«, brummt Otis. »Ist Ehrensache, Levy nicht im Stich zu lassen. Oder um es in deiner Sprache auszudrücken: Levy soll noch vor Mitternacht geküsst werden.«

»Fick dich, Otis«, erklingt wieder Rias Stimme.

»Das würde eine Disney-Prinzessin aber nicht sagen.«

Weil die beiden nur damit aufhören, sich zu zanken, wenn Otis die Klappe hält, lege ich ihm meine Arme um die Hüften und ziehe seinen schweren Körper zu mir heran. Er riecht nach Energydrinks und Jägermeister. Ich würde mich als sexuell neugierig bezeichnen, aber wenn Otis so nah an mir dran ist, hält sich die Neugierde in Grenzen.

Trotz des heftigen Alkoholgeruchs lege ich meine Lippen auf seine. Wären wir jetzt nicht auf einem Festival und Otis in seiner Uniform unterwegs, würde ich für die Aktion einen Schlag in den Magen kassieren.

Hier zieht er seine nassen Lippen hoch an meine Wange und flüstert: »Das war wunderschön.«

»Halt die Fresse und geh pennen.«

Weil Otis tatsächlich Anstalten macht, sich in Richtung seines Zeltes zu schleppen, ist Gloria jetzt wieder neben uns und hakt sich bei ihrem Bruder unter.

Ich tue es ihr auf seiner anderen Seite nach, um seinen Körper auf diese Weise in unsere Mitte zu klemmen.

»Wieso muss ich ständig auf dich aufpassen und nicht andersherum?«, schimpft Gloria. »Hast du ihn Levy?«

Ich nicke und stöhne innerlich, weil mein Handy in diesem Moment vibriert. Auch wenn es unmöglich ist, dass eine Nachricht von Charlie auf dem Display aufblinkt, kribbeln meine Finger vor Anspannung.

»Du musst nicht so reden, als wäre ich geistig beschränkt.«

Nur dass Otis völlig verwaschen spricht und mit jedem mühsamen Schritt, den wir uns seinem Zelt nähern, mehr neben der Spur wirkt.

Gloria hat die Taschenlampe ihres Smartphones aktiviert, und das Licht zuckt unruhig auf dem Gras vor unseren Füßen. Ich ziehe mein Handy zur Unterstützung ebenfalls hervor, und obwohl ich versuche, die eingegangene Nachricht zu ignorieren, fällt mein Blick wie von selbst darauf.

Fuck. Könnte mir vorstellen, dass Leon ihm direkt von unserem hübschen Wiedersehen berichtet hat, ist ja sein Ding ...

Otis sackt plötzlich auf Glorias Seite zu Boden.

»Levy?!«

Sofort steuere ich gegen. »Scheiße, Otis bricht zusammen, oder?«

»Ich kann dich hören, und ich kann auch alleine laufen.« Er versucht, unsere helfenden Hände wegzuschlagen, verliert dabei das Gleichgewicht und klammert sich ächzend an meiner Schulter fest. »Siehst du ...« Er würgt wieder, während ich mein Handy umständlich in die andere Hand manövriere.

Der Lichtstrahl schießt dabei unkontrolliert nach rechts und links und erleuchtet die Nachbarzelte in der Dunkelheit.

»Mann, Otis, das ist nicht lustig.« Ria keucht angestrengt, während es ihr irgendwie gelingt, seinen wankenden Körper erneut unterzuhaken.

Wir sind endlich an seinem Zelt, als Otis einen unerwartet schnellen Satz nach vorne macht und sich mit voller Wucht gegen den verschlossenen Zelteingang schmeißt. Irgendetwas reißt. Vielleicht nur unwichtige Nähte – wenn er Pech hat, die Außenplane.

Ich schiebe seinen schlaffen Körper zur Seite und öffne den Reißverschluss. »Du bist besoffen noch anstrengender als in Uniform.« Gloria murmelt etwas zustimmend neben mir, bevor ich meine Arme um Otis' Rumpf schlinge. »Pack du dir seinen linken Arm und drück!«

So lässt er sich schnell ins Zelt bugsieren. Ein wenig überrascht es mich, dass die erlernten Handgriffe noch immer problemlos abrufbar sind, aber betrunkene Idioten unter Kontrolle zu halten, ist eben Polizisten-Tagesgeschäft.

Gloria krabbelt ihrem Bruder hinterher in sein Zelt, um ihm dabei zu helfen, irgendwie in den Schlafsack zu kommen. Scheiße, Otis sieht echt nicht gut aus.

»Hat wer Wasser für mich?« Otis' Körper hängt halb aus seinem Schlafsack heraus, während er stöhnend nach der Flasche tastet, die ich ihm kurz darauf reiche. Er würgt erneut und sein Gesicht wird noch blasser.

»Setz dich hin, wenn du trinkst.« Gloria knipst ihr Handy wieder an, und weil Otis das grelle Licht sichtbar stört, richtet er sich auf. »Ist dir klar, dass wir dich ins Krankenhaus bringen müssen, wenn du so ...« Sie stockt und richtet den Bildschirm jetzt direkt auf ihren Bruder. »Du siehst echt beschissen aus.«

Otis schließt reflexartig die Augen, aber immerhin führt er die Wasserflasche jetzt zitternd an seine Lippen und trinkt sie in drei Zügen leer. »Mach das Scheißlicht aus.« Ächzend lässt er sich wieder auf den Rücken fallen und streckt Arme und Beine von sich. Keine Minute vergeht, nachdem Gloria die Taschenlampe auf ihrem Handy ausgeschaltet hat, bis ihr Bruder anfängt, leise zu schnarchen.

Ein paar seiner keuchenden Atemzüge lang sitzen wir einfach nur still da, mit einem völlig fertigen Otis neben Glorias Arm. Ich kann ihr beinahe ansehen, wie schnell ihre Gedanken durch ihren Kopf rasen.

Sie blinzelt ein paar Tränen weg. »Ich kapier's einfach nicht. Was ist sein Problem?«

»Keine Ahnung.«

Sie schluckt schwer. »Du siehst ehrlich gesagt nicht wirklich besser aus als Otis.«

Als er seinen Namen hört, murmelt Otis irgendetwas Unverständliches und rückt benommen von Ria ab. Ich kann sein Gesicht nicht erkennen, weil Ria ihn zur Sicherheit in eine stabile Seitenlage bringt, aber er wird mich schon verstehen.

»Alles gut, Kumpel?«

»Hmm ... bin bisschen durch. Lasst mich schlafen.« Pause. »Morgen Abend spielt *Yungblud*.« Pause. »Ria?«

»Ja?«

»Hab dich lieb, auch wenn du ...« Der Rest geht in seinem Schmatzen unter.

»Nervst?« Gloria stöhnt. »Otis, verdammt.« Stille. »Ich dich auch.«

Im Zelt raschelt es, als Otis seinen Körper näher an seine Schwester ranhievt und sie ihm vorsichtig die schweißnassen Haare aus der Stirn streicht. Eine Weile höre ich nur die Geräuschkulisse, welche die ganze Nacht nicht abebben wird, dann erneut Rias Stimme. »Pennt wieder.« Sie stützt die Arme hinter sich auf der Bodenplane ab.

»Hol mich, wenn er kotzen muss.«

»Hast du Charlie gefunden?«, erkundigt sich Ria. »Du warst ziemlich lange weg.«

Ich beiße mir auf die Lippe. »Hab ich.«

»Und?«

»Lief scheiße.« Wie kann ein einziger Satz etwas so gut zusammenfassen? Es ist, als gäbe es seit heute Morgen um Charlie und mich herum so etwas wie eine Blase, in der ich Dinge sagen oder tun *muss*, die sie zum Platzen bringen.

»Warum?«, flüstert Ria und richtet sich vorsichtig auf.

»Ich hab's versaut.« Ich verschränke die Hände im Nacken und stöhne leise, weil sich aus dem Nichts wieder Charlies Fürsorge zwischen meine düsteren Gedanken schiebt. Sanft und warm legt sie sich um mein Herz. Scheiße, ich weiß nicht, was Charlie mit meinem Herzen anstellt, ich weiß nur, dass ich eigentlich nicht dabei sein will.

»Ich komm nicht ganz mit.« Glorias Gesicht wird kurz sichtbar, weil sie aufs Display ihres Handys tippt, während sie versucht, aus

Otis' Zelt zu mir zu krabbeln, ohne ihn zu wecken. »Die Uhrzeit ist es schon mal nicht. Ist grade mal zehn.«

Ich rücke ein Stück zur Seite, damit Ria neben mir in die Hocke gehen kann. »Leon.«

»Oh, was?« Sie klingt überrascht. Negativ überrascht. »*Der* Leon? Von der Polizei? Scheiße, Otis meinte vorhin, dass er mit Sandra und ein paar anderen Kollegen hier sei.«

Daran, wie schnell ich meinen Blick auf meine Hände senke, merke ich, wie wenig ich bereit bin, auf Glorias Nachfrage einzugehen. »Sorry, aber ich kann das gerade nicht.«

Für einen Moment befürchte ich, dass Gloria weiter in mich dringt, aber dann landet ihr Blick nur auf der tätowierten Zahlenfolge an meinem Handgelenk: *1206*, durchzogen von einer feinen indigoblauen Linie. Der zwölfte Juni ist für mich immer mehr zum Start einer neuen Zeitrechnung geworden, weil dieser Tag mein letzter bei der Polizeibehörde war, für welche die sogenannte *Thin Blue Line* ein weltweit anerkanntes Symbol ist.

»Es ist gut, dass du hergekommen bist, Levy.« Glorias Stimme ist ein wenig belegt. »Trotz allem …« Ganz leicht streifen ihre Fingerkuppen mein Handgelenk. »Auch wenn du das gerade vielleicht anders siehst. Erinnerungen lassen sich nicht auslöschen, aber manchmal bunt übermalen.«

Im ersten Moment will ich Gloria von mir stoßen. Ich bin so verkrampft darauf fixiert, mir auf dem Rockfestival keine Gedanken über Dinge machen zu müssen, die über die Fragen hinausgehen, welche Dosensuppe ich mir gleich noch aufwärme und welche Bands ich in welcher Reihenfolge wann ansehen will. Wo Mona ihr Zelt hat und wie ich morgen die aufgebrachte Meute ruhigstelle, die hinter Otis her ist, weil er völlig besoffen in eine Menschentraube pissen wollte. Doch dann entscheide ich mich um und ziehe Gloria in eine Umarmung. Weil sie meine beste Freundin ist, auch wenn sie manchmal, da hat Otis recht, ziemlich nervt.

»Danke, das hab ich wohl gebraucht.«

»Weiß ich«, flüstert Ria, bevor sie ihr Gähnen mit der Hand erstickt.

»Und du brauchst noch immer dringend Schlaf.«

Sie will protestieren, doch mein Magen fängt an zu knurren, was Gloria sofort ablenkt. »Hast du nichts gegessen?«

»Hol ich jetzt nach, okay? Wenn du dich aufs Ohr legst.«

Gloria sieht nicht überzeugt aus, weshalb ich mich vom Boden abdrücke, um in Richtung meines Zeltes zu gehen. »Schlaf gut, bis morgen«, rufe ich noch über meine Schulter.

»Schlaf gut«, kommt es gedämpft zurück. Anscheinend ist sie noch mal zu Otis ins Zelt gekrabbelt. Es würde mich nicht wundern, wenn sie die Nacht über wach neben ihm liegt.

Weil mein Zelteingang die ganze Zeit offen stand, konnte ein Großteil der Hitze nach draußen strömen. Trotzdem ist der Innenraum noch immer stickig, weshalb ich einen Teil der Vorderwand hochrolle und den Eingang auf diese Weise mit wenigen Handgriffen um ein Dach erweitere.

Ich gehe darunter in die Hocke, ziehe mein Handy hervor und öffne die Instagram-App. Meine Finger reagieren ganz von allein, berühren erst das kleine Lupensymbol und schließlich das Suchfeld am oberen Bildschirmrand, womit ich meine letzten Suchbegriffe öffne. Das Profil des Radiosenders steht an oberster Stelle. Ohne lange nachzudenken, tippe ich es an, und der Feed baut sich auf. Charlie hat endlich ein Bild hochgeladen, aber der bunte Kreis um das Sender-Profilbild interessiert mich mehr als tanzende Menschen.

Ich klicke mich durch die neu hochgeladenen Storys, während ich mir einrede, dass ich nur kurz sichergehen will, ob es Charlie nach meiner abrupten Flucht gut geht. Bis da plötzlich ihr Gesicht ist.

Sie wirkt ernst, als ob sie sich anstrengen müsste. Mein Herzschlag beschleunigt sich automatisch, bis Charlie lacht, ihr Gesicht ganz nah vor die Kameralinse schiebt und es zu einem verschwommenen, hellen Fleck wird. Ich versuche, die Situation einzuordnen, versuche nachzuvollziehen, was sie in diesem Moment beschäftigt. Dann sagt sie: »Ich dachte, du machst ein Foto, Leni.« Sie lacht wieder. »Zeig mal her.«

Und die Story erlischt.

Ich kapiere nicht, warum meine Lippen sich zu einem Lächeln formen. Aber ich sehe mir dieselbe Story noch mal und noch mal an. Charlie ist unfassbar schön, wenn sie spontan ist. Ich will ihr Lachen hören – immer und immer wieder. Scheiß drauf, wie sehr es mich fertigmacht.

Es ist unmöglich, eine Begründung für mein Verhalten zu finden, die mich nicht auf irgendeine Weise angreifbar macht. Denn irgendetwas schlägt diese Frau in mir an. Etwas, das ich vermisst habe. Ändert nur leider nichts an meinem Scheißcharakter und daran, dass ich sie eben mit Leon allein gelassen habe. Was beides, nebenbei erwähnt, nicht ihr Problem sein sollte. Sie kann nichts dafür, dass mein Geheimnis so groß ist, dass ich noch nicht einmal mit mir selbst darüber rede. Sie kann auch nichts dafür, dass sie etwas in mir anstößt, das mich dazu bringt, ihr die Wahrheit sagen zu wollen, obwohl ich mir sicher bin, dass ich keinen einzigen Ton darüber herausbringen könnte. Am allerwenigsten aber ist es ihre Schuld, dass ich wegen all dem Scheiß regelmäßig die Kontrolle verliere.

Wie gerne würde ich auch mir keine Schuld dafür geben.

Aber: *Do or do not – there is no try.* Für manche Dinge im Leben hat man einen einzigen Versuch. Verbockst du es, ist es für immer vorbei.

Es ist alles, verdammt noch mal alles, meine Schuld.

Ich will mein Zelt niederreißen. Einfach nur alle Dinge zerstören, die mich an Sophie erinnern. An diese Nacht. Pfingstsonntag vor zwei Jahren, 0:59 Uhr auf der A100 Wedding Richtung Wilmersdorf zwischen Spandauer Damm und Messedamm, Stadtring. Ich will reden. Mich nicht mehr verstecken. Scheiß auf die Abmachung.

Das Problem ist bloß: Wer ständig Aluband um durchgebrannte Sicherungen wickelt, läuft Gefahr, dass es irgendwann zum Kurzschluss kommt. Ich kann nicht garantieren, dass ich in Charlies Nähe nicht zur unberechenbaren Katastrophe werde. Und eigentlich ist dieser beschissene Aha-Moment Warnung genug davor, mich ihr weiter aufzudrängen. Vielleicht ist das ja eine Regel, die ich in ihrer Abwesenheit bereit bin einzuhalten.

So fertig kann ich doch gar nicht sein, dass ich im selben Atemzug sofort darüber nachdenke, dagegen zu verstoßen und Charlie aus der Ferne zu helfen, ihren Instagram-Kanal zu pushen. Zumindest mein Magen registriert diesen Vorschlag offenbar schon mal mit Wohlwollen, denn irgendetwas ballt sich bei der Vorstellung darin zusammen. Vielleicht auch nur der Hunger, aber eigentlich bin ich den bei meiner finanziellen Situation gewohnt.

Ich hänge dem Gedanken nach und suche meinen Verstand schließlich nach irgendetwas ab, nach einer Sexfantasie oder etwas anderem Belanglosen, das mir beweist, was für ein verkorkster Mistkerl ich bin. Aber anscheinend ist eine bloße Ablenkung doch nicht das, was ich für andere sein möchte. Hab ich ein Scheißglück, dass Gloria diesen Gedanken nicht hören kann ...

Bevor sich mein Hirn endgültig verabschiedet, schließe ich die App, ohne Charlies Beiträge zu teilen oder dem Sender zu folgen, und lege das Handy neben mich ins Gras. Ich drehe den Kopf zur Seite und starre auf eines der benachbarten Zelte, bis es mir gelingt, nur noch an den nachtgrauen Stoff zu denken, an die weiß schimmernde Campinggarnitur, die davor aufgebaut wurde, und die junge Frau, deren gesenkter Kopf vom schwachen Licht ihres Displays angestrahlt wird.

Wie gern würde ich jetzt noch mal losziehen, aber es kommt nicht infrage, Gloria mit Otis alleine zu lassen.

Gerade als ich mich widerwillig erhebe, um mir Zahnputzzeug aus dem Zelt zu holen, bringen mich Schritte neben mir dazu, mich erneut umzusehen.

An Glorias Zelt vorbei nähert sich die Frau, die bis eben noch auf ihrem Handydisplay rumgetippt hat. Automatisch gehe ich einen Schritt zurück, um sie vorbeizulassen, doch als sie mich bemerkt, lächelt sie mich an.

»Hey«, sagt sie. Sie trägt eine schlichte Jeansjacke über ihrem weißen Top, dazu einen knappen Rock. »Ich dachte, ich bin die Einzige, die um die Uhrzeit schon am Zelt ist.«

»Nicht ganz«, erwidere ich, registriere den Plastikbecher in ihrer Hand und rieche kurz darauf ihren bittersüßen Atem. Definitiv Alkohol. Erklärt die leicht verwaschene Sprache.

»Willst du auch was haben?« Ihr Lächeln wird breiter, als es ihr erst beim zweiten Versuch gelingt, mir den Becher in die Hand zu drücken. »Ist Wildberry Lillet, glaub ich.«

»Danke für die Einladung.« Ich nehme ihr den Becher ab, setze mich zurück aufs Gras und stelle ihn neben mich. »Glaubst du?«, hake ich nach.

»Hat mir jemand vorhin in die Hand gedrückt.«

Damit stoße ich absichtlich mit dem Handrücken gegen das lauwarme Plastik, sodass der Becher umkippt und die Flüssigkeit sich vor meinem Zelt verteilt.

»O nein!« Sie klingt so bestürzt, dass ich ein Lachen unterdrücken muss. Im nächsten Augenblick hat sie das Drama anscheinend schon wieder vergessen und quetscht sich neben mich auf den Boden.

Ein paar Sekunden lang ist nur das monotone Festivalrauschen zu hören, durchbrochen von dumpfen Beats.

»Ich bin übrigens Emily«, sagt sie, und ich wende meinen Blick von dem beleuchteten Hauptweg in der Ferne ab, um sie anzusehen.

Es dauert nur die paar Sekunden, die ich brauche, um meinen Namen zu sagen, dann liegen Emilys Lippen auf meinen. Die Art, wie sich ihr Mund sofort öffnet und ihre Zunge zwischen meine Lippen stößt, lässt mich hart werden. Da ist kein Strom, der mir durch den Unterleib jagt, kein Kribbeln, nichts – ich fühle einfach nur Erregung durch passende Reize.

»Ups«, sagt sie, als sie ihre Lippen von meinen löst.

»Kein Ding.« *Nimm dir ruhig. Bedien dich. Lenk dich ab.*

Ich lehne mich kurz zurück, um nach meiner Wasserflasche zu tasten, doch Emily nutzt die Gelegenheit, um sich über meinen Schoß zu schwingen. Sie will nach meiner Hand greifen, was ich sofort unterbinde. Fuck, eigentlich stehe ich drauf, wenn sich Frauen nehmen, was sie gerade brauchen. Aber ich mache mit keiner Frau rum, die nicht weiß, was sie tut, ganz gleich, wie wild sie darauf zu sein scheint. Was weiß ich, ob das wirklich ausschließlich Alkohol in ihrem Becher war. Als Polizist hatte ich zu viel mit so einem Scheiß zu tun, um Emilys Zustand ohne schlechtes Gewissen ausnutzen zu können.

»O Gott.« Sie lacht leise. »Ich dachte nur, weil ...« Sie bewegt ihre Hüften an meinem Schwanz, was der Zeitpunkt ist, in dem ich sie eigenständig von meinem Schoß schiebe.

Normalerweise überlasse ich der Frau den Rhythmus, erlaube ihr die Kontrolle über meinen Körper, verschränke dafür meistens sogar die Hände hinter dem Rücken, um nicht in Versuchung zu kommen ... Doch Alkohol- und Drogenkonsum ist der einzige Grund, einzugreifen und nicht nur zu gehorchen.

Emily räuspert sich leise. »Entschuldige, dass ich ...«

»Denk nicht weiter drüber nach«, unterbreche ich sie. »Du bist wunderschön und weißt, was du willst. Behalt dir das bei und schreib vielleicht besser deinen Freunden.«

Wortlos steht sie auf, und nur weil ich es habe kommen sehen, bewahre ich Emily davor, auf die Seite zu fallen.

»Sorry, hab bisschen viel getrunken.«

Vorsichtig schlinge ich meinen Arm um ihre Hüften und bringe sie zurück ins Zelt. Sie bewegt sich unbeholfen, und deshalb dauert es eine halbe Ewigkeit, bis sie mit einer weiteren Entschuldigung ins Zeltinnere krabbelt.

»Schreib deinen Freundinnen«, erinnere ich sie.

»Danke fürs Helfen.«

Erst als Emilys Finger über ihr Display huschen, trete ich einige Schritte zurück und fahre mir heftig durchs Haar.

Fuck. Fuck. Fuck. Viel mehr denke ich nicht, weil aus dem Nichts ein Geräusch aus meinem Brustkorb kommt, das mir definitiv Sorge bereiten sollte. Verdammte Scheiße. Ich heule jetzt nicht!

Meine Erektion drückt immer noch leicht gegen meine Hose, und mein Verstand beschließt, dass es genau jetzt ganz geil wäre loszuflennen? Und was ist das überhaupt für ein verdammter Druck auf meiner Brust?

Scheißegal, weil ich jetzt selbst dafür sorge, dass ich ihn loswerde.

Ich kicke gegen die Halterungen meines Vordachs und reiße es somit ein, schmeiße mich ins Zelt und schließe den Reißverschluss hinter mir nur halb. Meine Hände zittern. Deshalb zwinge ich sie in meine Boxershorts, noch bevor ich auf meinem Schlafsack liege. Ich spanne kurz die Muskeln an, hebe den Po und streife mir mit der freien Hand die Hose von den Beinen. Mein Penis reagiert auf meine Berührung, und das ist das Beste, was mir jetzt passieren kann. Ein Körperteil, der nicht nachdenkt.

Ich male mir aus, was passiert wäre, wenn ich Emily eben nicht aufgehalten hätte. Sie hätte den Rhythmus bestimmt, die Bewegungen – mich völlig dominiert. Und ich hätte es doch genau so gewollt. Es wäre okay gewesen, dass ich mich im Anschluss daran benutzt gefühlt hätte, oder? Das ist genau das, worauf ich stehe. Sex füllt mich, und wenn ich vollständig leer bin und Gefahr laufe, zu viel nachzudenken, dann habe ich einfach wieder Sex. Ich brauche kein Scheißverständnis. Keine dämliche Fürsorge. Definitiv nicht. Sex funktioniert bei mir wie Blut bei einem Vampir.

Ich stoße ein genervtes Stöhnen aus und ziehe die Hand aus meiner Hose. Mein Penis pocht fordernd, aber das wird heute nichts mehr. Ich werde mir ganz bestimmt keinen runterholen, während ich an Vampire denke.

Mein Handy leuchtet neben mir auf, als ich mit dem nackten Hintern gegen das Display stoße: kurz vor Mitternacht.

Der Tag hat mich völlig verwirrt. Charlie. Die Nachrichten meines Vaters. Charlie. Die Erinnerungen an Sophie, die ich nicht mehr verschlossen kriege.

Die einzige Warnung, die ich bekomme, ist ein heftiges Würgegeräusch, das wie von allein aus meinem Mund kommt. Ich springe auf die Beine, stolpere aus dem Zelt und kotze mir dahinter die Seele aus dem Leib. Mein Körper verkrampft sich wieder und wieder ... und ich würde lügen, wenn ich behaupte, dass das hier die abgefuckteste Situation der letzten zwei Jahre ist. Sie ist nicht mal in den Top Ten.

Irgendwann greife ich nach meinem Jackenärmel und wische mir über den Mund. Mit einem Stöhnen komme ich wieder auf die Fersen zurück und starre benommen auf die Zeltwand.

Charlie hat irgendetwas in mir losgetreten. Etwas, gegen das nicht mal Wichsen hilft.

Ich bin am Arsch.

DAS KAPITEL, IN DEM ICH KAPIERE, DASS MUT AUS VERTRAUEN GEMACHT WIRD

Charlie

»Die ganze Situation ist doch schon total unrealistisch.«

Leni hat ihre Isomatte aus dem Zelt geholt und sitzt auf ihr vor unseren Tellern. Möglichst ansprechend hat sie Couscous-Salat, gefüllte Teigtaschen, herzhafte Muffins und frisches Obst in einem Halbkreis darauf angerichtet. Dass das selbst gemachte Zeug verdammt lecker aussieht, erkenne ich sogar vom Zeltinneren aus.

»Wieso sollte Edward denn auf einem deutschen Rockfestival sein? Er lebt über zehn Flugstunden entfernt!«

Ich wälze mich auf die Seite und stütze den Kopf in der flachen Hand ab. »Bist du dir sicher?«

Ich gähne und taste blind nach meinem Zopfgummi, um mir die schweißnassen Haare nach oben zu binden. Dann werfe ich einen Blick auf mein Handy. Es ist neun Uhr morgens. Als ich vor zwei Stunden aufgewacht bin, war es kalt im Zelt und draußen endlich ruhiger. Mittlerweile knallt die Morgensonne unnachgiebig auf die Außenplane und der Geräuschpegel ist wieder über meinem erträglichen Maß.

»Ja, Festival-Tinder zeigt mir gerade Edward an.«

Ich weiß nicht, was mich mehr irritiert. Die Tatsache, dass es eine Festivalversion von Tinder gibt, oder ...

»Der mysteriöse San-Diego-Schüleraustausch Edward?« Ich schäle mich aus dem Schlafsack, klemme mir Handtuch und Duschgel unter den Arm und krabble zu Leni ins Freie. »Zeig mal her.«

Leni stockt, als ich nach ihrem Handy greife. »Pass auf, dass du nicht aus Versehen nach rechts swipst.«

»Der hier? Mit der blauen Cap?«

Leni nickt und greift nach einem Stück Apfel. »Auf dem Bild beugt er den Kopf so komisch nach unten, siehst du?« Sie tippt auf das Display, während sie auf dem Obst herumkaut. »Man erkennt nur ein Logo.«

»Hast du das schon gegoogelt?«

Leni nickt. »Bass Pro Shops ... Ist die bekannteste Outdoor-Kette in Amerika.«

Genau wie Leni picke ich ein Apfelstück heraus. »Lass mich raten«, hake ich nach. »Jeder zweite Typ in den Staaten trägt so eine Kappe?«

»Aber nicht jeder von ihnen heißt Edward ...« Sie stößt mir sanft einen Ellbogen in die Seite. »Sogar das Alter passt.«

Ich hebe beschwichtigend eine Hand. »Wer weiß ...«

»Nein«, unterbricht sie mich augenrollend. »Die Frage ist eher: Wieso denk ich überhaupt an ihn? Es war nur ein einziger Tag und der Kerl spukt mir deshalb seit fünfzehn Monaten im Kopf herum. Das ist ungesund. Sprechen wir lieber wieder über die wichtigen Dinge.« Leni grinst und nimmt sich eine Teigtasche. »Du hast gestern also einen Typen kennengelernt?«

Ich streiche die Strähnen zur Seite, die mir trotz meines Dutts an der Stirn kleben, und rücke näher an Leni heran.

»Ist es denn so unwahrscheinlich, dass Edward dich nicht auch in Erinnerung behalten hat? Vielleicht ist er zufällig in Deutschland ... oder wegen dir?«

Leni ringt sich gerade so ein müdes Lächeln ab. »Lenk nicht ab.« Mit vielsagendem Blick schaut sie an sich herunter und streicht die Laufshorts glatt, die sie zu einem schlichten weißen Shirt trägt. »Lief es so schlimm mit ...« Sie stockt kurz. »Levy meintest du, oder?«

Mein Herz zieht sich zusammen. »Ist doch egal.« Ertappt pfrieme le ich eine Gabel aus einem dunkelbraunen Kunstledermäppchen, mit der sich Leni anschließend eine Gabel voll Couscous in den Mund schiebt. »Wo ist Ella eigentlich?«

»Telefoniert mit Toni.« Leni schüttelt frustriert den Kopf. »Deine Ablenkungsversuche beweisen mir, dass es alles andere als egal ist, und die Schweißausbrüche auf deiner Stirn verraten, dass du maximal frustriert bist.«

»Hmm ... mhm. Oder dass es einfach schon wieder unnormal heiß ist?« Ich nehme mir schnell eine Karotte aus dem Gemüse-Obst-Mix. »Kannst du bitte damit aufhören? Ich mag noch immer nicht drüber reden.« Weil ich Leni sonst weismachen müsste, dass Levy keine größere Rolle in meinem Kopf spielt, aber davon kann ich mich im Moment nicht mal selbst überzeugen. Leni sieht so aus, als wollte sie an gestern Abend anknüpfen und mich weiter ausquetschen. Sie öffnet den Mund, dann schließt sie ihn wieder, formt mit den Lippen ein stummes »Okay« und atmet geräuschvoll aus. »Zurück zur Edward-Situation.«

»Wisch nach rechts, und wenn er es dir nachtut, dann findest du bis Sonntag raus, ob er es ist.«

Leni lacht und stützt die Hände hinter sich auf dem Gras ab. »In was für einer Welt leben wir eigentlich, dass dein letzter Satz tatsächlich Sinn ergibt?«

Unter ihrem prüfenden Blick nehme ich mir einen Muffin. Auf dem Teller liegen nun nur noch ein bisschen Obst, Gemüsesticks und ein zweiter Muffin. Den Couscous-Salat hat Leni gerade doch noch aufgegessen. »Jetzt ist ja fast nichts mehr für Ella übrig.«

»Ich hab noch Müsliriegel gekauft«, versichert Leni mir. »Und notfalls auch Porridge in der Proviantasche, aber den mag Ella, glaube ich, nicht so gern.«

»Wenigstens telefonieren sie und Toni endlich mal.« Ich strecke die Beine aus und gähne wieder. Der Gedanke, jetzt quer über den ganzen Zeltplatz zu den Sanitäranlagen laufen zu müssen, fühlt sich ganz und gar nicht angenehm an, weshalb ich mein Badezeug zur Seite lege und mich auf den Bauch drehe.

Ella und Leni haben gestern schon vor dem Zelt auf mich gewartet. Dort haben wir anschließend Beiträge hochgeladen, bevor wir während ein paar Runden Uno über Gott und die Welt – und ein bisschen auch über Levy – gequatscht und Storys gedreht haben. Kurz nach Mitternacht sind wir nach dem Zähneputzen in unsere Zelte gekrabbelt. Ich lag noch stundenlang wach. Der Boden ist trotz Isomatte und Schlafsack wie Beton. Außerdem knackste es um mein Zelt herum wirklich überall. Ich kam mir zwischenzeitlich so vor, als müsste ich in einem dieser uralten Gruselhäuser in Amerika übernachten, die in Horrorfilmen vorkommen. Von überallher drangen Stimmen und manchmal undefinierbares Stöhnen ins Zelt, das, wenn ich jetzt so darüber nachdenke, eigentlich doch recht einfach Sex oder zu viel Alkohol zuzuordnen ist ...

Ob Levy gestern auch wach gelegen und an mich gedacht hat? Was denkt er von mir, nachdem ich Leon das Handy aus der Hand geschlagen habe? Dass ich aufbrausend bin? Oder vollkommen verrückt? Wir saßen Rücken an Rücken Händchen haltend hinter dem Supermarktzelt, und anschließend habe ich ihn aus dem Nichts darum gebeten, mich zu umarmen – *die* Frage kann ich mir also selbst beantworten. Im Gegensatz zu der, weshalb Levy weggerannt ist. Leni meinte dazu gestern Abend, dass Levy in Leons Gegenwart womöglich noch hilfloser war, als ich auf ihn gewirkt habe. Aber das ist irgendwie schwer vorstellbar. Levy ist, im Gegensatz zu mir, unfassbar mutig und spontan. Aber dieser Leon hat ihn definitiv verunsichert, das stimmt schon.

»Was?« Mist, jetzt war ich total abgelenkt und habe nicht mitbekommen, was Leni erzählt hat. Als ich nachfrage, schaue ich ihr lieber nicht in die Augen, damit sie in meinen nicht erkennen kann, wie sehr mich die Erinnerung an Levys Verhalten aus dem Gleichgewicht bringt. Aber Lenis Gesichtsausdruck nach zu urteilen, kann ich ihr nichts vormachen.

»Toni hat Ella heute Nacht per WhatsApp mitgeteilt, dass er sein Auslandssemester um die Sommerferien verlängern will. Sie diskutiert jetzt mit ihm, ob sie zu ihm fliegen *darf*.«

Ich schaue Leni überrascht an. »Das heißt, er will sie nicht bei sich haben?«

»Wenn du mich fragst, wäre es intelligenter gewesen, schon vor dem ganzen Auslandsding Schluss zu machen.« Leni seufzt und zuckt anschließend mit den Schultern. »Dann hätte Ella sich in den letzten Monaten viel mehr auf das DJ-Ding konzentrieren können und nicht darauf, eine Beziehung zu verlängern, auf die Toni anscheinend eh keine Lust hat.«

»Ich kann ihre Entscheidung verstehen ...« Für Ella kam es weder infrage, ihre Ausbildung zur Erzieherin abzubrechen und mitzukommen, noch, eine zweijährige Beziehung einfach hinzuschmeißen. »Es ist ja nichts falsch daran, es zu versuchen.«

Nicht versuchen, machen – irgendwie kriege ich Levys Tattoo nicht mehr aus dem Kopf, womit meine Gedanken sofort wieder um ihn kreisen. Mist, hatte ich es doch gerade erst erfolgreich geschafft, Leni von Levy abzubringen.

»Stimmt schon. Na ja ...« Leni wirft mir einen schnellen Seitenblick zu. »Hast du dir über Nacht überlegt, ob du gleich versuchst, mit aufs Festivalgelände zu kommen?«

Das habe ich mir jetzt selbst eingebrockt. »Nicht versuchen, machen, oder? Do or do not.«

»Yoda?«, fragt Leni irritiert, bevor sie in die grobe Richtung der Sanitäranlagen nickt. »Ich geh schnell duschen und schau mal, ob ich Ella auf dem Weg dorthin finde, danach können wir los. Bei den ersten Bands ist meistens nicht zu viel los. Wäre ein guter Anfang.«

Leni wartet kurz auf meine Zustimmung und kriecht danach in ihr Zelt, um sich Duschgel und ein Handtuch zu holen. Kaum dass sie wieder ins Freie getreten ist, krabbelt sie noch mal zurück, um anschließend mit ihrem Handy wiederzukommen. »Vielleicht entdecke ich unterwegs ein paar gute Schnappschüsse für die Story.« Mit einem Lächeln wirft sie einen Blick auf das Display. »Mist, die Festival-App meldet leichte Unwettergefahr für heute Mittag. Ich beeil mich.«

Damit bricht sie zu den Duschen auf, und wenn sie zurückkommt, das nehme ich mir fest vor, sage ich ihr, wie viel mir ihre Unbefangenheit bedeutet.

Ich warte noch kurz, aber Ellas Gespräch mit Toni scheint länger zu dauern. Also hole ich mir das Spray gegen Stechmücken aus dem Zelt, schlüpfe in Birkenstocks und drapiere das übrig gebliebene Frühstück so auf dem Teller, dass nicht allzu sehr auffällt, wie viel Leni und ich davon gegessen haben. Mein Handtuch packe ich zusammen mit dem Duschgel und frischer Kleidung inklusive meinem Bikini-Oberteil in einen schlichten Stoffbeutel, den ich mir gerade über die Schulter hängen will, als mein Handy zweimal kurz hintereinander vibriert.

Beide Mitteilungshinweise sind völlig identisch.

Ein Account namens *Ykarus* hat das einzige Bild, das ich gestern Abend noch in den Sender-Feed geladen habe, in seiner Story geteilt. Das ist der erste Share, den mein Foto bekommt, der nicht von Ella, Leni oder dem Sender-Team stammt.

Ich zucke zusammen, als mir wieder einfällt, dass Leon gestern damit gedroht hat, Kontakt zu mir zu suchen. Mein Herz zieht sich zusammen, als ich das dunkelgraue Banner wegschiebe. Doch bevor ich die Instagram-App öffnen kann, um das unbekannte Profil zu überprüfen und notfalls auf der Stelle zu blockieren, summt mein Handy erneut.

Papa: Deine Mutter und ich stehen vor dem Sendergebäude, aber am Empfang meinten sie, du wärst heute gar nicht hier. Geht es dir gut? Wir machen uns Sorgen.

Mein Blick verharrt auf Dads Nachricht, da kündigt ein dauerhaftes Vibrieren seinen Anruf an. Ohne Zögern, aber mit einem stummen Seufzer, nehme ich das Gespräch an.

»Hi, Papa«, beginne ich. »Ich hab deine Nachricht eben erst gelesen. Mir geht's gut.« Das Wichtigste zuerst, dann: »Was macht ihr denn beim Sender?«

»Heute ist dein Namenstag, Charlotte. Der dritte Juni.«

Mir rutscht das Herz in die Hose.

»Oh«, sage ich hastig. »Dass ihr immer noch daran denkt.«

»Deine Mutter hat extra deinen Lieblingskuchen gebacken, wir wollten dich eigentlich damit auf der Arbeit überraschen.«

Sofort schießt mir Hitze ins Gesicht, und Gedanken steigen in meinem Kopf auf, die ich zuvor noch nie gedacht habe: *Ihr backt mir Kuchen? An meinem verdammten Namenstag? Der, nur mal so am Rande, gar nicht heute ist. Und kommt damit zu meiner Arbeit, um mich zu überraschen? Aber Alex stoßt ihr einfach, ohne mit der Wimper zu zucken, von euch?*

»Charlie? Bist du noch da?«

»Ja, ich wundere mich nur ...« *Dass euch eure zweite Tochter so egal ist.* »Dass ihr immer noch am dritten Juni festhaltet, da wir das Missverständnis doch eigentlich schon lange aufgeklärt haben.«

Der dritte Juni ist der Namenstag von Karl, nicht von Charlotte. Irgendeine Klatschzeitung, die meine Mutter hin und wieder liest, hat das vor etlichen Jahren mal falsch abgedruckt, und seither feiern meine Eltern aus Spaß den dritten Juni als meinen Namenstag. Herrgott, waren wir eine niedliche Familie, bis zu dem Zeitpunkt, als meine Mutter beschlossen hat, dass wir nur noch zu dritt sind.

»Du kennst doch deine Mutter.«

Nein, Papa. Nach dem, was sie bei Alex abgezogen hat, habe ich das Gefühl, sie nie wirklich gekannt zu haben.

»Bist du heimlich in den Urlaub geflogen? Es ist so laut um dich herum.« Er lässt es nicht wie eine Frage klingen, sondern eher wie die für ihn bessere Alternative. Als Zeitungsreporter war er schon häufiger auf Musikveranstaltungen, und das *Rock Never Dies*, das habe ich Alex gestern erklärt, gehört mit dazu. Ganz sicher ahnt er, was jetzt kommt.

»Ich bin auf einem Festival.«

»Auf einem Festival ... Charlie, Schatz.«

Ich hätte lügen sollen, das wird mir klar, als ich plötzlich die aufgebrachte Stimme meine Mutter höre. Anscheinend reißt sie meinem Vater panisch das Handy aus der Hand.

»Charlotte, hältst du das für eine gute Idee? Wie um alles in der Welt kommst du dazu, auf ein Festival zu gehen? Wer setzt dir denn solche Flausen in den Kopf? Was kommt als Nächstes? Trampst du alleine durch Costa Rica? Oder ... oder ...«

Heiratest du eine Frau? Will sie das sagen?

Sie atmet geräuschvoll ein, und ihre Stimme wird leiser, als sie fortfährt. »Bernd, weißt du etwas darüber? Hat sie dir etwas erzählt?«

Gott, Mum, ich bin noch hier.

Mein Vater brummelt etwas, das ich nicht verstehe. Ich hätte hinzufügen sollen, dass am Samstagabend Muse als Headliner auftritt, damit hätte ich vielleicht zumindest ihn auf meiner Seite gehabt.

Ich weiß nicht, wofür ich mich schämen sollte, aber der folgende Satz klingt trotzdem nach einer demütigen Entschuldigung. »Mama, ich arbeite hier!«

»Was hat denn ein Klassikradio auf einem Festival verloren?«

Ich stöhne innerlich, weil mich die Frage allmählich richtig nervt, während ich das Handy von einer Hand in die andere manövriere. »Es ist ein neues Konzept, das der Senderchef vorgeschlagen hat. Ich bin auch nicht wirklich begeistert, aber es gehört nun mal dazu, dass –«

»Du hättest Nein sagen können, Charlotte.«

»Ich bekomme ganz sicher einen Volontariatsplatz, wenn ich das Festival meistere.« Das entspricht nicht ganz der Wahrheit, aber ich fühle mich von meiner Mutter in die Ecke gedrängt.

»Bist du wenigstens in Begleitung?«

Mum hört sich an, als hätte ich einen riesigen Fehler damit begangen, hierherzukommen, und so allmählich übernimmt mein Verstand diese Sichtweise.

»Leni und Ella sind auch hier.«

Sie gibt ein so gepresstes Geräusch von sich, dass mir übel wird. »Immerhin.«

Ich bin ratlos, weil es so vieles gibt, was mir gerade auf der Zunge liegt. Im selben Moment will ich mir die Hände vors Gesicht schlagen und auflegen. Es ist doch nur ein Festival! Und ich bin nicht mehr das hilflose Mädchen, das in jeder erdenkbaren Situation verzweifelt nach Hilfe schreit. Nur dass genau das gestern in Leons Anwesenheit beinahe passiert ist. Verdammt. Aber ich habe mich doch irgendwie eigenständig aus der Situation herausgerissen?

Ich hole tief Luft, weil mir die Erinnerung an das altbekannte Gefühl von Überforderung trotzdem die Kehle zuschnürt. Mir wird eiskalt.

Mit einem leisen Räuspern wechselt sie das Thema. »Du hast nicht auf meine Nachricht geantwortet.« Das klingt vorwurfsvoll, deshalb gebe ich mir Mühe, in ruhigem Tonfall die Fakten zu nennen.

»Und du hast Bewerbungsschlüsse von Berliner Universitäten geschickt.«

»Weil ein Volontariat kein anerkannter Abschluss ist«, erklärt sie sofort. »Niemand gibt dir eine Garantie, im Anschluss daran eine Anstellung zu finden.

»Die gibt es nach einem Studium auch nicht.«

»Dein Vater und ich haben auch studiert.« Dann ruft sie etwas vom Hörer entfernt: »Du *hättest* aber jederzeit etwas anderes machen können, Bernd.«

»Mama!« Ich muss mich zusammenreißen, um nicht unverschämt zu werden und meiner Mutter vorzuwerfen, dass sie trotz ihres Studiums nicht arbeiten geht. »Ich glaub, das kann ich ganz gut selbst entscheiden, oder?«

Für einen Moment fühle ich mich erleichtert, dann kommt sofort das schlechte Gewissen zurück. Weil meine Eltern mir mein Praktikum finanzieren und sich somit auf mich und meine Entscheidungen verlassen können müssen.

Meine Mutter atmet tief ein und aus. »Da bin ich mir nicht so sicher.«

»Vertraust du mir nicht?« Instinktiv halte ich mir die Hand vor die Augen.

»Ich vertraue der ganzen Situation nicht, Charlotte.« Ihr Auflachen klingt frustriert. »Ich weiß, dass es besser geworden ist dank deiner ...« Sie stockt, und ich sehe ihr Gesicht vor mir, wie es sich verzieht, als sie das Wort herauspresst. »Therapie ... Aber wieso muss es direkt ein Festival sein?«

Ich schluchze leise auf. Natürlich vertraut sie mir nicht ...

Eine Panikattacke, das machen mir ihre Worte überdeutlich bewusst, ist immer nur einen einzigen winzigen Reiz entfernt. Was ist, wenn ich gestern einfach nur Glück hatte? Ich mag gar nicht darüber nachdenken, was passiert wäre, wenn mein Sicherheitsnetz vor Leon komplett versagt hätte oder wenn jemand anderes als Levy mich danach gefunden hätte, wenn ... Herrgott, so viele Wenns. Mein Verstand kapituliert.

Die Erkenntnis ist bitter und sie verdrängt alles andere. Meinen Mut, mich vor Leuten wie Leon zu positionieren, und auch meinen schüchternen Wunsch, auf dem Festival den Moment genießen zu wollen. Ein Nervenzusammenbruch kann immer passieren, mein ganzes Leben lang.

Als wäre es jetzt so weit, klammere ich mich zitternd an der wackligen Zeltplane fest.

»Schatz?« Mum atmet tief ein und aus, und in ihrer Stimme schwingt leise Gewissheit mit, als sie weiterredet. »Es ist alles gut.«

Ich nicke. »Ja.« Ich sehe mich gerade nur selbst in zig vergangenen Situationen, in denen ich überreizt gewesen bin. Ich war voller Vorfreude auf irgendetwas, das ich monatelang geplant hatte, und dann plötzlich hat mich die Unfähigkeit gelähmt, mir auch nur vorzustellen, genau diese Sache durchzuziehen, weil sich tausend Horrorszenarien in meinem Schädel ausgebreitet haben, was vor Ort schiefgehen *könnte*.

Irgendetwas in mir möchte für immer aus diesem Strudel ausbrechen, will explodieren und loslassen, frei sein. Doch ich halte nur das Handy an mein Ohr gedrückt und zerre mit der freien Hand noch immer an der Zeltplane. Erst als sie an den Seiten einreißt, lasse ich los und presse die Hand flach auf die trockene Erde.

»Ich kann dich abholen kommen.« Der Tonfall meiner Mutter ist so bestimmt, dass sich mir endgültig der Magen umdreht. Es ist immer dieselbe Frage, aber nie ein und dieselbe Situation.

Ich presse die Lippen zusammen, weil ich Ja antworten will. Charlotte möchte bitte von diesem Festival abgeholt werden.

»Anna, gib mir mal das Handy.« Auf der anderen Seite der Leitung ist ein Klacken zu hören. »Charlie? Hörst du mich?«

»Ja.« Ich wische mir eine Träne von der Wange.

»Du hast unseren Kontakt als Notfallnummer eingespeichert?«

Dass mein Vater sich in das Gespräch zwischen mir und meiner Mutter einmischen muss, zeigt nur überdeutlich, wie hilflos ich bin. Hilflos. Verängstigt. Überfordert.

»Ja.«

»Ist das Festival mit deiner Therapeutin abgesprochen?«

Meine Gedanken rasen genauso schnell wie mein Herz. Ich spüre den Druck auf meinem Brustkorb überdeutlich. »Ja. Sie weiß Bescheid.«

»Dann versuchen wir es, okay?«

Was? Ich habe noch nie gehört, dass mein Vater so was sagt. Andererseits war er derjenige, der mich vor einem Jahr entgegen dem Willen meiner Mutter zu meiner ersten Therapiestunde gefahren hat ...

Ich schlucke und schmecke Galle auf der Zunge. »Okay.«

»Meld dich, wenn etwas ist, und geh vielleicht nicht unbedingt in die erste Reihe, weil manchmal wird's dort etwas eng ...« Anscheinend hält er das Telefon kurz zur Seite. »Anna, sie ist neunzehn. Vielleicht ist es ganz gut, sie mal zu irgendetwas zu ermutigen.« Dann wird seine Stimme wieder lauter und ist gleichzeitig doch monoton. »Weißt du was?«, sagt er. »Mach einfach, wie du denkst.« Ich kann hören, dass er beim Reden hektisch hin und her tigert. Sein Tonfall deutet eine Lüge an, aber ...

»Gut, okay«, unterbreche ich mein Gedankenrasen und wiederhole: »Gut.«

»Wir haben dich lieb.«

»Ich euch auch.«

Ich lege auf und lasse das Telefon in meinen Schoß sinken. Die Panik, die in den Worten meiner Mutter gesteckt hat, umschlingt Stück für Stück meine Knochen und zieht sich dort fest. Es wäre schön zu glauben, dass mein Vater recht hat und ich in der Lage bin, in meinem eigenen Leben zu bestehen, aber ... was, wenn nicht? Wenn bei mir Machen für immer ein Versuch bleibt? Wenn ich mich deshalb ein Leben lang schon darüber freuen muss, es wenigstens probiert zu haben? Wenn. Wenn. Wenn.

Es war ein Fehler, hierherzukommen. Mum hat recht, ich hätte Jonas' Angebot von Anfang an ablehnen müssen. Ich wollte mutig sein, aber wenn ich mal ehrlich bin, ertrage ich es hier doch kaum. Die erste Nacht war der Horror, der gestrige Tag noch schlimmer. Ich muss hier weg, weil an diesem Ort Tausende Leons herumlaufen, weil mir alles jede Sekunde zu viel werden kann, weil ...

Es gibt so viele Gründe, und sie überschatten jene, hierzubleiben. Empfehlung, Träume, Wünsche hin oder her ... ich habe meinen Chef belogen, und das fällt mir schon an Tag zwei auf die Füße.

Mein Handy vibriert erneut. Schon wieder dieser *Ykarus*. Diesmal ist auf dem Sperrbildschirm zu lesen, dass er den Sender-Account in einer Story verlinkt hat. Das ist doch ... was zur Hölle will dieser Typ?

DAS KAPITEL, IN DEM ES NICHT BEI EINEM VERSUCH BLEIBT

Charlie

Mit den Fingern fahre ich unschlüssig über die obere Kante meiner schwarzen Handyhülle. Ein paarmal reibe ich über eine ramponierte Stelle, bis das Kunstleder dort noch ausgefranster ist. Dann öffne ich die Instagram-App und berühre mit der Fingerkuppe ganz leicht das Herzsymbol in der rechten Bildschirmecke, um mir Likes, Kommentare und Shares anzeigen zu lassen. *Ykarus'* Profil steht mit den dazugehörigen Hinweisen gleich dreimal untereinander in der Aktivität. Ein bunter Kreis umrundet sein Profilbild, das ich, ohne darüber nachzudenken, einfach antippe. Automatisch öffnet sich die erste Story, und heilige Scheiße, *Ykarus* ist Levy.

Panisch tippe ich auf das weiße Kreuz und die Story schließt sich. Aber jetzt weiß Levy, dass ich seine Verlinkung nicht einfach ignoriert habe. Und ehrlich gesagt reicht das aus, damit mein Herzschlag aus dem Nichts so hart loslegt, dass es fast wehtut.

Levy musste mich gestern nicht lange dazu überreden, meinen Oberkörper an seinen zu pressen, weil Dinge zu tun, vor denen ich mich fürchte, in seiner Nähe gar nicht so beängstigend ist. Er hat es geschafft, dass ich alles um mich herum verdrängt habe. Die Lautstärke, die Lichter, die Musik und meine Ängste. Ich habe mich nur darauf konzentriert, wie Levys Körper sich an meinem anfühlt. Wie er riecht und wie unregelmäßig seine Atmung geht.

Verdammt, wie macht er das nur? Allein die Vorstellung unserer Umarmung fährt mir direkt wieder in den Unterleib.

Ich widerstehe dem Drang, das Handy einfach ins Zelt zu schmeißen, und betrachte Levys Profil genauer. Das Erste, was ich sehe, ist – was zur Hölle? Levy hat über siebzigtausend Follower. Wenn allein ein Zehntel davon die Story anschaut, in der er den Sender verlinkt hat, wären das ... O Gott, das wären knapp siebentausend Menschen.

Hektisch wandert mein Blick auf dem Bildschirm umher. Levy lädt ausschließlich Aufnahmen von sich hoch. Und das sind definitiv unfassbar aufregende Bilder.

Das Herz hämmert mir gegen den Brustkorb, und ich will die App sofort schließen, aber meine Augen haften auf einer der oberen Aufnahmen. Levy lehnt an einem Streifen grauer Betonwand neben einem prall gefüllten Kioskregal voller Konservendosen. Ich muss lächeln.

Doch Levy ist vollkommen nackt und ungeschminkt. Nur ein Auberginen-Emoji verdeckt seine Mitte. Das war es, worauf er gestern hinauswollte?

Ich meine ... hätte er sich in dem Festivalsupermarkt auch ausgezogen? Scham erfüllt mich bei meinen eigenen Gedanken, und im selben Moment möchte ich die Augen nicht von seinem nackten Körper abwenden. Im Gegensatz zu mir gerade scheint sich Levy auf dem Foto kein bisschen unwohl zu fühlen ... Es sollte eigentlich seltsam sein, ein Nacktbild eines fast Fremden anzustarren, aber das ist es nicht. Überhaupt nicht. Ganz im Gegenteil – in mir zieht sich alles zusammen, und meine Fantasie spinnt dort weiter, wo ich sie eben selbst unterbrochen habe ...

Dabei fährt mein Blick an Levys Tätowierungen entlang bis hoch zu seinem Gesicht. Sein linker Mundwinkel ist zu einem Grinsen verzogen, als würde er seine Follower dazu einladen wollen, ihn in diesem Kiosk zu besuchen. Der ist sicher eng, stickig und das genaue Gegenteil jener Orte, an denen ich mich gerne aufhalte, aber puh, also, ich würde ihn dort gerne besuchen. Bei dem warmen Kribbeln in meinem Magen bereue ich es nun richtig, ihn gestern nicht einfach für ein Foto in den dämlichen Supermarkt geschickt zu haben.

Himmel – ich weiß nicht mehr, was ich denken soll. Eben habe ich noch mit meiner Mutter telefoniert und mein ganzer Körper war voll mit Angst. Nun sehe ich nur noch Levy und frage mich, wie sich seine Haut an meinen Lippen anfühlen würde ...

Überfordert richte ich meine Aufmerksamkeit auf etwas Unverfänglicheres, den Text unter Levys Foto zum Beispiel: *Ready to serve ya. Sag, was ich tun soll, ich tue es.* Hat er gestern auch so ähnlich vor mir behauptet, kurz bevor ich ihn nach dem Foto gefragt habe. Allmählich glaube ich, Levy hätte sich wirklich ausgezogen, wenn mir das in irgendeiner Weise geholfen hätte ... immerhin hat er mich, ohne eine Sekunde zu zögern, auf meine Bitte hin umarmt.

Ich straffe die Schultern. Levy ist unfassbar mutig. Ich weiß nicht, weshalb mir das schon wieder als Zweites in den Kopf kommt, wenn ich die Bilder in seinem Feed betrachte. Ich wäre auch gerne mutig.

Mein Finger reagiert auf diesen Wunsch und berührt vorsichtig erneut den bunten Kreis um Levys Profilbild. Seine Story öffnet sich. Mit ziehendem Herzen tippe ich ein Bild nach dem anderen an, bis ich meine Feed-Beiträge erreiche, die er geteilt hat. Sie verschwinden, und plötzlich ist da Levys Gesicht. Rechts neben ihm steht dieser Otis. Sein Lächeln wirkt müde, unter seinen Augen bilden sich lilabläuliche Schatten, und ich glaube, sein linkes Augenlid ist leicht geschwollen. Die hellblonden Haare stehen wirr zu allen Seiten ab. Von hinten schiebt ein hübsches Mädchen ihren Kopf über Levys Schulter. Ein fransiger Pony verdeckt ihre Stirn, und ich bin mir ziemlich sicher, dass ihre Haare Levy jedes Mal kitzeln müssen, wenn sie diese aus der Stirn bläst. Sie lacht leise, kaum dass das Story-Video begonnen hat. Reflexartig presse ich einen Finger aufs Display und das Video pausiert.

Das ist Levys Freundin, oder? Die vertraute Art, wie sie ihren Kopf auf seine Schulter legt, reicht aus, damit sich ein unangenehmes Gefühl in meinem Magen breitmacht. Ich masturbiere gedanklich zu einem vergebenen Typen – ach, du Scheiße.

Mein Handy vibriert, als gleichzeitig mehrere Hinweise am oberen Bildschirmrand aufploppen. Irgendwelche unbekannten Profile folgen dem Sender. Da sind plötzlich zig Likes, Kommentare ... und mein Finger ist nicht schnell genug, um alle wegzuwischen. Hastig schalte ich zumindest die Vibration aus.

»Deshalb dachte ich mir, wir machen das Q&A diesmal in der Festival-Edition.«

Levys tiefe Stimme lässt mein Herz sofort wieder schneller schlagen. Am liebsten würde ich es gerade unsanft zur Seite treten, weil Levy offensichtlich eine Freundin hat und gestern wirklich einfach nur nett sein wollte. Es ist sein Job, anderen zu helfen. Das hat er doch behauptet. Vielleicht studiert er Medizin, arbeitet als Polizist ... Aber wieso breitet sich nun trotzdem ein Gefühl in mir aus, als hätten wir irgendetwas Verbotenes getan?

Was auch immer er sich dabei gedacht hat, seinen Rücken an meinen zu pressen, mich dann auch noch zu umarmen und beide Male dabei genauso atemlos zu klingen wie ich ... Levy hat nichts Schlimmes getan, und ich wusste nicht, dass er vergeben ist. Falls er es denn ist. Levy wollte mir nur helfen. Es ist bloß deshalb so verrückt, weil ich meine Gedanken gerade nicht im Griff habe und sich jetzt irgendwelche Horrorvorstellungen darüber in meinem Kopf ausbreiten, ob ich Levy nicht vielleicht einfach unangenehm gewesen bin. Ob er deshalb weggelaufen ist. Weil ihm die Situation, ich, zu viel wurde.

»Sorry, dass gestern nichts mehr von uns kam«, fährt Levy in dem Moment fort und zwinkert in die Kamera. Erst da fällt mir auf, dass er ungeschminkt ist. »Aber die Suche nach Schokokeksen hat mich ziemlich in Anspruch genommen.« Er hält eine Plastikpackung in die Kamera. Die Schrift darauf wird spiegelverkehrt angezeigt. »Hab jetzt aber welche.«

Ich versuche, irgendetwas in Levys Gesicht abzulesen. Das ist nur Show, oder? Die in meinen Ohren leider nach einer Einladung klingt. Levy denkt an mich.

»Stellt eure Fragen ausnahmsweise in den Kommentaren unter meinem neuesten Bild hier. Ich suche die besten aus und beantworte sie später, wenn ich live gehe, um gemeinsam mit *Classic Radio Germany* ein paar Festival-Vibes für euch einzusammeln.«

Was? Das erklärt die zig Benachrichtigungen, die mir immer noch ohne Pause abwechselnd mit den Dutzenden Herzen am Bildschirmrand angezeigt werden. Aber ... was? Wieso tut er das? Und ... was?!

Hat Levy keine Angst, dass ich Nein sage und er sich damit blamiert? Oder hat er vor absolut gar nichts Angst? Würde die Nacktbilder erklären, aber nicht seine Flucht gestern. Das ist gerade irgendwie nicht fair, weil mir selbst Levys Einladung schon die Kehle zuschnürt.

Levy fasst die Regeln seines Q&A zusammen; so monoton, wie seine Stimme dabei klingt, macht er das häufiger.

Atmen, ich darf nicht vergessen zu atmen. Mir wird trotzdem übel. Ich bin völlig überrumpelt.

»Drückt mir die Daumen, dass die Kooperation klappt«, bittet Levy jetzt. »Und vergesst nicht, eure Fragen heute ausnahmsweise mal hier in die Kommentare zu hauen.«

Vor meinen Augen wird der Bildschirm schwarz, dann öffnet sich wieder Levys regulärer Feed. Wie in Trance öffne ich sein neuestes Bild. Eine Überfülle an Lichterketten dominiert die Aufnahme eines Zelteingangs. In den umstehenden Bäumen wechseln sich bunte Glühbirnen mit gewöhnlichen weißen ab und tauchen die Umgebung in gemütliches Licht.

Das Bild wirkt so ruhig und entspannt auf mich, dass ich Levy erst auf den zweiten Blick erkenne. Er kniet vor dem Zelteingang im weichen Schein der funkelnden Lichter und wischt mit dem Zeigefinger über das Display.

Die Aufnahme hat knapp achttausend Likes und über zweihundert Kommentare.

Schminkst du dich dann später trotzdem?

Lass dir lieber wieder ein Piercing stechen. Letztes Mal war legendär!!!

Heißes Bild! Warum ist alles an dir so spannend?

Der Typ, auf den ich stehe, hat mich gekorbt, aber will ihn trotzdem.

Seit wann gehst du Kooperationen ein?! Unauthentischer Scheiß!

Classic Radio Germany? Krank!? Wette verloren oder neue Challenge?

Die Antwort auf die letzte Frage würde mich gerade auch ziemlich interessieren. Denn mir fällt nur ein einziger Grund ein, weshalb Levy nach der Sache gestern Kontakt zu mir sucht: Ich habe recht, und *Nicht versuchen, machen* ist sein Lebensmotto. Levy denkt erst gar nicht über die Konsequenzen nach. In seiner Welt gibt es keine Wenns, womit er sich so ziemlich genau in meiner Traumwelt bewegt. Er macht einfach, und wenn es danebengeht, dann ...

weiß ich auch nicht. Ist es ihm egal? Zieht er sich aus und lässt sich nackt in Spätis fotografieren? Oder Tattoos stechen? Das würde zumindest erklären, weshalb sein ganzer Körper damit übersät ist.

In meinem Kopf rasen die Gedanken so wild durcheinander, dass das eben Gehörte erst jetzt allmählich zu mir durchsickert.

Während ich die Worte verarbeite, tippen sich meine Finger bis zum Senderprofil durch. Über einhundert neue Follower. Mein neuestes Bild hat zwanzig Kommentare, in denen ausschließlich die Tatsache gefeiert wird, dass ein Klassiksender beim *Rock Never Dies* dabei ist.

Eine Koop mit Ykarus, mega!, kommentiert *LinaLovesA66les*.

Das passiert gerade wirklich. Ich glaube, so richtig realisiere ich das erst in diesem Augenblick. Levy will, dass wir uns treffen und gemeinsam ein Live-Video drehen. Aber das bringe ich nicht fertig! Ich muss ihm absagen. Ich ziehe so was nicht einfach durch, oder?

Ich schüttle den Kopf, was schwachsinnig ist, weil ich mir die Frage selbst gestellt habe. Ich wünschte, ich würde gerade nicht so durchdrehen, sondern könnte ihm einfach zusagen und Spaß haben. Ich will mich aus dem nicht enden wollenden Strudel an Wenns und Ängsten losreißen. Frei sein.

Ich will nicht so viel zweifeln, nicht ständig über Konsequenzen nachdenken, sondern einfach den Mut aufbringen, ihm ein kurzes *Okay* zu schicken.

Irgendwie erwarte ich, dass meine Finger jetzt einfach von selbst eine Antwort tippen oder dass ich das Handy vor Frust gegen einen Baum schmettere. Aber was ich gar nicht erwarte, ist Ellas genervte Stimme unmittelbar neben mir.

»Ich hasse To–«

Weil ich vor Schreck zusammengezuckt bin, unterbricht sich Ella sofort und hockt sich zu mir. »Alles okay?«

»Ja.« Demonstrativ straffe ich meine Schultern. »Lief das Gespräch nicht gut?« Ich weiß, dass Ella gestern Abend im Zelt geweint hat, und es war ihr richtig unangenehm, als ich deshalb nach dem Zähneputzen kurz bei ihr reingeschaut habe. Schon vor dem ganzen Auslandsding hatten sie und Toni Probleme. Eigentlich bin ich mir sicher, dass ihr Telefonat nicht gut verlief.

»Ist doch egal, was mit Toni ist!« Ellas Blick fällt auf meine Finger, die sich um das Handy verkrampfen. »Ist was passiert?«

Diese Beschwichtigung in ihrem Tonfall. Ich kann sie bis tief in mir drin fühlen. Und sie verursacht mir Magenschmerzen. Ich schüttle den Kopf und merke, wie dringend ich jetzt einen Moment für mich brauche. Ella gibt mir einen Kuss auf die Wange und lässt sich zurück auf ihre Fersen sinken. Es ist das erste Mal seit meiner Therapie, dass ich Ella mit demselben Kloß im Magen betrachte, mit dem ich sie während unserer gemeinsamen Schulzeit gesehen habe. Ihre angespannte Miene, der wachsame Blick. Sie ist kurz still, aber die Fragen, die sich hinter ihrer Stirn sammeln, kann ich herausspüren, ohne dabei ihre Stimme zu hören.

»Charlie?«, fragt sie wieder, während sie sich zurücklehnt.

Ich bemühe mich um einen passenden Gesichtsausdruck. »Ja?«

»Ich weiß, dass etwas nicht stimmt. Hat sich dieser Leon gemeldet? Ist was mit Alex?«

Kopfschüttelnd erkläre ich ihr, dass ich allein sein will, und verkrieche mich, ohne ihre Antwort abzuwarten, ins Zelt.

Nach einer Weile höre ich Lenis Stimme, die sich davor gedämpft mit Ella über mich unterhält. Ich ignoriere sie, weil ich nicht wissen will, was beide über mein Verhalten denken. Am liebsten möchte ich mir die Ohren zuhalten und weinen. Stattdessen öffne ich erneut Levys Story. Ich schaue sie mir immer und immer wieder an, lege das Handy irgendwann zur Seite, ziehe einen Arm unter meinen Kopf und starre die Zeltwand an.

In mir drin fühlt sich alles wund an, und zu viele Wespen haben sich wieder unter die Bienen gemischt. Die Gedanken stechen mich. Mit geschlossenen Augen stelle ich mir vor, auch stark und mutig zu sein.

Nach einer Weile wird der Arm unter meinem Kopf taub. Ich ziehe ihn nach vorne, und im selben Moment, als das Festivalbändchen nach unten rutscht, stoße ich einen innerlichen Fluch aus. Ich komme mir vor wie ein Schaf im Wolfspelz. Wie dumm es war, zu glauben, jemand sein zu können, der ich nicht bin. Und wie wunderschön es wäre, diejenige sein zu dürfen, die ich gerne wäre.

Mit einem frustrierten Knurren schlage ich die Augen auf und starre auf die Nachricht auf meinem Display.

Mama: Ich komm dich jetzt abholen, okay?

Ich schlucke und antworte meiner Mutter ein wütendes:

Alles ist gut!

Kaum habe ich die Nachricht abgeschickt, fühle ich Erleichterung, aber auch sofort mein schlechtes Gewissen. Weil ich meine Mutter, Jonas, meine Freundinnen anlügen muss, damit sie an mich glauben. Das liegt ganz bestimmt auch an der Tatsache, dass ich mir trotz allem selbst so wenig vertraue.

Ohne nachzudenken, öffne ich den Chat mit Levy und tippe ein *Wir freuen uns über die Kooperation* hinein.

Wäre verrückt, wenn ich das jetzt einfach abschicken würde. Bevor ich mich weiter fragen kann, was dann passiert, tue ich es. Denn die eigentliche Frage ist gar nicht, ob ich das mit Levy durchziehen *soll*, sondern ob ich es muss.

SCHLECHT GELAUNT, DIE WELT IST SCHULD, DAMIT KAM ICH BESSER KLAR

Levy

»Warum zur Hölle gehst du eine Koop mit einem Klassikradio ein?« Otis hebt die linke Hand in Richtung einer Bierdose und nimmt einen Schluck, nur um kurz darauf einhändig Liegestütz zu machen. »Deren Musikauswahl ...« Es dauert ein paar Atemzüge, bis Otis den Satz zu Ende formuliert bekommt. »... ist ein Verbrechen an der Menschheit.«

»Genauso wie deine Existenz, Otis, und trotzdem mögen wir dich.« Gloria lacht heiser, entreißt ihrem Bruder die halb volle Dose und platziert sie außerhalb seiner Reichweite auf der Zeltplane. »Nimm dir bitte wenigstens erst einen Donut, bevor du schon wieder trinkst.«

Es ist beruhigend, dass Gloria jetzt ihren Bruder misstrauisch beäugt und nicht mehr mich. Wie eine Babysitterin kniet sie neben Otis, der nach zwei misslungenen Versuchen, irgendwie an die Bierdose zu gelangen, seinen Oberkörper frustriert wieder auf zwei Fäuste stützt.

»Verdammt, Ria.« Otis erhöht das Tempo seiner Liegestütze, bis sein Gesicht schweißüberströmt ist. »Starr mich nicht so an! Gestern bleibt eine Ausnahme, okay?«

»Gott, dann kollabier doch in der Hitze!« Gloria stützt ihre Hände flach auf dem Gras hinter sich ab und lehnt ihren Oberkörper zurück. »Entschuldige, dass ich geglaubt habe, irgendetwas in deinem Gehirn würde noch normal funktionieren.« Als sie auf mich zeigt, ducke ich mich automatisch weg. »Und jetzt zu dir ...«

In ihren Augen glitzert es verdächtig. »Was willst du von dieser Charlie? Sag mir nicht, dass das eben ein Sexköder-Video war, zu dem ich mich hab überreden lassen?«

»Ein was? Ria ...« Ich kaue auf meiner Unterlippe herum, während ich darüber nachdenke, wie ich mich aus ihrem Verhör befreie. »Es war dein Vorschlag, Charlie nach einer Kooperation zu fragen« Aber die Wahrheit ist, dass mein Herz einen eigenartigen Hüpfer gemacht hat, als mir die Idee zu dem Video mit den Schokokeksen gekommen ist. Und es war ein kribbelnder Hüpfer.

Weil Charlies Zusage nicht lange auf sich warten ließ, habe ich ihr den Standort meines Zeltes erklärt und aus Spaß noch die Webadresse von Google Maps hinterhergeschickt. Vor zehn Minuten vibrierte mein Handy erneut.

Classic Radio Germany: Haha, ich hab mittlerweile rausgefunden, dass es überall Hinweisschilder am Wegesrand gibt ...

»Levy?« Mist, für Glorias Verhältnisse klingt das ziemlich gereizt. »Hörst du mir überhaupt zu?«

»Der nimmt die Kleine grade gedanklich ran, oder?« Otis streckt mir keuchend eine Faust entgegen, ich drücke meine augenrollend dagegen.

»Bah, ihr ...« Mit beiden Händen reibt sich Gloria übers Gesicht, dann steht sie auf. »Ihr könnt mich mal.«

Ohne ein weiteres Wort verschwindet sie in Richtung der Duschen, und am liebsten möchte ich ihr hinterher, weil ich weiß, dass es Gloria gut mit uns meint.

»Lass sie.« Ungerührt klemmt Otis die Füße unter den Camping-Klapptisch vor meinem Zelt und beginnt mit Sit-ups. Eine Weile schaue ich ihm unschlüssig dabei zu, dann bringe ich mich in dieselbe Position. Keine dreißig gleichbleibenden Bewegungsabläufe später brennen meine Bauchmuskeln wie Feuer.

»Machst du schlapp?«

Als Antwort erhöhe ich meine Frequenz, Otis hält problemlos mit. Jedes Mal, wenn ich in Gedanken auf eins runtergezählt habe, beginne ich wieder bei zehn. Auf diese Weise hat unser Ausbilder uns früher angetrieben, unsere Muskeln über jegliche Belastungsgrenze hinaus zu malträtieren. Es ist unfassbar anstrengend, obwohl ich nur mit meinem eigenen Körpergewicht arbeite. Bei der Polizei haben wir zusätzliche Gewichte genutzt, was der Grund dafür ist, dass Otis neben mir geregelt atmet, wohingegen ich das Gefühl habe, dass mein Körper während der Übung zu einer Mischung aus Blei und Pudding wird.

Bevor ich zusammenbreche, lasse ich mich freiwillig auf den Rücken fallen und strecke die Arme von mir.

»Fuck my life«, stoße ich keuchend aus.

Otis wirft mir einen kurzen Blick zu, bevor er die Füße unter dem Tisch hervorzieht, um sie anschließend in die Luft zu strecken. »Alter, früher hättest du mich supereasy abgezogen. Dein aktuelles Leben tut dir nicht gut, du bist total unsportlich geworden.«

»Halt die Klappe.« Ächzend drehe ich meinen Kopf in seine Richtung, aber Otis sieht nicht beeindruckt aus. Er schaut mich noch nicht einmal an, sondern nimmt seine Beine mit in die Übung.

»Ist alles in Ordnung?«

Überrascht ziehe ich eine Braue hoch. »Klar. Und bei dir?«

»Magst du die Kleine vom Klassikradio?« Otis zieht die angewinkelten Beine nacheinander zu seinem Oberkörper, um die Knie mit seinen Ellbogen zu berühren. Erst das linke, dann das rechte, immer im Wechsel.

»Sie heißt Charlie.« Bin ich eigentlich bescheuert? Ich sollte einfach die Klappe halten.

»Und? Magst du sie?«

»Wie kommst du darauf?«

»Dass du die erste Kooperation deiner glorreichen Influencer-Karriere eingehst, ist ein ziemlich zuverlässiges Zeichen.«

»Ich bin kein ... vergiss es«, beende ich das Gespräch, weil ich mich von Otis sicher nicht provozieren lasse.

»Also, was ist? Stoßen wir bald auf deinen ersten Morgen-Quickie seit zwei Jahren an?«

»Bist du dir wenigstens manchmal selbst peinlich, Otis?«

»Geht eigentlich.« Mittlerweile ist er zu Sit-ups ohne Beinarbeit übergegangen. Als er den Rhythmus kurz unterbricht, versuche ich, wieder einzusteigen.

»Lief da gestern noch was mit der Frau von der Zeltplatzparty?«

Otis grinst. »Wir treffen uns später wieder. Danke der Nachfrage.«

»Mir liegt dein Sexleben natürlich genauso am Herzen.«

»Süß.« Otis erhöht wieder die Frequenz seiner Bewegungen, weshalb ich aufgebe und über den Kopf nach meinem Handy greife.

Gerade kündigt mir ein dunkelgraues Banner, das sich von oben in meinen Bildschirm schiebt, einen neuen Instagram-Kommentar an. Als ich den Benutzernamen lese, gerate ich ohne Vorwarnung in einen Strudel. Ich weiß, dass ich die App sofort schließen muss, aber ich tippe wie ferngesteuert auf das Banner und ziehe scharf die Luft ein.

Sandy Nine-Nine: Check mal deinen Anfrageordner.

Fuck. Fuck. Fuck.

»Otis?« Als er nicht sofort reagiert, stoße ich ihn ungeduldig mit der Schulter an. »Sind Sandra und Leon noch zusammen?«

Überrascht sieht er mich an. »Glaub schon. Wieso?«

Scheiß drauf. »Hab Leon gestern hier getroffen.«

»Shit.« Otis unterbricht sein Training. »Ich dachte, Ria hätte dir gesagt, dass sie auch hier sind. Gab's Probleme?«

»Leon hat die Beschützer-Nummer vor Charlie abgezogen, obwohl ich mir sicher bin, dass er sie vorher bedrängt hat.« Leon war schon immer vordergründig der nette Polizist, aber tief drin ein Drecksskerl.

»Hast du ihm eine aufs Maul gegeben?«

Ich schüttle den Kopf. »Charlie hat sein Handy zerschmettert, ich bin deshalb weggerannt.«

»Haha.« Er wirft mir einen undeutbaren Blick zu. »Warte, du meinst das ernst? Das kannst du doch nicht bringen.«

»Deshalb hab ich ihr als Wiedergutmachung auch die Koop angeboten.«

»Ist fair.«

Ziemlich, aber Otis hat auch recht, und das stört mich gewaltig. Was bin ich eigentlich für ein rückgratloser Typ? Es stimmt schon, mit mir kann man echt jeden Scheiß machen. Hat Leon vor zwei Jahren hinreichend demonstriert ...

»Wie auch immer«, beende ich das Gespräch vorerst, bevor wir noch zum haarigen Teil kommen. Allein bei dem Gedanken dreht sich mir der Magen um. Ich kann nicht mehr zählen, wie oft ich mir in den letzten zwei Jahren vorgestellt habe, Leon mit seinem Fehltritt zu konfrontieren. Doch das Einzige, was ich in seiner Gegenwart letztendlich hinkriege, ist weglaufen. Nun kommt es mir lächerlich vor, dass ich gestern kurz überlegt habe, die Abmachung, die ich auf Leons Scheißverhalten hin mit meinem Vater treffen musste, öffentlich zu machen. Es ist eine verdammt befriedigende Fantasie, darüber zu reden. Allerdings wird es für immer eine bleiben.

»Levy ...?« Otis' Atem kommt plötzlich röchelnd. »Gibt es da etwas, wovon ich nichts weiß?« Irgendetwas schwingt in seinem Tonfall mit ... Unsicherheit? Hoffnung?

»Schwachsinn! Was soll sein?«

Otis schüttelt langsam den Kopf. »Sag du es mir.«

»Leon führt sich wie ein Arschloch auf, und damit komme ich nicht sonderlich gut klar.«

»Das war's?«, gibt Otis zurück. »Deshalb hasst du Leon?«

»So ist es.«

»Gut zu wissen.« Otis richtet sich auf und zieht die Kühlbox zu uns heran. Er nimmt sich ein Bier aus dem Inneren der Box, klopft zweimal auf das Metall und öffnet die Dose. Während ich noch immer glaube, gleich Sterne zu sehen, sieht er wieder völlig entspannt aus. »Sag Tuncer Danke fürs Bier, ja?«

»Mach ich.«

Unter meinem angewiderten Blick leert er die Dose und drückt das Metall zwischen seinen Händen flach zusammen. »Also, ich find's geil, dass du in einem Späti arbeitest, nicht falsch verstehen. Aber willst du nicht mal nach was Ordentlichem schauen? Ich meine, das Einzige, was dir irgendwas bedeutet, sind deine Tattoos und Social Media, kann das sein?«

Ich lache bitter. »Du meinst, ich soll zurück zur Polizei? Keine Sorge, ich verdien gutes Geld bei Tuncer.«

Das ist Bullshit, denn um ehrlich zu sein, reicht mein Geld hinten und vorne nicht. Tuncer bestellt uns deshalb häufig beim Lieferdienst etwas zu essen in den Späti, denn wenn ich auch noch täglich einkaufen gehen müsste, wären so Sachen wie Tätowierungen nicht mehr drin. Was das anbetrifft, habe ich Charlie wirklich nicht belogen. Eine gestohlene Tattoo-Bonuskarte ist eine Katastrophe für mich. Denn anscheinend gibt es ja sonst nichts, was mir im Leben etwas bedeutet.

»Nein«, hält Otis dagegen. »Du sollst einfach nur klarkriegen, wie es bei dir weitergeht. Tuncer wird seine Abstellkammer irgendwann mal wieder für was anderes brauchen als dein Bett. Mal von der Wohnsituation deiner Mutter –«

»Ist gut, ich denk drüber nach.«

»Levy ...«

»Was denn jetzt noch?«

»Wieso lässt du dich nicht einfach für Social Media bezahlen?«

»Weil ich Leute nicht mit Scheiße beeinflussen will.«

»Alter, du planst eine Kooperation mit einem Klassikradio? Außerdem dachte ich, genau dafür heißt es ›Influencer‹?«

Unschlüssig runzle ich die Stirn. »Ich besorg mir schon irgendwas.«

»Willst du meine Meinung dazu hören?«

»Definitiv nicht«, sage ich. »Du musst nicht versuchen, dich um meine Probleme zu kümmern. Dafür hast du eine Schwester.«

»Wie auch immer.«

Weil Otis jetzt doch irgendwie niedergeschlagen klingt, deute ich auf den feinen Schriftzug, der oberhalb des Porträts der englischen Königin auf meine Brust tätowiert ist: *Never complain, never explain.*

»Ich halt's mit der Queen«, sage ich. »Nicht beschweren, nichts erklären.«

»Du stehst also auf eingerostete, jahrhundertealte Traditionen?«, stellt Otis unbeeindruckt fest und lehnt sich ein Stück zu mir rüber. »Dann warst du bei der Polizei vielleicht doch richtig.«

»Fuck, Otis, ich geh nicht zurü–«

»He, guten Morgen, *Rock Never Dies*«, schneidet mir jemand durch ein kratziges Mikro das Wort ab. »Es ist zehn Uhr dreißig, die Sonne scheint und wir sind Punching Seagulls!«

Die Musik kommt von dem umgebauten Kleintransporter mit Ladefläche zu meiner Linken. Zumindest glaube ich das, denn die ersten Leute stecken schon zu den gerade einsetzenden blechernen Beats die Köpfe aus ihren Zelten und stolpern anschließend johlend in Richtung des Wagens. Ein Typ in Unterhose zieht eine selbst gedrehte Zigarette hinter dem Ohr hervor und teilt sie schließlich mit dem Mädchen in buntem Bikini, das er auf seinen Rücken gehoben hat.

Genervt ignoriere ich das Jucken in meinen Augen und wende mich ab. Fuck, wie geil es wäre, wenn jedes Mal irgendein Warninstinkt anspringen würde, wenn ich kurz davor bin, etwas zu sehen, zu hören oder zu riechen, das mich an Sophie erinnert.

»Da lohnt sich doch das Aufstehen«, schreit der Sänger der deutschlandweit bekannten Indie-Rockband in diesem Moment. »Heute gibt's keinen Schlaf für niemanden.« Und dann setzen die Gitarren ein und er beginnt zu singen.

»Weckkonzert!«, brüllt Otis, leert sein Bier in einem Zug und springt auf, um sich bei Gloria unterzuhaken, die eben von den Toiletten wiedergekommen ist. Johlend zieht er sie mit in Richtung des Transporters.

Irgendetwas ruft Ria mir über seine Schulter hinweg zu, aber bei der Lautstärke verstehe ich kein Wort. Das ist in Ordnung, weil die Band dafür sorgt, dass ich für den Moment an nichts anderes denke als die Musik, die durch meinen Körper vibriert.

Mein Blick schweift über nackte Füße, die das Gras noch platter stampfen, und in Schlafsäcke eingewickelte Körper mit hochgerissenen Armen. Das Ganze kommt mir wahnsinnig unwirklich vor. Ein Paralleluniversum, in dem ich mich doch eigentlich unfassbar wohlfühle.

Gloria und Otis haben mittlerweile den Transporter erreicht, und ich sehe Gloria dabei zu, wie sie ihr Smartphone aus der Gesäßtasche zieht, um sich anschließend mit ausgestrecktem Handy einmal um sich selbst zu drehen. Keine Minute später vibriert mein Handy.

Ria: Komm!

Ich schüttle den Kopf, und da ich mein Handy jetzt eh schon in der Hand habe, checke ich Instagram. Mit einem Klick öffne ich die Kommentare unter meinem letzten Bild – normalerweise veranstalte ich solche Fragerunden über TikTok, aber soweit ich herausfinden konnte, wurde dort noch kein Account für den Sender eingerichtet.

Genügend Kommentare gibt es auch auf Instagram. Ich überfliege die ersten Fragen und lande automatisch wieder bei Sandras Bitte. Ich habe ihren Benutzernamen sofort wiedererkannt, weil er eine Anspielung auf ihre und Sophies damalige Lieblingsserie *Brooklyn Nine-Nine* ist. Sie hat ein neues Profilbild, aber die auffällig roten Haare sind dieselben geblieben.

Sofort schnürt mir das schlechte Gewissen die Kehle zu. Sandra war Sophies beste Freundin und mit Otis die Beste unseres Jahrgangs. Wunderkerzen, so nennt man Leute wie sie bei der Polizei. Otis und Sandra entwickelten während der Ausbildung das größte Potenzial für eine Führungsposition, weshalb man ihnen nachträglich noch einen Studienplatz angeboten hat. Mittlerweile arbeiten sie in derselben Einsatzhundertschaft Otis ist stellvertretender Gruppenführer, und er und Sandra werden in der Zukunft hohe Tiere in der Behörde sein, wie mein Vater. Nach dessen Lebensplanung hätte ich an Otis' Stelle sein müssen. Doch ich bin vor zwei Jahren bei der Polizei ausgeschieden.

Ein paar Wochen lang hat Sandra damals versucht, Kontakt mit mir aufzunehmen, aber ich habe keine ihrer Nachrichten beantwortet, obwohl wir früher viel miteinander unternommen haben. Irgendwann hat sie es aufgegeben.

Fuck, mir war klar, dass Leon die Nummer gestern nicht für sich behalten würde. Dafür liebt er es zu sehr, andere von sich abhängig zu machen. Ist anscheinend sein Ding. Ich fange besser schon mal an zu beten, dass die Nachricht meines Vaters Zufall war und das Ganze noch nicht bis zu ihm durchgedrungen ist.

Obwohl ich ganz genau weiß, dass ich es nicht tun sollte, kann ich nichts dagegen machen, dass meine Finger schneller sind und ich die Nachrichtenanfrage nun doch öffne.

»Auf das erste Bier des Tages«, grölt der Sänger derweil, begleitet von frenetischem Jubel und Zischgeräuschen.

Wenn ich nicht auf genau diesem Festival wäre, würde ich jetzt vielleicht eine Ausnahme machen und mit Gloria und Otis anstoßen.

Stattdessen starre ich auf Sandras Nachricht.

Ich hoffe, bei dir ist alles okay.

Ich schlucke, während mein Finger zitternd über dem Annehmen-Button schwebt. Etwas in mir drängt mich lautstark dazu, Sandra zu antworten. Doch allein bei der Vorstellung, auch sie noch wiederzusehen, wird mir übel.

Wahrscheinlich würde sie über Sophies Unfall sprechen wollen und über die Details, die dazu geführt haben. Wäre scheißegal, ob Sandra so was wie Mitleid für meine Situation aufbringen würde, denn früher oder später würden wir bei dem verfickten Video landen. Wegen dem habe ich überhaupt erst die Abmachung mit meinem Vater treffen müssen. Das Wiedersehen mit Leon könnte mich schon in Schwierigkeiten bringen. Es wäre also ziemlich idiotisch, noch mehr zu riskieren und Sandra zu antworten.

Deshalb schließe ich die App, ziehe mir hastig einen Lidstrich und drücke mich im selben Moment mit einem Seufzen vom Boden ab, als Punching Seagulls ihren bisher größten Hit anstimmen. Mittlerweile ist der halbe Campingplatz vollgestopft mit springenden und kreischenden Menschen, und es ist beinahe unmöglich, mich dem Sog zu entziehen, den die Masse auf mich ausübt.

Ich atme tief durch und setze mich in Richtung des äußeren Randes der Meute in Bewegung.

Niemand kennt die Wahrheit. Niemand wird je danach fragen, und ich muss sie auch niemandem erzählen, weil ich das ja gar nicht darf. Niemand wird mich deshalb verstehen. Und ich werde das schon irgendwie überleben. Muss ich ja.

»Levy?«

Mein Kopf fährt ruckartig zur Seite, und ich fange Charlies Blick auf. Ihre Hände reibt sie auffällig schnell über ihre Oberarme, als wollte sie sich wärmen, was bei den Temperaturen völliger Schwachsinn ist.

»Hi«, schiebt sie hinterher, weil ich sichtbar überrascht bin. Dann zeigt sie auf den Kleintransporter. »Haben sie das Festivalgelände auf den Zeltplatz verlegt?«

Wahrscheinlich habe ich mich verhört, aber ich bilde mir ein, dass Charlie richtig erleichtert klingt.

DAS KAPITEL, IN DEM ICH WIE EIN WATTEBAUSCH IN JELLY BIN

Charlie

»Das ist eine der berühmt-berüchtigten Zeltplatzpartys.«

Mit einem Grinsen schiebt Levy sein Handy in die Gesäßtasche, erst dann wendet er sich mir zu. »Du kommst genau richtig, sie spielen gerade das letzte Lied. Wenn du noch schnell ein Foto machen willst, musst du näher ran.«

»F-Foto?«

Ich bin völlig überrumpelt. In Anbetracht dessen, dass Levy gestern vor mir oder diesem Leon weggelaufen ist, verwirrt mich sein Verhalten gerade sehr. Außerdem hatte ich für einen Sekundenbruchteil tatsächlich die Hoffnung, nicht mit ihm auf das unübersichtliche Gelände zu müssen.

»Na, für deinen Instagram-Kanal.«

»Ja«, bringe ich irgendwie heraus. »Es ist nur …«

In diesem Moment springen vor mir so viele Menschen schreiend auf und ab, dass ich den Kleintransporter, auf dessen Ladefläche die Band spielt, nur noch erahnen kann. Es stimmt, ich müsste mich durch die dicht aneinandergedrängte, schwitzende Menge quetschen, wenn ich ein brauchbares Bild von der Band schießen will. Dass mir allein die Vorstellung schon ein mulmiges Gefühl bereitet, hat allerdings den Vorteil, dass ich völlig vergesse, wegen Levys Flucht gestern überfordert zu sein. Damit sind die zig Gesprächseinstiege, die ich auf dem Weg hierher in Gedanken durchgegangen bin, hinfällig.

»Jetzt oder nie, letzte Chance.« Levy grinst immer noch und

schließt die Augen. »Wir machen es zusammen, okay? Ich schau auch nicht hin, wenn du meine Hand nimmst.«

Zur Hölle mit meiner Angst! Ich habe mir doch eben erst selbst versprochen, etwas zu tun, vor dem ich mich fürchte. Und wenn sich mit einem beinahe Fremden in unübersichtliches Chaos stürzen nicht als etwas unfassbar Besorgniserregendes durchgeht, dann werde ich wohl für immer feige bleiben.

Ich ergreife Levys Hand.

»Vertrau mir.«

Mit einem Nicken schaue ich kurz zu ihm, der im selben Moment die Augen aufschlägt. Der Ausdruck darin reißt mir beinahe das Herz aus der Brust.

»O-okay.«

Gemeinsam treten wir an den Rand der unübersichtlichen Masse. Ich schlucke, weil Levy meine Hand mit sanftem Druck knetet und mich diese winzige Geste wahnsinnig beruhigt. Ich bin hin- und hergerissen, weil ich mir nicht vorstellen kann, auch nur einen einzigen weiteren Schritt hinein in die Menge zu machen. Gleichzeitig will ich wissen, wie es sich anfühlt, ein Teil davon zu sein.

Levy schätzt kurz mein Verhalten ein. Anscheinend wirke ich nach außen hin weitaus weniger aufgeregt als in meinem Inneren, denn er zieht mich behutsam weiter. Doch noch im selben Wimpernschlag reißt jemand vor uns kreischend die Arme in die Luft, und ich zucke zurück.

»Du hast Angst vor zu vielen Leuten, oder?« Wie selbstverständlich schiebt sich Levy mit dem Rücken zu den Tanzenden vor mich, um mich abzuschirmen.

»Ich bin einfach nicht so häufig feiern und hab mich deshalb erschrocken.« Wenn ich in Levys Nähe weiterhin so ehrlich bin, dann kann ich ihn auch gleich fragen, zu welchem Tattoostudio er geht, damit sie mir dort das Wort *Opfer* auf die Stirn tätowieren.

»Ist ja nicht schlimm«, sagt er. »Dafür bin ich es zu oft.«

»Aber ich war definitiv schon mal in einem Club.« Während unseres Abschlussjahres. Mit meinem Ex. Ich war sturzbesoffen und die Angstdauerschleife deshalb für wenige Stunden unterbrochen. Ein einziges Mal wollte ich normal sein ...

»Einmal?«

»Kinderdisco zählt nicht, oder?«, antworte ich schnell, bevor wieder irgendwelche Flashbacks für eine Angststarre sorgen können.

»Klar zählt das.« Levys Augen blitzen und ich bekomme sofort kribblige Hände.

»Ähm, okay ... dann war es mehr als einmal.«

Levy lacht leise, und obwohl die Lautstärke um uns das Geräusch fast vollständig verschluckt, bekomme ich Gänsehaut, weil sein Lachen gemeinsam mit der abebbenden Musik in der Luft vibriert. Für eine Sekunde falle ich in das Gefühl.

»Jetzt hast du den Moment verpasst.«

»Was?« Irritiert lasse ich Levys Hand los und beobachte die Menge, die sich plötzlich zu allen Seiten auflöst und wie eine alles erstickende Welle auf uns zurast. Augenblicklich kriege ich Panik.

»O Gott«, flüstere ich mit zu hoher Stimme. »I-ich muss hier weg.« Ich mache Anstalten zurückzustolpern, doch Levys Hand zuckt in meine Richtung.

»Hey! Keine Panik! Wenn du meine Hand hältst, sind wir ein zu großes Hindernis, um mitgerissen zu werden.«

»Wenn was?«

Ohne ein weiteres Wort hält er mich wieder fest. »Sich Menschen wie Strömungen vorzustellen, hilft genauso gut wie der Jelly-Trick bei Flugangst.«

»Der was?« Im Moment kann ich mich nur verkrampft darauf konzentrieren, vor Panik nicht loszuschreien. Bestimmt hält Levy meine einsilbigen Antworten für ziemlich beschränkt.

»Turbulenzen im Flugzeug sind wie ein Wattebausch in Jelly.«
Vielleicht ist aber auch Levy derjenige, der sie nicht mehr alle hat.

Wir starren uns kurz an, während Levy überlegt und schließlich mit den Schultern zuckt.

»Schätze, da musst du jetzt durch. Mach einfach die Augen zu und stell dir vor, du bist ein riesiger Fels in einem Fluss mit leichter Strömung, okay?« Bestimmt zieht er mich zu sich heran, aber mir fällt auf, dass es trotzdem nur unsere Hände sind, die sich dabei berühren. »Vertrau mir, Charlie.«

Levy will also, dass ich die Augen schließe und darauf warte, dass die Masse mich niedertrampelt. Weil meine Beine sich allerdings taub anfühlen, habe ich wohl sowieso keine andere Wahl.

Ich schließe die Augen, konzentriere mich auf Levys Hand in meiner und auf meine Atmung, die stoßweise kommt und sich mit den Stimmen um uns herum vermischt, die lauter und lauter werden. Keine fünf Sekunden später fühle ich von links einen sanften Stoß, den Levy sofort mit seinem Gewicht ausgleicht. Aber das hätte er gar nicht gemusst, denn die Berührung geschieht vorsichtig und gemeinsam mit einem gemurmelten »Sorry, ich muss hier mal durch«. Wieder und wieder schieben Leute ihre Körper an uns vorbei, begleitet von leisen Entschuldigungen. Ich bilde mir ein, die Energie wahrzunehmen, die sie umkreist: entspannt und fröhlich. Dann tauche ich noch viel tiefer in das Gefühl ein als vorhin, lasse es auf meiner Haut prickeln und atme tief durch, bevor ich die Lider aufschlage.

Levy hat recht. Die meisten Leute umströmen uns wie Fische ein Hindernis im Bach. Kaum ein neugieriger Blick zuckt in unsere Richtung, es raschelt leise, wenn Kleidungsstücke sich berühren, begleitet von einem gleichbleibenden Stampfen.

»Wow«, sage ich, obwohl ich jetzt ganz bestimmt so klinge, als wäre ich endgültig verrückt geworden.

»Wenn sich Demonstrationen auflösen, ist es noch beeindruckender.«

Überrascht drehe ich meinen Kopf zu Levy. Sein Gesicht ist direkt vor mir, deutlich näher, als es mir mein Körpergefühl weismachen wollte. Auf seiner Stirn bilden sich winzige Falten, als er die Verwirrung in meinem Ausdruck wahrnimmt. Doch bevor ich nachhaken kann, rempelt jemand erneut unabsichtlich gegen meine Schulter.

Ich stoße mit dem Oberkörper an Levys, dessen Hände sich sofort um meine Oberarme schließen, um mich festzuhalten. Das Gefühl, das mich daraufhin durchströmt, ist viel aufregender als alles andere. Das feine Kribbeln huscht meinen Arm hinauf und wieder hinunter, bis mein ganzer Körper davon übersät ist.

»Dann muss ich wohl häufiger demonstrieren gehen.« Ich weiß nicht, weshalb ich das jetzt sage, aber wenn Levy mich begleitet, gehe ich überallhin. Und dieser Wunsch allein beweist doch, dass ich gerade nicht zurechnungsfähig bin. Oder?

»Für die Existenzrechte von Glitzerpenissen, nehm ich an.«

Damit bringt Levy mich in Verlegenheit. Wieso muss er mich denn gerade jetzt damit aufziehen? Seine Hände berühren noch immer meine Arme, und eigentlich ist es mir völlig egal, wie oft er mich veralbert, weil ich vielleicht nie wieder aufhören will, mit Levy zu reden. Aber vor allem will ich ihn anfassen und von ihm berührt werden. Überall.

»Charlie?«

Als ich Levys tief gewordene Stimme höre, hole ich überrascht Luft. Ich weiß nicht, wann ich mir das letzte Mal so etwas Aberwitziges gewünscht habe. Doch das Gefühl tut wahnsinnig gut. Es ist genau das, was ich gerade brauche.

Levy sieht mich an. »Bist du bereit für unsere Kooperation?«

Und diese Frage schnürt mir nun doch die Kehle zu.

'CAUSE EVERYBODY WANTS TO FEEL LOVE.
EVERYBODY WANTS TO BE ADORED-DORED

Levy

»W-was genau hast du dir denn unter Livegehen vorgestellt?«, antwortet Charlie mit Verzögerung, und so monoton, wie sie dabei klingt, ist sie definitiv nicht bereit. Sie wird rot, während sie eines dieser kringeligen Plastikhaarbänder von ihrem Handgelenk zieht, um sich damit die Haare zurückzubinden.

»Nichts Weltbewegendes.«

Ich tue so, als hätte ich gerade nicht das Gefühl, mit meiner gut gemeinten Kooperationsanfrage gegen Charlies Willen zu handeln. Es ist derselbe Ton, in dem mich starrköpfige Raser früher für meine ausgezeichnete Polizeiarbeit beglückwünscht haben, nur damit sie sich anschließend über den Drecksbullen aufregen konnten, der sie in der Spielstraße mit sechzig erwischt hat.

»Ich nehme mir mein Handy, und sobald wir auf dem Festivalgelände sind, gehen wir live. Damit es nicht allzu chaotisch wird, suchen wir unterwegs die besten Fragen aus ... Wir müssen nicht sofort los«, schiebe ich noch schnell hinterher, als ich Charlies Gesichtsausdruck registriere.

Es wirkt, als würde sie mir am liebsten den Rücken zudrehen und weglaufen; ihre Hände reibt sie wieder über den Jeansstoff an ihren Armen. Ich habe keine Ahnung, wofür Charlie eine Jacke braucht. Es hat selbst im Schatten schon über zwanzig Grad, was auch der Grund dafür ist, dass ich ein lockeres Hemd mit Lochstrickmuster und dazu passend beprintete kurze Shorts trage. Aber dann beginnt Charlie damit, mit zitternden Händen an ihrer

Jacke herumzunesteln, und ich vermute, sie will nicht, dass ich sehe, wie aufgeregt sie ist. Vielleicht braucht sie auch einfach etwas, woran sie sich festhalten kann. Kann ich nach der Begegnung mit Leon gestern definitiv nachvollziehen.

Charlie öffnet den Mund, aber kein Ton kommt heraus. Sie schluckt hart. »Das heißt, wir müssen definitiv aufs Gelände, ja?« Aus ihrem Mund klingt das, als empfände sie es als heftige Bedrohung. »Bist du sicher? Wollen wir nicht vielleicht einfach hier …?«

Wieso klingt Charlie jetzt so, als hätte sie mir mit dieser einen noch eine Million weitere Fragen gestellt? Mir ist vorhin schon aufgefallen, dass der Gedanke, aufs Festivalgelände zu gehen, Charlie wahnsinnig unter Druck setzt. Gleichzeitig versucht sie mit aller Gewalt, sich nichts anmerken zu lassen. Puh, das ist kompliziert. Ich will Charlie helfen, und wenn ich ihr dabei wieder so nahe kommen kann wie eben …

Fuck, ich ziehe ganz bestimmt keinen Vorteil aus Charlies Ängsten.

Vielleicht hau ich besser einen der Motivationssprüche raus, die ich manchmal beim Scrollen auf Pinterest entdecke und an Otis weiterleite, der sie wiederum in witzige Bullshit-Quotes umwandelt. Aber ich glaube nicht, dass Charlie so etwas wie *4+3 ist sieben, aber 2+5 ist auch sieben – finde deinen eigenen Weg* gerade ermutigen würde. Das ist so was von nicht hilfreich.

Nachdenklich schiebe ich die Hände in die Hosentaschen. »Charlie?«

»Hm?«

»Wenn dich so viele Menschen überfor-«

»Tun sie nicht.« Mit gesenktem Kopf fummelt sie wieder an ihrer Jacke herum, und als sie schließlich ihren Kopf hebt, ergänzt sie: »Erklär mir lieber mal, wie genau das gleich ablaufen wird.« Ihre Stimme ist unverbindlich und kühl, und ich bilde mir ein, dass es daran liegt, dass selbst unser Gespräch Charlie bereits überfordert. Vielleicht hofft sie, dass ich sie jetzt einfach genervt wegschicke. Das sind aber nur Mutmaßungen, die mir, so ganz nebenbei, nicht zustehen. Dafür muss Charlie es mir schon selbst erklären oder ich muss fürs Erste ihre Frage beantworten.

»Meine Follower fordern Ratschläge von mir ein, auf die ich eingehe, während ich etwas unfassbar Unvernünftiges mache.«

Jetzt sieht Charlie richtig erschrocken aus. Sie nickt nur.

»Das bedeutet, du wirst heute etwas Verrücktes mit mir tun müssen«, erkläre ich. »Etwas, worüber wir vorher nicht nachdenken.« Meine Stimme klingt so nüchtern wie bei der Rechtebelehrung, was mein Glück ist, weil ich befürchte, dass man in meine Aussage sonst viel zu viel hineininterpretieren könnte. »Falls du mitkommst.«

Charlies Blick ruht auf meinem Handgelenk. Angestrengt starrt sie auf die Tätowierung, und als ob sie den Schriftzug nicht schon gestern erkannt hat, kneift sie ihre Augen zusammen, als hätte sie Mühe, zwei einzelne Wörter zu entziffern. *Pflicht oder …*

»Okay, die Wahrheit ist, dass es einen Grund gibt, weshalb das hier vollkommen schiefgehen könnte.«

Mich.

»Mich.«

Was? Irritiert suche ich ihr Gesicht nach Anzeichen ab, dass ich mich verhört habe, aber Charlie zwinkert nicht. Sie lächelt auch nicht mehr, sondern sieht traurig aus.

Ich schlucke. »Dich?«

Sie rückt ein Stück von mir ab und zögert. »Es stimmt. Es ist mir unangenehm, unter zu vielen Leuten zu sein. Um ehrlich zu sein, macht es mir riesige Angst. Allein bei der Vorstellung, mit dir auf dieses unübersichtliche Gelände zu gehen, verknotet sich alles in mir. Ich hab das Gefühl, gerade nur noch aus unkontrolliert herumwirbelnden Gedanken und donnernden Herzschlägen zu bestehen.«

Charlie verlagert ihr Gewicht von einem Bein aufs andere und verschränkt die Arme vor der Brust. Etwas an dieser Geste wirkt so, als würde sie erwarten, dass ich ihr jetzt zu nahe komme. Mit meinem Körper, mit meinen Worten – ich weiß es nicht.

Ich fühle mich mies deshalb, richtig mies, aber zurückhalten kann ich die Worte dennoch nicht: »Kannst du mir erklären, weshalb du trotzdem hergekommen bist.«

Es ist nur eine harmlose Frage, aber bei Charlies Gesichtsausdruck bildet sich sofort ein Kloß in meinem Hals.

»Wie gesagt, wegen der Empfehlung fürs Volontariat, und, es ist nicht so leicht zu erklären, ich hatte irgendwie geglaubt, mittlerweile bereit für so was zu sein.« Sie tritt noch weiter zurück. »Aber gerade würde ich mir lieber ein Auge ausstechen, als freiwillig aufs Gelände mitzukommen.«

Mein Verstand protestiert gegen die Informationsfülle, weil ich ziemlich lange nicht mehr mit derartigen Ängsten und Gedanken zu tun hatte und trotz meiner Regeln und Zweifel mehr als bereit bin, mich darauf einzulassen.

»Wenn es dich beruhigt«, sage ich. »Es schaut meistens nur ein Bruchteil meiner Follower den Livestream an, und wenn du es nicht willst, muss ich das Video im Nachhinein auch nicht in den Feed laden. Im Grunde können meine Follower diese Woche auch auf mein Live verzichten. Lass uns, keine Ahnung, Schokokekse essen.«

Der Vorschlag scheint Charlie nur noch mehr die Nerven zu rauben. »Wie groß ist dieser Bruchteil?«

»Zweitausend vielleicht.«

Ihre Augen weiten sich, ihr Gesicht glüht. »Ach, du Scheiße.«

»An Werktagen weniger ...« Ich ziehe mein Handy aus der Gesäßtasche und werfe einen Blick aufs Display. »Und heute ist Freitag.«

»Ich Glückspilz.« Charlie sieht auf mein Handy und klemmt

unwillkürlich die Unterlippe zwischen ihre Zähne. »Du hast für diese Situation nicht auch zufällig einen Deal auf Lager?«

Es sind ihre Lippen, die sich zu einem verkrampften Lächeln kräuseln, weshalb ich bei ihrer Nachfrage nicht zusammenzucke.

»Lass mich überlegen.« Ich beuge meinen Kopf zu Charlies hinunter, und obwohl ich wirklich keinen blassen Schimmer habe, was genau in ihrem vorgeht, probiere ich es einfach. »Ich kann fürs Erste versuchen, dich zu verstehen. Du hast Angst vor dem, was passieren könnte, und davor, mit den Konsequenzen daraus nicht umgehen zu können?«

Ich habe das Gefühl, als würde ich gerade eher über mich reden, und muss deshalb etwas in meinem Hals wegräuspern.

Charlie bemerkt meine Anspannung. Sie leckt sich über die Unterlippe und blinzelt. »Das trifft ins Schwarze.«

Wie sie mich dabei ansieht. Ein klein wenig grimmig und gleichzeitig so, als wäre ich tatsächlich Yoda, der ihr die Welt erklärt. Als würde sie mir vertrauen. Und das raubt mir den Atem, weil ich doch selbst nicht begreife, wie ich ticke.

»Ich hab mal gelesen«, fahre ich schnell fort, meine Finger dabei fest um mein Handy geklammert, »wenn wir uns alles erklären könnten und nichts fürchten würden, dann gäbe es auch keine Hoffnung. Und ohne Hoffnung wäre alles scheiße.«

»Stimmt.«

»Ziemlich scheiße sogar.« Ich zucke mit den Schultern. »Weil ich noch immer die Hoffnung habe, dass du mir vertraust und wir gleich zusammen aufs Gelände gehen.«

Charlie schluckt. »Beantworte mir erst eine Frage: Wieso soll ich etwas versuchen, von dem ich schon vorher weiß, dass es nicht funktionieren wird?«

»Weil es ja gar nicht darum geht, dass irgendetwas ein glückliches Ende nimmt.«

Wow, einfach wow. Das muss ich irgendwie retten.

»Das Ende ist meistens der schlimmste Part, finde ich, und deshalb sorgen wir ja auch dafür, dass es ein hervorragendes Mittendrin und einen noch viel besseren Anfang gibt. Deal?«

Charlie atmet tief durch. »Es sind weniger deine Follower, die mir Angst machen. Ich habe eher Sorge, inmitten der Menschenmenge hilflos zusammenzubrechen.« Sie beißt sich auf die Unterlippe. »Zugegeben, es wäre noch schlimmer, wenn du das dann auch noch live übertragen würdest.« Ihre Stimme klingt, als wäre jedes einzelne Wort mit Stacheldraht überzogen.

Dann bin ich da. Scheiß doch auf die anderen. Ich bin da.

»Ich kann dir nicht versprechen, dass das nicht passiert.« Innerlich ohrfeige ich mich, weil ich etwas Beschwichtigendes sagen müsste oder sie vielleicht sogar davon abhalten sollte, etwas zu tun, das sie nicht will. Aber gleichzeitig glaube ich, dass Charlie genau das nicht hören will. »Aber ich verspreche dir, dass es einen Versuch wert sein wird.«

Immerhin habe ich mich davon zurückgehalten, *ich* zu sagen. Dass *ich* es wert bin – das wäre wirklich problematisch gewesen. So gibt es wenigstens noch einen Rückwärtsgang.

»Also, was ist?«

»Ich will es und gleichzeitig will ich es auf gar keinen Fall.«

Jetzt bin ich fast traurig, dass ich mich eben gebremst habe. Hätte sie dasselbe auch über mich gesagt?

»Das ist keine eindeutige Antwort, Charlie ...«

Ihre Unterlippe zittert. Sie schließt die Augen und ...

»Levian König.«

Ich zucke zusammen, als jemand von meinem Zelt her meinen vollen Namen ruft. Charlie rückt abrupt ein Stück von mir ab, als Glorias wütende Schritte uns erreichen, und erst da kapiere ich, wie nah wir uns in den letzten Minuten unbemerkt gekommen sind.

»Entschuldige, äh ...« Gloria schenkt Charlie keine Sekunde

ihre Aufmerksamkeit, und als sie weiterredet, kann ich ihr das bei meinem üblichen Verhalten Frauen gegenüber noch nicht einmal übel nehmen. »Aber Levy wird mir jetzt erklären müssen, warum um alles in der Welt er das Erbrochene hinter seinem Zelt nicht weggemacht hat. Es stinkt überall nach Kotze.«

Ich will tot umfallen. Jetzt in diesem Augenblick, in dem mich Ria an meinen halben Zusammenbruch gestern erinnert. Und ich würde noch nicht mal um mich selbst trauern. Die Erinnerung an gestern Abend fühlt sich an wie ein heftiger Windstoß, der die Glutnester in meinem verbrannten Inneren erneut anzündet.

»Frag Otis«, antworte ich Gloria gepresst, als sie ihr Gewicht verlagert und damit automatisch näher an Charlie heranrückt. »*Er* war gestern besoffen, nicht ich.« Wie ferngesteuert geht mein Blick zu Charlie. »Darf ich dir Charlie vorstellen? Charlie, das ist Gloria, meine beste Freundin ...« Noch. »Ria ist Otis' Schwester, und ja, wir können die Verwandtschaft selbst kaum glauben.«

»Charlie?« Glorias Augen weiten sich überrascht, als sie zum ersten Mal den Kopf in Charlies Richtung dreht. Dann wirkt sie peinlich berührt. »Oh, hi. Freut mich.«

Sie hält Charlie ihre Faust hin, doch Charlie zögert.

»Ich ... äh, hi.« Überfordert verzieht sie das Gesicht und Gloria lässt ihre Hand langsam sinken.

»Ihr wolltet bestimmt aufs Gelände, oder?«, plappert Gloria direkt weiter, was beweist, wie unangenehm ihr das Ganze ist. Immerhin. »Levy hat erzählt, dass du bei einem Klassikradio arbeitest? Wie cool ist das denn? Weißt du was? Erzähl es mir einfach morgen Nachmittag beim Flunkyball. Fühl dich hiermit eingeladen, und bring alle mit, die du kennst.«

Charlie nickt nur.

Wie selbstverständlich legt Ria einen Arm um ihre Hüfte und drückt Charlies Körper kurz an ihren eigenen. Ein Träger von

Glorias Jeanslatzhose rutscht dabei von ihrer Schulter, weshalb sie versucht, ihn gleichzeitig hochzuschieben und Charlie dabei in der Umarmung zu halten. Ich bilde mir ein, dass sie deswegen grinst.

»Levy ist übrigens richtig gut im Flunkyball, solltest du wissen, was praktisch ist, weil er ja keinen Alkohol trinkt. Außerdem ist es ein toller Ort für authentische Storys.«

Gloria holt Luft, und eigentlich will ich protestieren, weil ich Sorge habe, dass sie sonst meine Lebensgeschichte von der Geburt an aufrollt, doch Ria ist schneller.

»Jedenfalls halte ich euch nicht länger auf. In zwei Stunden spielt Måneskin. Deren Auftritt müsst ihr sehen.«

Charlie schluckt. »K-klingt gut.«

Einen Wimpernschlag später rückt Gloria zu mir auf, um anschließend mich in eine Umarmung zu ziehen. »Versau es nicht.« Sie löst sich von mir. »Hat mich sehr gefreut, bis morgen«, sagt sie über ihre Schulter zu Charlie, und als sie wieder ein paar Meter zurück in Richtung Zelt gelaufen ist, dreht sie sich um und winkt uns zu.

Seufzend winke ich zurück, um mich schließlich wieder Charlie zuzuwenden.

»Fuck ... das ... Erstens hab ich nicht hinters Zelt gekotzt, und zweitens ... sorry.« Mir wird unbehaglich zumute. Es ist in den letzten Minuten definitiv heißer geworden, und ich bin mir sicher, dass sich deshalb feine Schweißperlen unter meinem Auge bilden. Wenn ich darüberwische, verschmiere ich den Kajal, weshalb ich lieber weiter darüber grüble, wie es auf einem riesigen Festival plötzlich so eng werden kann. Als wäre hier nichts mehr außer Charlie, mir und dem verdammten Schweiß in meinem Gesicht. Meiner gestrigen Einschätzung nach zu urteilen, habe ich jetzt noch ein paar Sekunden, bis die Blase platzt.

Drei, zwei, eins ...

»Gloria war sich ihrer Vermutung allerdings ziemlich sicher.« Charlie betrachtet mich und ich verschränke unter ihrem Flughafenscannerblick die Arme.

»Erst mal gilt in solchen Fällen die Unschuldsvermutung«, belehre ich sie. »Ich war mal Polizist.«

Explosion.

Charlies Brustkorb hebt und senkt sich, während ihr intensiver Blick noch immer mein Augenlid hypnotisiert, als wäre der Eyeliner dort längst verwischt. Und als würde ihr die Vorstellung irgendwie ... gefallen. Die vom verwischten Eyeliner oder meinem Körper in Uniform.

Fuck, gibt es eigentlich irgendetwas in meinem Hirn, das nicht automatisch an Sex denkt?

Wie ferngesteuert senke ich den Kopf –

Nimm deinen Blick weg von ihren Brüsten. Kopf hoch! Sofort!

Mein Puls rast. Statt weiterzureden, atme ich viel zu hektisch ein und aus. Müsste Charlie jetzt nicht irgendetwas fragen? Warum hakt sie nicht nach? Bemerkt sie meinen Blick gar nicht, der trotz meiner inneren Stimme auf ihrer Brust ruht?

Doch dann strafft Charlie die Schultern und der steife Saum ihrer Jacke drücken gegen den leichten T-Shirt-Stoff darunter. Reiben. Es ist eher ein Reiben, und ich erkenne ihre Brustspitzen. Trägt Charlie keinen BH? Keinen scheiß BH? Das denke ich zum Glück nur, anstatt es laut auszusprechen, trotzdem umschließt Hitze meinen gesamten Unterleib. Fuck.

»War?«, höre ich Charlie murmeln und sehe, wie sie ihre Jacke auf Höhe ihrer Brüste verschließt. »Hat es dir nicht gefallen?« Ihr Blick streift meinen Schritt, und Scheiße, bin ich gerade froh, dass ich meinen Schwanz unter den Unterhosenbund klemme, wenn ich kurze Hosen trage. Sonst würde sie verdammt noch mal genau sehen, wie gut mir das hier gefällt.

»Was?«

»Bei der Polizei.«

Ich schüttle schon den Kopf, da fügt sie noch hinzu: »Was denn sonst?«

Warum fragt sie das? *Weil Charlie nicht erregt gewesen ist, du Idiot.* Bin ich eigentlich bescheuert zu glauben, dass sie in ihrer beklemmenden Situation an Sex denkt? Was ist überhaupt aus meinen Regeln geworden? Wieso stelle ich die auf, wenn ich sie eh ständig breche? Wieso kümmern mich Charlies Ängste und Gedanken so sehr? Warum, verfickt noch mal, gehe ich einen Schritt weiter und lasse mich auch noch darauf ein?

Weil ich kapiert habe, dass ...

... ich Charlie mag?

Alter, was zur Hölle? Wie lange kenne ich sie? Keine achtundvierzig Stunden. Erbärmlich.

»Na ja, ich finde es im Moment ziemlich scheiße, dass Gloria dich eben unterbrochen hat«, stoße ich mit einem peinlichen Keuchen aus. »Jetzt weiß ich nicht, wie du dich entschieden hättest, wenn sie dich nicht mit ihrer Meinung beeinflusst hätte.«

Ehrlich gesagt ist mir das wirklich ziemlich wichtig, auch wenn mir der Grund dafür nicht in den Kopf geht. Will ich, dass Charlie wegen mir auf das Festivalgelände geht und nicht, weil Gloria ihr die Band empfohlen hat? Ist das so? Heißt das, ich will etwas von einer Frau, nicht andersherum?

»Na ja ...« Ich kann sehen, wie sich Charlies Körper wieder anspannt, während sie auch die übrigen Knöpfe ihrer Jacke verschließt, und schäme mich, weil sie das wegen meiner aufdringlichen Blicke macht. »Im Moment dürftest du mir zusätzlich zum ausgestochenen Auge noch eine Hand abhacken, bevor ich freiwillig einen Fuß aufs Gelände setze.«

Perplex gehe ich einen Schritt zurück. »Das wäre schade um deine Hand, weil es mir gefällt, sie zu halten. Sehr sogar.«

Ich würde erleichtert aufatmen, weil ich mich jetzt nicht mehr auf meinen Schwanz, sondern auf meinen Mund konzentrieren muss, der so einen Scheiß von sich gibt. Stattdessen wird mir übel vor Überforderung.

»Jedenfalls …«, kommt es zögerlich von Charlie. Immerhin ist sie jetzt wieder genauso atemlos wie ich, andererseits hat sie beschlossen, mein Geständnis einfach zu ignorieren. »… wäre meine Antwort vor Glorias Auftritt eine andere gewesen. Aber das geht jetzt nicht mehr.« Sie reibt sich die Haare aus der Stirn und sieht mich dann mit einem Blick an, in dem ganz viel Angst liegt: vor mir, vor sich, vor dem Festival, vor dem Leben. Als wüsste sie schon, dass sie ihren Mut bereuen wird.

»Willst du mir erklären, warum?«

»Weil …« Charlies Stimme zittert. Ihr ganzer Körper zittert. War das die ganze Zeit schon so, und ich habe es nicht bemerkt, weil ich ihr auf die Brüste gestarrt habe, während Charlie mit ihrer Angst gekämpft hat?

Fuck. My. Life. Zum wievielten Mal heute?

Charlie schaut sich hektisch um, und das Erste, was mir jetzt in den Sinn kommt, ist vermutlich auch das Unpassendste: Ich will nicht nur Charlies Hand halten, sondern auch ihren bebenden Körper umarmen. Wie gestern, nur fester. So fest, dass sie nie wieder vor irgendetwas Angst hat. Der Gedanke sorgt dafür, dass mein rasender Puls sich weiterhin nicht beruhigt.

»Weil dein Hirn dich wieder daran erinnert hat, Angst zu haben?« Ich lächle sanft, bin mir aber sicher, dass meine Stimme dumpf klingt.

»Gerade erdrückt sie mich förmlich«, schluchzt sie auf, aber beißt im selben Moment die Zähne aufeinander. »Doch es ist alles okay. Ich muss mich nur auf etwas anderes konzentrieren, dann geht es schon … irgendwie.«

»Erzähl mir lieber, wie es sich in dir drin anfühlt, Charlie.«

»Ich habe Angst vor meinem eigenen Körper«, erklärt sie

schwach. »Normalerweise plane ich im Vorhinein jeden Schritt penibel. Wo ich wann essen gehe, wann zu welchem Zeitpunkt an welchem Ort wenig los sein könnte. Darauf achte ich, um einem Kreislaufzusammenbruch vorzubeugen.«

Mir liegt die Frage nach dem Warum noch immer auf der Zunge. Und was denn dann von einem entspannten Festivalerlebnis für Charlie eigentlich noch übrig bleibt. Ich meine, ist es schön, eine Veranstaltung zu besuchen, auf der man ständig darauf wartet, dass etwas Schlimmes passiert?

Auf meine Nachfrage hin erwidert Charlie ein leises: »Solange alles nach Plan läuft und mich nichts aus meiner Tagesstruktur bringt, ja.«

»Wie Otis' Wasserdusche, der Glitzerpenis und … ich?«

Letzteres lässt Charlie lächeln. »Du hast bestimmt schon bemerkt, dass das hier mein erstes Mal ist …«

Wieso muss sie denn ausgerechnet jetzt so was sagen? Mein Verstand ist doch sowieso schon völlig durcheinander.

»… weshalb ich vorher nicht viel planen konnte. Außerdem verlangt mein Chef authentische Beiträge von mir, und die entstehen vor allem dann, wenn etwas Unerwartetes passiert. Wie in deinen Live-Storys.«

»Wenn du mich fragst, denkst du viel zu viel über deinen Chef nach. Deine Qualitäten sind sicher nicht auf ein paar Tage Festival herunterzubrechen.« Ich räuspere mich. »Beim Sender, meine ich.«

»Aber es kann auch nicht besser werden, wenn ich mich solchen Situationen nicht stelle. Etwas Spontanes zu tun, hilft sogar bei Überforderung.« Das kommt so schnell, als hätte sie den Satz auswendig gelernt.

»Weshalb du direkt ein viertägiges Open Air mit Tausenden von Menschen besuchst …«

»Wow, danke, dass du mich daran erinnerst.«

»Ich wollte dich nur darauf aufmerksam machen, dass du hergekommen bist. Du bist hier!«

Damit entlocke ich Charlie ein weiteres Lächeln. »Stimmt, und wenn ich ganz ehrlich bin, ist das ›Machen‹ im Moment auch gar nicht wirklich leise.«

Da ist kein Anzeichen von einer Lüge in ihrem Tonfall. Warum sagt sie das? Und warum antworte ich darauf nichts? Weil das Rauschen in meinem Kopf gerade immer lauter wird. Es übertönt sogar die Musik, die seit wenigen Minuten aus einem der Zelte zu uns herüberdringt.

»Okay«, sage ich schließlich und atme geräuschvoll aus. Ich kann Charlies Gedanken praktisch hören, so angestrengt runzelt sie die Stirn. Sie vertraut mir nicht. Kein bisschen. Und vermutlich habe ich das auch verdient.

»Ich mochte den Anfang.«

Oh, wow. Damit habe ich nicht gerechnet. Sie geht ernsthaft auf meinen dämlichen Anfang-Mitte-Ende-Scheiß ein?

»Und ich bin bereit für den Mittelteil, das wollte ich damit sagen. Tut mir leid, wenn ich dich mit allem überfordert habe. Aber ...«

Ich öffne den Mund, um ihr zu antworten, da ergänzt Charlie: »Ich wäre einfach gern so spontan wie du. Ich glaube, das fasst es am besten zusammen.«

Ich halte den Atem an, weil ich keine Ahnung habe, wie ich auf ihr Kompliment reagieren soll. Das war doch eines, oder? Soll ich ihr jetzt eines zurückgeben? Macht man das so? So ein Bullshit ... Ich weiß gar nicht, wieso ich mich gerade so dämlich anstelle.

In meinem ganzen Leben war ich noch nie so überfordert wie in diesem Moment. Es ist mir ein Rätsel, was ich da in mir drin fühle, als Charlies Komplimente immer tiefer und tiefer sinken, wie ein Stein, der irgendwann auf dem Grund ankommt.

»Also, verrätst du mir deine Tricks?« Charlies Stimme klingt

rau und kein bisschen so, als wäre sie von ihrer eigenen Idee überzeugt.

Nach allem, was ich eben über sie erfahren habe, gehe ich davon aus, dass es sie ziemlich viel Überwindung kostet, es zu versuchen. Wer weiß, wie sie reagiert, wenn wir erst mal inmitten des
Chaos auf dem Festivalgelände sind. Ich habe keine Ahnung, wie
ich ihr Mut machen kann.

*Ich zieh dich da notfalls schon raus? Mit außer Kontrolle geratenen
Menschenmengen kenne ich mich aus?* Schließlich war ich früher Polizist. *Ja, Polizist, Levy, kein beschissener Superheld. Und mittlerweile
bist du noch nicht mal mehr das, sondern nur noch Levy. Ohne Geld,
eigene Wohnung und Perspektive ...*

»Es ist kein Trick«, beginne ich zögernd. »Ich schätze, mir ist
mein Leben nur einfach nicht wichtig genug, um lange über Konsequenzen nachzudenken.«

Ohne weitere Worte ziehe ich mein Handy hervor und gehe live.

»Guten Morgen, Instagram«, spreche ich in die Kamera und
räuspere mich, weil ich gepresst klinge. »Ihr habt es euch gewünscht: Ich lasse mir hier und heute ein Piercing stechen. Wir
sehen uns in zwanzig Minuten auf diesem Kanal.«

DAS KAPITEL, IN DEM JEDER MOMENT EIN BONUS IST

Charlie

»Vollkommen verrückt« trifft es am besten. Es ist total unwirklich, dass es auf dem Festival eine Möglichkeit geben soll, sich spontan ein Piercing stechen zu lassen. Aber ich bin mir sicher, dass auf dem roten Zelt, das wir vor ein paar Minuten betreten haben, *Piercings* steht.

»Ist für Social Media, sagst du?« Die Piercerin mit schulterlangen blauen Haaren beugt sich über den provisorisch aufgebauten Verkaufstresen zu uns. »Wie groß ist deine Reichweite? Der Chef gibt meistens nur einen kleinen Rabatt, aber wenn du das Ganze live –«

»Ich bezahl das Piercing bar.« Demonstrativ steckt Levy sein Handy zurück in die Hosentasche.

»Wie du willst«, sagt sie und nickt kurz in Richtung der gut ausgeleuchteten Zeltnische hinter den Glasschaukästen. »Setz dich schon mal und überleg dir, was du für eins haben magst.«

»Linkes Ohr.« Levy legt den Finger an sein Ohrläppchen und drückt es ein Stück nach vorn. »Bis auf ganz bestimmte Stellen ist sonst kein Platz mehr.«

»Klar.« Im Gegensatz zu mir scheint die Piercerin kein bisschen verlegen zu sein. Sie wirft einen Blick auf ihre Uhr. »Ich bin Maria und gleich bei euch.«

»Können wir trotzdem filmen?«

»Wüsste nicht, was dagegenspricht.« Maria zuckt mit den Achseln und nimmt einen Arm über den Kopf, um ihr gestricktes

Bandana zu richten. Ihre Unterarme sind voller Tattoos. »Pass einfach auf, dass du niemand anderen filmst, wegen Datenschutzrechten.«

»Sollten wir hinkriegen.« Levy schaut nachdenklich zu mir. »Oder?«

Ich habe absolut keine Ahnung. Die Vorstellung, dass mich gleich Hunderte Menschen sehen werden, schnürt mir die Kehle zu. Werktag hin oder her. Aber jetzt habe ich es schon irgendwie über dieses Festivalgelände geschafft, da kann ich gleich noch eine Sache tun, vor der ich Angst habe.

»Kriegen wir hin.«

»Super.« Levy zieht sein Handy aus der Hosentasche und wischt ein paarmal über den Bildschirm, bis er anscheinend die richtige Einstellung gefunden hat. Er strafft die Schultern, bevor er das Gerät vor sein Gesicht hebt und auf den Drehstuhl zumarschiert, auf den Maria gedeutet hat. Mit einem Kopfnicken gibt er mir zu verstehen, dass ich mich ihm gegenübersetzen soll, und als ich es tue, drückt er mir sofort sein Handy in die Hand.

Mein Herz rast unkontrolliert los.

»Ich ... was soll ich machen?«

»Du musst das Handy nur auf mich richten, während Maria mir das Piercing ins Ohr jagt und ich dabei schnell ein paar Fragen beantworte«, erklärt er. »Wir können auch gemeinsam live gehen, aber ich dachte mir –«

»Schon gut«, unterbreche ich ihn schnell. »Ich erhol mich so lange von unserem Höllenmarsch übers Gelände.«

Levy lacht ein heiseres Lachen und tippt auf den Bildschirm, den ich ihm zögernd entgegenstrecke. »Du darfst nur nicht so sehr wackeln, sonst gibt's Beschwerden.«

»Okay.« Ich atme laut aus, dann straffe auch ich mich.

Sobald die Piercerin zu uns gestoßen ist, begrüßt Levy seine Follower und beginnt mit der ersten Frage.

»Vielen Dank, Lilly, für deine Frage und das Kompliment. Wenn du aber glaubst, dass ich interessant bin, dann kennst du *Classic Radio Germany* noch nicht.«

Ich muss lächeln. Verlegen schiebe ich die freie Hand unter meinen T-Shirt-Kragen und stütze das Kinn auf der Handfläche ab. Der Stoff fühlt sich klamm an, und so häufig, wie ich mir unterwegs mit schweißnassen Händen durch die Haare gekämmt habe, stehen sie ganz bestimmt zu allen Seiten ab. Zur Sicherheit fahre ich mir hastig hindurch. Gegen mein durchgeschwitztes Shirt hingegen kann ich wenig tun. Es ist zu einer zweiten Haut geworden. Ich kann froh sein, dass Levy konzentriert auf sein Display schaut und keinen Blick auf meine Brust wirft, denn mit einer Hand ließen sich die Knöpfe meiner Jacke nicht so schnell verschließen wie vorhin auf dem Zeltplatz. Wieso um alles in der Welt ziehe ich auch einen Bikini an?

»Linkes Ohr war das, ja?« Die Piercerin positioniert ihren winzigen Körper zwischen Levy und mich und markiert die Stelle, auf die Levy mit dem Finger deutet, mit einem schwarzen Punkt. »Ein Conch-Piercing würde da gut passen.« Sie sieht fast zierlich aus, aber dank dem spitzen Stechinstrument in ihrer Hand würde ich mich im Leben nicht mir ihr anlegen wollen.

»Mach, wie du willst«, antwortet Levy, bevor er sich wieder auf seinen Handybildschirm konzentriert und mit der nächsten Frage weitermacht. Bei ihm sieht die Sache hier ganz einfach aus. Er hat keine Probleme damit, die Fragen seiner Follower zu beantworten, während ihm eine fremde Frau ein Loch in sein linkes Ohr pikst. Vermutlich hat er noch keine Sekunde darüber nachgedacht, ob die Hygienebedingungen auf so einem Festival ausreichend geprüft werden. Levy hat bestimmt keine Angst, dass es hinterher eine Entzündung geben könnte. Dass er so etwas, ohne mit der Wimper zu zucken, durchzieht, macht mir Mut. Levy gegenüberzusitzen und das Handy für ein paar Minuten auf sein

Gesicht zu halten, sollte wirklich kein Problem sein. Das krieg ich irgendwie hin.

Allerdings stockt Levy in diesem Augenblick.

Seine zusammengekniffenen Augen lassen meinen ruhiger gewordenen Puls wieder in die Höhe schnellen. Er gibt der Piercerin ein Zeichen zu warten und kommt ganz nah an die Frontkamera heran, als wollte er etwas daran prüfen. Dann neigt Levy seinen Kopf plötzlich leicht zur Seite, sodass sein Blick an seinem Handy vorbei auf meinen trifft, und er flüstert: »Komm näher.«

»W-was?« Mist, ich habe nicht aufgepasst, über was er eben gesprochen hat. Deshalb löst seine Bitte jetzt ein ganzes Geröll in meinem Brustkorb aus, das kribbelnd bis runter in meinen Magen fällt. Dass ich so reagiere, treibt mich in den Wahnsinn, und nach unserem Gespräch bei den Zelten und dem Höllenmarsch quer übers Festivalgelände bin ich definitiv nicht bereit für noch mehr unüberlegten Wahnsinn. Blöd nur, dass ich mich freiwillig auf genau den eingelassen habe ...

»Die Leute beschweren sich in der Kommentarspalte, dass du zu sehr wackelst und sie außerdem nichts erkennen können.«

Levy lacht leise, und wie auf dem Zeltplatz vibriert sein Lachen so lange in der Luft, bis ich das Gefühl habe, es vollständig in mich aufgenommen zu haben.

»Deshalb will ich ...« Er unterbricht sich wieder und schluckt, als wäre ihm die Dominanz in seinem Tonfall unangenehm. »Ich will, dass du ganz nah an mich herankommst, bitte.« Und jetzt ist seine Stimme so rau, dass ich Gänsehaut kriege.

Mein Puls legt noch mal an Tempo zu, während sich Levy wieder zurücklehnt. Ich meine, meinen erhöhten Herzschlag überall auf der Haut fühlen zu können, aber vielleicht sind es auch nur die feinen Gänsehaut-Härchen, die mir einen Schauer über den ganzen Körper jagen. Bestimmt haben die Leute recht und ich verhalte mich wirklich völlig unprofessionell. Aber nach Levys eindringlicher Bitte kann ich das jetzt ganz bestimmt nicht ändern, weil meine Gedanken nun völlig verrücktspielen, während ich den Drehstuhl, auf dem ich sitze, mit den Fußspitzen ein winziges Stück zu ihm hinrolle. Ich wage es kaum, dabei zu atmen, damit Levys Handy nicht schon wieder wackelt.

Plötzlich räuspert er sich: »Sie beschweren sich noch immer.«

»Wie nah denn noch?« Sekundenlang sitze ich regungslos da, weil das Einzige, was in meinem Verstand aufblitzt, der Wunsch ist, noch viel näher zu kommen. »Ein bisschen noch und ich sitz auf deinem Schoß.«

Levys Mundwinkel zucken. »Dann ein bisschen noch.«

Mir bricht der Schweiß aus, und ich kann nicht anders, als stumm Levys nackten Oberkörper anzustarren, während es in meinem Unterleib verräterisch zieht. Mittlerweile bin ich mir sicher, dass die Tattoos darauf einiges über ihn verraten. Aber für den Moment könnte mir diese Vermutung nicht egaler sein, denn ich spüre, wie sich Hitze in meinem Brustkorb ausbreitet. Himmel.

Maria lacht heiser und fixiert Levys Kopf mit einer Hand, bevor sie sein Ohr an der gewünschten Stelle durchsticht. Statt zusammenzuzucken, neigt Levy seinen Kopf in ihre Richtung, damit sie den silbernen Stab mit geübten Handgriffen einführen kann.

Ich wünschte, mein Verstand würde so professionell arbeiten wie die Piercerin. Aber er zeichnet lieber Bilder, in denen ich auf meine Ängste scheiße, aufstehe, beide Arme um Levys Nacken lege und mich auf seinem Schoß niederlasse. In meiner Vorstellung packt er mich an den Hüften und zieht mich mit einem leisen Grollen in der Kehle hoch, bis mein Oberkörper eng an seinen gepresst ist. Ohne Zögern verschließt er die Arme um mich und hält mich. Beschützt mich. Sein keuchender Atem streicht über meine Wange, als sich unsere Lippen sanft berühren, und wenn ich könnte, würde ich in seinen Geruch hineinkriechen. Ich will Levy überall anfassen, über seine Tattoos streicheln, um zu wissen, ob sich die Haut dort rauer anfühlt, meinen Mund auf die winzigen schwarzen Stoppeln an seinem Kinn legen und ...

»Charlie, das sieht auf dem Display aus, als würde dich ein Erdbeben durchschütteln.«

»Entschuldige.« Ich räuspere mich verlegen. »Ich war in Gedanken.«

Vielleicht wäre es ganz gut, wenn mich mal jemand packen und durchschütteln würde, denn das würde mich wieder zur Besinnung bringen. So wie die Erinnerung daran, was ich Levy vorhin alles über mich anvertraut habe, meine Fantasien verpuffen lässt. Alles, was er nun über mich weiß, ist Beweis genug, dass das Gefühl von Levys Oberkörper warm und hart an meinem für immer nur eine Fantasie bleiben wird. Ich werde nichts davon jemals tun.

»So, das war's schon.« Maria schaut auf, und als sie meinen überforderten Gesichtsausdruck bemerkt, sieht sie mich einen Moment besorgt an.

Wenn sie nachfragt, werde ich behaupten, dass mir die schwüle Hitze unter dem Zeltdach zusetzt. Doch Maria kommentiert nichts und lässt auch nicht durchblicken, ob ihr Levys Forderung eben genauso unangenehm war wie mir.

»Kommt zum Bezahlen einfach rüber zum Tresen«, bittet sie und beugt sich ein Stück von Levy weg. »Steht dir, sieht gut aus.«

»Du hast das passende Piercing ausgewählt, nicht ich.« Levy erwidert ihr Lächeln. »Danke dir.«

Mir wird schwer ums Herz. Gibt es irgendwo eine Anleitung, wie man sich so locker verhält wie Maria oder Levy? Wie man anfängt, mutig zu sein? Welcher Gedanke der erste sein sollte, welcher danach kommt? Und wie man zwischendrin nicht auf die Fresse fällt?

»Gerne jederzeit wieder.«

Maria steht auf und schiebt sich an mir vorbei. Ihr Arm streift dabei unabsichtlich meine Schulter, wodurch sie mich auf meinem Drehstuhl in Levys Richtung schubst. Sein Knie stößt an mein Bein. Als er sich daraufhin reflexartig nach vorne beugt, kratzt seine rasierte Wange ganz kurz über mein Kinn. Und ... o Gott, ich weiß nicht, was ich tun soll.

Mein Herz galoppiert los, als wollte es mich zur Flucht überreden. Ich versuche verzweifelt, Levys Smartphone auf ihn gerichtet zu halten, aber ich fühle seine Berührung überall auf meiner Haut, und das lässt meinen Puls schneller und immer schneller werden.

Schweiß tritt mir auf die Stirn. Es wird noch schwüler hier drin und gleichzeitig bedeckt eiskalte Gänsehaut meinen ganzen Körper. Was für ein abgefahrenes Gefühl.

Genau wie ich rührt sich Levy nicht.

Was erwartet er? Dass ich von ihm abrücke? Oder dass ich meinen Kopf nur ganz leicht senke, sodass mein Mund seine Lippen ...

»Charlie?«, flüstert Levy, und sein heißer Atem umhüllt dabei mein Gesicht. »Jetzt haben die Leute dich gesehen.«

»Was?«, frage ich erschrocken, obwohl Levy so nahe ist, dass ich ihn ganz genau verstanden habe.

Instinktiv lasse ich das Handy sinken, sodass Levys Follower zwischen meinen Beinen hindurch auf den schwarzen Zeltboden schauen müssen. Mein Magen rebelliert. Wie konnte ich all die Leute vergessen? Die um uns herum und vor allem die auf Levys Handy.

Ich höre ihn leise lachen und bemerke, wie atemlos er dabei klingt. Als wäre er gerade einen Marathon gerannt, dabei hat er nur mich angeschaut, während wir uns ganz sanft berührt haben.

Mit zittrigen Fingern gebe ich Levy sein Handy zurück. Doch statt den Livestream zu beenden, hält er es vor sein Gesicht.

»Das war's dann erst mal, Leute«, erklärt er. »Ich hebe mir noch ein paar Fragen auf, die ich später woanders beantworten werde.«

Woanders?

»Was nun?« Levy kommt mir wieder näher, als er das fragt. Seine Stimme ist belegt. »Ich bin offen für alles. Du entscheidest.«

»Können wir etwas tun, was nicht so viele Menschen beinhaltet?«

»Was denn zum Beispiel?«

Ich schließe für einen Moment die Augen und versuche mich daran zu erinnern, was mir auf dem Weg übers Gelände alles aufgefallen ist. Da war ein Donutstand, wo sie einem alles auf den weichen Teig packen, worum man sie bittet. Essen wäre eigentlich eine gute Idee, mein Magen fühlt sich leer an. Oder lieber das Riesenrad? Von oben wirkt die Welt weitaus weniger bedrohlich ...

»Wie wär's mit Riesenradfahren?«

»Fuck, nein. Das geht nicht.« Levy hebt ruckartig die Hände und stößt sich prompt den Oberarm an der Lampe über unseren Köpfen. »Fuck. Scheiße. Fuck. Ich hab Höhenangst.«

»Was ...?« Ich muss lachen, obwohl mir gar nicht danach zumute ist. »Du hast ernsthaft Höhenangst?«

»Überrascht dich das?«

Mein Blick wandert zu seinem Ohr. »Maria hat dir eben live vor zigtausend Leuten auf einem superdreckigen Festival ein Piercing gestochen, und du hast dabei nicht mal mit der Wimper gezuckt, also ja, irgendwie schon.«

Ich kann Levys Reaktion nicht genau erkennen, weil das Zeltinnere aus dem Nichts in Dunkelheit getaucht wird und ich hier hinten im Eck deshalb nur noch seine schattigen Umrisse wahrnehme. Ich sitze mit dem Rücken zum Eingang, aber bestimmt sind es dunkle Wolken, die sich vor die Mittagssonne geschoben haben. Wie aufs Stichwort grollt Donner in der Ferne. Vermutlich die Vorboten jenes Unwetters, das die Festival-App laut Leni gemeldet hat.

Es dauert einen Moment, bis sich meine Augen an die Dunkelheit gewöhnt haben, und ich sehe, dass Levy die Finger an sein frisch gestochenes Piercing gelegt hat. An der Einstichstelle ist die Haut leicht gerötet, und so fällt mir der feine Schriftzug darunter direkt ins Auge.

»Was steht unter dem Piercing?«, will ich wissen.

»*Every moment is a bonus*, weil das ...«

Stimmt? Weil ihm sein Leben nichts wert ist und jeder einzelne Tag, der hinzukommt, eine Extrarunde ist? Ich kann noch immer nicht glauben, dass er so was Ähnliches vorhin über sich behauptet hat.

Als könnte Levy meine Gedanken hören, hebt er den Kopf, und auch wenn ich in der Dunkelheit nicht viel sehen kann, bin ich mir sicher, dass er mir direkt in die Augen blickt. Ich höre ihn schlucken, dann springt er ruckartig auf.

»Gibt es eine Riesenrad-Alternative außerhalb dieses Zeltes?«, stößt er zwischen zusammengepressten Lippen hervor. »Donuts? Autoscooter?« Er trommelt sich mit den Fingern gegen die Oberschenkel.

Sein Rhythmus wird schneller und deshalb werde ich immer unsicherer. Levy wirkt aus dem Nichts total ungeduldig. Doch ich kann mir nicht erklären, warum. Habe ich irgendetwas gemacht, was ihn bedrängt hat, oder ist er einfach genervt, weil mit mir live zu gehen unfassbar anstrengend und kräftezehrend ist?

Mist, bestimmt ist es das.

»Komm schon, Charlie, irgendetwas?«

O verdammt. »Donuts klingen super.«

Die ersten Regentropfen klatschen aufs Zeltdach, und aus einem lächerlichen Grund bin ich jetzt fast glücklich, dass Levy noch immer in seiner nervösen Stimmung verharrt, wodurch mein Hirn nicht auf die Idee kommt, die dämliche Regen-Sexfantasie noch viel, viel weiterzuspinnen. Zur Sicherheit verschränke ich die Arme trotzdem vor meiner Brust und senke den Blick.

Es ist das erste Mal, dass ich einem völlig fremden Menschen meine Eigenheiten nicht automatisch verschweige. Es wäre schön, wenn es nicht das einzige Mal bliebe.

Levys leises Keuchen lässt mich aufschauen. Seinen Kopf hat er leicht in den Nacken gelegt, der verkniffene Blick ruht auf der Zeltdecke. Wäre es nicht so absurd, würde ich glauben, dass es der Regen ist, der Levy Probleme bereitet, und nicht meine Unfähigkeit, mich unter Menschen normal zu benehmen.

Er setzt mehrmals an, um dann doch nichts zu sagen, bis immer mehr Regentropfen auf das Dach prasseln und der Donner in kürzeren Abständen grollt. Schließlich kämmt Levy sich die Haare mit den Händen zurück und presst etwas hervor, das mir klarmacht, wie unwohl er sich mit der Situation fühlt.

»Gut, dann gehen wir zum Donutstand.« Er verzieht das Gesicht, und ich habe Mühe, das Folgende zu verstehen, weil sein Kopf hektisch zwischen mir, dem Zeltdach und dem Ausgang hin und her wandert. »Hauptsache, raus hier.«

»Wollen wir nicht lieber das Gewitter abwarten?«, hake ich irritiert nach, woraufhin Levy den Kopf schüttelt und meinen Körper ohne Vorwarnung in Richtung Ausgang dreht.

Für einen Moment setzt mein Herzschlag deshalb aus, nur um kurz darauf schmerzhaft loszurasen. O Gott.

»N-ne...« Meine Stimme bricht.

Der Regen treibt in Sekundenschnelle mehr und mehr Leute in das winzige Zelt. Es wird immer enger. Viel zu eng. Irgendwer stellt die Musik lauter, die in Wellen in meinen Ohren pulsiert. Nein. Nein. Nein. Ich kann förmlich spüren, wie sich alles in mir verkrampft.

Mühsam ringe ich nach Luft, kralle die Finger in den Jeansstoff meiner Jacke. Doch die Erinnerung überrollt mich mit voller Wucht, ich kann nichts dagegen tun.

Plötzlich bilde ich mir ein, Bens fordernde Hände an meiner

Mitte zu spüren. Genauso wie meine vom Alkohol taub gewordene Angst, verbunden mit dem grausamen Druck, dazugehören zu wollen. Es ist nur eine dämliche Erinnerung, sie ist nicht real. Und doch mischt sich Bens keuchender Atem unter den der im Piercingzelt Anwesenden. Ich muss hier raus.

Aber in der Masse gibt es keine freie Lücke, durch die ich mich hindurchquetschen könnte. Arme pressen sich an Arme und andere Körperteile. Ein Mädchen drängt sich bis zu uns durch; die Haare ihrer zierlichen Freundin schweben an mir vorbei und verdecken die Sicht nach vorne. Beide bleiben erleichternd ausatmend vor mir stehen. Dann spüre ich einen sanften Druck auf meinem Rücken.

Ohne dass ich etwas dagegen tun kann, zucke ich unter der Berührung heftig zusammen, als wären es Bens Hände, die mich bedrängen.

»Schieb dich einfach durch. Bitte.« Aber das ist Levys Stimme, deren Unterton ich inmitten des Gewirrs aus Gerede, Musik und Regen nur schwer entziffern kann. Er klingt, als könnte er die Situation genauso wenig ertragen wie ich.

Der Regen wird stärker. Zigtausend winzige Hammerschläge, die auf den gespannten Stoff aufschlagen. Ich zwinge mich dazu, mich auf das Geräusch zu konzentrieren, das meinen überreizten Verstand schon als Kind beruhigt hat. Gottverdammt, das kann doch nicht sein, dass dämlicher Regen gerade der einzige Grund ist, weshalb ich in dieser Situation nicht untergehe. Niemand bedrängt mich. Hinter mir ist nur Levy, der hart den Atem ausstößt.

»Fuck.« Seine Hände packen mich an den Schultern und reißen mich zu sich herum. Weil ich mich vor Schreck nicht rühre, presst er seine Arme so fest um mich, dass da kein bisschen Platz mehr für meine Ängste ist.

Wie erstarrt stehe ich da, während mein Hirn irgendeinen Anhaltspunkt sucht, um zu begreifen, was hier gerade passiert. Versucht Levy, mich zu beruhigen? Die Stirn an sein weiches Hemd gedrückt, passe ich meine hektische Atmung an seine an, bis unsere beiden Herzen langsamer schlagen.

Warum umarmt Levy mich? Und warum zerreißt es mir fast das Herz, als ich kapiere, dass es nicht nur mein Körper ist, der bebt, sondern auch seiner? Ich dachte, *ich* wäre das Problem hier. Bin ich doch immer.

»W-willst du immer noch raus?«, frage ich zögernd.

»Nein.«

»Okay.« Langsam dringt die Wärme von Levys Umarmung zu mir durch. Das Gefühl von Sicherheit, das sie transportiert, entspannt meinen Körper, und gleichzeitig wird mein Verstand klarer, weshalb ich mich besser auf Levy konzentrieren kann. Er zittert wirklich und spannt seinen Körper zugleich krampfhaft an, weil er ... nicht will, dass ich das Zittern bemerke? Ist es das?

Ich kann mir nicht sicher sein, weil er kein Wort sagt, aber schiebe trotzdem meine Finger in seine, weil eine Hand, die mich festhält, das ist, was ich in dieser überfordernden Situation schmerzhaft dringend brauche.

»Sorry, der Regen ...« Er holt tief Luft. »Fuck, vergiss es.«

Ein paar Sekunden lang rufe ich mir in Erinnerung, was mir hilft, wenn mich eine Situation überrollt. Kein überstürztes Verhalten, kein *Erzähl schon* oder *Ich verstehe dich.*

Deshalb atme ich einfach weiter, bis ich mir sicher bin, dass Levy das Heben und Senken meines Brustkorbs überdeutlich spürt. Er beginnt ruhiger zu werden.

Ich unternehme weiterhin keinen Versuch, Levys Verhalten durch irgendeine Äußerung einzuordnen, weil ich weiß, dass ich das nicht kann. Gott, vielleicht übertreibe ich völlig. Doch immer wenn Leute versuchen, mich zu trösten wie Ella vorhin, fühle ich mich unfreiwillig schlecht. Obwohl mir meine Therapeutin Auswege für selbstzerstörerische Gedankenspiralen aufgezeigt hat, stehe ich dem Trost anderer noch immer hilflos gegenüber und frage mich, was zur Hölle ich damit anfangen soll.

Es ist nur Angst. Dämliche, nervige Angst. Wie willst du mir helfen, wenn Angst einfach Teil meines blöden Charakters ist?

Nach ein paar Minuten lässt der Regen allmählich nach und ein Großteil der Leute strömt deshalb wieder aus dem Zelt nach draußen.

Mit einem Seufzen lockert Levy seine Arme und vergräbt für einen Sekundenbruchteil ohne Vorwarnung sein Gesicht in meinen Haaren, bevor er die Umarmung löst und sich die Haare zurückstreicht.

»Sorry.« Levy flüstert die Worte, während er sich unauffällig über die Augen wischt. »Ich geh mal bezahlen.«

Ohne Zögern drückt er sich an mir vorbei zum Verkaufstresen, an dem die blauhaarige Frau mit dem Rücken zu uns lehnt, und legt ein paar Scheine auf das Plexiglas.

»War es richtig?«, frage ich, als ich zu ihm aufschließe, bevor wir zusammen aus dem Zelt in den Nieselregen treten.

»Was genau?«

»Nichts zu sagen, nur rumzustehen?«

»Ja. War es.« Damit bestätigt Levy mir, was ich ohnehin schon geahnt habe. Wieder rauft er sich die Haare und ich bemerke die Narbe zwischen Daumen und Zeigefinger.

Als Levy das sieht, bewegt er die Hand aus meinem Blickfeld.

»Kann ich dich hier kurz alleine lassen?«, fragt er und senkt den Kopf. »Ich muss aufs Klo.«

»Äh, ja.« Irritiert lausche ich in mich hinein, aber ich sage die Wahrheit. Levys Umarmung hat etwas bewirkt. Ich fühle mich ruhiger, obwohl das Menschengedränge um uns herum trotz des kurzen Gewitterschauers nicht weniger geworden ist.

»Was ist mit dem Regen?«, kann ich meine Nachfrage diesmal nicht unterdrücken.

Eine Sekunde später lacht Levy bitter auf, streicht sich mit den Fingern über das *Pflicht*-Tattoo an seinem Handgelenk und verschwindet schließlich mit einem trockenen »Nichts« in Richtung Toiletten.

IF I ONLY COULD, I'D MAKE A
DEAL WITH GOD

Levy

Keinen blassen Schimmer, was gerade in Charlies Kopf vorgeht. Ich für meinen Teil denke an Sophie, und das macht mich fertig. Als der Regen eben aus dem Nichts aufs Zeltdach knallte, ist in mir drin die letzte Sophie-Sicherung durchgebrannt. Irgendetwas wurde dadurch in Gang gesetzt, und dieses Etwas strömt jetzt unkontrolliert durch meinen Körper. Ich kriege es nicht mehr unter Kontrolle.

Sophie.

Wie ferngesteuert gehe ich ein Stück über den vom Regen aufgeweichten Boden, bis ich Charlies Sichtfeld verlasse und heftig keuchend auf die Knie sacke.

Sophie.

Wieso hab ich dich gehen lassen?

Wäre ich rangegangen, als du angerufen hast, dann hätte ich dich abhalten können. Hätte ich doch einfach reagiert.

Das Einzige, was gerade noch funktioniert, ist Atmen. Aber der Scheiß klappt immer, ganz egal wie abgefuckt mein Leben auch sein mag.

Ich atme. Ein und aus und wieder ein. Es kostet mich jedes bisschen meiner Energie, zu kapieren, dass ich Charlie an einem Ort alleine gelassen habe, an dem sie gerade am allerwenigsten sein möchte, und wie verantwortungslos und bescheuert das ist. Sie hat genug mit sich selbst zu tun, verdammt.

Ich muss zurück zu ihr, aber es graust mir zu sehr vor mir selbst.

Im Leben kann ich gerade nicht so tun, als wäre alles wie immer. Ich brauche mir gar nicht erst vormachen, dass Charlie es nicht eh schon längst kapiert hat.

Es ist absolut irre, und erführe ich gerade nicht am eigenen Leib, was ein Regenschauer in mir auslöst, würde ich mich auslachen. Mein Vater würde es ganz sicher tun, weil es schier unglaublich ist, dass ich einzelne Geräusche, Gerüche, Musik und Filme nur noch mit dieser einen Nacht verbinde.

Zig Fremde eilen an mir vorbei, starren mich an, fragen, ob ich klarkomme, aber was soll ich ihnen denn antworten, verdammte Scheiße? Dass mich das eben im Zelt beinahe zerfetzt hätte? Dass da ganz viel Abstand zwischen mir und Charlie sein müsste, damit sich nicht noch weitere völlig kranke Ängste in mir loslösen? Dass es trotzdem während unserer Umarmung einen Moment gab, in dem das erstickende Gefühl nachgelassen hat? Weshalb ich, ohne nachzudenken, mein Gesicht in ihren Haaren vergraben habe?

Warum kann ich Charlie nicht einfach sagen, was passiert ist? Ich glaube mittlerweile, dass ich ihr alles anvertrauen darf, weil sie mir nicht wehtun würde. Sie würde noch nicht einmal lachen oder nachfragen, sondern wie eben schweigen. Verdammt, Charlie ist einer der wenigen Menschen, bei denen ich mich nicht von der ersten Sekunde an demütig geben will.

Mein Herz zieht sich zusammen.

Wenn ich an Charlie denke, bilde ich mir ein, mein Herz ganz genau spüren zu können. Aber wieso lässt es sich dann kein bisschen beruhigen?

Genauso wenig wie mein Verstand. Er arbeitet verzweifelt gegen die zermürbenden Erinnerungen an und treibt meine Beine weg von den nebeneinandergereihten Zeltvordächern, auf die noch immer der Regen schlägt. Einen Moment starre ich die Leute um mich herum an, die sich gegenseitig in den Schlamm werfen, kreischen und lachen ...

Ich will weg von allem, was mich noch tiefer in meine Trauer zieht, doch vergebens. *Verdammt, Sophie. Du solltest hier sein, hier mit den anderen Leuten im Regen tanzen.*

»Sophie«, murmle ich leise vor mir hin. »Hier warst du glücklich, richtig? Deshalb bin ich trotz allem zurückgekommen. Ich will, dass du glücklich bist.«

Warum? Wieso? Warum ... du? Es ist doch mein Leben, das verkorkst und wertlos ist. Es immer war. Nicht deines.

Das Vibrieren meines Handys lässt mich erstarren. Eine Textnachricht von meinem Vater.

Ich wusste, dass sie kommen würde, und jetzt steht seine Aufforderung in eng aneinandergedrängten Buchstaben auf dem Display. Ich lese sie und lasse den Zeigefinger eine Weile über dem Antwort-Button kreisen. Er hat unser Treffen auf Sonntag um vier Uhr morgens vorgezogen, und alles, was ich ihm gerne darauf antworten würde, ist: *Fick dich!*

Kann ich aber nicht, darf ich nicht. Verdammt.

Irgendwie schleppe ich meinen schweren Körper zu einer Reihe blauer Dixi-Klos, von denen ich eines betrete. Eingeengt von vier Wänden, umgeben von Klopapier und sonst was für Scheiß auf dem Boden, mache ich mich so klein wie möglich und presse die Augen zusammen. Der Regen ist wieder stärker geworden.

Von innen schlage ich mit den Fäusten heftig gegen die Plastikwände. Erging es Sophie auch so, als sie eingeklemmt zwischen Blech war? Ist der Regen auf ihr Dach geknallt, während sie ...?

Ich würge heftig.

Hast du noch versucht, aus dem Auto rauszukommen, oder ... warst du sofort tot?

»Sophie!« Ich schreie ihren Namen, trete mit den Schuhen gegen die Klotür, immer und immer wieder, bis sie aufreißt und ich nach draußen aufs nasse Gras falle. Ohne Zögern komme ich neben zwei irritierten Typen auf die Beine.

Ein erschrockenes »Levy?« lässt mich aufschauen, und dann heften mich meerblaue Augen auf dem Boden fest.

Charlie steht vor mir.

Warum ist sie hier? Ist sie mir durch die Menschenmassen, die ihr so große Angst bereiten, gefolgt?

»Wer ist Sophie?«, fragt sie.

»Niema–« Ich stocke, weil das nicht stimmt. Sophie ist jemand. Jemand, der mir erst das Leben zur Hölle gemacht hat und dann einfach gegangen ist.

»Sophie ist gestorben. Vor zwei Jahren.«

Es ist das erste Mal, dass ich die Fakten laut ausspreche. Weil Charlie daraufhin nickt, kommt es mir vor, als hätte ich Sophies Tod hiermit anerkannt. Schwachsinn! Ich habe ihn in dem Augenblick akzeptiert, in dem ich diesen Scheißvertrag unterschrieben habe.

Noch immer steht mir Charlie unentschlossen gegenüber. Irgendwelche Anzeichen von Ungeduld oder Mitleid kann ich in ihren Zügen allerdings nicht erkennen, und dafür bin ich ihr dankbar.

Die Hände in den regennassen Haaren vergraben, wende ich mich hilflos ab, bis ich erst so richtig begreife, dass es ausgerechnet Charlie ist, die mir hinterhergelaufen ist.

»Wieso hast du nicht am Piercingzelt gewartet?«

Charlie blinzelt. »Der Regen wurde wieder schlimmer, und du hast nicht so gewirkt, als würdest du besonders gut damit klarkommen.«

Kann nur eine Scheißhalluzination sein, dass Charlie das eben gesagt hat. Denn wenn sie das ernst meint, dann muss ich irgendetwas Bedeutungsvolles erwidern. Die Wahrheit zum Beispiel. Aber mein Atem kommt zu flach, weshalb ich selbst Mühe habe, ein leises »Okay« herauszubringen.

»Was vollkommen in Ordnung geht«, fügt sie schlicht an. »Im

Gegensatz dazu, jemanden in so einer Situation alleine zu lassen.«

»Tut mir leid.« Fuck, ich weiß selbst, was für ein Scheißkerl ich bin. »Weglaufen ist anscheinend das Einzige, was ich kann.«

Stärker gewordener Wind treibt mir den Regen jetzt von der Seite ins Gesicht. Die Nässe knallt gegen meine Wangen und Stirn, deshalb hebe ich schützend die Hand vors Gesicht.

»Lass uns zurück zum Zeltplatz gehen«, schlage ich in dem Moment vor, in dem Charlie fragt: »Hast du es schon mal mit Reden probiert?«

Ich lache bitter. »Man kann nichts probieren, was man nicht darf.«

DAS KAPITEL, IN DEM ICH DOCH EINFACH NUR SPRINGEN WILL

Charlie

Man kann nichts probieren, was man nicht darf.

Wenn ich geglaubt habe, dass Levy das nicht ernst meint, dann beweist er mir gerade, wie falsch ich mit meiner Vermutung lag.

Seine Miene wird hart und schließlich zu einer abwehrenden Maske, die jede Antwort versteckt, die ich vielleicht aus seiner Mimik hätte lesen können.

»Kommst du?«, hakt er nach und streckt mir seine Hand entgegen. Doch erst mal ist da nur der innere Drang, einen Grund für sein Verhalten einzufordern. Ich will Levy danach fragen, wer Sophie war und wie sie gestorben ist. Mich davon abzuhalten, ist nicht leicht, und nur die Befürchtung, jetzt schon zwei Schritte zu weit gegangen zu sein, lässt mich meine Finger mit seinen verschränken.

Der Regen peitscht weiter über das Gelände, weshalb wir die nächsten Minuten schweigend Seite an Seite mit anderen Festivalbesuchern durch den Matsch zurück zum Zeltplatz hasten. In Gedanken versuche ich, mich von Levys distanziertem Verhalten abzulenken und mich lieber daran zu erinnern, ob ich Lenis Bitte nachgekommen bin und heute Morgen sichergestellt habe, dass die Heringe ordentlich verankert sind. Hab ich nicht. Mist.

Levy läuft vor mir. Wenn jemand an uns vorbeihastet, zieht er mich zu sich und schirmt meinen Körper mit beiden Armen ab. Sonst hat er den freien Arm um seine Brust geschlungen, wie ich, wenn ich Sorge habe, dass meine Panik mich entzweibricht.

Ich würde gerne etwas sagen, das seinen starren Ausdruck lockert, doch mir fällt nichts ein. Schweigen ist das Einzige, was ich hinbekomme, aber gerade das erscheint mir in diesem Moment als besonders falsch. Ich könnte mir vorstellen, dass Sophie Levys Schwester gewesen ist, er vielleicht vor zwei Jahren mit ihr gemeinsam das Festival besucht hat.

Oh, war ... Sophie der Notfall, den Levy gestern Abend angedeutet hat?

Dass es Dinge gibt, die ihn eigenartig reagieren lassen, steht jedenfalls außer Frage. Mein Schweinchenquieken hat seine Atmung gestern unregelmäßig werden lassen. Genauso wie Muse, die Lieblingsband meines Vaters.

Ich hatte darauf getippt, dass es an meinem Verstand lag, der von meinen eher ungewöhnlichen Problemen auf seine geschlossen hat. Aber das war vor Levys verkrampfter Reaktion auf das Geräusch von prasselndem Regen. Jetzt bin ich mir nicht mehr sicher, ob er nicht doch von ganz bestimmten Reizen weggerissen wird.

Vielleicht erinnern sie ihn an ... Sophie? Rufen ihm in Erinnerung, dass es jemanden in seinem Leben gibt, der ihn ihretwegen zum ... Schweigen verpflichtet? Zumindest klang es eben so. *Man kann nichts probieren, was man nicht darf.*

Warum? Weil Levy etwas hätte tun können, um Sophies Tod zu verhindern? Denkt er das?

Beim Supermarkteingang angekommen, grüble ich noch immer darüber. Deshalb fällt mir nicht sofort auf, dass der Regen nachgelassen hat. Levy beobachtet mich einen Moment, bevor er meine Hand loslässt und die Schultern strafft.

»Schätze, du solltest dich erst mal umziehen«, sagt er, die Stimme eigenartig belegt, den Blick starr auf mein Gesicht gerichtet. »Sonst dreht mein beschissen verfickter Scheißkopf völlig durch.«

Gegen meinen Willen muss ich lächeln. »Was geht denn in deinem beschissen verfickten Scheißkopf vor sich?«

»Willst du nicht wissen.«

Levy geht einen Schritt zur Seite, um einer Gruppe, die lachend aus dem Supermarkt rauskommt, Platz zu machen. Erst als sie an mir vorbeihuschen und die Wärme des Zeltinneren, die an ihren Körpern haftet, mich umhüllt, fällt mir auf, dass ich dermaßen friere, als wäre der Regenschauer eben eiskalter Schnee gewesen. Ich taste nach den durchnässten Seiten meiner Jeansjacke und knöpfe sie zu. Levy dürfte es ähnlich ergehen; er trägt nur ein dünnes Hemd, dazu kurze Shorts, was ihm beides wie eine zweite Haut am Körper klebt.

Puh, das ist definitiv der falsche Zeitpunkt für solche Erkenntnisse. Ich räuspere mich und hebe beiläufig die Hand, um mir die nassen Haare neu hochzubinden.

Levy zuckt zusammen. Warum reagiert er hin und wieder so heftig auf willkürliche Bewegungen?

»Alles gut?«, frage ich.

»Ja, ich ärgere mich nur, weil ich die ... Schokokekse nicht mitgenommen habe.«

Was? Der Ausdruck in seinem Gesicht passt ganz und gar nicht zu seiner Antwort, genauso wenig das Zögern in seiner Stimme.

»Dann lass uns welche kaufen«, schlage ich mit einem Nicken zum Supermarkteingang vor. »Schokolade hilft bei so ziemlich allem.« Sicher auch bei dem flauen Magen, der sich gerade bei mir einstellt.

Ich will freiwillig in den Supermarkt, aus dem lautes Stimmengewirr bis zu uns rausdringt? Bin ich irre? Eben noch hätte ich ohne Zögern meine Seele verkauft, um aus dem Piercingzelt rauszukommen, und mit einem Mal bin ich diejenige, die vorschlägt, mutig zu sein?

Levy fragt sich offenbar dasselbe, geht aber trotzdem mir voraus in das Zelt. Bestimmt hat der Regenschauer meine Sorgen und Ängste weggeschwemmt; anders kann ich mir nicht erklären, dass die halb leer geräumten Regale mit Levy und mir dazwischen in diesem Moment eine eigene Welt für mich ergeben. Eine, in der zwischen Ängsten und kompletter Katastrophe ein Funken Mut aufblitzt.

»Bezweifle ich«, zerstört Levy ihn grummelnd, als wir die Süßigkeiten erreichen. »Dass Schokolade hilft.«

»Hast du es schon mit denen hier versucht?« Ich greife nach einer Packung Doppelkekse. »Der Trick ist, die Kekse erst abzunehmen und dann die Schokolade mit den Zähnen rauszukratzen. Vergiss ASMR-Videos, das Gefühl deiner Zähne in der weichen Schokolade ist viel krasser, glaub mir.«

»Sophie ist bei einem Autounfall ums Leben gekommen.«

Fast fällt mir die runde Kekspackung auf den Boden. Der Unterton in Levys Stimme ist eigenartig, und er passt zu meiner Befürchtung, dass er sich die Schuld gibt.

Ich drehe die Kekspackung in meinen schweißnassen Fingern und warte, bis Levy sich mit einem Seufzen gegen das Regal in seinem Rücken lehnt.

»Vor zwei Jahren war Sophie auf dem Rückweg vom *Rock Never Dies* nach Berlin. Auf dem Stadtring hat sie im Regen die Kontrolle über den Wagen verloren.«

Gerade hatte ich das Gefühl, zwischen all dem Dreck auf dem Boden, inmitten der Lautstärke und dem beißenden Alkoholgeruch irgendwie klarzukommen, jetzt kommt mir das Supermarktzelt ganz plötzlich unfassbar eng vor. Eng und eiskalt.

»Sophie war ...?« Ich muss mich räuspern.

»Meine Freundin.«

Mit zitternden Fingern stelle ich die Kekse zurück ins Regal. »Warst du mit ...« Ich unterbreche mich selbst und fahre mir mit der freien Hand übers Gesicht.

»Nein, ich saß nicht mit im Auto.«

Ich habe Sorge, mit meiner Nachfrage zu tief in Levy zu dringen und ihn zu überfordern, aber ich bin gleichzeitig erleichtert, dass er redet. Der Kontrast ist seltsam bitter.

»Levy ...«

Ich warte. Sehr lange. Bis ich beinahe vergesse, an welchem Ort wir sind und wie viele Menschen an uns vorbeiströmen.

»Der Unfall war meine Schuld.« Levys Stimme ist nur ein Flüstern, als er wieder ansetzt. »Ich hätte ihn verhindern können.« Das sagt er ohne Betonung, ganz sachlich und ruhig. Als spräche er gar nicht über Sophies Tod, sondern machte mir Vorschläge, welche Kekssorte wir uns aussuchen sollten.

»Aber wie kann etwas ...« Wieder stocke ich. »Wie kann etwas, bei dem du nicht dabei warst, deine Schuld sein?«

»Hätte ich Sophie aufgehalten, wäre der Unfall nie passiert. Ich aber noch nicht einmal mitgekommen, weil ich Sophie an dem Abend lieber ignoriert habe.« Levy wird noch leiser, sein Tonfall noch gleichgültiger. »Ich war sauer auf sie. Ich glaube, es war das erste Mal überhaupt, dass *ich* wütend auf sie –«

»Darf ich mal kurz?« Die Hand der Person, die Levy unterbrochen hat, greift an seiner Schulter vorbei nach den Doppelkeksen, die ich eben noch in der Hand hatte, bevor die dazugehörige junge Frau kurz darauf zu ihren Freundinnen aufschließt.

Gerade wäre ich froh, meine Finger um irgendetwas klammern zu können, denn auf das, was Levy erzählt hat, fällt mir keine passende Antwort ein. Noch nicht einmal eine Reaktion. Da ist gähnende Leere in meinem Kopf.

Stumm rücke ich zu ihm auf, sammle allen Mut, den er in den letzten Stunden aus mir rausgekitzelt hat, und lege meine Arme um seine Hüften. Ich ziehe ihn an mich, wie er es vorhin mit mir gemacht hat, als ich mit den Zehenspitzen am Abgrund stand, und Levy lässt meine Umarmung geschehen.

»Fuck«, sagt er nach einer Weile. »Ich hätte gar nicht erst damit anfangen sollen. Es tut mir –«

»Sollte es nicht«, unterbreche ich ihn. »Schon vergessen? Manchmal braucht es einen guten Anfang, einen ersten Schritt, damit es weitergeht, damit es besser wird.«

»Es muss nichts besser werden, weil ich in dieser Sache nicht das Opfer bin.« Levy neigt leicht den Kopf. »Nicht mehr.«

Seine dünne Stimme an meinem Ohr, das Gefühl seiner nassen Haare an meiner Wange. Ich drücke mein Gesicht an sein Hemd, damit er nicht hören kann, wie sehr mich seine Antwort irritiert. Nicht mehr?

»War das mal anders?«

»Nicht, wenn du meinen Vater fragst.«

»Ich frage aber dich, Levy.«

»Mich?« Das klingt bitter. »Schätze, was man so über mich behauptet, stimmt schon. Mein Leben ist völlig aus der Spur geraten. Wie sonst ist es zu erklären, dass ich dir von Sophies Tod erzähle und mein Hirn mich, seit du deinen Körper eng an meinen presst, trotzdem mit Scheißfantasien bombardiert?«

Ich muss heftig schlucken, sicher spürt Levy das. »Fantasien sind nicht unbedingt etwas, das man auch bereit ist in die Tat umzusetzen. Sie können also ganz norma–«

»Sie handeln alle von Sex. Mit dir. Und fuck, ich bin so was von bereit, sie in die Tat umzusetzen.«

O Himmel. Das kommt abrupt. Ich würde lügen, zu behaupten, dass es mich nicht auch überrumpelt. Doch gerade als Levy den Kopf zurückziehen will, verstärke ich automatisch meinen Griff um seine Mitte.

»Vielleicht bin ich dann genauso fertig wie du«, flüstere ich, während alles Blut in meine Wangen schießt. »Denn was du da sagst, sollte ganz bestimmt nicht dafür sorgen, dass ich mir wünsche, dass der Augenblick hier mit dir ein bisschen länger andauert.« Ich muss leise lachen, weil es so unfassbar absurd ist, was gerade passiert. Dass ich das gerade wirklich gesagt habe und meine Lippen sich erneut öffnen. »Trotz Kotzgeruch und Menschenmassen, nass und dicht gedrängt an ein verdammtes Supermarktregal, vermischen sich meine Ängste in deiner Nähe mit dem Machtgefühl, alles tun zu dürfen. Wenn das nicht noch durchgeknallter ist, weiß ich auch nicht ...«

Sicher findet Levy jetzt, dass ich übertreibe, und wahrscheinlich tue ich das auch, weil meine Ängste nichts im Vergleich zu seiner Vergangenheit sind. Aber zu dem Gefühl, das er in mir auslöst, fällt mir einfach nichts Passenderes ein. Mit Levy will ich aus einem unerklärlichen Grund mutig sein.

Vielleicht ist es die Möglichkeit, ihm zu helfen. Die Probleme anderer anzugehen, löst in mir immer eine Art Instinkt aus, der stärker und mächtiger ist als meine eigenen Ängste. Oder es ist einfach nur ... Levy.

Er lacht grimmig. »Danke für die Bilder.«

Ich drehe den Kopf so, dass ich Levy anschauen kann. »Wenn wir schon kein gemeinsames Bild hinkriegen, dann sorg ich eben für welche in deinem Verstand.«

»Fuck«, presst er hervor. »Ich bin froh, dass du es jetzt weißt, und gleichzeitig macht es mich fertig, dass ich mir auf deine Worte hin gerade gedanklich einen runterhole. Das ist doch krank.«

Ich muss lachen, aber gleichzeitig ist das der wohl schlechteste Zeitpunkt dafür.

Levy stößt hart den Atem aus. »Ich weiß, dass das ganz schön viel ist, und ich kann verstehen, wenn du mittlerweile froh bist, dass wir auf einem Festival sind, wo du mich nie mehr wiedersehen musst.«

»Ich ... ich hab mir gemerkt, wo dein Zelt steht. Vielleicht hättest du mich nicht auf die Wegweiser aufmerksam machen sollen.«

»Vielleicht wollte ich ja, dass du mich wiederfindest.«

Levy beugt sich zu mir runter. An seinem Blick kann ich erkennen, wie aufgewühlt er ist, und das bereitet mir nun doch wieder Kopfzerbrechen. Weil mein Verstand kapituliert, als sein heißer Atem plötzlich stoßweise auf meine Stirn trifft. Weil ich Levy keine achtundvierzig Stunden kenne.

In meinem Inneren baut sich ein unangenehmer Druck auf. Verzweifelt atme ich dagegen an. Mist, das ist das Problem mit dem Mut – er bringt immer Konsequenzen mit sich, und deshalb sind da jetzt wieder zu viele Wenns in meinem Kopf. Und die sorgen in der Sekunde, in der Levys Lippen vor meinen haltmachen, für heftige Überforderung.

Was tue ich denn hier? Verflucht. Ich kann Levy nicht eindeutige Signale senden und ihn jetzt von mir stoßen. Alles, was er mir anvertraut hat, ist schrecklich. Wenn ich seine Nähe nicht geschehen lasse, dann verletze ich Levy sicher. Das will ich nicht, ganz bestimmt nicht. Aber …

Levy umfasst mein Gesicht mit beiden Händen, zwingt mich so, ihn anzusehen. Mein Blick zuckt trotzdem hektisch zum Ausgang des Zeltes, während ich verzweifelt versuche, vor Überforderung nicht auch noch loszuheulen. Doch gleichzeitig ist da ein undeutbares Kribbeln auf meiner Haut, weil Levy nichts tun würde, was mich überfordert. Gar nichts.

Wie bescheuert ist es dann, dass ich in Gedanken trotzdem nach einem dämlichen Spruch suche, der Levys Annäherung ins Lächerliche zieht, um so dem Druck der Situation zu entkommen?

»Zu meiner Verteidigung: Du kommst nicht jeden Tag in meinen Fantasien vor«, sagt er jetzt. »Nur werktags.«

»Heute ist Freitag, Levy. Und wir kennen uns erst seit gestern. Beides Werktage.«

»Ich weiß. Deshalb will ich dich küssen, auch wenn es der

schlechteste Augenblick für einen Kuss ist.« Er stockt. »Wie geht es dir damit?«

Gut. Oder? Beinahe gelingt es mir, in Levys Nähe jeden Zweifel, jeden winzigen Hauch drohender Angst zu verdrängen, und dennoch traue ich mich nicht, einfach zu springen. Warum? Wieso gelingt es mir nicht, mutig zu sein? Weshalb sind da noch immer Hindernisse?

»Ich weiß es nicht.«

Sofort ist es Levy, der Distanz zwischen uns schafft. Er sieht mich an, versucht, etwas aus meiner Mimik herauszulesen. Vermutlich lässt sich das, was er gerade darin entdeckt, auf ein einziges Wort herunterbrechen: Angsthase.

Wie Levy jetzt vor mir steht. Mit diesem fragenden Ausdruck in seinen Augen, der eine Antwort darauf will, ob das eben okay war. War es, verdammt. Ich will ihn küssen.

Aber das funktioniert nicht, ohne ihm zu beichten, dass mich körperliche Nähe genauso schnell überreizen kann wie alles andere auch. Was wäre, wenn seine Lippen auf meine träfen und ich ... anfinge zu weinen? Wegzurennen? Das würde Levy doch nur noch mehr verletzen.

Ganz kurz wird mir vor lauter Gedankenchaos schwindelig. Ich muss mich am Regal festhalten, um nicht zu schwanken.

Deshalb gibt Levy ein leises Stöhnen von sich. »Okay, Charlie, ich gehe wieder zurück zu meinem Zelt, in Ordnung?«

»Nein.« Meine Stimme ist belegt, total heiser. »Levy.« Als ich seinen Namen sage, wird das Kribbeln auf meiner Haut heißer und immer heißer, und dann lasse ich für einen Sekundenbruchteil los. »Warte.«

Augenblicklich überschlagen sich wieder die Gedanken. Ich male mir aus, wie ich auf meine Ängste scheiße. Wie ich mich in Levys Umarmung fallen lasse, wieder und wieder seinen Namen an seinen Mund hauche, bis er mit seinen Lippen sanft über meine streicht, dann mit seiner Zunge, mich zum Stöhnen bringt und weiter in mich vordringt.

O Gott, es ist so verlockend, ich will es so sehr. Verdammt noch mal ...

Doch dann flackern viel lautere Wenns auf. Ich küsse Levy, aber ich mache alles falsch. Seine Hände sind auf meiner Haut, aber ich gerate urplötzlich in Panik. Es ist wie eine zweite Realität. Eine, die nur von meinen Ängsten hervorgerufen wird. Ich will das nicht sehen. Ich will mit Levy mutig sein, und ich will, dass er, wenn nötig, meinem Kopf einen Arschtritt verpasst. Er soll mich halten und mich so lange küssen, bis da keine Angst mehr ist, sondern nur noch Charlie. Und Levy.

Doch das ... funktioniert nicht. Meine Mutter hat recht.

Mein Leben lang werde ich überfordert sein.

Angst kann immer passieren. Angst ist vor über einem Jahr mit Ben passiert. Ich will nicht, dass sie mit Levy passiert.

Und das ist das Bescheuertste, was ich jemals gedacht habe.

»I-ich ...« Eine irre Mischung aus Erregung und Panik durchflutet mich, als mir klar wird, dass Levy die ganze Zeit darauf gewartet hat, was nach meinem »Warte« kommt. Was es alles nur noch komplizierter macht, weil ich weiß, dass Levy nichts tun würde, worum ich ihn nicht bitte. Scheint so ein Ding bei ihm zu sein: *Ready to serve ya.*

»Fuck, schlag mich, wenn ich dich überfordere, aber ich will das hier gerade zu sehr.«

Er zieht meinen Körper vorsichtig zu sich, und ich atme stockend aus. Levys Vorderzähne graben sich in seine Unterlippe, Eyeliner sammelt sich in den winzig kleinen Fältchen um seine Augenwinkel herum, die dichten Augenbrauen zieht er eigenartig eng zusammen, und ich glaube, er ist genauso überfordert.

Natürlich ist er das! Weil wir uns gerade beinahe geküsst haben, obwohl er mir ein paar Minuten zuvor erzählt hat, welche

Scheiße ihm passiert ist. Vielleicht wäre das eine Gelegenheit gewesen, bei der es einmal nicht darum gegangen wäre, dass ich überfordert bin.

Ich schlucke. Es war eine beschissene Idee, von Levys Ängsten auf meine zu lenken. Ich wollte ihm helfen und habe die Situation damit ungefragt an mich gerissen, weil ich es so gewohnt bin, das Problem zu sein. Levy hat seine Freundin bei einem Autounfall verloren, verdammt. Außerdem ...

Seine Hand streicht wie ferngesteuert lose Strähnen hinter mein Ohr. Ich sehe, dass er zittert. Wie ich.

Dann beugt er sich vor und küsst ganz sanft meine Stirn. Seine Lippen sind weich, behutsam, und ich schließe die Augen.

Ich will mir vorstellen, dass es in Ordnung ist. Dass ich normal bin. Ich will denken, dass ich meine Finger in Levys Haar krallen darf, um sein Gesicht so zu drehen, dass wir uns richtig küssen. Dann unterbricht er den Kuss.

»Bitte sag was, das es mich nicht bereuen lässt, etwas getan zu haben, das ich wollte.«

Ich senke den Kopf ein wenig, damit ich ihn von unten ansehen kann.

»Levy ...« Mein Hals schnürt sich zusammen, und ich muss mir die Worte gedanklich vorstellen, um sie rauspressen zu können. »Ich ...«

»Beschissen verfickter Scheißkopf?« Zwei seiner Finger tippen sanft an meine Schläfe. »Wahrscheinlich hast du recht und unsere Köpfe sind beide auf demselben Level ziemlich fertig. Kein schlechter Anfang, wenn du mich fragst.«

Ich nicke, woraufhin Levy mit einem Lächeln unsere Umarmung löst. Sofort fühle ich mich falsch. Ich will, dass er mich umarmt. Und ich will gleichzeitig viel mehr als das. Wie um alles in der Welt fasse ich das Kopfchaos der letzten Minuten in passende Worte?

Mach irgendetwas, Charlie. Spring!

Ich öffne den Mund, doch kein Ton kommt hervor.

»Glaub ja nicht, dass ich es jetzt bereue, dich geküsst zu haben«, sagt Levy. »Das tue ich nicht, auf gar keinen Fall.«

Mir schießen Tränen in die Augen und mit einem überforderten Laut schiebe ich mich grob an ihm vorbei.

Ich packe das nicht. Es ist so perfekt. Ich will springen. Ich kann nicht. Ich will Levy küssen. Ich kann nicht. Verdammte Scheiße.

»Danke ...« Levy klingt kein bisschen beleidigt, auch nicht wütend, sondern aufrichtig, ein bisschen verlegen vielleicht. »Für den ersten Schritt, für einen guten Anfang, meine ich.«

Ich nicke erneut, dann gehe ich. Es macht mich fertig, wie erleichtert etwas in mir drin ist, weil Levy mich nicht aufhält. Denn mit keinen Worten dieser Welt könnte ich die Zufriedenheit erklären, die meinen ganzen Körper durchströmt, kaum dass ich den Supermarkt verlassen habe. Weil ich doch eigentlich springen und dann gemeinsam mit Levy fallen will.

DEIN BLICK, SONST NICHTS.
ICH BIN SO WAS VON GEFICKT

Levy

Ich laufe, den Blick zur Ablenkung auf meinen Handybildschirm geheftet, durch den Nieselregen zurück zum Zeltplatz. Als ich mein Zelt erreiche, kann ich weder Otis noch Gloria irgendwo entdecken. Deshalb wische ich von unten über den Bildschirm und starre auf die zig Verlinkungen zu irgendwelchen Videos.

Dass Fremde meinen Account auf ihren privaten Clips verlinken, kommt nicht selten vor. Und eigentlich will ich die Tatsache auch heute ignorieren. Aber das ist keine Option mehr, als ich registriere, dass ich wieder und wieder bei demselben Video lande.

Ich klicke es an und ... fuck.

Ich muss den Scheiß sofort gelöscht kriegen. Vor allem nach meiner Aktion eben im Supermarkt. Das kann nicht wahr sein. Darf nicht wahr sein. Social Media ist überflutet von einem kurzen Ausschnitt des Live-Videos von Charlie und mir aus dem Piercingzelt – völlig aus dem Zusammenhang gerissen –, das irgendwer unerlaubt mitgeschnitten und hochgeladen hat.

Ich wechsle zu TikTok. Hätte ich mir sparen können. Auch hier: unzählige Verlinkungen.

Niemand kennt Charlie, und ich reiße sie in etwas hinein, das spielend leicht außer Kontrolle geraten kann. Fuck, ich weiß das, weil ...

Mein Vater schaut mich an.

»Hast du mir noch etwas zu sagen?«

Erzähl es ihm: Es gibt ein Video von Sophie und mir. Er muss erfahren, was auf dem Festival passiert ist, bevor Sophie in dieses verdammte Auto gestiegen ist.

Seine Zähne mahlen, als wollte er mich jede Sekunde in Stücke zerreißen. Er sieht mir direkt in die Augen. Und ich weiß, dass die Schatten unter seinen mich in den nächsten Sekunden in einen tiefen Abgrund ziehen werden.

Keine Ahnung, wie lange es dauert, bis ich endlich antworte. Eine Krankenschwester neben mir diskutiert lautstark mit einem Patienten. Am liebsten will ich mich vor der aggressiven Lautstärke wegducken, doch ich sollte die Geduld meines Vaters nicht überstrapazieren.

Ich darf keine Schwäche zeigen. Scheiß drauf, ob sie in irgendeinem der Zimmer gerade um Sophies Leben kämpfen. Auf gar keinen Fall. Ich habe vor ihm geweint, und er hat mir bis jetzt noch keinen Spruch gedrückt, der meine Männlichkeit infrage stellt, was entweder Scheißglück ist oder der Tatsache geschuldet, dass Sophies Vater, der Vorgesetzte meines Vaters, uns gegenübersitzt. Mein Vater hat eine Beförderung in Aussicht, die meinen Körper gerade vor Schlimmerem bewahrt.

»Zwischen Sophie und mir ist etwas vorgefallen«, stoße ich so leise hervor, dass Sophies Eltern mich nicht hören können. »Auf dem Festival. Ich habe es noch vor Ort regeln können, denke ich, aber ...«

Ich spüre, dass sich mein Gesicht verzerrt. Wie scheiße ist es von mir, dieses Video auf der Wichtigkeitsskala über die Tatsache zu stellen, dass Sophie womöglich nicht überleben wird? Meinen Schmerz und meine Angst über die ihrer Eltern zu stellen? Fuck, warum bin ich überhaupt hier?

»Wir klären das draußen.«

Sein Kiefer spannt sich an, als er kurz in die Richtung seines Vorgesetzten nickt. Im nächsten Moment greift er nach meinem Jackenärmel und zieht mich hinter sich her, vorbei an den roten Backsteinwänden des Foyers nach draußen.

Ich sehe es in seinen Augen. Es bricht über ihn herein. Die Panik, der

Zorn, die Enttäuschung wegen mir … seinem einzigen Kind. Das Zittern seiner Unterlippe und der trübe Filter, der sich aus dem Nichts über seinen klaren Ausdruck legt.

Stopp, *will ich ihm entgegenbrüllen,* für einen kurzen Moment auf dem Festival war ich der Sohn, den du dir immer gewünscht hast. Du kannst es dir anschauen, es gibt ein Video davon.

Bevor sich meine Lippen zu jener Rechtfertigung öffnen können, spüre ich seine Finger brennend an meiner Wange, die mich nachdrücklich daran erinnern, dass Fehler in meinem Leben nicht gestattet sind.

»Kein Wort zu niemandem, Levian. Fahr nach Hause, ich kümmere mich um den Rest.«

Der Abgrund tut sich auf; ich falle. Es wird sich niemals irgendetwas ändern, oder?

Diese Erkenntnis hat sich, seit ich denken kann, tief in mir verankert. Ich könnte tausend erste Schritte machen, und trotzdem würde sich nichts daran ändern. Mein Fehler, diese Tatsache vergessen zu wollen.

DAS KAPITEL, IN DEM ICH ZU EINEM SONDERANGEBOT NICHT NEIN SAGEN KANN

Charlie

»Verstehe ich es also richtig: der Grund, weshalb der Account des Senders in den letzten Stunden explodiert ist, liegt allein an der Tatsache ist, dass halb TikTok ohne zu fragen, das Live-Video von Levy und mir teilt?«

Mit konzentriertem Blick starre ich auf Lenis ausgebeulten Schlafsack. Ella und ich haben uns zu ihr ins Zelt verkrochen, weil Regen und Wind bei unserem wie befürchtet die Außenhaut eingerissen haben und die Innenräume deshalb jetzt erst trocknen müssen. So gut es ging, haben wir die regendurchnässte Bodenplane mit Badetüchern ausgelegt und die gerissenen Zeltnähte provisorisch abgedichtet. Zum Glück ist nur Ellas Schlafsack durchgeweicht und meiner etwas größer, weshalb sie und ich jetzt aneinandergekuschelt in einem liegen.

Mit einem frustrierten Seufzen stelle ich die Mitteilungsbenachrichtigungen aus, weil mein Bildschirm unaufhörlich aufleuchtet.

»Das ist doch alles völlig bekloppt.«

Irgendjemand hat einen wenige Sekunden langen Ausschnitt von Levys Live-Video auf TikTok hochgeladen. Er zeigt den kurzen Moment, in dem er sich reflexartig nach vorne beugt und seine Wange deshalb mein Kinn berührt. Ich kann ihn meinen Namen flüstern hören, und wie er mich darauf hinweist, dass mich all seine Follower gerade sehen können. Dann ist der Clip schon zu Ende, doch anscheinend ist allein dieser winzige Augenblick ausreichend, damit sich die Kommentare sogar unter den Instagram-Bildern des Senders überschlagen.

Was läuft da zwischen dir und Ykarus?

Gott, ich hasse sie jetzt schon!

Sie wirkt mega eingebildet, Ykarus hat was Besseres verdient.

Schlampe!

Die Absenderin des letzten Kommentars habe ich blockiert und seitdem lasse ich mein Handy unangetastet.

»Das ist nicht bekloppt, das ist Social Media.« Ella strampelt mit den Beinen, weil der Schlafsack zu eng ist und sich die Hitze im Zelt staut.

Als ob ich das nicht wüsste; es gibt schließlich einen Grund, weshalb ich vor einem Jahr damit aufgehört und eine Therapie angefangen habe. Es verwundert mich selbst, wie ruhig ich gerade bleibe, trotz einer weiteren Aufnahme von mir, die jemand ungefragt ins Netz gestellt hat. Vielleicht liegt es daran, dass der Kurzclip mich in einer ganz anderen Stimmung zeigt als jene aus der Schulzeit ...

»Aber ehrlich gesagt«, fährt Ella fort, »wollen wir ein paar Details, Charlie. Läuft da was mit diesem *Ykarus*? Weil das wäre ... O Gott, sag mir einfach, dass da nichts ist.«

Es ist lächerlich, aber das Erste, was mir durch den Kopf schießt, ist: *Natürlich nicht.*

Das wäre die Wahrheit und gleichzeitig eine armselige Lüge, denn ich wünsche mir, dass zwischen mir und Levy irgendetwas ist. Ich weiß nicht, wieso er so starke Empfindungen in mir auslöst. Vielleicht, weil das Festival so weit weg von meinem Alltag ist und der Stirnkuss heute Mittag im Supermarkt so seltsam intim war, dass selbst bei der Erinnerung noch die Haut auf meiner Stirn kribbelt.

Ich atme tief durch. Leni und Ella sind meine besten Freundinnen, da kann ich unmöglich irgendetwas verheimlichen.

»Es läuft nichts …« Ich drehe meinen Kopf umständlich zu Ella und dabei pocht mein Herz wie verrückt. Meine Stimme schießt am Ende in die Höhe, als würde ich eine Frage stellen, und deshalb mustert mich Ella nun. Sie schaut mich einfach nur an, unglaublich lange, bis ich mir auf die Lippe beiße.

»Ach. Du. Scheiße«, geht Leni dazwischen, und weil sie dabei jedes Wort einzeln betont, als wäre das Zeltinnere plötzlich der Schauplatz einer Daily Soap, muss ich lachen. »Hat *Ykarus* deshalb den Livestream nicht in seinen Feed geladen? Wenn er denn mal auf Instagram live geht, macht er das sonst immer.«

»Warte, woher weißt du das?«, will ich mit Panik in der Stimme wissen, was dafür sorgt, dass Leni lachend ihr Kuscheltier nach mir wirft. Der kleine Dino landet dumpf auf Ellas Schlafsackseite und purzelt dann neben meine Füße.

»Auf einer Tour neulich hat mir ein junges Mädchen seinen Account gezeigt und ich finde seine Ratschläge oft echt hilfreich. Ich glaub, die meisten seiner Follower sind jünger als wir, und außerdem kennst du ihn auch, Ella. Ich hab dir neulich einen Link geschickt, damit du seine Ratschläge mit Elektromusik unterlegst, schon vergessen? Damit würdest du auf TikTok durch die Decke gehen.«

Mein Herz rutscht mir in die Hose, weil Leni mich wieder daran erinnert, dass Levy nicht nur mir hilft. Aber die Fantasien, von denen er gesprochen hat, die haben ganz bestimmt nichts mit *Er will einfach nur nett sein* zu tun.

»Also, Charlie …« Ella beugt sich ein Stück aus ihrem Schlafsack, um an Lenis Kuschel-Dino zu kommen und ihn ihr schließlich zurückzuwerfen. »Was ist passiert?«

»Nicht viel. Levy ist einfach nur nett. Frag Leni, *sie* folgt ja seinem Account.«

»Er ist wirklich *nett*«, bestätigt diese grinsend.

Und bevor das Ganze in solch eine Richtung abdriftet, beende ich das Thema. »Mehr sage ich dazu nicht.«

Ella seufzt leise, dann drückt sie meine Hand. »Bist du dir sicher, dass das gerade hier auf dem Festival eine gute Idee ist?«

Es ist seltsam, weil mir Ellas Sorge nicht so nahegeht wie sonst. Vielleicht hat der heutige Tag irgendetwas tief in mir drin berührt ... vielleicht bin ich auch nur völlig übermüdet.

»Ich weiß ganz genau, dass es eine riesige Dummheit ist, aber beruhigt es dich, wenn ich dir sage, dass sie in meinem Fall wenigstens wohlüberlegt ist?«

Leni lacht so laut los, dass wir sofort mit einstimmen. Und letztendlich ist es auch ihr Blick, der Ella laut seufzen lässt.

»Charlie, hör zu ...« Sie windet sich, um aus dem Schlafsack rauszukommen, und will etwas sagen, von dem ich hoffe, dass es etwas Zustimmendes ist, doch Leni unterbricht sie sofort. »Ich will mich entschuldigen, weil ich die ganze Zeit schon ziemlich überreagiere. Manchmal vergesse ich, dass wir nicht mehr in der Schule sind und du jetzt zur Therapie gehst und dich ... veränderst.«

»Ist schon okay, Ella.«

»Aber ...« Der Schwung, mit dem Ella sich aus dem Schlafsack hochstemmt, sorgt dafür, dass gleich mehrere Nähte mit einem lauten Ratsch aufreißen.

»O Scheiße«, stößt sie hervor. »Charlie, das tut mir leid, wir finden eine Lösung, keine Pa–« Entsetzt schlägt sie sich die flachen Hände vor den Mund. »Gott, ich tue es schon wieder, oder? Ich bin eine Helikopterfreundin.«

Lachend schäle ich mich jetzt aus meinem Schlafsack und ziehe Ella in eine feste Umarmung.

»Aber du bist meine Freundin, und deshalb hab ich dich lieb.«

»Hört doch auf!« Leni krabbelt zu uns herüber und legt giggelnd ihre Arme um uns. »Ich glaube, wir haben einfach alle im Augenblick ein Problem, was Männer anbetrifft, oder? Ich halluziniere, dass Edward hier auf dem Festival herumrennt, Toni ist der unzuverlässigste Idiot der Welt und Charlie schnappt sich einen TikToker ... Läuft bei uns.«

Gott sei Dank ist es im Zelt zu dunkel, um zu erkennen, wie rot ich gerade werde.

$$\star \ \star \ \star$$

Es ist weit nach Mitternacht, und wir liegen alle drei auf dem höllisch unbequemen Zeltboden. Leni hat sich vorhin aus ihrem Schlafsack geschält und dessen Reißverschlüsse geöffnet, damit Ella und ich uns keinen Schlafsack mehr teilen müssen, jede von uns aber trotzdem gleich viel Stoff zum Zudecken hat.

Ella ist vor einer halben Stunde eingeschlafen, was für mich an ein Wunder grenzt, denn egal in welche Richtung ich mich wälze, der Boden wird gefühlt noch härter.

Leni hat mir ihren Rücken zugedreht; offenbar bin ich die Einzige, die nicht einschlafen kann. Zweimal bin ich deshalb mit dem Oberkörper schon nach unten gerutscht, weil ich mir eingebildet habe, auf einer Wurzel zu liegen. Dafür sticht mir jetzt ein Stein in den Oberschenkel.

Ich habe noch nicht wieder auf mein Handy geschaut, aber weil ich nicht schlafen kann, schnappe ich es mir vom Boden, wo ich es vorhin neben Ellas gelegt habe. Alex hat mir ein Foto eines schlichten silbernen Rings mit aufgesetztem Diamanten geschickt, und weil ich ihr noch nicht geantwortet habe, hole ich das schnell nach. Ich zähle ein paar Dinge auf, die mir am Ring besonders gut gefallen, und schicke tausend Kuss-Emojis hinterher.

Neben mir bewegt sich Leni unruhig und ich wechsle zurück zum Startbildschirm. Eine Zeit lang schwebt mein Finger über der Instagram-App. Es ist wie die Rückkehr eines Sogs, herausfinden zu wollen, was Levys Follower über mich schreiben und welche Ausmaße dieser winzige Clip bisher angenommen hat. Ich starre das Symbol ewig an, während ich darüber nachdenke, was Levy mir über Sophie anvertraut hat, mache schließlich aber mein Handy aus und lege es zurück neben Ellas.

»Charlie?«

Lenis Stimme klingt nicht so, als hätte sie schon geschlafen.

»Ja?«

»Kannst du auch nicht einschlafen?« Sie dreht ihren Oberkörper in meine Richtung, und ihr Gesicht wird erhellt, als sie dabei gegen das Display ihres Handys kommt.

»Der Boden ist steinhart«, beschwere ich mich leise. »Irgendwas pikst mich ständig in den Rücken, alle paar Minuten stolpert irgendein Besoffener gegen die Zeltplane, und außerdem ist es wie aus dem Nichts eiskalt hier drinnen. Ich hasse Zelten.«

Leni stützt sich auf einem Ellenbogen ab. »Wir hätten definitiv in Luftmatratzen investieren müssen«, flüstert sie, und daraufhin kichern wir beide. »Willst du herkommen?« Sie hebt ihren Schlafsackanteil hoch, und ich krabble mit meinem darunter. Sofort ist es wärmer.

»O Gott«, giggelt Leni plötzlich, »stell dir mal vor, wie dämlich wir gerade aussehen müssen.« Sie rollt sich auf den Rücken und zieht dabei meinen Anteil mit auf ihre Seite.

»Hey!«, beschwere ich mich, und sofort drückt sie sich einen Finger auf die Lippen.

»Psst, Ella schläft doch.«

»Gleich nicht mehr«, brummt diese auf einmal von ihrer Seite.

Mit einem unterdrückten Lachen in der Kehle warten wir, bis sie wieder eingeschlafen ist.

»Charlie?« Das ist wieder Leni.

»Hm?«

Ohne Vorwarnung legt sie etwas neben meinen Kopf. »Schau mal!«

»Was ist das?«, frage ich und kann nicht verhindern, dass meine Stimme in die Höhe schnellt. »Igitt, ist das ein Käfer? Nicht jeder ist so campingerprobt wie du! Mach den weg.«

Leni lacht so laut, dass sich Ella mit einem entnervten Grunzen ihr Stück Schlafsack über den Kopf zieht.

»Das ist eine Uno-Spielkarte.« Leni leuchtet mit ihrem Handy auf das rote Stück Pappe mit zwei entgegengesetzten Pfeilen darauf.

»Was soll ich denn damit?«

»Ich hab das nie jemandem erzählt«, erklärt Leni, »aber ich glaube, du solltest es jetzt wissen.« Sie schluckt. »Edward hat mir diese Karte geschenkt. Du weißt doch, dass er mich in San Diego damals auf ein Date eingeladen hat?«

Ich nicke. »Weil du, warum auch immer, zugestimmt hast, einen Tag lang für einen völlig fremden Typen die Freundin zu spielen.«

»So, wie du das sagst, klingt es total irre.« Im Lichtschein ihres Handys sehe ich, wie Leni das Gesicht verzieht. »Jedenfalls haben wir während unseres Dates Uno gespielt, und irgendwann hat mir Edward die Karte rübergeschoben und gemeint, dass ich ihm eine Sache aus meinem Leben anvertrauen solle, die sonst niemand über mich weiß.«

»Was? Warum?«, rufe ich aus und ersticke meine Stimme gerade noch rechtzeitig mit der Hand. »Wer fragt denn so was?«

»Edward hat es ja davor auch getan.« Leni versucht sich die

Haare aus der Stirn zu pusten, was nicht viel bringt, weil sie so kurz sind.

»Wir waren einen Tag lang ein Fake-Paar, da ist man sich das ein oder andere Geheimnis praktisch schuldig, und außerdem wussten wir ja von Anfang an, dass wir uns nie mehr wiedersehen werden. Damals fand ich das voll in Ordnung, aber mittlerweile ...« Leni zieht ihre Arme hoch an die Brust und knufft mich unabsichtlich in die Seite.

»Aua, Leni!«, beschwere ich mich kichernd. »Erst klaust du mir meinen Schlafsackanteil und jetzt schubst du mich.«

»Sorry ...«

Wieder kichern wir leise, dann räuspert sich Leni. »Mittlerweile frag ich mich ja selbst, wie ich so dämlich sein konnte, einem Fremden etwas anzuvertrauen, das sonst niemand über mich weiß.«

»So wenig nachvollziehbar finde ich dein Verhalten gar nicht.« Ich beiße mir auf die Lippe. Eher sehr nachvollziehbar.

Lenis Blick huscht kurz über mich hinweg zu Ella. »Ich hab die Karte nie weggeschmissen, weil – jetzt wird es albern – ich das warme Prickeln, jemand Fremdem aus dem Nichts so unfassbar nah zu sein, mich ihm anzuvertrauen, mich einfach fallen zu lassen ... Ich wollte dieses Gefühl, das ich in San Diego mit Edward hatte, in Erinnerung behalten. Bis heute ist die Zeit mit ihm die schönste Ablenkung, wenn mein Leben nervt. Wahrscheinlich idealisiere ich die wenigen Stunden inzwischen total, weshalb ich heute Morgen fast durchgedreht bin, als ich dachte, Edward wäre hier ...«

»Wie süß«, sage ich und stoße Leni sanft an. »Bist du dir denn sicher, dass er es nicht war?«

»Sehr sicher«, krächzt sie und wendet angestrengt ihren Blick ab. »Jedenfalls glaub ich, dass die Karte im Moment bei dir besser aufgehoben ist. Ich will sie nur irgendwann wiederhaben.«

»Ist es so offensichtlich?«, frage ich mit einem stummen Seufzen.

»Die Herzchen-Emojis in deinen Augen? Geht eigentlich.«

Ich ziehe eine gespielte Grimasse. »Verdammt.«

»Du musst Levy ja nicht gleich deine dunkelsten Geheimnisse anvertrauen«, sagt Leni. »Aber sieh die Karte einfach als dein Zeichen an, springen zu dürfen.« Und weil ich direkt etwas einwenden will, ergänzt sie schnell: »Falls du zu hart landest, ziehen wir uns die nächsten zwei Wochen jeden Abend *Heartstopper* rein. Deal?«

Gegen meine Nummer-eins-Wohlfühlserie habe ich nichts einzuwenden, deshalb nehme ich ihre Hand und drücke fest zu.

»Deal.«

»Nachdem ihr es geschafft habt und ich jetzt auch wach bin«, kommt es plötzlich in Ellas strengster Erzieherinnenstimme aus ihrem Schlafsack, »was wird denn da ständig gekichert?«

»Ich hab Charlie nur verraten, dass es Mut auf einem Festival im Sonderangebot gibt.«

»Und, schlägst du zu, Charlie?«

Ich hole kurz Luft, und dann beschließe ich, dass ich morgen springen werde. Ich habe nichts zu verlieren. Leni hat recht: Mir kann doch eigentlich gar nichts passieren, weil ich im Zweifelsfall niemanden hier wiedersehen muss. Selbst Levy nicht. Und allein dass sich bei der Vorstellung alles in mir zusammenzieht, beweist doch, wie wenig bereit ich bin, unter unsere gemeinsame Geschichte jetzt schon *Ende* zu schreiben.

»Ja«, sage ich, und dann noch mal lauter. »Ja, verdammt.«

DAS KAPITEL, IN DEM ICH
DOSENSUPPE MAG

Charlie

Am nächsten Morgen krieche ich sofort in mein Zelt, um zu kontrollieren, ob die Handtücher alles an Feuchtigkeit aufgesogen haben. Seufzend stopfe ich die nassen Teile zu einem Stoffbündel zusammen und krabble mit den Sachen auf dem Arm nach draußen. Gemeinsam mit Ella hänge ich sie zum Trocknen neben meinem Schlafsack über eine Schnur, die wir zwischen zwei Zeltstangen gespannt haben.

Leni kümmert sich währenddessen um den Instagram-Account des Senders, weil ich mir trotz meines Vorhabens, mutig sein zu wollen, selbst bei der Erinnerung an die respektlosen Kommentare unter meinen Posts am liebsten die Augen zuhalten will. Trotzdem muss der Account unbedingt etwas posten, um zumindest die Chance auf eine Empfehlung von Jonas aufrechtzuerhalten.

Genau deshalb hat Leni sich zusätzlich zu ihrem kurzen Sportbustier noch keuchend in Ellas enge Sportleggings gequetscht. Dazu hat sie sich ein lilafarbenes Stoffband um den Kopf und eine oversized Jacke über die Schultern gezogen. Ich habe keinen blassen Schimmer, welchen Trend sie damit nachstellt, aber kaum ist das Video online, bringt Lenis wildes Gezappel zu einem lustigen Rapsong einiges an Reichweite.

Mittlerweile ist es bereits halb eins und wir haben es uns mit Keksen auf Ellas alter Picknickdecke bequem gemacht. Leni checkt in regelmäßigen Abständen Instagram, und jedes Mal, wenn ihr Daumen dabei nach oben zeigt, atme ich erleichtert auf.

Gerade überlegt sie noch, was sie als Nächstes posten könnte, als sie mir auf einmal mit einem eindeutigen Grinsen mein Telefon reicht und Ella direkt danach bittet, mit ihr ein paar Videos auf ihrem eigenen Handy vorzudrehen.

Sofort beschleunigt sich mein Puls.

Ykarus: Gloria möchte wissen, ob du mit zum Flunkyball kommst.

Ich weiß, dass ich nicht zu viel in Levys Nachricht hineininterpretieren sollte. Aber dass ich ihn gestern einfach so habe stehen lassen und er jetzt bestimmt deshalb Glorias Einladung vorschiebt, um mir zu schreiben, fühlt sich schon schlimm an. Besonders, nachdem dieses dämliche Video viral gegangen ist. Gleichzeitig hoffe ich sogar, er nutzt Gloria als Ausrede und will nicht wirklich nichts mehr mit mir zu tun haben. Denn das wäre das Schlimmste.

Mit einem Seufzen lasse ich meine Finger über den Bildschirm wandern, weil Levy sehen kann, dass ich die Nachricht gelesen habe, und er nicht denken soll, ich hätte nichts darauf zu sagen. Doch ich habe so viel im Kopf, dass ich mein Geschriebenes andauernd löschen muss, weil ich entweder viel zu emotional oder zu sachlich klinge.

Deshalb tippe ich letztendlich das, was mir direkt in den Sinn gekommen ist, nachdem ich seine Nachricht zum ersten Mal gelesen habe.

Classic Radio Germany: Ich komme mit, aber vielleicht hat Ykarus einen Tipp für mich, was ich als Influence-rin-über-Nacht beachten muss …

Keine Sekunde nachdem ich die Nachricht abgeschickt habe, bereue ich sie. Jetzt denkt Levy sicher, ich mache mich über ihn lus-

tig. Aber das tue ich nicht. Ich will nur die Situation ein wenig auf-
lockern. Mein Versuch war jedoch richtig jämmerlich, weil Levy
den Subtext bestimmt nicht begreift und …

Das Handy leuchtet auf und mein Herz galoppiert schneller.

Ykarus: Ria will sich gegen neun an der Arena treffen, um es
danach pünktlich um halb elf zu Muse zu schaffen.

Ohne nachzudenken, bewege ich meine Finger erneut über den
Bildschirm.

Classic Radio Germany: Kommst du mit?

Ykarus: Besser nicht …

Damit verunsichert er mich total. Ich werfe einen kurzen Blick
zu Leni und Ella, die weiterhin mit Filmen beschäftigt sind. Dann
stopfe ich mir ein Stück trockenes Brot in den Mund, damit mich
die gleichmäßigen Kaubewegungen von den drei Punkten am
Ende seiner Nachricht ablenken.

Eigentlich war ich schon mutig genug – für meine Verhältnisse
zumindest –, weshalb ich erst mal nichts mehr zurückschreibe.
Levy kann nichts dafür, dass ich so ein Angsthase bin, und vermutlich habe ich ihn dazu gedrängt, mit mir über etwas zu reden, das
er vielleicht nicht einmal seinen Freunden anvertraut.

Ykarus: … weil ich gestern gegen deinen Willen gehandelt
habe. Das ist abgefuckt. Noch schlimmer ist, dass ich die
ganze Nacht wegen dir und dem, was du gestern behauptet
hast in meiner Nähe zu fühlen, kein Auge zubekommen habe.
Ich sehe Bilder. Viel zu viele Bilder. Und in allen hast du die
Kontrolle über mich.

Ach, du Scheiße. Ich gebe ein ersticktes Quieken von mir, aber zum Glück lacht Ella im selben Moment über etwas, das Leni gesagt hat.

»Angriff ist die beste Verteidigung«, höre ich sie laut prusten, dann beginnen beide damit, auf und ab zu springen. Und vielleicht hat Leni recht.

Mein Puls geht so schnell, als würde ich gerade gemeinsam mit den beiden Hampelmänner machen und nicht mit verschränkten Beinen auf einer ausgefransten Picknickdecke hocken und meinen Handybildschirm anstarren. Ich drehe mich zur Seite und schaue auf meinen Rucksack, in dessen Innerem die Uno-Karte verstaut ist, während mein Magen genauso wie Leni fünf Meter weiter Purzelbäume schlägt.

Ich muss Levy nicht mehr wiedersehen, wenn das hier schiefläuft, aber gleichzeitig kann ich keinen Schritt weitergehen, ohne ihm anzuvertrauen, dass ich vor so viel mehr Angst habe als vor Menschenmengen. Ziemlich sicher hat er das gestern eh bemerkt, schließlich bin ich wegen eines dämlichen Stirnkusses weggerannt. Verdammt, obendrein gibt sich jetzt dafür auch noch Levy die Schuld. Trotzdem schreibt er mir solche Nachrichten. Ob er weiß, wie wahnsinnig gut es sich anfühlt, dass er mich nicht wie eine Porzellanpuppe behandelt?

Classic Radio Germany: Ich muss dir was sagen, deshalb wäre es gut, wenn du später mitkommst.

Das liest sich, als würde ich mit Levy Schluss machen wollen. Dabei ist es einfach nur meine Angst, irgendeine seiner Erwartungen an mich nicht erfüllen zu können. Was ich in Levys Nähe alles fühle, ist irre, verrückt und schön. Die Gefühle, die er in mir auslöst, ändern jedoch nichts an meiner Unsicherheit, was ich ihm ohne Zweifel auch erklären muss. Aber ...

Levy antwortet nicht, und ich muss irgendetwas hinterherschieben, das meine vorherige Nachricht erklärt. Sonst wird es später richtig unangenehm, falls er denn tatsächlich mitkommen sollte.

Classic Radio Germany: Okay, ich schreib es dir einfach. Die Macht, alles tun zu dürfen, werde ich wahrscheinlich allerhöchstens für eine weitere Umarmung nutzen. Ich weiß, wie wenig nachvollziehbar das ist.

Ykarus: Das waren verdammt schöne Umarmungen bisher. Was macht dich so sicher, dass deine Gefühle nicht nachvollziehbar sind?

Classic Radio Germany: Ungefähr jedes alltägliche Erlebnis in meinem Leben, haha. Meine Mutter, meine Freundinnen, mein Ex …

Das war zu ehrlich, ich kann es ganz genau spüren. Levy wird nie und nimmer …

Ykarus: Ich kann es verstehen, dass man, wenn man in den Besteckkasten greift und sich ständig am Messer schneidet, irgendwann Angst davor bekommt, reinzugreifen. Aber ohne Besteck musst du jeden Tag Suppe schlürfen.

Mein Atem stockt, dann rasen meine Finger über das Display.

Classic Radio Germany: Verdammter Ykarus! Ich hasse Dosensuppe! Hör auf damit!

Hör nie, nie, nie wieder auf damit!

Schnell presse ich eine Hand auf meine Augen, weil es dahinter anfängt zu brennen. Ich weiß nicht, mit welcher Reaktion ich gerechnet habe, aber damit, dass Levys Worte mich mitten ins Herz treffen, ganz bestimmt nicht.

Ykarus: Ich weiß … Bis zum Flunkyball, Classic Radio Germany.

Ich lege das Handy mit dem Display nach unten aufs Gras, weil ich Lenis Zehenspitzen in meinem Sichtfeld aufblitzen sehe und sie kurz darauf fragen höre, ob wir duschen gehen wollen.

Ja! Wasser, das mir auf den angespannten Körper prasselt, ist genau das, was ich jetzt brauche, weil … o Gott. Das ist alles viel. Überfordernd. Schön. Grausam. Euphorie und Angst.

Es ist einfach alles … Levy.

DAS KAPITEL, IN DEM WIR ES DARAUF ANKOMMEN LASSEN

Charlie

Kurz vor neun machen wir uns auf den Weg. Aus dem Arbeitspostfach habe ich eben noch eine Mail gefischt, in der Marianne schreibt, dass die Klickzahlen des Instagram-Accounts wegen des Kurzclips von Levy und mir unerwartet hoch seien und Jonas deshalb nächste Woche gerne mit mir reden möchte. Das beweist doch nur, dass Mut sich auszahlt. Obwohl ich mich nachher wahrscheinlich dafür verfluchen werde, bin ich deshalb jetzt unterwegs zum ersten Flunkyball-Spiel meines Lebens.

»Die Regeln sind supereinfach, und eigentlich geht es sowieso nur darum, eine Flasche in der Mitte umzuwerfen und so lange zu trinken, bis das gegnerische Team sie wieder aufgestellt hat.« Mit einem Lächeln hakt sich Leni bei mir unter. »Lustig wird es erst, wenn sich jemand zusätzliche Regeln ausdenkt.«

»Zum Beispiel?«, will Ella mit Skepsis im Blick wissen, während sie sich auf meiner anderen Seite unterhakt.

»Ein Brite hat mir während einer Bully-Tour mal vorgeschlagen, ihm bei jedem Fehlwurf einen Kuss zu geben.«

Ich unterdrücke ein Stöhnen, weil Weitwurf jene Disziplin im Leichtathletikverein gewesen ist, die mir am wenigsten lag, und ich jetzt Sorge habe, dass Leni in der Arena die britische Version von Flunkyball vorschlagen wird. Vielleicht ist das der Augenblick, in dem ich doch umkehren sollte.

Wie aufs Stichwort grummelt mein Magen. Vor lauter Anspannung habe ich von den veganen Hotdogs, die Leni uns zum

Abendessen vom Gelände geholt hat, kaum einen Bissen runterbekommen, aber dafür ein paar Schlucke vom Pimm's genommen, was sich, im Nachhinein betrachtet, als richtig bescheuert herausstellt.

Okay, ja. Ich sollte ganz dringend zurück in mein Zelt, um mich dort bis zur Abreise zu verstecken.

Leni stößt ein leises Zischen in meine Richtung aus. »Ich weiß, was du denkst, und vergiss es.«

Unter ihrem prüfenden Blick gehen wir weiter. Mit jedem Schritt in Richtung Flunkyball-Arena bekomme ich mehr und mehr Herzrasen bei dem Gedanken, Levy gleich wiederzusehen.

Nervös pfriemle ich an den breiten Trägern meines oversized Tops herum, zu dem ich kurze Radlershorts trage. Normalerweise ziehe ich die nur unter Kleidern an, aber die knappe Sporthose ist die einzig saubere, die ich noch dabeihatte. Meine Buchprint-Socken habe ich, so weit es geht, nach oben gezogen, weil ich mich in meiner Haut sonst nicht wohlfühlen würde. Immerhin meinte Leni, dass die Socken nicht weiter auffallen werden, und tatsächlich entdecken wir auf dem fünfzehnminütigen Weg Outfits, die um einiges abgefahrener sind als meines und die mich zumindest ein bisschen von der Tatsache ablenken, dass auf dem Gelände heute die Hölle los ist.

»Siehst du«, sagt Leni schulterzuckend und deutet auf einen Typen in einem Dinosaurier-Kostüm, der uns daraufhin mit seinen kurzen T-Rex-Armen zuwinkt. »Deine Radlershorts machen hier niemandem Konkurrenz. Punkt.«

Wir lachen, und keine zwei Minuten später kann ich die Spitzen des Piercingzeltes über den Köpfen der Leute ausmachen. Laut Geländeplan ist die kleine Arena direkt dahinter aufgebaut. Anscheinend gibt es sogar Turniere, für die man sich aber im Vorfeld hätte anmelden müssen. Außerhalb der Wettkämpfe darf frei gespielt werden, solange der bereitgestellte Alkohol bezahlt wird.

Während Ella nun zielstrebig auf das Zelt zusteuert, lässt sich Leni zurückfallen, was mich noch nervöser macht, weil es wohl offensichtlich ist, wie aufgeregt ich bin.

Unbeholfen starre ich sie an. »Ich glaube, ich war noch nie so nervös.«

»Hey«, sagt sie sanft, weil ich mit einem leisen Keuchen den Kopf gesenkt habe, um eingehend meine Sneaker zu betrachten. »Es ist eine gute Aufregung, oder? Prickelnd und kribblig warm?« Sie zieht mich an sich und im nächsten Moment spüre ich ihr Grinsen an meinem Hals und muss ebenfalls lächeln.

»Kommt ihr?«, ruft Ella.

Kaum hat mich Leni losgelassen, läuft mein Gesicht sofort heiß an. Als ich aufblicke, lächelt mir Ella entgegen und ihre Lippen formen: *Das wird schon.*

Sobald Leni und ich zu ihr aufschließen, stöhnt Ella plötzlich laut. »Wartet! Dieser Otis kommt aber nicht, oder?«

»Drei gegen drei«, höre ich Lenis Stimme. »Ich glaube, du hast also schlechte Karten ...«

Augenrollend reckt Ella ihre Hand nach oben. »Dann zeigen wir dem Idioten mal, was Frauenrechte sind.«

Leni und ich klatschen johlend ein, bevor wir uns durch das letzte Stück bis zur Arena schlagen. Den tiefen Bass aus Richtung der Hauptbühne spüre ich dabei überdeutlich in meinem Magen. Er berührt nach und nach jeden Teil meines Körpers, bis sich die feinen Härchen auf meinen Armen aufstellen und die Gänsehaut bis hoch zu meinem Hals wandert.

Ich muss immer wieder den Kopf senken, um mich zwischen Schultern und anderen Körperteilen durchzudrücken. Die ganze Zeit über denke ich an Steine in Strömungen und an Wattebausche in Jelly. So schaffe ich es irgendwie, meinen Körper ohne Atemprobleme durch die dicht gedrängte Masse zu lotsen.

Weil mich irgendwer aus dem Nichts mit dem Ellbogen zur

Seite stößt, schaue ich auf. Von links und rechts dringt lautes Geschrei in meine Ohren, mein Puls rast ... aber ich kann nur Levy ansehen. Es gibt nur noch unsere kleine Festivalblase, und in ihr Levy und mich. Obwohl ich weiß, dass ich in weniger als dreißig Stunden zurück nach Berlin fahre, fühlt sich das hier urplötzlich nach grenzenloser Freiheit an. Ein einziger, nie enden sollender Moment. Vielleicht war das schon die ganze Zeit so, aber jetzt, verdammt, jetzt begreife ich es.

Ich schaue auf Levys leicht hochgezogenen Mundwinkel, als er mich in der Menge erkennt, und den silbernen Nasenring darüber, den er zwischen Daumen und Zeigefinger klemmt. Sobald er den Kopf leicht neigt, lächelt er, und es ist bescheuert, dass mein Herz einen Hüpfer macht, nur weil Levy sich genauso freut wie ich.

»Ihr seht ja auch richtig beschissen aus«, begrüßt Gloria uns mit einem Grinsen. »Miese Nacht gehabt?«

Zwischen zwei Wimpernschlägen trifft mein Blick auf Levys, dann schaut er schnell weg. Leni erwidert irgendetwas, das im Rauschen meines Herzschlags untergeht.

»Um ehrlich zu sein«, murmelt Levy dazwischen, »hab ich die ganze Nacht kein Auge zubekommen.«

Meine Knie werden ganz kribbelig. »Ich auch nicht«, flüstere ich, und mir rutscht sofort das Herz in die Hose, als Levy sich kurz darauf mit einem tiefen Lachen an mir vorbeidrängt und seinen Körper dabei sanft an meinem reibt.

»Habt ihr schon mal gespielt?«, fragt er über seine Schulter hinweg.

Levy sieht wirklich fertig aus, mit Augenringen, die ihm gefühlt bis zum Kinn reichen. So als hätte ihm diese Nacht das letzte bisschen Energie geraubt. Dafür wirkt sein Blick aber umso wachsamer. Er schaut mich an, und obwohl der schwarze Eyeliner auf seinem Unterlid es gut kaschiert, glaube ich, dass er geweint hat.

Überfordert breche ich den Blickkontakt ab, als ich Lenis warme Hand auf meinem Rücken spüre.

»Ich hab das Spiel eben erklärt«, sagt sie, »wir können also direkt nach den Leuten rein.« Sie schaut kurz in Richtung Arena, auf deren Spielfeld zwei Jungs gerade allen Ernstes brüllend auf eine umgefallene Flasche zuhasten, während die gegnerische Gruppe, mehr oder weniger auf einer Linie nebeneinanderstehend, unter Gejohle ihrer Zuschauer hastig ihre Bierdosen leert.

Mit einem leisen Stöhnen wende ich mich von der chaotischen Szene ab, weil ich es mir schlimmer vorstelle, in der Arena dort zu stehen, als in einer anderen von einem Stier gejagt zu werden.

»Leni?«, raune ich hilflos, während die anderen sich in Richtung Spielfeld begeben. »Das bisschen Pimm's reicht nicht, damit ich da freiwillig reingehe.«

Sie überlegt kurz. »In der Arena gibt's massig Bier.«

»Leni! Erinnerst du dich an das Club-Drama? Alkohol, gepaart mit meinem Kopf, lassen wir lieber sein.«

»Ich sehe hier keine Tische, auf denen du tanzen kannst.«

Und keinen Ben, ergänze ich in Gedanken.

»Aber Otis ist auch nicht mitgekommen. Ich schlage gleich vor, dass du die erste Runde aussetzt.«

»Danke.«

»Wegen mir müssen wir nicht auf ihn warten«, höre ich Ellas gleichgültige Stimme, bevor Leni und ich sie erreichen.

Ria schüttelt den Kopf. »Sonst ist die Zahl ungerade.«

»Ich setze aus«, schlägt Levy im selben Atemzug vor, in dem ich es auch flüstere.

Na toll.

Wir sehen uns an und wie aus dem Nichts habe ich wieder Knie aus Pudding.

Levy zieht die Augenbrauen in die Höhe und seine Lippen formen: »Kein Alkohol, sorry«, bevor er die Arme vor der Brust verschränkt. Wenn er auf die Art grinst, wie er es jetzt tut, kommt da gleich noch irgendetwas.

»Braucht hier jemand einen Otis?«, verhindert eine bekannte Stimme, dass ich herausfinde, was Levy im Sinn hat.

»Natürlich«, übertönt Glorias helle Stimme Ellas Stöhnen.

»Klasse, die Super-Emanze ist auch dabei.« Otis stößt ein gespieltes Schnauben aus, kaum dass er uns erreicht und seiner Schwester einen Arm um die Hüfte gelegt hat. »Der Flunkyball-King ist anwesend, kann also losgehen.«

Obwohl ich mir sicher bin, dass Otis' Sprüche Ella nicht aus dem Konzept bringen, höre ich sie unwillkürlich nach Luft schnappen.

»Damit ist es beschlossene Sache«, knurrt sie. »Der Neandertaler und ich sind kein Team.«

Otis lehnt seinen Oberkörper extra weit von Ella weg. Dann hebt er eine Augenbraue. »Du weißt, dass das Krieg bedeutet.«

»Ich bin mir sicher, dass deine Waffen erbärmlich sind«, erwidert Ella forsch, und ihr Blick ruht dabei auf Otis' Schritt.

»Gut, klasse.« Gloria klatscht im selben Moment begeistert in die Hände, in dem Levy vorschlägt, dass er und ich die erste Runde gemeinsam aussetzen.

Ich wundere mich, dass sein Vorschlag keinen Protest erhält, weil Levys Stimme einen Ton angenommen hat, der beim Flunkyball definitiv nichts zu suchen hat. Vielleicht klingt er aber auch nur in meinen Ohren so …

Mit hochrotem Kopf schaue ich Leni, Ella, Otis und Gloria dabei zu, wie sie nach der vorherigen Gruppe feixend über die Absperrung in die Arena klettern und sich einander gegenüber aufstellen. Ein junger Typ mit Cap platziert Pappbecher, randvoll mit Bier, vor ihren Füßen, und dann werfen, rennen, schreien und trinken sie abwechselnd.

Levy schaut ihnen ebenfalls zu, bis er sich irgendwann langsam zu mir dreht.

»Ich bin mir sicher, dass du Otis abziehen würdest, so schnell, wie du mir vorgestern nachgerannt bist. Hätte dich fast nicht abgehängt gekriegt.«

»Allerdings werfe ich richtig mies. Ehrlich gesagt, bin ich schon froh, wenn der Ball nicht hinter mir landet.«

Levy zieht ungläubig eine Augenbraue hoch. »Dafür hast du Leons Handy sehr treffsicher zerschmettert.«

Ich muss lachen. »Anscheinend ist die Flugkurve von Handys eine andere als die von Bällen.«

»Das glaub ich nicht«, sagt Levy, aber dabei grinst er so breit, dass sich mein Blick wie von selbst auf seine Lippen senkt. Sie sind weich und einladend, und ich starre so lange darauf, bis sie sich leicht öffnen.

Ich presse die Zähne aufeinander, muss dann aber doch leise seufzen. »Wenigstens scheint nichts kaputtgegangen zu sein, sonst hätte Leon sich sicher bei mir gemeldet.«

Die Falten auf Levys Stirn vertiefen sich für einen Moment. »Wenn da noch mal was kommt, sag Leon, dass ich die Kosten übernehme.«

»Auf gar keinen Fall!«, erwidere ich schnell.

Levy knirscht mit den Zähnen. »Meld dich einfach, wenn er nervt.«

Die Abendsonne blitzt in seinen müden Augen auf, als er blinzelt. Das Braun seiner Iriden schimmert leicht, und weil jetzt zwischen uns eine angespannte Stille herrscht, wird mir mulmig zumute. Doch im selben Moment, in dem Ella Leni lautstark für ihre Extraregel verflucht und Otis kurz darauf einen sekundenschnellen angewiderten Kuss auf die Wange drückt, gebe ich den Fragezeichen in meinem Kopf nach.

»Nervt Leon häufiger?«

Die Muskeln um Levys Schultern spannen sich an, als er sein Gewicht verlagert. Er schluckt, schaut kurz zu Otis, dann räuspert er sich. »Leon ist Polizist. Er nervt nicht mehr oder weniger als Otis auch.«

»Nur dass Otis hier mit dir Flunkyball spielt und du vor Leon wegläufst.« Ganz automatisch schaue auch ich aufs Spielfeld. Ich fühle mich nicht wirklich wohl dabei, Levy das zu fragen, aber seine Antwort interessiert mich wirklich. Alles, was Levy betrifft, interessiert mich.

»Ich kenne Leon noch aus der Polizeiausbildung.« Levy macht eine vage Handbewegung. Vielleicht will er damit Unbeschwertheit vortäuschen. »Reden wir nicht über ihn.«

Ich würde sehr gerne darüber sprechen. Es ist offensichtlich, dass ihm Leon nicht so gleichgültig ist, wie er mir gerade weismachen will. Aber ich weiß nicht, was zwischen den beiden vorgefallen ist, das Levy vorgestern zur Flucht gedrängt hat.

»Hat Leon ein Problem damit, dass du kein Polizist mehr bist?«

Levy schließt für einen Moment die Augen und atmet ruhig ein und aus.

»Charlie«, stößt er meinen Namen kurz darauf mit einem tiefen Seufzer aus. »Braucht es immer eine Begründung, um Menschen nicht leiden zu können? Leon und ich … das funktioniert einfach nicht.«

»Warum denn nicht? Ist was passiert?«

»So einiges.«

»Aber du willst es mir nicht erzählen.« Ich wende mich wieder dem Spielfeld zu.

»Stimmt«, gibt Levy mir recht. »Weil unangenehme Dinge es erstens so an sich haben, dass man nicht gern über sie redet, und weil wir zweitens auf einem Festival sind, was wiederum ein Ort ist, an dem Probleme keinen Platz haben.«

Da ich nicht weiß, was ich darauf erwidern soll, schauen wir die nächsten Minuten beide schweigend aufs Spielfeld. Ich bin mir nicht sicher, ob Levy es mir gerade vorwirft, dass ich so viel über ihn wissen will. Aber seine Begründung hemmt mich sofort. Ich habe ständig das Bedürfnis, mich vor ihm zu erklären und mein Verhalten zu rechtfertigen. Anscheinend erwarte ich im Gegenzug Ehrlichkeit von Levy. Was, da hat er schon recht, nicht besonders fair ist, weil er mir absolut nichts schuldet, ganz besonders nicht auf einem Festival, auf dem Unbefangenheit und Sorglosigkeit für die meisten Besucher wohl an erster Stelle stehen.

»Es tut mir leid. Ich dachte ... na ja, es ist mein erstes Festival.«

»Tja, deshalb erklär ich es dir ja.«

Levys Blick wandert zurück zum Spielfeld, wo Otis und die anderen lachend zur Flasche in der Mitte wanken. Ihre Ausgelassenheit verleiht unserem Gespräch tatsächlich etwas Absurdes. Sollten wir nicht eigentlich mit ihnen übers Spielfeld rennen oder zumindest über irgendetwas Fröhliches sprechen? Welche Bands wir uns noch anhören wollen? Wie frei so ein Festival macht und wie schade es ist, dass wir am Montag wieder zurückfahren müssen?

Ich bin mir nicht sicher, ob unser TikTok-Stunt ein unverfänglicheres Thema ist.

»Wegen des Videos ...«

»Video?« Nervös fährt sich Levy durch die Haare, als er sich mit einem heiseren Räuspern unterbricht. »Du meinst den TikTok-Scheiß.«

Wenn er versucht, mit dem Ton zu überspielen, dass ich gerade aus Versehen ins Schwarze getroffen habe, dann misslingt ihm das völlig.

»Ignorier es einfach.«

Ich nicke. Vielleicht hatte ich vorgestern unrecht und Levy wäre doch kein so wirklich guter Soldat der Königsgarde. Denn was das Verstecken offensichtlicher Reaktionen anbetrifft, schlägt er sich mittlerweile schlechter als ich. Wahrscheinlich steckt da viel mehr dahinter, aber so, wie Levy gerade schaut, würde er lieber stundenlang im vollgepinkelten Festivalsee schwimmen gehen, als weiterzureden.

Jetzt, da die drückende Stille zwischen Levy und mir zurück ist, denke ich wieder viel zu viel nach und sage nichts. Stattdessen kommen mir Lenis Worte in den Sinn, und so stelle ich mir unweigerlich vor, wie es wäre, wenn ich wüsste, dass ich Levy hier und jetzt das letzte Mal sehe. Wenn es nur noch eine einzige Sache gäbe, die ich gemeinsam mit Levy tun dürfte, was wäre das?

Mit einem tiefen Seufzer greife ich aus dem Gedanken heraus nach Levys Hand.

»Wie funktioniert das eigentlich mit dem Influencer-Dasein? Verdient man da viel?«

»Fuck, was?« Levy lacht auf, aber meine Hand lässt er nicht los, und das warme Gefühl, das sich deshalb in meiner Brust ausbreitet, entspannt mich wieder.

»Mit Social Media verdiene ich keinen Cent. Ich hab die Wahl: Entweder ich halte Müll in die Kamera und mir überweist irgendein korruptes Unternehmen dafür, dass ich ein mitgeschicktes Manuskript vorlese, Tausende Euro im Monat. Oder ich erzähle meinen Followern das, was ich will, und verdiene nichts. Ich schätze, ich bin wirklich ziemlich mies darin, Deals zu meinem Vorteil abzuschließen.«

Schon wieder ist da ein Unterton. Levy hat definitiv eine ungesunde Einstellung Abmachungen gegenüber und reagiert eigenartig nervös, wenn er seinen Teil einer solchen bricht.

»Warum denkst du das? Ich finde deine Entscheidung völlig in Ordnung.«

»Weil ...« Levy wendet sich dem Spielfeld zu. »Ist doch scheißegal. Den Luxus, in der Abstellkammer eines verranzten Spätis auf einer alten Matratze zu pennen, hast du nur, wenn du pleite bist.« Sein Blick wandert zu dem *Pflicht*-Tattoo an seinem Handgelenk. »Die hier sind nur ein geschicktes Täuschungsmanöver. In Wirklichkeit hat mich das Piercing gestern beinahe alles an Bargeld für diesen Monat gekostet.«

Oh, okay, es ist gerade mal Anfang Juni. Scheiße.

»Aber ...«

»Du hast recht«, fährt Levy schnell fort, als er bemerkt, dass ich etwas einwenden will. »›Pleite‹ ist nicht das richtige Wort für Schulden haben.«

Da ist dieselbe übertrieben betonte Lockerheit in seinem Tonfall, die ich vorgestern wegen Toni an Ella beobachtet habe ... und die ich von mir selbst kenne.

»Wenn meine Eltern nicht für Miete und Essen aufkämen«, halte ich schulterzuckend dagegen, »wär ich genauso pleite, schätze ich. Für meine Arbeit beim Radio bekomme ich nichts, meine Mutter hält mir das ständig vor. Wenn es nach ihr ginge, würde ich jetzt studieren, oder zumindest etwas Ordentliches arbeiten.«

Levy lässt sich nicht anmerken, ob er meine Zusammenfassung genauso unangebracht findet wie ich. Er zeigt mit dem Daumen auf sich. »Wenn ein Polizist nach der Ausbildung keine bestimmte Anzahl an Jahren in der Behörde bleibt, kostet ihn das jedes Jahr ein paar Tausend Euro Rückforderung an die Regierung. Ich bin kurz vor meinem Abschluss ausgestiegen, mein Vater hat die Rückforderung für mich übernommen. Das sind dreißigtausend Euro, die ich versuche ihm zurückzuzahlen, indem ich am Wochenende in einem Neuköllner Späti aushelfe. Mein Vater hasst mich deshalb.«

Für einen Moment ist Levy still, dann fügt er an: »Hat er davor auch schon, aber seit meinem Ausstieg hab ich das Gefühl, dass es noch schlimmer geworden ist.«

Wenn er wenigstens den dämlichen Sarkasmus weglassen würde. Andererseits kann ich es Levy nicht verübeln, denn Scheißdreck erscheint im Sarkasmuslicht weniger, na ja, scheiße. Ich kenne das.

»Okay, du hast gewonnen«, sage ich. »Das klingt hart.«

Levy stöhnt leise. »Nicht solche Worte, wenn ich kurze Hosen trage, über meinen Vater rede und du meine Hand hältst.«

»Tut mir leid …«

»Mir nicht. Ich hab keinen Bock, mich von der Scheiße runterziehen zu lassen.« Zögernd rückt Levy ein Stück näher an mich heran. »Was du heute Morgen geschrieben hast …«, fährt er plötzlich fort. »Du hast wirklich Angst davor, von mir berührt zu werden?«

Ich schlucke, aber ich weiche nicht zurück. Obwohl mein Herz wie wild pocht und meine Gedanken fast durchdrehen, wenn Levy mir so nahe ist.

»Ein bisschen.«

»Was kann ich denn tun, damit dein Mut größer ist als die Angst?«

Ich weiß nicht, weshalb mir gerade die Kehle eng wird. Dieser Moment mit Levy ist seltsam intim, und das, obwohl im Hintergrund unsere Freunde ausgelassen johlen. Einem winzigen Teil meines Verstandes ist bewusst, dass er nur von seinem Vater und Leon ablenken will, aber es funktioniert.

»Geh noch mal mit mir übers Gelände«, stoße ich hervor. »I-ich will wissen, wie es sich anfühlt, wenn Probleme keinen Platz haben und die Sorglosigkeit größer ist als die Angst. Ich will tanzen, Riesenrad fahren, Donuts essen, lachen und …«

Mich hier und jetzt mit Levy in mein eigenes Leben verlieben. Und ihn küssen. Aber das kann ich unmöglich sagen, weil es albern klingt. Doch Levy sieht mich gerade so an, als wäre jede noch so große Dummheit mit ihm erlaubt, als würde er nur dafür existieren, mir eine Ablenkung zu sein. Und genau darauf wollte ich mich doch einlassen. Aber ich kann jetzt nicht einfach zugeben, dass ich ihn …

»Charlie, wenn da jetzt nicht gleich *küssen* kommt …«

»J-ja, also …«

O Gott. Ich weiß nicht, ob das eine angemessene Antwort ist, aber auf jeden Fall ist es eine, die mein Gesicht heiß anlaufen lässt. Denn ich will das so sehr, dass es wehtut. Auch wenn ich weiß, dass es im Grunde eine beschissene Idee ist. Was alles schiefgehen könnte ...

»Das heißt, ich hab eine Chance auf einen Kuss?«

Ich schlucke. »Vielleicht ein kleiner ...«

Nein, zur Hölle. Ein Kuss, der nie endet. Einer, der mit Levys Lächeln verbunden ist. Der ...

»Fuck, scheiß drauf, und wenn er nur eine Sekunde dauert! Es wird sowieso der schönste sein, den ich je bekommen habe.«

DOCH BIN ICH BEI DIR, IST ALLES ANDERS – INKLUSIVE MIR

Levy

»Könnte ich ein bisschen mehr von den Schokokeksen haben?«

Mit einem freundlichen Lächeln reckt sich Charlie hoch zum Tresen, während die Verkäuferin am Donutstand zerbröselte Teigstückchen auf Erdbeermarmelade und Vanilleglasur streut und ihr das fettige Gebäck schließlich reicht.

Mein Blick folgt ihren Bewegungen, und ich sehe dabei zu, wie Charlie Schokostücke aus der Marmeladenglasurpampe fischt und sich genüsslich in den Mund steckt. Sie seufzt leise, dann beißt sie ein paarmal ab und streckt mir die durchgeweichte Papierverpackung entgegen.

»Magst du den Rest?« Sie grinst. »Extra mit Schokokeksen.«

Ich muss heftig schlucken. Doch dann beiße ich ein Stück ab und stopfe mir den Donut anschließend ganz in den Mund, weil Charlie mich mit strengem Blick mustert.

Zwölf Euro hat das dämliche Teil gekostet. An der Flunky-ball-Arena habe ich Charlie noch erklärt, dass ich für solche Extras kein Geld übrig habe, weshalb sie den Donut ohne ein Wort bezahlt hat.

Scheiße, normalerweise ist das doch andersherum. Sollte ich Charlie nicht einladen, um, keine Ahnung, ihr zu beweisen, dass ich ... für sie sorgen kann? Jetzt hat sie die versprochenen Schokokekse selbst gekauft. Das ist doch irgendwie falsch ...

Ernsthaft, Levy? Es sind nur Schokokekse! Misogyner Scheißgedanke! Iss den Donut und halt die Fresse!

Trotzdem fühle ich mich scheiße deswegen.

Mit Frust im Magen knülle ich das Verpackungspapier zusammen und werfe es in einen der Mülleimer. Meine Finger sind von Marmelade und Glasur genauso klebrig wie Charlies, und deshalb kann ich nicht anders, als mir vorzustellen, ihre Hand zu meinem Mund zu führen, mit den Lippen daran entlangzustreichen und schließlich einen ihrer Finger in meinen Mund gleiten zu lassen. Ganz langsam rein und wieder raus.

Fuck! Ich muss mich zusammenreißen, weil Charlie mir anvertraut hat, dass sie selbst kleinste Berührungen überfordern könnten. Wieso muss sie mir fast im selben Atemzug erzählen, dass sie mich küssen will? Jetzt kann ich nur noch daran denken, meinen Mund auf ihren zu pressen. Es ist egal, was sie sagt oder tut, mein Hirn formt daraus sofort etwas Unanständiges. Als hätte ihr Geständnis vorhin einen Filter über meine Gedanken gelegt. Ich will Charlie küssen. Oder an ihren Fingern lecken. Oder woanders …

Reiß dich zusammen!

»Da sind noch Brösel an deinem Mund«, sagt Charlie plötzlich, und der Ausdruck in ihren blauen Augen lässt mich glauben, dass sie gerade an dasselbe denkt wie ich. Aber ich will sie nicht überfordern, was jedoch bedeutet, dass ich irgendwie meinen Kopf ausstellen muss.

Mit der flachen Hand wische ich mir schnell und unspektakulär über den Mund und reibe die Brösel mit einem stummen Seufzen an meinen Seiten ab. Ich könnte schwören, dass Charlie ein wenig enttäuscht aussieht.

Falsch. Ich bin mir sicher, dass mein Hirn ihren neutralen Gesichtsausdruck pervertiert.

Es kann echt nicht angehen, dass ich mich so verhalte. Das ist doch nicht normal!

Wenn mich irgendetwas, das Charlie in der darauffolgenden Stunde auf dem Festivalgelände tut oder von mir verlangt, auf dumme Gedanken bringt, stelle ich mir also zur Ablenkung etwas vollkommen Alltägliches vor. Ich male mir aus, wie sie morgens Milch in ihre Müslischüssel kippt und sich nach dem Frühstück gründlich die Zähne putzt. Ob Charlie Kaffee trinkt? Vor meinem geistigen Auge jedenfalls sehe ich sie danach mit dem Rad zum Sendergebäude fahren, nicht mit der U-Bahn, weil ich glaube, dass ihr die zu eng und stickig wäre. Ich schaue Charlie dabei zu, wie sie sich abends vor dem Schlafengehen auszieht und …

Fuck. Jetzt habe ich sogar Charlies Alltag sexualisiert. Großartig.

»Alles okay?«, fragt sie, als sie meine gedankliche Abwesenheit bemerkt. »Du bist so still.«

Gut, dass sie meine Gedanken nicht hören kann. Die sind ultralaut und schreien alle Charlies Namen.

»Ist schon okay. Du hast dich bei der Schießbude eben richtig gut geschlagen.«

»Nicht so gut wie du.«

»Übungssache.«

Charlie lächelt, und während ihr Blick suchend über das Festivalgelände wandert, presst sie die Lippen fest zusammen. In Momenten wie diesen habe ich das Gefühl, dass Charlie sich absichtlich mutig gibt, doch ich finde, dass sie das gar nicht muss.

Wenn ich nur den Bruchteil ihrer Courage besäße, dann würde ich ihr jetzt alles sagen. Warum ich mich vorhin, als Charlie plötzlich von Videos angefangen hat, nicht zusammenreißen konnte. Warum dieses eine verdammte Video meinen Vater, Leon und mich für immer verbindet. Und wie weit ich gehe, um mich an den daraus resultierenden verfickten Deal zu halten. Wie Sophie wirklich war und wieso gerade ich mich mit ihrem abfälligen Verhalten viel zu wohlgefühlt habe. Aber ich will Charlie nicht mit meiner Scheiße versauen.

Als hätte sie meine Gedanken gehört, guckt sie wieder zu mir, bevor sie einen Punkt neben mir fixiert. Erst schießt mir das Blut ins Gesicht, doch als ich Charlies Blickrichtung folge, rauscht es mir unmittelbar runter in den Magen.

»Vergiss es!«, presse ich hervor. »Kein verdammtes Riesenrad.«

»Was kann ich tun, damit dein Mut größer ist als deine Angst?«

Fuck, Charlie.

Ihr Gesicht wird röter und röter, weil ich ihr nicht sofort antworte, aber mein Mund fühlt sich wie ausgetrocknet an. Mittlerweile nicht mehr wegen meiner Scheißhöhenangst, sondern wegen Charlies Blick, der sich erwartungsvoll in meinen bohrt. Ist das wieder der Filter über meinem Verstand, oder will Charlie, dass ich sie küsse?

»Du könntest …« Ich muss mich räuspern, weil mein Hals tatsächlich staubtrocken ist. Wieso kommt sie mir mit ihrem Oberkörper näher? Schließt die Augen? Scheiße.

Ich sollte sie nicht küssen. Darf es nicht versauen. Ich bin Charlie nicht wert. Ich will es so sehr. Will nicht nur eine verdammte Ablenkung sein. Ich will …

Ohrenbetäubend laut unterbrechen zwei Bassdrum-Schläge aus Richtung der Hauptbühne das lockere Jahrmarktgedudel um uns herum. Charlie zuckt zurück, wobei sie unwillkürlich meinen Arm streift. Sofort breitet sich darauf eine wohlige Gänsehaut aus. Doch die darauffolgenden mir schmerzhaft bekannten Gitarrenriffs verjagen das angenehme Kribbeln sofort.

Dead Inside. Muse. Ich erkenne das Lied nach zwei Sekunden, und keine drei keuchenden Atemzüge später weiß ich, dass ich hier sofort wegmuss. Aber ich kann Charlie nicht alleine lassen. Nicht schon wieder.

Also atme ich tief ein und aus und blocke die Erinnerung verzweifelt ab. Der Song lief irgendwann einmal bei Otis im Auto … da habe ich es auch ausgehalten. Was vielleicht daran lag, dass wir in Brandenburg unterwegs waren und der Empfang so mies war, dass der Song ständig von Rauschen durchbrochen wurde. Irgendwann hat Otis das Radio entnervt ausgeschaltet und ich konnte mich erleichtert zurücklehnen. Doch das geht hier nicht. Ich kann die verdammte Band auf der Bühne nicht einfach runterdrehen.

Das hier ist echt. Und es zerfetzt mich beinahe.

Ich spüre Charlies Hand an meiner. Ohne etwas zu sagen, zieht sie mich hinter sich her, während mir das Blut durch die Ohren schießt und sich das Rauschen mit den Klängen der Band abwechselt, die ich für immer mit Sophie verbinden werde.

Die Erinnerungen sind lauter als die Bassdrums. Der Refrain des Liedes hallt schmerzhaft tief in mir wider, und damit brodelt etwas in mir hoch. Gefühle und Gedanken bahnen sich unkontrolliert ihren Weg und …

»Hast du Sophie irgendwo gesehen?« Mit einem Nicken zieht Sandra ihr Handy aus der Hosentasche. »Ich hab keinen Scheißempfang hier und wir wollten uns eigentlich beim Eingang treffen. Muse spielt schon seit zwanzig Minuten.«

»Ich weiß nicht, wo sie ist.«

In meinem Magen baut sich Druck auf, weil Muse Sophies Lieblingsband ist und ich keinen blassen Schimmer habe, wieso sie sich die entgehen lässt. Dass ich vor einer Stunde das erste Mal seit Beginn unserer Beziehung einen ihrer Anrufe ignoriert habe, wird es nicht sein. Vielleicht ist sie wieder bei Leon …

Sandra schlägt spielerisch die Faust gegen meinen Oberarm. »Gibt's schon wieder Stress bei euch?«

»Alles wie immer.«

Mein Blick schießt von der Bühne zu Sandra und zurück zum Zeltplatz. Mit zitternden Fingern will ich die Nachrichten auf meinem Handy checken, doch auf dem Display blinkt nur Sophies verpasster

Anruf auf. Vielleicht rahme ich mir das grau unterlegte Banner später ein, als Erinnerung daran, dass ich Sophie doch etwas bedeutete.

»Hab auch keinen Empfang.«

Mein Kopf dröhnt, als Muse Dead Inside anspielt. Kaum setzt der Bass ein, fange ich an zu zittern. Warum bin ich plötzlich so paranoid?

Die tiefe Stimme eines Kollegen zerreißt wenige Minuten später den Festivallärm und plötzlich ist alles um mich herum still. Da ist nur noch seine Stimme.

»Levian«, sagt er. »Kommst du mal kurz?«

Sophie und ich hatten Streit, ich habe ihren Anruf ignoriert. Wieso lässt mich sein Tonfall nur noch daran denken?

Das kann nicht die Realität sein, weil ich als angehender Polizist nicht zulassen würde, dass das, was ich in meinem Berufsalltag zu sehen bekomme, plötzlich zu meiner eigenen Wirklichkeit wird.

Wie in Zeitlupe lege ich die Hände über meine Ohren. Wenn ich meinem Kollegen nicht zuhöre, wenn ich das Festival nie mehr verlasse, dann ... ändert das rein gar nichts. Fuck.

Ich drehe mich zu meinem Kollegen um, und als ich seinen starren Blick erkenne, weiß ich es. Er sieht genauso aus wie ich, wenn ich berufsbedingt jemandem etwas mitteilen muss, das seine oder ihre Welt zerstören wird.

»Sophie hatte einen Unfall.«

Es ist etwas Schreckliches passiert.

»Sie haben sie in die Westend-Klinik gebracht.«

Sophie ist in ein Auto gestiegen? Sie ist von hier abgehauen? Weil wir Streit hatten?

»Soll ich dich hinfahren?«

Nichts ist mehr wie zuvor. Sophie könnte sterben. Jede Sekunde kann alles vorbei sein, ist es vielleicht schon.

Ich nicke. »Ja«, formt mein Mund.

Und die Erleichterung, die ich urplötzlich tief in meinem Innersten verspüre, bringt mich beinahe um.

»Wenn es dir hilft, dann halte dir einfach die Ohren zu«, flüstert Charlie. »Das ist okay für mich.«

Sie spricht von mir abgewandt, und trotzdem höre ich ihre Stimme klar durch mein Gedankenchaos hindurch, als wäre sie mein einziger Rettungsanker.

Obwohl es um uns herum immer lauter wird, immer chaotischer, weil die letzten Leute verspätet zur Hauptbühne hasten, ist es Charlies Vorschlag, der in meinem Kopf widerhallt und alles andere verdrängt. Er allein hat die Macht, mich neu zusammenzupuzzeln.

»Ja.« Mehr kriege ich nicht raus.

Zielstrebig manövriert Charlie mich durch Menschenmassen hindurch aus der Schusslinie. In diesem Moment von ihr gerettet werden zu müssen, ist so ziemlich das genaue Gegenteil von Stärke. Charlie erlaubt mir, schwach zu sein, was mein Vater mir nie gestatten würde. Was mir auch Sophie nie zugestanden hat. Die Erkenntnis tut fast schon körperlich weh. Warum sträubt sich trotzdem etwas in mir gegen Charlies Hilfe? Wieso baut sich ein Druck auf, der mir weismachen will, dass es nicht in Ordnung geht, mich von einer Frau retten zu lassen?

Weil ich ihr dann sagen muss, weshalb mein Leben so scheiße weit weg von jeder normalen Spur verläuft. Oder weil mein Vater mir jahrelang eingetrichtert hat, wie erbärmlich es ist, vor einer Frau Schwäche zu zeigen, wie wenig männlich.

»Levy ...«

Bevor da noch etwas kommt, was mir endgültig den Boden unter den Füßen wegreißt, entziehe ich Charlie meine Hand. Sofort bereue ich es. Denn wenn mich jetzt niemand festhält, dann gehe ich unter. So einfach ist das.

Als ich das Autoscooter-Vordach erreiche, gebe ich auf und presse mir beide Handflächen auf die Ohren. So gehe ich entlang einer dachtragenden Säule in die Hocke und atme keuchend ein

und aus, während in meinem Rücken Autoscooter aneinandersto-
ßen. Die Drecksteile haben einen breiten, umlaufenden Gummi-
ring, der die Fahrenden bei Remplern schützt ... Sophie hat nach
unserem Streit niemand aufgehalten.

Verdammte Scheiße! *Do or do not.* Ich habe sie nicht zurückgehalten. Bin nicht an mein Scheißhandy gegangen. Einen zweiten
Versuch gab es nicht.

Ich lasse mich in die Tiefe ziehen, um dort zu verbrennen.

»Es ist okay, Levy.« Mit vier Worten tritt Charlie erst auf mich
zu und dann das Feuer aus.

*Es ist okay, mir die Ohren zuzuhalten. Es ist okay zu weinen. Ich bin
okay.*

»U-und ich hab da einen guten Trick bei Überforderung«, fährt
sie mit belegter Stimme fort, als ich mit weit aufgerissenen Augen
zu ihr hochschaue.

»Dein Leben so sehr zu hassen, dass die Konsequenzen scheißegal sind?«

Zögerlich lässt sie sich neben mir in die Hocke sinken. Ich hole
keuchend Luft, als ihre nackten Knie gegen meine stoßen, bevor
Charlie sich kurz darauf mit dem Oberkörper nach vorne beugt.
Ihre flache Hand fährt vorsichtig über meine zitternden Finger
und an meinem Arm entlang hoch zu meiner Schulter, bis sie auf
meiner erhitzten Wange ruht. Wir schauen uns an, sie hält mich
fest und lächelt.

»Nein«, sagt sie schlicht. »Der Überforderung entgegenzuwir-
ken, indem du etwas Spontanes tust. Hast du mir gestern nicht
ordentlich zugehört?«

Ich schüttle den Kopf und halte im selben Moment die Luft
an, als Charlies Fingerspitze über meinen Mundwinkel streicht.
Hitze durchschießt mich, weil Charlie denselben Finger jetzt an
ihren Mund führt, um unerträglich langsam über dessen Kuppe zu
lecken.

»Da ist immer noch Schokokeks an deinen Lippen«, raunt sie, seufzt leise, und dann ...

Berühren ihre Lippen ganz kurz, ganz zart meine. So kurz, dass ich den Hauch von Erdbeer-Vanille-Geschmack darauf nur erahne.

Wie ferngesteuert öffnet sich mein Mund. Meine Zunge stößt vorsichtig gegen ihre Oberlippe. Ganz sanft und womöglich trotzdem zu dominant sauge ich daran, als mein Mund sich wieder schließt.

Charlie rückt erschrocken von mir ab. Die bunt flackernden Lichter um uns herum lassen ihre erröteten Wangen schimmern. Ihre Augen leuchten trotz der Dunkelheit unfassbar blau, als hätte jemand versucht, den Ozean und den Himmel gleichzeitig in ihre Iriden zu pressen. Sie drückt ihre Stirn gegen meine.

»Siehst du«, flüstert sie atemlos. »Dein Leben muss gar nicht unbedeutend sein, um die Konsequenzen für einen Moment auszublenden.«

DAS KAPITEL, IN DEM
CINDERELLA EIN MANN IST

Charlie

Levy gibt ein leises Stöhnen von sich, dann reicht er mir, ohne zu antworten, eine Hand. Warm umschließen seine Finger meine, und mit einem Ruck zieht er unsere Körper nach oben. Unwillkürlich wandert sein Blick dabei über meine feuchten Lippen bis runter zu meiner eng anliegenden Radlerhose.

Ich verfluche mich innerlich dafür, keine Gedanken lesen zu können. Aber ich glaube, dass ich Levy helfen konnte. Ich jedenfalls finde keinen einzigen besorgten Gedanken mehr in meinem Kopf. Am liebsten würde ich ihn sofort wieder küssen, nur diesmal gröber und fordernder.

Ich wünschte, Levy würde mich nicht einfach nur stumm mustern, sondern fragen, ob das mein Mut ist, den er noch immer auf seinen Lippen schmecken kann. Dann würde ich ihm vielleicht verraten, wie gut mir der sanfte Druck seines Mundes auf meinem gefallen hat und wie schön das Gefühl der Zärtlichkeit war, das mir währenddessen durch den Körper geströmt ist.

»Tut mir leid«, sagt Levy schließlich, und dass er glaubt, *mich* überrumpelt zu haben, lässt meinen Mut beinahe in sich zusammenfallen.

»Mir nicht«, wiederhole ich seine Worte von vorhin grimmig.

»Gut, mir nämlich auch nicht.«

Levy betrachtet mich kurz, dann greift er wieder nach meiner Hand und zieht mich zum Rand einer benachbarten Losbude. Für einen Moment wandert sein Blick über den bunten Krimskrams, der im Inneren des Metallbauwagens hängt, bevor er zwei Eineuromünzen aus seiner Hosentasche kramt und auf den Verkaufstresen knallt.

»Fuck, das reicht allerhöchstens für einen dämlichen Schlüsselanhänger. Aber es ist alles, was ich noch habe.«

Mit einem frustrierten Stöhnen geht Levy ein Stück zur Seite, damit ich zwei identisch rote Lose aus einem Plastikbehälter ziehen kann, den uns ein alter Kerl mit einem Grinsen unter dem grauen Zwirbelbart rüberreicht.

»Könnten Sie gleich ein Foto von uns und dem Gewinn machen?«, frage ich in dessen Richtung, während ich die Lose an Levy weiterreiche.

»Natürlich, die Dame.«

Umständlich nimmt der Budenbesitzer mein Handy entgegen und wartet, bis Levy das erste Los an der Trennlinie aufgerissen hat.

Es ist offensichtlich, wie sehr es ihn aufregt, dass sein Geld nur für zwei Lose ausreicht, weshalb ich den Budenbesitzer nach einem Foto gefragt habe. Denn in meiner Brust ist nur angenehme Leichtigkeit, weil mir Geld überhaupt nichts bedeutet. Vor allem nicht, weil Levy mir auch ohne besondere Momente schenkt. Momente, die ich, das habe ich eben beschlossen, endlich festhalten will. Nicht aufgrund irgendwelcher absurden Abmachungen, die, zumindest glaube ich das, Levy nur unnötig unter Druck setzen, sondern weil ich diesen Augenblick nie vergessen möchte.

Das Foto ist meine Edward-Uno-Karte.

Nervös trete ich von einem Bein aufs andere, weil Levy das zweite Los nicht geöffnet bekommt. Seine Finger sind total verschwitzt und rutschig, und das Papier ist deshalb durchgeweicht. Stattdessen führt er es jetzt an seine Lippen, und als er das Los schließlich mit seinen Zähnen aufreißt, wird mir die Kehle trocken und meine Wangen werden heiß.

Während Levy die Lose auffaltet, stelle ich mir vor, wogegen seine Zähne noch alles stoßen könnten. Verdammt, *stoßen* ist das falsche Wort ... Worauf Levy seinen Mund legen könnte. O Gott, das ist nicht besser. Kurz glaube ich, seine Zungenspitze sogar auf der Haut spüren zu können, heiß und feucht. Dann ziehen sich meine Brustwarzen vor Erregung schmerzhaft zusammen.

Ich will Levy nicht nur anfassen, ich will von ihm berührt werden. Von seinem Mund, seinem heißen Atem, seiner Zunge ...

»Bist du bereit fürs Foto, Charlie?«

Mein Kopf schießt nach oben, und ich bin mir sicher, dass er hochrot ist, weil Levy lacht, als er meinen Gesichtsausdruck bemerkt. Ich war so tief in meiner Fantasie versunken, dass ich gar nicht gemerkt habe, was Levy für die beiden Lose bekommen hat und wie intensiv er mich jetzt ansieht.

»J-ja, klar«, antworte ich, während mir Levy unseren Gewinn, ein Tütchen Glitzerstaub, in die Hand drückt.

»Sieh das Tütchen einfach als Symbol für den ganzen bunten Glitzer, den du seit Donnerstag in mein Leben streust«, sagt er mit ein wenig Zweideutigkeit in der Stimme, als er zögernd seinen Arm um meine Schulter legt. Es ist nur ein Satz, der dafür sorgt, dass mein Herz unkontrolliert lospoltert.

Ich bitte den Budenbesitzer, kurz zu warten, und führe die Plastikverpackung an meine Zähne, um sie mit einem Ratsch zu öffnen. Dann streue ich mir den Glitzer auf die Hand und nicke dem Besitzer zu, der daraufhin das Smartphone hochhält.

»Macht mal ›Cheese‹, oder was eure Generation eben sagt.«

Ich drehe mein Gesicht zu Levy, brülle: »Glitzerpenis!«, und drücke ihm einen Kuss auf die Wange, während ich den Glitzer in die Luft werfe.

Levy lacht dabei so befreit, dass mir ganz warm wird. Verdammt, genau so muss es sich anfühlen, wenn man einen Moment gratis bekommt.

Ich nehme wieder mein Handy entgegen und will das Bild checken, da sagt Levy rau: »An dir klebt schon wieder überall Glitzer, Charlie.« In seinem Tonfall schwingt so viel mit, was mir ohne Umwege in den Unterleib fährt. »Ich meine, wirklich überall.«

Hastig wische ich mir mit den Händen über den Hals und das Gesicht. »Immerhin weiß ich jetzt, wo die Duschen sind.«

»Vergiss die Duschen«, sagt er, greift nach meiner Hand und zieht mich ein paar Meter bis zum Riesenrad.

Okay, jetzt komme ich nicht mehr mit. Außerdem klebt der Glitzer wirklich überall; gerade, da bin ich mir sicher, habe ich etwas davon in den Mund bekommen, und … oh. Ich sollte vielleicht nicht weiter darüber nachdenken.

»Zwei Mal bitte«, höre ich Levy in entschlossenem Ton zum Fahrkartenverkäufer sagen.

»Ist die letzte Fahrt heute, ich lass euch länger oben.«

Ich stecke das Handy weg und blinzle Levy irritiert an, weil er doch spätestens nach dieser Ansage einen Rückzieher machen wird. »Höhenangst-Spontanheilung?«

»Nein«, flüstert er. »Aber ich hab da eben einen Trick gelernt.«

So, wie er mich ansieht, wird dort oben gleich etwas unfassbar Unerwartetes passieren. Etwas, vor dessen Konsequenzen ich jetzt schon Sorge habe.

Levy spürt mein Zögern.

»Nichts Unanständiges«, versichert er mir mit einem Zwinkern. »Komm!«

Ohne auf meine Antwort zu warten, klettert er zuerst in eine Gondel, bevor er die Eisenkette für mich zur Seite hält. Ich steige ihm hinterher und setze mich Levy gegenüber.

Ein paar Minuten später überblicken wir das gesamte Gelände. Ich linse heimlich zu Levy, der während der ganzen Fahrt nach oben kein Wort gesagt hat. Mit gerunzelter Stirn und zusammengekniffenen Augen starrt er auf die unzähligen winzigen bunten Lichtpunkte, die unter uns zu tanzen scheinen. Das Muse-Konzert ist noch in vollem Gange, und von hier oben sehen die Menschenmassen wirklich so aus, als würden sie sich in seichten Strömungen vor der Hauptbühne bewegen. Das ist wahnsinnig faszinierend! Doch der Anblick des schwachen Lichtscheins, den die gelben Gondel-Lämpchen auf Levys Profil werfen, lässt meinen Magen trotzdem viel schlimmer kribbeln.

»Wow«, stößt er im selben Moment hervor. »Ich schätze, ich hab mein ganzes Leben lang ziemlich viel verpasst.«

Ich strecke die Hand nach Levys Oberschenkel aus und streiche sanft mit den Fingern über den leichten Stoff dort. Es fühlt sich so unfassbar gut an, ihn zu berühren, dass ich lächeln muss.

»Ich verstehe, was du meinst.« Und ehe ich es bereuen kann, frage ich: »Was hattest du denn unten im Sinn?«

Levy räuspert sich, dann wird sein Blick plötzlich dunkler als der Nachthimmel. »Ich hab gelogen«, flüstert er. »Es ist etwas Unanständiges.«

»W-was?« Okay. Ich bereue es doch.

»Ich will dich richtig berühren, Charlie, überall ...« Er unterbricht sich selbst. »Fuck, nein, ich nehme das jetzt nicht zurück, weil es stimmt. Und weil dich das überfordern könnte, wollte ich uns an einen Ort bringen, an dem ich genauso hilflos bin. Das ist nur fair. Du entscheidest, ob du es willst und wenn es dir zu viel wird, okay?«

Da ist keine Überforderung mehr in meinem Kopf, verdammt, dort herrscht ein einziger Kontrollverlust. Code Red.

»Okay.«

Es ist ein Wort. Meine Zustimmung, die ich ihm bereitwillig gebe. Sie bringt meine Gedanken zum Schweigen, bis nur noch das Gefühl, in Levys Nähe mutig sein zu dürfen, meinen Verstand dominiert.

»Ich hab mir unten vorgestellt«, fährt er fort, »den Glitzer von deinem Körper zu entfernen. Das ist es, was ich ... will.« Levy stockt, dann lächelt er unsicher. »Nach allem, was du mir anvertraust, ist es völlig irre, gerade so etwas zu wollen, oder? Das ist doch falsch.«

»Nein«, flüstere ich und rufe mir unser gemeinsames Bild ins Gedächtnis. »So ist es ... genau richtig.«

»Warum?«

Weil ich weiß, dass Levy keine Grenzen überschreiten, sie noch nicht einmal verwischen wird. Er bringt mich an den Rand des Erträglichen, und nur wenn ich will, wirklich nur dann, springt er gemeinsam mit mir. Ich alleine entscheide darüber. Und bis zu diesem Punkt ... verdammt noch mal ... bis zu diesem Punkt will ich jetzt mit Levy gehen.

»Weil das, was du gerade willst, auch das ist, was ich will.«

Levy blinzelt, als würde er meinen Worten nicht trauen. »Dann schließ die Augen bitte«, fordert er mit einem lauten Seufzen.

»O-okay.«

Der Finger, der kurz darauf vorsichtig an meiner Wange entlangfährt, fühlt sich rau und weich zugleich an und ein klein wenig feucht. Eine Weile halte ich still und spüre Levys Hände, die behutsam mein Kinn anheben, um an eine Stelle hinter meinem Ohr zu kommen. Ich kann ihn regelmäßig atmen hören und eigenartigerweise werde auch ich dadurch ruhiger.

Doch die Wahrheit ist auch: Levys Berührung, dafür will ich mich am liebsten verfluchen, bringt mich schon jetzt an meine Grenzen. Mit einem Fuß taste ich mich bis über den imaginären Abgrund hinaus. Ich will springen. Ich will. Ich will. Ich will.

»Ich öffne jetzt die Augen, Levy.«

»Wenn es für dich leichter ist.«

»Nein«, stöhne ich, weil sein Finger in diesem Augenblick vorsichtig über meine Oberlippe fährt und ich deshalb beinahe vor Erregung vibriere. »Aber ich will dich ansehen.«

Als Antwort gleitet Levys Finger entlang meines Kinns über meine Schulter und drückt ganz sanft gegen mein Schlüsselbein. Ich öffne die Augen und sehe gerade noch, wie er sich die Unterlippe zwischen die Zähne klemmt, um nicht aufzustöhnen.

Sein Finger wandert an meiner Seite weiter runter und verharrt schließlich unterhalb meiner Brust. Warm liegt seine Hand auf meinen Rippen. Dass er jetzt zuerst meinen Blick sucht, lässt alles in mir prickeln.

Ich schlucke, dann nicke ich, und kurz darauf streicht er über meine Seite bis zur Taille und von dort wieder hoch zur Brust.

Unterbewusst beuge ich mich ihm entgegen, aber Levy passt auf, dass seine Hand nicht vor zu meinen Brustwarzen rutscht. Er sorgt dafür, dass mir der Moment nicht zu viel wird. Seine Berührungen fühlen sich an, als würde er mir einen Fallschirm umschnallen und mir aufmunternd zunicken.

Spring! Falle! Genieße es! Ich fange dich auf!

In Levys Nähe habe ich keine Angst mehr vor den Wenns in meinem Kopf. Jedes Dann mit ihm ist wunderschön. Außerdem sind es nur wenige Minuten, die wir hier oben in einer engen Gondel gemeinsam haben, in denen ich nicht weglaufen kann, wir aber auch nicht zu weit gehen können. Der Perspektivenwechsel hilft, denn plötzlich ist alles so verdammt einfach.

Mit einem leisen Stöhnen packe ich Levys Handgelenk und will es höher dirigieren, doch er lässt es nicht zu.

»Charlie«, murmelt er, und ich schlucke hart, weil er mich jetzt ganz bestimmt gleich daran erinnern wird, wie sehr mich das hier verunsichern sollte. Dann streicht sein Daumen jedoch über die empfindliche Haut unterhalb meiner Brustwarze. »Ich will deine Brüste berühren, bitte.«

Völlig atemlos nicke ich und spüre, wie sein Daumen über ebendiese reibt, wie er mit sanftem Druck gegen sie stößt, bevor er damit beginnt, mich mit seinen Fingern zu liebkosen.

Vielleicht liegt es an meinem stockenden Atem, dass Levys Hand keine Minute später schwer an meiner Seite hinabgleitet. Auf meinem Oberschenkel lässt er sie liegen, wo er mich nicht weiter anfasst.

Mir bricht der Schweiß aus. Ich weiß nicht, was er jetzt von mir erwartet. Es ist viel leichter, ihn einfach machen zu lassen, als irgendetwas einzufordern – alles einzufordern. Soll ich auf ihn klettern? Will er jetzt von mir berührt werden? Überall? Soll ich meinen Oberkörper gegen ihn pressen und so dafür sorgen, dass er mir völlig ausgeliefert ist?

Gott, ich wusste nicht, wie sehr mich diese irre Vorstellung erregt. Ich fühle mich so sicher bei Levy, weil ich weiß, dass er nichts von mir erwartet und im selben Moment bereit ist, mir alles von sich zu geben.

»Charlie, ich ...« Levy presst seinen Oberkörper nach hinten gegen die harte Lehne. Die Gondel wackelt und ich beiße mir auf die Lippe. »Fuck, ich versuche die ganze Zeit, dir die Kontrolle zu überlassen, aber verdammt, ich wusste nicht, wie heiß es ist, sie sich einfach zu nehmen.«

Ich könnte allein vom Tonfall kommen, in dem er das sagt.

»Levy.«

»Sorry, das war zu ehrlich. Bist du dir sicher, da–«

»Ja«, unterbreche ich ihn forsch, weil ich das Pulsieren in meiner Mitte noch immer überdeutlich spüren kann. »Das ist genau richtig so.«

Himmel, ich will es doch auch! Ich will Levy spüren. Und deshalb lasse ich mich von der Vorstellung leiten, dass das Hier und Jetzt unser Bonusmoment ist. Und den werde ich verdammt noch mal mit allen Sinnen auskosten. Scheiß auf die Konsequenzen, soll sich Zukunfts-Charlie darum kümmern.

Etwas umständlich klettere ich auf Levys Schoß. Es ist wahnsinnig wackelig, und ich kann nur erahnen, dass ihm das riesige

Angst einjagen muss, weshalb ich schnell etwas tue, womit er bestimmt noch weniger rechnet als ich: Ich lege beide Arme um seine Taille und schiebe mich so weit nach vorn, dass mein Oberkörper sanft gegen seinen stößt. Damit wage ich mich ziemlich nah an die Fantasie heran, die ich mir gestern im Piercingzelt ausgemalt habe.

Levy will etwas sagen, doch im selben Moment drücke ich seine beiden Hände rechts und links meines Körpers flach auf den Gondelsitz, was mich selbst so sehr erregt, dass mein Brustkorb beinahe explodiert. Es ruckelt leicht und ich spüre das Vibrieren überall. Spüre Levys harten Oberkörper, seine Finger, mit denen er jetzt mein Shirt nach oben schiebt, seine Härte, die durch das bisschen Stoff seiner Hose gegen meinen Schoß drückt.

Eng aneinandergepresst, bewegen wir uns nicht. Ich fühle meine Hände auf seinen Händen. Seine Hüfte an meinen Knien.

Levy legt den Kopf schräg und seufzt leise. »Ich will dich küssen.«

»Dann komm näher.«

Er grinst, als er meinem Wunsch bereitwillig nachkommt. Seufzend schließe ich die Augen, doch was ich spüre, sind nicht Levys Lippen, sondern sein heißer Atem, der sanft an meinem Hals entlang nach oben streift. So sanft, dass ich ihn nur erahnen kann, und das macht mich fertig, weil ich den schmerzhaften Druck in meiner Mitte mit etwas Härterem ausgleichen muss. Einer Forderung, zum Beispiel.

»Komm näher, verdammt.«

Levys Atem streichelt über meine Stirn, dann über mein Ohr.

»Wie nah denn noch?«, wiederholt er meine Worte von gestern, und als er mit einem Lachen ausatmet, stößt sein heißer Atem fordernd gegen meine Lippen. »Ein bisschen noch und ich küsse dich.«

»Dann ein bisschen noch«, raune ich und öffne meine Lippen.

Einen Sekundenbruchteil warte ich, erwarte, dass er auf mich wartet, doch plötzlich ist da Levys Hand in meinem Nacken und seine Lippen berühren meine. Ohne Zögern dringt er mit seiner Zunge in die Hitze meines Mundes vor.

Ich keuche überrascht auf, und dann schmecke ich nur noch ihn. Sommer um Mitternacht.

Wie albern, denke ich und vergesse den Einwand sofort wieder, weil ich mit Levy solche albernen Sachen denken darf.

Er richtet sich auf und presst mich dabei fester an sich. Eine Hand liegt noch immer warm in meinem Nacken, die andere streicht an meiner Wange nach oben und verharrt unter meinem Ohr. Er dirigiert mich dorthin, wo er mich haben möchte. Himmel, ist das heiß.

Seine Zungenspitze stößt hart gegen meine; fest und fordernd umkreist er sie, zieht mich keuchend noch näher, immer näher. Ich weiß nicht, weshalb Levy behauptet, es sei nicht sein Stil, sich einfach zu nehmen, was er will, denn er ist unfassbar gut darin. Levy schickt Impulse durch meinen Körper, die mich wieder und wieder erschaudern lassen. Die mich stöhnen und mich in diesem Moment, im Hier und Jetzt, versinken lassen.

»Verdammt«, keucht er und lässt ganz kurz von mir ab. »Der Typ meinte das ernst, oder? Wir sind schon ewig hier oben.«

»Sieh jede Sekunde als Bonus.«

Er muss über meinen Tonfall lachen, doch ich lasse ihn sofort mit meinen Lippen verstummen. Ich vergrabe meine Hände in seinen Haaren und keuche laut, als Levy im selben Atemzug die Gänsehaut an meinem Rücken ertastet.

Ich will mehr von ihm. Ich will alles. Zu hören, wie auch er jetzt schneller atmet, und zu sehen, wie die Adern und Sehnen an seinen Unterarmen arbeiten, lässt den Drang größer werden, ihm sein Hemd über den Kopf zu ziehen. Das hier fühlt sich so gut an. Levy ist umwerfend. Alles an ihm. Scheiß drauf, wo wir uns hier befinden. Ich begreife das erste Mal, was es bedeutet, zu leben. Ich fühle, schmecke, sehe, rieche. Nur alles zerdenken tue ich nicht.

Ich weiß nicht, ob Levy versteht, wie befreiend es für mich ist, mich einfach fallen lassen zu dürfen. Deshalb packe ich seine Hand und lege sie an meinen Hintern. Er soll mich fester an sich pressen, damit ich seine Härte noch deutlicher spüre. Damit ich begreife, dass er mich festhält, wenn ich springe.

Doch Levy zögert.

Mit einem fordernden Seufzen drücke ich gegen seine Handknöchel, streiche mit dem Daumen über die raue Stelle zwischen Daumen und Zeigefinger, wie er es gestern im Piercingzelt getan hat.

»Ich vertraue dir.«

Doch Levys Körper spannt sich unter mir an, und das ist definitiv kein gutes Zeichen.

»Bitte fass mich nicht dort an ...«

»Was?« Mein Puls pocht schmerzhaft schnell, als ich Levys Hand sofort loslasse.

»Weil ...« Er schluckt, und plötzlich ist da ein Widerstand zwischen uns. Eine Distanz, für die ich keine Erklärung finde.

»Fuck, Charlie. Das kann ich dir jetzt nicht sagen, während du auf meinem Schoß sitzt und ich aufpassen muss, dass ich deshalb nicht in meiner Hose komme.«

»Ich kann mich woanders hinsetzen.«

Wie aufs Stichwort beginnt die Gondel zu ruckeln und sich schließlich in Bewegung zu setzen.

»Charlie ...« Levy nimmt mein Gesicht in seine Hände und küsst mich sanft auf die Nase. Für einen Moment scheint er mit sich zu ringen. »Ich hab mir geschworen, dich nicht zu versauen, aber wenn du mich an dieser Stelle berührst, kann ich nicht garantieren, es nicht doch zu tun.«

»Was macht dich da so sicher?« Ich habe bei der schneller werdenden Fahrtbewegung Mühe, von seinem Schoß neben ihn zu rutschen, aber es geht irgendwie.

Stumm schauen wir uns an. Offenbar merkt Levy, wie schlimm ich das gerade finde, denn er räuspert sich heiser, kaum dass wir unten angekommen sind. Tränen steigen ihm in die Augen.

»Nichts.« Mehr sagt er nicht, bevor er aus der Gondel steigt und die Kette für mich zur Seite hält, damit ich ihm folgen kann.

Ich greife nach seiner anderen Hand, die ohne Narbe, und er stockt, schüttelt mich aber nicht ab.

»Du musst es mir nicht erklären, Levy, wenn dein verfickt beschissener Scheißkopf es gerade nicht zulässt.«

Ich sehe, dass er lachen würde, wenn er nicht wie erstarrt neben mir stünde.

»Ich will es nicht versauen«, wiederholt er nur und rückt von mir ab. Aber ich kann ihn trotzdem riechen und immer noch denke ich dabei an Sommer. An einen, der nie enden soll.

»Was ein dummer Bullshit«, knurrt er, und mein Herz setzt einen Schlag aus. Denn ich glaube, dieser Sommer endet genau jetzt. »Fuck, ich hab es bereits versaut, oder?« Er reibt sich die Haare aus der Stirn und sieht mich mit einem Blick an, in dem ich alles lesen kann, außer Hoffnung. »Ich wusste es.«

»Levy, stopp! Ich bin da oben gerade auf deinen Schoß geklettert. Wahrscheinlich hat uns das ganze Festival dabei zugesehen, wie wir auf fünfzig Meter Höhe rumgemacht haben. Vielleicht gibt es Videos davon, die wieder irgendwer ungefragt ins Internet jagt. So viele Vielleichts und Wenns. Aber die sind mir völlig egal, und weißt du auch, warum?«

»Charlie, ich ...«

»Weil ich da oben mutig gewesen bin. Wegen dir. Mit dir. Du hast gar nichts versaut! Ich springe und falle mit dir. Ich will es so.«

Mit einem Keuchen zieht er plötzlich sein Handy aus der Hosentasche und starrt auf das Display. Ich hole Luft, um schnell weiterzureden, aber dann sehe ich, dass der Bildschirm wieder und wieder aufleuchtet, als das Gerät in Levys Hand vibriert.

»Tja«, sagt er trocken. »Dann verbocke ich es eben jetzt.« Er deaktiviert den Bildschirm sofort, als ich einen Blick darauf werfen will. »Ich bring dich zurück zum Zeltplatz.«

»Was?«

Einen Moment lang kapiere ich überhaupt nichts, dann packt Levy das Handy weg, schiebt seinen Oberkörper wortlos an mir vorbei und geht voraus.

»Was immer das wird, es funktioniert nicht, Levy. Kein bisschen.«

Er geht einfach weiter, und am liebsten würde ich mir Ohren und Augen gleichzeitig zuhalten, um das hier nicht mitzubekommen. Stattdessen laufe ich ihm hinterher und in meinem Kopf stolpern die Gedanken übereinander.

»Ich hab verstanden, dass es keine Anleitung gibt, wie ich mich auf Festivals zu verhalten habe. Aber ich schätze, dort oben auf dem Riesenrad waren wir ziemlich nah dran am perfekten Festivalmoment, oder nicht?«

Er dreht sich nicht um, und ich glaube, in meinem Leben war ich noch nie so überfordert wie in diesem Augenblick. Nicht von den Wenns und auch nicht von meinen Gefühlen und Gedanken. Es ist Levy, um den ich gerade Angst habe. Er soll irgendetwas sagen.

»Levy? Hey?«

Ich habe keine Ahnung, ob meine Hartnäckigkeit völlig fehl am Platz ist. Könnte daran liegen, dass *ich* mir hier ebenso ganz und gar nicht mehr richtig vorkomme. Ich weiß doch auch nicht ...

Angespannt bleibt Levy stehen, dann gibt er ein Stöhnen von sich und dreht sich widerwillig um.

»So ein verfickter Scheiß.« Er fährt sich heftig durchs Haar, bevor er erneut zurückweicht. »Pass auf, ich muss in etwas mehr als drei Stunden bei meinem Vater sein. Das ist das Problem, okay?«

Ist es nicht. Verdammt – es geht doch hier nicht um einen Termin bei seinem Vater!? Wer hat denn so früh einen Scheißtermin bei seinen Eltern?

»Oh«, stoße ich trotzdem hervor, weil was um alles in der Welt soll ich denn sonst sagen?

Ich warte einen Moment, doch von Levy kommt nur ein weiteres: »Verfickt beschissener Scheiß«, und dabei belasse ich es.

Stumm laufen wir über das Gelände in Richtung Zeltplatz. Andauernd trockne ich mir nervös die feuchten Hände an meinem T-Shirt ab. An das grelle Licht gewöhne ich mich auch nicht, und obwohl die Geräuschkulisse um uns herum leiser geworden ist, dröhnt mir der Lärm lautstark in den Ohren. Es fühlt sich an, als hätte jemand mit voller Wucht auf einen Schalter geschlagen und das dämliche Festival damit wieder in Gang gesetzt.

Mit fahrigen Bewegungen stolpere ich neben Levy her, und als wir schließlich unsere Armbänder am Eingang zum Zeltplatz vorgezeigt haben, atmet er erleichtert auf. Wir gehen noch ein paar Schritte, bis wir den Hauptweg erreichen, von dem ich mittlerweile weiß, dass er direkt zu meinem Zelt führt.

»Den restlichen Weg findest du alleine, oder?«, fragt er, und seine Hände gestikulieren dabei wild in die grobe Richtung meines Zeltes. »Ich muss Otis suchen ... Ich brauche sein Auto. Fuck, ich hab nicht mal eine eigene Karre, und meine Haare sind viel zu lang.«

»Was haben denn jetzt ein Auto oder deine Haare mit deinem Verhalten zu tun?«

»Was weiß ich.«

Ich starre Levy einfach nur an und habe absolut keine Ahnung, was ich jetzt sagen soll. Oder machen. Mein Gott, es ist nicht einmal ein einziger Gedanke mehr in meinem Kopf. Und auch kein Gefühl. Ich spüre nur heftiges Herzklopfen.

»Mach's gut«, stößt Levy mit einem undeutbaren Laut hervor, der viel zu sehr nach *Ich bin es nicht wert* klingt. »Und danke noch mal. Danke für alles.« Er reicht mir freundschaftlich seine Hand.

Ich will das nicht. Was zur Hölle passiert hier? Kann ich mir jetzt noch nicht mal sicher sein, ob sich Levy wieder bei mir meldet? Oder ich mich bei ihm? Wir haben keine Handynummern getauscht. Verdammt – ich wollte fallen, aber doch nicht so.

Langsam puste ich die Angst aus meinen Lungen und nehme seine Hand. Hätte mir am Anfang des Festivals jemand die Frage gestellt, wer von uns beiden mutig und wer ängstlich ist, hätte ich sie mit Gewissheit beantworten können. Jetzt ist alles anders. Ich weiß nicht, ob ich mutiger bin oder er. Aber ich weiß, dass ich Levy so nicht verabschieden will. Wenn – und alles in mir zieht sich zusammen, als ich den Gedanken kurz zulasse – das hier mein Edward-Moment ist, dann will ich nicht bloß erdrückende Distanz und ein Glitzer-Foto in Erinnerung behalten.

Mit dem Daumen streiche ich deshalb sanft über die rote Stelle zwischen Levys Fingern.

»Es ist mir egal, was passiert, wenn ich dich hier berühre.«

Levy hält den Atem an, dann will er irgendetwas entgegenhalten, doch ich führe seine Hand zu meinen Lippen und küsse die Narbe ganz sanft. Es ist nur ein winziger Kuss, begleitet von Levys leisem Schluchzen. Aber es ist meine Art, ihm Danke zu sagen. Danke für alles.

Part 2 — Berlin

She's the poison
I'm dying to drink.
– perry poetry

He was
what I imagined
midnight to taste like.
– Elise

YOU DON'T HAVE TO,
YOU DON'T HAVE TO GO HOME

Levy

Ich hocke in Otis' Auto auf einem Parkplatz an der Berliner Stadtgrenze und schlage mit der Faust auf den verfickten Navi-Bildschirm im Armaturenbrett. Es ist halb vier. Ich habe es versaut.

Kurz hinter Potsdam hat das Navi damit angefangen, mir eine schnellere Route vorzuschlagen, und egal wie häufig ich den Ratschlag weggeklickt habe, er kam immer wieder. Drecksteil. Die vorgeschlagene Route führt über den Messedamm. Vorbei an der Unfallstelle.

Noch mal presse ich meinen Daumen auf das winzige X am oberen Bildschirmrand, und der Hinweis verschwindet.

Meine Finger zittern. Wie ein Vollidiot starre ich auf die Narbe zwischen Daumen und Zeigefinger. Ich habe das Gefühl, sie leuchtet feuerrot, seit Charlies Lippen darübergestrichen haben. In meinem Magen entsteht deshalb ein unangenehmer Druck, weil meine Gedanken sofort wieder an der Erinnerung festhängen, die bei Charlies Berührung ganz kurz aufgeflackert ist.

Charlie ist nicht Sophie. Charlie tut mir nicht weh. Einen Augenblick zu lang hat mein Verstand das auf dem Riesenrad vergessen … und deshalb fühle ich mich jetzt wie ein rücksichtsloser, grober Dreckskerl. Ich habe Charlie nicht geohrfeigt, aber sie nach unserem Kuss einfach stehen zu lassen, fühlt sich schlimmer an als körperliche Gewalt. Am liebsten würde ich zu ihr zurückfahren. Aber was soll das bringen? Was soll ich Charlie denn sagen?

Sorry, dass ich mich vorhin nicht im Griff hatte? Der Scheißalarm auf meinem Handy hat mich nur wieder an meine Regel erinnert, nicht länger als bis ein Uhr nachts bei einer Frau zu bleiben. Warum ich ihn vor unserem Treffen nicht ausgestellt habe? Weil ich ein Idiot bin.

Es gibt keine Möglichkeit, ihr diesen Wahnsinn zu erklären. Ich habe es versaut. Selbst in meiner Erinnerung sehe ich noch immer klar und deutlich, wie verletzt Charlie aussah.

Fuck, ich will zurückfahren. Das ist das Problem mit dem eigenen Willen, oder? Sobald man ihn entwickelt, steht er den Befehlen anderer im Weg.

Ich kann Charlie nicht die Wahrheit sagen, womit ich auf dem Festival auch nichts mehr verloren habe. Punkt.

Außerdem ist es sowieso keine Option, mich vor zu Hause zu drücken.

Rennen, wenn Papa ruft, ist ein unausgesprochener Teil der Abmachung. Genauso wie das marineblaue Polizei-Poloshirt, das ich mir vor dem Einsteigen übergestreift habe, und die gleichfarbige Jeans, die ich gemeinsam mit Abschminktüchern in meiner Reisetasche aufbewahre. Mit denen habe ich den Eyeliner so fest weggeschrubbt, dass die Haut unter meinen Augen jetzt wund ist.

Der Druck in meinem Magen steigt, aber ich weigere mich, mir den trockenen Donut aus der Plastiktüte zu nehmen, die mir Gloria schimpfend in die Hand gedrückt hat. Natürlich wollte sie mich nicht einfach so davonkommen lassen. Sie hat mir den Weg versperrt und wegen meines aufgebrachten Verhaltens Antworten verlangt. Ist ziemlich logisch, dass sie mich in meinem Zustand nicht fahren lassen wollte.

Logisch? Ich möchte lachen. Wenn ich die Situation vor zwei Jahren doch auch so klar hätte sehen können …

Kann ich noch Dutzende Mal zerdenken, es ändert ja doch nichts an Sophies Tod. Das tut der Gehorsam meinem Vater gegenüber auch nicht, trotzdem lege ich den Finger wieder auf den Startknopf des Wagens.

In dem Moment leuchtet das Handydisplay auf dem Beifahrersitz auf.

Mein Herz gerät kurz ins Stolpern. Charlie hat ein Bild gesendet.

Meine Augen zucken über die Uno-Karte mit zwei entgegengesetzten Pfeilen.

Classic Radio Germany: Falls du irgendwann reden magst.

Ich halte das nicht aus. Nicht eine einzelne Minute. Nicht einmal eine Sekunde. Dass ich nicht reden möchte, ist doch nicht das Problem hier. Ich *darf* nicht.

Charlie hatte keine Anleitung dafür, wie sie sich auf Festivals richtig benimmt. Ich wiederum weiß nicht, wie man jemandem den ganzen Scheiß erklären soll.

Es gibt nur eine Sache, derer ich mir ziemlich sicher bin. Mein Herz hüpft. Es springt mir fast aus der Brust raus, weil Charlie in keiner düsteren Stimmung verharrt, obwohl sie jedes Recht dazu hätte.

Ykarus: Eine Uno-Karte? Ist das irgendein Witz, den ich nicht verstehe?

Wenn sie darauf antwortet, dann drehe ich um. Abmachung hin oder her.

Mit ihr fühlt es sich so an, als müsste ich nicht nach Hause gehen, um dem Menschen zu gefallen, der mich nicht akzeptiert. Der mich nicht liebt. Mit Charlie muss ich nichts verdrängen. Weder Sophies Tod und dessen Umstände noch die Zeit davor.

Charlie ist es scheißegal, wie tief ich in den letzten zwei Jahren gesunken bin. Wie dunkel es hier unten ist und wie wenig Luft ich kriege – wenn ich Charlie meinen Mist erzähle, würde sie selbst in der düsteren Tiefe noch einen beschissenen Funken finden und ihn fest umschlossen halten, bis ich bereit bin, wieder aufzutauchen.

Was denke ich da eigentlich? Simpel gesagt: Charlie hält meine Hand so lange fest, bis ich einen Platz gefunden habe, an dem ich heilen kann.

Dieser Wunsch ist ohrenbetäubend laut.

Und doch nicht laut genug. Nicht laut genug, um den Befehl meines Vaters zu übertönen.

Ich bin knapp dran. Er erwartet mich pünktlich.

Ein letztes Mal schaue ich auf mein Handy. Charlie hat nicht geantwortet. *Lass es einfach, Levy. Lass es. Lass es. Lass es.* Charlie ist nicht meine Therapeutin; alles, was ich auf dem Festival getan habe, ist, ihre Sympathie schamlos auszunutzen.

Ykarus: Hab noch eine schöne Zeit auf dem Festival.
Classic Radio Germany: Ich habe gelogen, was das Gefühl anbetrifft, in deiner Nähe alles tun zu dürfen. Scheiß auf Umarmungen. Ich will mehr.
Viel mehr. Bei dir bin ich mehr, Levy. Verstehst du? Ich bin mehr Lachen. Mehr Leben. Mehr ich. Deshalb schicke ich dir die Karte. Weil ich denke, dass es nur fair ist, wenn du das Gefühl bei mir auch einfordern darfst. Wahrscheinlich geht mich das alles nichts an, aber das heißt nicht, dass ich es vergessen kann.

Fuck, das reicht. Wütend stopfe ich mir doch den trockenen Donut in den Mund und fahre los.

* * *

Ich nehme die letzte Biegung, bevor ich die schmale Seitenstraße erreiche, in der mein Vater ein Haus besitzt, das kaum von den übrigen zu unterscheiden ist. Aber mit keinem der anderen Häuser verbinde ich das widerliche Gefühl, das ich wegen ihm seit meiner Kindheit in mir trage.

Knapp eine Viertelstunde bin ich bis nach Charlottenburg noch unterwegs gewesen, während der ich den Donut am liebsten wieder ausgespuckt hätte, so sehr hat sich mein Magen Kilometer um Kilometer verkrampft. Fünfzehn Minuten sollten eigentlich ausreichen, um meinen Kopf auszuschalten, aber ich packe es einfach nicht.

Ich parke Otis' Wagen in einer freien Parklücke direkt vor meinem Elternhaus. Das ist nicht gerade günstig, weil ich den schwachen Lichtstrahl, der den Vorgarten erhellt, dadurch schon beim Herfahren erkannt habe. Mein Vater erwartet mich bereits, und jetzt weiß er auch, dass ich mir Otis' Auto geliehen habe. Das wird er mir vorhalten. Es gibt nichts, was mir der Bastard nicht vorhält.

Aus einem spontanen Impuls heraus taste ich nach meinem Handy. Als würde es mich beruhigen, zu wissen, dass Charlies Nachricht noch da ist. Ist sie. Und zusätzlich hat sie mir ein weiteres Foto geschickt. Es ist das Bild, das der Losbudenbesitzer von uns gemacht hat. Sie küsst mich darauf auf die Wange, überall ist Glitzer. Und ich sehe irgendwie ... glücklich aus.

Für einen Augenblick glaube ich, etwas an mir zu entdecken, das sich anfühlt wie eine warme Kindheitserinnerung. Jene, von denen ich kaum welche besitze. Alles klar.

Ich wische mir die Tränen aus den Augen, weil ich keine Lust habe, schon innerhalb der ersten zwei Minuten zusammengeschrien zu werden, dann steige ich aus und schließe den Wagen ab. Während ich zum Eingang laufe, zuckt der Lichtstrahl über den Vorgarten. Ich muss es nicht gegenprüfen, ich weiß, dass er am Fenster steht, sein sturer Blick fest auf mich gerichtet.

Mit zusammengepressten Lippen bewege ich meine Hand zur Klingel, aber meine Mutter ist schneller. Die Tür wird einen Spaltbreit geöffnet, bevor sie mit einem Lächeln auf mich zukommt. In ihrem Rücken sehe ich einen breiten Schatten von der Küche ins Wohnzimmer huschen.

»Es tut mir leid, dass er dich von diesem Festival hergeholt hat«, flüstert sie. »Ich hab versucht, auf ihn einzureden, aber du kennst deinen Vater.«

Ja, leider. »Ist schon okay. Danke, dass du extra hergekommen bist. Du musst das nicht tun, das weißt du?«

Sie geht einen Schritt zur Seite, um mich reinzulassen. »Ich möchte aber.«

Mama sieht müde aus. Ihre grau gewordenen Haare hat sie nur notdürftig zusammengebunden. Die erste U-Bahn vom Schrebergarten hierher fährt erst um vier. Es sind aber nur zwei Stationen, vielleicht ist sie das Stück zu Fuß gegangen. Nachts alleine durch Berlin. Als Frau. Der Weg führt erst an der Polizeiwache und dann an einem Park vorbei, in dem sich seit zwei Monaten Drogendealer tummeln. Hervorragend.

Mit Wut im Magen trete ich an ihr vorbei und kann nicht verhindern, dass ich zusammenzucke, als seine Stimme durchs Haus hallt.

»Du bist fast zu spät.«

Ich gehe zwei Schritte in Richtung Wohnzimmer, doch bevor ich eintreten kann, werde ich an meinem Shirt zurückgezogen. Meine Mutter wirft einen prüfenden Blick in Richtung Wohnzimmer, dann umarmt sie mich hastig.

»Ich lass euch beide allein.« Sie nickt zur Küche, wo eine blaue Tasche auf einem der Stühle liegt.

Mir wird die Kehle eng, weil ich jetzt sicher weiß, dass sie die ganze Nacht kein Auge zubekommen und mir Essen zubereitet hat.

»Wie immer, okay?«, fügt sie an, und das heißt übersetzt, dass sie die Tasche neben Otis' Wagen stellen wird, damit mein Vater nichts von ihrer Fürsorge mitbekommt.

»Danke.« Ich schaffe es kaum, meinen Ton sachlich zu halten. »Du musst das aber wirklich ni–«

»Es ist alles gut, Levy.« Sie drückt mich noch mal. »Kommst du nächste Woche in den Schrebergarten? Der Kater vermisst dich, und die Sonnenblumen wachsen nicht …«

Es poltert aus dem Wohnzimmer, und meine Mutter lässt mich ruckartig los, um sich anschließend die Bluse glatt zu streichen.

»Deine Nägel«, flüstert sie nervös. Ich muss gar nicht nachschauen, sondern schiebe meine Hände direkt in die engen Hosentaschen meiner Jeans. Tja, mein Vater wird einen ordentlichen Handschlag zur Begrüßung erwarten … Das wird wehtun.

Kaum bin ich im Wohnzimmer, stützt er sich auf dem Polster seines Sofas ab und stemmt seinen breiten Oberkörper nach oben. Er ist nicht mehr so gut zu Fuß, was ihn nicht daran hindert, jeden Tag in den polizeieigenen Fitnessraum zu gehen. Seine dunkelbraunen Haare sind wie immer ordentlich zurückgekämmt, und er trägt seine marineblaue Uniformhose, in deren Taschen es raschelt und klimpert, als er grimmig auf mich zumarschiert. Sein Gesicht ist verkniffen und kalkweiß, und obwohl er nicht größer ist als ich, schaut er auf mich herab.

»Um fünf fängt meine Schicht an.« Er stößt ein abfälliges Schnauben aus und stellt sich breitbeinig vor mir auf, die Arme vor seiner Brust verschränkt. »Ich war während meiner gesamten Dienstzeit keine Minute zu spät.«

Großartig, Dad. Deshalb bist du ja auch mein Held.

»Wird auch heute nicht passieren. Sag mir, was du willst, dann hau ich wieder ab. Otis hat mir seinen Wagen geliehen, und ich hab versprochen, ihn und seine Schwester heute Abend vom Festival abzuholen.« Ich komme nicht auf die Idee, ihn zu belügen.

Das einzige Mittel, das ich gegen ihn in der Hand habe, ist, ihn per SMS zu ignorieren, aber von Angesicht zu Angesicht wage ich keine Widerrede.

»Ich möchte lediglich von meinem Sohn wissen, weshalb er erstens der Meinung ist, ohne Einkommen und Perspektive auf ein solches auf meine Kosten zu diesem Festival zu fahren, und zweitens, warum er zulässt, dass einmal mehr Videos von dort die Runde machen.«

Natürlich hat niemand meine Gebete erhört. Tief durchatmen und sachlich bleiben.

»Ich arbeite in Tuncers Späti. Das reicht zum Leben.« Der letzte Teil geht im heiseren Lachen meines Vaters unter. »Das Video wird keinerlei Konsequenzen nach sich ziehen ... nicht dieses Mal.«

Wow. Ich bin ein armseliger Idiot.

»Tuncer zieht dich nur ab, ich kenne *solche* Leute.« Der raue Ton, den er anschlägt, ist Standard zwischen ihm und mir und gemeinsam mit dem abfällig rassistischen Subtext der Grund, weshalb ich mich doch wieder von ihm provozieren lasse. Denn am Ende bin ich keinen Deut besser als er ...

»Für dich gibt es nichts, was außerhalb der Polizei richtig ist, ich weiß.«

Das hätte ich mir besser verkniffen, denn die Augen meines Vaters verengen sich zu schmalen Schlitzen. Dann streckt er mir seine Hand entgegen.

»Begrüß deinen Vater ordentlich. Ich habe noch kein ›Guten Morgen‹ gehört. So habe ich dich nicht erzogen.«

Ich schlucke und reiche ihm meine Linke. Obwohl ich irgendwie versuche, die Finger rechtzeitig unter seinem Handballen verschwinden zu lassen, ist mein Vater schneller. Nur ein kurzer Blick, dann starrt er mir wieder in die Augen, während sein Händedruck unangenehm fest wird. Es reißt an meinem Geduldsfaden, wie unnachgiebig er meine Hand zusammenquetscht und mir dabei wehtut.

Mir ist vollkommen klar, dass er das mit Absicht macht. Weil ich meine Nägel schwarz lackiert habe und er mir im Gegenzug nun Männlichkeit und Dominanz demonstriert. So ist es meine gesamte Kindheit gewesen: Wenn ich irgendetwas getan habe, das ihm nicht in den Kram passte, hat mein Vater mir auf seine spezielle Weise dargelegt, welches Verhalten er von mir erwartet.

Ohne nachzudenken, fasse ich mir mit der freien Hand an die harte Wölbung hinter meinem linken Ohr. Ich schlucke lautstark, weil der Gedanke daran, dass auf dem Scheißstuhl, der dafür verantwortlich ist, Mums Provianttasche liegt, mir nur weiter die Kehle zuschnürt.

Mit einem erneuten Schnauben kündigt mein Vater an, dass er meine unwillkürliche Handbewegung registriert hat, und womöglich geht uns beiden gerade dieselbe Erinnerung durch den Kopf. Vielleicht denkt er auch an die zweite Narbe auf meiner Haut. Jene, die mir Sophie zugefügt hat. Die Charlie geküsst hat.

Fuck, daran darf ich jetzt nicht denken.

Ich hole tief Luft, als mein Vater seine Hand endlich zurückzieht, und ignoriere die Tatsache, dass die Haut an meinen Fingern ganz weiß geworden ist. Ich will heulen, aber so ist mein Leben eben. Außerdem würde mein Vater dann endgültig die Geduld mit mir verlieren und mir aufs Maul hauen.

Andererseits ist es mir im Moment scheißegal, ob ich einen Schlag kassiere, weil ein gezielter Hieb gegen meine Schläfe vielleicht dafür sorgen würde, dass meine Gedanken endlich still sind. Denn aus irgendeinem Grund will ich gerade, dass er mir zu verstehen gibt, weshalb ich nichts bin. Damit ich nie wieder glaube, es könnte anders sein.

Unter den Augen meines Vaters weiche ich ein Stück zurück

und schiebe die Hände wieder in die Hosentaschen. »Gibt's sonst noch was?«

»Geht das auch netter?«

»Klar.« Ich räuspere mich, kann aber nicht verhindern, dass mir Worte aus dem Mund rutschen, die ich bereuen werde. Es dauert nur eine Sekunde, in der ich daran denke, was Charlie nach unserem Kuss zu mir gesagt hat, woraufhin ich die alberne Hoffnung hege, sie nach dem Scheiß hier anrufen zu können, damit sie – keine Ahnung – für mich da ist?

»Obwohl Freundlichkeit nicht Teil deines Abkommens mit mir ist.«

Fuck, ich sterbe gleich. Mein Vater starrt mich an, und ich sehe die dicke Ader an seinem Hals, die in immer kürzer werdenden Abständen unter seiner rasierten Haut pulsiert.

Dann hallt Gelächter durchs Wohnzimmer, und als er sich wieder beruhigt hat, lächelt er mich gezwungen an. Und das ... macht mir mehr Angst als Schläge.

Mit der linken Hand packt er mich am Oberarm, quetscht das Fleisch und die Muskeln dort zusammen und reißt mich hinter sich her. Der feste Stoß gegen meine Brust überrascht mich nicht, trotzdem taumle ich nach hinten aufs Sofa. Eine Sekunde lang starrt mein Vater auf meine sichtbaren Tattoos, dann schüttelt er den Kopf. Feine Schweißperlen bilden sich zwischen seiner Stirn und der Nasenwurzel. Er atmet keuchend ein. Alles an ihm wirkt in diesem Moment schwach, alt und erschöpft.

Er antwortet nicht, sondern geht mit verbissener Miene wenige Schritte in Richtung des Sekretärs aus Mahagoni. Ich kann hören, wie seine Zähne dabei mahlen. Ein Geräusch, das ich verabscheue, weil es bedeutet, dass gleich etwas Unangenehmes folgt.

Ohne sich umzudrehen, öffnet er die obere Schublade des Sekretärs. Er muss mit beiden Händen am gusseisernen Griff ruckeln, bis die widerspenstigen Scharniere nachgeben und sich die

Schublade mit einem krächzenden Ratsch öffnet. Das Geräusch von Dingen, die ruckartig in der Schublade hin und her geschoben werden, reißt und zehrt an meinen Nerven. Ich schlucke, möchte am liebsten aufstehen und fliehen. Ich weiß, was er vorhat. Wusste es schon nach seiner ersten Nachricht am Donnerstag. Er wird mir das Video zeigen. Warum sonst würde er seine Schicht freiwillig tauschen?

»Die paar Sekunden nehmen wir uns, oder was sagst du ... mein Sohn?«, höhnt er und lacht schließlich über seinen eigenen Witz, bis er die CD-Hülle endlich gefunden hat.

Für seine Seminare, die er an der Fachhochschule hält, filmt mein Vater mit der Bodycam Polizeieinsätze. Er brennt sie anschließend auf CD, um die Filme den Studierenden vorzuspielen, damit er an ihrem Beispiel korrektes Einsatzverhalten anschaulich erklären kann. Wie bekloppt ist es, dass er dasselbe mit dem Video gemacht hat, das alles, was zwischen Sophie und mir passiert ist, in wenigen Sekunden zusammenfasst?

Weil ich meinem Vater nicht antworte, wirft er mir einen kurzen Blick zu, bis ich mit trockener Kehle nicke. Anschließend legt er die Disc in den DVD-Player. Mit einem Grinsen kommt er auf mich zu, setzt sich zu mir aufs Sofa, lehnt den Oberkörper nach hinten und verschränkt die Arme hinter seinem Kopf. Er nimmt einen entspannten Atemzug und seufzt leise, als würden wir uns ein Video aus meiner Kindheit ansehen, auf dem er mir Schwimmen oder sonst was beibringt – nur dass es davon kein einziges gibt. Nicht mal Bilder.

Der Bildschirm flimmert, dann startet das Video. Weil mein Vater es wieder und wieder zurückspulen würde, sollte ich irgendetwas einwenden, halte ich meine Klappe und schaue mir selbst dabei zu, wie ich von Sophie erniedrigt werde. Ich reiße mich zusammen, um mich unter der Beobachtung meines Vaters nicht zu rühren.

Es folgt das Geräusch einer Ohrfeige. Die umstehenden Festivalgäste blicken kurz auf. Sie sehen, dass ich nicht ausweiche. Ich kassiere einfach. Weil ein bisschen weibliches Gezicke auszuhalten ist.

Kurz herrscht Stille. Die Kamera fängt Sophie ein. Zeigt, wie erschrocken sie ist.

Stur starre ich auf den Bildschirm; für einen langen Moment schreitet niemand der Außenstehenden ein ... dann ist Leons Stimme zu hören. Wieder Stille. Und es fallen fünf Worte, bei denen ich nicht anders kann, als zusammenzuzucken.

Mein Vater schnaubt leise, dann beginnt das Video von vorne. Und diesmal, verdammt noch mal, verkneife ich mir sogar das Atmen.

DAS KAPITEL, IN DEM ICH KAPIERE, DASS ICH KLASSIKMUSIK HASSE

Charlie

Der letzte Festivaltag war eine Katastrophe. Als ich Alex am Montag vor meiner Spätschicht beim Radio am Messedamm zurückrufe und ihr alles über Levy erzähle, seufzt sie.

»Du hast diesen Typen gecharliet«, erklärt sie mit einem eindeutigen Lächeln in der Stimme. »Es war dir nach eurem Kuss nicht wichtig, was du willst oder wie du mit alldem klarkommen wirst, sondern allein, ob es Levy dabei gut geht.«

Irgendetwas stört mich an Alex' Aussage. Ich habe mir das Foto von Levy und mir mittlerweile bestimmt eine Million Mal angeschaut. Wahrscheinlich kann ich deswegen nie wieder an etwas anderes denken als unseren Kuss. Die Wahrheit ist, dass es genau andersherum ist, als meine Schwester behauptet. Ich wurde auf dem Festival gelevyt. Ich sehe ihn die ganze Zeit vor mir, und in mir drin tobt Chaos, weil ich mich so sehr nach ihm und dem Gefühl sehne, alles sein zu dürfen, was ich will.

»Charlie? Bist du noch da?«

Ich stöhne frustriert, während ich mein Rad zwischen zwei anderen in einem der Fahrradständer vor dem Sendergebäude positioniere. Das linke besteht nur noch aus Lenker und Vorderrad, deshalb ist mein Rad bei der Polizei codiert. Der Warnhinweis und eine in den Rahmen eingefräste Nummer schrecken Diebe hoffentlich ab.

»Was ist denn so falsch an einem ›Ich will aber‹?«

»Gar nichts«, beschwichtigt Alex sofort. »Es ist nur auch völlig in Ordnung, etwas für einen anderen Menschen zu wollen, das er in diesem Augenblick braucht. Das zeigt Zuneigung und Verständnis. Ein ›Ich will aber‹ ist ein Zeichen von Sturheit und Abhängigkeit.

»Das klingt vor allem ziemlich nach Mama.«

Ich gehe einen Schritt zur Seite, um Marianne Platz zu machen, die mit einem lockeren Gruß an mir vorbei ins Sendergebäude eilt.

»Hat sie sich wenigstens in den letzten Tagen bei dir gemeldet?« Ich jedenfalls habe seit gestern Abend vier Nachrichten und sieben verpasste Anrufe auf dem Handy.

Meiner Mutter nicht zu antworten, fühlt sich an, als wäre ich auf der Flucht. Was ich irgendwie auch bin. Vor Mums Kontrolle und meiner Abhängigkeit von ihr. Mittlerweile habe ich mir nämlich erfolgreich eingeredet, dass beides daran Schuld hat, dass ich mit allem ständig überfordert bin.

»Es sollte eigentlich keine Rolle spielen, oder? Aber nein, sie hat sich nicht gemeldet.« Alex lacht bitter. »Dafür hat Paps geschrieben, dass er den Ring hübsch findet, und anschließend eine Million Ideen für Heiratsanträge geschickt. Die meisten davon sind total bekloppt.«

»Typisch Dad.« Ich muss lachen. »Derzeit gibt es doch nur einen einzigen ultimativen Antrag.«

Ich kann hören, dass Alex einen Raum betreten hat, weil die monotonen Hintergrundgeräusche plötzlich unruhiger werden.

»*Tatsächlich ... Liebe*«, seufzt sie. »Er lernt Portugiesisch für sie, fliegt nach Portugal und macht ihr dort vor ihrer ganzen Familie in ihrer Muttersprache einen Antrag. Aber erstens klappt so was nur im Film und zweitens wird es bei Linn nicht funktionieren ...«

»Weil ihre Eltern gestorben sind.«

Allein bei der Vorstellung, dass Linn als junges Mädchen von ihrer Großmutter alleine von Vietnam nach Deutschland zu entfernten Bekannten geschickt wurde, liegt mir ein Stein im Magen.

Umso weniger verstehe ich, dass Mum nicht bereit ist, Linn in unsere Familie aufzunehmen. Jetzt fühle ich mich mitschuldig, weil es auch meine Mutter ist, die Linn so geringschätzig behandelt hat. Nur dass Alex mir das nicht vorwirft. Vermutlich würde ich es an ihrer Stelle auch nicht tun.

»Aber du könntest Vietnamesisch lernen.«

Alex kichert. »Ich glaube, die Idee mag ich sogar. Jedenfalls ist sie besser als alle von Papa.« Im Hintergrund klirrt Geschirr und unbekannte Stimmen reden wild durcheinander. »Charlie? Sag ehrlich! Findest du euer letztes Gespräch so schrecklich, dass du dich nicht mehr bei Levy melden wirst?«

»Ich weiß es nicht. Am liebsten würde ich mein Handy in der Spree versenken, um sicherzugehen, dass ich ihm nie wieder schreibe, und gleichzeitig hoffe ich, dass er mir doch noch antwortet. Gott, Alex, ich hab die Nachricht dutzendmal neu getippt, weil sie viel zu übertrieben war, nur damit ich am Ende schreibe, dass er immer in meinen Gedanken ist? Ich klinge wie eine kranke Stalkerin. Und nach wenigen Sekunden steht unter der dämlichen Nachricht *gelesen*. Aber Levy antwortet nicht. Deshalb weiß ich, dass ich sie nie hätte schreiben sollen. Ich hab ihn damit bedrängt, oder? Schließlich wollte Levy einfach gehen, und ich küsse die Narbe auf seiner Hand. Das ist, im Nachhinein betrachtet, ein ziemlich großes ›Ich will aber‹, wenn du mich fragst. Ich will aber, dass du Angst vor mir hast und dich nie wieder bei mir meldest.«

»Charlie ...«

»Ich hab einen dämlichen Til-Schweiger-Film aus dem Abend gemacht, und ich glaube, Levy hasst diese Filme.«

Automatisch kontrolliere ich mein Handy, aber er hat noch immer nicht auf meine Nachricht geantwortet. Vor exakt sechsunddreißig Stunden habe ich Levy aus einem Gefühl heraus auch noch das Foto einer Uno-Karte geschickt. Schweigen ist auch eine Antwort, nur in diesem Fall wohl keine positive.

»Sieh es mal so, Charlie: Du warst mutig, hattest eine großartige Zeit auf deinem ersten Festival, und alles, was jetzt noch passiert, ist ein Extrabonus.«

Jeder Moment ist ein Bonus.

Was aber, wenn ich meine Bonuskarte verloren habe?

»Ja, du hast ja recht.« Ich gebe mich betont fröhlich. »Bist du gerade auf der Arbeit?«

»Jep.« Alex erzählt schnell, dass sie die Spätschicht von Louisa übernommen hat, weil die gestern am Ufer des zum Café gehörigen Sees ausgerutscht ist und sich den Fuß verstaucht hat. »Ich hab dem Chef zigmal gesagt, dass der Steg wegen der Leihtretboote total glitschig und deshalb eine Gefahr für unsere Gäste ist. Rate mal, wer jetzt darauf zu achten hat, dass er trocken bleibt ...« Alex schnaubt. »Richtig, ich.«

»Immerhin ist heute Montag.« Da finden normalerweise nicht so viele Touristen ihren Weg in das beliebte Café am Neuen See im Tiergarten.

»Ist trotzdem jetzt schön die Hölle los, und ich glaube übrigens, dass ich beim Reingehen an einem der Tische Ben gesehen habe.«

»O Gott! Falls er fragt, sag ihm, dass ich nach Neuseeland ausgewandert bin.« Ben weiß ganz genau, dass Alex am Neuen See arbeitet. Taucht er deshalb im Café auf?

»Charlie.«

Ich kann Kleidung rascheln hören, dann ruft irgendwer Alex' Namen.

»Für ihn ist die ganze Angelegenheit bestimmt genauso unangenehm wie für dich.«

»Er hat *mich* einfach stehen lassen, nicht andersherum.«

Alex seufzt leise, dann wird ihre Stimme gedämpft, als sie sich das Handy zwischen Ohr und Schulter klemmt. »Ich glaube, ich mach mal besser Schluss, bevor José ein zweites Mal nach mir ruft. Wir hören uns, okay?«

»Alex? Sprich Ben bitte nicht an!«

Ich ringe ihr ein knappes »Ist ja gut« ab, dann legen wir auf, und ich gehe noch mal aufs Klo, bevor ich mich auf den Weg in die Senderräume mache.

* * *

»Kommen Sie nach dem Kaffee mal kurz in mein Büro?« Jonas winkt mir zu, kaum dass ich den schmalen Gang betreten habe, von dem aus strahlenförmig Sendekabinen und Büroräume abgehen.

Er hat strohblonde Haare, die einen starken Kontrast zu seiner dunkelrandigen Brille bilden, durch deren Eckgläser er mich gerade mustert, bis ich eine knappe Zustimmung murmle. Für einen Moment wünsche ich mir die Lautstärke des Festivals zurück, über die ich hinwegbrüllen muss, denn Jonas' Gegenwart schüchtert mich so sehr ein, dass meine Stimme nur ein Piepsen ist.

An meinem ersten Tag empfand ich die Tatsache, dass hier jeder direkt nach der Ankunft Kaffee trinkt, als ziemlich schräg. Heute führt mich mein erster Weg in die winzige Kaffeeküche am Ende des Gangs, wo ich auf Marianne treffe.

»Ich glaube, das ist für uns nur ein Placebo, oder? Aber ohne Kaffee geht bei diesem Sender nichts.« Lachend reißt Marianne einen Wandschrank auf, um mir eine Tasse daraus hervorzuholen. »Hat Jonas dir Bescheid gesagt?«, fragt sie augenzwinkernd und reicht mir die Keramik mit Sonnenblumenmotiv.

»Er meinte, ich soll nach dem Kaffee zu ihm ins Büro.« Ich fülle heiße Flüssigkeit in die Tasse, bis sie halb voll ist, und gebe Hafermilch dazu. »Aber ich helfe Lucia erst noch beim Töneschneiden, damit sie pünktlich on air gehen kann.«

Töne und Stimmen zu cutten, macht mir unheimlich Spaß.

Mittlerweile kann ich mir sogar vorstellen, später als selbstständige Cutterin zu arbeiten. Meine Mutter würde allein bei dem Wort *selbstständig* durchdrehen, obwohl es in Berlin bestimmt genug Projekte gäbe, um ständig ausgebucht zu sein. Dadurch käme ich auch an superinteressante Jobs wie Werbespots, Kinofilme, Serien, Games, Podcasts oder, keine Ahnung, Telefonansagen. Ich glaube wirklich, dass das etwas für mich wäre.

»Wir haben die Themen für heute schon zusammen. Lucia macht was zum Berlinbesuch von Martha Argerich.«

Marianne zieht hektisch eine Schublade auf, sodass das Besteck darin laut klirrt. Ich frage mich derweil, wie wichtig es für eine angehende Klassikradio-Moderatorin wäre, diesen Namen zu kennen.

»Jonas gibt dir seine Empfehlung, das will er dir sagen.«

»Was?«, frage ich verblüfft. Anscheinend ist Martha Argerich nicht allzu relevant.

Marianne rührt geräuschvoll in ihrer Tasse. »Übers Wochenende sind die Klicks auf unsere Internetseite explodiert, das hatte ich dir geschrieben, und somit natürlich auch die Online-Hörerzahlen. Gestern kam Jonas auf einmal zu mir und meinte, er will einen Podcast mit dir und diesem *Ykarus* machen. Je mehr Videoschnipsel von dir und diesem Influencer im Internet auftauchen, umso höher sind unsere Klickzahlen. Ich schätze, du hast das super gemacht.«

Beinahe fällt mir die Tasse aus der Hand. O Gott. Jonas will nicht ausschließlich mich für den Sender. Es geht auch um Levy. Vielleicht geht es ausschließlich um ihn.

Ich streiche mir die Haare aus der Stirn und stelle die halb volle Tasse zur Seite, weil mir bei dem Gedanken übel geworden ist.

»Jetzt siehst du genauso geschockt aus wie ich gestern.« Marianne füllt sich noch mal Kaffee nach, dann stellt sie die leere Kanne in den Ausguss

Ich brauche definitiv kein Koffein mehr, da mir genug Adrenalin durch den Körper schießt. Scheiße – ich muss Jonas gleich erklären, dass aus seiner Idee nichts wird, weil *Ykarus* für keine weitere Kooperation mehr zur Verfügung steht. Und damit verliere ich seine Empfehlung, so viel ist sicher.

»Tut mir leid, dass du wegen mir Stress hattest«, murmle ich und zwinge mich zu einem Lächeln.

»Ach, ein paar Neuerungen tun vielleicht wirklich ganz gut.« Sie streckt mir ihr Handydisplay entgegen, von dem aus mich ein hübsches Mädchen mit breitem Lächeln und roten Haaren anschaut. »Meine Tochter Lisa-Marie ist im Moment für ein paar Monate auf einer riesigen Farm in Irland. Anfangs bin ich deshalb durchgedreht. Mein kleines Mädchen, ganz alleine im Ausland ...« Marianne nickt in Richtung ihrer Tasse, die rundherum mit Schafen und kleinen Irland-Flaggen bedruckt ist. »Aber mittlerweile hat sie mich sogar mit ihrer Leidenschaft für die irische Kultur angesteckt. Übernächsten Monat fahre ich sie endlich besuchen.«

Ich muss lächeln. »Manchmal hilft es, die Perspektive zu wechseln.«

»Du sagst es.«

Aus Jonas' Büro höre ich meinen Namen und sofort schnellt mein Puls in die Höhe. »Sind Sie so weit?«

Nein! Ich komme mir vor wie eine Hochstaplerin, die irgendwie in die ganze Sache reingerutscht ist und nun jeden Moment auffliegen wird. Zumindest begleitet mich exakt dieses Gefühl den kurzen Weg bis zu Jonas' Büro.

Für einen Moment bleibe ich neben einem der verglasten Aufnahmeräume stehen. Das On-Air-Zeichen außerhalb der Kabine leuchtet bereits grün und kurz darauf blinkt auch das rote Mic-Signal auf. Im Inneren steht Lucia an einem der Mikrofone. Sie hat ein entspanntes Lächeln aufgesetzt und drückt gerade ihren Rücken durch; ihre Hände liegen dabei ganz locker zu ihren Seiten. Das hat sie mir gleich am ersten Tag erklärt: Sobald die Hände zu nah am Mikro sind, besteht die Gefahr, es aus Versehen zu berühren.

Lucia atmet tief durch, dann höre ich ihre gedämpfte Stimme.

»Martha Argerich, eine der größten Pianistinnen unserer Zeit, kommt für eine Woche nach Berlin ...«

O verdammt. Ich darf mir meine Unprofessionalität auf gar keinen Fall anmerken lassen.

Vor Jonas' Büro verharre ich kurz, bis er mir ein Zeichen gibt einzutreten, dann stelle ich mich neben seinen Schreibtisch. Während ich darauf warte, dass er etwas sagt, wiederhole ich in Gedanken Dads Mantra für unvorhergesehene Momente: *Einfach lächeln und nicken.*

»Charlotte, was soll ich Ihnen sagen? Sie haben mich über alle Maßen überrascht.«

Über alle Maßen bedeutet, dass Jonas überhaupt gar nichts von mir erwartet hat. Ich muss mich zusammenreißen, damit mich diese Erkenntnis nicht aus der Bahn wirft. Meine Augen jucken unangenehm; mit einer kurzen Bewegung wische ich darüber.

»Danke, äh ... ja. Danke.«

Ich habe Jonas geantwortet, ohne dabei loszuheulen, was definitiv ein guter Anfang ist. Das ist aber schon alles, was ich hinbekomme. Warum um alles in der Welt kriege ich keinen ordentlichen Satz zusammen? Meine Stimme ist zittrig und ich nutze Füllwörter. Als angehende Radiomoderatorin geht so etwas überhaupt nicht. Ständige Unterbrechungen und Wiederholungen sind schlimmer, als sich zu verhaspeln. Ich muss mich entspannen, aber wie soll das funktionieren, wenn ich genau weiß, was Jonas gleich von mir verlangen wird? Und schlimmer noch: dass ich ihm nichts davon bieten kann?

»Ich mach's ganz kurz«, sagt er, und ein seltsam aufgeregtes

Funkeln liegt in seinen gräulichen Augen. »Ich sehe Sie als Volontärin beim RBB.«

Jetzt hat er es gesagt. Ich starre Jonas an, während seine Worte in meinen Verstand sickern. *Nicht daran denken, dass da sicher gleich eine Einschränkung kommt, Levy betreffend.* Ich muss ganz locker bleiben und irgendeinen Ausdruck zwischen Begeisterung und Rührung hinkriegen. Aber alles, was ich schaffe, ist, mir vor Überforderung auf die Lippe zu beißen.

Jonas lacht leise. »Schockt es Sie?«

Ich nicke stumm.

»Das sollte es nicht, Charlotte. Sie haben großartige Arbeit geleistet. Zugegeben, ich habe Sie hier im Sender deutlich stiller kennengelernt, als Sie sich in den Videos präsentieren, aber ein Festival, das weiß ich aus eigener Erfahrung, macht offen und locker. Ich konnte Ihnen in jedem Video ansehen, wie groß Ihre Lust auf Musik ist. Und diese Leidenschaft brauchen wir beim RBB ganz dringend.«

Jetzt denke ich an Levy, ich kann nichts dagegen tun. Daran, wie ich ihm in dieser Riesenradgondel auf den Schoß gekrabbelt bin. Denke an seine Härte, die sich vor Lust gegen meinen Schoß gepresst hat, und all die anderen Momente, in denen er mich beinahe hat durchdrehen lassen vor Aufregung und … Erregung. Absolut nichts von dem, was Jonas da beschreibt, hatte irgendetwas mit Festivals oder Musik zu tun. Deshalb fällt mein zweites Danke noch zögerlicher aus.

Doch Jonas scheint das nicht zu interessieren.

»Ich könnte Sie also zeitnah dem Auswahlkomitee ans Herz legen, womit Ihnen das Volo sicher wäre.« Er wirkt richtig enthusiastisch. »Könnte, weil Sie an den Podcast natürlich auf dieselbe Weise herangehen müssen wie an das Festival. Dann wird der Vorsitzende sicher begeistert sein. Um ehrlich zu sein, war er es, der mich am Wochenende angeschrieben und nach Ihrem Namen gefragt hat. Er sieht den Podcast allerdings beim hauseigenen Jugendsender besser aufgehoben, womit ich ihm recht gebe. Sehen Sie, deshalb haben wir Ihren Namen in die Sender-Bio geschrieben.« Jonas lacht zufrieden. »Dennoch wird Jürgen ein offizielles Vorstellungsgespräch verlangen. Für die Akte, alles pro forma. Man wird Ihnen ein paar Fragen stellen: Weshalb Sie sich gerade für ein Praktikum beim Klassikradio entschieden hatten, so was eben, nichts Weltbewegendes.«

Das wäre eine schlechte Frage, denn die ehrliche Antwort darauf würde das Auswahlkomitee ziemlich schocken. Mein Vater hat mir erzählt, dass es bei Tageszeitungen meist ein Ressort gibt, auf das sich nur wenige bis keine Leute bewerben, weil es nach außen hin unattraktiv erscheint, allerdings den wenigen Bewerbern eine riesige Chance auf ein Volontariat einräumt. Während diesem wird man dann sowieso durch fast alle Bereiche geschickt.

Exakt dieselbe Vorgehensweise gibt es auch beim Radio, das habe ich vorab recherchiert. Deshalb habe ich mich für Berlins einzigen Klassiksender entschieden, um meine Chancen auf ein Volontariat zu erhöhen. Besser, ich denke nicht weiter darüber nach, dass ich auf Jonas' Frage nach meinem Lieblingskünstler damals Claude Debussy genannt habe, weil ich *Clair de Lune* aus den *Twilight*-Büchern kannte. Verdammt, ich hab ja noch nicht einmal den leisesten Schimmer, wer Martha Argerich ist.

O Mann, dieser Jürgen wird deutlich versierteren Bewerbern absagen, nur um mir das Volontariat anzubieten, weil ich eine dämliche Kooperation mit einem Influencer an Land gezogen habe, der keiner ist. Und obendrein wäre ich sowieso die schlechteste Moderatorin der Welt, weil mir schon wieder nichts Kreativeres einfällt als ein weiteres gemurmeltes »Danke«.

»Ach so, der Podcast«, wirft Jonas plötzlich ein. »Davon hat Ihnen Marianne sicher erzählt. Wie gesagt, Jürgen will Sie dafür zum Jugendsender locken.«

Jetzt dreht Jonas einen der drei Bildschirme auf seinem Schreibtisch so, dass ich einige der Videos erkennen kann, die in den letzten Stunden von Levy und mir auf TikTok hochgeladen wurden. Manche davon habe ich bereits gesehen, viele sind neu, alle zeigen sie ein und denselben Ausschnitt und haben unfassbar viele Likes und Kommentare. Letztere sind nicht immer freundlich, weshalb ich sie ignoriere.

»Wir sollten den Hype nutzen«, fährt Jonas fort. »Sie müssten diesen *Ykarus* kontaktieren, notfalls mache ich das, aber so, wie ich das hier sehe, verstehen Sie beide sich ja blendend. Übrigens gibt es bereits den Hashtag #ykaarlie. Ich hab heute Morgen kurz mit dem Marketing des Jugendsenders gesprochen, wir können ihn für den Podcast nutzen. Ihr Name steht dann sinnbildlich für den Sender. Damit haben Sie das Volontariat in der Tasche.«

»Aber ... ein Podcast?«

Okay, es bringt nichts. Ich muss ehrlich sein, weil ich Levy ganz sicher nicht für irgendetwas einspannen werde, das schlichtweg nicht zwischen uns existiert.

»Die Leute denken, wir sind ein Paar. Doch das ... also ... wir sind nicht zusammen. Die Kooperation war eher eine einmalige Sache auf dem Festival ...«

»Dann sollten Sie sich darum kümmern, dass es eine mehrmalige Nummer wird. Es ist mir relativ egal, was Sie beide veranstalten und in welcher Beziehung Sie zueinander stehen, wobei bei der Vertriebssitzung ein paar Ideen zusammengekommen sind. Die Programmleitung könnte Ihnen beiden weitere Festivaltickets anbieten, womit Sie die Arbeit beim Klassikradio zurückstellen müssten, was allerdings nicht weiter schlimm ist ...«

Weil Jonas herausgefunden hat, wie wenig Ahnung ich von dem Zeug habe, über das wir hier berichten sollen?

»W-wieso? Ich habe Spaß daran, Töne zu schneiden«, wende ich ein und verziehe das Gesicht.

»Nun, Töne können Sie auch beim Jugendsender cutten«, sagt Jonas trocken. »Das Klassikradio ist am Ende. Es war schon vor Ihrem Praktikum bei uns beschlossene Sache, dass der Sender zum Jahresende hin eingestampft wird. Wird nächsten Monat noch offiziell verkündet werden. Wer sich dann nicht umschaut, der ist ab kommendem Jahr arbeitslos. Der Podcast ist Ihr Ticket für ein Volo bei einem, nun, überlebensfähigen Sender.«

Er dreht den Bildschirm wieder zu sich, während ich schockiert den Kopf schüttle.

»Was ist mit Marianne? Mit Lucia und den anderen?«

Jonas rückt seinen Stuhl nach hinten und verschränkt die Arme hinter dem Nacken, dann stößt er geräuschvoll die Luft aus. »Vermutlich Kündigung.«

Das bedeutet, dass dieser verdammte Podcast meine einzige Chance auf ein Radiovolo ist? Das ... o Gott. Das kann ich doch auf keinen Fall machen. Damit bringe ich mich in eine Position, in der eigentlich andere Leute vor mir berücksichtigt werden sollten – ich bin nur eine Praktikantin, die auf einem Festival Glück hatte, mehr nicht. Marianne arbeitet seit Jahren für den Sender. Hätte sie es nicht viel eher verdient, zu einem der anderen wechseln zu dürfen?

Ich schlucke hart und will etwas einwenden, aber Jonas räuspert sich.

»Jürgen hat vorgeschlagen, einen Honorarvertrag aufsetzen zu lassen, über den Sie bis Volontariatsbeginn für jede Podcastfolge ausreichend entlohnt werden.« Er grinst. »Das ist das Mindeste dafür, dass Sie diesen Influencer angeschleppt haben und ich meinen Namen am Wochenende ebenfalls beim Jugendsender empfehlen konnte.«

Das macht mich sprachlos, deshalb nicke ich erst mal einfach nur. Scheiße, scheiße, scheiße.

Jonas erklärt mir noch ein paar Dinge zum Podcast und danach gehe ich zurück in die Küche. Marianne ist zum Glück nicht da, aber dafür Lucia, mit der ich noch gemeinsam einen zweiten Kaffee trinke. Sie erzählt mir von einem Sinfoniekonzert, das sie heute Abend mit ihrer Mama besuchen wird, und ganz ehrlich? Ich verstehe kaum ein Wort von dem, worüber sie enthusiastisch berichtet. Ich bin so was von falsch hier! Vermutlich kenne ich dank dem Wochenende nun mehr Rockbands als Pianistinnen.

»Heutzutage gibt es unter den meisten Orchestern die amerikanische Aufstellung«, erklärt Lucia, und ich verstecke mein Gesicht hinter der Tasse. »Das betrifft die Platzierung der Violinen. Aber das weißt du sicher.«

Klar, wusste ich.

»Höre ich gerade zum ersten Mal, aber das klingt spannend.«

Lucia lächelt und erzählt weiter, während ich Mariannes Tasse fokussiere. Irland ist nicht Neuseeland, aber trotzdem weit genug weg, um sich dort vor all dem Chaos zu verstecken.

DU HAST MICH EIN KLEINES BISSCHEN REPARIERT. DENN BIST DU DA ...

Levy

Polizei Berlin hat ein Livevideo gestartet ...

Selbst wenn ich so krank wäre, mir den Live-Vortrag meines Vaters antun zu wollen, hätte ich gerade keine Zeit. Allerdings fällt mir auf, dass meine Mutter mir eine Nachricht geschickt hat. Sie fragt, ob ich nächste Woche von Dienstag auf Mittwoch im Schrebergarten schlafen könnte, weil sie die Nacht bei ihrer Schwester in Brandenburg verbringen will.

Wegen meines Vaters hatten meine Tante und sie lange Zeit ein schwieriges Verhältnis, erst seit Mamas Auszug nähern sie sich wieder an, auch wenn es immer noch Schwierigkeiten gibt.

Ich schicke ein knappes *Okay*, und kurz darauf vibriert mein Handy mit der Erinnerung des Polizei-Livestreams erneut. Ich schalte es aus und stecke es zurück in meine Hosentasche. Dann haste ich wieder durch den Späti, immer von der Abstellkammer, in der sich die einzelnen Kartons hoch bis zur Decke stapeln, vor in den Verkaufsraum.

Tuncer hat sich vorgestern am Rücken verletzt und mich unfreiwillig mit der Freitags-Wochenendlieferung alleine gelassen. Es ist unerträglich heiß und stickig. Irgendetwas stimmt mit der Klimaanlage nicht, denn eigentlich habe ich sie vorhin auf die höchste Stufe gestellt. Ich befülle zwei Regale mit Konservenware und drehe auf dem Weg zur Abstellkammer jedes Mal am Radio herum, um irgendwie das Klassikradio reinzukriegen. Je mehr ich es versuche, umso schlimmer wird das Hintergrundrauschen des aktuell eingestellten Senders, weshalb ich die Songfetzen, die durch das Rauschen hindurchdringen, so gut es geht ausblende.

In ein weiteres Regal fülle ich Kosmetik, bis ich kurz pausiere und einen erneuten Blick aufs Handy werfe, um nach der Uhr zu sehen. Noch immer blinkt der Instagram-Hinweis auf, dass mein Vater seinen monatlichen Vortrag zum Thema Führungslehre an der Hochschule für Wirtschaft und Recht in Schöneberg hält. Ich hole keuchend Luft, dann massiere ich meinen Brustkorb, weil ich plötzlich das Gefühl habe, dass irgendetwas darin gerade zerquetscht wird.

Ich habe es so satt, wie trocken meine Kehle jetzt wird. Ich weiß, dass ich mir seine Vorträge nicht ansehen muss, und trotzdem tue ich es. Es ist die Angst davor, was passiert, wenn ich es sein lasse.

Beinahe hätte ich gelacht, weil mich der Gedanke an Charlie erinnert. Klingt genau nach dem Gegenteil dessen, was sie sagen würde. Charlie sorgt sich vor den Konsequenzen ihrer Handlungen, ich vor denen meines Zögerns. Das ist so abgefuckt.

Einen Klick später schallt die Stimme meines Vaters aus dem Handy.

»Erziehung ist Führung«, sagt er streng. »Führung bedeutet Einsatz. Und im Einsatz funktioniert nichts ohne Vertrauen.«

Er räuspert sich, das Klackern von Tastaturen durchbricht für einen Moment die Stille im Raum, und dann trifft sein verkniffener Blick direkt auf die Kamera. Er lächelt und mein Herz galoppiert mit voller Wucht los.

Ich fasse mir instinktiv an die Nase, doch den Ring habe ich seit dem Besuch bei meinem Vater letzten Sonntag nicht mehr wieder eingesteckt, und den Eyeliner lasse ich an Arbeitstagen sowieso weg.

Ich habe keinen Fehler gemacht. Nicht heute. Und verdammte Scheiße, er kann mich auch gar nicht sehen. Trotzdem ist da dieser Blick, sein selbstgefälliges Lächeln. In seinen Augen bin *ich* der Fehler.

»Doch Vertrauen hat sich ein jeder zu verdienen, innerhalb der Behörde und auf der Straße im Einsatz.« Eine lange Pause, begleitet von zustimmendem Gemurmel im Saal. »Aus diesem Grund müssen wir und alle anderen darauf vertrauen können, dass wir im Einsatz auf rechte Weise geführt werden. Dafür gibt es eindeutige Regeln und klare Grenzen.«

Das dämliche Radio rauscht nicht laut genug, um seinen harten Befehlston zu übertönen. Ich habe die Scheiße schon hundertmal gehört. Sie sollte mir nichts mehr ausmachen. Es ist total absurd, dass mir sein Ton wehtut. Aber, fuck, das tut er.

Ich müsste mich eigentlich so langsam mal daran gewöhnt haben, dass er mich mit demselben rauen Tonfall erzogen hat. Doch das habe ich nicht, werde ich womöglich nie. Nicht zum ersten Mal überrumpelt mich die Sehnsucht nach väterlicher Geborgenheit. Er hat mich nie akzeptiert. Ich bin der einzige Fleck auf seinem sonst makellosen Lebenslauf. Wegen mir hätte seine Karriere vor zwei Jahren beinahe abrupt geendet. Fast wäre ihm die Position des stellvertretenden Hundertschaftsleiters durch die Lappen gegangen, als der er in diesem Augenblick den Vortrag hält. Das wird er mir mein Leben lang vorwerfen, so viel steht fest.

Ich unterdrücke ein Schluchzen, das meine Kehle emporsteigt, und presse die Schultern gegen das Regal in meinem Rücken.

Im Video brandet gerade Applaus auf, danach wird der Saal in Dunkelheit getaucht. Einzelne Videozusammenschnitte von vergangenen Einsätzen flimmern über die Leinwand, die das Profil meines Vaters in warmes Licht taucht. Er sieht zufrieden aus, ganz und gar glücklich mit dem, was er im Laufe seiner Karriere erreicht hat.

Mein Vater stoppt das Video und die Lichter im Saal gehen wieder an. Trotzdem kann ich das Handydisplay kaum mehr erkennen, weil ich jetzt doch heule. Mit der Hand wische ich mir wütend übers Gesicht, denn der aufmerksame Blick meines Vaters sucht gerade die Reihen ab. Hat er meine Anwesenheit erwartet? Obwohl er weiß, dass ich an Wochenenden arbeite?

Ich wünschte, ich könnte ein Mal aus diesem Scheißteufelskreis ausbrechen, aber es geht nicht. Außer mit Charlie. Mit ihr konnte ich stundenlang an nichts davon denken ... doch das Festival wirkt mittlerweile Jahre entfernt. Die wenigen Tage dort waren viel zu schön, um wahr zu sein. Wie ein Traum. Bis ich weggelaufen bin und nach der Scheiße bei meinem Vater die Woche über wieder kapiert habe, dass Träume nicht wahr werden. Nicht für mich.

Mein Handy vibriert zweimal kurz hintereinander. Ich tippe auf das graue Vorschaubanner. Gloria hat mich an die geplante Geburtstagsparty für Otis am Mittwochabend erinnert, der ich ohne Zögern zusage, und in der nächsten Nachricht einen Screenshot von einem Instagram-Kommentar geschickt. Mein Puls beschleunigt sich.

Der Kommentar ist von gestern.

Und er ist von Charlie.

Fuck, mir wird speiübel.

Sofort wische ich mich durch die Aktivitätsmitteilungen, die ich die ganze Woche über auf stumm gestellt hatte und jetzt wieder aktiviere, bis ich Charlies Kommentar zu einer meiner älteren Feed-Aufnahmen finde. Ich betrachte kurz das Bild, das Tuncer zu Werbezwecken hier im Späti aufgenommen hat. Ich bin darauf nackt, lediglich ein Auberginen-Emoji bedeckt meine Mitte. Obwohl ich den Laden auf dem Foto verlinkt habe, hat es nicht mehr Kundschaft gebracht. Bleibt trotzdem die Aufnahme mit den meisten Likes.

Habt ihr auch Schokokekse?

Meine Daumen tippen von selbst eine Antwort in das Kommentarfeld. Bevor ich sie abschicken kann, rutscht ein weiteres Banner vom oberen Bildschirmrand runter. Eine Nachricht. Von Charlie.

Classic Radio Germany: Ella meinte, wenn Typen selbst auf Belanglosigkeiten nicht reagieren, dann wird das nichts mehr. Wahrscheinlich sollte ich auf sie hören. Okay, ziemlich sicher sollte ich das. Aber die Wahrheit ist, dass ich es einfach nicht kann. Weil du gelogen hast, Levy. Wenn es ein hervorragendes Mittendrin und noch einen viel besseren Anfang gibt, dann geht es sehr wohl darum, dass das Ganze auch ein glückliches Ende nimmt. Deshalb kämpfe ich seit Stunden mit mir, nicht zu diesem dämlichen Späti zu kommen, nur um mit dir zu reden. Denn das will ich gerade, mehr als alles andere. Ganz bestimmt ist er eng, stickig und laut, oder? Aber … ach verdammt, schreib mir einfach, wenn du mich sehen willst …

Charlie will mit mir reden. Mehr als alles andere. Jetzt hab ich Angst, richtige Scheißpanik. Davor, mich ein einziges Mal für die Wahrheit zu entscheiden. Mein Blick fällt auf die Tätowierung an meinem Handgelenk. Und nicht für die Pflicht.

Charlie hat mir diese Uno-Karte geschickt, damit auch ich alles sein darf, und sie hat meine Narbe geküsst, nur daran kann ich gerade denken. Alles an ihren kleinen Gesten fühlt sich nach Geborgenheit und Vertrauen an. Was eigentlich nur ein Missverständnis sein kann oder mein verfickter Wunschtraum. Warum sollte jemand wie Charlie mir vertrauen?

Ich könnte erst mal so was wie einen eigenen Willen entwickeln, bevor ich das Vertrauen anderer an mich reiße. Den hat mir mein Vater als Kind genommen, um mir seitdem seinen aufzuzwingen, denn Vertrauen, so hat er es eben im Video behauptet, basiert auf Führung, mit den dazugehörigen Regeln und Grenzen.

Ich schätze, dass ich dieses Muster einfach für mein Leben übernommen habe, weil nichts bei mir über Vertrauen läuft und dafür viel zu viel über Gehorsam. Ich lasse mich ohne Beschwerde herumkommandieren, selbst dann noch, wenn es mich fast umbringt.

Aber soll das wirklich alles gewesen sein? War Sophies Unfall die Apokalypse? Das Ende meiner Geschichte? Oder gibt es einen Neuanfang danach? Liegt es in meiner eigenen Hand, aus der Asche etwas zu formen? Und gar nicht in der meines Vaters? Ich überlege noch, da tippen meine Finger schon *Ich will* in den Chat. Nur abschicken kann ich das nicht. Scheiße. Ich darf nichts wollen.

Außerdem bin ich völlig verwirrt, aber ich glaube, Charlie ist es auch. Weshalb sollte sie mir sonst solche Nachrichten schreiben? Keine Ahnung, die Frau, die ich auf dem Festival kennengelernt habe, wäre nicht derart unvernünftig. Doch gleichzeitig kommt mir diese Entwicklung vollkommen logisch vor, weil … ich habe ihr doch genau das gezeigt.

Charlie lässt sich einfach in ihr Gefühl fallen, ohne einen einzigen Gedanken an mögliche Konsequenzen zu verschwenden.

Diese Erkenntnis haut mich beinahe von den Füßen. Weil ich genau das auch will. Ich will, dass Charlie hierherkommt und wir uns gemeinsam fallen lassen. Scheiß drauf, wie tief der Abgrund ist. Wir werden uns schon nicht verlieren, wenn wir uns nur aneinander festhalten und niemand loslässt. Ich werde sie nicht loslassen, nie und nimmer.

Heftig fahre ich mir durchs Haar und stoße mehrere Flüche aus, bevor ich wieder Regale einräume. Aber die Routine hilft nicht dabei, zu verhindern, dass mehr und mehr Gedanken in meinem Kopf ausbrechen. Ich schiebe Lachgummiverpackungen zur Seite, um Kekse danebeneinzuordnen, und denke währenddessen an Charlies Kuss auf meine Narbe. Daran, wie sie die Augen geschlossen und ihre Lippen leicht geöffnet hat, als wollte sie sich für immer daran erinnern.

Ich kapiere gerade, warum Charlie am ersten Festivaltag verzweifelt auf der Suche nach Toiletten gewesen sein muss. Es braucht eiskaltes Wasser mitten ins Gesicht, um von so einem verfickten Trip runterzukommen.

Frustriert reiße ich eine der Kühlschranktüren auf und greife nach einer gekühlten Wasserflasche, deren Inhalt ich mir über die Haare und direkt ins Gesicht schütte. Nur sorgt das leider kein bisschen dafür, dass ich einen klaren Kopf kriege.

Vielleicht sollte ich mich einfach hinten in meinem erbärmlichen Bett verstecken oder direkt zu meiner Mutter in den Schrebergarten fahren. Ich muss sowieso mit ihr über ihre Wohnsituation reden. Ich, der Typ, der auf einer Matratze in einem Späti pennt.

Aber es gibt einen Grund, warum der Schrebergarten nicht unbeaufsichtigt bleiben kann. Seit Monaten tummeln sich im benachbarten Park Drogendealer, von denen einer vor ein paar Wochen mitten in der Nacht völlig zugedröhnt in unser winziges Holzhäuschen eingebrochen und neben dem Bett meiner Mutter eingeschlafen ist. Es hätte sonst was passieren können. Außerdem ...

In was für einer Illusion lebe ich eigentlich, zu glauben, dass diese Realität für Charlie ausreicht? Ach, verdammt.

Ich schließe die Kühlschranktür, und als ich die Eingangstür höre, blicke ich auf. Charlie steht, ihr Handy in der einen und eine Karte in der anderen Hand, im Rahmen und sieht völlig durcheinander aus. Ich erstarre, obwohl ich bei ihrem Anblick weiche Knie kriege.

Das ist der realistischste Traum seit dem Festival, oder? Ich bilde mir das hier nur ein. Ganz sicher. Aber wenn ich gerade träumen würde, dann hätte Charlie weniger an. Ich bin nicht stolz darauf, aber mein Gehirn hat ihren Körper anscheinend mit so wenig Kleidung wie möglich abgespeichert.

Doch sie trägt ein buntes T-Shirt mit einer hellblauen Latzhose und dieselben ausgetretenen Converse, die sie auf dem Festival auch schon anhatte. Der linke Hosenträger ist nach unten gerutscht, aber Charlie macht keine Anstalten, ihn zurechtzurücken. Sie steht nur da. In Tuncers Späti.

»Hey, du«, sagt sie und starrt auf das Wasser, das an mir hinabrinnt. »Huch, alles okay?« Jetzt muss sie lachen, weil das beinahe jene ersten Worte sind, mit der ich ihr auf dem Festival meine Hand gereicht habe.

»Ja, jetzt schon.« Ich starre sie an, ich kann nicht anders. Weil das wirklich ein verfickter Traum sein muss.

»Gut.«

Ihr Blick wandert zu der Karte und verharrt darauf. Mit einem Schmunzeln richtet sie ihr T-Shirt, das an den Seiten aus der Hose gerutscht ist.

»Es tut mir leid, es ist etwas albern, dass ich dir die Uno-Karte mitgebracht habe, aber ich habe irgendetwas gebraucht, das mich daran erinnert, mutig sein zu dürfen.«

Ihr nervöser Blick huscht über geöffnete Kartons und halb fertig eingeräumte Regale und schließlich zurück zu mir. »Ich sollte gar nicht hier sein, oder? Du hast nicht geantwortet, und ich fühle mich jetzt schon schrecklich, weil ich es nicht einfach akzeptieren kann und dich bedränge. Zu meiner Verteidigung: Der Späti war auf deinem Nackt-Foto verlinkt, worüber ich die Adresse rausgefunden habe. Es ist also Stalking, aber vielleicht kein allzu schlimmes?«

Mit den Fingern biegt sie die Karte, aber ich sehe trotzdem, dass sie anfangen zu zittern. Dann sieht sie mich an.

»Ganz bestimmt jedoch ist es das Verrückteste, was ich je getan habe. Weil ... ich muss es wissen, Levy. Ich kann die Dinge nicht so zwischen uns stehen lassen. Sag mir: Gibt es da irgendetwas zwischen uns, das du genauso sehr willst wie den Kuss im Supermarkt? Denn wenn nicht, dann … gehe ich jetzt wieder und akzeptiere es.«

»Fuck!« Das ist keine klare Antwort. »Ich will dich.« Etwas Vergleichbares habe ich noch nie zu einer Frau gesagt. Verfickt noch mal, noch nie. »Mehr als alles andere.«

Charlie steckt ihr Handy in die hintere Hosentasche und verschränkt die freie Hand daraufhin sofort mit ihrer vorderen. »Können wir dann bitte reden?«

Sie will reden. Hatte ich irgendwie vergessen. Derzeit will ich nichts anderes, als sie zu küssen, zu umarmen, sie zu lieben. Gott, ich will Charlie so sehr. Und sie weiß nicht, wie wenig Worte ich dafür aufbringen kann, was dieser Wunsch in meinem Inneren auslöst.

»Können wir alles tun außer reden?«

Mit einem Seufzen als Antwort tritt Charlie vor den Verkaufstresen und legt die Karte schnell darauf ab. Ich stelle mich auf die andere Seite der Theke und stütze mich mit den Händen auf dem ramponierten Holz ab, schiebe die Karte so an den Rand der Theke. Immer noch tropft Wasser von meinen Haarspitzen erst auf meine Wimpern und von dort auf den Tresen, um sich in den winzigen Kerben zu sammeln. Ich muss etwas sagen.

Keuchend zieht Charlie die Luft ein. »Wieso um alles in der Welt tropft da Wasser an dir herunter?«

»Sorry, es ist w–warm.« Ihr Ton macht mir Angst. Darin liegt irgendetwas, das meinen Puls in die Höhe jagt. Etwas Raues, wie beim Autoscooter-Stand, als würde sie gleich etwas aus ihrer Sicht völlig Unvernünftiges tun wollen. Aber Charlie verkrampft lediglich die Hände ineinander und beißt sich auf die Lippe.

»Okay, Levy, die Sache ist die …« Was auch immer ich gerade in ihrer Stimme gehört haben will, jetzt klingt sie nur noch verzweifelt. Ich notgeiler Mistkerl. »Ich hab gestern stundenlang mit Ella darüber gegrübelt, welchen Kommentar ich unter dein Bild posten soll, und dann mach ich mit meiner peinlichen Nachricht eben ja doch wieder alle Versuche zunichte. Gerade eben, bevor ich reingekommen bin, da hab ich nicht nachgedacht. Keine einzige Sekunde hab ich mir überlegt, was passieren könnte, wenn ich die Tür einfach öffne … Charlie unplugged, sozusagen. E-es ist nämlich so mit der Überforderung und der Angst: Wenn dir jemand anderes mehr bedeutet als die eigene Angst, dann … also, manchmal wiegt das noch mehr, als etwas Unerwartetes zu tun.«

Sie holt tief Luft, atmet ein, dann wieder aus, und wenn sie sich jetzt gleich wieder bei mir entschuldigt, dann lege ich ihr meine Hand auf den Mund.

»Und vielleicht war es ein riesiger Fehler, hierherzukommen, wobei ich eher glaube, den hab ich schon gestern Abend gemacht … Ich hab beim Radiosender gekündigt, obwohl sie mir am Montag ein Volontariat angeboten haben.«

Sie hat was? Warum?

»Weil ich dich mag, ganz offensichtlich viel zu sehr mag.«

Verfickte Scheiße, was?

Sie wischt sich über die Augen, dann vergräbt sie das Gesicht in den Händen. »O Gott, irgendwie wird mir das gerade zu viel. Aber es nützt ja nichts, weil … Mist, ich glaube, jetzt hab ich auch noch den Faden verloren. Ich wusste es, hier drin ist es unerträglich heiß und eng und …« Sie schluckt heftig.

Ich habe in der Tat keinen blassen Schimmer, worauf sie hinauswill. Aber die Hitze ist gerade das kleinste Problem.

»Wieso hast du beim Radio gekündigt? Bist du verrückt?«

Sie sucht nach Worten, und dabei kann ich ihr nicht helfen, weil ich selbst gerade darauf klarkommen muss, was hier passiert. Bis auf die Frage eben schießt mir ansonsten nur Müll durch den Kopf …

»Es hat sich herausgestellt, dass mein Chef mir die Empfehlung nur dann gibt, wenn ich einen wöchentlichen Podcast für den Jugendsender aufnehme. M-mit dir ...«

»Wieso fragst du mich denn nicht einfach? Fuck, Charlie, du musst doch nicht deinen Traum aufgeben, nur weil ich mich auf dem Festival so respektlos verhalten habe. Ich respektiere dich, Charlie. Sehr sogar. Und ich schäme mich dafür, dass ich dich einfach auf diesem Zeltplatz habe stehen lassen. *Das* war ein Fehler, ein verdammt großer. Und man muss für so einen Scheiß geradestehen. Wir machen den Podcast zusammen. Ready to serve ya, schon vergessen?«

Ich sollte jetzt einfach die Klappe halten.

Was habe ich mir eigentlich gedacht? Ich verbringe eine schöne Zeit mit Charlie, lasse sie im Stich und fahre dann zurück in mein erbärmliches Zuhause, um dabei zuzugucken, wie sie wegen mir ihr Leben wegwirft?

Mein unberechenbarer Scheißkopf, Sophie, mein Dad und die ganzen Lügen – das ist alles eine Katastrophe. Die Zeit mit Charlie auf dem Festival hingegen war das Gegenteil. Aber diese Momente mit ihr sind alle in einer Illusion entstanden, die nichts mit der Realität zu tun hat. Wieso bringe ich es dann nicht fertig, sie in Letzterer wegzuschicken? Wieso sage ich Charlie, dass ich sie will?

Weil ich die wenigen Momente genießen möchte, die uns jetzt noch bleiben. Die letzten Augenblicke, in denen Charlie noch nicht weiß, was für ein kranker Wichser ich in Wirklichkeit bin. Ich muss ihr die Wahrheit sagen, weil ein Festival nicht das reale Leben ist.

»Levy?«

Ich nehme wahr, dass Charlie ihre Hand vor mein Gesicht hebt. Sie hakt wohl nicht das erste Mal nach, denn ihr Ausdruck ist besorgt.

»Ich hab nicht nur deshalb gekündigt, du musst nicht so schockiert sein.«

»Was?«

»Die Frage ist eher, was gerade bei dir los ist. Es ist doch eigentlich gar nicht wichtig, weshalb ich diese Empfehlung nicht haben will. Sag mir, worüber du eben nachgedacht hast und was auf dem Festival wirklich los war.«

»Das hat sich schon geklärt, keine Sorge.« Ich schüttle langsam den Kopf und bemühe mich um ein Lächeln. »Du hast nicht ernsthaft wegen mir gekündigt? Das ist unüberlegt.«

»In den letzten Tagen hab ich gelernt, dass meinem Leben ein wenig Spontaneität ganz guttut.« Sie lächelt, zufrieden mit meiner Ablenkung scheint sie jedoch nicht. »Aber darum geht es dabei gar nicht. Ich glaube einfach, dass mir ein anderer Job besser gefällt, und für den bräuchte ich eine Ausbildung zur Mediengestalterin.«

Ich schüttle die Gedanken ab, die mir dazu in den Kopf kommen. »Vielleicht überlegst du es dir noch mal ...«

»Vielleicht. Jonas will, dass ich ein paar Nächte darüber schlafe, und erwartet erst nächste Woche Dienstag eine Antwort. Aber ...«, fährt sie fort und fasst mich am Arm. »I-ich finde, dass das hier niemand anderen etwas angeht außer uns.«

Scheiße, was sagt sie da?

Und was zur Hölle mache ich da?

Ich komme Charlie wie ferngesteuert über dem Tresen näher, und meinen Lippen entweicht etwas, das mich zerstören wird.

»Ich will, dass du zu mir herumkommst.«

Ich darf das auf keinen Fall zulassen. Aber mir fällt nicht einmal mehr ein, warum.

Alles weg. Von Charlies Berührung völlig ausgelöscht. Charlie unplugged? Tja, bei mir sind jetzt auch alle Stecker gezogen.

Sie zögert keine Sekunde, und da weiß ich, dass ich jetzt nicht mehr von ihr loskomme. Vor nicht mal zwei Wochen war stummes Einverständnis alles, was ich von einer Frau gebraucht habe, um ihr eine Ablenkung zu sein – mehr nicht. Dann kam Charlie. Und Charlie tut gerade das, was ich ihr aufgetragen habe. Ihre Hände hat sie noch immer in die Hosentaschen gesteckt, und das stört mich. Sehr. Fuck.

»Ich will deine Hand halten, Charlie. Bitte.«

Sie schluckt, aber dann streckt sie mir sie entgegen, und ich greife danach, ziehe sie mit einer einzelnen Bewegung dichter zu mir. Charlie stößt einen überraschten Laut aus, als ich ihre Hüften umfasse und alle Nachfragen und Erkundigungen hinunterschlucke. Ich bin es so was von leid, keine Träume haben zu dürfen. Das hier gehört nur uns. Nicht dem Sender, nicht meinem Vater, nicht Sophie. Das hier ist Charlie und Levy.

»Ich will, dass du mich ansiehst. Bitte.«

Sie legt den Kopf in den Nacken und ihr Blick rauscht direkt als Ziehen in meinen Brustkorb und meine Hose.

Charlie schluckt. »Und jetzt?«

Jetzt tue ich etwas, das ich noch nie getan habe. Vielleicht ist diese Entscheidung der größte Fehler meines Lebens, aber ich halte es nicht mehr aus, zu gehorchen. Ich kann es nicht mehr.

Ich ziehe sanft an ihrer Hand, Charlie kommt meinem Willen sofort nach. Sie möchte sich zu mir hochstrecken, aber das lasse ich nicht zu. Meine Hand rutscht von ihrer Hüfte tiefer zu ihrem Po und ich ziehe ihren Körper fordernd an meinen. Ihre Schulterblätter drücken gegen meinen Brustkorb, und mir wird schwindelig, weil das Gefühl berauschend schön ist. Meine Realität ist ausgelöscht; für die nächsten Stunden träume ich.

»Was jetzt, Levy?«, fragt Charlie erneut. Keuchender.

Ich weiß es nicht. Weil ich das hier noch nie gemacht habe. Ich habe noch nie einfach so meinen Willen bedient. Noch nie eine Frau in den Späti eingeladen. Vor zwei Wochen kannte ich Charlie noch nicht einmal und trotzdem ist das schon jetzt der schönste Sommer meines Lebens. Vor zwei Wochen habe ich nicht gewusst, wie es ist, einfach zu nehmen. Und jetzt denke ich an nichts anderes mehr.

Fuck, ich könnte gerade tausend Dinge gleichzeitig tun, doch das Einzige, was ich will, ist Charlie. Ich kann nur an sie denken. Daran, wie es wäre, meine Lippen auf ihre zu drücken. Sie auszuziehen und ihren nackten Oberkörper über den Tresen zu legen, ihre Hände dabei auf ihrem Rücken zu fixieren und dann tief und langsam in sie zu dringen, um sie so in meinem eigenen Tempo zum Kommen zu bringen.

… BIN ICH NICHT MEHR DER WICHSER, DER ICH MAL WAR

Levy

Ich verliere jede Bodenhaftung, die Schwerkraft zieht mich nur noch zu Charlie hin. Denn wenn ich auch nur eine Sekunde nachdenken würde, wüsste ich, dass mich das hier viel mehr als nur meinen Job kosten könnte.

Mein Daumen berührt dennoch Charlies Unterlippe, nur ganz leicht, doch ich erinnere mich sofort daran, wie weich sie sich auf meiner angefühlt hat. Ihr Körper vibriert unter meiner Berührung, aber ich kann sie nicht küssen. Nicht, solange sie an sich zweifelt. Dafür gibt es keinen Grund, und das muss sie wissen.

»Charlie«, beginne ich, und obwohl meine Stimme nur ein Hauchen ist, spannt Charlie sich an, als ihr Name meinen Mund verlässt. »Nicht nur ich habe gelogen, auch du. Denn du bist die mutigste Frau der Welt. Es ist ein irres Gefühl, dich zu kennen, weil du keine Angst davor hast, über deine Gefühle zu reden, als wäre es selbstverständlich.« Meine Kehle ist trockener als die Wüste, ich schaffe es kaum, richtig Luft zu holen. »Auf Festivals gehen, sich umarmen, sich küssen, Sex haben, die eigenen Probleme verdrängen und vergessen – das kann jeder, selbst ich. Aber einfach so über alles zu reden, was einen im tiefsten Inneren berührt, und schließlich hierherzukommen, obwohl du dir nicht sicher sein konntest, wie ich fühle, finde ich verdammt mutig. Mutiger als alles andere.«

Ich atme bebend aus und merke erst jetzt, dass Charlie wie erstarrt ist.

»Wenn es eine Chance gibt, dass der Sommer mit dir noch nicht endet, dann bin ich bereit, alles dafür zu tun.«

Ich gebe mich komplett auf, wenn sie das will. Viel ist da nicht, nur ein verrostetes Gerüst und belangloser Sex als Stütze drum herum. Das ist nichts im Vergleich zu dem, was sie in mir sät. Es dauert Jahre, bis auf verbrannter Erde etwas wächst. Aber die allererste Blume, die werde ich Charlie geben. Nur dass sie mehr als eine einzelne verfickte Blume verdient. Ich weiß das, aber ich kann mich trotzdem nicht zurückhalten. Ich will es verdammt noch mal nicht. Ich will nur sie. Scheiß drauf, wie egoistisch dieser Gedanke ist, wie bescheuert, unvernünftig ... scheiß auf die Konsequenzen. Ich will.

Charlie sagt kein Wort, doch ihr Blick öffnet sich. Ein seltsamer Ausdruck liegt darin. Eine Mischung aus Unglauben und Überforderung. Mit dem Daumen streiche ich über ihren Hals, und jetzt bin ich genauso überfordert. Keinen Plan, was ich tun soll ... darf. Doch Charlie kennt die Antwort.

»Küss mich.«

Ihr Befehl lässt alles aussetzen. Meine Gedanken, meine Zweifel und das Hämmern in meiner Brust. Bevor Charlie reagieren kann, drehe ich sie so, dass sie mit dem Rücken zu mir steht. Ich senke meinen Oberkörper vorsichtig über ihren, achte darauf, nur einen Bruchteil meines Gewichts abzulegen, und presse ihre Brüste so sanft gegen den Tresen. Mein Blick fällt auf die Uno-Karte. Mit Charlie darf ich alles sein. Mit dem Mund berühre ich die Stelle hinter ihrem Ohr, die letzte Woche auf dem Festival voller Glitzer gewesen ist, und meine Lippen fangen dabei einzelne Wassertropfen auf, die von meinen Haaren eiskalt auf Charlies Haut herabfallen.

Über ihren Nacken läuft ein Schauder. Langsam und ganz vorsichtig tippe ich mit der Zungenspitze gegen die kleinen blonden Härchen, die sich mir entgegenstellen.

»Ich mag es, wie du schmeckst, Charlie.«

»Ich ... o Gott, ich kann nicht glauben, dass du das gerade gesagt hast. Das ist ...« Ihre Stimme verebbt, aber der Laut, der ihre Lippen verlässt, als meine Zungenspitze zurück zu ihrem Ohr gleitet, hört sich nicht nach Abweisung an.

Ich senke mehr Gewicht auf sie und schiebe meinen Unterkörper dabei nach vorne, bis sie mich deutlich an ihrem Bein fühlen kann.

»Was, Charlie?«, raune ich. »Es gefällt dir, oder?«

Darauf sagt sie nichts, sondern atmet schwer ein und aus. Kurz befürchte ich, zu weit gegangen zu sein, dann dreht sie ihren Körper unter meinem zu mir herum. Ich lockere meine Haltung sofort, doch mit beiden Händen umschlingt sie meinen Nacken und zieht mein Gesicht zu sich.

Scheiße, wenn sie mich so ansieht, dann kann ich für nichts garantieren. Das Blau ihrer Augen ist dunkel und tief, ihre Lippen leicht geöffnet. Ich will Charlie so sehr küssen, dass es schmerzt. Aber irgendeinen Grund wird es haben, dass sie sich aus meiner Nähe gewunden hat. Deshalb werde ich sie jetzt nicht einfach so berühren.

Charlie schluckt heftig. »Was ...«, keucht sie atemlos. »Was ist an ›Küss mich‹ so schwer zu verstehen?«

Fuck. Mich durchläuft ein Schauer, und dann presse ich meinen Mund auf ihren. Ich sollte vorsichtiger sein, Charlie nicht überrumpeln. Aber ich schmecke erst ihre Lippen, dann ihre Zunge. Die Berührung löscht alle Zweifel aus, und ich hoffe, dass es bei Charlie genauso ist. Dass auch sie sich fallen lässt. Zur Sicherheit halte ich sie an ihrer Hüfte fest, damit sie weiß, dass ich sie auffange.

Ihre Zunge stößt fordernd gegen meine, umkreist sie, und ich kann nicht anders, als mit ihr zu spielen. Ich ziehe mich zurück, stupse sofort wieder gegen ihre Lippen und stoße in sie, flüstere ihren Namen. Wenn sie mich nicht stoppt, dann höre ich nie wieder auf damit. Keine Ahnung, wie viel Uhr es ist, welcher Tag, welches Leben. Fuck, ist das perfekt.

Ich lasse einen Augenblick von Charlie ab, sofort greift sie mir ins Haar, zieht daran, dirigiert mich zurück zu sich, und ich küsse sie bereitwillig wieder und wieder. Ihr Brustkorb reibt an meinem, als sie ihren Körper gegen mich drängt. Ich will sie auf den Tresen heben, oder besser ganz hoch, damit sie ihre Beine um meine Hüften schlingen und ich sie so weiter küssen kann. Aber ich war ewig nicht trainieren, und auf dem Festival habe ich keine dreißig Sit-ups geschafft. Außerdem sind meine Knie weicher als Charlies Lippen. Deshalb lasse ich meine Hände zu ihrem Po gleiten.

Charlie stöhnt auf und saugt zögernd an meiner Unterlippe. Sofort dringe ich mit meiner Zunge wieder in sie, damit sie keine Sekunde an sich zweifelt.

Ich bin schmerzhaft hart, will ihr endlich die Kleider vom Körper streifen. Mehr passt nicht in meinen Kopf als das Gefühl ihrer Hände überall an meinem Körper.

Charlie klammert sich an mich, und mich jetzt von ihr zu lösen, ist praktisch unmöglich. Aber sie vertraut mir. Ich will sie beschützen. Und deshalb werde ich nicht zulassen, dass uns jemand überraschen könnte, obwohl es mir in diesem Moment scheißegal wäre, ob Tuncer oder sogar mein Vater gleich in den Späti gestolpert kommen. Aber ihr nicht, und das ist alles, was mir wichtig ist: Charlie, Charlie, Charlie.

»Lass mich bitte erst absperren.« Meine Stimme ist ganz verwaschen. »I-ich hab hinten eine Matratze, das ist bequemer. Der Raum ist zwar nicht gerade groß, aber ...«

Ich unterbreche mich. Lade ich sie gerade in mein erbärmliches Zuhause ein? Zum Sex? Auf meiner alten Kinderbettmatratze?

»Äh, das ...« Charlie schüttelt den Kopf, und ich registriere sofort, dass sie dabei knallrot wird. Ihr Atem stockt, und zu wissen, dass sie mich gleich abweisen wird, lässt alles in mir verkrampfen. Ein Gerüst und ein wenig belangloser Sex drum herum – das ist zu wenig, viel zu wenig.

Unsere Blicke begegnen sich, und erst als sie mit einem entschuldigenden Lächeln nach meiner Hand greift, kapiere ich, dass sie mich gerade genauso sehr will wie ich sie.

Sie schluckt heftig. »Ich will dich nicht wegstoßen, aber allein der Gedanke an einen viel zu engen, stickigen Raum ...«

Sie beendet den Satz nicht, aber das muss sie auch nicht. Charlie vertraut mir so sehr, dass sie ehrlich ist, und das ist ... verdammt heiß. Kommunikation ist die beste Sexstellung – irgendwann habe ich das mal auf Social Media gepostet. Jetzt erst begreife ich meinen eigenen Ratschlag.

In den Vorschlag, dennoch zuzuschließen, willigt sie ein. Ich wende ihr kurz den Rücken zu, um die Ladentür abzusperren. Draußen ist es noch immer hell, viel Zeit ist also nicht vergangen, seit Charlie den Späti betreten hat. Als ich mich wieder zu ihr umdrehe, lächelt sie.

»Danke, dass du mich verstehst.«

O fuck, das schießt mir sofort in den Schwanz. Weil Verständnis, das habe ich in meiner Aufzählung vorhin vergessen, etwas ist, das ich ihr bieten kann. Keine Kohle, keine männliche Dominanz, aber Verständnis und Mut – das reicht nicht, im Leben nicht, aber darüber kann ich jetzt nicht nachdenken.

Ich komme auf sie zu, und als sie daraufhin wieder fordernd nach meiner Hüfte greift, erinnere ich mich wieder, dass ich das hier anders angehen wollte als sonst. Allein der Gedanke, dass Charlie durch mein vorgegebenes Tempo ungeduldig vor Erregung wird, macht mich wahnsinnig.

Im selben Moment, in dem ich mich ihr entziehe, hebe ich eine Hand vor ihren Brustkorb.

»Ich will dich berühren, dafür muss ich mich jedoch vor dir hinknien.«

Sie nickt, und sofort streichen meine Finger hauchzart entlang des rauen Stoffs über ihrer Brust. Die Nippel, die sich darunter abzeichnen, reizen mich.

»Darf ich? Bitte?«

»Ja, Gott, ja«, seufzt sie. Ihre Hände legt sie um meinen Nacken, zieht meinen Kopf näher heran.

Das macht mich total an, aber ich hatte keine Ahnung, wie viel erregender es ist, nach meinen Regeln zu spielen. Deshalb entwinde ich mich ihrem Griff, nur um mich im nächsten Augenblick auf die Fersen sinken zu lassen und mit den Zähnen den Saum ihres T-Shirts zur Seite zu ziehen.

Quälend langsam lasse ich meine Zungenspitze von ihrem Bauchnabel hoch zu der Wölbung ihrer Brüste fahren. Mein Kopf ist dabei unter ihrem T-Shirt, und es ist krass, mich blind nur mit der Zunge an ihrer Haut hochzutasten. Das Überraschende, Unerwartete: Ich keuche leise vor Erregung.

Ich zögere kurz und überlege, ob ich mich vergewissern soll, dass Charlie das hier wirklich will, dann höre ich ihr leises Wimmern. Im nächsten Moment streiche ich mit der Nase an der Rundung ihrer Brust entlang, ertaste, erschmecke sie und nehme ihre Brustwarze in den Mund.

Mit der Zungenspitze berühre ich sie, und als Charlie laut und dunkel aufstöhnt, lasse ich sie meine Zähne spüren. Sie klingt, als würde ich hier irgendeine ihrer schmutzigen Fantasien bedienen. Deshalb will ich mehr, viel mehr.

Ich sauge ihren Nippel zwischen meinen Lippen ein, lasse ihn los, stupse mit der Nase dagegen, dann wieder mit den Lippen, der Stirn, bis Charlie nicht mehr weiß, welcher Teil von mir sie gerade berührt. Als Antwort krallt sie ihre Finger über dem Stoff in mein Haar und drückt meinen Kopf gegen ihre Brüste.

»Charlie«, murmle ich. Mein heißer Atem muss auf ihrer Haut brennen, so nahe bin ich ihr. »Ich will das in meinem Tempo machen.« Ich schlucke, was ihr eine Gänsehaut über den Bauch jagt. »Das Einzige, was ich dir erlaube, ist, stopp zu sagen, wenn es dir zu viel wird. Bis zu dieser Grenze entscheide ich.«

»Deal«, haucht sie, und aus ihrem Mund klingt es wie das süßeste aller Worte.

»Ich tue nichts, was du nicht willst, versprochen. Hau mir bitte eine runter, falls ich es zu spät begreife.«

Charlies Körper vibriert an meiner Wange. »Ich weiß.«

Und das gibt mir fast den Rest. Wenn sie jetzt auf die Idee kommt, ihre Hand doch zu meinem Schwanz zu führen, habe ich ein Problem. Dann komme ich sofort. Nur durch ihr Vertrauen.

Ich befreie meinen Kopf aus ihrem Shirt und schaue zu ihr hoch. »Ich will dich jetzt woanders schmecken.« Charlie soll sich dabei komplett fallen lassen dürfen. Ich will ihre Gedanken auslöschen. Genau wie sie es mit meinen getan hat.

Sie nickt, und ich kann kaum glauben, dass sie mir das erlaubt. Das ist mit Abstand das schönste Geschenk. »Aber ich muss dir vorher etwas sagen.«

Was? Sie wird mir jetzt hoffentlich nicht erzählen, dass sie noch Jungfrau ist. Das würde alles verändern. Ich würde sofort aufhören, weil zwischen Konservendosen und Bier der falsche Ort dafür ist – und ich der falsche Mann.

Aber das denke ich nur, laut sage ich: »Alles, Charlie, du darfst mir alles sagen.«

DAS KAPITEL, IN DEM ANGST ENDET
UND FREIHEIT BEGINNT

Charlie

Ich glaube, ich sterbe gleich. Noch nie in meinem ganzen Leben war ich so hin- und hergerissen wie jetzt. Mir ist unfassbar heiß. Vor Scham, vor Lust, und weil anscheinend in keinem Berliner Späti eine Klimaanlage funktioniert. Ich kriege bei dieser stickigen Enge kaum mehr Luft, und genau das ist gerade das Problem.

Gleichzeitig mit unangenehmen Erinnerungen sammelt sich viel zu viel Adrenalin in mir. Ich muss aufpassen, dass ich nicht hyperventiliere. Mein Puls rast, ich bin so was von überreizt und keuche auf.

Bevor ich den Späti betreten habe, habe ich mir versprochen, an nichts zu denken. Wenn das Festival ein einzelner, nicht enden sollender Moment war, dann zählt das hier doch ebenso als weiterer Bonusmoment, oder nicht? Und in solche Augenblicke, das habe ich mir auf dem Festival geschworen, lasse ich mich fallen.

Levy streicht sanft über meinen Arm. »Ist die Angst gerade lauter?«, fragt er, um mich zu beruhigen, glaube ich. Aber das Gefühl seiner rauen Fingerkuppen auf meiner Haut entlockt mir ein lautes Seufzen, und damit sage ich ihm doch, wie richtig das alles ist.

»Nein, ich ... brauch einen Moment.« Denn jede seiner Berührungen, sogar das tiefe Grollen in seiner Kehle, rast mir sofort in den Unterleib. Selbst wenn sein Daumen, wie jetzt, nur sanft mein Handgelenk massiert, schießt mir Hitze durch den ganzen Körper.

Mit Levy ist alles anders. Sobald er mich berührt, werden alle meine Ängste ausgeknipst, nicht verdreifacht. Ich vergesse, was mit Ben passiert ist, vergesse die enge, stickige Clubtoilette, in der er mich einfach hat stehen lassen, vergesse meine absichtlich herbeigeführte Unzurechnungsfähigkeit an jenem Abend ...

Aber jederzeit könnte irgendetwas Belangloses meinen Kopf wieder anknipsen. Eine dämliche Raumbeschreibung beispielsweise. Was ist schlimm an einem kleinen Zimmer mit Matratze? Himmel, Levy muss glauben, dass ich ihn nicht wertschätze. Aber das tue ich. Und deshalb presse ich die Wahrheit krampfhaft hervor, weil ich es nicht noch einmal ertrage, dass irgendwer von uns abrupt wegläuft.

»Es ist nur, diese Art von Berührungen überfordert mich besonders, w-weil das erste Mal, dass ich mit einem Mann weiter gegangen bin, also ... es war die Hölle.«

»Was?«

Levy lässt meine Arme sofort los, und weil sie sich jetzt unendlich kalt und schwer anfühlen, presse ich mir meine Handflächen vors Gesicht, bis ich die Hitze meiner Wangen spüre.

»E-es war alles meine Schuld, und deshalb ist es total albern, dass ich trotzdem nicht darüber hinwegkomme.«

Es ist mir so unangenehm, denn das ist gerade das beschissenste Timing überhaupt. Weil ich einerseits hergekommen bin, um herauszufinden, was in Levys Leben vorgefallen ist, und überhaupt nicht erwartet habe, dass wir derart überhastet in eine so gegenteilige Stimmung fallen. Die, selbst wenn es Levy nicht stört, jetzt dahin ist. Wie unsexy ist denn bitte so ein Geständnis?

»Was ist passiert, Charlie?« Levy stößt ein wütendes Stöhnen aus, aber anfassen will er mich noch immer nicht.

So ein Bullshit! Wenn er mich nicht berühren wollte, dann würde in seinem Blick doch nicht etwas aufflackern, so dunkel und wild, dass ich meinen Körper am liebsten sofort wieder an ihn pressen will.

Und das tue ich jetzt auch, weil Levy so verdammt gut darin

ist, Erinnerungen auszulöschen. Nur mit seinen Worten könnte er mich schon neu zusammensetzen, doch das Gefühl seines Körpers an meinem erstickt auch den allerletzten Gedanken.

Fordernd fahre ich mit den Fingern über seine Leiste und gebe ein Stöhnen von mir, als sich seine schwache Erektion gegen meine Hand drückt. Levy will mich, und ich will ihn. Das reicht, ich weiß es. Muss es. Mit Levy male ich einfach meine schrecklichsten Erinnerungen bunt aus.

Ich schiebe meine Finger in seinen Hosenbund und fahre über die weiche Haut dort. Gott, er fühlt sich so gut an. Noch besser, als sich seine Muskeln hart unter meiner Berührung anspannen.

»Charlie, würdest du damit aufhören? Bitte?«

»Nein.«

Mit pochendem Herzen, weil ich ihm gerade einfach widersprochen habe, taste ich mich weiter runter, bis ich ihn richtig umfasse. Mit dem Daumen kreise ich vorsichtig über seine feuchte Eichel, dann höre ich Levys leises Stöhnen an meinem Hals vibrieren.

»Es tut mir leid, dass ich das jetzt mache, aber du holst mir keinen runter, wenn ich nicht weiß, ob dich jemand ...« Er zieht sich von mir zurück, und meine Hand rutscht aus seiner Hose, dann richtet er sich auf und fährt sich hektisch übers Gesicht. Sein Gesichtsausdruck ist ernst, als er fortfährt. »Fuck, hattest du gegen deinen Willen Sex?«

»Nein, Ben kann nichts dafür«, sage ich und schlucke. Verdammt, es bringt nichts. »Ich komme mir so bescheuert vor, dass ich mich selbst zu etwas gedrängt habe, für das ich noch nicht bereit gewesen bin, nur um dazuzugehören.«

»Wusste dieser Ben darüber Bescheid, dass dir Berührungen zu viel werden können?«

»Ja, also, ich ... er hat wirklich keine Schuld, Levy. Wir waren über ein Jahr zusammen, und das Einzige, was ich bis zu diesem

Zeitpunkt hinbekommen habe, ist, es ihm mit der Hand zu besorgen. Alle anderen waren schon weiter, und ich wusste, dass Ben den nächsten Schritt gehen wollte. Ich wollte es ja auch ... irgendwie. Er hat es mir nie so deutlich gesagt, aber es stimmt doch, dass ich überempfindlich bin. Dass ich mich ständig anstelle und wir deshalb fast nirgendwo hingehen konnten. Hätte meine Mutter mir ... vergiss das.«

Ich schlucke gegen die Tränen an; verdammt, ich werde jetzt nicht Mum mit reinziehen. Sie hatte einen guten Grund, mich nicht zur Therapie zu schicken. Einen Grund, der mir vertrauter ist als den meisten Menschen: Angst.

»Mein übersensibler Charakter ist eine Last, da gibt es nichts schönzureden. Erst als ich nach meinem Achtzehnten zur Therapie bin, habe ich die Hintergründe besser verstanden, aber da war der ganze Mist mit Ben schon passiert. Ich hab nie mit ihm darüber geredet. In der Schule haben wir uns gemieden, und nach dem Abschluss sind wir dann getrennte Wege gegangen.«

»Ich glaub's nicht. Verfickte Scheiße, ich kann nicht glauben, was du da sagst! Wissen deine Eltern davon?«

»Nein, sonst hätte ich die Umstände erklären müssen.«

Ich sehe, wie sehr sich Levy beruhigen muss, um mich nicht anzufahren. Er atmet tief ein und aus, und ich tue es ihm gleich. Ich konzentriere mich auf sein Gesicht, das mir nicht so vertraut sein dürfte. Auf seine markanten Wangenknochen, die dunklen Brauen und die schmale Nase, in deren Flügel heute gar kein Ring steckt. Sonst hätte er ihn zwangsläufig schon ein paarmal zwischen seine Finger geklemmt, weil Levy das immer so macht, wenn ihn etwas überfordert. Himmel, ich will meine Wange an seine schmiegen, will wissen, ob sich die winzigen schwarzen Stoppeln genauso rau anfühlen wie im Piercingzelt, aber das tue ich jetzt lieber nicht.

»Welche Umstände?«, fragt Levy immer noch deutlich angespannt.

»Wir waren in einem Club, ich hab zu viel getrunken und bin völlig durchgedreht, weil mein Scheißkopf das erste Mal in meinem Leben ausgeknipst war. Schließlich hab ich keine Widerrede zugelassen und Ben auf die Toilette geschleppt. Es war stickig, eng, laut, und wir haben noch nicht mal verhütet. So verantwortungslos bin ich sonst nicht.«

»War Ben nüchtern?« Levys Tonfall ist ruhiger geworden und klingt dadurch nur noch bedrohlicher. »Beantworte mir diese eine Frage: Hatte er genauso viel Alkohol getrunken?«

Ich senke den Kopf. »Nein.«

»Nein, er hatte mehr, oder nein, er hatte nichts getrunken?«

»Er war an dem Abend unser Fahrer.« Ich stoße ein verzweifeltes Lachen aus. »Er wäre es zumindest gewesen, aber nachdem Ben einmal in mich ... Also, ich hab ganz plötzlich angefangen zu weinen, und er ist einfach gegangen.«

»Fuck, und du redest dir ein, dass er keine Schuld hat? Ihr wart über ein Jahr zusammen. Er kannte dich, und er wusste ganz genau, wie du tickst. Du hast gedacht, es wäre normal, dass er deine Unzurechnungsfähigkeit ausnutzt, dich auf irgendeiner Toilette fickt, ohne Scheißkondom, bis du weinst, und dich dann einfach stehen lässt? Das ist nicht dein verdammter Ernst!«

»Ich hab ihn darum gebeten, deshalb hat er es getan.«

»Er hat es getan, weil er es wollte, Charlie.«

Ich liebe es, wie Levy das sagt. Wie er mich dabei anschaut. Als wäre ich nicht das Problem. Und vielleicht kapiere ich das gerade zum ersten Mal so richtig. Es ist ein Unterschied, ob man es in der Therapie erzählt bekommt oder es tief im Inneren fühlt. Levys Fürsorge, sein Verständnis – beides hallt in meinem Körper wider.

»I-ich ...«

»Hör zu ...« Levy muss schlucken. »Du bist wunderschön.« Er hebt seine Hände in meine Richtung. »Darf ich?«, flüstern seine Lippen stumm, und ich nicke.

Dann hält er mich fest. Vorsichtig führt er mein Handgelenk an seine Lippen und streicht ganz zart über meine Haut.

»Du bist begehrenswert.«

Behutsam fährt sein Mund an meinem Unterarm entlang, während er weiterflüstert. »Du bist begehrenswert, so wie du bist, nicht so, wie du glaubst, dass andere dich haben wollen. Nicht du bist falsch, die Welt ist es, wenn sie nicht begreift, dass deine Ängste es auch wert sind, geliebt zu werden. Ich will dich so, wie du bist. Vielleicht reicht das nicht, aber ...«

»Das reicht.«

Mein Blick hält seinen fest, und dann lächeln Levys Augen. Noch nie zuvor habe ich ein solches Funkeln darin entdeckt. Gott, es ist ja fast so, als hätte ich ihm gerade seinen sehnlichsten Wunsch erfüllt.

»Du bist unfassbar mitfühlend, weißt du das?«

»Also, na ja ...« Levy stockt. »Als Polizist ist das wichtig.«

Ich bin überrascht, weil er in der Gegenwartsform spricht.

»Nicht als Polizist. Als Levy, meine ich.«

»Oh, okay. Dann sag ich mal vielen Dank.«

Das ist nett, aber ich spüre sofort, dass Levy ganz viel überspielt. Doch das ändert nichts daran, dass ich es genau so meine. Levy ist der einfühlsamste Mensch, den ich kenne. Und dafür bewundere ich ihn sehr wohl.

»Entschuldige, jetzt hab ich dich schon wieder mit meinen Problemen zugequatscht, derweil –«

»Nicht entschuldigen«, unterbricht er mich sofort. »Menschen zu helfen, ist wirklich mein Ding.«

»Du kommst auf jeden Fall gut mit ihnen aus, und du findest immer die richtigen Worte und ... Berührungen.«

Jetzt grinst Levy und ich erwidere es. »Du darfst mich gern schlagen, weil mein Verhalten nicht ganz uneigennützig ist.«

Ich bin überrascht. »Worauf willst du hinaus?«

»Auf einen Kuss.«

»Den kriegst du auch so.« Ich strecke mich ihm entgegen und meine Lippen berühren ganz zart seinen Hals, seinen Kiefer und dann seinen Mund. »Aber würdest du bitte aufhören ...«, fahre ich mit genauso strenger Stimme fort wie er vorhin.

Sofort zieht sich Levy von meiner Berührung zurück, legt den Kopf in den Nacken und stöhnt leise. Dann kommt er wieder nach vorne und ich stoße meine Lippen erneut sanft gegen seine.

»Würdest du bitte damit aufhören«, wiederhole ich, sanfter jetzt, »ständig zu behaupten, dass ich dich schlagen darf? Mir ist bewusst, dass das nur eine Floskel ist. Aber ich möchte dir nicht wehtun. Niemals. Ich will für dich da sein, und auch wenn du nie mit mir über alles reden kannst, bleibe ich. Wenn du willst, bleibe ich. Egal, in welcher Rolle.« Für den Moment presse ich meine Stirn an seine, bevor meine Lippen beinahe flüchtig auf seine treffen. »Ich bin da, okay?«

»Okay«, flüstert Levy.

Mit dem Gesicht fange ich seine Träne auf, damit er begreift, wie kostbar selbst sie für mich ist.

»Darf ich auch etwas sagen?«, fragt er, und als ich nicke, atmet Levy tief durch. »Ich möchte, dass du jemanden kennenlernst ... bitte«, fügt er noch mit Schmerz in der Stimme an.

Ich nicke, bevor ich nach der Uno-Karte greife und sie Levy reiche. »Du darfst alles, schon vergessen?«

Mit einem lautlosen »Okay« nimmt er die Karte entgegen. »Und: D-der Spruch eben ...« Levys Stimme zittert. »Das war keine Floskel. Nicht bei mir.«

WHEN DARKNESS TURNS TO LIGHT, IT ENDS TONIGHT

Levy

Classic Radio Germany: Das ist die Adresse eines Schrebergartens.

Ykarus: Kleingartenkolonie – die Leute bestehen auf der korrekten Bezeichnung. Sehr konservativ, ungesunde Menge an Deutschland-Fahnen.

Classic Radio Germany: Aber sie haben nichts gegen Tattoos und Piercings?

Ykarus: Schätze, ich komme auf der Unsittlichkeitsskala direkt hinter den Drogendealern aus dem Park nebenan.

Classic Radio Germany: Das klingt ja vertrauenserweckend …

Ykarus: Kommst du trotzdem? Ich pass auf dich auf.

Classic Radio Germany: Ich weiß.

Ykarus: Ist das ein Ja?

Classic Radio Germany schreibt …

Ich wage es nicht, zu blinzeln, aber sie schickt die Nachricht nicht ab. Eine Minute lang halte ich die Luft an, dann geht sie offline. Ich atme tief durch, bevor ich das Licht anschalte und schließlich in den Gruppenchat mit Otis und Ria wechsle.

Es ist erst später Mittag, aber den ganzen Tag über verdecken schon dunkle Gewitterwolken den Himmel und tauchen das Innere des Schrebergartens in Schatten. Immerhin regnet es bisher nicht. Aber Otis hat anscheinend trotz seines Geburtstags morgen eine Zwischenschicht aufgedrückt bekommen, weshalb Ria nun vorschlägt, dass wir uns schon heute Abend in der WG treffen, um gemeinsam reinzufeiern.

Ich schicke eine knappe Absage und keine Minute später vibriert mein Handy von Otis' Anruf.

»Warum lässt du mich im Stich? Wenn du nicht kommst, schleppt mich Ria zu unserem Vater und macht einen beschissenen Wir-sind-eine-heile-Familie-Abend aus der Sache. Das pack ich im Moment nicht. Bitte.«

»Äh, geht nicht, Otis.«

»Wieso? Hängst du bei Charlie rum?«

»Ich bin im Schrebergarten«, antworte ich und ziehe eine Grimasse, weil Otis genervt aufstöhnt. »Meine Mutter fährt über Nacht zu ihrer Schwester, und ich hab ihr versprochen, währenddessen ein Auge darauf zu haben, dass uns nicht noch mal jemand die Tür eintritt.«

»Alter, ich sag's dir zum tausendsten Mal: Deine Mutter braucht endlich wieder eine Wohnung ... und du auch.«

Ich gehe zum einzigen Fenster des Schrebergartenhäuschens – es zeigt hin zum Eisentor, an das ich zu Mums Sicherheit einen Bewegungsmelder angebracht habe – und seufze. Eigentlich würde ich gerne jedes Thema vermeiden, das mich wieder daran erinnert, wie armselig mein Leben ist, aber jetzt rumort es doch in meinem Magen.

»Jetzt, wo du es sagst, ist es natürlich offensichtlich. Wenn doch die Entscheidung nicht so schwer wäre: ein Penthouse im Zentrum oder doch lieber die Stadtvilla im Grunewald ...? Mann, Otis, wir haben kein Scheißgeld für eine Wohnung. Meinst du, mich macht es nicht wütend, meine Mutter in dem Dreckloch hier zu sehen? Es regnet an allen Ecken rein, und ich krieg das Dach nicht ordentlich gedeckt, weil – Achtung, jetzt schließt sich der Kreis – wir selbst dafür kein Geld haben.« Ich muss tief Luft holen, und so sammeln sich die Gedanken für einen Moment in meinem Kopf. »Sorry, es ist einfach keine leichte Situation.«

Einen Augenblick lang ist es am anderen Ende der Leitung still. »Dein Vater hat Geld.«

»Lieber penn ich auf der Straße, als ihn um Hilfe zu bitten.«

»Levy ...«

»Ich will verfickt noch mal nichts von meinem Vater.« Nichts, was kein Bestandteil der vertraglichen Abmachung mit ihm ist. »Wir kommen irgendwie zurecht. Ohne ihn. Das reicht.«

»Okay, ist nachvollziehbar.« Wieder ist es still. »Ich hab es dir noch nicht erzählt, aber als ich letzten Monat bei meinem Vater war, hab ich eine ganze Schublade voller ungeöffneter Mahnungen gefunden. Er hat Spielschulden. Ich kann deinen Wunsch ziemlich gut nachvollziehen, ohne ein Familienmitglied klarzukommen, das möchte ich damit sagen.«

»Tut mir leid ...« Hinter meiner Stirn fängt es an, schmerzhaft zu pochen. Ich presse die Lippen zusammen und kämpfe gegen die Rechtfertigung an, die instinktiv nach draußen zu strömen droht. Weil Spielschulden nichts im Vergleich dazu sind, mit dem ständigen Gefühl aufzuwachsen, dass man falsch ist. Ein Fehler. Weshalb man ständig Schläge kassiert.

Mein Vater war überzeugt davon, dass ich auf diese Weise zu einem Mann werde, der sein Leben, seinen Beruf und seine Frau genauso unter Kontrolle hat wie er. Doch das Gegenteil hat er erreicht, denn Sophie hat genau dort weitergemacht, wo er aufgehört hat. So was ist Otis und Ria nie passiert, auch Charlie sicher nicht. Deshalb behalte ich alles für mich, und das Einzige, was ich laut frage, ist: »Was wollt ihr dagegen unternehmen?«

»Ria weiß nichts davon. Du kennst sie. Ria würde ihr gesamtes Ausbildungsgehalt abgeben. Ich will nicht, dass sie auf etwas verzichten muss.«

»Klar.« Mein Blick schweift im Raum umher, in den gerade so ein Bett und eine winzige Kochzeile passen. Charlie müsste mit mir auf unfassbar viel verzichten. Und deshalb werde ich meinem Scheißherzen wohl später auch irgendwie erklären müssen, dass die Frau, die mir so viel bedeutet, nicht zurückgeschrieben hat.

Während ich telefoniere, räume ich ein wenig auf, aber um Charlie zu beeindrucken, muss mir etwas Besseres einfallen als fein säuberlich aufgereihte Kaffeetassen.

»Kann ich dir irgendwie helfen?«

»Indem ich in euren Schrebergarten einziehe? Oder verschaffst du mir einen Nebenjob bei Tuncer? Sei mir nicht böse, aber ich hab mich bei der Bank schon nach einem Kredit erkundigt. Wird mich einiges kosten, aber was soll ich groß machen?«

»Fuck, klingt hart.«

»Hab mir mein Leben auch anders vorgestellt, aber ich muss jetzt für Ria und ihn aufkommen. Sie hätte es so gewollt.«

»Deine Mutter?«

»Mhm.« Otis atmet tief ein und aus, bevor er ein leises »Wie auch immer« von sich gibt und das Thema wechselt. »Leon hat heute übrigens mal wieder nach dir gefragt.«

»Was?« Mit der flachen Hand schlage ich gegen einen Holzbalken. Es knarzt und knackt. Das Letzte, was ich zusätzlich zu einem undichten Dach gebrauchen kann, ist, einen tragenden Balken austauschen zu müssen. »Ist ihm eingefallen, dass sein Dreckshandy doch kaputt ist?«

»Nein, da hat Charlie noch nicht mal einen Kratzer reinbekommen.« Otis klingt genauso überzeugt wie vergangenen Samstag, als Leon sich das erste Mal nach mir erkundigt hat. »Leon hat eine dieser ultrastabilen Hybrid-Polymer-Hüllen. Da kannst du mit dem Panzer drüberfahren, und das Handy bleibt ganz.«

»Was ist dann sein fucking Problem? Ist er auf einmal sentimental, oder was?«

»Möglich. Sandra hat auf dem Festival rausgefunden, dass er eine andere hat. Vielleicht nimmt ihn das mit.« Leon? Ich glaube kaum, dass diesen Dreckskerl irgendetwas anderes kümmert als er selbst und seine Karriere. »Vielleicht hat es ihn ja auch einfach nur wirklich interessiert.«

»Verdammter Wichser.«

Es dauert mehrere unregelmäßige Atemzüge, bis Otis antwortet. »Ernsthaft, Levy? Was ist euer Problem?«

Mit zusammengebissenen Zähnen schaue ich auf den schmalen Steinweg, den meine Mutter wöchentlich von Unkraut befreit, die Kastanienbäume und den winzigen Metallschuppen.

»Leon und Sophie hatten Sex auf dem Festival. Am selben Tag, an dem sie gestorben ist. Er hat sie in meinem Zelt gefickt.«

Otis stößt einen lauten Fluch aus. »Okay, ganz ehrlich? Ich weiß nicht, was ich darauf antworten soll. Aber ... warte«, beendet er den Satz abrupt. »Vor zwei Jahren habe ich gemeinsam mit Leon auf dem Festival gearbeitet, das bedeutet ...« Es dauert mehrere Sekunden, bis Otis weiterspricht. »Leon hat sie ...«

»Er hat sie im Dienst gefickt, ja.«

»Leon ist ein widerliches Arschloch. Aber Fakt ist, dass er immer noch bei der Polizei arbeitet und seit zwei Jahren Bestbeurteilungen von deinem Vater erhält, obwohl es ein unausgesprochenes Geheimnis ist, dass der Idiot sich hin und wieder was einschmeißt. Und du ... bist ausgestiegen. Warum erzählst du deinem Vater nicht von Leons Fehltritt? Dann würde er ihn sicher nicht bei jeder Scheißfortbildung bevorzugen und ihm damit den Weg zu einer Beförderung ebnen.«

»Weil es nichts ändern würde.«

Und wenn Otis das verdammte Video je zu Gesicht bekommen hätte, wüsste er, dass man mir sogar unterstellen könnte, darauf spekuliert zu haben, dass eine höhere Gewalt etwas löst, was ich nicht auf die Reihe kriege.

Fünf verfickte Worte. Auf Video. Auf ewig schuldig.

Fick dich, Leon.

Wie hat sich Sophie gefühlt, als ich sie ihr an den Kopf geworfen habe?

Keine Ahnung, Levy. Du bist ja nicht an dein Scheißtelefon gegangen, als sie dich angerufen hat, bevor sie in ihr verficktes Auto gestiegen ist.

Sophie wollte mit mir reden. Und ich habe ihr das untersagt. Fuck. Ich habe meinen Vater verdient. Diese Abmachung mit ihm. Leon. Den Druck. Meinen Selbsthass. Die Qualen meiner Mutter. Eigentlich habe ich viel Schlimmeres verdient. Nur Charlie, die bin ich mit keiner Zelle meines Körpers wert.

»Aber ...«

»Otis, da ist so viel mehr, wegen dem ich die Situation in Kauf nehmen muss, wie sie ist.«

»Frag doch *Ykarus*, ob er einen Ratschlag für dich hat.«

Ich presse die Schultern gegen den morschen Balken und starre auf die wenigen Bilder, die meine Mutter gemalt und über das Bett gehängt hat, bis es in meiner Brust nicht mehr so eng ist.

»Dumme Sprüche kann ich jetzt nicht gebrauchen.«

»Sorry, ich weiß einfach nicht, was ich sonst dazu sagen soll. Ich würde dir gerne helfen. Also, das ist normalerweise Rias Job, aber willst du darüber reden?«

»Ich will einfach nur meine Ruhe, ohne dass ich ständig daran erinnert werde, was vor zwei Jahren abgegangen ist.«

Otis schluckt heftig. »Ich verstehe.« Jetzt klingt er genauso gepresst und heiser wie ich. »Vielleicht kann ich das sogar besser nachvollziehen, als ihr alle denkt«, flüstert er. »Levy, kann ich dir etwas sagen?«

Bevor ich antworten kann, springt das Licht am Tor an, und kurz darauf betritt meine Mutter den Garten.

»Meine Mutter«, sage ich schnell. Sie sieht erschöpft aus, ihre Haare hat sie zu einem unordentlichen Zopf gebunden, und dafür gebe ich mir die Schuld. »Ich ruf dich später zurück, okay?«

»Du bist ein guter Freund.« Otis lacht bitter. »Bis dann.«

Ehe ich mich über seine plötzliche Sentimentalität wundern kann, hat er aufgelegt.

Früher war meine Mutter wöchentlich beim Friseur und bei der Maniküre, heute trägt sie Jeans, bis sie löchrig sind, und extraweite dunkle T-Shirts, die wenig kosten. Immer dieselben Sneaker. Trotzdem ist Mum wunderschön, weil sie lächelt, wann immer sie einen Raum betritt.

Ich selbst habe vorhin einen dünnen Strickpulli übergezogen, den ich mir aus meiner alten Polizeiuniform-Jacke genäht habe, und dazu schwarze Shorts.

Mum schließt hastig das Tor und scheucht den Kater, der hinter ihr in den Garten gehuscht ist, in Richtung des winzigen Holzhauses. Beim Laufen wirft sie immer wieder flüchtige Blicke hinter die Kastanienbäume, vermutlich wegen der Typen, die sich dort vor zwei Wochen was gespritzt haben. Ich könnte kotzen, weil sie es hier aushalten muss. Aber wie um alles in der Welt kann ich etwas daran ändern?

Ihre Reisetasche ist schon fertig gepackt, sie steht neben dem Eingang. Schnell stecke ich noch einen Schokoriegel und zwei Wasserflaschen aus dem Sixpack mit rein, den ich im Supermarkt nebenan gekauft habe.

Von heftigen Schuldgefühlen geplagt, nehme ich die Tasche und öffne die Tür.

»Levy, ich muss mich beeilen, entschuldige. Dein Vater hat schon zweimal angerufen, und ich lass ihn besser nicht warten.«

Meine Hände verkrampfen sich um die Träger. »Ich hab dir Wasser und Schokolade eingepackt.« Ich reiche ihr die Tasche und schaffe es kaum, dabei nicht loszuheulen. »Was will er?«

»Er hat mir eben auf der Wache spontan angeboten, mich mit dem Auto zu meiner Schwester zu fahren, und vor seinen Kollegen wollte ich sein Angebot nicht abschlagen.«

Wie sehr ich ihn dafür verabscheue, dass er vor den Kollegen heile Welt spielt.

Mum seufzt und schiebt den Kater mit ihrem Fuß ins Hausinnere, dann stellt sie die Tasche ab und macht einen Schritt auf mich zu. Im nächsten Augenblick zieht sie mich an sich. Ich sehe ihr ins Gesicht und registriere, dass auch ihr Tränen in den Augen stehen.

»Du bist vor dem Festival ziemlich weit mit dem Dach gekommen, dafür wollte ich mich noch bedanken. Es sieht richtig hübsch aus.«

»Klar, regnet nur noch an drei Stellen rein«, knurre ich. »Es ist ein fucking Palast. Wieso warst du auf der Wache? Hat Papa dich wieder mit einem Vorwand einbestellt? Wieso fährt er dich?« Kann mir nicht vorstellen, dass es Fürsorge ist. Für Sentimentalitäten hat mein Vater schlichtweg nicht viel übrig.

Meine Mutter lächelt. »Du tust, was du kannst«, flüstert sie, meine Frage ignorierend, und klingt dabei so betroffen, dass ich nicht weiß, wie ich ihre Nähe aushalten soll, weil sie viel zu viel in mir aufkratzt.

Ihre Umarmung wird fester. Für einen Sekundenbruchteil frage ich mich, was aus mir geworden wäre, wenn mein Vater mich ein einziges Mal in meinem Leben umarmt hätte. Wenn er mich so geliebt hätte, wie ich bin. Aber dann streicht meine Mutter vorsichtig über die Wölbung hinter meinem Ohr, und ich weiß wieder, was es bedeutet, einen Wichser als Vater zu haben.

»Wartet Papa wieder brav vor der Tür, damit niemand hier mitbekommt, was für ein Arsch er ist?« Ich befreie mich aus Mamas Armen.

Sie zieht mich sofort zurück. »Levy.« Sie sagt das so, als ob sie Auslöser dieser Katastrophe hier wäre. »Wenn du es unbedingt wissen willst: Er möchte mit mir über die Wohnsituation hier sprechen ... Es kann ja nun wirklich keine Dauerlösung sein, dass wir zu Hause gemeldet bleiben, aber nicht dort wohnen. Er hat ja recht.«

»Er will, dass du zurückziehst, oder?« Ich fange an zu zittern. »Tu das nicht! Wir kriegen das irgendwie hin, versprochen. Ich kann mit Otis reden, ob wir uns bei ihm und Ria in der WG melden können oder zu Hause bei seinem Vater. Der hat ein riesiges Haus und ...«

Mein Ausbruch überrascht mich selbst, und der verzweifelte Laut, der aus meiner Brust kommt, erst recht. Aber hinter meinen Schläfen hämmert es so heftig, dass ich meine Gedanken nicht mehr unter Kontrolle habe.

»Ich weiß, dass die Freiheit, mich umarmen zu können, dieses schäbige Drecksloch hier nicht besser macht, aber bitte geh nicht zu ihm zurück.«

»Levy, das ist allein meine Entscheidung.«

»Mama ...«

»Nun, ich ... ich lasse ihn besser nicht allzu lange vorne warten.« Sie nimmt die Reisetasche hoch und presst sie gegen ihre Brust.

Hat sie mir nicht richtig zugehört? Versteht sie denn nicht, dass er sie wieder schlagen wird, verdammt? Es wird nicht besser. Nie mehr.

»Ich kläre das mit ihm.« Mit beiden Händen fahre ich mir übers Gesicht. »Ich bin das Problem, der Schlappschwanz, die riesige Enttäuschung.« Ich deute auf meine Brust. »Er braucht nicht mehr für meine Fehler einzustehen, und du erst recht nicht. Ich zahle meine Schulden selbst. Scheiß auf den Vertrag. Scheiß auf alles. Such dir einen Job, Mama. Dann eine Wohnung. Wir schaffen das zusammen.«

Meine Mutter stößt ein Seufzen aus und ich kralle meine Finger in den Stoff meines Shirts.

»Mein Handy vibriert die ganze Zeit. Das ist er bestimmt.« Sie lächelt, bevor sie den Kater kurz zwischen den Ohren krault und mich in eine letzte Umarmung zieht. »Joe schleppt im Moment wieder Tauben und Mäuse an. Pass bitte auf, dass er sie nicht frisst, sonst entzündet sich sein Magen.«

»Okay.« Mein Inneres fühlt sich gerade auch entzündet an.

»Bis morgen, ja?« Sie lässt mich los.

»Mama, ich ...«

»Es ist schon okay so.« Sie schultert ihre Tasche, tritt aus dem Türrahmen, und nachdem sie gewunken und das Eisentor hinter sich geschlossen hat, gebe ich ein Stöhnen von mir, als ich den Kopf gegen die Eingangstür lehne.

Mein ganzer Körper fängt an zu beben, obwohl ich beide Arme um mich schlinge. Ich fühle mich komplett hilflos. Es gibt nichts, wirklich absolut gar nichts, was ich jetzt tun kann. Wenn ich meiner Mutter hinterherrenne, wird mein Vater ihr und mir zu verstehen geben, was für eine dumme Idee das gewesen ist. Ich traue mich nicht mal, ihr eine SMS zu schreiben. Keine Ahnung, ob mein Vater sie liest.

Ich gehe zu Joe in die Hocke und ziehe zur Ablenkung mein Mobiltelefon aus der Hosentasche. Ich starre die Mitteilungsbenachrichtigung auf dem Display so lange an, bis sie vor meinen Augen verschwimmt. Sie kündigt eine neue Nachricht von Sandra an. Nach dem Festival hat sie sich noch zweimal gemeldet, jetzt erkundigt sie sich schon wieder nach mir. Ich könnte ihr auch einfach antworten, was habe ich schon groß zu verlieren?

Ich beginne zu tippen, als ich eine neue Nachricht erhalte.

Classic Radio Germany: Es ist ein »Eigentlich bin ich dienstagabends mit meiner Schwester nach ihrer Schicht zum Uno-Spielen im Café am Neuen See verabredet«.

Ykarus: Ich hab noch eine der roten Karten, schon vergessen?

Ist meine Antwort schon peinlich oder einfach nur sehr, sehr traurig?

Mit einem Fluch auf den Lippen wechsle ich in den Chat mit Sandra und schreibe ein kurzes *Klar. Und bei dir?*, dann fokussiere ich wieder den oberen Bildschirmrand.

In den nächsten Minuten kommt jedoch nur eine Antwort von Sandra. Sie würde sich gerne mit mir treffen, kann aber erst am Freitag, weil sie bis dahin ständig Nachtschichten schiebt und tagsüber schläft.

Ihre Nachricht erinnert mich so sehr an mein altes Leben. Als Polizist in Berlin macht man ständig Überstunden, im Grunde gehört man der Behörde. Wären die Umstände nicht so abgefuckt, wäre ich einfach nur froh, dort raus zu sein. Aber jetzt ist mein Leben noch schlimmer als vorher.

Ich muss den Kopf schütteln. Wie krank ist es, dass mein Leben weder damals noch heute normal war?

Bevor ich Sandra antworten kann, vibriert mein Handy erneut.

Classic Radio Germany: Haha, das ist ein Argument. Ich frage meine Schwester …

Classic Radio Germany: Okay, ich hasse Lügen, also lasse ich es einfach. Die Wahrheit ist, dass ich mit meiner ersten Antwort absichtlich lange gewartet habe, obwohl ich von Anfang an wusste, wie sie lautet: Ja, ich komme. Natürlich! Ich freu mich. Sehr …

Fuck. Fuck. Fuck. Charlie hat mir letzten Freitag versprochen, immer für mich da zu sein. Immer. Egal, in welcher Rolle. Sie würde mir nicht wehtun und deshalb will auch ich sie nicht verletzen. Aber mit jeder Sekunde, die ich ihr nicht die Wahrheit sage, tue ich doch genau das.

Charlie belügt mich selbst in so einer dämlichen Angelegenheit nicht. Und ich verheimliche ihr im Gegenzug genug für zwei, oder was? Die Scheißlügen müssen endlich aufhören. Das geht so nicht weiter. Ich werde Charlie heute die Wahrheit sagen.

Ich schließe die App, ohne Sandra zu antworten, und als könnte der Kater mir helfen, ziehe ich ihn an mich.

»Du lernst später jemanden kennen«, erzähle ich ihm, und Joe miaut. Ziemlich abgefuckt, dass ich das als gutes Omen werte.

DAS KAPITEL, IN DEM ICH AUF DIE VERGANGENHEIT SCHEISSE

Charlie

Zwei Stunden nach meiner eindeutig viel zu ehrlichen Nachricht und Levys knappem *Ich mich auch* bin ich auf dem Rückweg von Papas Zeitungsredaktion in die WG.

Heute ist Dienstag, und damit läuft Jonas' Entscheidungsfrist ab. Er hat eben schon wieder nachgefragt, ob ich mir die Sache mit der Kündigung noch mal überlegt habe. Er habe den Vertrag bereits vor sich liegen, der die Rahmenbedingungen für den Podcast absteckt. Ich müsse also nur noch vorbeikommen, um ihn zu unterschreiben. Damit würde ich für meine Arbeit beim Sender bezahlt werden und meinen Eltern nicht mehr auf der Tasche liegen.

Der Gedanke rumort in meinem Magen, denn die Vorstellung ist ziemlich verlockend. Deshalb bin ich zu Papa in die Redaktion gefahren, um dort in Ruhe mit ihm über die Situation zu reden. Ohne meine Mutter. Die hätte eine sehr eindeutige Meinung zu der Angelegenheit gehabt, so viel steht fest. Sie würde Levy die Schuld an allem geben.

Was vielleicht sogar ein bisschen stimmt. Levy hat mir den Mut gegeben, zu mir zu stehen. Niemand sonst.

Ganz genau so habe ich es auch Papa eben erklärt. Ich wollte ihm nicht zu viel über Levy verraten, aber ich glaube, er hat trotzdem das meiste kapiert und mein Zögern nicht verurteilt.

Obwohl es sich verrückt anhört, etwas abzulehnen, von dem ich geglaubt habe, es wäre mein Traumberuf, fühlt es sich ebenso falsch an, eine Sache durchzuziehen, die mir Magenschmerzen bereitet. Mein Vater sieht das genauso. Und sein Verständnis hat mich beruhigt.

Trotzdem nagt das schlechte Gewissen an meinen Nerven. Ist es richtig, das Angebot einfach so auszuschlagen? Aus einem neu gewonnenen Gefühl heraus? Es ist eine wirklich gute Chance, und wenn ich Jonas überredet kriege, mich auch ohne den Podcast zu empfehlen, dann sollte ich es doch zumindest in Betracht ziehen, oder?

Aber ich fühle mich so mies dabei. Wie könnte ich jemandem einen Volontariatsplatz vor der Nase wegschnappen, der ihn aus vollstem Herzen will? Lucia und Marianne meinten, dass ich das tun solle, was ich für richtig für mich halte, weil sie beide ähnlich gute Kontakte haben wie Jonas. Der Erfolg auf dem Festival gehöre alleine mir, auch wenn mittlerweile offensichtlich ist, weshalb Jonas das Klassikradio wirklich auf ein Rockfestival geschickt hat – von Anfang an wollte er sich damit beim Jugendsender empfehlen. Vielleicht höre ich also einfach auf, nach einer Sache zu suchen, die mir eine Entscheidung abnimmt, die nur ich allein treffen kann.

Ich ziehe eine Wasserflasche aus meinem Rucksack und nehme zwei Schlucke, um meine Nerven zu beruhigen. Den ganzen Morgen sah es nach Regen aus, weshalb ich mit der U-Bahn in die Redaktion gefahren bin, was ich mittlerweile bereue. Der Waggon, in dem ich sitze, klappert, ist stickig, und überall wird lautstark über die Köpfe anderer hinweggebrüllt. Handys klingeln, Babys schreien. Zwei Türen funktionieren nicht, zumindest weist ein Aufkleber darauf hin. Eine dritte ist so weit von mir entfernt, dass ich gleich an einer Gruppe Jugendlicher vorbeimuss, die mich die ganze Fahrt über immer wieder mustern. Deshalb verharrt mein Blick stur auf meinem Handy.

Gerade will ich meinem schlechten Gewissen nachgeben und Jonas um ein Gespräch bitten, als mein Handy vibriert.

Es ist eine SMS. Absender unbekannt.

Wegen des Handys: Du kannst die Sache auch einfach auf
mir abarbeiten. War ein iPhone, ist also bisschen mehr Arbeit.
Scherz. Haha. Ein Kaffee bei Starbucks tut's auch. Ich verdien
genug.
Leon

Leon hat die Nachricht an meine private Handynummer gesendet, und das ... O Gott, mir wird übel. Woher hat er die?

Jetzt kann ich förmlich spüren, wie sich mein Magen umdreht,
denn alles in mir verkrampft sich. Meine Zähne schlagen hart aufeinander, weil ich plötzlich trotz der drückenden Hitze im Waggon zittere.

Hilflos schließe ich die Augen, ziehe regelmäßig Luft ein und
stoße sie wieder aus. Aber die Atemübung bringt nichts. Herrgott,
es ist doch nur eine Nachricht, verbunden mit der Erinnerung
an Leons Verhalten auf dem Festival, an seine Blicke und die un-
gefragten Berührungen. Die dürfte nicht dafür sorgen, dass sich
alles in mir verkrampft und die Ader an meinem Hals so heftig
pocht, dass ich nicht mehr schlucken kann, ohne Angst zu haben,
daran zu ersticken.

Das kann doch nicht sein. Leon ist nicht hier.

Mühsam ringe ich nach Luft, doch das Wageninnere dreht sich
so schnell, dass ich die Orientierung verliere. Da ist kein Sauerstoff mehr, nur noch Panik. Und ein zweites Vibrieren, dauerhaft
diesmal. Ein Anruf.

»Levy.«

»Hi, Charlie. Ich wollte dir nur sagen, dass ich noch schnell
was besorgen muss und es daher etwas später wird. Passt dir halb
acht?«

»K-klar.«

»Alles in Ordnung bei dir?«

»Nein«, stoße ich aus. »Ich hab eine Panikattacke.«

Ganz kurz ist es am anderen Ende der Leitung still. »Brauchst du Ablenkung oder sollen wir darüber reden?«

»Ich weiß es nicht.«

»Okay, ich bring dich da durch, vertrau mir.«

Ich spüre, wie sich Levys samtene Stimme warm auf meine Haut legt. Sein Tonfall ist mir fremd, aber sofort liegt meine ganze Aufmerksamkeit bei ihm. Ich glaube, das ist sein Polizistenton: beruhigend warm, dennoch klar und deutlich.

»Sitzt du?«

»Ja«, krächze ich. »Ich bin in der U-Bahn.«

»Konzentrier dich nur auf das Polster. Spürst du es unter deinem Po?«

Ich nicke und tue eine Minute lang nichts anderes, als gemeinsam mit Levy zu atmen und meinen Hintern auf das Polster zu drücken.

»Presse deine Füße, so fest du kannst, auf den Boden und die freien Handflächen beide aufs Polster.«

Das muss Levy wiederholen, bevor ich es hinbekomme. Aber nach einer halben Ewigkeit schaffe ich es, und sofort wird mir ein wenig leichter in der Brust.

»Ich weiß, dass du glaubst, dass da gerade keine Luft mehr zum Atmen ist, aber da ist ganz sicher genug Sauerstoff. Schau dir die anderen Leute an, keiner von denen ist umgefallen, oder? Ich zähle die Sekunden, und du atmest ein und wieder aus, ja?«

Er zählt wieder und wieder von vorn, bis ich mich ein wenig aufrichten und die Muskeln lockern kann.

»Streck ganz kurz die Zunge raus.«

Das kommt so überraschend, dass ich es einfach tue.

Levy lacht leise; bestimmt hat er das leise Schmatzen gehört. »Fahr dir mit der Spitze deine Lippen entlang und schlucke anschließend. Am besten du denkst dabei an etwas Schönes, und bitte nicht an das, was ich jetzt Unanständiges im Sinn habe.«

Dafür kann ich nicht garantieren, weil meine Gedanken gerade alle nur von Levy handeln. Ich denke daran, wie sehr die feuchte Spur, die seine Zungenspitze auf meinem Körper hinterlassen hat, selbst jetzt noch prickelt. In meinem ganzen Körper fängt es sofort wieder an zu kribbeln, weil ich mir jetzt vorstelle, wie ich diesmal die Kontrolle über Levy habe. Wie meine Lippen erst seine Wange berühren, dann ganz kurz sein Ohr streifen, bis ich ihn schließlich grob gegen eine Wand drücke. So wie er meinen Körper letzten Freitag fordernd über den Verkaufstresen gelegt hat.

Mein heißer Atem trifft auf seinen Nacken, bevor ich ihm befehle, sich anzufassen. Ich keuche leise und denke als Letztes daran, dass Levy mich im Späti wieder und wieder angelächelt hat, selbst mit seinen Augen. Dann keuche ich erneut, diesmal lauter.

O Gott. Doch es ist mir noch nicht einmal peinlich. Denn in meinem Kopf lächelt Levy noch immer. Und ich bilde mir ein, dass er einfach nicht mehr damit aufhören konnte, nachdem ich mich letzten Freitag von ihm verabschiedet habe. Mir geht es nämlich genauso. Ich glaube, Levys Lächeln ist ab heute mein allerschönster Safe Space. Ob er weiß, wie heftig ich gerade dabei bin, mich in ihn zu verlieben?

»Charlie?«, presst Levy hervor und klingt dabei genauso atemlos, wie ich mich fühle. »Fuck, es tut mir leid, aber dein Gekeuche hat mein Hirn auf Autopilot gestellt. Geht es wieder?«

»Ja«, sage ich mit einem Schmunzeln. »Ich hab nur noch ein bisschen Gänsehaut.« Ich klemme mir den Rucksack unter den Arm, weil wir gleich meine Haltestelle erreichen. Die Jugendlichen feixen hinter meinem Rücken, als ich aussteige, aber das kümmert mich nicht. Ich nehme sie nicht mal wahr.

»Die hab ich auch«, raunt Levy. »Ich kann es nicht erwarten, dich zu sehen, Charlie.«

Wieso denke ich bei diesem Satz sofort an Sex? Vielleicht weil mein Hirn gerade die realistischste Fantasie zusammengesponnen hat, die ein Mensch haben kann, wegen der mein Unterleib fordernd pocht?

»Ich freu mich.«

Jetzt haste ich die Bahnhoftreppen hoch, und während wir uns verabschieden, weiß ich nicht, was von beidem meinen Puls mehr beschleunigt. Die Tatsache, dass ich das kurze Stück zu unserer WG vor Vorfreude über die Straße renne, oder die ganzen Wenns in meinem Kopf, die von meinem Wunsch erstickt wurden, mich gemeinsam mit Levy auszuprobieren.

Meine Hände zittern, als ich die Haustür aufschließe. Vielleicht werde ich mich irgendwann dafür verfluchen, aber in diesem Augenblick ist meine Entscheidung glasklar. Jonas' Versprechen eines Volontariatsplatzes müsste mindestens genauso viel aufgeregtes Magenkribbeln in mir auslösen wie die Aussicht auf … Sex mit Levy? Wollte ich das gerade denken?

Okay, ziemlich sicher werde ich mich irgendwann zumindest für diesen Vergleich auslachen. Aber der Schuh passt doch. Ich kann Jonas nicht zusagen. Nicht, wenn das Ganze schon einen beschissenen Anfang und einen noch anstrengenderen Mittelteil hatte. Da kann das Ende nur mies werden. Wieder von vorne anzufangen ist allemal besser, als etwas zu tun, hinter dem ich ganz und gar nicht stehe.

Ja, ich werde es vielleicht bereuen. Aber ich ziehe das jetzt durch. Für mich. Und für niemand anderen sonst.

Deshalb sage ich Jonas endgültig ab.

⋆ ⋆ ⋆

Zur Sicherheit habe ich Zahnputzzeug, die Yogahose, die ich so liebe, weil sie enge Bündchen hat, und dazu ein weites Schlafshirt eingepackt. Alex hat mir gerade geschrieben, dass sie spontan doch die Spätschicht übernommen hat und deshalb bis Mitternacht arbeitet. Theoretisch könnte ich nach dem Besuch bei Levy also zu Alex ins Café am Neuen See fahren. Aber in der Praxis habe ich meine Zähne doppelt geputzt und extra lange geduscht.

Kaum habe ich die Türklinke nach unten gedrückt, was das Windspiel, das Leni im Rahmen angebracht hat, leise zum Klingeln bringt, da kommt Ella aus ihrem Zimmer. Der gleichbleibende tiefe Beat, den ich durch die Wand nur gedämpft hören konnte, schallt mir jetzt dröhnend entgegen. Vermutlich bastelt Ella an einem neuen DJ-Set. Ich bin froh, dass sie ihr Hobby wieder aktiver betreibt, aber meistens gibt es dafür einen Grund.

Vorhin, als ich ihr kurz durch ihre einen Spaltbreit geöffnete Zimmertür zugerufen habe, dass ich mich heute wahrscheinlich nicht mit Alex, sondern mit Levy treffe, war es augenblicklich mucksmäuschenstill, doch dann hat Ella nur ein tonloses »Ist okay« geantwortet. Als sie sich jetzt mit dem Rücken gegen die in Regenbogenfarben gestrichene Wand lehnt, wird sie ernst.

»Charlie, Leni sagt, ich soll mich raushalten, aber dank der ganzen Sache mit Toni geht das gerade nicht.« Sie blinzelt angestrengt und zieht dann ihr Handy aus der Hosentasche, um mir ein Foto darauf zu zeigen. »Das hat irgendeine Frau heute Morgen auf Instagram hochgeladen und Toni darauf verlinkt.«

Auf dem Bild ist tatsächlich Ellas Freund zu sehen, ich erkenne ihn an den bunten Tattoos, die seinen Hals vollständig bedecken, und den Piercings im Ohr. Er legt einer unbekannten Frau beide Arme um den Nacken.

»Was?«, stoße ich erschrocken hervor. »Er küsst sie.«

Ellas Gesicht wird seltsam blass. »Ja, und das, obwohl er mir gestern Abend versichert hat, dass er mich liebt.«

Scheiße. »Ella, das tut mir leid. Soll ich hierbleiben und wir schauen *Heartstopper*?«

»Nein«, erwidert sie mit einem erschöpften Lächeln. »Ich will dir nur sagen, dass ich mich ein bisschen um dich sorge. Du weißt, wo ich Toni kennengelernt habe. Und dein Levy könnte genauso gut auf solchen illegalen Elektro Raves unterwegs sein. Ungefähr jeder zweite Typ dort sieht exakt so aus wie er.«

»Nur dass Levy anders ist.« Ich merke selbst, wie abgedroschen das klingt.

»Ich mache mir bloß deswegen ein paar Gedanken zu viel, befürchte ich, weil da gerade so viel in deinem Leben passiert und ich, um ganz ehrlich zu sein, meine Freundin kaum mehr erkenne. Das ist nicht schlimm, so meine ich das nicht. Es ist nur ... kannst du gerade noch mehr Unsicherheit gebrauchen?«

»Ehrlich gesagt, gibt mir Levy ganz viel Sicherheit.« Ich schlucke, denn Ellas Worte liegen trotzdem schwer auf meinem Brustkorb. »Ich fange endlich damit an, mein eigenes Leben anzugehen und das zu tun, was ich möchte, und nicht das, was andere von mir erwarten. Stolpern und fallen gehört dazu, das hab ich mittlerweile verstanden ...«

»Solche Typen haben immer irgendein Problem, Charlie«, hält Ella dagegen, und ich höre an ihrem Tonfall, wie hin- und hergerissen sie ist. Ella sorgt sich um mich, und gleichzeitig versucht sie sich seit dem Festival ehrlich zurückzuhalten. Deshalb unterbreche ich sie jetzt auch nicht. »Meistens ist es ein ziemlich großes. Sie müssen erst mal lernen, sich selbst zu lieben, bevor sie Hilfe annehmen können. Deshalb verbocken sie es irgendwann unweigerlich, um sich darin zu bestätigen, dass sie es nicht wert sind, verstehst du? Ich will nicht, dass Levy dir deshalb wehtut.«

Ich nicke und drücke die Türklinke erneut runter. Ella sieht mich entschuldigend an, und am liebsten möchte ich jetzt zurück in mein Zimmer laufen und mich unter der Bettdecke verstecken.

Doch das würde mir nicht helfen, weil ich dann einfach Ellas Vermutungen bestätigen würde, ohne Levy eine Chance gegeben zu haben. Und wenn ich das tue, dann ist alles, was ich ihm letzten Freitag im Späti versprochen habe, gelogen gewesen.

»Ich werde jetzt trotzdem zu ihm gehen.«

Ella nickt und klemmt das Blatt einer der Monsteras, die überall in unserer WG herumstehen, zwischen ihre Finger. »Dann unterstütze ich dich auch dabei ...« Ein Grinsen lockert ihren Gesichtsausdruck. »Hast du an alles gedacht? Ich meine, wirklich alles?«

Ich spüre, dass ich rot werde. O Gott, Ella spielt auf Kondome an.

»Äh, ich weiß nicht, ob wir ...«

Für einen Moment verschwindet Ella in ihrem Zimmer, dann wirft sie mir einen Karton zu, aus dem ich mir zwei der kleinen Folienpackungen nehme, bevor ich sie mit glühenden Wangen zu den anderen Sachen in meinen Rucksack stecke.

»Vergiss den Spieleabend ...« Ihr Grinsen wird immer breiter. »Den im Café, meine ich.«

»Hör auf!«

Sie lacht. »Meld dich, wenn was ist. Ich hab mich für morgen krankgemeldet und bin sowieso die ganze Nacht wach, um neue Sets zu mischen.«

»Danke.«

Ich verschwinde durch die Tür nach draußen auf den Flur und werfe einen kurzen Blick auf mein Smartphone. Es hat während des Gesprächs mit Ella zweimal vibriert.

Die erste Nachricht ist von meiner Mutter, die fragt, was um alles in der Welt ich mir dabei denke, am Volontariat zu zweifeln, und wieso ich damit nicht sofort zu ihr komme. Weil mir klar war, dass sie Stress machen wird, und ich deshalb den leichteren Weg über meinen Vater gewählt habe. Immerhin fühle ich mich jetzt in meiner Entscheidung, Jonas abzusagen, bestätigt.

Die zweite ist von Alex. Sie schreibt, dass Ben gerade erneut bei ihrer Arbeit aufgetaucht ist, und fragt, ob sie ihm meine neue Nummer geben kann.

Ich antworte ein kurzes *Auf gar keinen Fall* und weiß, dass ich heute definitiv keinen Fuß mehr in dieses Café setzen werde.

DAS KAPITEL, IN DEM ICH ES FÜR MICH TUE, NICHT FÜR DIE ANDEREN

Charlie

Ich bin viel zu spät. Als ich endlich die Kleingartenkolonie betrete, ist es fast acht.

Meine Mutter hat mich auf dem Weg hierher ununterbrochen angerufen. Irgendwann bin ich genervt vom Rad gestiegen und habe einen ihrer Anrufe angenommen, um ihr kurz angebunden meine Gründe für meine Absage zu erklären. Sie hat mir noch nicht einmal richtig zugehört und ständig dazwischengequatscht. Seit sie aufgelegt hat, bin ich wieder total verunsichert, und das stört mich gewaltig.

Levys Wegbeschreibung zufolge muss ich ab jetzt nur noch geradeaus laufen. Trotzdem braucht es einen Moment, bis ich mich zwischen Holzhäuschen mit Lichterketten und Steinwegen orientiert habe. Dass mich der Schrebergarten ans Festival erinnern wird, habe ich als Allerletztes erwartet – mit der Ausnahme, dass es hier viel ruhiger ist.

Mein Blick schweift über nach Maß gestutzte Hecken auf der einen und chaotische Wildblumenwiesen auf der anderen Seite, bevor ich dem Weg ein paar Meter folge. Mit jedem Schritt rast mein Puls schneller, bis ich Levy in ein paar Metern Entfernung erkenne und mein Herz einen Schlag aussetzt.

Er lehnt mit der Hüfte an einem Eisentor, seinen Rücken halb zu mir gedreht und den Blick auf den perlgrauen Himmel gerichtet. Er trägt einen schlichten dunklen Pullover und dazu Shorts, die meine Gedanken sofort zurück ins Riesenrad katapultieren.

Meine Wangen erhitzen sich, und im selben Moment, in dem ich stehen bleibe, um mich zu sammeln, dreht Levy sich zu mir und bemerkt mich. Mit beiden Händen fährt er sich durch die Haare – eine Geste, die ungewohnt schüchtern wirkt – und klemmt sich schließlich den Silberring in seiner Nase zwischen die Finger, wie er es so oft macht.

Er tritt auf mich zu und mein Herz galoppiert wie verrückt los. Denn Levy lächelt. Nicht nur mit dem Mund, auch mit den Augen; und sein Lächeln ist noch viel schöner als in meiner Erinnerung. Sofort bekomme ich eine trockene Kehle.

»Hey«, sagt er, und mein Herz stoppt wieder. Es kann sich genauso wenig für eine Richtung entscheiden wie mein Kopf, in dem eine Million Gedanken unkontrolliert umherrasen. Am liebsten würde ich meinen blöden Kopf abschrauben und wegkicken, weil ich nach dem Gespräch mit Ella jetzt doch nach irgendetwas suche, das mir das bestätigt, was sie mir erzählt hat. Das Telefonat mit meiner Mutter macht mich zusätzlich nervös. Großartig.

»Hey.« Ich starre auf Levys Lippen. Man hört meine Ruhelosigkeit selbst in diesem einen Wort.

Wenn wir jetzt auf dem Festival wären, würde ich Levy einfach küssen. Aber in der fremden Umgebung hier geht das nicht so einfach, weil Zweifel und Unsicherheit auf extrem laut gestellt sind. Mein Kopf fühlt sich schon ganz wund an von all den Gedanken und Wenns, die ich verzweifelt zurückhalte.

Außerdem wollte Levy mir jemanden vorstellen, fällt es mir wieder ein. Damit wäre es nur noch unangemessener, direkt über ihn herzufallen. Vielleicht ist ihm die Person sehr wichtig ... O Gott, wieso denke ich erst jetzt darüber nach, welche Auswirkungen es haben könnte, wenn sie mich nicht mag?

»Ach, fuck, ist das schräg«, quetscht Levy mühsam hervor. »Irgendwer von uns beiden muss sich jetzt zum Idioten machen, sonst wird das hier nichts. Also: Ich will, dass du weißt, dass die letzten Tage ohne dich beschissen waren. Ich bin ein Vollidiot, weil ich dir das schon am Samstag hätte sagen müssen. Nein, eigentlich in der Sekunde, in der du den Späti am Freitag verlassen hattest. Die war nämlich schon kacke ... ohne dich.«

Levys Atmung wird schneller, und das Heben und Senken seiner Brust bereitet mir Gänsehaut. Trotz seiner Worte macht er keine Anstalten, mir näher zu kommen, weshalb ich auch stehen bleibe und zusätzlich die Hände in die Hosentasche meiner Jeans schiebe. Mein Rucksack rutscht dabei über meine Schulter, und kurz glaube ich, dass Levy ihn auffangen will, doch dann fahren seine Fingerspitzen nur über seine Lippen. Es ist wirklich seltsam, da hat er recht, und es wird schlimmer, weil ich nicht weiß, was ich erwidern soll.

»Du siehst aus, als würdest du gleich platzen«, kommt er mir zuvor. »Ist da nur ein winziges bisschen Mut in deinem Kopf?«

»Ja, natürlich, sonst wäre ich nicht hergekommen, aber ich bin ... also ... es ist trotzdem ...«, stammle ich, überfordert von der Tatsache, dass ich einfach nicht weiß, was die richtigen Worte für diesen Moment sind. Letzten Freitag, da war ich mutig, aber übers Wochenende scheine ich wieder vergessen zu haben, was ich wirklich bin. Schüchtern? Hilflos? Unsicher? Oder braucht es nur einen von Levys Stupsern, und ich erinnere mich wieder daran, dass ich tief in meinem Inneren stark bin? Für Levy kann mein wechselhaftes Verhalten jedenfalls gerade gar nicht nachvollziehbar sein.

»Was dagegen, wenn wir noch ein klein wenig mehr Mut hinzufügen?«, versucht er auf meine Überforderung zu reagieren, bevor er die Distanz zwischen uns überbrückt. Kurz darauf spüre ich seine Finger, die sich ganz vorsichtig um mein Handgelenk schließen. Sanft fährt er an meinem Arm entlang nach oben bis zum Ellbogen. Er kann nicht ahnen, wie beruhigend seine Berührungen auf mich wirken. Wie sicher und schön. Dann lässt er mich wieder los. »Darf ich dir was zeigen?«

Umständlich zerre ich eine Hand aus meiner Hosentasche und lege sie ganz leicht an Levys Rücken, dann nicke ich, und er gibt mir einen sanften Kuss auf den Mundwinkel.

»Wir haben Glück«, erzählt er und deutet zu den umliegenden Gärten. »Die Nachbarn sind nur an den Wochenenden da.«

»Oh, okay.« Die Panik in meinem Kopf wird so laut, dass Levy sie eigentlich hören muss. Zum Glück springt im selben Moment ein Licht am Eisentor an, zu dem ich Levy gefolgt bin, das meinen wirren Kopf ein wenig ablenkt.

»Falls du Musik hören willst, meine ich.«

Ja, natürlich. Was auch sonst? Ich atme tief ein und aus.

»Was war vorhin eigentlich in der U-Bahn los?«, fragt er beiläufig.

Ich schüttle die Erinnerung ab und bemühe mich zu lächeln. »Nicht so wichtig, ich hab nur eine unangenehme Nachricht bekommen und ... vergiss es.«

»Das tut mir leid«, hält er dagegen. »Aber ich würde es ungern vergessen.« Er überlegt. »Ich will dich verstehen, Charlie. Ist etwas passiert?«

»Nein. Leon hat sich doch noch wegen des Handys gemeldet. Seine Nachricht kam nur ein wenig überraschend.« Ich ziehe mein Smartphone aus der Tasche, öffne den Gesprächsverlauf mit Leon und schlucke. »Ich weiß nicht mal, woher er meine Nummer hat.«

Es dauert kurz, bis Levy die wenigen Zeilen überflogen hat.

»Polizisten können über jeden kleinen Scheiß deine Kontaktdaten rauskriegen«, murmelt er währenddessen abwesend. »KFZ-Kennzeichen, eine aufgegebene Anzeige...«

... eine Instagram-Bio mit meinem vollen Namen darin. Die ganze Sache mit meiner Tante vor acht Jahren. Der Familienname Leyfert ist bei der Berliner Polizei ausreichend hinterlegt.

O Gott, Leon weiß jetzt alles über mich. Viel mehr noch als

Levy. Wenn Leon mir wenigstens nur nachgestellt und die Nummer über mein registriertes Fahrrad herausgefunden hätte, wäre es vielleicht weniger schlimm.

Nein. Es wäre genauso furchtbar. Weil es nicht okay sein kann, dass jemand seine Position auf diese Weise ausnutzt.

Mit einem Räuspern streckt Levy die Hand nach meinem Handy aus. »Ich hab gesagt, ich kümmere mich darum, also gib mir das mal.« Er nimmt mir das Gerät ab und tippt eine Antwort. »Willst du lesen?«, fragt er, doch ich schüttle den Kopf, weil ich Levy vertraue. Eine Sekunde danach tippt sein Zeigefinger auf *Absenden*, und er reicht mir mein Handy. Der Chatverlauf ist noch geöffnet.

Charlie: Mir fallen spontan direkt FÜNF Dinge ein, die du verdienst. Nichts davon hat mit Kaffee oder Sex zu tun. Ich hab dich so satt. Fick dich. Liebe Grüße, Levy

Ich muss lachen. »Nur fünf Dinge?«

»Er weiß, was das bedeutet.« Levy schluckt. »Kommst du?«

Kurz darauf stehen wir in einem kleinen Garten, lavendelgrau im schwachen Licht der Lampions, die jemand, vermutlich Levy, in die Baumkronen gehängt hat. Sommerrosen blühen direkt am Tor, das Levy hinter uns schließt, und ein schmaler Weg aus flachen Steinen führt durch den gepflegten Garten bis zu einem kleinen Häuschen aus Holz. Die wolkenverhangene Dämmerung sorgt dafür, dass ich dessen Zustand aus der Entfernung nicht ausmachen kann. Aber ich stelle es mir ein klein bisschen verwittert vor, oder jedenfalls nicht so akkurat wie die meisten anderen. So würde das Haus zumindest vollständig zum Garten passen, als hätte jemand die Idylle eines verwunschenen Märchenschauplatzes in die laute Berliner Innenstadt gepresst.

»Es ist nicht das Taj Mahal.« Levys Stimme ist weich, ein wenig unsicher vielleicht. Sie passt zu der vollkommenen Ruhe, die der Ort auf mich ausstrahlt. »Aber ich hab mir Mühe gegeben, damit du nicht das Gefühl hast, in einen Stephen-King-Thriller gefallen zu sein.« Es ist süß, wie er sich die Hand verlegen in den Nacken legt. »Ich glaube, es ist das erste Mal seit zwei Jahren, dass ich es okay fände, wenn dich irgendetwas hier eher an Til Schweiger als an Horrorfilme erinnert.«

»Es ist besser als jeder Til-Schweiger-Film, den ich kenne.«

Levy lacht leise. »Gott sein Dank.«

»Du magst seine Filme nicht besonders.«

»Es ist immer derselbe Ablauf, wie das fünfaktige Drama nach Aristoteles, und am Ende sind alle glücklich. Klar, er ist vermutlich der König des romantischen deutschen Films, aber seine Geschichten bilden nicht die Realität ab.« Er hält kurz inne. »Na ja, manche zumindest«, fügt er tonlos hinzu. »Bei ihm wird Liebe immer als feste Größe angesehen. So als könnte eine bestimmte Kombination aus Hormonen jedes Problem lösen. Es gibt keine Aufklärung, kaum Kommunikation, und das ergibt doch keinen Sinn.«

»Vielleicht geht es nur darum, abschalten zu können?«

»Und was soll dann der Film, in dem zwei Typen vor ihrem Tod auf einen großen Roadtrip gehen? Der eine zieht am Ende ein letztes Mal an seiner Zigarette, dem Scheißzeug, das ihn überhaupt erst in die Situation gebracht hat, und fällt dann tot um.« Jetzt schluckt Levy lautstark. »Sein Kumpel Rudi ist nicht mal erstaunt, sondern schaut ihn nur an und, keine Ahnung, kommt einfach damit klar? Vielleicht bin ich zu simpel gestrickt, aber ich begreife es nicht.«

»Sein Kumpel ist unterwegs schon häufig fast krepiert, vielleicht überrascht es Rudi deshalb nicht.«

Knockin' on Heaven's Door ist einer von Lenis Lieblingsfilmen. Ich habe ihn schon mindestens zehnmal ihr zuliebe angeschaut, obwohl ich Levys fehlendes Verständnis nachvollziehen kann.

»Das ist doch unrealistisch.« Levy schüttelt den Kopf. »Manche Dinge erlebst du hunderttausend Mal und sie machen dich immer noch genauso fertig wie am ersten Tag.«

Er räuspert sich angestrengt. Sein Ton beinhaltet einen Orkan aus Gefühlen. Wüst, dunkel und im selben Moment ernst und voller Schmerz. Mit beiden Händen rauft er sich das Haar, was fast so aussieht, als wollte er sich den Kopf abreißen, dann beißt er die Zähne lautstark aufeinander und nickt in Richtung seines Zeltes, unter dessen hochgeklapptem Eingang ein Rucksack liegt.

»Jedenfalls bin ich froh, dass es dir gefällt, sonst wäre das Teil dort ziemlich gruselig.«

»E-ein Zelt?« Sofort werden meine Hände schwitzig und mein Magen rumort.

»Na ja, nach meiner abrupten Flucht auf dem Festival schulde ich dir einen letzten gemeinsamen Festivaltag.« Er überlegt. »Ich hab Dosensuppe gekauft, Schokokekse, Glitzer und ... Wattepads. Falls du vorhast, dir den Glitzer wieder über den ganzen Körper zu kippen, aber dein Mut heute nicht fürs Anfassen reicht, was völlig okay wäre, und ...«

Ich sehe Levy dabei zu, wie er zum Zelt geht, und als ich zu ihm stoße und er mir etwas vor die Füße wirft, muss ich lachen.

»Papier und Stifte? Ist das dein Ernst? Und ich dachte, du hast mir meine Uno-Karte mitgebracht.«

»Wer sagt, dass ich die nicht auch dabeihabe?«, fragt er und atmet tief durch. »Eine viel wichtigere Sache, die du auf dem Festival erzählt hast, lässt mich nicht los: Du wolltest den ganzen Ablauf vorausplanen, meintest du, und das ist ganz bestimmt an einem riesigen, unübersichtlichen Ort hilfreich, aber doch auch langweilig.«

O Gott, ich habe jetzt schon weiche Knie, obwohl ich keinen blassen Schimmer habe, worauf Levy hinauswill. »Das stimmt.«

»Es tut mir leid, wenn ich ein wenig darauf rumreite, aber beim

Sex stehe ich normalerweise auf klare Ansagen, weil ich damit Kontrolle abgeben und mich überraschen lassen kann.«

Er wird mir jetzt aber nicht sagen, dass ich ihn irgendwo gegendrücken soll? Weil das ... puh, das war in meiner Fantasie vorhin in der U-Bahn schon unerträglich heiß, und ich glaube, ich will genau das gerade ausprobieren. Bin ich verrückt geworden? Vielleicht ... verrückt danach, herauszufinden, was mir gefällt und wer ich wirklich bin. »O-okay.«

»Fuck, das war ein dämlicher Vergleich. Ich will damit sagen, dass ich bis letzten Freitag nicht wusste, wie unfassbar gut es sich anfühlt, auf der anderen Seite zu stehen und die Kontrolle über eine Situation zu haben. Du weißt schon, andere Perspektiven finden.« Er legt den Kopf in den Nacken, als müsste er sich konzentrieren, um die passenden Worte zu finden. »Ich dachte mir, vielleicht drehen wir den Spieß heute um. Du schreibst alles auf, was du auf dem Festival gerne getan, nicht, was du unter Kontrolle gehabt hättest. Und anschließend tun wir genau das einfach hier. So wie am Samstagabend, als wir zusammen mutig waren.«

Ich kann hören, wie er hart den Atem ausstößt und dann mit einem leisen »Shit« noch mehr Zeug aus dem Rucksack kramt. Das ist wirklich Glitzer, der jetzt auf dem Stapel Papier liegt. Einen Wimpernschlag später schaut er zu mir auf.

»Der Garten hier ist ziemlich übersichtlich, würde ich meinen«, fügt er grinsend an. »Ich mal dir auch für den Vibe einen Glitzerschwanz auf die Wange. Die Nachbarn haben einen Naturteich zum Schwimmen – in deren Garten einzubrechen, wäre illegal, aber scheiß drauf –, und wenn es das Häuschen aushält, können wir später aufs Dach klettern. Ist kein Riesenrad, aber auch sehr aufregend, und es lässt sich dort ...«

Ich muss lächeln, weil Levy in dem Augenblick, in dem sein Mund ein lautloses »Sorry« formt, so umwerfend perfekt aussieht. Seine Haare sind verwuschelt, weil er sie sich ständig vor

Unsicherheit rauft, seine Augen strahlen, trotz der trüben Schatten der Dämmerung. Es ist mir vollkommen egal, wie dämlich ich aussehen muss, weil ich ihn einfach nur anstarre. Mein Kopf findet kein einziges Wort, das passt. Levy schenkt mir einen völlig neuen Wortschatz und jedes zweite Wort hat was mit Mut zu tun.

»Bitte sag was, Charlie.« Er fährt sich über das Gesicht, dann durch die Haare. »Ich hab es dir im Festivalsupermarkt erklärt, und ich tue es hier erneut: Ich bereue nichts, was mit dir zu tun hat. Aber es wäre trotzdem nett, wenn du was sagen könntest.«

Ich gehe zu ihm in die Hocke. »Ein bisschen länger Sommer?«

Als Levy antwortet, klingt seine Stimme zerbrechlich. »Das wäre wirklich schön.«

Mein Herz ist kurz davor, aus meiner Brust zu springen, als ich mit zittrigen Fingern einen der Filzstifte aus der Verpackung ziehe. Denn wenn die eine Hälfte des Levy-Wortschatzes mit Mut zu tun hat, wird die andere von der Vorstellung seines Körpers an meinem dominiert. Kribbelndes Adrenalin jagt mir durch den gesamten Körper, weil sich das bisschen Stoff meines Strings bei diesem Gedanken feucht an meiner Haut anfühlt.

Ich setze die Stiftspitze aufs Papier.

»Ist das auch ein Schweiger-Film, in dem der Typ seine Liebeserklärung auf Papier schreibt?« Levy klingt, als könnte er sich im selben Moment, in dem er die Frage stellt, auf die Zunge beißen. Liebeserklärung, ich habe es genau gehört. »Nee, das ist kein deutscher Film.«

»*Tatsächlich ... Liebe?*«, frage ich und beginne zu schreiben. »Den schauen wir jedes Jahr an Weihnachten, weil die Sache mit dem Papier die schönste ... Liebeserklärung der Welt ist.«

Levy lacht nervös. »Okay, mit Alan Rickman. Der war zum Beispiel fucking talentiert. Aber so jemand arbeitet nicht mit Til Schweiger zusammen.«

»Damit unterschlägst du *Judas Kiss*. Leni ist ein riesiger Schweiger-Fan; ich kenne alle seine Filme.« Nachdem ich fertig bin, stecke ich den Stift zurück in die Verpackung und drehe das Blatt herum. »Fertig.«

»Dann zeig mal.«

Mein Herz hämmert verzweifelt schnell, weil ich eben beschlossen habe, mich nicht nur in Augenblicke fallen, sondern auch von der Kombination aus Mut und Sexfantasien, die Levy in mir auslöst, leiten zu lassen. Scheiß auf vorsichtig. Scheiß auf meine Mutter. Das hier gehört mir! Ich mache das jetzt, wie ich es will.

»Sehr gern.«

Das kommt so fordernd, dass Levy einen Moment sprachlos ist.

Ich registriere seinen zusammengekniffenen Blick. Und aus dem Nichts schreit ein einzelnes Wenn in meinem Kopf so laut, dass ich mich richtig erschrecke. Was ist, wenn Ella doch recht hat? Aus dem Nichts folgt weitere Unsicherheit. Wenn Levys Geheimnisse so groß sind, dass sie mich in einen Abgrund reißen würden? Wenn das hier der letzte Moment ist, in dem ich unbehelligt bin? Womöglich sogar der letzte, in dem ich nicht gezwungen bin, ihn zu hassen?

Schwachsinn!

Aber was, wenn doch?

Scheiß auch darauf! Denn dann will ich erst recht so tun, als ob das hier normal wäre. Auf dem Riesenrad habe ich beschlossen, mit Levy an die Grenzen des Erträglichen zu gehen. Es ist nicht meine Schuld, dass er das Talent besitzt, diese immer weiter auszudehnen. Punkt.

Ich stehe auf und drehe das Papier um. Levy braucht ein paar Sekunden, um die zehn Worte darauf zu lesen: *Ich will da weitermachen, wo wir im Späti aufgehört haben.*

»Fuck, dein Ernst?«

Ich muss lächeln. »Ja.« Kurz weiß ich nicht, wohin mit mir,

doch dann ergreife ich mit beiden Händen den Saum von Levys Pulli. »Aber dieses Mal möchte ich etwas ausprobieren.«

Heilige Scheiße, es ist wie auf dem Festival, als ich Leon den Mittelfinger gezeigt habe. Als würde mein Bewusstsein für den Augenblick meinen Körper verlassen, leitet mich nun wirklich nur noch der Mut, den Levy mir schenkt.

Er nickt schnell und lässt sich breitwillig von mir bis hinters Holzhäuschen ziehen. Bevor er etwas tun kann, positioniere ich mich hinter seinem Körper und drücke ihn mit einem Mal gegen die Wand. Es ist Wahnsinn, weil ich jetzt glaube, seinen Puls auf meinen Handflächen vibrieren zu spüren, und weil Levy sofort auf mich reagiert.

»H-heb die Arme!«

Er gehorcht, und ich kann ihm problemlos seinen Pulli ganz langsam über den Kopf streifen, um mir in Ruhe die Tattoos auf seinem Rücken anzusehen. Die meisten sind Songzeilen, glaube ich, eine lautet: *Don't feel like feeling sad today*. Es ist verrückt, aber ich finde, das trifft es beinahe auf den Punkt. Ich will mich nicht mehr nach Angst fühlen. Nicht nach Sorge und Gedankenchaos. Ich fühle mich nach Charlie. Und wenn ich ehrlich bin, ist das mein Lieblingsgefühl.

»D-du musst das nicht tun, nur weil ich vorhin behauptet habe, dass Gehorchen mein –«

»Sei still!«

Levy stöhnt laut unter meinem Befehl und verschränkt seine Hände auf dem Rücken, sodass ich seine Narbe sehen kann und auch das Datum mit dem indigoblauen Strich. Okay, er hat vorhin nicht gelogen. Das hier ist sein Stil, und alles an dieser Position erinnert mich an eine Festnahme.

»N-nein«, stammle ich und räuspere mich. »Nein, ich will, dass du ...« Nie und nimmer krieg ich das ausgesprochen und die Erkenntnis bringt mich aus dem Tritt. Mist. In meinem Kopf war das irgendwie heißer. Vor Verlegenheit werde ich rot, das spüre ich ganz genau.

»Was soll ich?«, keucht Levy und zieht seine Hände sofort wieder nach vorne, als hätte er erst jetzt den Fehler bemerkt, eigenständig gehandelt zu haben.

Shit. Ich ertrage es nicht, ihn unterwürfig zu sehen. Er ist doch kein Verbrecher oder ... O Gott, aber er sieht sich so. Steht er deshalb auf solche Spielchen? Weil er glaubt, er verdient keine Zärtlichkeit? Keine Liebe? Er ist nur Ablenkung? Ich soll mich bedienen und dann gehen: *Ready to serve ya?*

»Das ist dir zu abgefuckt, oder? Scheiße, ich dreh mich jetzt um, Charlie, okay? Ich ... das ... fuck, ich hätte das niemals zulassen dürfen.«

Ich lasse Levy keine Sekunde aus den Augen, bis er mich wieder ansieht und sein Blick meine Vermutung verdrängt.

»Sorry, das war so bescheuert.«

Ich schlucke. »Nicht bescheuerter, als einen Kloß im Hals zu kriegen, sobald man unanständige Wörter sagen will.«

»Dann bin ich froh, dass wir noch immer auf demselben Level bescheuert sind«, sagt er mit einem unsicheren Lächeln.

»In meinem Kopf sah das alles einfacher aus, aber anscheinend fehlt mich doch die Fantasie für so was. Bitte lach mich nicht aus, i-ich wollte dir eigentlich sagen, dass du deine Hände an deinen Penis legen sollst, w-weil ich will, dass wir beide gleichermaßen Spaß und nicht nur ... O Mann.«

Vor Verlegenheit schlage ich mir die Hand vor die Augen, doch Levy umschließt sie sofort mit seiner, um sie wegzuziehen.

»Hey«, sagt er rau und schluckt sichtbar. »Lass uns nichts voneinander erwarten, damit alles, was wir tun oder nicht tun, vollkommen ausreichend ist, okay? Stell dir deinen Kopf als großen Ball vor und jetzt kick ihn einfach weg.«

»Deal.« Ich muss lachen, weil ich dieses Bild vorhin schon im

Sinn hatte, doch dann drängt sich Levy an mich, und seine Hände streichen vorsichtig mein Shirt entlang bis runter zu meinem Po. Mein Atem stockt, denn im nächsten Augenblick packt er fest zu und presst den Unterleib eng an meinen. Seine Fingerspitzen schieben sich quälend langsam nach vorne, dann nach unten und jetzt zwischen meine Beine. Ich vibriere, als seine Handkante dabei wie beiläufig meine Mitte steift.

»Ich hab extra Watte gekauft«, sagt er. »Damit ich dich berühren kann, ohne dich dabei anzufassen. Wegen der Jelly-Theorie, ich dachte, dass ...«

»Gott, Levy.« Ich stöhne auf, weil, verdammt, das Einzige, was *ich* dabeihabe, sind Kondome. Dann packe ich seine Hand und drücke sie so fest an den Jeansstoff, dass ich den Druck bis tief unter meine Haut fühle.

Er keucht überrascht auf und ich ersticke den Laut mit meinem Mund. Seine Lippen drängen sich sofort auf meine. Mit der Zunge stößt er in meine Hitze, wieder und wieder, bis ich den Druck mit meinem gesamten Körper erwidere. Ich greife in sein Haar, ziehe daran, während er mit meiner Zunge spielt, sie umkreist und wieder loslässt. Levy schmeckt so gut, und er taucht meine ganze Welt in Farben, bringt sie zum Rotieren. Nicht in seiner, nicht in meiner, sondern in unserer Geschwindigkeit.

Levys Hände sind an meinen Brüsten. Sanft knetet er sie, dann lässt er sich auf die Fersen sinken, die Finger noch immer an meinen Brustwarzen. Er klemmt sie ein und sieht mich dabei einfach nur an. Die volle Unterlippe schiebt er zurück, und ich male mir aus, wie er damit meine Nippel einsaugt. Allein die Vorstellung fühlt sich so heiß an, dass ich unkontrolliert aufkeuche.

»Charlie«, raunt er und entlockt mir ein Stöhnen, als der Druck seiner Finger an meiner Brustwarze für eine Sekunde beinahe zu heftig wird. »Es ist nicht schlimm, wenn du keine Fantasie hast, wie das hier weitergehen könnte.« Er lächelt. Die kleinen Fältchen, die sich dabei um seine Augen bilden, haben gestern in der U-Bahn in meiner Vorstellung gefehlt. Doch sie machen Levy noch vollkommener.

»Warum?«

O Gott, das tiefe Braun seiner Augen – es ist, als würde Asche plötzlich in Flammen aufgehen. Zig Schattierungen glaube ich in seinen Iriden zu erkennen, unzählige hell leuchtende Funken dazwischen.

»Ich dachte, wenn du dir deine Fantasie dein ganzes Leben lang aufsparen musst, verlierst du sie irgendwann«, sagt er heiser, und es fällt mir unfassbar schwer, ihn nicht zu mir zu ziehen, um ihn zu küssen. »Aber ich habe mich geirrt.«

Dass er seinen Oberkörper jetzt zu meiner Mitte führt und ich von selbst meine Beine spreize, ist mir mehr als deutlich bewusst. Er lächelt noch immer.

»Es braucht einfach nur den schönsten aller Reize, und meine Fantasie reicht locker für uns beide.«

Ich liebe es, wie Levy das sagt. Ich fasziniere ihn, und, Himmel, er mich auch. Ich liebe den Klang seiner Stimme, wie er den Kopf schräg legt und dabei leise lacht. Ich liebe seinen Geruch und vor allem die rauen Fingerspitzen, die gerade von meinen Brüsten über meinen Bauch bis unter meinen Hosenbund gleiten. Das fühlt sich so gut an, so verlockend. Absolut perfekt.

»Du bist der erste Reiz, den ich liebe.« Ich muss schlucken und schaue verlegen zur Seite, weil ich die L-Bombe habe platzen lassen.

Als Antwort beugt sich Levy jedoch mit einem Grollen in der Brust weiter vor.

»Darf ich dir deine Hose ausziehen?«

Ich gebe ein leises Stöhnen von mir, dann nicke ich. »Ja.«

Ich beiße mir auf die Lippe, weil ich selbst überrascht bin, wie schnell das kam. Aber das letzte Wenn ist schon vor ein paar Minuten erloschen, jetzt lasse ich mich in mein neues Lieblingsgefühl fallen. Jetzt bin ich Charlie.

Es ist aufregend, wie langsam Levy mir die Hose mit einer Hand von den Beinen streift, um mit der anderen eine unsichtbare Linie auf meiner nackten Haut nachzuzeichnen. Wie beiläufig berührt er wieder den Stoff zwischen meinen Beinen, und ich keuche auf.

»Alles okay?« Dunkle Strähnen fallen ihm in die Stirn, als er kurz aufblickt. Dieses Glitzern in seinen Augen – er hat bemerkt, wie feucht ich bin.

»Ja ... mach weiter.«

»Dachte ich mir.« Levy knurrt leise, dann lacht er. Eine Mischung aus beiden Geräuschen sammelt sich als kribbelnde Hitze in meinem Unterleib und jagt von dort wie kleine Stromschläge an jede Stelle, wo nun Levys Lippen liegen. Die Wölbung meiner Brust. Mein Rippenbogen. Mein Bauch.

Levys Kopf wandert tiefer, und nun sind es keine Stromschläge mehr, die meinen Körper elektrisieren, sondern sein heißer Atem an meinem Schoß.

Wieder und wieder streichelt er auf diese Weise über meine Leiste, nur noch ein weiteres Mal streift seine Handkante dabei meinen Slip. Ich stöhne so laut, dass ich mich für einen Sekundenbruchteil daran erinnere, dass uns hier jemand entdecken könnte. Doch der Druck, der sich in mir aufbaut, ist größer und drängender als meine Sorgen, und ich glaube, ein bisschen gefällt mir die Vorstellung sogar, jederzeit erwischt werden zu können. Aber vom Gartentor aus erkennt uns hier hinten sowieso niemand, dafür müsste man schon reinkommen, und ...

Levys Finger schieben den Stoff zur Seite, und mein Atem geht sofort schneller und dann noch schneller. Vielleicht kann uns niemand sehen, aber hören kann mich ganz bestimmt jemand, als Levy mit dem Daumen meine empfindlichste Stelle massiert, erst langsam, dann mit mehr Druck. Ich kann nicht mehr an mich halten und stöhne laut.

»Oh, fuck, Levy.«

»Würdest du bitte nicht fluchen?«

»E-es ist mir egal, ob uns jemand hört.«

»Aber mir ist es nicht egal, ob ich deshalb gleich komme.«

»Oh, entschuldige.«

»Kein Ding.«

Und dann dringt Levy mit zwei Fingern sanft in mich ein, einmal, dann noch mal mit mehr Druck. Nachdem ich wie zur Bestätigung leise wimmere und mich ihm entgegendränge, dreht er die Hand in mir um und stößt tiefer in mich.

»Du musst mir sagen, wo die richtige Stelle ist«, bittet er, doch gleichzeitig tasten seine Fingerspitzen sich von selbst voran. Ich weiß nicht, was er meint, weil sich für mich jede Stelle dort ...

Heilige Scheiße – was auch immer ich denken, fühlen, wovor ich Angst haben wollte ... alles entweicht als leiser Schrei meinen Lippen. Meine Finger krallen sich automatisch in Levys Haar, zerwühlen es und drücken seinen Kopf gierig an meine Mitte. Er küsst mich, spielt mit mir, und wahrscheinlich halte ich das keine Minute länger aus, denn gleichzeitig krümmt er die Finger.

Ich stöhne seinen Namen. »Fuck, genau da.«

»Charlie«, weist er mich zurecht, und wie zur Strafe werden seine Finger schneller, fester. Seine Zungenspitze umkreist unnachgiebig meine Mitte, mit den Lippen saugt er meine empfindlichste Stelle ein. Dann öffnet Levy die Finger und drückt von innen gegen mich, bis mein Körper anfängt zu beben.

»Hilf mir«, fordert er im selben Moment rau, in dem er meine Hand packt und sie an meine Mitte führt.

Ich gehorche ihm, bis alles in mir zuckt und Levy seine Wange warm an mich presst. So hält er mich, bis das Beben nachlässt und sich Herzschlag und Atem gleichmäßig beruhigen. Minutenlang ruht sein Kopf an meinem pulsierenden Unterleib. Levy atmet tief ein, inhaliert mich, dann gibt er mir einen hauchzarten Kuss und kommt zu mir hoch.

»Charlie?«, sagt er. »Lass uns ins Zelt gehen und ...«

Sex haben? Ja, verdammt.

»Wir müssen reden.«

»Nicht jetzt.« Ich möchte Levy so sehr in mir spüren, dass mich die Sehnsucht an nichts zweifeln lässt.

Ehe er etwas erwidern kann, dränge ich ihn zum Zelt. Schwer atmend bleibt er davor stehen, und im ersten Moment glaube ich, dass er mich aufhalten will, doch er lässt es mit einem tiefen Stöhnen zu, dass meine Hände in seinen Boxershorts verschwinden und seine Härte umfassen.

»Fuck, Charlie«, sagt er mit rauem Atem.

Ich lächle und genieße es, dass er mir so nicht richtig entgegenkommen kann, weshalb ich das Tempo bestimme.

»Nicht fluchen«, tadle ich ihn, und dann bin ich es, die ihm quälend langsam die Hose von den Hüften zieht.

WHOSE EVIL PLAN HAS MADE YOU SMELL LIKE POISON IVY. HOW I LIKE THE TASTE OF IVY

Levy

Ich trete die Jeans zur Seite, ziehe mich auf diese Weise von Charlie zurück und ihre Hände rutschen aus meinen Boxershorts heraus.

»Bist du dir sicher?« Mit beiden Händen fahre ich mir übers Gesicht, wodurch sich der Eyeliner ganz bestimmt mit meinem Schweiß vermischt.

Einen Moment zu lange starrt mich Charlie deshalb an, dann beißt sie sich auf die Unterlippe und dreht sich entschlossen zum Zelt. Etwas an dieser mutigen Entschlossenheit zerstört mich. Ich schätze mal, ich wäre gerade auch gern so mutig.

»Ja«, sagt Charlie über ihre Schulter. »Mit allem, was dich anbetrifft, bin ich mir absolut sicher. Mit dir darf ich alles sein, alles tun, alles wagen. Wie könnte ich mir da nicht sicher sein?«

Charlie vertraut mir, was ich nicht verdiene.

Sie lächelt. »Kommst du?«, fragt sie zuckersüß, doch alles, was ich höre, ist: *Scheiß auf die Wahrheit. Ich will sie nicht wissen. Bin dir gerne nahe, ganz egal was du mir verschweigst. Schlaf mit mir. Jetzt.*

Auf ihre Bitte hin gehe ich automatisch in die Hocke und gebe ein frustriertes Stöhnen von mir, weil ich gerade dabei bin, gegen etwas anzukämpfen, das ich mit jeder Faser ersehne. Das auch Charlie so sehr will. Ich weiß nicht, ob ich lachen oder vor Überforderung gleich noch mal fluchen soll. Weil beides in meiner trockenen Kehle stecken bleibt, entweicht mir nur ein leiser Laut.

Charlie öffnet derweil das Zelt und krabbelt ohne Zögern hinein. Fuck, dieser Anblick. Beide Hände kralle ich in mein Haar, um so nicht direkt ihre Hüften zu umfassen und Charlies Hintern an mich zu ziehen. Ich bin noch immer steinhart. Ihr Slip klebt an ihrer feuchten Haut, und ich brauche ein paar Sekunden, um mich von dem Anblick loszureißen. In jeder anderen Situation der letzten zwei Jahre hätte ich keine Sekunde gezögert, doch jetzt ...

»Das Zelt riecht ... neu«, stellt Charlie irritiert fest und lässt sich auf eine der Isomatten fallen. »Hast du das extra gekauft?«

»Ja.« Warum, weiß ich auch nicht mehr wirklich. Nach dem Gespräch mit Otis empfand ich es als gute Idee, meinen Monatslohn für etwas auszugeben, das davon ablenkt, wie heruntergekommen der Schrebergarten ist. Aber ein Zelt, das hatte mein notgeiler Verstand in dem Augenblick wohl verdrängt, ist eng und heiß, und ganz bestimmt kein Ort, an dem sich Charlie wohlfühlt.

»Das ist verrückt.«

Wie sie das sagt, und wie sie mich jetzt wieder vertrauensvoll anlächelt. Ich kriege heftige Gänsehaut. Das wird nicht funktionieren, richtig? Ich werde mich nicht zurückhalten können. Unmöglich.

»So bin ich.«

Total irre, das trifft es auf den Punkt. Denn jetzt stelle ich mir unverhohlen vor, wie ich auf alles scheiße und zu Charlie ins Zelt krabble, um ihr Vertrauen auf die schlimmste Art zu missbrauchen, die ich mir vorstellen kann: ihren Slip beiseitezustreifen und sie, ohne zu zögern, auf mich zu heben. Das kann ich auf keinen Fall zulassen! Damit wäre ich nicht besser als dieser Ben. Aber widerstehen, verdammte Scheiße, kann ich noch weniger.

Ich schlucke, weil Charlie meine wirren Gedanken nicht hören kann und nun ihre Beine locker anwinkelt. Ist ihr bewusst, dass sie nur einen verdammten Slip trägt, der sich bei so einer Bewegung leicht zur Seite schiebt? Das ist eine Einladung, die sie mir da gibt. Ich will sie annehmen, aber ich darf nicht.

Will sie denn gar nicht wissen, was ich ihr zu sagen habe? Wieso fragt sie denn nicht nach?

Ungeduldig streckt Charlie ihre Hand nach mir aus, während ich verzweifelt versuche, meinen Kopf auszuschalten. Was habe ich vorhin gesagt? Abschrauben und wegkicken – das wäre jetzt die beste Lösung.

Denn Charlies sehnsuchtsvoller Blick verrät mir die Antwort auf alle meine Fragen. Sie will mich; ich bin der einzige Reiz, der sie gerade interessiert. Ich könnte ihr so einiges sagen, schätze ich, aber nichts davon würde Charlie dazu bringen, an dieser Stelle abzubrechen. Sie lässt sich fallen, weil ich Vollidiot ihr in den letzten Wochen das Gefühl gegeben habe, sie immer und überall aufzufangen.

Im nächsten Moment richtet sich Charlie auf, und jetzt hakt sie ihren Finger unter den Bund meiner Boxershorts. So zieht sie mich zu sich ins Zelt. Breitwillig komme ich ihrem Drängen nach, denn wahrscheinlich hatte ich in Wirklichkeit nie besonders großes Interesse daran, ihr die Wahrheit zu sagen.

Sonst hätte ich mich wohl kaum von ihr gegen die Außenwand des Schrebergartenhäuschens drücken lassen. Oder wenigstens Joe, den dämlichen Kater, bei unserer Begrüßung auf den Arm genommen, um Charlie nicht bei der erstbesten Gelegenheit anzufassen. Ich hätte irgendeine der zig Gelegenheiten während unseres Gesprächs vor dem Zelt genutzt und es ihr einfach gesagt. Hab ich aber nicht, weil ich ein elendiger, verlogener Schwächling bin.

Charlie schiebt ihre Hand hoch zu meinem Bauchnabel. Ihre Finger sind warm und ein kleines bisschen feucht, als sie vorsichtig über den Schriftzug dort fahren. Und weil sie plötzlich ihren Oberkörper vorbeugt, um die Bewegung mit ihren Lippen zu wiederholen, stöhne ich laut. Immerhin zwingt das bekannte Geräusch endlich die Gedanken aus meinem Kopf.

»Fühlt sich ganz anders an, als ich gedacht hätte«, verrät Charlie mir. »Die Haut ist gar nicht rau.«

»Nicht, wenn du sie genug eincremst.«

Charlie nickt wortlos. Sie ballt ihre Hand zur Faust, lässt sie von meinem Bauch wieder tiefer gleiten. Absolut nicht nötig, sich vorzustellen, welche Stelle sie gleich erreichen wird. Oberhalb des Bundes meiner Boxershorts stoppt sie erneut.

»Was bedeutet dieses Tattoo?«, fragt sie wieder, während ich den Blick senke und versuche, mich ausschließlich auf den feinen Schriftzug zu konzentrieren, auf den Charlies Finger deutet.

»It's alright, we survive. Cause parents aren't always right?«, liest sie vor.

Fuck, okay. Mit voller Lautstärke ist die innere Stimme zurück, die mich wütend als Arschloch beschimpft. Ich muss sofort aufhören, weil sich auf Yungbluds Zeilen hin in meinem Kopf Bilder zusammenmischen, die mich jede Sekunde die Kontrolle verlieren lassen könnten.

Ich stelle mir vor, wie ich Charlies Körper zu mir ziehe und meine Lippen gegen den Stoff ihres T-Shirts drücke, so über ihre Brustwarzen reibe, bis sie meinen Kopf wieder von selbst an ihren Schoß drängt und ich sie zum Stöhnen bringen darf. Gleichzeitig ballert mich mein Verstand mit widerlichen Erinnerungen zu, verbunden mit der Songzeile unterhalb meines Bauchnabels. Erinnerungen an meinen Vater, an Schläge, Drohungen und Angst. Wie Fliegen an einem Klebestreifen bleiben sie an meinen Gedanken haften.

»Levy ...?«

Ich schlucke, weil Charlie nichts weiter sagt, mich nur von unten vertrauensvoll anschaut. Was für ein Wichser bin ich eigentlich, mich an ihren unfassbar blauen Iriden festzuklammern wie ein Ertrinkender an einem Stück Treibholz? Ich lasse mich von der Tiefe ihres Blickes hypnotisieren und versinke darin, ohne weggerissen zu werden. Charlie wird mir niemals wehtun. Alles, was bis eben durch meinen Kopf gerast ist, was mich fast hat durchdrehen lassen, ist egal. Denn Charlie wird meinen Körper niemals verletzen. Dafür, fuck ... dafür liebe ich sie.

»Scheiß drauf, was es bedeutet«, knurre ich und lege meine Hand warm auf ihre Haare.

Ich wehre mich nicht dagegen, dass sie meine Berührung als Aufforderung versteht. Ihre Finger krallen sich erneut in den Bund meiner Boxershorts. Ganz langsam schiebt sie den Stoff an meinem Bein hinab in meine Kniekehlen, doch dann muss sie sich strecken, um ihn über meine Füße zu kriegen. Weil ihre harten Nippel dabei gegen meine weiche Haut stoßen, kriege ich überall Gänsehaut. Mein ganzer Körper kribbelt, selbst am Scheitel. Wieder kann ich mein dunkles Stöhnen nicht unterdrücken, was Charlie weiter ermutigt. Gott, wie sehr ich es genieße, wenn eine Frau sich nimmt, was sie will. Das fühlt sich so gut an, viel zu gut, um aufzuhören. Ich schließe die Augen, und als ich noch glaube, dass sie gleich meinen Penis umfassen wird, spüre ich dort plötzlich ihren heißen Atem.

»Scheiß drauf gefällt mir«, ist das Erste, was sie seit Minuten sagt, und dann umkreist ihre Zungenspitze meine Eichel. Fuck.

Reflexartig fasse ich ihr ins Haar, ziehe daran, und Doppelfuck. Weil Charlie drauf steht. Ich kann hören, wie sie ihre Unterlippe mit einem leisen Fluch zwischen die Zähne klemmt und schwerer atmet.

Sie umschließt mich ganz mit ihrem Mund, was sich so heftig anfühlt, dass ich nicht anders kann, als meine Finger um meine Hoden zu legen, um die richtige Stelle unterhalb zu drücken. Gleichzeitig spanne ich meinen Beckenboden an, damit ich nicht sofort komme. Plötzlich verdrängt Charlies Hand meine. Ich lasse zu, dass sie weitermacht und ihre Hand jetzt mit zu viel Druck meinen Hoden drückt. Es schmerzt, und gleichzeitig fühlt sich

Charlies Zunge an meinem Schwanz an wie die Erfüllung aller meiner Träume. Die Mischung ist heftig, zu heftig. Deshalb ...

»Charlie«, keuche ich auf und öffne die Augen. Schwer atmend versuche ich, ihren Mund von meinem Penis zu verdrängen. Doch als ihr Blick sich deshalb kurz hebt und das intensive Blau sich wieder in mich bohrt, erlaube ich ihr, mich falsch zu verstehen. Ihre Lippen umschließen mich wieder, nur diesmal nimmt sie ihre Hände mit zu Hilfe. Sie wartet, ob ich ihr entgegenkomme, und ich tue es.

Einmal, zweimal.

»Fuck.« Der Druck wird unerträglich, weil Charlies Hände in unvorhersehbarem Tempo auf und ab gleiten und ihre Zunge dabei die Spalte an meiner Eichel umkreist.

»Charlie, ich ... ich will dich ficken, verdammte Scheiße. Aber ...«

Mit einem Stöhnen ziehe ich sie an mir hoch und drehe bei dem Anblick, wie ihre Zunge über ihre Lippen leckt, durch.

Dann küsst sie mich grob. Mit Zunge, mit Zähnen. Sie beißt mir sanft in die Lippe, bis ich mich selbst schmecken kann, und klettert auf mich. Gott, ich will ihren Slip zur Seite schieben und einfach in ihr versinken. Doch das geht nicht, weil ...

»Stopp ... nicht wegen dir, aber trotzdem stopp.«

»Hast du keine Kondome hier?«, fragt sie. »Mein Rucksack liegt vor dem Zelt ...«

Ich presse meine Lippen auf ihre, und als sie kurz Luft holt, ziehe ich ihren Kopf sofort wieder zu mir zurück, als ob ihre Atemlosigkeit meine Gedanken endgültig zum Schweigen bringen könnte. Aber das geht nicht.

»Charlie, ich ...«

Ich bin völlig überfordert. Ich bin mit allem hier gerade überfordert. Und deshalb packt mich plötzlich die Angst. In meiner Blutbahn wird die Erregung durch grenzenlose Panik ersetzt.

Wenn ich Charlie jetzt ficke, dann schaufle ich mir mit jedem

Stoß mein Grab tiefer und tiefer. Denn wenn sie im Nachhinein herausfindet, was für ein verlogener Dreckskerl ich bin, dann war's das. Aber wenn ich Charlie die Wahrheit sage, dann läuft sie weg. Ganz sicher rennt sie vor meinem Geheimnis davon, was denn auch sonst?

Aber was wäre ... wenn sie alles von mir wüsste und dieses Wissen ihr schlichtweg dabei hälfe, mich besser zu verstehen? Wenn Verständnis dafür sorgen würde, dass Charlie bleibt? Vielleicht wiegt ihre Fürsorge ja mehr als das Schweigen, das ich meinem Vater versprochen habe.

Außerhalb des Zeltes rumst es einmal laut, dann kracht ein heftiger Schauer auf die Zeltplane nieder.

Was ist, wenn sie bleibt?

Was ist, wenn sie bleibt?

Was ist, wenn sie bleibt?

Während ich trotz des herunterprasselnden Regens verzweifelt versuche, auch nur einen einzigen klaren Gedanken zu fassen, streichelt Charlies Daumen plötzlich die Narbe an meiner Hand.

»Wirst du mir jetzt sagen, weshalb du dir die Schuld für alles Schlimme gibst, was in deinem Leben passiert?«

Auf gar keinen Fall! Ich kann ihr nicht erzählen, dass Sophie mir die Narbe mit ihrer Zigarette zugefügt hat. Weil es unmöglich zu erklären ist, dass ich mir seitdem einbilde, dass sich das schwache Glimmen tiefer und tiefer in mich eingebrannt hat. Mehr und mehr Stellen entzündet hat. Alles in Brand gesteckt hat, bis ich schließlich nach ihrem Tod ausgebrannt und zu Asche zerfallen bin.

Wobei das nicht ganz stimmen kann, denn in diesem Moment platzt mir fast der Schädel, so heiß wird mir überall.

»Klar«, stoße ich hervor. »Wenn du die nächsten drei Monate nichts vorhast, erzähle ich es dir gern.«

Keine Ahnung, ob Charlie es genauso erbärmlich findet, dass ich ihrer ernst gemeinten Frage mit elendigem Sarkasmus begegne. Ich kann hören, dass sie scharf die Luft einzieht, und verschließe lieber die Augen vor dem, was sie gleich sagt oder tut. So dunkel, wie es dank dem Regen im Zelt geworden ist, kann ich eigentlich nur noch Charlies Umrisse erkennen, aber ich schätze, ich möchte einfach auf Nummer sicher gehen, um nicht die geringste Spur von Mitleid in ihren Zügen zu entdecken.

Denn Mitleid ist das Letzte, was ich jetzt ertrage. Wenn sie in mir das Opfer sieht, dann werde ich wütend, so viel steht fest. Weil ich mich so nicht sehen kann, niemals. Auf keinen Fall.

Der Regen wird immer lauter. Am liebsten will ich mir die Ohren zuhalten, aber weil Charlie in dem Moment meinen Kopf gegen ihre Brust drückt, um mir schließlich beide Hände auf die Ohren zu legen, ist das nicht nötig.

Ich kann ihre Stimme trotzdem hören. Klar und deutlich.

»Dein Glück«, sagt sie, »dass ich Jonas heute wegen des Podcasts abgesagt und so tatsächlich für die nächsten drei Monate absolut nichts geplant habe. Also, was ist? Gehen wir gemeinsam den ersten Schritt?«

Fuck. My. Life. Wieso habe ich ihr diese Metapher beigebracht? Ich kann so viele Schritte gehen, wie ich will – es wird sich nie etwas ändern. Oder?

»Ich hätte dir nicht so einen Mist beibringen sollen.«

Charlie lacht leise, und jetzt sind es nicht mehr ihre Hände, sondern ihre Lippen, die auf meinem Ohr liegen. »Die Sache mit dem Mut?«

»Scheiße, ja.« Diese Frau hat vor absolut gar nichts mehr Angst, kann das sein? Jetzt bin ich der Einzige, der weglaufen will, weil ich so allmählich begreife, was hier passiert. Ich werde es Charlie sagen müssen, ich kann gar nicht mehr anders. Das ist das Problem mit Charlie: Sie knipst meinen verfickt beschissenen Scheißkopf aus und entzündet dafür mein geschundenes Herz. Und mein Herz interessiert sich nun einmal für Fürsorge, für Liebe und ... für Charlie.

Ich will reden. Ich will alles rauslassen. Alles, was ich bin. Ich will glauben, dass eine Apokalypse etwas Gutes ist, weil auf sie ein Neustart folgt.

»Charlie«, sage ich schwer atmend und rücke von ihr ab.

Sofort fährt ihre Hand meine Wirbelsäule hoch und runter. »Erzählst du mir von Sophie?«

»Charlie«, flüstere ich erneut und muss schlucken, weil ich ihre Erwartung an das, was jetzt kommt, nicht erfüllen kann. Es gibt keine niedliche Liebesgeschichte, die vor zwei Jahren abrupt endete, weshalb ich bis heute das Recht habe, zu trauern. Deshalb stecken die Worte in meiner Kehle fest, weil es mir ja noch nicht einmal gestattet ist, zu reden.

»Sophie und ich ... d-das war nicht gut.«

»Wieso?«

Ich hasse es, dass ich ihr nicht einfach das Scheißvideo zeigen kann. Es würde alles erklären.

»Es ... es gibt ein Video.«

So, wie sie mich ansieht, versteht sie kein Wort. Denn im selben Moment, als ich den Blick senke, schießen mir Tränen in die Augen.

»Von was?«

»Davon, wie schlimm das mit Sophie und mir gewesen ist«, sage ich schnell. »Das Video ist auf dem Festival entstanden, kurz nachdem ... ich Sophie und Leon beim Sex erwischt habe.«

Charlie zuckt zusammen. »Du hast *was*?«

»Sie haben es in meinem Zelt getrieben, was mich wahnsinnig gemacht hat.«

»Aber ... aber das ist doch logisch. Es tut mir leid, dass Sophie dich vor ihrem Tod ... o Gott. Ich weiß nicht, was ich sagen soll.«

»So ist das manchmal«, erwidere ich und hasse mich schon wieder dafür, welchen Ton meine Stimme angenommen hat. »Man wird betrogen, gerät in einen heftigen Streit, erhebt zum ersten Mal seine Stimme und verhält sich wie der richtige Mann, an dem der eigene Vater so hart gearbeitet hat, bis einem wieder klargemacht wird, wie wenig man wirklich wert ist.«

»Was hat Sophie getan?« Charlies Blick fällt auf die Narbe an meiner Hand. »War sie das? Hat sie dich geschlagen?«

Der Schmerz, den ich mir einbilde gerade wieder auf meiner Wange zu fühlen, gräbt sich so tief in meinen Verstand, dass ich nun doch überlege, wegzurennen. Wenn ich jetzt die Reißleine ziehe, wie lang dauert es wohl, bis Charlie mich vergisst? Ein paar Tage? Wochen? Monate?

»Sophie hat mir eine runtergehauen, und kurz darauf ist auch schon Leon eingeschritten, der großartige Superheld.«

Ich merke, wie Charlie versucht, sich zusammenzureißen, als sie begreift, weshalb ich auf dem Festival vor Leon weggelaufen bin. »Deshalb hasst du Leon.«

»Ich hasse Leon, weil er den Streit mitgefilmt und die Bodycam-Aufnahme eine Woche nach Sophies Tod entgegen unserem gegenseitigen Versprechen, über die Vorfälle auf dem Festival zu schweigen, an meinen Vater geschickt hat. Schätze mal, er hat sich mit dem Filmchen die letzten zwei Jahre eine Beförderung nach der anderen erpresst.«

»Scheiße, *was*? Welches Versprechen?«

»Leon hat Sophie während seiner Dienstzeit gefickt. Hätte ich diese Tatsache meinem Vater gesteckt, so hätte der in seiner damaligen Position als Leons direkter Vorgesetzter dafür sorgen können, dass Leon aus der Ausbildung fliegt.«

»Hätte? Hast du es ihm nie gesagt?«

»Es hätte nichts geändert. Mein Vater hat das Video gesehen, und dessen Inhalt reicht aus. Hätte ich ihm im Anschluss daran erzählt, was Leon während seiner Dienstzeit treibt, es hätte doch nur wie eine Ausrede geklungen, um von meinem hässlichen Fehltritt abzulenken.«

Charlie presst die Lippen zusammen, dann atmet sie langsam aus, als würde sie gedanklich bis zehn zählen. »Leon hat deinen Vater mit Sophies gewalttätigem Verhalten erpresst?«

»Nein.« Ich erstarre, weil ich es ihr jetzt sagen muss. »Nachdem Leon eingeschritten ist, habe ich angefangen zu heulen, und Sophie ... fuck, sie hat es bereut, mich geschlagen zu haben. Sie hat davor nie Schwäche gezeigt, und deshalb habe ich das Selbstsüchtigste getan, was es auf der Welt gibt ...« Meine Stimme bricht, und nur flüsternd fahre ich fort. »Ich habe ihre Schwäche ausgenutzt, um mich einmal in meinem elendigen Leben wie der starke Kerl zu fühlen, den mein Vater in mich reingeprügelt hat.«

»H-hast du zurückgeschlagen?«

»Nein.« Ich hasse es, wie erleichtert Charlie mich jetzt ansieht. »Schlimmer als Schläge.«

»Nichts ist schlimmer als Gewalt, Levy.«

Darauf antworte ich mit einem bitteren Lachen. »Charlie«, sage ich keuchend, weil ich endgültig keine Luft mehr kriege, und rücke von ihr ab. »Ich hab Sophie umgebracht.«

Sie zuckt zusammen. »Levy, das –«

»Es stimmt.«

»A-aber was hast du ihr denn gesagt?«

»›Ich wünschte, du wärst tot.‹«

DAS KAPITEL, IN DEM ELTERN NICHT IMMER RECHT HABEN

Charlie

Fünf Worte. Ich denke an die Nachricht, die Levy an Leon getippt hat: *Mir fallen spontan direkt FÜNF Dinge ein, die du verdienst.*

Während Levy sich stumm anzieht, taucht ganz flüchtig die Situation zwischen ihm und Leon auf dem Festival vor meinem geistigen Auge auf. Levy war so hilflos, so schutzlos. Und jetzt kenne ich den wahren Grund dafür. O Gott.

Ich möchte ihm so viel sagen, trotzdem verstumme auch ich. Denn wenn ich jetzt tiefer nachbohre, fange ich an, gemeinsam mit Levy zu weinen, und ich glaube, er kann meine Tränen gerade genauso wenig gebrauchen wie mein Mitleid. Aber ich habe wirklich absolut keine Ahnung, was ich sonst tun soll, weshalb ich mich schließlich in meinen Schlafsack kuschle, bevor ich mich aufsetze und so dicht an Levy heranrücke wie möglich.

Körper an Körper schweigen wir eine ganze Weile, während der Regen draußen gegen die Zeltplane schlägt und jeder Windstoß mir Sorge bereitet, dass uns das Zelt gleich um die Ohren fliegt. Doch Levy hat die Planen anscheinend fest genug mit Heringen im Boden verankert, denn das Einzige, was irgendwann in sich zusammenfällt, ist sein Körper. Mit gesenktem Kopf schluchzt er.

»Ich hätte Sophie nie im Leben so was an den Kopf werfen dürfen«, stößt er hervor, und mit einem beklommenen Gefühl im Magen lege ich meine Hand auf seine.

»Warum denkst du das? E-es ist doch menschlich. Menschen wünschen sich oft Dinge, die man besser nicht ausspricht.«

»Aber ich *habe* meinen Wunsch laut ausgesprochen«, grollt Levy. »Und wie das mit Wünschen so ist, gehen manche von ihnen in Erfüllung.«

»Aber deshalb ist Sophie doch nicht gestorben. Vielleicht hat sie Alkohol …«

»Sophie hat nie etwas getrunken, nie. Sie hat mich einige Zeit nach unserem Streit angerufen, wollte mit mir reden. Es war das erste Mal, dass sie nach einer unserer Auseinandersetzungen auf mich zukam. Ich habe es erst gar nicht glauben können, und dann überkam mich ein völlig irres Bedürfnis: Ich wollte, dass Sophie leidet. Sie sollte zu spüren kriegen, wie es ist, auf der anderen, auf meiner Seite zu stehen. Nicht nur wegen ihr, auch wegen der ganzen Gewalt meines Vaters in meiner Scheißkindheit. Deshalb habe ich ihren Anruf ignoriert. Und seitdem hat Sophie nie wieder angerufen.«

»Du wurdest dafür bestraft, etwas getan zu haben, was du wolltest«, flüstere ich. Ich maße mir nicht an, etwas hinterherzuschieben, das Sophie oder Levys Vater verurteilt. Ich kenne beide nicht. Aber ich begreife, wie groß die Angst ist, Dinge zu tun, für die man nicht geboren zu sein scheint. Wenn ich mir vorstelle, was passiert wäre, wenn jemand meinen Mut in den letzten Wochen auf eine derart grausame Weise gebrochen hätte …

Ich schlucke, und während ich spüre, dass sich in Levy plötzlich alles anspannt, fällt mein Blick auf die geschwungene Schrift unter seinem Schlüsselbein: *I am not afraid, I was born to do this.*

»Und du warst es nicht gewohnt, etwas wollen zu dürfen.«

»War ich nicht, nein.« Levy sieht mich an, und es kostet mich alle Anstrengung, nicht zu weinen, sondern stattdessen seinen Blick zu erwidern. »Ein Kollege hat mich zu Sophie ins Krankenhaus gebracht, und noch auf der Fahrt dorthin habe ich mir ausgemalt, wie schön ein Leben ohne sie wäre. Die Vorstellung hat sich mit Widerhaken in meinem Verstand festgesetzt.

Vor Ort nahm mich Sophies Mutter sofort in ihre Arme, während ich verzweifelt versuchte, die Scheißgedanken aus meinem Kopf rauszubekommen. Doch je mehr Sophies Mutter an mir zerrte, umso fester verhakte sich der Wunsch in meinem Verstand, bis aus ihm eine Sehnsucht wurde. Die verfickte Sehnsucht, dass Sophie stirbt.

Ihr Vater ist völlig wahnsinnig die Gänge auf und ab getigert, und mein eigener unterstützte ihn, wo nötig, während ich mir stumm wünschte, dass Sophie es nicht packt.«

Levys Atem geht stoßweise, weshalb ich langsam damit beginne, seine Handknöchel zu massieren.

»Kein einziges Mal hat mein eigener Vater mich angesehen. Irgendwann hielt ich es nicht mehr aus. Er empfand also selbst einen kurzen tröstenden Blick als unnötig, und als er sich neben mich setzte, sagte ich es: Papa. Ich wusste, wie sehr er dieses Wort hasst, doch so hatte ich wenigstens seine volle Aufmerksamkeit. Er hat mich angeschaut, und keine Ahnung wieso, aber ich wollte ihm die Wahrheit sagen.«

»Die Wahrheit über das Video?«

»Nicht nur. Vor allem wollte ich, dass er weiß, dass ich Sophie zurechtgewiesen und ignoriert habe, bevor sie gegen die Leitplanke geknallt ist. Dass ich doch ein richtiger Mann bin. Aber dann habe ich mich wieder an den genauen Ablauf unseres Streits erinnert und daran, dass ich mich ja letztendlich doch von ein klein wenig weiblichem Gezicke habe beeindrucken lassen … Wie krank ist das bitte alles?«

Levy knirscht mit den Zähnen, was der einzige Hinweis darauf ist, dass die Empfindungen in ihm hochkochen. Die ganze Zeit schon bemüht er sich, die Sätze neutral zu formulieren.

»Mein Vater bekam das Video eine Woche später dann doch zu Gesicht, woraufhin er das Schweigen, das ich ihm im Krankenhaus mündlich zugesichert habe, auch schriftlich von mir verlangt hat. Er hat einen Vertrag mit mir abgeschlossen. Er hat mir versprochen, die Ausbildungskosten für mich zurückzuzahlen und sicherzustellen, dass niemand anderes außer Leon, ihm und mir das Video je zu Gesicht bekomme, wenn ich im Gegenzug der Polizei den Rücken kehre und über alles schweige, was Sophie und mich anbetrifft. Bis zum heutigen Tag hat das auch ganz hervorragend geklappt.«

»Er hat dir deine Gefühle verboten.«

»Er hat mir gezeigt, wie ein Mann mit so was umgeht.«

Vorsichtig beuge ich mich zu Levy. Ich wünschte, er würde das nicht so sagen. Aber weil ich nur erahnen kann, was er in seiner Kindheit durchgemacht hat, dass er so über sich denkt, finde ich keine passenden Worte und lege deshalb meine Hände auf seine Hüften. Es gibt kaum Schlimmeres als das Gefühl, am Tod einer geliebten Person schuld zu sein. Sei es, weil man sie nicht verstanden, nicht gehört, nicht aufgehalten, nicht ausreichend unterstützt, nicht genug geliebt hat ...

Verdammt, jetzt kommen mir doch die Tränen. Denn dieses Gefühl kann ich besser nachempfinden, als Levy vielleicht glaubt.

Für einen kurzen Moment lege ich meine Stirn an seine. »Levy ...«

»Ist nicht weiter tragisch«, beschwichtigt er. »Ich war nicht sonderlich glücklich bei der Polizei. Um ehrlich zu sein, hab ich dort kläglich versagt. Nachdem ich es im Anschluss ans Abitur nicht direkt ins Studium geschafft habe, war es für meinen Vater das Mindeste, dass ich, wie Otis, während der Ausbildung aufgrund hervorragender Leistungen an die Uni wechsle. Doch nicht mal das hab ich hinbekommen. Bei der Polizei aussteigen zu dürfen, war also keine wirkliche Strafe. Eher eine Belohnung.«

Ich hebe meinen Blick. »Eine Belohnung? Du klingst, als wäre es etwas Gutes, die eigenen Gefühle zu kontrollieren. Wenn du behauptest, dass du dich bis heute an diese irrsinnigen Abmachungen mit deinem Vater und Leon gehalten hast, dann hörst du dich dabei ... stolz an.«

»Stolz?« Es ist verrückt, wie sorgfältig Levy auf einen entspannten Ton achtet. »Darauf, dass mein Vater mich mein Leben lang hat fühlen lassen, was für ein großer Fehler ich bin? Mit Sicherheit nicht. Eigentlich ist es doch am Ende ganz gut für mich gelaufen: Ich lebe, Sophie nicht. Mein Vater hat meine Mutter und mich nach Sophies Unfall aus allen übrigen Pflichten entlassen, nur der eine Vertrag blieb bestehen. Deshalb muss ich nun nur noch zu ihm fahren, wenn er es ausdrücklich befiehlt.«

»Welche Pflichten?«

»Die, ein guter Polizist zu werden, zum Beispiel. Es gab kaum etwas, das mein Vater nicht mit einem Stift und Papier zu regeln wusste. Aber seit zwei Jahren bin ich frei. Ich darf mir im Späti meine Mädchenhände an Kartons aufschlitzen und fremde Leute im Internet bespaßen. Alles ist gut.«

»Ist es das? Weil – in meinen Ohren klingt alles, was du erzählst, als wäre es eine harmlose Geschichte, wie ein Sonntagsausflug mit der Familie.«

»Tut mir leid, dass ich mich nicht angemessen betroffen zeige.«

»Levy ...« Diesmal umarme ich ihn, ohne dass irgendjemand von uns noch etwas anfügt. Nur der Regen plätschert aufs Zeltdach, und ich weiß, dass Levy mit diesem Geräusch etwas Grausames verbinden muss. Aber ich kann mir nicht vorstellen, wie anstrengend es wirklich für ihn ist, und wenn ich könnte, ich würde jeden einzelnen dieser schrecklichen Reize mit schönen Erlebnissen überdecken, so wie er es auf dem Festival bei mir geschafft hat.

»Genauso wenig, wie es Regeln für den perfekten Festivalmoment gibt, existieren Richtlinien dafür, wie du dich zu welchem Zeitpunkt zu verhalten und was du zu fühlen hast. Vielleicht wollte dir dein Vater so was Ähnliches mit diesen Verträgen einrichten, und glaub mir, ich verstehe das viel besser, als du vielleicht denkst. Aber du musst für dich entscheiden, ob du weiterhin gehorchst ... oder nicht. Und auch wenn du das jetzt nicht hören willst, ich glaube, am Ende willst du deinen Vater mit deinem Selbsthass stolz machen. Selbst wenn du an seinen irren Maßstäben zugrunde gehen könntest, hältst du dich doch an sie.«

»Ich bin nicht stolz darauf. Ich habe es nur ausreichend unter Kontrolle. Wenn ich zu ihm fahre, schafft er es mittlerweile nicht mehr, mich innerlich komplett auszulöschen. Reicht das nicht? Ist das nicht okay?«

»Natürlich ist das okay. Aber ... trotzdem gibst du ihm irgendwie recht. Doch Eltern haben nicht immer recht, schon vergessen?« Ich rücke ein Stück von Levy ab und tippe auf die Stelle an seinem T-Shirt, die den Schriftzug verdeckt. »Eltern liegen falsch, und manchmal lügen sie sogar. Wieso fährst du immer noch zu ihm, obwohl du es nicht willst?«

»Weil ich eine Scheißangst vor den Konsequenzen habe, wenn ich es nicht tue.«

»Das verstehe ich.«

Aber mein Verständnis ändert nichts daran, dass Levy sein ganzes Leben lang verletzt wurde. Von seinem Vater und auch von Sophie.

»Aber du leidest darunter, zu ihm zu fahren?«

»Selbstverständlich.« Levy lacht bitter. »Mein Vater hat seine Methoden, damit ich die Familienbesuche bestens in Erinnerung behalte.«

»Was meinst du damit? Schlägt er dich?«

»Seit Sophies Tod nicht mehr, nein. Sobald er mit meinem Verhalten unzufrieden ist, zeigt er mir nun Leons Festival-Mitschnitt. Immer noch etwas rustikal, aber wirkungsvoll.«

Ich weiß nicht, was ich sagen soll. Deshalb umarme ich Levy wieder, so fest ich kann. Mit Ironie und Sarkasmus beschützt er gewissermaßen seinen Vater, indem er dessen Verhalten runterspielt und sich einredet, er verdiene die Gewalt. Er hat es nie anders gelernt, und das zerbricht mir das Herz.

»Ich sollte mir nicht anmaßen, überhaupt mit dir über etwas zu reden, das ich selbst nicht durchgemacht habe. Aber weißt du, was ich sehr wohl begreife? Die Hilflosigkeit einem Elternteil gegenüber, wenn man kapiert, dass er nicht der Superheld ist, für den man ihn oder sie als Kind gehalten hat.«

Sie ist der Grund, weshalb ich meiner Mutter bis heute nicht meine ehrliche Meinung über ihr Verhalten Alex und vor allem ihrer Freundin Linn gegenüber gesagt habe. Weshalb ich ihre Kontrollsucht ertrage und mir einrede, dass es aufgrund der ganzen Umstände schon in Ordnung geht.

Levy löst sich von mir und jetzt friere ich. Ein wenig äußerlich und richtig schlimm innerlich. Keiner von uns beiden macht Anstalten, an dieser Kälte etwas zu ändern. Im Gegenteil, Levy rückt noch weiter ab. Jetzt ist die Kälte auch zwischen uns.

»E-es tut mir leid«, platzt es irgendwann aus mir heraus. »Dass ich auf dem Festival daran gezweifelt habe, dass es den Termin mit deinem Vater wirklich gibt.«

»Der war aber nicht der Grund für mein Verhalten.« Levy greift über seinen Kopf nach seinem Handy. Er aktiviert den Bildschirm und öffnet eine App, um mir eine Reihe von programmierten Weckern zu zeigen. Der oberste ist auf Mitternacht gestellt, der darunter auf zwanzig Minuten später und die Uhrzeit ganz unten zeigt 0:59 Uhr an. Alle drei haben denselben Namen: *Wo warst du?*

»Wann genau geschah der Unfall?«, entfährt es mir.

»Eine Minute vor eins.« Levy stockt. »Der Wecker ist ...«

»Eine Erinnerung.«

»Daran, dass ich es nicht gepackt habe, für Sophie zu sorgen. Sie zu beschützen. Ich werde jemand anderem nie mehr sein können als ein wenig Ablenkung, dafür bin ich nicht geboren.« Levy seufzt und dreht seinen Kopf zur Seite.

»Wenn dem so ist, dann würdest du auch mich gehen lassen?«

»Warum fragst du das?« Levy wirft einen kurzen Blick aufs Handy, bevor er es wegsteckt. »Es ist gerade mal halb elf und …« Levy macht eine Bewegung, als wollte er mich einfach packen und weglaufen, überlegt es sich aber anders. »Ich weiß es nicht, wenn ich ehrlich bin.«

Da ist so viel Reue in seinem Blick. Gott, ich will Levy festhalten, so lange, bis er den richtigen Platz zum Heilen gefunden hat.

»Aber du hast mich hierher eingeladen und ich bin gerne gekommen«, sage ich aus dem Wunsch heraus. »Denn du bist keine Ablenkung, Levy. Nicht für mich. Und tief in dir drin weißt du das. In deiner Nähe fühle ich Sicherheit, Geborgenheit und Zärtlichkeit. Damit ist deine Regel offiziell gebrochen. Und was jetzt? Bei der Polizei gab es ein ganz eindeutiges Vorgehen bei Regelbrüchen, nicht wahr?«

»Natürlich.« Levy schluckt. »Aber ich schätze, du willst mir sagen, was bei der Polizei abgeht, gilt nicht für den Rest meines Lebens.«

»Ja.« Ich drücke mich wieder an ihn. Vielleicht will Levy gerade nicht festgehalten werden, weil er, das glaube ich zumindest, davon ausgeht, dass er noch nicht einmal das verdient. Doch seine Finger krallen sich plötzlich in den Schlafsack und dann fängt er an zu erzählen.

Davon, dass er ein Leben ohne Gewalt nicht kennt. Dass er deshalb immer geglaubt hat, innerhalb einer Beziehung müsste es genauso sein, weil Levys Mutter das Verhalten seines Vaters wortlos hingenommen hat. Genauso wie die vertraglichen Absprachen, die er mit den beiden über alles Mögliche getroffen hat, von dem er glaubte, es könnte ihm die Kontrolle entreißen. Levys Mutter musste unterschreiben, dass sie nicht arbeiten geht und Levy zu einem ordentlichen Polizisten großzieht. Vermeintliche Vertragsbrüche regelte sein Vater mit Gewalt.

Als Sophie und er zusammengekommen sind, hat alles harmlos angefangen, wurde jedoch schnell schlimmer. Weil Drohungen entweder das sind, was Sophie selbst in ihrer Familie erfahren hat, oder das Einzige, womit Levy funktioniert, denkt er. Dass Sophie die Tochter eines der mächtigsten Tiere bei der Berliner Polizei war, veranlasste Levys Vater dazu, im Hinblick auf seinen eigenen bevorstehenden Karriereschritt die offensichtlichen Zeichen zu übersehen.

»Außerdem lässt sich ein echter Mann von ein bisschen weiblichem Gezicke nicht einschüchtern.«

»Gewalt hat doch nichts mit dem Geschlecht zu tun.«

Mit einem erleichterten Laut zieht Levy mich plötzlich zu sich und ich presse meine Wange an sein wild pochendes Herz.

»Genauso wenig wie Angst. Ich sehe es so, dass vor etwas Angst haben das Fieseste auf der Welt ist. Deshalb will ich, dass sich keiner von uns beiden für seine Angst schämt. Angst passiert. Wir sollten Ängsten sogar Namen geben. Sollten sie wertschätzen und respektieren.«

Ich spüre Levys tiefen Schluchzer, bevor er seinen Lippen entweicht. Seine Körperhaltung lässt mich glauben, dass er froh darüber ist, seine eigene Meinung bestätigt zu sehen. »Wenn du etwas dein Leben lang hörst, glaubst du es irgendwann – ob du willst oder nicht. Ein Mann weint nicht, er hat keine Angst, er befiehlt, kontrolliert.«

»Dann steh ich anscheinend nicht auf Männer.«

Weil Levy nichts sagt, versuche ich mich zu erklären.

»Ich hasse diese Vorstellung von Männlichkeit. Ich will damit nicht sagen, dass Männlichkeit nicht auch wunderbar sein kann, wenn sie so ist wie ... du. Die gute Form: warm und beschützend.« Ich spüre, wie sich meine Mundwinkel an Levys Brust nach oben ziehen. »Weißt du was? Du hast mir beigebracht, mutig zu sein, also bin ich es nun.« Ich nehme seine Hand, um ihn raus in den

Regen zu führen, damit unsere Tränen mit ihm davonfließen können.

»Ich weiß, dass ich nicht dafür sorgen kann, dass in deinem Leben alles gut wird«, beteuere ich. »Genauso wenig, wie du meine Ängste und Sorgen wegzaubern kannst, denn so etwas funktioniert wirklich nur im Film.«

»Du bist nicht meine Scheißtherapeutin, ich weiß«, bricht es aus Levy raus. »Ich will dich nicht ausnutzen, es ist nicht deine Aufgabe, mich zu reparieren.«

»Auf dem Festival warst du der Einzige, der an mich geglaubt hat«, ignoriere ich ihn einfach und schlinge meine Arme von innen, so gut es geht, um den Stoff des Schlafsacks, weil es hier draußen scheißkalt ist. »Und ich wiederum glaube auch an ein paar Dinge, dich betreffend. Ich glaube, dass es okay ist, nicht reden zu können und es trotzdem zu tun. Es ist okay, mittendrin einfach aufzuhören und vor eins zu gehen, aber es ist auch okay, zu bleiben und zu heilen. Du bist okay. Für mich. Aber das reicht nicht. Weil du auch okay für dich sein musst.«

»Ich weiß das doch«, stößt Levy hervor. »Trotzdem kriege ich es nicht in meinen Schädel, wofür zu sorgen im Übrigen auch nicht dein Job ist.«

»Das stimmt«, gebe ich ihm recht. »Aber es ist mein Wunsch, das hier zu tun.«

Ich strecke ihm mein Gesicht entgegen, lege meine Lippen auf seine und transportiere so kühlen Regen in seinen Mund. Sanft streiche ich mit beiden Daumen Tränen von seinen Wangen, während sich seine Lippen sacht auf meinen bewegen, als würde er wiederum versuchen, die Regentropfen abzufangen, bevor ich mich an ihnen verschlucken kann. Ich habe noch nie zuvor einen Mann auf diese Weise geküsst.

Levy streift mit den Lippen meine Nasenspitze, dann die Wange und mein Ohr, bis ich Gänsehaut habe, wirklich überall an meinem ganzen Körper, und meine Augen schließe. Ich wünsche mir, dass die Gänsehaut für immer anhält. Mein ganzes Leben lang. Ich will für immer mit Levy im Regen stehen. Ihn für immer küssen. Weil Regenküsse die schönsten sind. Die, die man nie vergisst.

Seine feuchten Lippen erreichen wieder meine Mundwinkel. »Du wünschst dir, mich zu küssen?«

»Ich will deine Erinnerungen an Regen und an alles andere, was dir ein unangenehmes Gefühl bereitet, neu zusammenpuzzeln. Ich will sie alle ersetzen oder wunderschöne neue Bilder neben ihnen erschaffen – was auch immer dir am meisten hilft.«

Dass Levy daraufhin schweigt, zeigt mir, wie hilflos er wirklich ist, denn ich glaube, er sieht im Moment noch nicht einmal den Weg, den er gehen müsste, um sich zu helfen.

»Wenn du darauf keine Antwort weißt, ist auch das okay«, schiebe ich schnell hinterher. »Wahrscheinlich begreift man erst so wirklich, was einem geholfen hat, wenn man am Ziel angekommen ist.«

Und wenn dort alles aus Levy herausfließt, wenn sein Damm bricht, dann werde ich ihn festhalten. Das verspreche ich ihm noch einmal.

I BRING HER COFFEE IN THE MORNING, SHE BRINGS ME INNER PEACE

Levy

Etwas kitzelt mich an meiner Wange. Ich notiere mir im Halbschlaf gedanklich, dringend zum Friseur zu müssen, weil ich meine Haare zwar länger, doch nicht zu lang trage, merke aber dann, dass es gar nicht meine eigenen sind.

»Guten Morgen, Cinderella«, kichert Charlie, und wieder streicht ihr Haar über meine Wange, als sie mir einen Kuss auf die Schulter gibt.

Meine Mundwinkel heben sich in Richtung Wangenknochen. »Wir haben den Fluch besiegt.«

»Jep«, sagt sie und lacht. »Ich war schon im Garten, weil ich draußen komische Geräusche gehört habe, nachdem ich aufgewacht bin. Schlechte Nachricht: Dein Zelt ist hinüber.«

»Fuck, ist dir jemand zu nahe gekommen?« Ich richte mich auf.

»Was? Nein! Ich glaube, ich hab ein Tier wegrennen sehen, aber vielleicht hat das Unwetter heute Nacht auch Löcher in die Plane gerissen. Es regnet immer noch leicht, aber ich würde trotzdem noch mal kurz raus, um meine Mutter zurückzurufen.«

Wie aufs Stichwort leuchtet Charlies Display hell auf. Als hätte sie Angst, dass ihre Mutter sonst jede Sekunde vor der Tür stehen könnte, schnappt sie sich das Handy und verschwindet mit einem leisen »Ich beeil mich« nach draußen.

Sobald sie die Tür hinter sich geschlossen hat, atme ich tief durch. Es sollte unmöglich sein, dass sie noch immer hier ist. Bei mir. Nicht nach allem, was Charlie jetzt über mich weiß.

Ich taste nach meinem Handy auf dem Teppich neben dem Bett und muss lächeln, denn die oberen Kanten der roten Uno-Karte lugen zwischen Schutzhülle und Smartphone hervor. Das Display ist so grell, dass ich die Augen zusammenkneifen muss. Es zeigt eine Nachricht von Otis an. Fuck, ich hab ihn gestern nicht mehr zurückgerufen. Mich bei ihm zu melden, muss ich aber auf später verschieben; mittlerweile ist es fast elf und Otis schon auf der Arbeit

Ich habe gestern alles aus mir rausfließen lassen, als wäre ich die verfickten Niagarafälle, durfte alles sein, alles sagen und danach so tief schlafen wie seit zwei Jahren nicht. Ausgerechnet neben Charlie. Ausgerechnet nach allem, was ich ihr erzählt habe.

Als der Regen gegen elf zu stark wurde, haben wir uns ins Häuschen zurückgezogen und beim Aufwärmen der Dosensuppe weitergeredet. Über Sophie, meinen Vater und über meine Mutter und ihre aussichtslose Wohn- und Arbeitssituation.

Irgendwann ist immer mehr Wasser durchs provisorisch gedeckte Dach ins Innere gedrungen, weshalb wir ein paar Schüsseln untergestellt haben, um den Regen weitestgehend aufzufangen.

Mein Hals wird staubtrocken, weil Charlie überhaupt keine Probleme mit allem hatte. Weder mit meinem erbärmlichen Zustand noch mit dem des Hauses. Mit verschränkten Beinen saß sie stundenlang auf der Matratze und schaufelte Dosensuppe in ihren Mund, während ich erzählte.

Mit einem Seufzen raffe ich meine Klamotten zusammen und schlüpfe in Hose und Pulli, als die Tür sich öffnet und Charlie zusammen mit dem triefend nassen Kater reinkommt.

»Ich glaube, ich hab den Übeltäter gefunden«, sagt sie gut gelaunt und nickt in Joes Richtung, der seinen Kopf gerade über eine der Schüsseln beugt, um daraus zu trinken.

Wahrscheinlich macht es mich zum größten Idioten, zu glauben, dass es ausreicht, Charlie zu lieben, wenn sie gleichzeitig das hier ertragen muss. Mein verfickter Kater trinkt Regenwasser, das durch das halb fertig gedeckte Dach in eine Küchenschüssel tropft, die Mum morgen wieder zum Kochen benutzt, und vorhin hab ich für einen Moment wirklich geglaubt, irgendein Junkie hätte sich in mein Zelt verirrt und Charlie bedrängt. Ist schon ein Unterschied zu einem geregelten Einkommen, einer Wohnung und netten Wochenendausflügen, würde ich meinen. Definitiv ist es zu viel, um es mit meinem übermüdeten Verstand richtig einzuordnen.

»Dann muss ich euch nicht mehr einander vorstellen.«

Charlie mustert kurz den Kater, dann mich. »Ich bin ein bisschen verwirrt«, sagt sie, und wahrscheinlich malt sie sich gerade aus, wie schnell sie es von hier nach Hause schafft. »Du wolltest, dass ich eine Katze kennenlerne?«

»Der Kater heißt Joe.« Ich schnappe seinen Blick auf, der zwischen mir und Charlie hin- und herwandert. *Alter, das ist keine Illusion. Da steht wirklich eine Frau, die nicht meine Mutter ist.*

»Hi, Joe«, sagt Charlie und geht zu ihm in die Hocke, um ihn anschließend zwischen den Ohren zu kraulen. An jener Stelle, die er am meisten mag. »Wie geht's?«

»Ich dachte, es wäre leichter, wenn ich dir seine Geschichte statt meiner erzähle, aber der Mistkerl hat sich den ganzen Abend nicht blicken lassen«, erkläre ich Charlie und sage dann in Richtung des Katers: »Ich hab ihn als Baby auf der Wache völlig abgemagert in einem Gebüsch gefunden und beschlossen, ihn aufzupeppeln.«

Charlie streichelt Joe entlang seiner Wirbelsäule. Er hat graues Fell mit Pfoten, die aussehen, als hätte man sie schwarz angemalt. »Wie lange ist das her? Er sieht sehr … gesund aus.«

Ich muss lachen. »Er frisst alles, was bei drei nicht auf dem Baum ist.« Ich stehe auf und lehne mich mit dem Rücken an die winzige Arbeitsplatte. »War vor ziemlich genau zwei Jahren, eine

Woche nach Sophies Unfall, als ich auf die Abmachung mit meinem Vater hin meine Kündigung eingereicht habe. Ist ein bisschen albern, weil ich eigentlich nicht an so was glaube, aber irgendwie, na ja ...«

Mit jedem Wort werde ich unsicherer. Ich packe Joe kräftiger am Rücken als beabsichtigt. Sofort drängt er sich lieber gegen Charlies Bein. Kann ich nachvollziehen.

»Joe war so ziemlich der Einzige, mit dem ich reden konnte, und mein Kopf wollte mir weismachen, dass Sophie ihn geschickt hat.«

Charlie lächelt verständnisvoll. »Ich verstehe dich.«

Ich fühle mich nur kein bisschen besser. Dass sie das so aufrichtig formuliert, lässt mich noch mehr an meiner geistigen Zurechnungsfähigkeit zweifeln.

»Klar«, erwidere ich trocken. »Ich hätte mit Ria reden können oder mit einer Therapeutin, aber ich erzähle meine Probleme lieber einem Kater, von dem ich mir einrede, dass er die Wiedergeburt meiner toten Ex ist.«

»Vor acht Jahren, als ...« Charlie beißt sich auf die Unterlippe und räuspert sich schließlich. »Also, meine Mutter hat ...« Sie stockt erneut, und weil sie plötzlich genervt aufstöhnt, hämmert mir mein Puls bis in den Hals.

»Sorry«, sagt sie und zieht mit einem Lächeln ihr Handy aus der Gesäßtasche. »Meine Mum.« Mit der Fingerkuppe schiebt sie den Anruf beiseite, holt tief Luft und tippt ihrer Mutter eine knappe Nachricht. »Ich werde sie gleich wirklich zurückrufen müssen, sonst ruft sie wiederum vermutlich die Polizei.« Sie zieht eine Grimasse. »Wo waren wir?«

»Macht es dir nichts aus, dass deine Mutter so ...«

»Kontrollsüchtig ist?« Charlie steht auf. »Ich brauch erst mal Kaffee.«

Wie selbstverständlich setzt sie Wasser für die Kaffeepresse auf. Wenn sie wüsste, wie viel mir diese Geste bedeutet. So kann ich mir zumindest einreden, dass sie sich in diesem Loch hier wohlfühlt.

»Ich verstehe, dass es für sie notwendig ist. Sie hat einfach Angst, dass mir etwas passiert oder ich, na ja … sie hat Angst. Und damit kenne ich mich zu gut aus, um sie zu verurteilen.«

»Aber Angst zu haben, bedingt nicht zwingend Kontrolle oder Abhängigkeit, oder?« Ich sollte einfach den Mund halten. »Du hast meine Frage nicht beantwortet: Wie geht es dir damit?«

»Es verunsichert mich oft.« Sie zieht eine Blechdose hervor, und als ich nicke, füllt sie daraus Kaffee in die Presse, um danach heißes Wasser hinzuzugeben. »Aber es ist okay, wirklich. Seit Mum nicht mehr arbeiten geht, hat sie zu viel Zeit. Ich geb ihr einfach Bescheid, dass ich später bei ihnen vorbeikomme. Es gibt da eh noch ein paar Dinge zu klären.«

Charlie spielt das Verhalten ihrer Mutter herunter, und das macht mich fertig. Weil sie mir gestern erst erklärt hat, wie sehr ich dazu neige, mich aus einer irrationalen Sehnsucht heraus an die Regeln meines Vaters zu halten. Jetzt tut sie so, als würde ihr das Verhalten ihrer Mutter nichts bedeuten. Aber das tut es. Es bedeutet ganz genauso viel.

»Was dagegen, wenn ich uns Brötchen zum Kaffee hole? Ich hab ehrlich gesagt nicht an Frühstück gedacht, aber im Zelt ist eine Packung Schokokekse. Die schmecken auch gut auf Brötchen, wobei …« Mein Blick huscht zu Joe, und ich wechsle ins Präteritum. »Im Zelt *war* eine Packung, nehme ich an.«

Charlie will mir widersprechen, doch ich unterbreche sie. »Ich hol uns Brötchen, du kochst Kaffee und rufst deine Mutter zurück.« Polizei kann ich hier definitiv nicht gebrauchen. »Wenn ich nach zwei Jahren neben einer Frau aufwache, dann will ich es richtig machen.« Na ja, so richtig eben wie finanziell möglich.

Ohne ihre Antwort abzuwarten, greife ich nach meiner Jacke

und verschwinde nach draußen. Es nieselt nur noch, trotzdem klebt mir mein Shirt nass am Körper, noch bevor ich den Späti erreiche. Nebenan gibt es auch einen Markenbäcker, aber meine Mutter und ich haben festgestellt, dass die Brötchen beim Späti eindeutig besser schmecken. Außerdem kosten sie nur halb so viel. Ich kaufe vier und habe das Bedürfnis, doch noch beim Bäcker reinzugehen. Charlie mag sicher Croissants, weshalb ich ihr eins mit in die Späti-Tüte packen lasse und dafür böse Blicke ernte. Sorry.

Nachdenklich werfe ich einen kurzen Blick auf meinen Handybildschirm, auf dem die Nachricht einer unbekannten Nummer aufleuchtet, die ich, ohne draufzuschauen, zur Seite wische, bevor ich mit gesenktem Kopf über die Straße bis zum Eingang der Gartenkolonie husche.

Eine aufgebrachte Frauenstimme schallt mir vom Eingang her entgegen, dann ein wütendes Schnauben. Ich schaue auf, und mein Herz sackt mir in die Hose. Denn vor mir steht eine ältere Kopie von Charlie. Ihre Mutter, schätze ich. Ich habe das dringende Bedürfnis, mich umzudrehen und wegzulaufen, weil es definitiv unmöglich sein wird, unbemerkt an ihr vorbeizuschleichen. Es ist nicht nötig, mich zu fragen, ob sie weiß, wer ich bin, denn online gibt es genügend Videos von ihrer Tochter und mir. Und mein Aussehen ist nicht unbedingt unauffällig.

»... ist mir vollkommen egal, Charlotte, und außerdem hat das alles weder etwas mit deiner noch mit meiner Schwester zu tun. Diese Videos wirst du nie wieder los! Ich hab mir die Kommentare durchgelesen. Alle. Sie beschimpfen dich dort«, beendet sie wütend ihren Monolog, um Charlie kurz darauf so hektisch zu unterbrechen, dass diese vermutlich keine zwei Worte herausgebracht hat. »Ich verbitte mir so einen Ton. Ich bin eh schon auf dem Weg. Bis gleich!«

Sie schaut im selben Moment von ihrem Telefon auf, als ich wie ferngesteuert näher komme. Keine Ahnung, wieso. Vielleicht will ich das einfach durchziehen, weil Charlie mir zu viel bedeutet, als dass ich bei ihrer Mutter keinen guten Eindruck hinterlassen wollte. Es sind nur ein paar Videos. Gottverdammte, verfickte Videos. Ich hab kein Problem damit, diesen Scheißaccount zu löschen, wenn es das ist, was ihre Mutter von mir verlangt. Vor dem Festival war Social Media der einzige Ort, an dem ich frei sein durfte. Jetzt ist dieser Platz neben Charlie.

»Guten Morgen ...« Charlies Mutter mustert meinen tätowierten Körper, dann das Nasenpiercing, als wäre das hier eine Anhörung. Immerhin kein Eyeliner – bringt mir vielleicht Bonuspunkte ein. »Levy oder Ykarus – wie soll ich Sie nennen?«

»Levy ist in Ordnung.«

»Sie sind der Mann, der das Leben meiner Tochter durcheinanderbringt?«

Fuck. Fuck. Fuck. Wieso habe ich überhaupt die Straße überquert und bin nicht einfach zurück zu den unfreundlichen Verkäuferinnen in die Bäckerei? Meine Kehle ist schlagartig wie zugeschnürt. Charlies Mutter wirkt überhaupt nicht so, als hätte sie allzu große Angst vor irgendetwas, am allerwenigsten vor mir. Sie weiß längst, was Sache ist, so viel steht fest. Entweder Charlie hat es ihr erzählt oder sie hat eins und eins zusammengezählt. Ich tippe auf Ersteres, weil Charlie mutig ist und immer die Wahrheit sagt. Also lasse ich mich jetzt auch dazu hinreißen.

»Ich würde eher behaupten, es ist andersherum.« Ich atme tief ein und versuche, das Lächeln zu unterdrücken, das an meinen Mundwinkeln zupft, aber ich kann nicht. Charlie macht mich glücklich. Ist das jetzt eine Straftat, oder was?

»F-falls Sie Zweifel an mir haben, dann ist das fair«, rede ich weiter. »Insbesondere wegen des ganzen Social-Media-Mülls, den ich im Übrigen bereit bin zu löschen. Ich gebe mein Bestes, das verspreche ich. Alles, was ich habe.« Ist nicht viel, aber ...

Ach, verdammt! Ich sehe es doch in ihrem Blick – es gibt kein Aber. *Ich* bin einfach nicht viel. So wenig, dass sie mir nicht mal ihren Namen nennt. Ich hasse solche Machtspielchen, weil ich gelernt habe, vor ihnen demütig einzuknicken.

»Wenn Sie Bilder und Videos von meiner Tochter für alle frei zugänglich ins Internet stellen, wäre es dann nicht auch gerecht, wenn ich mich ein bisschen nach Ihnen erkundige?« Aus welchem Grund lächelt sie jetzt fast liebenswürdig? »Mein Mann arbeitet bei der Presse«, fügt sie hinzu.

»Da werden Sie nicht viel finden, aber ich bin auch ohne Ihre Drohungen bereit, Ihnen alles über mich zu erzählen.«

Mit meiner Offenheit hat sie ganz bestimmt nicht gerechnet und mein Angebot nimmt ihr den Wind aus den Segeln. Sie räuspert sich lautstark.

»Ich hab wirklich kein Problem, Ihnen ...«

»Ich hab Sie schon verstanden.« Charlies Mutter nickt langsam, dann findet sie zurück zu ihrer souveränen Körperhaltung. »Ihnen ist hoffentlich bewusst, dass so ein Festival nicht viel zu bedeuten hat. Es sind ein paar Tage, die Sie gemeinsam Spaß hatten. Charlie ist jung, sie will sich ausprobieren. Aber ich kenne meine Tochter ein wenig länger als Sie, kenne ihren Ex-Freund und ihr Umfeld ... Sie sind mir hoffentlich nicht böse, wenn ich Ihnen sage, dass Sie dort nicht reinpassen.«

»Schon kapiert«, antworte ich durch zusammengebissene Zähne.

»Seit einem Jahr verändert sich viel in Charlies Leben, vielleicht sind Sie einfach jene Ablenkung, die sie gerade braucht. Ich sage Ihnen das auch, damit es hinterher keine Szene gibt. Charlie ist sehr sensibel.«

Eine Ablenkung, mehr nicht. Da haben wir's. Eine verfickte Regel. Damit habe ich eine Antwort auf Charlies Frage, was passiert, wenn ich diese breche: verfickte Scheiße!

Ich beiße die Kiefer fester zusammen, um Charlies Mutter nicht noch eine Beleidigung an den Kopf zu werfen. Aber nach ihren nächsten Worten kriege ich eh nichts mehr raus.

»Du bringst sie nicht auch noch ins Grab.«

Was zur Hölle? Ich ... was?! Meine Kehle ist endgültig eine Wüste. Ich finde keine Antwort auf diese Anschuldigung. Ist es überhaupt eine?

Mein Verstand wird zu Brei, und alles, was ich rausfischen kann, ist: »Das war nicht meine Absicht.« Mehr kriege ich nicht hin, da das Gerüst in meinem Inneren wieder zu Asche zerfällt.

Ich bin nur noch Schatten und Staub, weil ich kapiere, dass es scheißegal ist, wie sehr ich um Charlie kämpfe. Ihre Mutter wird nicht zulassen, dass sie mich wählt. Ich lasse es ja noch nicht mal selbst zu. Das ist es, was Charlie mir gestern erklären wollte. Wenn ich mich nicht selbst beschütze, wie soll ich es bei anderen tun?

»Ich werde jetzt zu meiner Tochter gehen«, sagt Charlies Mutter und betritt den Schrebergarten. »Das sind ja keine Zustände hier.«

Was soll ich denn darauf sagen? Den Gedanken hatte ich doch eben noch selbst. Außerdem kann ich von Charlie nicht verlangen, sich gegen ihre Familie zu stellen. Für mich. Auch wenn ich mir genau das so sehr wünsche.

»Dann nehmen Sie wenigstens das Frühstück mit«, erwidere ich und drücke ihr die Brötchentüte in die Hand.

»Sehr freundlich.«

»Immer gerne.«

Unschlüssig schaue ich der Frau hinterher, die wie Charlie aussieht, aber ganz anders handelt. Ich kann doch jetzt nicht einfach abhauen, ohne Charlie irgendwie Bescheid zu geben. Ich muss nachdenken. Und Ria anrufen. Endlich auch mit ihr reden, mit Otis, mit allen. Ich werde nicht einfach mit der ganzen Scheiße weitermachen und am besten noch morgen zum Videoabend zu meinem Vater fahren.

Ich krame mein Handy aus der Hosentasche und begreife im selben Moment, dass ich Charlies Handynummer gar nicht habe, weshalb ich meine in eine Instagram-Nachricht an den Radiosender schicke.

Ich schaffe es also noch nicht mal, eine Frau ordentlich nach ihrer Handynummer zu fragen, bevor ich sie ihre Lippen um meinen Schwanz legen lasse. Auch Charlies Mutter konnte ich eben nicht aufhalten ... was vielleicht auch gut so ist, denn letztendlich hat sie mit allem recht, was sie über mich behauptet. Ich kann Charlie nichts bieten, passe nicht in ihr Leben. Nichts an mir ist irgendetwas wert. Gut, dass mich mal jemand anderes als mein Vater daran erinnert, denn ihm hätte ich beinahe nicht mehr geglaubt.

★ ★ ★

Eine halbe Stunde später schlage ich bei Ria und Otis' WG in Westend auf und hocke mich auf die Treppenstufen vor der Haustür. Minutenlang starre ich auf mein Handy, bis Ria als Erste von ihrer Frühschicht heimkommt und mich findet.

Ich erzähle ihr alles. Wir heulen. Charlie meldet sich nicht.

Mein Kopf wusste von Anfang an, dass ich sie nicht verdient habe. Nur mein Scheißherz lässt sich noch immer nicht verarschen und schlägt weiter.

Charlie. Bum. Charlie. Bum.

Ich habe doch Ria, versuche ich es zu überzeugen. *Und Otis. Meine Mum. Den dämlichen Kater.*

Kein Geld. Keine Perspektive. Keinen Willen. Keine Hoffnung.

»Ich mach uns erst mal was zu essen, ja? Otis kommt gleich.«

Gloria wischt sich übers Gesicht und verschwindet in Richtung WG-Küche, ohne auf meine Antwort zu warten.

Bevor ich mich aufrapple, um ihr zu folgen, checke ich noch mal meine Nachrichten. Obwohl die Benachrichtigungsfunktion aktiviert ist, durchsuche ich jede denkbare App nach irgendeinem Lebenszeichen von Charlie und lande schließlich auf WhatsApp. Die Nachricht, die ich vorhin weggedrückt habe, steht nun an erster Stelle.

Mein Blick fällt wie von selbst auf die ersten Zeilen ... und jetzt, verdammte Scheiße, zieht es mir vollends den Boden unter den Füßen weg.

DAS KAPITEL, IN DEM ICH MEHR BIN ALS EMOTIONAL ABHÄNGIG

Charlie

Es dauert eine halbe Ewigkeit, bis ich durch die Fensterscheibe unter dem Grau der Wolken das Licht des Bewegungsmelders aufflackern sehe. Ich hole schnell die Kaffeetassen, schiebe dabei Joe mit dem Fuß zur Seite und öffne mit dem Ellbogen umständlich die Haustür.

Im selben Moment, in dem ich mich erschrecke, zieht sich mein Herz so schmerzhaft zusammen, dass ich mir den halben Tasseninhalt über mein Schlafshirt schütte. Was macht meine Mutter hier? Und wieso schaut sie mich beim Gehen so an, als erwarte sie von mir, dass ich jetzt gleich meine Gefühle im Griff haben werde?

O mein Gott. Ich kenne ihren Gesichtsausdruck.

»Mama?«, presse ich hervor und wische hilflos über die Kaffeeflecken, die langsam in den weißen Stoff einsickern.

»Ich hab doch eben gesagt, dass ich auf dem Weg bin.«

Ich schüttle perplex den Kopf. Die Worte, die mir bereits auf der Zunge liegen, bereit dazu, wütend rausgebrüllt zu werden, entweichen als leises Würgen. Meine Mutter sieht so selbstgefällig aus. Ob sie überhaupt merkt, dass sie stört?

In ihrer Hand hält sie etwas, das ich als Papiertüte erkenne. Sie hat Levy getroffen. Mein Herz rast.

»D-du hast Levy kennengelernt?«, frage ich und schlucke den überforderten Laut runter, der mir in der Kehle festsitzt.

»In der Tat«, sagt sie, als sie zu mir stößt. »Ich habe ihn darum gebeten, uns einen Moment alleine zu lassen.«

Ich habe noch nie das Verlangen gespürt, meine Mutter körperlich anzugehen, aber in diesem Moment will ich sie am liebsten schubsen, so irrsinnig wütend werde ich.

»Das ist nicht dein Ernst«, fahre ich sie an, und weil ich noch immer die Kaffeetassen in der Hand halte, stelle ich sie lieber vor der Tür ab. »Du kannst ihm nicht verbieten, in sein eigenes Zuhause zu kommen.«

»Das hier ist sein Zuhause?« Ihr abschätziger Blick wandert über die verwitterten Holzpaneele. »Hast du noch Sachen von dir da ... drin? Hol sie eben, ich hab deinem Vater gesagt, dass wir uns um zwei beim Sender treffen. Ich habe für dich einen Termin mit diesem Jonas ausgemacht, damit wir noch einmal ganz in Ruhe über alles reden können. Du hast Glück, dass dein Vater jemanden aus dem Aufsichtsrat kennt ...«

Sie hat *was*?

»Das wird nicht nötig sein«, halte ich dagegen. »Ich möchte das Volontariat nicht, was ich dir gestern erklärt habe.«

Mums Gesichtszüge versteinern. »Charlotte, du hast es dir ausgesucht, jetzt wird es auch durchgezogen.«

»Hör auf, Mama.«

»Du hast ein Jahr darauf gewartet, hast dafür extra ein Festival besucht. Weißt du, wie groß meine Sorgen deshalb gewesen sind? Das wird ganz sicher nicht alles umsonst gewesen sein!«

»Hör bitte auf«, wiederhole ich in einem Ton, den meine Mutter nicht von mir kennt. »Glaubst du allen Ernstes, dass es nicht auch okay ist, hin und wieder falschzuliegen? Der Job als Radiomoderation gefiel mir nicht so gut wie gedacht, okay? In einem Praktikum geht es doch genau darum, herauszufinden, was mir gefällt und was eben nicht. I-ich möchte lieber zu mir stehen, als für meinen Chef etwas zu tun, das ich später ganz sicher bereue, nur weil ich Angst vor den Konsequenzen meiner Entscheidung habe.«

»Zu dir zu stehen, bedeutet demnach, mit irgendwelchen dahergelaufenen Jungs zu schlafen, versteh ich das richtig?«

Mein Herz zieht sich zusammen. Wie sie über Levy redet und mich damit genauso verunglimpft. Wie gut sie sich dabei unter Kontrolle hat. Besser noch als damals, als …

»Ich bin nicht Tante Anja!«, platzt es aus mir heraus. »Verdammt, wann kapierst du das endlich?« Mein Puls rast vor Wut und Verzweiflung. »Ich bin wegen dir meine ganze Schulzeit nicht zur Therapie gegangen. Wegen dir allein. Ich habe wegen dir jahrelanges Mobbing ertragen. Nur weil du Angst hattest, dass jemand denken könnte, ich stehe vor denselben Herausforderungen wie Tante Anja.«

Ich muss an mich halten, weil ich gerade am liebsten etwas zerstören will. Wenn es sein muss, das Leben meiner Mutter. So, wie auch sie meines kaputt gemacht hat.

»Anja hat sich wegen dieser Sache das Leben genommen.«

»Dieser Sache?« Ich schaffe es nicht, das Wort zurückzuhalten. »Ihre Depressionen meinst du? Sprich es doch aus! Denn deine Herangehensweise funktioniert nicht! ›Ich kann es nicht sehen, also existiert es nicht‹ – das ist es doch, was du denkst, oder? Meine ganze Jugend hast du ihre Krankheit nicht in den Mund genommen. Über was man nicht redet, das gibt es nicht, richtig? Deshalb existiert auch Linn nicht für dich.«

Ich verkrampfe meine Finger ineinander und hole tief Luft. Selbst wenn ich sie aufhalten wollte, die Worte würden trotzdem aus mir rausschießen.

»Wie schafft man es, vor sich selbst zu rechtfertigen, dass man das eigene Kind lieber leiden lässt, als es zur Therapie zu schicken? Wie redet man sich ein, dass es nur eine Phase ist? Weißt du, wie sehr du mich unter Druck gesetzt hast, mich nicht überfordert zu fühlen? Du hast mich dazu gebracht, dass ich vor meinen Reaktionen, meinen Gedanken und meinen Gefühlen riesige Angst hatte. Deshalb habe ich lieber geschwiegen. Aus Angst davor, du könntest glauben, ich entwickle mich in die *falsche* Richtung.

Und gerade versuchst du es wieder, oder? Du hast so große Panik davor, dass Levy mich verletzen könnte und ich dann … was, Mama? Nicht damit klarkomme? Ist es das? Hast du deshalb nach der Trennung Ben wieder und wieder zu uns nach Hause eingeladen? Damit du selbst meinen Liebeskummer unter Kontrolle hast?«

Scheiße, verdammt noch mal. Irgendwie habe ich es geschafft, aus dem Gedanken-Teufelskreis rauszuspringen. Ich weiß, dass ich das alles schon lange hätte laut aussprechen müssen, aber es zu tun, ist hart. Kein bisschen erleichternd, zumindest für den Moment nicht. Nur schmerzhaft.

Meine Mutter stößt schwer den Atem aus. »Gibst du mir einen Moment?«

»Ich gebe dir alle Zeit der Welt, wenn du dir auch endlich Hilfe suchst.«

Ihr Blick wirkt unsicher und fühlt sich gleichzeitig so an, als würde sie ein Brennglas auf meiner Haut ansetzen. »Ich brauche keine Therapie, Charlotte. Es ist acht Jahre her.«

Ich sehe, wie sie die Kiefer aufeinanderpresst, um nicht zu weinen, sich danach räuspert und sich zusammenreißt, so wie ich meine Mutter kenne. Ich kenne ihre Reaktion aus meiner Schulzeit. Kenne sie von jenem Morgen nach der Sache mit Ben, als ich ihr alles erzählen wollte und sie mir im gleichen Moment ein eigenartig distanziertes Verhalten entgegengebracht hat, das mich so sehr verunsichert hat, dass ich fortan lieber geschwiegen habe.

»Hol bitte dein Zeug, wir fahren.«

Ich bin wie vor den Kopf gestoßen. »Ich werde hier auf Levy warten.«

Überrascht hebt sie den Kopf. »Das ist ein Scherz.«

»Nein, und weißt du auch, warum? Vielleicht bin ich ganz genau wie Tante Anja. Vielleicht war ihr Kopf auch voller Zweifel und Ängste, voller Wenns und ohne einen einzigen Funken Mut. Du hast mir mein Leben lang eingeredet, dass es schrecklich sei, wie Tante Anja zu ticken. Wäre es nicht schöner gewesen, du wärst diejenige gewesen, die mich mutig werden lässt? Ich lebe und ich will stolz auf dieses Leben sein, das ich mir aussuche. Ich ganz allein. Daran wirst du nichts ändern. Nicht mehr.«

Ich erwarte keine Antwort darauf, aber hier stehen bleiben kann ich auch nicht, weshalb ich mein Zeug aus dem Haus hole und mich zum Gehen wende.

»Charlotte, jetzt verhältst du dich genauso albern wie deine Schwester. Was ist denn los mit euch? So haben wir euch nicht erzogen.«

Ihre Worte brechen mir das Herz. Ich will sie anschreien, bringe aber nichts heraus. Deshalb renne ich einfach vor ihr weg. Es fällt mir schwer, nicht zusammenzubrechen, darum greife ich nach meinem Handy. Meine Hände zittern, sind völlig verschwitzt. Levy ist nicht mehr hier. Ich muss aufpassen, dass ich beim Gehen und Suchen nicht über etwas auf dem Weg stolpere. Das Handy halte ich verzweifelt fest, klammere mich an die Nachrichten zwischen Levy und mir, die darin abgespeichert sind.

Ich öffne Instagram, um Levy zu schreiben. Doch anscheinend wurde ich ausgeloggt. Ich tippe hektisch den Benutzernamen des Senders und das Passwort ein, welches nicht anerkannt wird. Verdammt. Zur Sicherheit wiederhole ich den Vorgang, doch Jonas muss das Passwort bereits geändert haben.

Ich schließe die Augen, und für einen Moment bilde ich mir ein, nie mehr sein zu dürfen als abhängig von den Entscheidungen meiner Mutter. Doch dann schlucke ich den Angstkloß runter und frage Marianne nach dem neuen Passwort. Das ist vorbei. Für immer vorbei.

Weil mir eine Antwort zu lange dauert, stecke ich das Handy weg und renne an meinem Rad vorbei zur U-Bahn, die mich schneller zum Späti bringen wird.

Scheiß auf meine Ängste! Ich kann alles sein. Ich kann alles tun. Wer weiß? Vielleicht sitze ich in zwei Wochen in einem verdammten Flieger nach Irland.

Ich kann fallen und ich kann auf die Fresse fliegen. Ich kann mich aufrappeln und weitermachen. Ich bin Charlie, und meine Mutter wird daran nichts ändern.

SOMEDAY YOU WILL DIE, BUT I'LL BE CLOSE BEHIND. I'LL FOLLOW YOU INTO THE DARK

Levy

Vor vier Minuten habe ich den Anfang einer WhatsApp-Nachricht gelesen, die mein Ende bedeuten könnte. Als Gloria nach mir ruft, springe ich auf und stürze in den Flur.

»Ich muss noch mal weg.«

Gloria schwirrt mit einer Pfanne in der Hand zur Tür. »Hat Charlie sich gemeldet?«

»So ähnlich.« Ich starre Gloria ein paar Sekunden an, weil der Schmerz, der sich gerade durch meinen Brustkorb frisst, krasser ist als alles, was ich jemals zuvor gefühlt habe. Er vereint die Angst, die Frau zu verlieren, die ich liebe, mit der Panik vor Sophie. Mit einem leisen Röcheln flüchte ich aus der WG.

Ich versuche mich auf meinen erstickten Atem zu konzentrieren, während ich das Treppenhaus runterstolpere und raus in den feinen Nieselregen haste. Keuchend bleibe ich vor dem Altbau stehen. Mein Handy leuchtet auf, als ich das Display antippe und auf die Nachricht starre. Keinen Plan, woher Sandra meine Handynummer hat. Nicht nötig, sich diese Frage bei einer Polizistin überhaupt zu stellen.

Unbekannt: Hier ist Sandra. Du hast dich nicht mehr gemeldet, aber ich will, dass du das hier weißt …

Fuck. Die letzten zwei Wochen waren gefüllt mit den schönsten Bonusmomenten meines Lebens. Wenn ich Sandras Nachricht jetzt antippe, kommt kein einziger weiterer hinzu, so viel steht fest.

Ich schlinge mir die Arme um den Oberkörper und lege den Kopf stöhnend in den Nacken.

Mein Handy vibriert erneut, doch es ist nur Tuncer, der fragt, wo ich bin. Heute ist Mittwoch, ich arbeite jedoch nur am Wochenende. Was zur Hölle ist Tuncers Problem?

Egal. Ich ignoriere ihn, wische mir den feinen Regenfilm von der Stirn und hypnotisiere erneut Sandras Nachricht. Überhaupt auf ihre Nachfragen zu reagieren, war ein Fehler, verdammt, das weiß ich jetzt.

Wie ferngesteuert gehe ich die Straße entlang in Richtung U-Bahnhof, damit mich irgendetwas davon abhält, weiter wie ein Irrer auf meinen Handybildschirm zu starren, in der Hoffnung, Sandras Nachricht würde sich in Luft auflösen. Wird sie nicht tun. Und Charlie wird auch nicht wider Erwarten anrufen. Scheiße, wenn ich wenigstens in diesem Punkt Gewissheit hätte ...

Aber eigentlich habe ich die doch? Es ist alles aus und vorbei. Ziemlich sicher will mir Charlie das mit ihrem Schweigen sagen. Keine Ahnung, ob ihre Mutter zu ihr durchgedrungen ist, denn im Grunde ist das alles völlig richtig so, das weiß ich. Ich habe ja noch nicht einmal Charlies Handynummer, Leon schon. Den könnte ich natürlich fragen, aber ...

Ganz sicher nicht.

Wie erschreckend ist es eigentlich, dass mit Charlie alles anders ist und ich doch kaum etwas über sie weiß?

Ich könnte mir jetzt einreden, dass ich ihre Nummer einfach nicht gebraucht habe, weil wir uns auch so immer wiedergefunden haben. Wenn ich am Ende war, stand Charlie plötzlich vor mir. Sie war für mich da. Aber ...

Bei Charlie geht es nicht um belanglosen Sex vor ein Uhr, sondern um die Sehnsucht nach einer Beziehung. Es geht um den richtigen Partner, der tausend kleine und große Dinge in einem anschlägt. Gedanken, von denen man immer geglaubt hat, sie nicht denken zu dürfen, werden auf einmal gehört. Man spürt zum ersten Mal Selbstakzeptanz. Aber vor allem geht es darum, gemeinsam glücklich und traurig zu sein. Erfolge zusammen zu feiern und sich darauf zu einigen, wie man an der Hand eines anderen Menschen durchs Leben geht.

Das alles verdient Charlie, das alles kann ich ihr doch nie im Leben bieten. Aber ich will, verfickte Scheiße, ich will es so sehr. Reicht das nicht ein einziges Mal?

Mein Handy vibriert erneut. Noch mal Tuncer. Wütend wische ich das graue Benachrichtigungsbanner zur Seite. Verdammt. Sonst ist er nie so anhänglich. Kann ich gar nicht gebrauchen. Denn jetzt habe ich wieder einen Kloß im Hals, und er wird nicht kleiner, als ich kurz versucht bin, doch Sandras Nachricht anzutippen. Dann aber stopfe ich mein Handy aufgewühlt in die Jackentasche. Dabei kann ich nicht verhindern, dass sich meine Finger krampfhaft um den Kassenzettel der Markenbäckerei klammern.

Es kommt mir vor, als würde mich alles in diesem Moment fragen wollen, ob ich Charlie auf dem dämlichen Festival vor zwei Wochen wieder ansprechen würde. Ob ich bereit bin, für sie zu kämpfen. Sie überhaupt erst mal zu finden. Ohne Polizeimethoden.

Ja, verdammt. Immer und immer wieder.

Ein paar Sekunden später zerknülle ich das Papier in meiner Hand, während ich mir überlege, wie um alles in der Welt ich das anstellen soll. Ich weiß nicht, wo sie wohnt, aber ich weiß, wo ihre Schwester arbeitet, weil Charlie jeden Dienstag im Café am Neuen See mit ihr zum Uno-Spielen verabredet ist. Der Gedanke, dort einfach aufzutauchen, ist doch komplett bescheuert. Aber vielleicht meine einzige Chance …

Ich habe es gerade geschafft, wie in Trance über die Straße zu stolpern, und will die Treppen runter zur U-Bahn nehmen, als mein Scheißhandy wieder vibriert. Das wievielte Mal in den letzten zehn Minuten?

Ich zerre das Gerät mit zitternden Fingern hervor, und es ist ... eine unbekannte Nummer. Verdammte Scheiße.

Ich will die Benachrichtigung wegwischen, doch weil meine Finger zu sehr zittern, gerate ich in den Chatverlauf mit Sandra.

Unbekannt: ... Sophie hat mir die in der Unfallnacht geschickt. Ich hab sie damals heruntergeladen, aber nie an dich weitergeleitet, was falsch war. Leon wollte das nicht – aus nachvollziehbaren Gründen –, aber was Leon will, ist mir mittlerweile scheißegal.

Aus nachvollziehbaren Gründen? Meine Hand pocht. Mein Blick zuckt umher, bis er auf die Sprachnachricht unter der Erklärung fällt, die Sandra mitgeschickt hat. Sie schickt eine zweite hinterher, welche die erste aus dem Display schiebt.

Mit der Fingerkuppe scrolle ich ein Stück runter, hole tief Luft und drücke auf Play. In mir drin ist ganz plötzlich dieselbe Stille wie vor zwei Jahren auf dem Festival, bevor mein Kollege mich über Sophies Unfall informiert hat.

Die ersten Sekunden höre ich monotones Rauschen, das ich nicht zuordnen kann. Mit klopfendem Herzen stoppe ich die Sprachnachricht und verstecke mich in einem der zwei vorhandenen Aufzüge am Bahnhof. Ich weiß nicht, wie lange der hier schon außer Betrieb ist, aber in diesem Augenblick bin ich froh, dass er es ist.

Kurz darauf zerbirst Sophies Stimme die Stille im Aufzug, und ganz besonders die in meinem Kopf.

»*Sandra? Ich hab riesigen Mist gebaut ...*«

Ein paar Sekunden lang rauscht es wieder. Autobahn. Das ist die

Geräuschkulisse des verfickten Stadtrings, die ich da höre. Sophie war auf dem Rückweg vom Festival, als sie die Sprachnachricht an Sandra aufgenommen hat. Mein Puls schnellt in die Höhe, als ich das begreife. Ich höre gerade Sophies letzte Worte.

Zitternd atme ich aus, weil sich mein Brustkorb vor schmerzender Sehnsucht so hart zusammenzieht.

»*Verdammt*«, schallt es frustriert aus meinem Handy, »*das ist jetzt nicht wahr.*«

Ich drücke auf Pause, weil ...

Sophies Stimme zu hören, fühlt sich an, als würde mir jemand eine Eisenstange durch meine Kehle in den Magen rammen und sie dort umdrehen, damit ich endgültig entzweibreche. Doch gleichzeitig ist die Nachricht wie ein Sog, weil ich wissen will, was Sophie vor ihrem Tod zu sagen hatte. Scheiße, vielleicht erfahre ich endlich, was sie von mir wollte.

Mit dummer Hoffnung im Magen drücke ich erneut auf Play.

Sophie lacht, und dieses Geräusch, das leise Quieken am Ende, wenn es auch von Frust und Wut verzerrt ist, ist das, was mir das Herz fast aus der Brust springen lässt, weil ich es so selten gehört habe. Obwohl ich mein letztes Hemd dafür gegeben hätte.

»*Jetzt ziehen die mich hier allen Ernstes raus. Alkohol- und Drogenkontrolle, schätze ich. Mist.*«

Mist? Zur Hölle, was meint sie damit? Dass sie glaubt, die Kontrolle könnte ihr zum Problem werden? Warum? Mir wird eiskalt.

Aber was mir dann nach kurzer Stille aus dem Lautsprecher entgegenschallt, lässt mich alles andere vergessen.

»Sophie?« Das ist Otis' unsichere Stimme. »*Wieso bist du nicht auf dem Festival ...?*«

Hier bricht die Aufnahme ab. Automatisch scrolle ich im Chatfenster nach oben und tippe die zweite an.

»*Sorry, Otis hat definitiv was gut bei mir*«, sagt Sophie, und ihr aufgewühlter Unterton ist nicht zu leugnen. Ich höre, dass sie den

Motor startet. Sie lacht kurz, bitter, dann holt sie tief Luft und muss sich offensichtlich konzentrieren, denn ihre Stimme klingt nun angespannter. »*Was ich dich eigentlich fragen wollte: Kannst du nach Levy schauen? Er ignoriert meinen Anruf. Das ist ... noch nie vorgekommen. Scheiße, Sandra, ich hatte Sex mit Leon, und Levy hat uns erwischt ... Ich bin so dumm.*«

Sie schluchzt leise. Sophie weint. Wegen mir? Mir wird schlecht. In meinem Magen verkrampft sich alles, und das Blut schießt so heftig durch meinen Körper, dass mir der Schweiß ausbricht. Sophie *weint*.

»*Wahrscheinlich ist Levy der einzige Kerl, dem es egal ist, wer ich bin und woher ich komme, und ich betrüge ihn und raste danach wieder vollkommen unnötig aus. Wie sehr ich mich dafür hasse. Mann, Levy verdient so ziemlich alles außer mir. Ich muss ihn irgendwie erreichen.*«

Kurze Pause.

»*Ach, Scheiße, mir ist total schlecht von dem dämlichen Muffin. Besser, ich fahr doch lieber einen Umweg um die Wache ... so viel Glück wie eben mit Otis hab ich sicher nicht noch mal. Ich meld mich, sobald ich zu Hause bin. Falls du Levy findest, sag ihm, dass er an sein Handy gehen soll. Ich will mit ihm über alles reden ...*«

Die Sprachnachricht ist zu Ende und Sophies letzte Worte schnüren mir die Kehle zu. Mein Handy fällt lärmend auf den Boden, dann presse ich beide Hände schmerzhaft fest gegen die Aufzugwände. Alles um mich herum dreht sich so schnell, dass ich die Orientierung verliere. Hilflos ringe ich nach Luft, drücke die Hände noch fester gegen das kühle Metall und kralle mir die Fingernägel ins nackte Fleisch meiner Handflächen, bis es wehtut.

Ich brauche dringend Sauerstoff, aber hier in dieser engen Kammer ist keiner mehr. Und plötzlich gerate ich in Panik, zu ersticken.

Keuchend versuche ich, mich irgendwie runterzubeugen, um

an mein Handy zu kommen, um Hilfe zu holen. Aber das Gerät scheint meilenweit entfernt.

Scheiße, verdammt. Wieso? Minutenlang springt dieses Wort zwischen meinen Schädelhelfen hin und her wie ein Pingpongball. Wieso? Wieso hat Otis nie mit mir geredet? Wieso hat mir Sandra die Nachricht nicht schon früher weitergeleitet? Wieso ersticke ich nicht, obwohl ich verzweifelt um jeden Atemzug ringen muss? Wieso weiß ich plötzlich tief in mir drin, dass Sophie nicht nüchtern war? Sophie hat keinen illegalen Scheiß konsumiert, nie, aber nach ihrem Tod habe ich den seltsamen Drang verspürt, genau das zu tun: mich in die Bewusstlosigkeit zu trinken, Tabletten einzuwerfen, Drogen …

Verfickte Scheiße, welchen Trip fahre ich gerade, mir vorzustellen, dass ich es immer geahnt habe? Denke ich gerade Mist? Wahrscheinlich. Aber was ist, wenn ich den ganzen Müll nur deshalb konsumiert habe, weil ich wusste, dass er Sophies Leben beendet hat? Und nicht ich …

Fuck, halt die Fresse, Levy!

Verdammt …

Mein ganzer Körper pocht. Das ist einfach zu viel auf einmal, aber immerhin kriege ich nach ein paar Minuten endlich mein dämliches Handy zu greifen und wuchte kurz darauf meinen Körper irgendwie aus dem Aufzug raus, vorbei am Fahrkartenautomaten bis hin zu einer der Bänke.

Wie in Trance behalte ich, den Kopf auf die Hände gestützt, die Züge im Auge, die ankommen und wieder abfahren. Keinen blassen Schimmer, was ich erwarte. Dass Otis oder Charlie aus einem der Wagen springen? Wird nicht passieren.

Als die achte U-Bahn im Tunnel verschwunden ist, lehne ich mich zurück und wähle Otis' Nummer.

I DECIDE TO COME OUTSIDE. YOU TURN ME AROUND AND TELL ME, YOU …

Levy

Es klingelt so oft, dass ich kurz abwäge, wie clever es ist, ihm auf die Mailbox zu sprechen. Doch dann nimmt Otis ab.

»Junge, ich hab Gloria eben geschrieben. Ich bin schon auf dem Weg zum Au–«

»Was ist Pfingstsamstag vor zwei Jahren kurz vor ein Uhr nachts am Messedamm wirklich passiert, Otis?«

»Fuck, was?« Ich kann hören, dass er keuchend stehen bleibt. »Scheiße, i-ich wollte es dir sagen. Seit ich weiß, dass Sophie Sex mit Leon … Verdammt, ich wollte es dir wirklich sagen.«

»Wann, Otis? An meiner Scheißbeerdigung?« Mein Satz wird von seinem Schluchzer unterbrochen.

»Bist du bei uns in der WG? Gib mir fünfzehn Minuten, okay? Ich erklär es dir.«

»War Sophie nüchtern?«

»Levy, verdammt … verdammt!« Otis schlägt eine Tür zu. »Ich weiß es nicht, okay? Ich kann es dir nicht sagen. Vielleicht. Vielleicht auch nicht.«

Ich wünschte, ich könnte jetzt einfach auflegen, aber ich halte das Handy nur fest umklammert und den Blick starr nach vorn gerichtet. »Du hast sie rausgezogen und auf Drogen und Alkohol kontrolliert … Fuck, du musst es wissen.«

»I-ich hab sie ohne Kontrolle fahren lassen.«

Mein Herz rast wie wild, weil ich keine Ahnung habe, wie ich reagieren soll.

»Ich hab mit mir gerungen, okay? Vielleicht waren es nur ein paar verfickte Sekunden, die ich Sophie kontrollieren wollte. Ich habe wirklich überlegt, ob ich drauf scheiße, dass ihr Vater mein Boss ist, und die volle Nummer durchziehe, eine richterliche Anordnung zur Blutentnahme anfordere, weil ihr Gesicht tränenüberströmt war und ich bei der Sache ein mulmiges Gefühl hatte.«

Otis gibt einen verzweifelten Laut von sich. »Doch Sophie hat mir mehrfach klar und deutlich versichert, dass sie nüchtern ist, sie hatte keine verwaschene Sprache ... Ich dachte ... sie hat keinen Alkohol getrunken, nie Drogen genommen, so war sie doch nicht«, presst er völlig verzweifelt hervor. »Sie hat versprochen, ohne Umweg zur Polizeiwache zu fahren, damit ihr Vater sie von dort nach Hause bringen kann. Alter, sie wäre doch nicht zur Wache gefahren, wenn sie was intus gehabt hätte. Deswegen habe ich sie gehen lassen. Du hast ja keine Ahnung, wie sich das seit zwei Jahren anfühlt. Vielleicht hätte ich ihren Tod verhindern können.«

Otis bricht in Tränen aus.

»B-bitte sag was.«

»Gottverdammt, Otis ...« Ich weiß nicht, wo ich anfangen soll. Ob ich überhaupt irgendetwas sagen kann, außer dass es stimmt und Sophie in der Sprachnachricht auffällig gut zu verstehen war. Absolut unmöglich, da eine richterliche Anordnung zu rechtfertigen.

Doch Otis macht gleich weiter. »Ich hab mir eingeredet, dass es nie rauskommen wird. Damals hatten wir beide kaum Kontakt zueinander, da war die Sachlage einfach eine andere. Aber inzwischen ist Ria deine beste Freundin, und wir kommen auch gut miteinander aus, möchte ich meinen. Das ändert alles, hätte es zumindest, wenn ich nicht so verdammt feige wäre. Als du mir gestern erzählt hast, dass Sophie mit Leon ... Fuck. Ich hätte sie kontrollieren müssen.«

Ich schlucke. »Seit zwei Jahren glaube ich, dass Sophie allein wegen mir so aufgebracht war, dass sie im Regen die Kontrolle über ihren Wagen verloren hat.«

»Seit gestern überlege ich, der Sache nachzugehen, aber ...«

»Aber was, du Arsch?! Hattest du dann doch keine Lust?«

»Nein, ja ... Mann. Ich hab Schiss vor der Wahrheit, okay? Wenn Sophie wirklich was konsumiert hatte ... Ich kann doch wegen so was bestimmt meinen Job verlieren. Dann ist da nichts in meinem Leben mehr außer Schulden und Ria, die –«

»Klingt echt hart«, unterbreche ich sein Gejammer und lache erstickt auf. »Fick dich, Otis.«

»Levy? Hey? Es war ein Fehler. Ein riesiger beschissener Fehler.« An diesem Punkt wird Otis' Kehle vom Erzählen und Weinen anscheinend so rau, dass er sich mehrmals räuspern muss, um weiterzureden. »Aber was würde es denn jetzt noch ändern?«

»Alles.«

»Lass uns in Ruhe darüber reden, bitte.«

Es macht mich fertig, wie panisch Otis dabei klingt, und im Grunde begehe ich gerade denselben dummen Fehler wie bei Sophie. Ich weiß das, und deshalb heule ich jetzt auch los.

»Levy ...?«

»Sag mir ...«, ich schlucke die Tränen runter, »... sag mir einfach, wo mein Vater gerade ist.«

»Nein, stopp! Nein, nein, nein – du kannst ihm nichts von der Kontrolle erzählen. Mach das bitte nicht. Levy, bitte.«

»Ein mulmiges Gefühl rechtfertigt keine Blutentnahme, das weißt du auch, und wenn du einen Beweis dafür brauchst: Es gibt eine Scheißsprachnachricht, in der Sophie deutlich zu verstehen ist. Leite ich dir liebend gern weiter. Sollten sich irgendwo Beweise dafür finden, dass sie irgendetwas konsumiert hat, glaubst du nicht, jemand hätte dich in den letzten zwei Jahren darauf angesprochen?«

»Was willst du dann von deinem Vater?«

»Die Wahrheit. Freiheit. Was weiß ich.«

»Er hat in einer Stunde eine Besprechung im Polizeipräsidium. Leon fährt ihn.«

»Platz der Luftbrücke?«

»Ja, aber –«

Ich lasse Otis nicht ausreden, sondern beende das Gespräch.

Und als ich zwei entgangene Anrufe von Tuncer wegwische, bekomme ich riesige Angst. Angst vor der Wahrheit. Angst vor meiner eigenen Courage.

★ ★ ★

Eine halbe Stunde später stehe ich am Platz der Luftbrücke.

Definitiv ein Ort, an den ich nie wieder zurückkehren wollte. Drei Minuten verliere ich, weil ich vor dem braunen Gebäude verharre und nicht weiß, wohin mit mir. Was erwarte ich von meinem Vater? Fuck, egal. Im Grunde will ich ihm einfach nur aufs Maul geben. Für alles, was er mir in meinem Leben angetan hat.

Ich zwinge meine Beine, mich bis zum Eingang zu tragen. Mich jetzt umzudrehen und wegzurennen, ist keine Option. Ich muss dieses Gespräch irgendwie hinter mich bringen, und trotzdem bleibe ich ruckartig stehen, als ich ihn durch die Glastür neben Leon in der Empfangshalle sitzen sehe.

Gott, ich weiß nicht, warum ich nicht einfach reingehe und ausraste. Vielleicht weil ich noch immer zu feinfühlig für meinen Vater bin? Weil mich jetzt doch die Panik packt? Weil die ersten Gedanken sich ihren Weg durch den Nebel in meinem Kopf bahnen und ich kapiere, dass das mein Scheißvater ist, den ich hilflos durch die Glastür anstarre? Ich schlucke, überlege, werfe Blicke über meine Schulter zurück zum U-Bahnhof. Und dann …

Sieht er mich. Er zieht eine Augenbraue hoch, gibt Leon ein kurzes Zeichen, still zu sein, und kommt auf mich zu. Eine feine Eisschicht überdeckt meine Haut, mit jedem seiner langen Schritte wird sie dicker. Dann liegt seine Hand auf der Türklinke, er drückt sie runter und die Tür öffnet sich schwungvoll nach außen. Ich gehe einen Schritt zur Seite, mein Puls rast.

»Levian.« Mein Vater streckt mir seine Hand entgegen, ich ergreife sie eine Sekunde lang.

Er trägt keine Uniform, sondern einen schwarzen Anzug und ein weißes Hemd. Fühlt sich an, als wäre ich gerade auf meiner Beerdigung angekommen.

Sein herablassender Blick bohrt sich in meinen, bis ich mir einbilde, dass ich seine Missgunst überall in meinem Schädel fühlen kann. Mir wird speiübel. Das Einzige, was ich hinkriege, ist, ihn hilflos anzustarren. Ich rechne es mir hoch an, dass ich nicht wild mit den Armen wedle, um mich von dem Gefühl zu befreien, in dem Hass meines Vaters zu ersaufen.

Nach einigen Sekunden löst selbstverständlich er als Erster den Blick und macht eine Bewegung in Leons Richtung, bevor er die Tür schließt und zu mir nach draußen tritt.

»Ich habe Termine, Levian. Wenn es etwas gibt, können wir das auch zu Hause besprechen.«

Meine Hände zittern, ich balle sie zu Fäusten. Hervorragende Voraussetzungen. Scheiße. Ich traue mich nicht, etwas zu sagen, weil ich Sorge habe, dass er das Zittern in meiner Stimme hören kann. Außerdem hat mir mein Vater keine Frage gestellt, und anscheinend kriege ich den Mund nicht auf, bevor er das nicht getan hat.

»Wirst du mir sagen, weshalb du hergekommen bist? Wegen deiner Mutter? Wir haben die Sache ausreichend geklärt.«

»I-ich weiß alles.«

Mein Vater verschränkt die Arme vor der Brust und sieht mich interessiert an. »Was genau?«

Diese ganze Aktion ist nicht besonders gut durchdacht, das gebe ich zu. Also mache ich es besser kurz und schmerzlos. Fordere meinen Vater heraus. So wie er es am liebsten mag.

»Sophie hatte was im Blut.« Meine Wangenmuskeln spannen sich an, als ich die Kiefer fest aufeinanderpresse. Fuck, ich heule jetzt nicht. »S-sie war nicht nüchtern am Steuer, oder?«

»Behauptet wer?«

Scheiße.

»Niemand.«

Das Gespräch dauert eine Minute und er hat mich bereits an den Eiern. Ein Lächeln taucht auf seinem Gesicht auf. Er hat leichtes Spiel mit mir, und nichts verabscheut mein Vater mehr, als einen Schwächling als Sohn zu haben. Wird so ziemlich der einzige Grund sein, weshalb er sich zu etwas Geplänkel hinreißen lässt.

»Also hast du dir das auf dem Weg hierher ausgedacht.« Mein Vater blickt noch mal zu Leon, dann nimmt er wieder mich ins Visier. »Du hattest ja schon immer zu viel Fantasie.«

Mittlerweile ist das Eis nicht mehr nur auf meiner Haut, sondern auch in meinen Adern. Ich erstarre innerlich.

»Ich ...« Meine Stimme erstirbt, das Lachen meines Vaters dröhnt in meinen Ohren. Ohne Umschweife wechselt er das Thema.

»Leon hat mir übrigens auf der Fahrt hierher erzählt, dass du dich auf diesem Festival von einer Frau hast verteidigen lassen. Dieselbe, die du überall im Internet herumzeigst? Gefällt ihr das? Ist sie so eine?«

Kurz schließe ich die Augen, bin versucht, mir die Tränen von den Wimpern zu wischen, dann erwidere ich wieder seinen Blick und ignoriere die heiße Spur auf meiner Wange.

»Nein ...« Am liebsten will ich das hier abbrechen und gehen. Vor meinem Vater davonrennen. Das wollte ich als kleines Kind schon und ich will es heute noch immer.

»Schau mich an, wenn ich mit dir rede, Levian.«

Ich habe gar nicht bemerkt, dass ich den Kopf gesenkt habe. Ruckartig reiße ich ihn nach oben. »T-tut mir leid.«

Ich entschuldige mich bei ihm. Gehorche ihm. Scheiß auf Anfänge und erste Schritte, scheiß auf alles. Ich werde nie und nimmer von meinem Vater loskommen. Er braucht keinen Vertrag, ich gehöre ihm auch so. Für immer.

»Setz diese junge Frau nicht wieder schutzlos irgendwelchen Videos aus. Das ist ein gut gemeinter Rat«, fügt er fast schon freundlich hinzu. »Das hat sie nicht verdient.«

Mich hat sie nicht verdient, das will er mir doch damit klarmachen. Ich bin Charlie nicht wert. Ein Schwächling. Weichei. Eine Enttäuschung. Ich brenne innerlich.

Und jetzt gibt es genau zwei Möglichkeiten, wie das hier endet. Ich renne weg, weil ich das immer tue, oder ich gebe meinem Vater einfach recht.

Tja, ich spüre meine Beine kaum noch. Von daher ...

»Stimmt«, stoße ich hervor. »Ich bin genau der Waschlappen, den du in mir siehst. Deshalb wage ich es auch nicht, von dir eine Erklärung einzufordern, auch wenn ich finde, dass du sie mir schuldest.«

Der Blick, den er mir zuwirft, lässt meine Kehle noch enger werden, doch immerhin knicke ich nicht vor ihm ein.

»Ich stand vor zwei Jahren vor der wichtigsten Beförderung meiner Karriere. Mein ganzes Leben lang habe ich auf diesen Tag hingearbeitet, den mir dein Video um ein Haar versaut hätte. Ich glaube nicht, dass gerade du irgendetwas von mir einfordern darfst. Ich bezahle deine Schulden ab, erlaubte deiner Mutter viel zu lange, in diesem Drecksloch zu wohnen, und dir den Job bei dem Ausländer. Du kriegst genug von mir, ich schulde dir nichts.«

»Also habe ich recht ...«

»Sophies Vater ist mein Vorgesetzter. Selbstverständlich haben wir nach Sophies Tod miteinander gesprochen.« Im Gesicht meines Vaters liegt Verachtung, als er fortfährt. »Aber da du es nicht für nötig gehalten hast, im Krankenhaus bezüglich des Videos ehrlich zu mir zu sein, empfand ich es nicht als meine Pflicht, dir irgendetwas zu berichten.« Wieder sieht er ein paar Sekunden lang zu Leon, dann wandert sein Blick erneut zu mir. »Leon ist ein guter Polizist, aufrichtig und ehrlich ...«

Ich gehe einen Schritt zurück, mein Vater starrt mich unverwandt an.

»Außerdem«, fährt er fort, die Hände zur Faust geballt, »ist es wirklich schon peinlich genug, einen Sohn zu haben, der ...«

»... ein bisschen weibliches Gezicke nicht aushält, ein Schwächling ist. Weißt du was, Papa? Herzlichen Glückwunsch, denn das bin ich. Dein Sohn. Ein riesiger Schlappschwanz.«

»Werd jetzt nicht dramatisch, nur weil ich dir die eine oder andere Sache nicht erzählt habe. Ich hatte genug damit zu tun, das Video unter Verschluss zu halten. Es hätte doch nichts geändert.«

»Einverstanden.« Ich atme stockend aus. »Ich regle das auf die Schlappschwanz-Art-und-Weise. Vielleicht schreib ich dir einen Brief. Mit ganz viel Liebe und Herzchen darin, weil ich mit Hass nicht funktioniere. Entschuldige bitte.«

»Mach dich nicht lächerlich, Levian.« Er nickt zu Leon, der in dem Moment aufsteht und auf uns zukommt.

»Wenn ich sonst nichts in deiner Gegenwart machen darf, Papa, dann mache ich mich wenigstens lächerlich.«

Als ich erst in meinen Eyeliner fasse, ihn absichtlich verschmiere und anschließend den Nasenring zwischen Daumen und Zeigefinger nehme, sagt mein Vater kein Wort. Das ist ausreichend, damit mich ein Gefühl von Sicherheit umströmt, das von mir selbst ausgeht. Von mir ganz allein. Und das mich betrifft. Mich ganz allein. Ich gebe mir Sicherheit.

Wow. Das ist eine schreckliche Situation, aber ich stehe für mich ein. Neues Gefühl. Krasses Gefühl. Will-ich-für-immer-haben-Gefühl.

»Ganz deine Mutter.« Kopfschüttelnd dreht sich mein Vater um, nachdem Leon die Eingangstür geöffnet und nach ihm gerufen hat, und das Einzige, was er sagt, ist: »Heute Abend, nach meiner Spätschicht, halb elf.« Dann geht er ins Gebäude und durchquert dort, ohne sich noch einmal umzublicken, die Empfangshalle.

Völlig überrumpelt starre ich ihm nach. Es kümmert meinen Vater nicht im Geringsten. Mein winziger Ausbruch von Selbstbewusstsein interessiert ihn einen Scheißdreck. Er geht, weil ich ihm gerade nicht in den Kram passe ... noch nie gepasst habe.

»Levy?« Leon deutet mit dem Daumen über seine Schulter. »Stress mit Papa?«

»Halt die Klappe.«

Weil ich nichts weiter sage, greift Leon unbehelligt nach meiner Schulter. »He, warte mal.«

Ich ignoriere ihn, und als ich die Treppenstufen runterlaufe, ruft Leon mir nach.

»Ich hab mich nie bei dir entschuldigt.« Er läuft mir hinterher.

Ich erhöhe mein Tempo, doch noch bevor ich den U-Bahnhof erreiche, holt Leon mich spielend leicht ein.

»Es tut mir leid, okay? Sophie hat sich nach eurem Streit bei mir ausgeheult; ich wusste nicht, dass da Zeug in dem Scheißmuffin drin war.«

Klasse, er hat alles mit angehört.

»Normalerweise nehmen wir immer nur was am ersten Festivalabend, damit es auf der Wache nicht auffällt ... aber irgendein Idiot ... Mann, ich hab Sandra gesagt, sie soll dir Sophies Nachricht nicht weiterleiten, weil ... hätte mich ganz schön in die Scheiße geritten.«

»Halt deine Fresse, hab ich gesagt!«, unterbreche ich Leons hilfloses Gestammel. »Ich will nichts mehr davon hören, wie schlecht es euch allen die letzten zwei Jahre über ging. Es. Ist. Mir. Scheißegal. Verstanden?«

»Wegen des Videos ...« Leons Hand greift nach meiner Jacke, er zieht mich zu sich. »Ich wollte mich an unsere Abmachung halten, aber wie würdest du dich fühlen, wenn dein Vorgesetzter sich eine Woche später plötzlich meldet und alles an Videomaterial vom Festival einfordert, mehrfach nachhakt, mit Konsequenzen droht? Scheiße, Levy, ich war Auszubildender ... und dein Vater supermächtig.«

Ich gebe einen erstickten Laut von mir, meine Hände verkrampfen sich.

»Ich hätte das Sophie nie angetan, wenn ...«

»Wenn deine Scheißkarriere nicht so blöd im Weg gestanden hätte?!« Ich reiße mich los. »Verpiss dich und lass dich weiter von meinem Vater empfehlen.«

Leon gibt ein Geräusch von sich, das einem bitter-gequälten Lachen ähnelt. »Komm schon, Levy.«

»Wenn dir die Karriere so wichtig ist, dann solltest du aufhören, irgendwelche Handynummern für deine Zwecke aus dem System zu fischen.« Ich muss mich räuspern, weil meine Stimme heiser ist, und bevor Leon antworten kann, füge ich an: »Versuch's doch ein einziges Mal mit Aufrichtigkeit.« Ein Lachen entweicht meinen Lippen, das sich anhört, als müsste ich mir Sorgen über meinen Zustand machen, und es reicht aus, damit Leon heftig schluckt.

»Oder ...« Er stößt schwer den Atem aus, dann zieht er sein Handy aus der Hosentasche seiner Uniform. Mit beiden Daumen tippt er irgendetwas ein, wischt ein paarmal übers Display und zieht zusätzlich seinen Notizblock aus einer der Brusttaschen seiner Jacke. Mit dem Stift kritzelt er Zahlen auf das weiße Papier mit dem Logo der Berliner Polizei in der linken oberen Ecke und hält mir das Blatt entgegen.

Ich mache keine Anstalten danach zu greifen. »Was soll ich damit?«

»Die Polizei, dein Freund und Helfer, schon vergessen?«

Leon grinst so dumm. Ich will ihm sein Scheißlächeln aus dem Gesicht treten.

»Das ist Charlies Nummer. Wenn ich sie nicht für mich aus dem System gezogen habe, sondern um jemand anderem zu helfen, dann ist das sozusagen mein Job.«

»Ich komm ohne deine Hilfe klar.« Ich habe gerade kein einziges Wort mehr für Leon übrig, weshalb ich mich umdrehe und ihn ohne eine Antwort mit Charlies Nummer in seiner Hand einfach stehen lasse.

DAS KAPITEL, DAS WIE EIN TIL-SCHWEIGER-FILM ENDET

Charlie

Tuncer ist der freundlichste Späti-Mitarbeiter, den ich kenne. Über eine Stunde lang hat er versucht, Levy zu erreichen, der ihn jedoch einfach ignoriert hat. Deshalb hat mir Tuncer Levys Handynummer gegeben, bevor ich zurück in die WG gefahren bin.

Seit einer halben Stunde hocke ich nun im Schneidersitz auf meinem Bett und ringe mit dem heftigen Wunsch, ihn anzurufen. Ein paarmal schon habe ich die Zahlenfolge abgetippt, aber das grüne Hörersymbol dann doch nicht gedrückt.

Genervt befördere ich das Handy auf mein Kopfkissen und schlinge die Arme um meinen Oberkörper, um mich mit geschlossenen Augen stöhnend gegen das Fußende des Bettes zu lehnen. Ich will hier nicht alleine sitzen und mich fragen, was das für ein grausamer Tag heute ist. Ich will nicht, dass mein Kopf vollgestopft ist mit all den dämlichen Wenns, die meine Mutter und Levys Nichtbeachtung wieder dort eingepflanzt haben. Will mich nicht fragen, ob es nicht doch die bessere Entscheidung gewesen wäre, den Termin mit Jonas wahrzunehmen. Am allerwenigsten will ich daran denken, was meine Mutter alles zu Levy gesagt haben könnte, das zwar nichts an meinen Gefühlen für ihn ändert, Levy aber ganz bestimmt nur darin bestätigt hat, wie angebracht sein selbstzerstörerisches Denken ist.

Wieso sonst sollte er nicht an sein Handy gehen? Weshalb liest er keine seiner Nachrichten? Weil er nicht ausreicht – das glaubt Levy doch von sich, oder?

Verdammt, jetzt fange ich auch noch an zu heulen und verfluche mich dafür. Denn ich kapiere gerade eine Sache, die ich mir um nichts in der Welt eingestehen will, aber muss. Ich kann nichts daran ändern, wie Levy über sich denkt. Das kann nur er selbst. Und bis dahin ist es unmöglich, mit ihm zusammen zu sein.

Dieser Gedanke schiebt sich vor alle anderen. Auf einmal brauche ich irgendetwas, das ihn erstickt, bevor er sich festpinnt. Ich rufe mir den Moment vor der Losbude in Erinnerung, als der Besitzer das Foto von Levy und mir geknipst hat.

Es ist doch der beste Beweis dafür, wie glücklich wir sein können. Nur ist das für mich im Alltag viel schwieriger zu akzeptieren und für Levy vielleicht sogar unmöglich ...

Als mein Handy vibriert, zögere ich keine Sekunde und greife danach. Es ist eine unbekannte Nummer. O Gott, Levy.

»Hey ... Charlie?«

Es tut so gut, Levys Stimme zu hören, und im selben Moment so verdammt weh. Es ist nicht seine normale Stimme, er klingt unsicher, verletzt, hilflos. Dadurch fühlt sich mein dämlicher Verstand nur bestätigt.

»Levy ...« Mehr will nicht rauskommen. *Nicht heulen.* Ich räuspere mich, schnappe nach Luft und schweige.

»Wieso meldest du dich nicht?«, fährt er mich plötzlich an. »Fuck, Tuncer meinte, er hätte dir vor zwei Stunden meine Nummer gegeben ...«

»Vor einer«, korrigiere ich ihn.

»Scheißegal, wann es war. Du wirst deine Gründe haben. Ich hätte nicht anrufen sollen, hätte nie etwas wollen dürfen.«

»Meinst du das ernst?« Levy ist sich selbst wirklich völlig egal, oder? »Weil, wenn es so ist, dann ...«

»Dann was? Können wir nicht zusammen sein?« Es scheppert laut, als hätte Levy mit voller Wucht gegen irgendetwas Großes getreten. »Glaub mir, mein Vater hat mir heute schon genug klargemacht, wie wenig ich irgendetwas kann.«

»Es geht aber gerade nicht um deinen Vater oder um meine Mutter.« Meine Stimme bricht, weil Levy mich von sich stößt und weil ich glaube, dass er das absichtlich grob tut, um uns beiden zu beweisen, wie recht sein Vater mit allem hat. Um nichts in der Welt will ich das zulassen, aber ich habe es vorhin schon kapiert, nicht wahr?

Womöglich muss ich genau das tun. Ich muss Levy gehen lassen, weil er sich selbst nicht ertragen kann. Er verlangt von mir, zuzusehen, wie er sich hasst, während ich nur Liebe für ihn fühle. Aber Liebe reicht manchmal nicht ...

»E-es geht um ... uns«, versuche ich es trotzdem.

»Denkst du, das weiß ich nicht?«

»Ich bin mir nicht sicher, Levy.« Ich hasse es, dieses Gespräch übers Telefon führen zu müssen, weil Levy so weit weg von mir ist. Ich will ihm nahe sein, ihn berühren. Aber wahrscheinlich würde er das gerade eh nicht zulassen.

»Natürlich weiß ich es. Aber mit uns ist es wie mit Daidalos' Sohn Ikarus. Was glaubst du wohl, weshalb ich ihn als Profilnamen gewählt habe? Weil es doch in meinem Leben genauso abläuft. Mein eigener Wille bringt mich jedes Mal zu nah an die Sonne, und dort verbrenne ich unweigerlich durch die Befehle meines Vaters. Wie widerlich wäre es, dich mit dorthin zu ziehen und so dafür zu sorgen, dass auch du lichterloh in Flammen stehst?«

»Mein Gott, Levy. Was um alles in der Welt hat dir dein Vater erzählt, das dich wieder so sehr verunsichert? Was? Hat er dir gedroht? Dir etwas verboten? Dich geschlagen? Du musst nicht brennen, damit es andere schön warm haben!«

»Nein, verdammt«, stößt Levy hervor. »Es geht nicht, okay?«

»Okay, klar.« Ich kann nicht verhindern, dass ich zerbrechlich klinge. Und ich hasse es, diese Hilflosigkeit in meiner eigenen

Stimme zu hören. »Ich hab's kapiert. Das hier ist kein Til-Schweiger-Film. Es gibt kein Happy End, und das, obwohl wir die ganze Nacht lang miteinander gesprochen haben. Das war doch deine Kritik an Schweigers Filmen. Vielleicht solltest du dich bei ihm entschuldigen, denn anscheinend löst Kommunikation ja doch keine Probleme, sonst wärst du jetzt längst hier bei mir und würdest auf das hören, was dir Leute zu sagen haben, die dich ... verdammte Scheiße, die dich lieben, Levy. Du hast es geschafft, aus meinen Ängsten auf diesem Festival die schönsten drei Tage meines Lebens zu basteln. Keine Ahnung, wie. Aber manchmal funktioniert so was eben ... Wieso siehst du das nicht?«

Jetzt fange ich wieder an zu weinen und Levy räuspert sich. Ich glaube, dass er mehrmals ansetzt, dann aber doch nur nach Luft schnappt.

»Du kennst mich nicht«, sagt er schließlich, seine Stimme schwach und dünn. »Du kennst Levian nicht«, verbessert er sich. »Ich werde für immer der Sohn meines Vaters bleiben und deshalb heute Abend auch brav zu ihm nach Hause fahren. Levy hab ich aus Verzweiflung über diesen Haufen Müll drübergeschminkt, damit niemand merkt, dass da eigentlich nichts mehr in mir drin ist, das es wert ist, geliebt zu werden. Es tut mir leid, dass du auf die Ablenkung reingefallen bist, aber um ehrlich zu sein, ist es ja genau das, was ich von anderen Leuten erwarte.«

»Du ...« Mit der flachen Hand wische ich mir die Tränen von den Wangen. »Du kannst mich jetzt von dir stoßen, aber ich werde trotzdem nicht vergessen, dass auf dem Festival jede deiner Bewegungen rücksichtsvoll und vorsichtig war, obwohl wir uns gar nicht kannten und du nicht wissen konntest, wie schrecklich die chaotische Umgebung für mich war. Das sollte also eine Art von ... Ablenkung sein? Haha. Albern!

Wie du mich hinter dem Supermarkt gefunden und mir die ganze Zeit den Rücken zugewandt hast, weil du mir helfen wolltest.

Du hast kein einziges Mal nachgefragt, sondern es einfach für mich getan. Ich hab mich zu dir umgedreht, Levy, und ich hatte die verdammt unpassendste Sexfantasie meines Lebens. Ich hab mir ausgemalt, dass es anfängt zu regnen. Wie der Regen von deinen nassen Haarsträhnen auf die dunklen, dichten Wimpern tropft und von dort abperlt. Wie dein Eyeliner in zig Schattierungen verschmiert, während du mich ansiehst. Einfach nur ansiehst, und mir erst von deinem intensiven Blick die Kehle komplett trocken wird, dann vor Erregung.

Ich war so gebannt von dir, dass ich vergessen habe, an welchem unübersichtlichen Ort ich mich befand. Ich hätte dich stundenlang beobachten können, weil du meine Fantasie und meine Gedanken kontrolliert und mein tiefstes Innerstes beruhigt hast. Ich werde nie vergessen, wie du meinen Donut in dich reingestopft hast, weil es das schönste Gefühl für mich war, dich glücklich zu sehen. Du hast viel mehr in mein Leben gestreut als bunten Glitzer.

Das Foto von uns beiden auf dem Festival ist das schönste der Welt, weil ...« Ich hole krampfhaft Luft. »Weil es einen Moment festhält, von dem wir beide geglaubt haben, dass er nur ein kleiner Bonus sein würde, derzeit war es *unser* Moment, verstehst du das? Du bist eine Ablenkung, ganz bestimmt. Aber du bist auch viel mehr als das.«

»Nicht zu vergessen das wundervolle Video, das es von uns beiden gibt, nicht wahr? Das sich ungefragt im Netz verbreitet und vor dem ich dich nicht beschützen konnte.«

»Levy ...« Ich seufze, weil ich nicht glauben kann, wie negativ er das alles sieht. »Ich hatte mein Leben lang Angst vor dem Bild, das sich andere von mir machen. Du hast mir gezeigt, dass ich es selbst in der Hand habe, ob ich mein Gesicht als Porträt in eine Ecke hänge, damit es dort einsam einstaubt, oder ob ich auf ein Gruppenfoto gehöre. Wegen dir verstehe ich, dass es meine Entscheidung ist, ob ich hilflos in die Kamera blinzle oder ob es die Aufnahme einer mutigen jungen Frau wird.

Seit meiner Schulzeit habe ich Angst davor, dass irgendwer wieder Videos von mir ins Internet stellt, in denen ich zusammenbreche. Aber erst in der Aufnahme mit dir habe ich es entdeckt: das Mutige, das Wunderschöne, das, was ich nie geglaubt habe sein zu können. Deshalb werde ich unseren Kuss auf dem Riesenrad nie vergessen.

Du hast mir dein Zuhause gezeigt, und auch wenn du glaubst, dass es nichts wert ist, möchte ich jetzt sofort dorthin zurück, weil der Späti und der Schrebergarten für mich voller wunderschöner Erinnerungen sind ... Du hast mir gezeigt, wie man sich in sein eigenes Leben verliebt und wie schön es sein kann, zu fallen. Du bist der sensibelste und selbstreflektierteste Mann, den ich kenne, aber auch der dümmste ... denn es ist gerade egal, was ich sage, du wirst mir nicht glauben. Als Ykarus zeigst du allen anderen, wie wunderschön und bunt unser Leben ist, nur dir selbst, Levy, dir selbst zeigst du nichts.«

»Du kannst mir nicht erzählen, dass es besonders erstrebenswert ist, einen Freund zu haben, der pleite ist. Der nichts hat, nicht einmal eine liebende Familie. Der –«

»Das hast du nicht zu entscheiden. Halt die Klappe!«

Und das tut er. Er wird vollkommen still.

Levy sagt kein einziges Wort, und der stumme Gehorsam schlägt mir fest in den Magen, weil er so viel transportiert. Denn was ich höre, ist: *Ich will dich lieben. Du hast nur Mitleid. Ich will dir glauben. Dein Fehler, mir zu vertrauen.*

Fuck.

Dann holt Levy tief Luft. »Wenn du mir helfen willst, dann erzähl mir nicht, dass ich mich erst selbst lieben muss, um andere lieben zu können. Wenn das so ist, werde ich mein ganzes Leben niemanden aufrichtig lieben.«

Ich klemme das Handy zwischen Ohr und Schulter und schlinge beide Arme um meinen Oberkörper, weil mir eiskalt ist.

»Vielleicht solltest du damit aufhören, auf Social Media Ratschläge zu verteilen, denn du liegst meilenweit daneben. Ich kann dir gar nicht helfen, weil mir dafür einige Jahre Studium fehlen. Das Einzige, was ich tun könnte, wäre, dich dazu zu zwingen, dich zu ändern, und das will ich nicht, weil – Überraschung – ich mich in den Idioten verliebt habe, der du offenbar bist. Jemand anderen will ich nicht. Aber ich glaube, es gibt Leute, die dir helfen können, ohne dich dabei zu verändern.«

»Fucking Bewährungshelfer?«

Ich rutsche nach vorn auf meine Bettkante. »Ich rede von einem Therapeuten. Ich hab dir versprochen, deine Hand zu halten, ganz egal in welcher Rolle. Und daran halte ich mich.«

»Tja, was kann man mehr wollen ...«

Ich hasse es. Ich hasse, wie sehr mich sein ironischer Tonfall trifft.

»Wenn ich so darüber nachdenke, dann hast du doch recht. Es ist ziemlich blöd, dass es Videos und Bilder von uns auf diesem Festival gibt. Denn damit wirst du das Wissen nie wieder los, dass du glücklich sein könntest.«

TONIGHT IS GONNA BE THE LONELIEST

Levy

Charlie: Ich wollte nicht auflegen. Aber ich kann nicht die einzige Person sein, die an dich glaubt. So was funktioniert für die Dauer eines Festivals, aber nicht ein ganzes Leben lang. An meinen Gefühlen für dich ändert meine Entscheidung absolut nichts. Die rote Uno-Karte hast du ja noch.

Zwei Wochen ist die Nachricht alt. Mit jedem Tag tut sie mehr weh. Verdammt weh.

Vor dreizehn Tagen habe ich meine Social-Media-Accounts inaktiv gestellt, was nicht geholfen hat.

Wie um alles in der Welt kommt eigentlich irgendwer auf die Idee, anzunehmen, dass Charlie vom leisesten Windhauch überfordert sein könnte? Denn die Frau, die ich kenne, ist selbst der Sturm. Ein fucking Orkan, der mich mit allem, was ich habe, mitgerissen hat. Es ist egal, wohin ich gehe, was ich anfasse, wonach irgendetwas schmeckt, wie es riecht ... Meine Realität ist Charlie, sie ist überall. Ich kann selbst meinen Scheißkopf nicht mehr betrügen. Er legt Charlie wie eine Art bunten Filter über meine graue Realität. Ich wurde heftig gecharliet – und das ist mit Abstand das Beste, was mir je passiert ist.

Nur dass in meinem Leben seit zwei Wochen trotzdem Windstille herrscht. Immer wieder höre ich Charlies Stimme auf Replay: ... *wirst du das Wissen nie wieder los, dass du glücklich sein könntest.*

Ich kapiere, was sie mir sagen will, aber ich fühle es tief in mir drin einfach nicht – das ist ein riesiger Unterschied. Vielleicht ist es eine Lüge, und aus Asche entsteht kein schillernder Phönix, keinerlei Veränderung, sondern einfach ... nichts. Wahrscheinlich bin ich tot und hab es einfach noch nicht bemerkt.

Mein Vater ist krank. Das habe ich nach dem Gespräch mit Charlie zum ersten Mal kapiert. Sich das einzugestehen, brachte bisher wenig Erleichterung mit sich, aber vielleicht habe ich es nicht ernsthaft genug versucht.

Jetzt bin ich auf dem Weg zu ihm. Zwei Wochen hat es gedauert, bis er auf mich zugekommen ist, nachdem ich ihn im Anschluss an das Telefonat mit Charlie das erste Mal überhaupt versetzt habe.

Mein Rad lehne ich nur an eins der Holzpaneele seines Gartenzauns, weil ich nicht vorhabe, das Haus zu betreten, in das meine Mutter kommende Woche wieder einziehen soll.

In meinem Hals fängt es an zu pochen. Eigentlich kann ich das nicht bringen.

Ich gebe es zu, ich habe auf dem Weg hierher zweimal Charlies Nummer gewählt. Es klingelte eine Ewigkeit, niemand nahm ab, aber kurz darauf kündigte ein Vibrieren eine neue Nachricht an.

Charlie: Hast du es deinem verfickt beschissenen Scheißkopf erklärt?

Nein. Ich habe ihm ganz offensichtlich nichts erklärt. Aber ich bin auf einem guten Weg, hoffe ich. Meine Kehle wird eng, und weil sich unfassbar viel Adrenalin in mir staut, schlage ich gegen den Lenker meines Rads und stoße einen Fluch aus. »Zum Boxen gehen« habe ich auf meine To-do-Liste geschrieben. Boxen, Yoga und Therapie.

Bei Letzterem stehe ich auf einer Liste, einer verfickt langen Liste. Wenn ich Glück habe, ist es in acht Monaten so weit, und irgendein studierter Therapeut wird sich meine Probleme anhören.

Ich stoße das Tor auf. So lange kann ich nicht warten. Ich muss mir jetzt Hoffnung erlauben dürfen, sonst gehe ich drauf.

Der Gedanke lässt mich bittere Galle schmecken. Mit zitternden Fingern gehe ich bis zur Haustür. Mein Vater wartet nicht am Fenster, was mich irritiert und noch mehr aufputscht als nötig.

Keine Minute später falte ich das schlichte weiße Papier auseinander, das ich mir in die Gesäßtasche gesteckt habe. Es ist vom Fahrradsattel zerknittert und rissig, was ein ausgesprochen gutes Symbol für das Leben ist, das mein Vater mir zugesprochen hat. Er hat mich so oft nach seinen Vorstellungen gefaltet, dass ich in mir drin zerbrochen bin wie die Fasern des Papiers.

Es würde vielleicht Sinn ergeben, ein neues Papier herzunehmen und dessen glatte Fläche zu beschreiben, aber die Worte, die auf dem hier in meinen Händen stehen, sind genau jene, die ich meinem Vater sagen will. Wenn ich sie neu schreibe, wird der Brief eine Kopie dessen, was ich tief in mir fühle. Und eine Kopie will ich nie wieder sein.

Ich werde nie vollständig heilen, aber ich kann zulassen, dass Charlie die alten Erinnerungen glättet und schließlich die verbrannte Erde in mir umgräbt, sodass wir gemeinsam Blumensamen darauf streuen können. Charlie würde jeden Tag vorbeikommen, wochenlang, und gießen, bis ich wachse.

Schon in dem Moment, in dem ich die Zeilen an meinen Vater stumm in meinem Kopf wiederhole, regt sich irgendetwas in meinem Innersten. Gott, wenn Charlie diesen Augenblick gerade erleben könnte, wenn sie jetzt vor mir stehen würde …

Ich muss tief Luft holen. Ich würde Charlies Hand nehmen, und dann würde ich vielleicht sogar den Mut aufbringen, meinem Vater den Brief persönlich zu geben. So werfe ich ihn wortlos in den Briefkastenschlitz und drehe mich um.

Ich steige zurück aufs Rad, und während ich die paar Kilometer südlich nach Steglitz radle, stelle ich mir vor, dass mein Vater den Brief genau in diesem Augenblick findet.

Hallo Vater Dad Papa,
es ist das letzte Mal, dass ich mich in dein Leben einmische, weshalb es hoffentlich in Ordnung ist, dass ich das zu dir sage, was jeder kleine Junge sagt: Papa.

Wegen Charlie ist mein Vater nun als Kontakt auf meinem Handy abgespeichert. Es wird leichter, wenn wir unsere Ängste benennen.

Es gab nicht viel in meinem Leben, was ich mir von dir gewünscht habe. Aber hättest du nicht ein einziges Mal unter mein Bett schauen können, ob dort Monster sind? Ich hatte Angst davor, auch wenn du es nie begriffen hast. Wäre eine Umarmung so schwer gewesen, als ich vom Rad gefallen bin? Eine Umarmung, keine wütenden Schreie? Keine Prügel? Papa, du warst von Anfang an der wichtigste Mensch in meinem Leben. Verrate es ihm nicht, hat Mama dazu gesagt, denn du würdest es nicht verstehen. Aber warum nicht? Was ist falsch daran, von deinem einzigen Kind geliebt zu werden? Und was ist falsch daran, zurückzulieben?

Ich muss aufpassen, dass ich nicht gegen irgendein Auto knalle, weshalb ich zur Sicherheit auf den Gehweg wechsle. Ich weine. Viel zu spät vielleicht. Aber ich fühle mich jetzt schon so frei wie noch nie, weil mein Herz überquillt vor Dingen, die ich nie fühlen durfte. Er wird mich für meine Zeilen auslachen. Doch sie zu verfassen, war allein meine Entscheidung, und das ohne seine Erlaubnis durchzuziehen ist wunderschön schmerzhaft.

Wieso? Das frage ich mich jeden Tag. Wieso? Weil ich Kleider angezogen und mich geschminkt habe? Weil ich Verständnis für Mamas Tränen aufgebracht habe? Weil ich mir nur eines von dir gewünscht habe: bedingungslose Liebe?

Früher habe ich mir immer eingeredet, dass du deine Liebe vielleicht nur gut versteckst. Du weißt schon, wie Oma die selbst gebackenen Kekse an Ostern im Schrebergarten. Ich hab ewig gebraucht, um den winzigen Korb unter dem Kirschbaum zu finden. Weil ich ein Weichei bin, hast du behauptet – obwohl ich bis heute glaube, dass es daran lag, dass ich erst drei war. Mein innigster Wunsch war es immer, dass du dich entschuldigst. Ich würde lügen, wenn ich behaupte, dass er es nicht für immer bleiben wird. Weil ich noch immer hoffe, dass in dir etwas ist, das mich lieben kann und nicht die Uniform, in die du mich stecken wolltest. Mich, Levy. Mit Piercings, Eyeliner und Weiberklamotten.

Ich will, dass du weißt, dass ich weine, während ich das schreibe. Und dass du auch weinen darfst. Dass du fühlen darfst.

Bis es so weit ist, bitte ich dich darum, meine Schulden mir selbst zu überlassen. Ich such mir eine Ausbildung, und auch Mama muss arbeiten gehen und alleine wohnen dürfen. Du weißt das. Mein Schweigen kriegst du ab heute gratis.

Weil ich dich tief in mir drin liebe.

Und weil Liebe immer stärker sein wird als Hass.

Dein Sohn Levy

* * *

Mein Fahrrad stelle ich am Rand des Fußgängerparkplatzes ab und gehe ein paar Schritte in den Wald. Dort folge ich dem unebenen Pfad, der, wenn Google Maps Sandras Standortbeschreibung richtig anzeigt, parallel zu einem schmalen Fluss verläuft und zum Andachtsplatz führt. Ich bin noch nie hier gewesen, habe mir nur Bilder des Ortes im Internet angesehen.

Ich laufe tiefer in den Wald, versuche, den kühlen Wind im Gesicht zu fühlen. Es ist bewölkt, aber trocken. Hin und wieder bricht ein schwacher Sonnenstrahl durchs Dickicht und erhellt die ausgetrocknete Erde unter meinen Sohlen. Trotz der zwitschernden und krächzenden Vögel und dem Rascheln der Blätter wirkt der Wald einsam und erdrückend. Das liegt sicher daran, dass Sophie hier irgendwo begraben ist. Bei der Vorstellung wirkt das Geräusch meiner Sneaker, mit denen ich über den Boden stapfe, ohrenbetäubend laut.

Nach einer Zeit wird der Pfad steiler, und mein Atem geht schwerer – nicht wegen der Anstrengung, sondern weil sich mein Körper verkrampft und mir diese Anspannung Probleme bereitet. Es sind stumme Weinkrämpfe, die mich alle paar Meter durchschütteln. Beim ersten schlinge ich noch die Arme um mich, um den Schmerz aufzuhalten. Aber der Gedanke, die Trauer selbst hier an Sophies Grabstätte nicht rauslassen zu dürfen, widerstrebt mir zu sehr.

Ich gehe weiter, bis sich etwas in mir lockert, das sich größer und mächtiger anfühlt als geglaubt. Ich taumle einen Augenblick und stolpere. Habe das Gefühl, blind zu sein vor Tränen, Schmerz und einer betäubenden Erleichterung. Dann konzentriere ich mich wieder auf den Takt meiner Schritte und stoppe nur noch an Ästen, die in den Weg hängen, um sie zu berühren.

Nach einer Weile zwänge ich mich durch wild wucherndes Gebüsch, das mir bis zur Hüfte reicht, trete durch einen künstlichen efeubewachsenen Bogen aus Messing und lande vor einem riesigen Holzkreuz, vor dem eine Handvoll Holzbänke aufgestellt sind.

Es ist die Andachtsstätte, ich erkenne sie sofort. Auf den Bildern kam es mir absurd vor, dass jemand die Symmetrie der runden Lichtung nutzen sollte, um die Harmonie des Waldes absichtlich zu zerstören. Doch selbst ohne Sonnenschein ist der Ort beeindruckend und schön. Als stünden die Bänke und das Kreuz seit Jahrhunderten hier. An manchen Stellen wachsen Wildblumen, und von Westen her höre ich den Fluss jetzt lauter plätschern. Alles ist so ... friedlich.

Es ist ein besonderer Ort, aber die Enttäuschung trifft mich mit voller Wucht. Am liebsten will ich sofort umkehren. Denn die Andachtsstätte hält nicht das, was ich mir von ihr versprochen habe. Der Kloß, der auf dem Weg hierher noch unbehaglich groß in mir angeschwollen ist, scheint sich wieder zurückgezogen zu haben. Der Ort ist trotz seiner Schönheit leer und verlassen.

Wozu noch nach Sophies Baum suchen? Hier finde ich nichts außer alten Erinnerungen, die ich mir jederzeit ins Gedächtnis rufen kann, wenn ich denn bereit bin, den dazugehörigen Schmerz zu ertragen.

Diese Erkenntnis haut mich fast von den Beinen. In meinem Kopf dreht sich alles, weil von diesem Ort hier mehr Schmerz ausgeht, als ich ertragen kann. Plötzlich komme ich mir vor wie in einem der Albträume, die ich nach Sophies Tod jede Nacht hatte. Darin war es dunkel, nicht stockfinster, sondern gerade noch hell genug, um eine endlose Reihe an Leitplanken rechts und links von mir zu erkennen, dazu rot-gelbe Lichter, die wie in einem Videospiel wild aufflackern.

Ich hetze durch die Dunkelheit und brülle nach Sophie, nur um irgendwann zu kapieren, dass unter mir gar keine Straße ist, der ich folgen kann. Ich schaue wild umher, sacke auf die Knie und werde immer panischer, je länger es dauert. Sophies quiekendes

Lachen umkreist mich in diesem Traum und der Regen knallt qualvoll laut auf die Dächer über mir.

Der Lärm schwillt an, wird unerträglich, und dann kommt der Punkt in meinem Traum, der mit jeder Nacht vorhersehbarer, aber nie weniger schmerzhaft wird. Ich finde Sophie, und obwohl sie nach Hilfe schreit, kümmert sie mich nicht weiter. Ich verhalte mich genauso reserviert wie der Typ in Schweigers Film. In mir drin fühle ich nichts. Nur das Nichts.

Erst jetzt bemerke ich, dass ich auch hier auf die Knie gesackt bin. Die Erkenntnis aus dem Albtraum bohrt sich in mein Hirn. Deshalb habe ich belanglosen Sex, stelle dabei jedes Mal brav den Wecker. Deshalb ist es eine Art Routine geworden, mit meinem Vater das Video anzuschauen – ich tue das alles, damit ich nicht in Stücke zerfalle. Damit aus mir nicht das Nichts wird, das ich in meinen Träumen bin.

Das zwingt mich, darüber nachzudenken, was Charlie gesagt hat. Dass es funktionieren kann, neue Erinnerungen neben den alten zu schaffen, sodass diese mich dann nicht nur zusammenhalten, sondern neu zusammenpuzzeln ...

Falls du Levy findest, sag ihm, dass er an sein Handy gehen soll. Ich will mit ihm über alles reden. Sophies allerletzte Worte hallen in meinem Kopf wider. Es sind nur Worte, wie die, die ich meinem Vater geschrieben habe, doch sie reißen mich endgültig auf, und ich zerfalle, zerfalle, zerfalle. In zig chaotisch verstreute Einzelteile.

Ich krümme mich, presse das Gesicht auf die Erde, schmecke Dreck. Ich schlinge die Arme fester um meinen Körper, ringe nach Luft. Dann richte ich meinen bebenden Körper auf und schleppe mich auf eine der Bänke. Es ist vielleicht ein aussichtsloses Unterfangen, aber die Erinnerung an Sophies letzte Bitte lenkt mich ab und hilft gegen den Schmerz.

Ich kann etwas leichter atmen, schaffe es, meinen Kopf auf die

Handflächen zu stützen. Ein bisschen fühle ich mich sogar besser, denn ein paar Minuten lang will ich Charlie glauben. Die neue Erinnerung an Sophie, ihre letzten Gedanken zu mir, nehme ich allmählich in mir auf, und sie sind tatsächlich in der Lage, irgendetwas zu überdecken. Warum genau das gerade passiert, kann ich mir selbst nicht erklären. Ob ich mich für wenige Augenblicke von meiner Trauer und dem Schmerz löse oder ob es noch Stellen in mir gibt, die nicht von all dem Scheiß infiziert sind.

»Sophie?«

Ich formuliere ihren Namen wie eine Frage, was an und für sich schon total bescheuert ist. Aber, verdammt, ist es so falsch, ihr die Chance zu geben, das zu tun, was sie sich gewünscht hat, bevor sie gestorben ist?

»Du wolltest mit mir reden ... u-und hier bin ich. Ich hör dir zu.«

Mein Blick schweift über die hohen Stämme, irgendwo hier liegt ihr Körper.

»I-ich will mich für deine Worte bedanken, und na ja, ich hoffe irgendwie, dass es dir gut geht, dort, wo du jetzt bist.«

Wie dämlich. Nein, geht es ihr nicht. Sophie ist tot.

»Sophie«, wiederhole ich. »Ich vermisse dich. Es ist verrückt, weil das Erste, was ich nach deinem Tod gespürt habe, Erleichterung war. Aber neben all dem Scheiß gab es auch Momente, für die ich hoffe irgendwann dankbar sein zu können. Vielleicht ist es blindes Verdrängen, nur noch die Augenblicke zu sehen, in denen du leichtfüßig durch die Wache getänzelt bist, deine Arme um meine Hüften gelegt, und mich sanft in den Nacken geküsst hast. Warum konnte es nicht immer so sein? Warum kannte dein Charakter diese zwei Seiten? Warum hat mich das so lange nicht gestört? Ich schätze, es ist, wie es ist. Vielleicht muss ich das kapieren.«

Verflucht noch mal.

Ich schlage mit der Faust gegen das geschliffene Holz neben mir, trete kleine Steine mit dem Fuß zur Seite und fahre mir heftig durch die Haare.

»Sophie!« Jetzt schreie ich ihren Namen in den Wald hinein, weil sich hier nichts mehr rührt. Totenstille. Wie in meinen Albträumen. »Sophie! Du bist doch hier irgendwo. Warum kannst du mir nicht ein Scheißzeichen geben, dass das mit Charlie klargeht? Du hast doch gesagt, dass ich alles verdiene?«

Alles. Das ist Glück, Liebe, Selbstvertrauen. Das ist selbst eine perfekte Frau wie Charlie.

Bei dieser Erkenntnis verschwindet endlich, endlich das Schuldgefühl und die damit verbundene Pflicht, mich zu hassen. Denn wenn Sophie findet, dass ich Glück verdiene, dann kann mich selbst die schrecklichste Erinnerung an die Nacht, in der sie ihre Zigarette auf mir ausgedrückt hat, nicht davon abhalten, dasselbe zu empfinden. Nicht ich habe auf dem Festival vor zwei Jahren zugeschlagen, Sophie hat es getan. Genauso wie mein Vater all die Jahre zuvor. Ich habe nichts gemacht, was ihrer beider Verhalten rechtfertigt. Meine Existenz ist kein Auslöser für Gewalt. Ich bin meine eigene Liebe wert. Und das nicht nur zu wissen, sondern es endlich auch zu fühlen, lässt einen Damm in mir brechen.

Lang starre ich auf die Baumreihen, mein Hirn arbeitet träge. So richtig kann ich das alles nicht einordnen. Ein bisschen kommt es mir vor, als hätten sich mir gerade zig fremde Leute ohne Pause hintereinander vorgestellt, weshalb mein Verstand jetzt versucht, die vielen neuen Informationen zu sortieren.

Regen setzt ein. In den Baumkronen klingt er nach sanftem Rauschen, auf dem Holz der Bänke trommelt er etwas lauter. Schon bald rinnt er mir kalt durchs Haar, vermischt sich mit den Tränen und läuft an meinen Wangen herunter. Das hilft, den Kopf frei zu bekommen.

In diesem Moment scheint es mir klar und einfach. Ich will es versuchen. Gottverdammt, wieso habe ich es nicht schon längst ausprobiert? Ich will leben. Warum tue ich es denn nicht?

So weit bin ich mit meinen Überlegungen gekommen, als mein Handy in der Hosentasche vibriert.

Ria: Ich weiß, du hasst Til-Schweiger-Filme; aber wenn du's jetzt nicht durchziehst, dann war's das. Ella hat mir gerade geschrieben, check mal bitte Charlies WhatsApp-Status …

Was?! Ich tippe auf den kleinen blauen Pfeil und starre die Chatverläufe an. Charlies Bild umschließt ein blauer Kreis. Mit der Fingerkuppe tippe ich ihn an und …

Scheiße. Scheiße. Scheiße.

Entweder Sophie verabscheut mich zutiefst, sodass sie mir so einen Müll als Zeichen sendet, oder sie will wissen, wie ernst ich es meine.

Charlies Story zeigt das Willkommensschild des Berliner Flughafens. Sie fliegt nicht allen Ernstes … Fuck. Wohin? Warum? Wie lange?

Ohne nachzudenken, rufe ich Otis an. Der Idiot würde im Moment alles für mich machen, obwohl das Einzige, was ich von ihm verlange, ist, Gloria die Wahrheit bezüglich der Spielschulden zu sagen. Mir geht nicht in den Schädel, weshalb er genau das nicht bereit ist zu tun.

»Levy, was ist passiert?« Otis klingt atemlos. »Geht's Ria gut?«

»Ja. Hör zu, du musst mich zum Flughafen fahren.«

»Alter, ich sitz im Streifenwagen. Ich arbeite.«

Und ich kann an seinem Tonfall hören, dass er die Augen verdreht.

»Dann hol mich mit dem Scheißteil ab.«

»Ist das dein Ernst?«, fragt er.

»Klar.«

»Dann muss ich Benjamin mitbringen.«

Ich seufze ungeduldig. »Und wenn du die ganze Wache mitbringst, ist mir auch egal. In fünfzehn Minuten am Besucherparkplatz des Waldfriedhofs.«

Während Otis schimpft, dann aber mit einer Zustimmung auflegt, bin ich schon dabei, ihm eine Nachricht zu schicken.

Levy: Schau, dass du Papier und einen Stift auftreiben kannst.
Das ist fucking wichtig, okay?

DAS KAPITEL MIT DEM HAPPY END

Charlie

»Pass auf dich auf in Irland, ja?« Alex reicht mir mein Aufgabege-
päck aus dem Kofferraum ihres roten Minis. »Himmel, was hast
du denn da drin? Ich dachte, du fliegst vier Wochen weg und keine
vier Jahre?«

»Mal sehen.«

Ich schultere die übergroße Umhängetasche. Sie gehört meinem Vater, ich habe sie gestern noch zu Hause abgeholt. Meine Mutter redet kein Wort mehr mit mir, seit sie von meinem
Irland-Aufenthalt weiß. Deshalb habe ich vor ein paar Minuten
auch ein Bild vom Berliner Flughafen in meinen WhatsApp-Status geladen, damit Mama ganz genau sehen kann, wie sehr ich seit
dem Festival meinen Verstand verloren haben ... und ein bisschen
auch, um Levy ...

Stopp.

Ich muss jetzt an mich denken, verdammt, und nicht an ihn.

»Hast du alles?« Alex schiebt ihren Körper zwischen ihr Auto
und mich. »Ich bin so, so stolz auf dich. Wenn wir es schaffen,
kommen wir dich alle besuchen.« Sie lächelt, bevor sie mich noch
mal in den Arm nimmt.

»Danke, und wehe, ich komm aus Irland zurück und du bist
nicht verlobt.«

Das ist vielleicht das Beste an der ganzen Sache. Seit dem Festival sind Alex, Linn, Ella, Leni und ich richtig eng zusammenge-
rückt. Irgendetwas hat das alles in Gang gesetzt, und manchmal

ist ein erster Schritt alles, was man für den Moment haben kann. Auch wenn es schmerzt.

Alex lacht. »So leicht ist das gar nicht, aber ich verspreche es hoch und heilig.«

»Okay, ich zähl auf dich! Hab dich lieb.«

»Mach's gut!« Alex wirft mir einen gespielt verzweifelten Blick zu, als ich mich zum Gehen wende.

Im nächsten Moment winkt sie, und dann braucht es ein paar Minuten, die ich ihrem Wagen hinterherstarre, bevor ich ins Flughafengebäude stürze. Nach der Gepäckaufgabe lasse ich mich für einen Moment Ruhe auf einen der unbequemen harten Sitze vor der Sicherheitskontrolle fallen. Das ist alles doch viel emotionaler und stressiger als erwartet, deshalb habe ich mit Alex auch vorher abgemacht, dass sie sofort wieder fährt, damit ich es mir nicht doch noch anders überlege.

Wenigstens konnte ich Leni und Ella erfolgreich davon abbringen, auch noch mitzukommen, aber auf der Fahrt hierher kam eine Nachricht von ihnen rein. Es ist ein Video, das ich mit einem Lächeln antippe. Leni und Ella sitzen beide auf Ellas Bett, ihre Knie stoßen aneinander. Was zum Teufel haben die beiden vor? Sie schauen sich einen Moment lang an, dann beginnt Leni, einen Song aus dem Eisköniginnen-Musical zu trällern.

»*Bin ich nur aufgeregt oder ängstlich? Ich fühl beides tief in mir ...*«

»Was vollkommen okay ist«, unterbricht Ella sie mit strengem Blick, der mich zum Kichern bringt.

»*Ja, ich weiß, es hört sich verrückt an!*«, singt Leni an einer anderen Stelle des Songs weiter und kassiert prompt einen Schlag auf den Oberarm, bevor Ella in die Kamera zwinkert.

»Aber nicht verrückt genug, um es sein zu lassen!«

»*Es ist nun bald so weit!*«, rufen sie gemeinsam.

Ich versuche, nicht zu weinen, aber das klappt nicht, weil Leni jetzt aufspringt und Ella vom Bett hochzieht.

»*Zum ersten Mal seit Ewigkeiten*«, singen sie und strecken die Arme in die Luft. »*Ja, zum ersten Mal seit Langem steht Charlie nichts mehr im Weg!*«

Ich lächle, als sich meine Freundinnen wieder der Kamera zuwenden.

»Viel Spaß in Irland, Charlie! Wir haben dich lieb, bring uns ein Schaf mit!«

Dann stoppt das Video, und o Gott, ich zieh das nicht wirklich gerade durch, oder?

Hastig stecke ich das Handy weg und schlage die Beine übereinander, balle dabei die Hände zu Fäusten, um sie zwischen meine Oberschenkel zu pressen. Noch bevor ich darüber nachdenken kann, ob es intelligent gewesen ist, den Adrenalinschub vor zwei Wochen zu nutzen und nach dem frustrierenden Gespräch mit Levy Marianne nach der Nummer ihrer Tochter zu fragen, vibriert mein Handy. Kurz bleibt mir das Herz stehen, aber es ist nur meine Mutter.

Ehe ich reagieren kann, erlischt die Nummer auf dem Display.

Sie ist ausgerastet, als ich ihr verraten habe, dass ich für vier Wochen auf eine Schaf-Farm nach Irland fliege, um dort zu arbeiten. Dabei war es eine ihrer Aktionen, die Irland überhaupt hat zum Thema werden lassen. Mama hat meine Handynummer ungefragt an Ben weitergegeben, der mir seitdem zweimal geschrieben und nach einem Treffen gefragt hat. Allein schon deshalb ist es richtig, dass ich hier bin. Ich muss weg. Alles auf null setzen. Neustart.

Die Farm ist wohl winzig und die nächstgrößere Stadt, Galway, mit dem Auto vierzig Minuten entfernt. Was für mich, ohne Führerschein, einen halben Tag Radfahren bedeutet, aber Mariannes Tochter meint, so ein Leben fernab jeglicher Zivilisation bringe ganz neue Perspektiven mit sich. Ich glaube, das hat mich letztendlich überzeugt. Das und Levys Abwesenheit …

In den letzten beiden Wochen bin ich mehr als einmal fast

schwach geworden und zu ihm gefahren, was ich allerdings auf gar keinen Fall tun will.

Er hat all seine Social-Media-Accounts gelöscht. Leni meinte, er war ein letztes Mal live und hat erklärt, dass es heuchlerisch sei, anderen zu helfen, wenn er sich selbst nicht helfen kann. Dann hat er alle Kanäle einfach so deaktiviert, was verrückt ist, weil ihm diese Accounts heilig sind, glaube ich. Er lebt praktisch für Social Media, Jonas hat mir wegen seiner Reichweite überhaupt erst den Podcast angeboten. Wenn er wollte, könnte Levy von seiner Internetpräsenz richtig gut leben.

Ich frage mich seitdem, was die Begründung für diesen radikalen Schritt ist, und lande immer wieder bei mir. Doch was auch immer Levy letztendlich dazu bewegt hat, weiterhin gilt: Er braucht Zeit.

Das haben wir beide in den vergangenen Tagen kapiert und akzeptiert. Hin und wieder schreiben wir, und ich freue mich ehrlich, dass er sich um einen Therapieplatz bemüht. Aber solange seine Antwort auf meine immer gleiche Frage Schweigen ist, ist Abstand zu ihm besser. Sein verfickt beschissener Scheißkopf steht ihm im Weg. Ich habe ein Jahr Therapie und zig teils irrwitzige Entscheidungen gebraucht, damit meiner mir nicht mehr dauerhaft dazwischenfunkt. Es wäre selbstsüchtig, Levy in irgendeiner Weise unter Druck zu setzen oder zu hoffen, dass es bei ihm schneller geht.

Aber ein klein wenig hoffe ich es schon ...

Ich schlage die Augen zu und wieder auf. Fokussiere die Anzeigetafel – der Flug nach Galway, von wo mich Lisa-Marie abholen kommt, hat Verspätung, weshalb ich mich wieder zurücklehne und noch mal tief durchatme.

Mein Handy vibriert erneut und ich nehme es mit einem Seufzen ans Ohr.

»Hi, Mama.«

»Ich werde dich nicht davon überzeugen können, diese dämliche Irland-Idee aufzugeben?«

Jetzt erst recht nicht.

»Nein.«

Mein Blick huscht im gut gefüllten Flughafengebäude umher. Kurz habe ich ein kribbliges Gefühl im Magen, dann schüttle ich über mich selbst den Kopf. Es ist alles richtig so. Torschlusspanik, das hat mir Lisa-Marie gestern am Telefon versichert, ist völlig normal – ihr ging es da nicht anders. Und ich habe ein Recht darauf, herauszufinden, wie glücklich sein funktioniert. Na ja, eine klitzekleine Ahnung habe ich schon, weil es jemanden gibt, wegen dem ich mich traue, nach Irland zu fliegen.

Ich liebe das Kribbeln, wenn mein Handydisplay aufleuchtet und eine neue Nachricht von Levy anzeigt. Ich liebe es, wenn er flucht, und wie gerne würde ich ihn sagen hören, dass auch er mich so liebt wie ich ihn. Idiotischerweise macht die Tatsache, dass wir noch immer in Kontakt stehen, obwohl wir keine Beziehung führen, alles noch viel wertvoller. Levy macht mich verdammt glücklich, aber solange er sich selbst nichts wert ist, bleibt es bei ein paar Nachrichten in der Woche.

»Was?« Mist, jetzt habe ich meiner Mutter nicht ordentlich zugehört.

Sie räuspert sich. »Ich habe gesagt, dass du nicht verlangen kannst, dass ich dich nicht davor bewahren will, in ein fremdes Land zu fliegen, um irgendwo im Nirgendwo auf einer Farm zu arbeiten.«

Sie klingt starrköpfig wie immer, aber damit muss ich klarkommen, weil es nicht meine Aufgabe ist, meine Mutter zu ändern. Es ist allein ihre Sache, das zu tun. Wenn sie will.

»Das verlange ich auch nicht.«

Meine Mutter lacht unsicher. »Oh, das ist doch verrückt, ich hab das Telefonat ein paarmal vorm Spiegel geübt.«

Was? »Verlief es so, wie du es dir gewünscht hast?«

»Absolut nicht, aber ich schätze, das ist etwas, womit ich klarkommen muss. Du und deine Schwester, ihr seid jetzt erwachsen, nicht wahr? Ich hab euch mein Leben lang beschützt und euch die wichtigsten Dinge beigebracht ... Vielleicht ist es an der Zeit, sich auch mal etwas von euch zeigen zu lassen.«

Meine Hände zittern, mir schwirrt der Kopf. Ganz kurz blitzt der Gedanke auf, dass ich hierbleiben will, weil meine Mutter es vielleicht allmählich begreift. Weil sie noch nie zuvor solche Dinge zu mir gesagt hat. Dann räuspere ich mich.

»Neue Perspektiven sind nicht immer so beängstigend, wie man glaubt.«

Sie schluckt hart. »Schauen wir mal ... Versprichst du mir, aufzupassen?«

»Versprichst du mir, mit Alex zu reden?«

Für ein paar Sekunden ist es still. »Ja.«

»Und ihr auch zuzuhören?«

Diesmal dauert ihre Antwort noch länger. »Ja, auch das. Vor allem das.«

»Danke, Mama.«

»Pass auf dich auf. Ich hab dich lieb.«

»Ich dich auch.« Und das meine ich auch so.

Ich stecke das Handy in meine Hosentasche, bevor ich meinen Blick zurück zur Anzeigetafel schweifen lasse, doch meine Sicht ist mittlerweile tränenverschwommen. Ich senke den Kopf und wische mir mit dem Hemdärmel die Tränen aus dem Gesicht. Als ich aufschaue, muss ich blinzeln, weil aus dem Nichts ein Handgelenk in meinem Sichtfeld erscheint. Ich erkenne die Tätowierung sofort: *Pflicht oder ...*

»Hey!«, sagt Levy. »Fuck, alles klar bei dir?«

O Gott, mir schlägt das Herz bis zum Hals, und mein Puls schnellt in die Höhe, als er mich vorsichtig am Arm berührt. Ich traue mich nicht, ihn richtig anzuschauen, keine Ahnung, wieso. Vielleicht ist es die Angst, dass ich sofort kneife, wenn ich Levys Gesicht sehe. Wenn ich kapiere, dass das hier real ist.

»Bist du wieder eingeschlafen?«, neckt er mich, und obwohl ich noch immer auf meine Fußspitzen starre, höre ich den leicht unsicheren Unterton in seiner Stimme.

»Das hier ist kein Festival.«

»Also gibst du es endlich zu?«

Ich muss lächeln. »Nie im Leben.«

»Aber ich gebe zu, dass ich froh wäre, wenn das hier ein Festival wäre, denn dann wäre es weniger peinlich.«

»Was? Was wäre weniger peinlich?«

»Das hier ...« Er räuspert sich leise, dann ist der Druck seiner Hand auf meinem Arm verschwunden. »Charlie? ... Du musst mich dabei anschauen.«

Weil Levy das so sagt, als würde er auseinanderfallen, wenn ich seiner Bitte nicht nachkomme, schaue ich auf. Und dann ist es Otis, der mich davon abhält, meinen Blick sofort wieder abzuwenden. Er steht ein paar Meter hinter Levy, hat die Hände in die Hosentaschen seiner Polizeiuniform gesteckt und nickt mir aufmunternd zu.

»Keine Angst, Levy hat seine Social-Media-Kanäle gelöscht, das wird kein peinliches TikTok.«

Obwohl ein paar Leute neben Levy stehen geblieben sind, schaue ich jetzt nur ihn an.

»Es ist nicht exakt dasselbe«, beginnt er. »Weil es auf der Wache keine Plakate gab und ich so schnell wie möglich zu dir wollte, weil ... Na ja, deshalb.«

Levy zieht einen niedrigen Stapel weißer Blätter hinter seinem Rücken hervor und streckt mir das oberste entgegen. »Lies.«

»Wenn ich Glück habe«, lese ich laut vor. »Werde ich irgendwann mit diesem Mädchen ausgehen.«

Levy wechselt das Papier, und auf dem nächsten steht mein Name, in zig Größen und Farben. *Charlie. Charlie. Charlie.*

O Gott, das hier wird diese eine ganz besondere Szene aus *Tatsächlich ... Liebe,* oder? Ich muss lächeln, dann bittet Levy mich, die nächsten Zeilen vorzulesen.

»Bis dahin lass mich dir sagen, ohne Hintergedanken, ohne dich davon abhalten zu wollen, nach Irland zu fliegen und dort zu wachsen, einfach nur, weil ich mein eigenes Til-Schweiger-Ende haben will ...«

Ich will die Tränen nicht zurückhalten, ganz egal, ob um uns herum Leute stehen, ob sie das hier filmen und ins Internet stellen. Denn ich habe es endlich verstanden. Dein Selbstbild nützt dir gar nichts, wenn nur übrig bleibt, was andere in dir sehen.

»Für mich bist du die mutigste und schönste Frau, die ich kenne. Es gibt nur eine Person, die vom ersten unserer gemeinsamen Momente an total überfordert gewesen ist: mich. Du bist perfekt, Charlie, alles an dir. Ich liebe dich.«

Mein Herz zieht sich zusammen, weil ich das, was er eben gesagt hat, in seinen Augen sehen kann und mich seine Worte fast vom Stuhl werfen. Da ist so viel Zuversicht und Hoffnung in seinem Blick, dass ich mir plötzlich so vorkomme, als wäre nicht genug Platz in der riesigen Flughafenhalle für all das, was ich für Levy empfinde.

»Levy, ich bin so froh, dass du ...«

Kleine Fältchen bilden sich um seine Augenwinkel, als er mich mit dem nächsten Blatt davon abhält, weiterzureden.

»Vielleicht wirst du jetzt sagen, dass du wegen mir hierbleibst, aber das ist nicht nötig, denn mein geschundenes Herz wird dich lieben, bis du wieder zurückkommmst, und weit darüber hinaus.«

Ich kann das nicht mehr, ich muss ihn jetzt einfach anfassen.

»Darf ich?«, frage ich, und als er nickt, springe ich auf und laufe zu ihm.

»Es ist dein Weg, Charlie«, flüstert er, seine Hände legen sich warm um meine Wangen. »Solange ich hin und wieder deine Hand dabei halten darf, ist es mir scheißegal, ob du nach Irland fliegst oder auf irgendeine abgeschiedene Insel. Ich bin hier. Ich warte. Ich liebe dich.«

Ganz vorsichtig legt Levy seine Lippen auf meine. Ich erwidere den Kuss ebenso sanft, und sofort durchzuckt es mich, als seine Zungenspitze ganz kurz meine berührt. Als er sich von mir löst, greife ich mit zittrigen Fingern nach dem Papier und schreibe, so schnell ich kann.

Unsere Blicke treffen sich, und ich sehe, dass seine Augen genauso glänzen wie meine. Mit der Hand streicht er sich über die Wange. Er sieht so unglaublich erschöpft und fertig aus, aber wahnsinnig glücklich. Viel mehr noch als auf dem Festivalbild, weil ich glaube, dass er allmählich bereit ist, nicht nur in mein Leben bunten Glitzer zu streuen, sondern auch in sein eigenes.

»Ich lese es später, okay?« Levy atmet tief aus, faltet das Papier zusammen und legt es zur Seite. Dann streckt er seine Hand aus, berührt sanft meine Stirn, fährt an meiner Augenbraue entlang bis zur Nase und danach über meine Lippen. Von dort zum Kinn, entlang meinem Kiefer, bis hin zu der weichen Stelle hinter meinem Ohr. »Ich muss mir das hier alles abspeichern, bevor du fliegst. Lesen kann ich auch zu Hause noch.«

Ich ziehe die Mundwinkel nach oben, weil ich gehofft habe, dass er das sagt, sonst wäre es wirklich peinlich geworden. »Okay.«

»Fuck, Charlie«, raunt er und küsst mich wieder und wieder. »Ich kann damit nicht mehr aufhören. Bitte sag mir, dass du kein Auslandsjahr planst.«

»Vier Wochen.« Ich lehne meine Stirn gegen seine. »Aber ich kann hierbleiben.«

»Ich hab ein ganzes Leben auf dich gewartet, in den vier Wochen verdien ich mir das hier auch, okay?«

»Levy, das ist vollkommener Schwachsinn! Alles von mir will alles von dir, mehr braucht es nicht.«

Er seufzt leise. »Es ist Schwachsinn, ja. Aber es ist mein Schwachsinn. Der Moment in vier Wochen, wenn ich dich am Flughafen abhole, soll der erste von ganz vielen sein.« Jetzt nimmt er mich in seinen Arm. »Deal?«

Ich verflechte meine Finger mit seinen, und auch wenn ein Teil von mir mich anschreit, hierzubleiben, nicke ich.

»Deal.«

EPILOG

Charlie

Mit einem erschöpften Seufzen steige ich aus der heißen Dusche und schlüpfe in meinen Rock. Weil ich wegen des Dampfes das Fenster aufgemacht habe, kann ich das Rauschen des Flusses in der Nähe deutlich hören. Es regnet schon den ganzen Tag, weshalb der Wasserpegel so hoch angestiegen ist, dass man glaubt, das Rauschen verschlucke alle anderen Geräusche des angrenzenden Waldes.

Es raschelt in den Bäumen, und das schwache Kellerlicht, das der Farmer an jedem der Gasthäuser angebracht hat, springt an und erhellt die Dunkelheit. Die ersten Tage habe ich jedes Mal panisch nachgesehen, aber kein Mensch und kein Tier war draußen zu erkennen. Mittlerweile reiße ich mich zusammen.

Levy meinte neulich am Telefon, ich solle mich dann einfach auf die Realität konzentrieren, also auf das, was in meiner unmittelbaren Umgebung ist. Deshalb kralle ich meine Finger in meine feuchten Haarspitzen, spüre das Wasser, denke nun doch wieder an meine Regen-Sexfantasie mit Levy und ... argh.

Immer funktioniert dieser Tipp nicht, aber meistens.

Die letzten zwei Wochen auf der Farm waren anstrengend und wunderschön. Eben noch hat mich Lisa-Marie zum Spieleabend eingeladen. Eigentlich wollte ich mit Levy skypen, aber hinter meiner Nachricht, die ich ihm vor vier Stunden geschrieben habe, steht immer noch nur ein einzelner weißen Haken. Ehrlich gesagt ist das seit meiner Abreise noch nie vorgekommen, und ich versuche, mir deshalb nicht allzu viele Sorgen zu machen. Vielleicht ist er bei seiner Mutter, um ihr bei den Bewerbungsschreiben zu helfen. Womöglich hat sich auch der Therapeut noch mal gemeldet, ein anderer als die, wo Levy auf einer Liste steht. Anscheinend hat nämlich jemand abgesagt, und somit ist wieder ein Platz frei, den Levy kurzerhand haben könnte.

Mein Handy vibriert, weil Alex ein weiteres Bild in den Familienchat geschickt hat. Kurz nachdem ich in Galway aus dem Flieger gestiegen bin, hatte ich gleich vier Sprachnachrichten auf dem Handy, in denen mir Alex verkündete, dass sie Nägel mit Köpfen gemacht und Linn gefragt hat. Die beiden sind endlich verlobt. Deshalb betrachte ich nun das dreißigste Foto von meiner Schwester in einem Hochzeitskleid.

Ich will gerade etwas antworten, als meine Mutter mir zuvorkommt und zig Herz-Emojis in den Chat sendet. Es folgt ein *Was ist mit Linns Anzug?*, und verdammt, Mamas Frage erwärmt mir das Herz. Ich vermisse die beiden, freue mich aber, dass sie enger zusammenrücken.

Noch mehr sehne ich mich nach Levy. Wir telefonieren jeden Tag, aber ich habe wirklich Sehnsucht. Nach seinen Berührungen, seinem Geruch, seinem heißen Atem auf meiner Haut ...

Allmählich bereue ich es, nach Irland geflogen zu sein. Aber fängt nicht alles, was man sich im Leben wünscht, mit Angst an? Selbst Mut? Irland ist meine Feuertaufe, ich will sie bestehen, um mir in Zukunft selbst zu glauben, dass ich die mutigste Person der Welt sein kann, auch wenn ich Angst habe. Ich hatte Angst, als ich auf das Festival gefahren bin. Als ich Jonas' Angebot endgültig abgelehnt habe, hatte ich Angst, dass ich nie wieder etwas Besseres finde, und jetzt bin ich hier. Aber noch als ich in den Flieger gestiegen bin, hatte ich Angst, dass Levy schon am nächsten Tag nichts mehr von mir wissen wollen könnte. Selbst vorhin, als Lisa-Marie mich zum Uno-Spielen eingeladen hat, hatte ich Angst davor, jetzt durch die Dunkelheit rüber zu ihrem winzigen Holzhäuschen im Wald laufen zu müssen.

Angst passiert. Und das ist auch gut so.

Mit wild pochendem Herzen und wackligen Knien schicke ich Lisa-Marie eine WhatsApp-Nachricht, dass ich gleich da bin. Dann scrolle ich im Chatverlauf mit Levy so weit runter, bis ich die Sprachnachricht gefunden habe, die er mir an meinem ersten Abend hier in Irland geschickt hat. *Wenn du Angst hast, spiel sie ab,* hat er dazu geschrieben.

»*Überlegst du gerade, vor deinem eigenen Leben wegzulaufen?*«, höre ich Levys Stimme, und der strenge Unterton jagt mir jedes Mal kribblige Schauer über die Haut. »*Denk doch nur daran, was du alles verpassen würdest.*« Lange Pause. »*Es kann so vieles schiefgehen. Stell dir vor, du hättest auf dem Festival die Toiletten wie jeder normale Mensch nach ein paar Minuten gefunden und wärst nicht eingeschlafen ...*«

Ich muss lachen, obwohl ich mir die Nachricht jeden Tag mehrmals anhöre.

»*Du darfst alles vermasseln und du darfst auch an dir selbst zweifeln, aber wenn du ...*«

Wieder eine Pause, in der ich ganz leise das flüstere, was ich gleich vorhabe: »... nicht zu Lisa-Marie und den anderen zum Uno-Spielen gehst ...«

»*... dann wirst du dich fragen, was passiert wäre, wenn du es wenigstens versucht hättest. Scheiße, Charlie, stell dir vor, ich wär nie zum Flughafen gefahren. Ich will mich nicht fragen, was dann passiert wäre.*«

O Gott, ich habe so eine Sehnsucht nach Levy. Nach der Geborgenheit, die er mir schenkt. Nach seinem tief sitzenden Vertrauen in mich und meine Stärken, das ich nie hatte. Das selbst meine Eltern nie aufbringen konnten. Er liebt mich so sehr, und ich ihn.

Ich nehme mir meine Jacke von meinem Bett, und als ich vor

der Tür bin, öffne ich die Kamera-App. Ich strecke meinen Arm aus und will ein Selfie für Levy machen, aber leider erkennt man nur die Umrisse. Das Foto ist Mist, aber ich schicke es ihm trotzdem und bin erleichtert, dass sich die Haken mit dem anderen sofort blau färben.

> Levy: War das erste Mal bei der Scheißtherapie heute Morgen. Der Typ meint, er sieht Potenzial, dass ich es einsehen könnte, ihn länger zu brauchen als für eine Sitzung. Ich hab ihm erklärt, dass ich eigentlich nur ein bisschen Sauerstoff, Wasser und dich brauche. Aber anscheinend muss ich mich dran gewöhnen, über all den Mist in meinem Kopf zu reden …

Dazu schickt er mir ein Bild seiner Hüfte. Er hat ein neues Tattoo: ein Junge, der gerade dabei ist, seinen Kopf mit dem Fuß wegzutreten. *Verfickt beschissener Scheißkopf*, steht darunter. Passt zu uns, würde ich sagen.

> Charlie: Ich mag das Tattoo, noch mehr würde ich es mögen, wenn du hier wärst. Bin jetzt bei Lisa-Marie zum Uno-Spielen, danach können wir telefonieren?

Es vibriert in meiner Hand. Überrascht schnappe ich nach Luft und nehme Levys Anruf an. So schnell, dass ich mich nicht einmal fragen kann, weshalb er mich anruft.

»Hi?«

»Wie um alles in der Welt wollt ihr Uno spielen?«

»Was?«

»Ich hab dir nie diese dämliche rote Karte zurückgegeben.« Und mit dem nächsten Wimpernschlag legt Levy einfach auf.

Ich bin völlig perplex, aber sein eigenartiger Tonfall lässt mein Herz schneller schlagen. Ich bin doch froh, dass er die Karte bis heute behalten hat, weil sie ihn daran erinnert, das sein zu dürfen, was er tief in sich drin wirklich ist. Alles daran liebe ich. Aber es stimmt schon: Leni will ihre Karte sicher irgendwann zurückhaben, ich kapier nur nicht, weshalb Levy das plötzlich so wichtig ist.

In einem Gebüsch neben mir raschelt es, ein paar Äste brechen lautstark. Ein »Fuck« schallt gefühlt durch den halben Wald.

»Was zur Hölle? Levy?«

»Scheiße, der Typ unten meinte, es wäre schneller, wenn ich einfach durch den Wald laufe ...« Erst zuckt das weiße Licht einer Handytaschenlampe über den Boden, dann stolpert Levy aus dem Wald. »Dümmste Idee der Welt.«

O mein Gott. O Gott ... O mein Gott!

Mein Brustkorb ist kurz davor zu explodieren, so heftig hämmert mein Herz. Meine Knie werden weich, aber irgendwie schaffe ich es trotzdem zu ihm.

»D-du bist da.«

Mehr kriege ich nicht raus, weil ... Levy ist da, und er sieht unfassbar abgekämpft aus. Sein Eyeliner ist vom Schweiß und Regen verwischt. An manchen Stellen ist die Haut in seinem Gesicht leicht aufgeplatzt, vermutlich ist er gegen Äste gekommen.

Ich kann mich nicht bewegen vor Schock, obwohl ich nichts mehr will, als ihn zu küssen, ihn zu umarmen, ihn festzuhalten ... und nie wieder gehen zu lassen.

»Jep«, sagt er jetzt, und ich weiß noch immer nicht, wie reden funktioniert. »Schätze, ich hab das mit dem besonderen Moment in zwei Wochen verkackt, aber ich musste dich sehen, nachdem ich dieses verfickte Blatt Papier wieder in meiner Jackentasche gefunden habe.« Hektisch zieht er mich in seine Arme. »Es ist irre, weil der Flug weniger gekostet hat als ein Wochenticket für die Bahn ...«

Sein Blick gleitet über meinen Körper und bleibt auf Höhe meiner Brüste hängen.

»Fuck, ich weiß nicht mehr, was ich alles sagen wollte. Dieses Papier, Charlie. Meinst du das ernst?«

Ja, verdammt!

»Es regnet«, ist das Einzige, was ich dazu sage. »Und dein Eyeliner ist verwischt.«

Levy schluckt hart, dann liegen seine Hände auf meinem Po. Eng zieht er mich zu sich ran. »Fuck, ich will dich. Jetzt.«

»Ich kann seit zwei Wochen nur daran denken, was ich auf dieses Papier geschrieben habe, und hab mich schon gefragt, wann du dich wieder daran erinnerst.«

»War viel los mit meiner Mutter, Otis, Leon … Ich hab die letzten zwei Wochen über wirklich versucht, mir dich mit allem, was ich habe, zu verdienen. Aber …« Levy schluckt laut, dann gleiten seine Hände von meinem Po nach vorne und umfassen meine Finger. »Weiß du was? Vergiss es. Ich war bei der Scheißtherapie heute, ich hab mir alles verdient, was ich will. Außerdem kann ich nicht glauben, dass du so was aufgeschrieben hast.«

Er zieht unsere beiden Körper bis an die Rückwand meines Gästehauses. Behutsam drückt er mich mit der Vorderseite dagegen und positioniert sich hinter mir.

Ich lehne mich zurück, um ihn besser ansehen zu können. »Du bist nicht der Einzige, dem es gefällt, gegen Wände gepresst zu werden. Außerdem hab ich ›im Regen‹ unterstrichen.«

Als Antwort spüre ich Levys Härte, die von hinten gegen meinen Oberschenkel drückt. Mit den Fingern streichelt er von meinem Bauch hoch zu meinen Brüsten, und oh, er hält sie fest. Das geht … schnell. Aber ich will es so sehr, und ich kann mich ihm komplett anvertrauen, das weiß ich.

Doch, Himmel, um uns herum ist völlige Dunkelheit, und ich habe eben noch Lisa-Marie geschrieben, dass ich auf dem Weg bin. Sie könnte jederzeit nach mir schauen kommen … und sehen, dass Levy gerade eine Hand unter meinen Rock schiebt. Hören, wie laut ich aufstöhne, als er fast beiläufig mit der Handkante meine Mitte streift. Das fühlt sich so gut an, so richtig.

Deshalb nehme ich allen Mut zusammen, den er mir geschenkt hat, und greife nach seinen Händen, um sie auf meinen Schultern abzulegen.

»Ich will, dass du ...« Mir bleiben die Worte im Hals stecken, weil sie so voller Intimität sind, dass ich mich schäme.

»Was, Charlie?«

»Scheiß drauf: Mach mit mir, was du willst.«

Ich spanne meinen ganzen Körper an, und erst als Levy mich bittet, dafür die Augen zu schließen, atme ich wieder. Doch im selben Moment, in dem er mir mein T-Shirt über die Brüste zieht, schnappe ich nach Luft.

Levy ignoriert mich und öffnet meinen BH. Eine Sekunde lang will ich meine Arme sofort vor meiner Brust verschränken, aber Levy erahnt mein Vorhaben und fixiert sie in einer schnellen, mit Sicherheit oft geübten Bewegung auf meinem Rücken.

Scheiße, ist das heiß. Vor allem, weil ich merke, dass ich Levy wirklich blind vertraue, und das lässt ein Gefühl von Wärme durch meinen Körper strömen. Es wird sofort von prickelnder Hitze abgelöst, weil Levy es nicht schafft, sich lange mit Rock und Unterhose aufzuhalten. Er streift mir beides quälend langsam vom Körper und streichelt kurz darauf meine Waden, bis ich ein Stöhnen von mir gebe.

»Möchtest du reingehen?«, fragt er leise.

Ich schüttle den Kopf. »Du entscheidest das.«

Levys Antwort ist ein leises Knurren, dann berührt er meinen Oberschenkel, gleitet daran entlang, bis er an meiner Mitte ankommt.

Mir wird schwindelig, weil ich nichts sehen kann und nichts höre außer Levys Atem. Eine Hand fixiert noch immer meine beiden auf meinem Rücken. Allein die Vorstellung, ihm völlig ausgeliefert zu sein, würde ausreichen, um Erregung durch meinen Körper zu jagen. Jetzt gleitet er auch noch vorsichtig mit Nase und Mund über die sensible Haut oberhalb meiner Mitte. Unter dem sanften Druck, den er auf meinen Körper ausübt, presse ich meine Wange fester an das regennasse Holz. Währenddessen streicht sein Mund über meine Leiste, bis seine Lippen kurz darauf auf meinen Schamlippen liegen.

Ich bin feucht, das spüre ich überdeutlich, und ich pulsiere überall. Dass ich meinen Körper aus diesem Gefühl heraus gezielt an seinen Lippen bewege, lässt Levy hart aufstöhnen.

»Fuck, Charlie, ich kann dich schmecken.«

Mit einem verlegenen Zischen klemme ich meine Unterlippe zwischen die Zähne. »E-ent...«

»Ich mag es, wie du schmeckst.«

Er nimmt eine Hand zu Hilfe, und als ich seufze, tasten seine Finger sich vorsichtig weiter voran. Er kreist über die warme, glatte Haut und umschließt in unregelmäßigen Abständen sanft meine empfindlichste Stelle mit Zeige- und Mittelfinger. Vor Sehnsucht bewege ich die Hüften automatisch rhythmisch so, dass zwei seiner Finger von selbst in mich hineingleiten.

Einen Augenblick glaube ich, dass Levy zögert, weil ich ihm die Kontrolle überlassen wollte, aber, Scheiße, ich halte es nicht aus. Nicht hier, nicht nach zwei Wochen Distanz. Ein anderes Mal vielleicht, dann muss Levy mich aber irgendwo festbinden, ansonsten lehne ich mich genauso wie jetzt leicht zurück, weil seine Finger auf diese Weise tiefer in mich dringen.

Mit einem Ächzen drängt er sich gegen mich, während ich mich um seine Finger leicht verkrampfe.

Fast unkontrolliert stöhnt nun auch Levy auf, und im nächsten Moment lässt er meine Hände los, um mit seiner den Reißverschluss seiner Hose zu öffnen.

»Es ist mir scheißegal, wer wen kontrolliert«, keucht er, während seine Hand in seine Hose gleitet und seinen Penis umschließt. »Es ist mir verfickt noch mal egal, ob du willst, dass ich mich anfasse, oder nicht. Es gibt keine verfickten Regeln mehr, wie mein Leben abzulaufen hat.«

Ich greife nach seiner verdammten Hand, lasse Rock und Unterhose einfach draußen liegen, und mit drei Schritten sind wir an der Haustür. Hektisch reiße ich sie auf, wie immer klemmt das dämliche Ding, aber irgendwie quetschen wir uns durch den Spalt ins Innere. Levy hat nur Augen für mich, und ich nur für seine Hand an seinem Penis.

Er kann meinen Willen bloß erahnen, aber er lässt los und drängt mich zu meinem Bett. Schubst mich sanft darauf und beugt sich über mich, um die Hand flach auf meine harte Brustwarze zu legen. Diesmal halte ich mich nicht zurück und stöhne laut. Er kreist mit dem Daumen darüber, doch als er auch dort die Haut einklemmen will, packe ich ihn an seinen Handgelenken und ziehe ihn ruckartig hoch.

Überrascht keucht er auf, weil meine Hand jetzt in seine Hose rutscht, um sich anschließend warm um seine Erektion zu schließen. Meine Finger formen eine Faust, dann warte ich kurz, bis er mir mit seiner Hüfte entgegenkommt.

»Scheiße.« Er presst die Zähne zusammen, und ich bilde mir ein, dass er die Muskeln seines Beckenbodens anspannt. Meine Finger rutschen ein Stück hoch, weshalb ich die Position nutze, um ihm den Stoff von den Hüften zu ziehen.

»Ich will dich in mir spüren«, sage ich atemlos. »Gott, egal wie. Auf dem Bett, an der Wand, im Stehen. Alles davon. Ich muss erst in acht Stunden wieder arbeiten.«

Dann küsse ich ihn grob, mit Zunge, mit Zähnen. Ich beiße ihm sanft in die Lippe und zwinge ihn schließlich hinter mich, bevor ich meine Hände an der Wand neben meinem Bett abstütze.

»Geht es so?«, keuche ich, und o Gott, ich will, dass Levy meinen weichen Körper hart gegen das Holz presst, bis ich es am ganzen Körper spüre. Er soll sich so fest an mich pressen, dass sein Gewicht meine Gedanken zum Schweigen bringt.

»Charlie ...« Levy klingt, als würde er kaum hinterherkommen.

»Kann ich mich erst duschen? Ich bin den ganzen Tag auf den Beinen und würde mich gern wirklich erst für dich sauber machen und ... zumindest die Kondome aus dem Rucksack draußen holen.«

»Hast du was dagegen, wenn ich mitkomme?« Ich ducke mich unter seinem Arm hindurch zu meinem Nachtkästchen und hole ein Plastikpäckchen daraus hervor. »Die waren noch in meinem.«

Mit klopfendem Herzen folge ich Levy ins Bad. Bevor er die Dusche betritt, küsse ich ihn auf die Narbe, direkt zwischen Daumen und Zeigefinger. Diesmal entzieht er mir seine Hand nicht. Den Duschvorhang lässt er offen, damit ich ihm dabei zuschauen kann, wie er sich erst die Haare wäscht und sich dann einseift. Erst das Gesicht, dann seinen Brustkorb, den Bauch ...

Ich beobachte, wie er über seine Tattoos fährt, bis er bei jenen angekommen ist, die seine Leiste bedecken. Gründlich wäscht er die weiche, rasierte Haut dort, und ich kann nicht anders, als ihm wie gebannt dabei zuzusehen. Seine Hand fährt links an seiner Mitte vorbei, seift auch den Rest seines Körpers ein. Mein Herz pocht immer wilder, als er das heiße Wasser anstellt. Es perlt von seinen Haarspitzen ab und fällt auf seine dichten schwarzen Wimpern.

Er keucht leise, schließt die Augen, und im nächsten Augenblick bildet seine Hand eine Faust und umschließt seinen Penis. Er sagt kein Wort, als er den Rücken nach hinten an die Fliesen presst und die Hand qualvoll langsam auf und ab bewegt.

Gott, meine Kehle ist komplett trocken. Nasse Haarsträhnen fallen Levy ins Gesicht und verdecken die geschlossenen Augen, die er bei jeder Bewegung vor Lust zusammenkneift. Er beißt sich auf die Unterlippe, sein Arm bewegt sich in einem Rhythmus, der immer schneller wird. Seine Lippen öffnen sich leicht, als er keuchend Luft holt, dann beugt er sich plötzlich nach vorne und presst seine Stirn gegen die Fliesen. Das Wasser tropft von seinem Gesicht in die Wanne und ...

»Nein«, platzt es aus mir raus. »I-ich will, dass du ...«

Levys Adamsapfel bewegt sich, weil er heftig schlucken muss, als ich ihm das Plastikpäckchen reiche. Bereitwillig öffnet er es mit den Zähnen.

»Was willst du?«

»Dich, in mir.«

Hastig nehme ich das Kondom aus der Verpackung, bevor meine Finger sich zu einer Faust schließen. Levy ist so nass, dass meine Hand fast von selbst auf und ab gleitet. Er quittiert meine Berührung mit einem leisen Stöhnen, und eine Sekunde später beugt er sich an mir vorbei zu einem der Handtücher.

Ich trockne ihn vorsichtig damit ab, während er seine Erektion festhält und dann wartet, bis ich das Gummi oben auf seiner Spitze ansetze und langsam abrolle.

Levy knurrt leise, dann beißt er die Zähne zusammen, weil ich meine Hand aus Versehen zu ruckartig hochgerissen und ihn deshalb unsanft am Penis getroffen habe.

»O Gott, es tut mir leid, wenn ich dir wehgetan habe.«

Doch ich kann sehen, dass Levy das bisschen Schmerz gefällt. Er zieht die Brauen leicht zusammen, öffnet die Lippen. Wasser rinnt von seiner Stirn auf seinen Brustkorb, als seine Hände meinen Hintern packen und mich leicht anheben.

Ich ziehe scharf die Luft ein, weil ich erwarte, dass er mich auf seinen Schwanz hebt, aber dann spüre ich seine Finger, die sich in mich schieben.

»Lass mich dir zeigen, wie weh mir das getan hat«, keucht er, und beim nächsten Atemzug dringen seine Finger tiefer in mich ein.

Ich spüre, wie sich mein Unterleib um sie herum verkrampft, weil Levy schneller wird und sein Daumen gleichzeitig wieder an der richtigen Stelle kreist. Mit der freien Hand hebt er noch immer meinen Po an, weshalb seine Finger etwas in mir anstoßen. Etwas, das mich zum Explodieren bringt.

In Wellen rasen seine Berührungen durch meinen Körper hindurch. Meine Beine beginnen zu zittern, doch Levys Arme halten mich fest, damit ich nicht von ihm rutsche. Es pocht wie wild in mir, aber dann spannt er seine Finger in mir an, und ich schreie vor Lust seinen Namen, weil ich für einen Augenblick das Gefühl habe, völlig ausgefüllt zu sein.

»B-bitte ...« Ich entziehe ihm meinen Körper und stehe auf, um ihm anschließend meine Arme entgegenzustrecken. »Heb mich auf dich.«

»Charlie«, stößt er hervor. »Ich halte es keine fünf Sekunden aus, dich hochzuheben und gleichzeitig in dich zu stoßen. Das funktioniert nur in Pornos, der Boden sind total glitschig.«

»Wie stellst du es dir dann vor?« Allmählich werde ich ungeduldig. In meiner Mitte pulsiert es so wild, dass ich mich nur mühsam davon abhalten kann, mich selbst zu berühren.

»So«, raunt er.

Ich spüre seine Hitze überall, weil es in der engen Dusche keine Möglichkeit gibt, zwischen ihm und mir zu unterscheiden. Ich sehe, wie Levy die Muskeln anspannt und seine Hände kurz darauf an meinem Rücken entlang nach unten zu meinem Po rutschen. Und dann umschließen seine Lippen im Wechsel meine Brustwarzen.

»Vertraust du mir, Charlie?«

Sobald ich nicke, ist er auch schon hinter mir und drängt seine Erektion gegen meinen Hintern. Mit seiner Penisspitze streicht er jetzt ganz sanft über meine Beine und entlockt mir ein leises Wimmern.

Ich schließe die Augen und halte den Atem an, als Levy meinen Oberkörper zu sich dreht. Ich spüre seine sanften Lippen auf meinen.

»Charlie.« Sein Gesicht liegt leicht im Schatten. »Ich stoße jetzt in dich, in Ordnung?«

»Ja.«

Ich dränge meinen Rücken an ihn, er küsst mich, wie beim ersten Mal, liebevoll auf die Stirn, und damit berührt Levy etwas in mir, das so tief sitzt, dass ich schlucken muss, um nicht loszuweinen. Denn er hatte recht! Er wird mich anzünden. Er wird mich in Brand stecken und ich werde gemeinsam mit ihm viel zu nah an die Sonne fliegen wie Ikarus ... aber nur damit wir zusammen heller leuchten als je zuvor.

Unbemerkt wische ich mir übers Gesicht, weil ich bei dem Gedanken eine Träne verdrückt habe, und plötzlich spüre ich Levys Hände unter meinem Po. Er hebt mein Bein leicht an. Dann ist seine Penisspitze an meinem Eingang.

»Es wird perfekt«, sage ich. »Ich liebe dich.«

Mein Bein wird noch ein Stück angehoben und ... Oh, heilige Scheiße!

Levy schiebt seine Eichel vorsichtig in mich und stößt zu. Nur ein Stück, aber es reicht, dass ich laut stöhne. Dann keuche ich und verliere beinahe das Gleichgewicht, doch Levy presst mich dichter gegen die Fliesen. Meine Knie sind wie Wackelpudding. Er muss jetzt die ganze Arbeit leisten und meinen bebenden Körper halten, was er irgendwie schafft. Seine Lippen suchen meine, und ganz kurz sehe ich seinen befreiten Gesichtsausdruck, bevor er ein Stöhnen durch mich hindurchschickt.

Ich keuche, doch dann kann ich Levys heisere Stimme hören.

»Auf dem Bett wäre es einfacher, ist das okay?«

Dass er das überhaupt fragt ... ist das schönste Gefühl der Welt.

Ich nicke, und er trägt mich zu meinem Bett, um sofort wieder in mich zu dringen. Langsamer diesmal, nicht so tief. Doch kurz darauf schiebt er seine Hände unter meinen Unterleib und zieht mich zu sich, sodass ich kaum mehr die Matratze berühre. Er hebt mein Bein und versinkt komplett in mir. So baut er mehr und mehr Druck auf, und weil er mich dabei ansieht, jede winzige Veränderung in meinen Zügen registriert, trifft er jedes verdammte Mal den perfekten Punkt.

Ich knurre, und das hört sich fremd an. Nicht nach mir. Völlig unkontrolliert. Ich bin losgelöst.

»Charlie?«, fragt er atemlos. »Härter?«

Er stößt wieder zu und ich stöhne laut. »Fuck, ja.«

Er war die ganze Zeit vorsichtig, weil das hier unser erstes Mal ist.

»Fuck, fuck, fuck.« Ich muss es rausschreien, weil Levy jetzt nicht mehr aufpasst. Er erhöht das Tempo, stützt seine Hände rechts und links von mir ab und schiebt seine ganze Erektion so schnell und hart in mich, dass ich irgendwann mein Bein eigenständig senke, weil ich zu viel auf einmal fühle und irgendetwas in mir noch ein wenig Restkontrolle will.

Ich kralle mich an Levys Rücken fest, und als er sich zu mir beugt, um mich zu küssen, beherrscht nur er meinen Körper. Er bringt meine Muskeln dazu, unkontrolliert zu zucken.

Ich krächze seinen Namen, als er erbebt. Sein ganzer Körper ist so angespannt, dass er bestimmt nicht spürt, wie ich meinen Beckenboden um ihn herum anspanne. Noch einmal dringt er in mich, dann keuchen wir leise zusammen. Sein heißer Atem trifft auf meine Lippen und vermischt sich mit meinem. Ich stöhne in seinen Mund, während Levy mich immer wieder küsst.

»Bist du gekommen?«, fragt er unsicher, und obwohl meine

Antwort, zumindest was den Sex anbetrifft, Nein lauten müsste, sage ich: »Ja, bin ich.«

Und was ich meine, ist, dass ich angekommen bin.

In meinem eigenen Leben.

Dank Levy.

DANKSAGUNG

Where Summer Stays war von Beginn an jenes Buch, das ich immer schreiben wollte. Ich bin Charlie dankbar dafür, dass ich durch sie Punkte in meinem Leben aufgezeigt bekommen habe, an denen ich wachsen kann und möchte. Für mich als Autorin gibt es keine schönere Vorstellung als die, von meinen Charakteren lernen zu dürfen.

Levy ist so viel für mich, was ich an dieser Stelle gar nicht ausführen will. Zusammenfassend erfahre ich Heilung durch Levy. Der Polizeiberuf hat mich eine Weile in meinem Leben begleitet und vieles in mir angestoßen, was ich bis heute nicht ausreichend klären konnte. Ich bin Levy dankbar, dass wir diesen Prozess ein Stück weit gemeinsam gehen konnten.

Natürlich gibt es in meinem Leben abseits fiktiver Hilfe auch großartige Autorinnen, die ich hier erwähnen will. Beril, du und die Zerstörer sind in den letzten Jahren zu einem Teil meines Lebens geworden. Ich finde es verrückt, wie ähnlich sich zwei Menschen sein können ... Danke, dass du da bist.

Meine Würzburger Schreib-Mädels habe ich viel zu lange nicht gesehen, und wie du, liebe Lilly, es so schön geschrieben hast: Bis bald mal wieder. Kathinka möchte ich hier als Nächstes nennen, weil ihre Bücher dafür verantwortlich sind, dass ich den Mut aufbringe, über Themen zu schreiben, die manche vielleicht doof finden.

Nikola, Caro, Maren, Ava, Lily, Anna, Alexandra, Toni, Kyra und alle anderen, die ich vergesse, euch einfach ein riesiges Danke dafür, dass ihr eine wundervolle Community abbildet, in der ich die sein darf, die ich bin. Ein riesiges Danke muss an dieser Stelle abschließend an Maria gehen, fürs Vorlesen, an Netti, fürs Dasein, und an die ganze übrige Fate- und DAM-Crew. Ihr seid und bleibt der Wahnsinn!

Ein unendlich großes Dankeschön geht an meine Agentin Cristina, die diesen Wahnsinn gemeinsam mit mir erlebt und von der ersten Sekunde an an mich geglaubt hat. Lieber Carlsen Verlag – es bedeutet mir die Welt, dass ihr Levy und Charlie so akzeptiert habt, wie sie sind ... die beiden hätten kein besseres Zuhause finden können. Ann-Kathrin, du bist einer dieser Menschen, die einen mitten ins Herz treffen. Berenike, hab vielen Dank dafür, Festivals zu lieben. Ich weiß, du wirst uns im Mai 2023 auf eine unfassbar geniale Reise mitnehmen. Und zuletzt: Larissa, du Fels in der Lektoratsbrandung. It was a wild one! Aber es war the best one. Danke, dass du mir Freiraum zum Lernen und Wachsen gibst.

Die Danksagungen, die nun folgen, sind absolut verrückt und kein bisschen das, was ich jemals in meinen Büchern erwartet hätte zu schreiben. Vorweg noch: Danke, Timo, Mama, Papa. Für alles. Und ...

Danke an Kraftklub. Ihr seid die beste Band Deutschlands, und ich hoffe, Punching Seagulls ist euch würdig. Eure Musik begleitet mich seit Jahren, in euren Moshpits fühle ich mich zu Hause, ihr seid großartige Musiker und Menschen. 500k auf ewig!

Lastly: Joe Lycett, I dedicate this book to you. Your support for the LGBTQ+ community is true icon behaviour. You create a lovely community that is connected by a shared interest in art and comedy and I'm glad to be part of it. Without you, I would never have had the courage to be my authentic self and therefore this book would never have been written. Stay as you are! If there is one thing this world needs more than anything else, it's more, more, more of Joe Lycett.

TRIGGERWARNUNG

Diese Geschichte enthält folgende sensitive Themen:
Physische und psychische (häusliche) Gewalt
Toxische Beziehungen
Erwähnung von Selbstmord und Depressionen
Panikattacken

WHERE WINTER FALLS

ERSCHEINT IM Herbst 2023
Ivy Leagh
WHERE WINTER FALLS (FESTIVAL-SERIE 2)
Umschlaggestaltung: ZERO Werbeagentur, München
Ca. 464 Seiten, 13,5 x 21,5 cm
Ab 16 Jahren
€ (D) 15,00 | € (A) 15,50
ISBN 978-3-551-58506-6

WHERE SPRING HIDES

ERSCHEINT IM Frühjahr 2024
Ivy Leagh
WHERE SPRING HIDES (FESTIVAL-SERIE 3)
Umschlaggestaltung: ZERO Werbeagentur, München
Ca. 464 Seiten, 13,5 x 21,5 cm
Ab 16 Jahren
€ (D) 15,00 | € (A) 15,50
ISBN 978-3-551-58507-3